KAPITEL 1: KUNO KOPFGELDJÄGER

Das unheimliche Wesen war in die Festungsruine auf den Berg Kurda zurückgekehrt, unwissend, dass sich Kuno Kopfgeldjäger auf direktem Wege zu ihm befand. Ohne Pausen und ganz ohne Rücksicht auf sein Pferd, jagte er seit drei Tagen und drei Nächten in südöstlicher Richtung über die weite Fulkenland-Ebene. Stets an seiner Seite lief sein treuer Gefährte Azig, der jedoch keinen Funken an Schwäche erkennen ließ. Während dessen riesige Pfoten über die grasige Ebene flogen, spürte der Kopfgeldjäger selbst, wie langsam die Erschöpfung in seine Glieder kroch. Und doch trieb er sein Pferd unermüdlich an. Seine Wut war es, die ihn wachhielt und seine Grenzen überwinden ließ.

Noch vor der Dämmerung, so hoffte der Kopfgeldjäger, würden sie die Stadt Markon südlich der Fulkenland-Ebene erreichen, welche zu Füßen des Phylake-Gebirges lag. Denn somit hätten sie die erste Etappe ihres Weges vollendet, der sie in die Ruine auf dem Gipfel des Berges Kurda führte. Aber was dann?

Weiter hatte der Kopfgeldjäger nicht geplant. Zu eilig war er aus Wera aufgebrochen, der Stadt bei der Meerenge am ›Kalten Wasser‹ und ›Breiten Wasser‹.

Er wusste nur, dass er an diesem grausigen Ort seiner Vergangenheit Hilfe erhalten würde – Hilfe, um auf den Berg zu gelangen.

Am südlichen Ende der Fulkenland-Ebene regierte das platte Land. Der Kopfgeldjäger konnte meilenweit blicken, ohne dass ihm ein Baum, ein Hügel oder gar ein Berg die Sicht zum Horizont verwehrt hätte. Nichts außer unzähligen kleinen Rinnsalen und kniehohem Gras säumte den breiten Weg. Seit sie vor anderthalb Tagen in die riesige Flussschleife der ›Fulke‹ eingedrungen waren, hatte sich diese Aussicht nicht verändert. Die Straße, ein endloser, wie mit einem Lineal gezogener Strich, führte ihn geradewegs nach Markon. Kaum ein Dorf lag am Wegesrand.

Für einen kleinen Moment verharrte der Kopfgeldjäger. Nicht für eine Pause, sondern aus Erleichterung, sein erstes Etappenziel erreicht zu haben. Azig blieb neben dem Pferd stehen und hechelte freudig erregt. Für ihn schien das Ganze gleichbedeutend mit einem kleinen Ausflug zu sein. Sein Kopf hob sich in Richtung des Kopfgeldjägers, der in die Ferne starrte.

»Endlich«, flüsterte er, »Markon!«

Es dämmerte schon, als sich die Stadt mit ihren massigen, hohen und unzähligen Türmen langsam am Horizont erhob.

Vor einer gefühlten Ewigkeit lebte der Kopfgeldjäger nicht ganz freiwillig in dieser Stadt, die er aus seinem Gedächtnis am liebsten getilgt hätte. Sämtliche Brücken, die ihn noch mit dieser Stadt verbanden, hatte er vor Jahren abgebrannt. Dennoch schien ihn die Vergangenheit nun einzuholen.

»Ironie des Schicksals«, murmelte der Kopfgeldjäger gedankenverloren auf seinem Pferd. Ein fester Tritt in die Flanken des erschöpften Tieres, und es galoppierte ohne Widerstand weiter. Er wäre auch zwecklos gewesen. Azig folgte, ohne zu zögern. Ohne Gnade trieb der Kopfgeldjäger beide zur Eile an. Er wusste genau, dass sein Pferd dieses Tempo nicht mehr lange halten und tot unter ihm zusammenbrechen würde. Das Tier spielte keine Rolle. Nichts spielte eine Rolle, und sollte es unter ihm verenden, würde er bis zur Erschöpfung und darüber hinaus laufen. Seine Gedanken galten allein dieser Stadt – er musste sie vor Anbruch der Dämmerung erreichen, da er sonst im schlimmsten Falle gezwungen war, vor ihren Mauern und Toren zu nächtigen.

Mit jedem Hufschlag, der ihn näher an die Stadt führte, durchstießen unzählige Erinnerungen seine Gedanken. Immer wieder tauchten Erlebnisse auf, und ein jedes ließ ihn zusammenzucken. Es waren Bilder der Vergangenheit, die ihn quälten. Viele dieser Erinnerungen hatte er verdrängt und als vergessen gewähnt. Nun kehrten sie zu ihm zurück.

»Nichts und niemand«, hatte er sich damals geschworen, »wird mich wieder in diese Stadt einen Fuß setzen lassen. Eher werde ich sterben, als dass ich sie je wieder betrete.«

Nur wenige Jahre waren seit seinem Schwur vergangen. Doch schneller, als er es für möglich gehalten hatte, würde er ihn nun brechen – ihr zuliebe. Wäre es in seiner Macht gelegen, hätte er Markon dem Erdboden gleichgemacht, in der Hoffnung, dadurch sämtliche Erinnerungen aus seinen Gedanken zu tilgen.

Der Kopfgeldjäger konzentrierte sich auf das Wesentliche, die Ankunft in Markon, und gab seinem Pferd erneut die Sporen. Schneller als gedacht, erreichten sie die Tore der Stadt.

Die Wachen konnten ihr Staunen nicht verbergen, als sie den herannahenden Kopfgeldjäger mit seinem treuen Gefährten auf der Fulkenland-Ebene erblickten. Er als auch sein Hund waren ihnen nur zu gut bekannt. Jeder in dieser Stadt wusste von den beiden. Aber zu viele Geschichten waren über den Kopfgeldjäger im Umlauf, als dass man sie alle hätte glauben können – selbst wenn eine jede von ihnen einen Funken Wahrheit in sich trug. Diese Geschichten machten aus ihm ›den‹ Kuno Kopfgeldjäger, den man beauftragte, wenn man einer unbarmherzigen Einmannarmee bedurfte.

»Siehst du den da?«, wandte sich eine Stadtwache der anderen zu, mit dem Finger in seine Richtung zeigend. »Ist das nicht …?«

»Unmöglich«, unterbrach ihn der andere. »Und falls doch, dann …«

»… ist das sicherlich kein gutes Omen.«

»Mit ihm kommt nur Leid und Verderben in die Stadt, wie damals.«

»Er kommt mit seiner Bestie!«

»Die Schöpferin unserer Welt Oida und unser Schöpfer der Zeloo – behüten sollen sie uns vor ihnen«, entfuhr es den Stadtwachen ehrfurchtsvoll.

Zu tiefe Wunden hatte einst der Kopfgeldjäger in die Stadt und ihre Köpfe geschlagen, als dass die Bevölkerung sie nach so kurzer Zeit seiner Abwesenheit wieder hätte vergessen können.

»Sollen wir ihn aufhalten? Ihm den Einlass verwehren?«, fragte einer der Wachsoldaten.

Unbehelligt ritt der Kopfgeldjäger durch das Haupttor der Stadt. Erst folgte er der breiten Hauptstraße, dann bog er ab und galoppierte, ohne Rücksicht auf die wenigen Menschen, die noch durch die kleinen Straßen irrten, vorwärts. Schließlich überquerte er eine der steinernen Brücken, die über den Fluss führten, und gelangte so in den ältesten Teil der Stadt. In ihr kannte er sich aus wie in seiner Westentasche. Hier würde sich in tausend Jahren nichts ändern. Ein Labyrinth aus unzähligen kleinen und engen Gassen führte den Kopfgeldjäger und seinen Gefährten direkt zu einem Haus, welches wie jedes andere in diesem Viertel wirkte. Aus Lehm gefertigt und mit einfachen Holzschindeln gedeckt, unterschied es sich nur in einem einzigen Punkt von all den anderen. Genau hier lebte der Mann, den der Kopfgeldjäger aus seinem Gedächtnis verbannt hatte. Nicht weil er ihn hasste, ganz im Gegenteil. Mit ihm verband er die wenigen guten Erinnerungen, die ihm geblieben waren. Doch auch er lebte in dieser von ihm verabscheuten Stadt, von der er einfach alles aus seinem Gedächtnis hatte verbannen wollen. Nun aber würde diese Person ihm helfen, ihm den Weg zum Berg ebnen, ihm ein Bett für eine Nacht bieten, damit er sich etwas erholen konnte – vorausgesetzt, dass dieser Mensch noch lebte.

Kaum hatte der Kopfgeldjäger das kleine Haus erreicht, sprang er von seinem Pferd und lief zur Tür.

»Azig – halte Wache und lass niemanden ins Haus!«, wies er seinen treuen Gefährten an. Er klopfte nicht, wie es die Höflichkeit geboten hätte. Die schwere Holztür öffnete er mit großem Schwung, so dass sich die Klinke der Tür krachend in die Wand bohrte, und überschritt, ohne den nötigen Respekt, die Schwelle.

»Hauptmann, wo steckt Ihr?« Er erhielt keine Antwort – wiederholte lauter seine Frage, doch auch beim zweiten Mal erklang dessen Stimme nicht. Kuno Kopfgeldjäger fluchte: »Verdammt. Er müsste längst hier sein.« Der Wechsel der Stadtwachen erfolgte stets zur gleichen Zeit, kurz vor Anbruch der Nacht, welche sich jedoch schon längst über die Stadt gelegt hatte. Niemand würde diese Tradition je brechen, zu sehr waren die Menschen hier von ihren Ängsten geleitet, als dass sie es gewagt hätten, zu wenige Wachen auf den Zinnen positioniert zu haben.

Kuno Kopfgeldjäger schaute sich im Haus um. Nichts hatte sich verändert: einfach und schlicht. Ein Tisch, drei alte Holzstühle, ein Bett und ein Schrank standen im Wohnbereich. Der grüne, alte und abgelaufene Teppich lag in der Mitte des Raumes, so wie eh und je. In der Kochnische, die durch einen einfachen, löchrigen grauen

Vorhang abgetrennt war, fand er die kalte Feuerstelle und ein Regal mit ein paar alten Lebensmitteln. Lange musste es her sein, dass hier jemand gekocht hatte – dies zeigte ihm die dicke Staubschicht auf den Lebensmitteln, Bechern und Tellern im Regal deutlich. Konnte es wahrlich möglich sein, dass der alte Hauptmann nicht mehr lebte? Nein, das konnte er ausschließen, da die Stadtverwaltung das Haus jemand anderem zugewiesen hätte. Markon bot viel zu wenig Platz, als dass sie es sich leisten konnten, Wohnraum zu verschenken.

Wieder der Wohnstube zuwendend, erblickte der Kopfgeldjäger plötzlich den alten Hauptmann dort stehen – und ein Gefühl der Erleichterung durchfloss ihn. Für einen Moment schämte er sich seiner Gefühle. Mit gezogenem Messer stand dieser mitten im Raum.

»Kopfgeldjäger!«, sprach der Hauptmann erstaunt. »Du bist es wirklich. Du lebst, ha, dich schafft wohl niemand unter die Erde …« Er war deutlich gealtert – sein grauer Bart, seine leicht gebückte Haltung, gestützt auf einen Stock, und seine müden Augen verrieten viel über ihn.

»Hauptmann!«, begrüßte Kuno Kopfgeldjäger ihn freundlich und mit einem leichten Nicken. »Legt das Messer weg«, sprach er sanft. Der alte Hauptmann war eines der wenigen Wesen, welchem der Kopfgeldjäger mit Respekt begegnete, auch wenn er das nicht allzu oft zeigte.

»Hauptmann außer Dienst, mein alter Freund!«, verbesserte dieser ihn, blickte auf das Messer und sprach, während er es wegsteckte: »Man kann nie wissen, wer in sein Haus so ganz ohne Vorankündigung eindringt. Doch auch heute noch ist es schwer, mich zu bezwingen.«

Kuno Kopfgeldjäger nickte wissend. »Hast du Azig nicht gesehen?«, fragte der Kopfgeldjäger. »Dann hättest du gewusst, dass ich es bin, alter Mann.«

»Seitdem du mit einem ›Bauernrächer‹ unterwegs bist, hat jeder Depp einen derartigen Hund. Sie eifern dir nach.«

»Aber du wirst doch wohl Azig erkennen, oder?«, kam die empörte Frage.

»Kopfgeldjäger, ich habe dich und deinen Gefährten seit Jahren nicht mehr gesehen. Azig war noch klein.«

»Und?«

»Dein Gefährte ist gewachsen! Er sah mich und ließ mich ohne Weiteres durch die Tür. Er hat mich erkannt … ich ihn aber nicht.«

»Azig erinnert sich an alle Wesen, die gut und auch schlecht zu uns waren, und begegnet denjenigen mit Achtung, die uns immer wie Freunde behandelt haben.«

In dem Moment, als der Kopfgeldjäger weitersprechen wollte, ergriff sein Freund das Wort. Er wusste, dass der Kopfgeldjäger keinen Höflichkeitsbesuch abstattete: »Was verschafft mir nach all den Jahren die zweifelhafte Ehre?« Er ging einen großen Schritt auf ihn zu, griff sich an den Hinterkopf, und kratzte sich daran. Viele Haare besaß der Hauptmann nicht mehr. Er musterte detailliert sein Gegenüber. Abgehetzt, tiefe Augenringe, eine steife Haltung vom zu langen und weiten Ritt, aber auch Augen voller Wut erkannte der alte Hauptmann auf den ersten Blick – und da war noch mehr. Sein Gefühl sagte ihm, dass der Kopfgeldjäger irgendetwas von ihm wollte, etwas, mit dem er nicht rechnete. Und genau diese Frage stellte sich ihm nun: ›Was war es?‹ Nie zuvor hatte ihn der Kopfgeldjäger um etwas gebeten. Es musste etwas Persönliches sein.

»Ich brauche deine Hilfe«, sprach nun sein Freund mit demütiger Stimme und senkte sein Haupt. Der alte Hauptmann war für ihn zu einer Art Familie geworden. Einst hatte der Kopfgeldjäger ihm an den Kopf geworfen, er würde niemandes Hilfe benötige – und nun war er doch als Bittsteller zurückgekehrt. Erneute Wut stieg in ihm auf. Für den Moment der Begrüßung war sie in diesen Gemäuern kurz abgeklungen und fast gänzlich verschwunden, doch sie kehrte in jenem Augenblick wieder, da er das Wort ›Hilfe‹ ausgesprochen hatte und darum bat.

»Kuno Kopfgeldjäger bittet niemanden um Hilfe, denke daran, du Memme! Er fordert höchstens einen Gefallen ein«, schoss ihm eine Stimme durch den Kopf.

Des Kopfgeldjägers Ohren begannen zu glühen und es schmerzte bestialisch. Er hasste dieses fast vergessene Gefühl, denn er war ihm vollkommen hilflos ausgesetzt. Seit drei Tagen spürte er immer wieder diese Schmerzen, wie einst. Nichts konnte dies verhindern. Er musste wieder lernen, damit zu leben.

Die Situation gefiel dem Alten und er lächelte leicht schadenfroh.

Doch er erkannte, dass sein Freund voller Wut und Hass war. Denn nie zuvor hatte er den Kopfgeldjäger, von dessen sonstiger Arroganz nun kaum noch etwas zu spüren war, derartig erlebt.

»Kuno Kopfgeldjäger braucht Hilfe?«, sprach er selbstgefällig und hob dabei eine Augenbraue. Der Kopfgeldjäger nickte zähneknirschend und ballte eine Faust. Die Finger knackten. »Meine?«, fragte der Hauptmann erneut, um sich zu vergewissern. Wieder nickte der Kopfgeldjäger. Er schluckte deutlich hörbar seinen Stolz herunter und stellte sich in Abwehrhaltung mitten in den Raum, so, als erwartete er, jeden Moment mit einem Messer angegriffen zu werden. Er wollte Selbstbewusstsein ausstrahlen, nicht wie ein kleiner Haufen Elend wirken. Aber er sah an der Reaktion und der Musterung des alten Mannes, dass er genau das tat. Er war wütend auf sich.

»Dass ich das noch mal erleben darf«, grinste der Hauptmann mit Befriedigung. Es war die Genugtuung, die ihn zu diesem Verhalten veranlasste. Er ging zu einem, in die Lehmwand eingelassenen Holzregal und öffnete die Schranktüren. Dort griff er nach einer braunen Flasche und zwei alten Bechern, nahm sie heraus und ging zu dem Tisch, während der Kopfgeldjäger immer noch wie angewurzelt in der Tür zur Kochnische stand. Dort lächelte er gezwungen. Er hasste es, als Bittsteller dazustehen. Aber nur der Hauptmann würde ihm offenbaren können, in welche Richtung er die Stadt verlassen musste, um den Berg Kurda zu erreichen. Niemandem war es erlaubt, dort hinzugehen. Hinzu kam, dass der Hauptmann ihn mit frischen Lebensmitteln und anderen Dingen würde ausstatten können, die er dringend benötigte, um seinen Weg fortzusetzen. In einer Garnisonsstadt waren Lebensmittel rationiert, Waffen nicht ohne Erlaubnis zu erhalten und Dinge des täglichen Gebrauchs nur mit Erlaubnisscheinen zu bekommen. Außer man verfügte über genug Geld, Einfluss oder beides. Geld hatte der Kopfgeldjäger mehr, als er jemals ausgeben konnte, aber ihm fehlte der Einfluss – und genau das war der entscheidende Punkt. Niemand würde *ihm* für sein Geld irgendetwas in dieser Stadt geben.

»Es war wohl ein Fehler, herzukommen …«, wandte er sich dennoch von dem alten Mann ab, »entschuldige, dass ich dich damit behelligen wollte.« Der gekränkte Stolz war es, der aus ihm sprach. Mit langen Schritten durchquerte er den Raum. Als er an der Tür angekommen war, bremste ihn jedoch die Stimme des Hauptmannes: »Als du diese Stadt verlassen hast, sagtest du, dass du nie wieder würdest zurückkehren wollen.« Er stellte Flasche und Becher auf den Tisch. »Deine genauen Worte waren, wenn ich mich recht entsinne: ›In diese zelooverdammte und verfluchte Stadt setze ich nie wieder auch nur einen Fuß, eher schneid ich mir die Eier eigenhändig ab …‹« Der alte Hauptmann pustete in einen der zwei Becher und eine kleine Staubwolke entwich ihm. »›… und stopfe sie mir selbst ins Maul, als dass ich noch einmal zurückkehre.‹ Nun sag mir: Was ist geschehen? Was hat Kuno Kopfgeldjäger so aus der Fassung gebracht, dass er doch hierher zurückkehrt?«

Der Kopfgeldjäger schwieg mit einer Hand am Türknauf und im Gehen inbegriffen. Sein Kopf senkte sich. Er fühlte sich erniedrigt und seine Stirn warf Falten auf, während er den Worten des alten Hauptmannes lauschte.

»Wir kennen uns eine Ewigkeit, Kopfgeldjäger.« Er stellte den einen Becher hin und nahm den anderen in die Hand und begutachtete ihn. Er spuckte rein. »Ich habe dir immer geholfen. Du kannst dich auf mich verlassen.« Mit dem Saum seiner Kleidung schmierte er die Spucke hin und her, blickte erneut in den Becher und lachte für einen kurzen Moment zufrieden auf. »Sauber!« Er wies dem Kopfgeldjäger einen Platz an seinem Tisch zu, wie er es einst schon oft getan hatte. »Erzähl, Kuno«, sprach der Hauptmann mit väterlicher Stimme. »Wofür genau brauchst du meine Hilfe?« Er zog den Stuhl zurück. »Setz dich hin und wir reden!«

Der Kopfgeldjäger setzte sich widerwillig. Der alte Mann füllte die Becher mit dem Inhalt der Flasche und hielt ihm einen hin. Gierig griff der Kopfgeldjäger danach, schüttete den Schnaps in einem Zug die Kehle hinunter und hielt dem Hauptmann den Becher wieder hin. Die starke Flüssigkeit brannte und wäre als Waffenputzmittel genauso gut geeignet gewesen, aber jetzt beruhigte sie ihn. Denn sie führte ihn dazu, seine Zunge zu lockern – auch wenn nur widerwillig sein Mund die Worte formte. Der alte Hauptmann goss seinen Becher erneut voll, dann berichtete Kuno. Er hasste sich dafür, um Hilfe bitten zu müssen, und sah genau, wie der alte Hauptmann es genoss, dass *er* es war, der ihm nun helfen würde.

KAPITEL 2: AN DEN ZINNEN

Während der alte Hauptmann für den Kopfgeldjäger einige Erledigungen zu tätigen gedachte, hätte es dieser nicht ausgehalten, einfach in dem kleinen Häuschen auf- und ablaufend auf seine Rückkehr zu warten. Zu nervös war er. Ans Ruhen würde er erst dann denken können, wenn der alte Mann ihm anschließend Bericht erstatten und seinen weiteren Weg erklären würde.

Wohlwissend schleuste ihn darum der Hauptmann bei einigen Soldaten auf einem Wachturm ein. Bevor er ihn verließ, sprach er jedoch eingehend und streng zu dem Kopfgeldjäger: »Höre gut zu. Die Männer kennen dich und das weißt du. Trage deine Kapuze tief im Gesicht und sprich mit niemandem. Und vor allem … lass dich nicht provozieren. Halte deine Wut im Zaum. Zu viel Leid ist geschehen. Erinnere dich daran, wie ich einst versuchte dich zu lehren, unauffällig zu sein und deine Wut im Zaum zu halten.« Stoisch ließ der Kopfgeldjäger die Ansprache über sich ergehen. Wild biss er auf die Innenseite seiner Lippe, bis er das Blut schmeckte. Er mochte den Hauptmann, aber seine Moralpredigten waren ihm zuwider. »Solange ich unterwegs bin, bleibst du hier. Deine geplante Unternehmung kostet mich ein paar Gefallen und dich eine Stange Geld, aber ich werde dich morgen früh aus der Stadt herausschleusen. Hast du mich verstanden?«, sprach der Hauptmann die letzten Worte mit Nachdruck. Der Kopfgeldjäger wandte sich leichtfertig ab, als würde es ihn nicht interessieren. Doch der Hauptmann griff ihn unsanft am Arm und seine Hand umschloss diesen wie eine Schlinge den Hals eines Gehängten. Er wollte sie abschütteln, doch zu fest war der Griff. Überrascht über die Kraft konnte der Kopfgeldjäger nur gehorchen.

»Hörst du mir zu?«

Der Kopfgeldjäger nickte stumm.

»Ich habe gefragt, ob du mich verstanden hast?«, wiederholte der alte Hauptmann unmissverständlich.

»Ich habe dich verstanden!«, sprach er zähneknirschend – wie ein kleines Kind, welches zurechtgewiesen wurde. Widerwillig sprach der Kopfgeldjäger weiter und warf die Hände in die Luft: »Alles ist besser, als in deinem verdammten Haus auf deine Rückkehr zu warten. Und wenn die Soldaten mich in Ruhe lassen, wird nichts passieren, was sie in Gefahr bringen könnte.« Kuno Kopfgeldjäger hasste es, anderen ausgeliefert zu sein, aber er besaß keine andere Option, wenn seine Reise weitergehen sollte. Nach diesen Worten ließ der alte Hauptmann ihn bei den Wachsoldaten auf dem Turm zurück. Kuno Kopfgeldjäger ballte seine Fäuste und versuchte so, seine aufkeimende Wut zu unterdrücken. Es gelang ihm, sie auf ein Minimum zu reduzieren, doch fühlte er sie tief in sich schlummern und wusste, dass eine Kleinigkeit genügen würde, um sie hervorbrechen zu lassen. »Diese Schmerzen, dieses verdammte Glühen in den Ohren macht mich einfach wahnsinnig«, flüsterte der Kopfgeldjäger zischend zu sich selbst, »Hauptsache, es taucht nicht bei den Wachsoldaten auf.«

Seine dunkle Kapuze zog sich der Kopfgeldjäger noch etwas tiefer ins Gesicht. Gerade so, dass er auf den Berg Kurda blicken konnte. Er wollte sich an die Anweisung des Hauptmannes halten. Schnell stellte er fest, dass ihn die Wachsoldaten mieden. Zwar hatten sie sein Gesicht nicht gesehen, doch sein Mantel mit der blauen Borte ließ sie ahnen, wer dieser Mann auf ihrem Turm war. Niemand in den menschlichen Landen trug einen derartigen Mantel, nur er – Kuno Kopfgeldjäger. Der Kopfgeldjäger kannte keine der Wachen, die mit ihm auf dem Turm standen, doch er spürte die hasserfüllten Blicke der Männer, die sich in seinen Rücken bohrten. Unbeirrt starrte er in die Nacht hinaus, dennoch auf der Hut, nicht von einer der Wachen ein Messer in den Rücken gerammt zu bekommen. Ob sie ihn erkannt hatten oder nicht – niemand mit klarem Verstand würde es hier je wagen, ihn anzusprechen. Zu viel Angst hatte er im Fulkenland und in den umliegenden Ländereien gesät.

Es vergingen einige Stunden und es hatte den Anschein, als würden sie ihn im Schein der Feuerschalen und des Mondlichtes tatsächlich in Ruhe lassen – bis auf einen jungen, hoch gewachsenen Soldaten. Längst hatte der Kopfgeldjäger gemerkt, dass dieser junge Mann ihn bei seinem Tun genau beobachtete. Jede Bewegung von ihm wurde vom dem Wachsoldaten registriert.

»Kopfgeldjäger …«, wagte er es, ihn schließlich anzusprechen.

Doch dieser zeigte keinerlei Reaktion.

»Kopfgeldjäger, hört Ihr mich?«

Er hörte.

»Kopfgeldjäger!«

Er stand da, ohne seinen Blick von dem im Mondenschein leuchtenden Gebirge abzuwenden. Er wollte keinen Kontakt. Zu unbeherrscht würde er reagieren. Das Ziehen in seinen Ohren war ihm Warnung genug. Er spürte, wie das Blut hineinschoss, und eine immer stärker werdende Wärme in ihnen aufstieg … das erste Anzeichen der Wut. Ein Moment des Schweigens verstrich, doch die Ungeduld trieb den jungen Wachsoldaten an. Er ließ nicht ab von ihm. »Kopfgeldjäger, redet mit mir!« Der Klang seiner Stimme hatte etwas Bestimmendes, gar etwas Forderndes.

Kuno Kopfgeldjäger ignorierte es, auch wenn alles in ihm sich dagegen sträubte.

»Wie kommt es, dass der alte Hauptmann so große Stücke auf Euch hält?«, bohrte der Soldat weiter.

›Er lässt nicht locker‹, dachte sich der Kopfgeldjäger. ›Er wird nicht lockerlassen, wenn ich nicht reagiere.‹

»Kopfgeldjäger, Ihr habt meine Frage nicht beantwortet! Wie kommt es, dass …«

Das Brennen der Ohren wurde zu intensiv, am liebsten wäre er vor Schmerzen in die Knie gegangen, seine Wut stieg an. Er hatte sie nur noch schwer unter Kontrolle. Langsam drehte sich Kuno Kopfgeldjäger zu dem jungen Soldaten um. Diesem versagte für den Moment, als er des Kopfgeldjägers funkelnde Augen erblickte, der Mut und er verstummte.

»Was, im Namen des Zeloo, geht *Dich* das an?«, brach der Kopfgeldjäger sein Schweigen, während er die Fäuste ballte. Er wollte den alten Hauptmann nicht enttäuschen. Bloß keinen erneuten Zwischenfall riskieren.

Der junge, hochgewachsene Soldat wirkte wie ein riesiger festverwurzelter Baum auf einer einsamen Wiese, der jedem Sturm trotzen würde. Der Kopfgeldjäger empfand ihn nicht als Bedrohung, war dennoch für einen Moment überrascht.

Nur wenige Menschen des hamarischen Volkes waren dem Wachsoldaten an Größe ebenbürtig. Doch die Einfältigkeit, vielleicht war es auch einfach nur Dummheit, die vom Blick des Soldaten ausging, konnte die Größe nicht ausgleichen. Sie stand dem hochgewachsenen Soldaten in die Augen geschrieben. Der Kopfgeldjäger schuldete niemandem eine Antwort – schon gar nicht einem Grünschnabel in hamarischer Uniform.

»Ihr seid doch *der* Kopfgeldjäger?«, fragte der Soldat verunsichert.

Im Augenwinkel erblickte der Kopfgeldjäger zwei Wachsoldaten, die ihren Posten langsam verließen. Kaum ein anderer hätte es bemerkt, aber er sah es sofort und erkannte, wie die beiden ihre Hände so unauffällig wie möglich auf ihre Waffen legten. Langsam kamen sie auf den Kopfgeldjäger und den jungen Soldaten zu.

Es war ein Gefühl der Ohnmacht, wenn er die Kontrolle über seine Wut verlor, doch noch beherrschte er sich. Die Wut tat, was sie wollte. Und es begann wie immer: mit glühenden und schmerzenden Ohren. Die Schmerzen kontrollierten ihn für Sekunden, doch genügte es, um jeden Anwesenden spüren zu lassen, dass etwas geschah. Nur dieser große, junge Wachsoldat schien es nicht zu bemerken.

Tief atmete der Kopfgeldjäger durch, damit er nicht die Kontrolle über sich verlor und das unausweichlich Wirkende abwenden konnte. Seine Fäuste ballte er immer fester, mit dem festen Vorsatz: ›Nur nicht die Beherrschung verlieren. Du hast es dem Hauptmann versprochen!‹ Auch, wenn es wahrscheinlich schon zu spät war.

»Kopfgeldjäger«, ergriff der junge Soldat erneut das Wort. So viel Naivität hatte selbst der Kopfgeldjäger noch nie erlebt. Es schien, als bettele er förmlich darum, dass es geschah. Die beiden Wachsoldaten beobachteten genau, was vor sich ging.

Der Kopfgeldjäger beherrschte sich. Es kostete ihn all seine Willenskraft. Doch gelang es ihm, sich abzuwenden, dem Gebirge zu, während er seine Arme auf die Brüstung der Mauer legte. Es hätte ihm eine Warnung sein sollen, aber der junge Soldat interpretierte die Situation vollkommen falsch. Er verstand es als Einladung und trat neben den Kopfgeldjäger. »Man erzählt sich, der Kopfgeldjäger würde jeden Auftrag erfolgreich beenden und ...«

»... und das glaubt Ihr?«, unterbrach dieser herablassend den jungen Soldaten, der sofort zustimmend nickte.

Der Kopfgeldjäger kämpfte mit sich, denn es gelang ihm kaum noch, seine Wut im Zaum zu halten. ›Er kann nichts für deine Wut. Er wäre nur ein einfaches Opfer‹, sagte er sich, doch seine Wut würde unweigerlich explodieren – es war nur noch eine Frage der Zeit. Mit eisernem Willen gelang es ihm, sich noch etwas länger unter Kontrolle zu halten. Fest kniff er die Augen zusammen, um dem Druck, der sich in ihm aufbaute, ein Ventil zu bieten. Die Ohren schmerzten unerträglich, dennoch sprach der Kopfgeldjäger mit ruhiger Stimme: »Was geht dich Grünschnabel das an?«

»Nichts.«

»Warum hakst du dann noch weiter nach?«

»Seid Ihr nun *der* Kopfgeldjäger oder nicht? Ihr müsst es sein!«

»Wie kommst du darauf?«

»Es würde erklären, warum meine Kameraden auf Abstand zu Euch gehen und Diethelm und Gerfried Euch so genau beobachten.«

Der Kopfgeldjäger musterte die beiden Soldaten, in deren Richtung der junge Mann zeigte, doch fand er keine Erinnerung an sie. »Würde es das?«, fragte der Kopfgeldjäger.

»Die beiden sagten, dass sie Euch kennen und ...«

Er unterbrach den jungen Soldaten mit angespannter und leiser Stimme: »Niemand kennt mich.«

»Sie sagten, Ihr hättet in Markon Eure Ausbildung erhalten ...«

Der Kopfgeldjäger schwieg. Zu sehr schmerzte die damalige Erfahrung – sie hatte ihren Teil zu seiner Wut beigetragen.

»... und dass Ihr der einzige Junge wart, der jemals die harte Gangart des Erlernens des Hamars überlebt hat ...«

Die Erinnerung tauchte wieder in seinem Gedächtnis auf, als wäre das alles erst gestern geschehen. Ein weiterer Strom der Wut durchfloss seine Adern und ein eiskaltes Gefühl kroch über seinen Rücken. Seine Ohren schmerzten wie niemals zuvor – nicht aufgrund der beiden Wachen, sondern wegen damals.

»... und dass Ihr gnadenlos Rache an den Soldaten genommen habt, die sich daran beteiligt haben. Und sie sagten, es erginge jedem so, der an Euch geraten würde, ob freiwillig oder nicht. Nur dem Hauptmann wäre nichts geschehen. Sonst erfahre jeder Eure Wut …«

Kuno drehte sich dem Jungen zu.

Der jedoch wusste nicht, wann er seinen Mund zu halten hatte, und plapperte einfach weiter. »… Euer Name steht für den Tod, sagt man, und dass deswegen alle Angst vor euch hätten.«

»Interessant, was man so sagt«, knurrte der Kopfgeldjäger. Unbeirrt starrte er den Jungen an.

»Ich kann das so nicht glauben – dass Euch auf den Wegen, die ihr beschreitet, der Tod folgt.«

»Nicht? Besser wäre es vielleicht«, gab der Kopfgeldjäger leise zu bedenken, während seine Augen funkelten. Er biss sich auf die Unterlippe. Wie gerne hätte er seiner Wut freien Lauf gelassen, aber sein Versprechen dem Hauptmann gegenüber wollte er um nichts auf der Welt brechen. Er wandte sich vom jungen Soldaten wieder dem Phylake zu.

»Ihr seid es doch!«, stellte der junge Wachsoldat fest.

Der Kopfgeldjäger benötigte seine Ruhe, doch der Junge schwieg nicht. Er redete immer weiter und störte die Gedanken des Kopfgeldjägers: »Ihr habt wirklich einen Urskruofi mit Euren bloßen Händen …«

»Still jetzt!«, entfuhr es Kuno Kopfgeldjäger lauter, als er es beabsichtigt hatte. In ihm brodelte es. Es kostete ihn seine letzte Kraft, ruhig zu bleiben.

»Ihr seid eine lebende Legende«, flüsterte der junge Mann ehrfurchtsvoll.

»Bin ich das?«, fragte Kuno voller Sarkasmus. Seine Fäuste schmerzten, so sehr presste er sie. Seine Knöchel waren schneeweiß.

»Junge, komm weg da. Lass ihn!«, rief einer der Soldaten.

»Gerfried, ich will nur mit ihm reden«, entgegnete der.

»Hör auf deinen Freund … er ist weise!«, sprach der Kopfgeldjäger leise.

»Es spielt keine Rolle, was du willst – lass ihn! Die Nacht ist bald vorbei.«

»Gerfried, ich weiß, was ich tue.«

»Nein, weißt du nicht«, knurrte der Kopfgeldjäger, der versuchte, den immer weiterwachsenden Schmerz in den Ohren zu ignorieren.

»Kopfgeldjäger, was macht Ihr eigentlich hier? Ist es ein Auftrag? Um wen handelt es sich? Kenne ich ihn? Bestimmt um den neuen Stadtrat, den finde ich auch sehr fragwürdig.« Es war diese eine Frage, die zu weit ging.

»Junge«, drehte sich der Kopfgeldjäger zu dem Wachsoldaten ein letztes Mal um. Er ergriff seinen Kragen und zog ihn dicht an sich heran. Der Soldat ließ vor Schreck sein Schild fallen. Scheppernd schlug es auf dem Boden auf. Sofort beobachteten nicht nur Gerfried und Diethelm die beiden, sondern alle Augen auf dem Turm waren nun auf den Kopfgeldjäger gerichtet. Er spürte ihre Blicke, wie sich die Augen an ihn hefteten. Innerlich lachte etwas, laut und verheißungsvoll.

»Da kommen wir der Sache doch schon näher, nicht wahr, Memme?«

Sämtliche Hände auf dem Turm glitten an ihre Waffen und umschlossen die Griffe des Hamar, den sie alle auf dem Rücken trugen.

»Das geht dich verdammt nochmal nichts an, Grünschnabel.«

Der erschrockene Junge sprach jedoch mit selbstbestimmter Stimme: »Schon gut! Ihr müsst nicht gleich ausrasten. Ich hab doch nur gefragt.«

»Hat dir deine Mutter nicht beigebracht, dass man Fremden keine Fragen stellen soll?« Ihre Nasen berührten sich fast, als der Kopfgeldjäger leise, aber fest auf ihn einsprach. Die Wut kontrollierte ihn beinahe und viel fehlte nicht mehr, bis er sich in ihr verlieren würde. Aber dieses bisschen Selbstbeherrschung in ihm, welches immer wieder zu ihm sprach: ›Du hast es dem Hauptmann versprochen‹, hielt ihn noch ab.

»Ich habe keine Mutter!«, sagte der Wachsoldat verbittert. Der Kopfgeldjäger hatte mit dieser Antwort nicht gerechnet. Sie irritierte ihn und seine Wut schien abzuklingen, doch der Junge brachte sie sofort wieder zurück. »Noch nie einen Waisen gesehen, Kopfgeldjäger?«, fragte er sarkastisch.

Woher nahm er nur diesen Mut? Der Kopfgeldjäger ließ von ihm ab. Es dauerte einen Moment, bis sich der Kopfgeldjäger wieder gefangen hatte. Dann sprach er rüde: »Es ist dein Problem, und nun lass mich. Verschwinde, bevor ich mich ganz vergesse.«

»Aber …«

Kuno machte einen Schritt auf den Jungen zu. »Nichts, ›aber …‹« Die anderen Wachsoldaten beobachteten ganz genau, was zwischen ihnen ablief. Kuno registrierte es und sprach zu ihnen: »Und ihr – lasst ab von eurer wahnwitzigen Idee, mich anzugreifen. Ich werde dem Kleinen nichts tun, wenn er und ihr mich in Ruhe lasst«, warnte der Kopfgeldjäger. Dann wandte er sich wieder dem Gebirge zu, während Diethelm mit ruhiger Stimme fragte: »Wir sind sieben, was könntet Ihr gegen uns ausrichten, auch wenn Ihr der Kopfgeldjäger seid?«

»Mehr als euch lieb ist«, sprach Kuno Kopfgeldjäger mit ruhiger Stimme.

Die Wachen waren amüsiert über seine Aussage, in dem Unwissen, dass sieben Wachsoldaten für den Kopfgeldjäger keinerlei Gefahr bedeuteten. Sie kannten nur die Geschichten, waren sich aber nicht im Klaren, wozu er wirklich in der Lage war. Ihr junger Kamerad stand noch immer wie angewurzelt da und starrte den Kopfgeldjäger an. Jeder vernünftige Mann hätte von ihm abgelassen und sich abgewandt, aber nicht so der Grünschnabel … »Kopfgeldjäger!«

Sofort schoss diesem erneut das Blut in seine Ohren und der Schmerz erreichte neue Gefilde. Er ballte eine Faust und biss die Zähne zusammen. Sie knirschten, doch das Ventil half diesmal nicht. Der Grünschnabel stand wie ein scheues Reh an seinem Platz. Kuno blickte mit den Augen eines Jägers. »Was, verdammte Scheiße, willst du von mir? Was, in Zeloos Namen, kann so verdammt interessant an mir sein, dass du mich immer noch belästigt? Dass du die Warnungen deiner Kameraden ignorierst? Was, verdammt nochmal, sag es mir! *Was?*«

»Nichts«, gab der Grünschnabel kleinlaut von sich.

»Dann geh, lass ab von mir.«

»Ich wollte nur …«

»*Was* wolltest du? *Was*? Sprich doch endlich!« Der Kopfgeldjäger ging auf ihn zu. Er sah im Augenwinkel die Wachsoldaten, wie sie ihre Hände an den Hamar legten. Sie würden ihn einsetzen, aber das wäre ihr Tod. Die Stimme des Hauptmannes erklang in seinem

Kopf: ›Und vor allem, lass dich nicht provozieren. Halte deine Wut im Zaum.‹

Würden die Wachen sich nicht beherrschen, hätten sie gegen ihn nicht den Hauch einer Chance. Dennoch respektierte Kuno Kopfgeldjäger die Entscheidung, jeder Zeit ihren jungen Kameraden zu verteidigen – war sie doch mutig, aber aussichtslos.

»Kopfgeldjäger, Ihr vergesst Euch!«, erklang eine Stimme aus der Gruppe der Soldaten und holte ihn wieder zurück in die Realität. Er registrierte die Warnung von einem der beiden älteren Soldaten. Kunos Augen blitzten vor Zorn einen Moment in seine Richtung auf. Er kuschte sofort weg.

»Was willst du?«, zischte der Kopfgeldjäger den jungen Soldaten an. Er stellte sich ganz dicht vor den Jüngling und starrte in dessen blaugraue Augen. Sie erinnerten ihn an jemanden. »Sprich jetzt – oder schweig!«

»Ich wollte doch nur wissen, was für einen Auftrag Ihr habt und ob Ihr …«

Der Kopfgeldjäger verlor die Beherrschung. Hatte er nicht deutlich gemacht, was er von zu neugierigen Jungen hielt? Seine Wut hatte gesiegt. Der Grünschnabel benötigte wohl tatsächlich eine Lektion zum Thema Respekt.

Er spürte mit Genugtuung und Hohn, wie das Nasen- und Jochbein unter seiner Faust brach. Der junge Soldat stürzte zu Boden und blieb benommen liegen. Das Blut quoll zwischen den Fingern seiner Hand hervor, mit der er sich das Gesicht hielt. Die anderen Wachsoldaten rissen den Hamar von ihren Rücken und stürzten auf Kuno Kopfgeldjäger zu.

Dieser lachte nur: »Ihr wisst nicht, zu was ich *wirklich* imstande bin.« Er genoss die pulsierende Wut in seinen Adern und dennoch hielt er sich zurück und blieb unbewaffnet. Er ließ bewusst seinen Dolch am Gürtel in der Scheide, er wollte niemanden töten. Noch nicht. Er spielte mit den Soldaten, seiner Wut, seinem Hass. Sie übermannten ihn und in dieser Intensität kannte er das Gefühl nur von früher – wähnte er es doch längst vergessen. Angefeuert von einer vertrauten inneren Stimme, die er aber lange nicht mehr vernommen hatte, kämpfte er die Soldaten nieder.

»Los, Memme. Mach sie endlich platt! Zu lange hast du dich zu-

rückgehalten. Zeig ihnen, wozu du imstande bist, und gib dich deiner Wut hin.«

Mit all ihrer Kraft hielten die Soldaten ihn fest. Nachdem sie jedoch schnell ihre Waffen verloren hatten, versuchten sie nun, ihm die Hände zu fesseln. Ohne Erfolg. Der Kopfgeldjäger war ihnen in jeglicher Form überlegen. Er wusste instinktiv, was sie wann tun würden. Er drehte den Spieß um und genoss es. Am Ende stand nur noch er.

»Ich sagte euch doch, ihr habt keine Chance. Ihr seid zu weich, ihr besitzt keinen Willen und vor allem – kein Gespür für die Gefahr. Ihr seid blind für alles, was mit dem Kampf zu tun hat, und ihr kennt *nicht* meine Wut …«

»Kopfgeldjäger!«, erklang hinter ihm die Stimme des alten Hauptmannes streng, laut und durchdringend. »Ich lass dich für einen Moment aus den Augen und dann das?« Dabei zeigte er auf die am Boden liegenden Soldaten.

»Sie leben …«, entgegnete der Kopfgeldjäger kühl.

»Sie bluten!«, schimpfte der Hauptmann.

»Aber sie leben!«, erwiderte der Kopfgeldjäger. Erst jetzt dämmerte es ihm, dass er sich von seiner Wut hatte leiten lassen. ›Habe ich einen Fehler gemacht?‹, fragte er sich. Aber er hatte keine Antwort darauf, stand nur schuldbewusst da. Wie ein Sohn, der von seinem Vater beim Blödsinnmachen erwischt worden war. In dem Moment wusste Kuno: Wäre der alte Hauptmann nicht gekommen und hätte einer der Soldaten es noch einmal gewagt … dann wäre die Situation unweigerlich eskaliert. Nicht weil er es wollte, sondern einfach, um seine Wut zu befriedigen.

Der alte Hauptmann stand vor ihm, holte ihn mit einer schallenden Backpfeife wieder zur Besinnung und anschließend in sein Haus. Wie ein Vater sprach er zu ihm.

KAPITEL 3: DER ALTE HAUPTMANN

Der alte Hauptmann saß auf seinem Pferd und beobachtete den Kopfgeldjäger bei seinem Tun. Neben ihm ragte ein Obelisk steil in den Himmel auf, so wie einige weitere, die in unmittelbarer Sichtweite errichtet worden waren – wie steinerne Phallusse stachen sie empor. Ihnen zu Füßen befestigte der Kopfgeldjäger das Tragegeschirr an seinem riesigen Hund, um anschließend an diesem zwei Taschen und seine Streitaxt zu befestigen.

»Du weißt, was das ist, Kopfgeldjäger?«, fragte der Alte mit dem Kopf auf den Obelisken zeigend.

»Ein Grenzstein«, antwortete der Kopfgeldjäger teilnahmslos.

»Du kennst seine Bedeutung?«, hakte der Hauptmann überrascht nach.

»Natürlich. Dieser Grenzstein markiert die Grenze zwischen der ›verbotenen Zone‹ und der ›erlaubten Welt‹«, sprach Kuno Kopfgeldjäger desinteressiert.

»Du kennst die Gesetze? Du überraschst mich immer wieder, Kopfgeldjäger.«

Er kannte sie, hatte er doch lange in der Nähe des Obelisken gelebt. Er war nicht so ungebildet, wie der Hauptmann meinte, nur weil er kaum zur Schule gegangen war.

»Solltest du diesen Punkt überschreiten … weißt du, was dir blüht?«

Er nickte.

»Dann hast du dein Leben verwirkt.«

»Und?«

»Überlege es dir gut«, warnte ihn der Hauptmann. »Den Bereich der ›verbotenen Welt‹ zu betreten, ist niemandem gestattet.«

»Und?«

»Laut zelooischem Gesetz ist es strengstens untersagt, das Phylake-Gebirge zu erklimmen, geschweige denn, sich dort aufzuhalten.«

»Und?«

»Jede Zuwiderhandlung dieses Gesetzes führt unweigerlich zum Tod.«

»Hauptmann, was wollt Ihr mir damit sagen?«, fragte der Kopfgeldjäger genervt, während er die Taschen mit Nahrungsmitteln, Spulen und verschiedenen Bolzen für seine Armbrust füllte.

»Ich gebe es dir nur noch einmal zu bedenken. Du kennst den Ablauf des Verfahrens, wenn sie dich erwischen?«

Kurz blickte der Kopfgeldjäger auf, als wäre nun doch sein Interesse geweckt worden. Aber er verzog keine Miene, wandte sich wieder den Tiefen seiner Tasche zu und breitete über den Bolzen eine Decke aus. Eine schwere Erschütterung vor ihnen – und er würde sowieso nicht wieder zurückkehren.

»Kopfgeldjäger? Hörst du mir überhaupt zu?«

Kuno Kopfgeldjäger reagierte nicht.

»Vor Gericht wird die Schuld nur formal festgestellt und du wirst direkt auf dem Marktplatz hingerichtet. Das Urteil lautete bisher immer: ›Tod durch den Strang‹.«

»Und?«, fragte der Kopfgeldjäger wieder.

Seine Gleichgültigkeit machte den alten Hauptmann verrückt. »Ich warne dich nur.«

»Willst du mich etwa doch von meinem Vorhaben abhalten?«

»Ich habe nicht gesagt, dass ich es will. Tu, was du nicht lassen kannst. Ich kann dich gar verstehen und wäre ich jünger … ich würde dir folgen.«

»Pah«, entfuhr es dem Kopfgeldjäger abwertend und missbilligend. Er blickte mit ernster Miene zum alten Hauptmann – mit Packen war er fertig. »Du wärest nur hinderlich.«

»Ich habe genauso wenig wie du in diesem Leben noch irgendetwas zu verlieren, Kopfgeldjäger.«

»Ist dem so?«, fragte der spöttisch. »Ich rieche deine Angst bis hier.«

Der alte Hauptmann hasste ihn, wenn er so war. Er konnte es nicht ändern, aber er wusste auch, dass der Kopfgeldjäger recht hatte. Er selbst hätte Angst gehabt, wäre er nun mit ihm gegangen. Aber wen wunderte es. Der Kopfgeldjäger wagte sich an einen Ort voller vergangener Grausamkeiten – die Brutstätte des Urbösen. »Ich würde ja glatt deine Entschlossenheit bewundern. Doch wissen wir beide, dass du wirklich jeden Schritt gehst, den du dir einmal in den Kopf gesetzt hast.«

Der Kopfgeldjäger stand auf, richtete den Lederriemen seines zerschundenen, alten Helms und zog ihn über sein Kinn. Er warf dem alten Hauptmann die Zügel seines fast zu Tode gerittenen Pferdes zu … »Mach's gut, alter Mann.« Damit wandte er sich ab, zum Aufbruch bereit.

Doch der Alte konnte ihn nicht einfach gehen lassen – auch wenn es wohl besser gewesen wäre. »Kopfgeldjäger, nimm verdammt nochmal wenigstens den Hamar mit!« In der rechten Hand hielt er ihm den großen und schweren, reichlich verzierten Hamarkopf hin. Nur die hamarischen Ritari durften diese Waffe in der Öffentlichkeit tragen. Es wirkte, als könne er sie ewig halten, doch der Kopfgeldjäger bemerkte ein leichtes Zittern. Der Stiel wartete auf die zupackende Hand des Kopfgeldjägers, doch dieser drehte sich lediglich um und blickte den Alten abschätzend an. Der Hamar hatte schon so manchem Gegner den Schädel zertrümmert, aber Kuno zweifelte an der Tauglichkeit einer derartigen Waffe bezüglich dem, was er beabsichtigte.

Ungeduldig wartete der Alte auf eine Reaktion, doch diese blieb aus. Er forderte ihn erneut energisch auf. »Sei kein Dummkopf, nimm den Hamar. Er kann dir gute Dienste leisten. Du weißt, wie man mit ihm umgeht. Besser als jede Wache in Markon.«

Seit Tagen hatte er nicht mehr so herzhaft gelacht, aber jetzt konnte Kuno Kopfgeldjäger kaum an sich halten. Er schüttelte vehement den Kopf und zog verächtlich eine Augenbraue hoch. »Alter Mann, wie kommst du darauf, dass ich deine Waffe mitnehmen sollte?«

Der Alte ignorierte die Anrede und griff nach dem letzten Funken Vernunft im Schädel des verbitterten Kopfgeldjägers. »Du willst also mit deinen fragwürdigen Waffen und deiner Best…«

Azig begann bedrohlich zu knurren, sein Rückenfell stellte sich auf und er zeigte seine Reißer. Der Hauptmann kam ins Stottern und räusperte sich geistesgegenwärtig, »… mit deinem Hund das Unwesen aus dem Schlund des Phylake-Gebirges zur Strecke bringen?«

»Azig wurde schon von vielen mit ›Bestie‹ betitelt«, sprach Kuno ruhig, »und er reagiert immer auf die gleiche Weise: knurrend und mit fletschenden Zähnen. Du kennst ihn. Niemand, der Verstand besitzt, sollte ihn erzürnen. Er versteht mehr, als du dir vorstellen kannst.«

»Aber der Hamar …«

»Ich gebe dir in einem Punkt recht: der Hamar hat viel Leid gesät. Du weißt besser als jeder andere, dass er mir sehr viel Schmerzen bereitet hat.«

»Und diese Schmerzen …«

»Nein«, fauchte der Kopfgeldjäger dazwischen, »schweig!«

Der Hauptmann blickte ihn irritiert an.

»Ich habe mir geschworen«, flüsterte der Kopfgeldjäger bestimmt, »niemals wieder diese Waffe in meine Hände zu nehmen; niemals wieder mit ihr zu kämpfen. Es ist die Waffe, mit der mein Leiden unter *ihm* begann. Und wenn ich etwas schwöre, dann halte ich mich daran.«

»Aber du beherrschst sie wie kein Zweiter.«

»Mögen dem Bastard die Eingeweide in dem Loch, in dem ich ihn zurückließ, von Maden zerfressen werden«, spuckte Kuno Kopfgeldjäger verächtlich aus und sprach mehr zu sich selbst: »Ich brach ihm die Beine mit dieser Waffe und ließ meinen Hamar bei ihm zurück – als Beweis, dass ich die Waffe nie wieder anfassen würde. Nie wieder werde ich sie tragen«, und an den alten Hauptmann gerichtet: »Begreife das!«

»Erinnere dich, du warst eigentlich schon zu alt, um den Umgang mit dieser Waffe zu erlernen, aber er bestand darauf.«

»Und deswegen drückte er mir als 15-Jährigem den Hamar in die Hände, schubste mich auf den Übungsplatz und ließ mich gegen die Soldaten, die auf mich warteten, mit den Worten kämpfen: ›Du kommst hier erst raus, wenn du ihn beherrschst.‹ Fünf Tage lang wurde mir auf unsanfte Art und Weise die Waffe nähergebracht.« Wut stieg im Kopfgeldjäger auf. Er spürte, wie seine Ohren bei der Erinnerung an diese Zeit glühten und schmerzten. Diese unerlässliche Wut, die er nie gelernt hatte zu bändigen geschweige denn zu kontrollieren – die ihm das eine oder andere Mal den Preis für seine Jagd gekostet hatte, weil die Beute nicht in dem Zustand bei dem Auftraggeber ankam, wie sie bestellt worden war. Die Wut kontrollierte ihn. Und doch war sie eine Zeit lang verschwunden und nicht Teil seines Lebens gewesen. »Immer wieder musste ich kämpfen. Ohne eine Erklärung über die Führung dieser Waffe. Wurde einfach hinein geschubst und sie prügelten auf mich ein.« Während er sprach, hielt er den Kopf gesenkt und die Kapuze verdeckte sein Gesicht.

»Du lerntest schnell«, sprach der alte Hauptmann mit leiser Stimme. Seine Augen fixierten den Kopfgeldjäger, der wie angewurzelt dastand. »Verflucht schnell. Schneller als je ein Junge vor dir. Deine Beobachtungsgabe und deine Intelligenz zeigten dir, wie man die Waffe benutzt.«

»Die Soldaten hatten den Auftrag, mich zum Krüppel zu schlagen. Nur meine Wut und mein Hass ließen mich am Leben bleiben. Sämtliche Hauptmänner der Stadt nahmen Geld von *ihm*. Dieser elendige Bastard wusste, dass ich sein Tod sein würde!«, sprach Kuno verbittert. »Genau deswegen wollte er mich wohl lieber früh als spät loswerden. Diese Mistkerle schickten nur ihre stärksten, brutalsten und erfahrensten Kämpfer in den Ring. Wie durch ein Wunder überlebte ich, Runde um Runde. Jeder blaue Fleck, jedes blaue Auge, jede Schürfwunde und jede einzelne Verstauchung und Prellung hat sich in meine Erinnerungen gefressen. Nur du …«, sprach der Kopfgeldjäger mit so etwas wie Dankbarkeit in der Stimme zum alten Hauptmann, »… nur du hast niemanden geschickt. Bis heute hast du darüber nie ein Wort verloren. Mein Kopfgeldjägermeister hat dich noch Jahre danach dafür verflucht – dich dafür gehasst, dass du niemanden geschickt hast. Denn er war sich sicher, dass einer der deinen mich zum Krüppel gemacht hätte. Alle anderen hielt er für Stümper in der Kampfausbildung, das sagte er immer wieder.«

Der alte Hauptmann blickte mit einem warmen, fast väterlichen Gefühl auf den Kopfgeldjäger, sagte aber nichts. Genau in diesen Momenten hatte der Kopfgeldjäger etwas Menschliches, etwas Verletzliches an sich. Keine Wut, kein Hass zerfraßen seine Seele, er wirkte zerbrechlich, demütig und wie ein Kind.

»Ich weiß noch, wie sich mein erster Auftrag anfühlte«, erinnerte sich der Kopfgeldjäger. Er sprach, weil er es sich von der Seele reden wollte, und nicht, weil es der alte Hauptmann wissen sollte. Seine Arme hingen schlapp an seinem Körper herab. Nur seine Stimme zeigte, dass er immer noch, nach all den Jahren, die Wut dieser Ereignisse tief in sich trug. »Es war eine dieser mondlosen Nächte, vor denen sich jedes Wesen auf dieser, vom Zeloo vergessenen Welt in die Hose machte – ich damals ebenso. Ich wusste es nicht besser. Der Bastard lachte mich aus, ohrfeigte mich, stellte mich bloß und nannte mich eine ›Memme‹. Wir sollten einen Bauern zurück zu seinem Herrn in irgendein bedeutungsloses Kaff im Fulkenland bringen. Ich brach dem Bauer mit dem Hamar seine Beine. Die Wut und die Verzweiflung, die sich bei diesen Kämpfen in mir aufgestaut hatte, ließ ich an ihm aus. Am Ende war nicht mehr viel von seinen Beinen übrig. Sie waren Mus. Ich suhlte mich in meiner Überlegenheit und empfand Macht. Ich spielte mit ihr. Es war erbärmlich und kläglich, wie er sich versuchte zu wehren. Ich fühlte mich so lebendig durch meine Überlegenheit und damals empfand ich es als richtig!« Kuno Kopfgeldjäger atmete tief durch.

›War es Reue, die dort mitschwang?‹, überlegte der alte Hauptmann. Aber niemals hätte er geglaubt, dass der Kopfgeldjäger etwas wie Mitleid empfinden konnte.

»Zufrieden war er, wenn nicht gar berauscht von meiner Leistung. Der Bauer würde nie wieder weglaufen können … ›Die gerechte Strafe für den Ungehorsam dem Fürsten gegenüber‹, so nannte er es. Am Ende wurde der Bauer als mahnendes Beispiel für all die anderen armen Würstchen auf dem Richtplatz des Kaffs gehängt. In dem Moment empfand ich es als Gnade, als der Strick ihm die Luft nahm und er elendig an diesem verreckte.«

Der alte Hauptmann schwieg. Nie zuvor hatte er diese Geschichte gehört.

»Aber genug von alten Geschichten und der Vergangenheit. Ich habe Wichtigeres zu tun.«

Der alte Hauptmann zog die Waffe zurück und fragte fast lautlos: »Und wann soll ich dich hier wieder abholen?« Er war gewiss, dass sein Freund zurückkehren würde, obwohl er wusste, was er vorhatte, und eine Aussicht auf Erfolg eigentlich nicht vorhanden war.

»Du wirst es wissen, wenn ich wiederkomme. Vertraue mir.«

»Ich werde es wissen?«, fragte er erstaunt.

Der Kopfgeldjäger pfiff und ignorierte die Frage. Azig stellte sofort die Ohren auf und lief an seine Seite.

»Dennoch, Kopfgeldjäger, höre auf den Rat eines alten Kriegsveteranen. Wenn du schon den Hamar nicht willst, dann vergiss wenigstens nicht, dass bald die mondlose Nacht ist. Sie ist …«

Schallend lachte dieser: »Ernsthaft? Hauptmann! Du glaubst an diese Märchen?« Der Spott war deutlich zu hören, als seine Augen ihn durchdrangen. »Gerade sagte ich dir, dass es Mumpitz ist. Es geschieht rein gar nichts in den Nächten, in denen kein Mond scheint.«

»Kopfgeldjäger, glaube mir, in den mondlosen Nächten ist das Urböse besonders gefährlich. Und wann werden die Wesen dieser Welt …«, schüttelte er den Kopf.

»… Vernunft walten lassen? Es sind Mythen, Legenden, Ammenmärchen. Es gibt keine mondlose Nacht, in der etwas Schreckliches passiert. Es gibt nicht mal mehr das Urböse. Die Wesen auf dieser Welt sind von Grund auf schlecht, aber nicht aufgrund irgendeines Märchens aus längst vergangenen Zeiten, sondern einfach, weil die Menschen so sind. Ich bin das beste Beispiel dafür.«

»Nein!«, entfuhr es dem Hauptmann. »Nein, wir Menschen sind nicht alle so! Wir sind für diese Welt da. Zwar stammen wir vom Zeloo ab, aber dennoch lebt etwas Gutes in uns, Kopfgeldjäger. Dein Hass, deine Verbitterung sind es, die dich blenden. Nein, du machst es dir zu einfach«, sprach er mit autoritärer Stimme. »Schließlich war ich über drei Jahrzehnte für die Geschäfte des Hauptmanns von Markon verantwortlich. Und selbst nach meiner Außerdienststellung bin ich noch immer eine Autorität im Südosten von Hamarien. Ich habe eine ganze Stadt verwaltet, verteidigt und mein ganzes Leben in ihr verbracht. Ich …«, dabei zeigte er mit seinem Zeigefinger auf sich selbst, »… ich bin der am längsten amtierende Hauptmann der Geschichte dieser und anderer Städte von Hamarien und du …«, dabei zeigte er mit seinem Zeigefinger auf den Kopfgeldjäger, »… du wagst es mich auszulachen, mich zu erniedrigen – mich, der ich dir durch Gefallen und Geld den Weg aus der Stadt geebnet habe? Damit du hier an diese Stelle unbehelligt gehen und deinen Plan umsetzen kannst?«

Betroffen blickte der Kopfgeldjäger auf den alten Hauptmann.

»Es ist kein Aberglaube, Kopfgeldjäger«, sprach dieser mit fester Stimme. »Wenn die Nacht am finstersten ist und der Mond erloschen, ist das Urböse besonders mächtig. Der Zeloo warnte uns vor dieser Phase des Mondes, nachdem er die Unforhtal in den Tiefen des Phylake-Gebirges begraben hatte, da er sie nicht vernichten konnte. Er war ihr Schöpfer.«

»Und?«, sprach der Kopfgeldjäger trotz seiner demütigen Haltung mit arroganter und selbstsicherer Stimme.

»Und? Du sagst nur: ›Und‹? Diese Mondphase ist in den nächsten Tagen, Kopfgeldjäger«, warnte ihn der alte Hauptmann. »Jahrzehntelang waren meine Männer und ich in diesen mondlosen Nächten, in denen es keine Sterne und kein Licht am Himmel gibt, besonders wachsam. Nur tiefste Finsternis umhüllt dann jedes Ding, jedes Wesen, jeden Winkel dieser Welt. In diesen Nächten ist das Urböse besonders gefährlich. Alle achtundzwanzig Tage erobert die Finsternis die Nacht und …«

»Blödsinn, Hauptmann. Absoluter Schwachsinn«, unterbrach ihn der Kopfgeldjäger rüde. »Ammenmärchen und Geschwätz von Waschweibern, Müttern und anderen Angsthasen. Mach die Augen auf und erkenne, dass du von nichts eine Ahnung hast. Du bist auch nur so ein elendiger Feigling, wie alle anderen auf dieser Welt. Getrieben von Geschichten und nicht von den Erfahrungen, die man machen kann. Es gibt keine Unforhtal, kein Urböses und in diesem Gebirge ist nichts, was uns Angst machen oder hervorbrechen könnte. Wie oft bin ich durch die mondlosen Nächte überall auf dieser Welt geritten und es ist nie etwas geschehen. Nie, Hauptmann. *Nie!*«

»Wenn du dich da mal nicht irrst, Kopfgeldjäger … Was ist mit dem Monster, welches du verfolgst?«

»Was soll mit ihm sein?«, spielte er seine Verfolgung herunter.

»Woher kommt es? Und warum hat es gerade hier, im Phylake-Gebirge, Einzug gehalten?«, gab der Alte zu bedenken.

Kuno Kopfgeldjäger schwieg.

Und der Alte spürte, dass er an Oberwasser gewann: »Glaub es – oder lass es, Kopfgeldjäger. Ich habe dich gewarnt.«

»Machen wir es kurz, Hauptmann«, sprach Kuno genervt, der

Alte hielt ihn schon viel zu lange mit dieser Banalität auf. »Ich bin unzählige Male durch die Finsternis der Nacht geritten. Nichts unterscheidet diese Nächte von anderen, bis auf die Tatsache, dass kein Mond zu sehen ist. Es sind nur alberne Geschichten, damit die Rotzlöffel, Bälger und Bengel früher ins Bett gehen und die Erwachsenen etwas mehr Zeit für sich haben. Nie ist mir etwas geschehen. Ob ich auf Kopfgeldjagd war oder ob ich besoffen aus einer Gaststätte nach Hause gewankt bin. Nie habe ich nur ein einziges Anzeichen des Urbösen gesehen, nur die Wut und den Hass der Menschen; wie sie sich in ihrem Suff die Köpfe eingeschlagen haben. Nichts anderes.«

Es brodelte im Inneren des Kopfgeldjägers, die Schmerzen in den Ohren gewannen die Oberhand, und doch schien er seine Wut kontrollieren zu können. Er ballte die Fäuste, bis seine Knöchel knackten. Wie konnte es sich dieser alte, sonst so weise Hauptmann erdreisten, *ihn* an die mondlose Nacht zu erinnern? Machte er sich etwa Sorgen oder etwa lustig über ihn? Beides war vorstellbar. Doch der Kopfgeldjäger wäre kein Kopfgeldjäger gewesen, wenn er nicht immer noch ein Ass im Ärmel gehabt hätte. »Sag mir, alter Hauptmann, ist irgendetwas in dieser Zeit, in der der Mond kein Licht der Nacht spendete, geschehen? Irgendetwas?«, forderte Kuno Kopfgeldjäger den Alten heraus, der sogleich in die Falle tappte.

»Nein, aber …«

»Dann brauchen wir nicht weiter zu diskutieren. Ich habe ein Verlangen, welches befriedigt werden will, und du hinderst mich mit einer solchen Sinnlosigkeit daran.« Der Kopfgeldjäger wandte sich vom alten Hauptmann ab. Er griff seinen dunkelgrauen lutarrischen Mantel mit der blauen Borte, der am Boden lag, warf ihn um seine Schultern und packte seinen ovalen, wappenlosen Holzschild, welcher mit Stahl derselben Abstammung verstärkt worden war. Geübt warf er seine selbstentwickelte, durch Spulen selbstladende und ebenfalls mit lutarrischem Stahl gehärtete Armbrust über seine andere Schulter und befestigte den Tragegurt mit seinem Gürtel an beiden. Ohne die Fähigkeiten der Lutarrer, den Wesen des Weltenerbauers Diopetes, hätte er niemals diese Waffe in den Händen halten können. Mit ihren schwarzen Augen und ihrem schlanken, gar grazilen Körper waren nur sie in der Lage, solche Dinge herzustellen. Schließlich überprüfte er die Taschen an seinem Gürtel, ob das Magazin mit den fünf Bolzen sowie die unzähligen Spulen griffbereit waren. Im Anschluss daran positionierte der Kopfgeldjäger das Schild neu. Beim Erklimmen des Kurda sollte es nicht hinderlich sein.

Er drehte sich ein letztes Mal zum Hauptmann um. Es war nicht seine Art, sich zu entschuldigen, aber zu viel hatte der alte Hauptmann in den letzten Stunden für ihn riskiert und getan, als dass er ihn verärgert hätte zurücklassen wollen. Wer wusste schon, wofür er ihn wohl nochmals würde brauchen können. Er schuldete dem Kopfgeldjäger nichts und dennoch half er ihm.

»Schenk ihm ein paar Worte, mein Kuno.«

»Der Hamar«, sprach er mit fester Stimme, »alter Kamerad, ist eine Nahkampfwaffe und keine Waffe, die man gegen so ein Monster einsetzen kann. Ich weiß nichts über dieses Unwesen, habe es nur einmal erlebt. Aber auf keinen Fall werde ich dieser Missgeburt des Bösen so sehr auf die Pelle rücken, als dass der Hamar meine letzte und einzige Möglichkeit wäre, ihm damit seinen verfluchten Schädel einzuschlagen. Da könnte ich mich gleich in meinen Dolch stürzen und so dem Vieh die Freude nehmen, mich zu töten. Mein Überleben hängt nicht von dem Hamar ab, auch wenn in der Vorwendenzeit euer Gründer Iso mit dem Eisenhamar angeblich so einem Ding den Schädel eingeschlagen hat. Da hilft keine pure Gewalt – es bedarf der Geduld, Raffinesse und eines absoluten Killerinstinkts.«

»Und ausgerechnet *du* besitzt all diese Eigenschaften, Kopfgeldjäger?«, fragte der alte Hauptmann spöttisch. »Ich habe einiges über dich erfahren – aber all das bist du nicht. Du bist nur ein abgehalfterter Trunkenbold mit einer durchgeknallten Armbrust, der es liebt, irgendwelche Wesen für Geld oder eine kleine Gefälligkeit zur Strecke zu bringen. Du bist ohne jegliche Moral, ohne Ehre, ohne irgendetwas. Du hast nicht mal eine Heimat!«

Kuno Kopfgeldjäger schritt erhobenen Hauptes los und entgegnete: »Wir werden es erfahren, alter Mann, wozu ich imstande bin.«

»Dann sag mir«, erhob dieser höhnisch und zugleich ungläubig seine Stimme, »wie willst du dieses Ungetüm besiegen?«

»Mit Wut, Hass, Verstand und genügend Erfahrung, um jegliche Art von Wesen auf dieser vom Zeloo vergessenen Welt zur Strecke zu bringen. Wie du es sagtest: ›Ich bin ohne jegliche Moral und ohne Ehre‹ … und genau das ist dieses Monster auch. Nur weiß es noch nichts von seinem Glück, von *mir* hingerichtet zu werden. Verurteilt habe ich es schon.« Er ließ seine rechte Hand durch das Fell seines treuen Begleiters gleiten und lächelte zufrieden. »Möge man über mich denken, was man will. Auch ich habe meinen Stolz«, sprach er. Azig bellte zustimmend, immer den Berg im Blick, an dessen Spitze er seinem Schicksal entgegentreten würde.

KAPITEL 4:
DIE EBENE

Der Kopfgeldjäger und sein treuer Gefährte schritten über das weite Plateau, welches sich bis zum Phylake-Gebirge hin erstreckte. Ein eisiger Wind pfiff über die Ebene von den Bergen herab und schnitt ihnen wie unzählige scharfe Messer in die Haut. Um dem aufgewirbelten Sand und Staub zu trotzen, band der Kopfgeldjäger sich und Azig je ein rotes Tuch vor Mund und Nase. Der Kurda war einer der unzähligen Berge des verbotenen Gebirges. Schroff und steil ragte er in den Himmel dieser Welt, während der Rest des Berges die seichten Rundungen einer gut gebauten Frau besaß. Es schien dem Kopfgeldjäger, als hätte sich dieser schon vor seinem Aufstieg gegen ihn und seinen Begleiter verschworen; als versuche der Berg mit all seiner Macht, ihn von sich zu halten. Doch der Wille des Kopfgeldjägers war nicht zu bändigen.

»Kurda spürt, dass ich nicht in friedlicher Absicht komme«, flüsterte der Kopfgeldjäger. »Es scheint meine Wut zu fühlen und zu welchen Taten ich imstande bin.«

Stetig nahm der Wind zu, bis er nur noch als ein schrecklich lautes Heulen erklang, und selbst sie Mühe hatten, gegen ihn anzukommen. Kunos Ohren meldeten sich wieder und sein treuer Gefährte Azig musste unglaubliche Qualen durchleiden, da sein Hund ein deutlich feineres Gehör besaß. Doch dieser lief in einiger Entfernung über die Ebene, als könne ihm das Heulen des Windes nicht auch nur das Geringste anhaben. Er schnüffelte unentwegt am Boden. Der Kopfgeldjäger beobachtete ihn und schritt stur weiter.

Die Hoffnung, bei Hereinbruch der Dämmerung am Fuße des Berges ihr Lager aufschlagen zu können, starb mit jedem Moment mehr, den er sich gegen den Wind stemmen und einen Fuß vor den anderen setzte musste. Deutlich langsamer als erhofft kamen sie voran. Er hatte mit Schwierigkeiten gerechnet, aber nicht mit einer

Gegenwehr des Berges. Es half nichts. Er würde auf der kargen und staubigen Ebene einen Platz zum Übernachten suchen müssen.

Kuno Kopfgeldjäger nahm einen Schluck aus seinem ledernen Wasserschlauch. Er hielt sich die Hand zum Schutz vor Sand und Staub vor das Gesicht. Dennoch spürte er die feinen Sandkörner in den Augen.

Der Kopfgeldjäger blickte suchend in die Ferne. Das rote Tuch hob Azig deutlich vom gelben Sand und Staub ab. Nur lief sein Gefährte nicht mehr schnüffelnd über die Ebene, sondern scharrte mit seinen Pfoten im Boden aus Sand und Steinen.

Er grub ein Loch. Immer tiefer wurde es und bald war der halbe Körper des Hundes im Boden verschwunden. Er buddelte mit solch einer unfassbaren Geschwindigkeit, dass der Kopfgeldjäger es kaum glauben konnte. Azig verharrte. Er schien an irgendetwas zu zerren. Was konnte da nur im Boden sein, dass Azig es so unbedingt haben wollte? Er tauchte wieder vollständig aus dem Loch auf und bellte. Der Wind trug dem Kopfgeldjäger die verzerrten Laute zu. Er kannte dieses Bellen. Sein treuer Gefährte hatte etwas gefunden. Mit seiner Pfote zog Azig an seinem roten Tuch und streifte es sich ab. Es flog davon. Der Kopfgeldjäger folgte ihm mit seinem Blick, beobachtete, wie es immer höher aufstieg. Schließlich wurde es irgendwann vom Staub und Sand verschluckt. Wieder bellte Azig. Der Kopfgeldjäger richtete seinen Blick auf ihn. Seine Schnauze verschwand im Loch. Kuno sah, wie er etwas aus dem Loch zerrte. Ohne lange zu überlegen, kämpfte sich der Kopfgeldjäger, gegen den Willen des Windes, hin zu seinem treuen Freund. In der Schnauze seines Gefährten fand er einen schneeweißen Knochen, dessen raue Zunge kurz darauf immer wieder über ihn glitt, während seine riesigen Pfoten ihn festhielten. Er begann zu nagen und der Kopfgeldjäger wusste, er musste Vorsicht walten lassen, da Azig seinen Fund selbst gegen sein Herrchen bis zum Tode verteidigen würde.

Langsam ging er vor seinem Hund in die Hocke. Jede Bewegung, die Kuno Kopfgeldjäger ausführte, wählte er mit Bedacht, um Azigs Fund begutachten zu können. Er musste nicht lange auf den Fund starren, um ihn als menschlichen Oberschenkelknochen zu identifizieren.

»Was ist das hier für ein Ort?«, murmelte der Kopfgeldjäger fragend vor sich hin. Er blickte sich um. Weit und breit nur Sand, Gestein und Staub. Lediglich das Gebirge bot ihm einen Anhaltspunkt, sonst nichts. Der Blick in das Loch verriet ihm jedoch etwas: ›Dieser Ort muss einer der unzähligen Kriegsschauplätze der Urzeitenwenden sein‹, mutmaßte der Kopfgeldjäger für sich. Er kannte nicht viele der alten Geschichten, dazu hatte er zu selten am Schulunterricht teilgenommen. Aber er wusste, dass nach dem Glauben der Menschen und Lutarrer das Phylake-Gebirge als das Zentrum des Urbösen galt. Hier lag angeblich der Ursprung des menschlichen Leides und der Lutarrer. Bis heute suhlten sie sich im Selbstmitleid und suchten die Schuld im Urbösen. Jegliche Verantwortung hinsichtlich der angeblichen Ereignisse wiesen die Menschen von sich. Sie fühlten sich vom Zeloo verraten und aufgegeben, weil sie hier nicht zu besseren Wesen geworden waren, sondern nur zeigten, was ihrem wahren Wesen entsprach.

Der Kopfgeldjäger kannte längst nicht alle Geschichten und den Teil, den er kannte, konnte er nicht glauben. Jeder war für sich selbst verantwortlich, das hatte er früh auf brutalste Art und Weise erfahren und weder ein angeblicher Zeloo noch das Urböse trugen Schuld an der jeweiligen Situation …

Der Kopfgeldjäger schüttelte seine Gedanken von sich. Er hatte Wichtigeres zu tun, als über die Vergangenheit zu philosophieren, und wandte sich an seinen Gefährten: »Was meinst du, Azig – könnte dies vielleicht der Ort sein, an dem die letzte Schlacht gegen das Urböse stattgefunden hat?«

Azig reagierte nicht, sondern kaute weiter am Knochen.

Mit seinen Händen tastete Kuno Kopfgeldjäger in dem Loch herum. Weitere Knochenreste, aber auch Rüstungsgegenstände kamen zum Vorschein.

»Dem ist so, mein liebes Kopfgeldjägerchen«, erklang eine liebliche, zuckersüße weibliche Stimme. Der Kopfgeldjäger zuckte erschrocken zusammen. Binnen weniger Sekunden war er aufgesprungen, hatte sein Schild vom Rücken gerissen, die Armbrust mit Hilfe des Spannknopfes gespannt und sich in Angriffsstellung gestellt. Mit einem scharfen Pfiff holte er Azig an seine Seite. Der Hund ließ sofort vom Knochen ab und stand knurrend und mit gesträubtem Fell an

seiner Seite. Auch er hatte ganz offensichtlich diese Stimme vernommen.

»Siehst du was, Azig?« Der Kopfgeldjäger blickte sich suchend um … konnte jedoch niemanden erblicken.

»Ach, *mein liebes Kopfgeldjägerchen, sei nicht albern, du kannst mich nicht sehen*«, sprach die Stimme.

Kunos Blick streifte hin zu dem Berg. ›Spricht er etwa mit mir?‹

»Ach, mein liebes Kopfgeldjägerchen, seit wann können Berge denn reden?«, fragte die Stimme. *»Berge können weder reden noch handeln. Das weißt du genau.«*

Er war hilflos. Welches Spiel wurde hier gespielt?

»Dies, mein liebes Kopfgeldjägerchen, ist der Ort der letzten Schlacht. Hier versammelte der Zeloo Menschen, Lutarrer, Urskuofi und all die anderen friedlichen und weniger friedlichen Wesen und trat mit ihnen dem Urbösen entgegen. Das Blut all jener tränkte diese Ebene in tiefem Rot. Aber erst das Blut der Skorden, der Far-Hurnis und der Zunten machte sie unfruchtbar und zu dieser Wüste. Als der Zeloo spürte, dass die Schlacht verloren war, riss er mit letzter Kraft das Gebirge vor ihm auf, warf all das Böse, was er vorfand, dort hinein und versiegelte es. Er verlor seine körperliche Hülle. Nur seine Seele wandelte noch auf dieser Welt. Das Urböse war nicht besiegt, aber es war weggesperrt, so dass es nie wieder hervorkommen konnte. Daher trägt dieses Gebirge vor dir den Namen ›Phylake‹, was in der Sprache der Götter so viel wie ›Strafanstalt‹ bedeutet.«

Seine Ohren schmerzten, Wut stieg in ihm auf, aber er konnte sie gegen niemanden richten. »Wer bist du?«, schrie Kuno. Er hatte nicht nur die Worte gehört, sondern die Bilder der letzten Schlacht vor Augen gehabt. Es waren grauenvolle Bilder gewesen, voller Gewalt, Blut und Hass. Selten hatte er etwas Gnadenloseres gesehen – doch bereits so viele Grausamkeiten erlebt und getan.

»Du kannst mir vertrauen, mein liebes Kopfgeldjägerchen. Ich werde dir helfen, den Weg auf den Berg zu finden, und ich werde dir helfen, das Monster, welches du jagst, zu vernichten«, säuselte die Stimme.

»Vertrauen? Einer Stimme, die mir diese Bilder schenkte? Warum sollte ich dir Vertrauen?«

»Weil ich dir das geben werde, was du dir am sehnlichsten wünschst, mein liebes Kopfgeldjägerchen.«

»Wer bist du?«, schrie der Kopfgeldjäger erneut … doch eine Antwort erhielt er nicht. Die ihm fremde Stimme war verklungen. Nur der Wind heulte lauter als zuvor. Noch nie hatte er Angst in dieser puren und reinen Form verspürt, wie nun, bei dem Klang dieser Stimme. Es war nicht die Wut, die er spürte, sondern es war die nackte Angst. Er zitterte am ganzen Körper. Der Schock, dass er zu solchen Gefühlen fähig war, saß tief.

Der Kopfgeldjäger streichelte seinem treuen Gefährten über den Kopf. »Azig, hast du das auch vernommen?«

Dieser kläffte zwar kurz und zustimmend, doch schien ihn tatsächlich nichts aus der Ruhe bringen zu können. Unberührt kaute er weiter auf seinem Knochen. Der Kopfgeldjäger fingerte an einer der Taschen auf Azigs Rücken herum. Er fand schnell die kleine Flasche mit der braunen Flüssigkeit, die ihn jetzt beruhigen würde … Schnaps. Er setzte ihn an und nahm einen kleinen Schluck. Gefühlt bestand der Schnaps nur aus Alkohol und er brannte, als würde der Kopfgeldjäger pures Feuer in sich hineinkippen. Die Wirkung zeigte sich sofort. Das Zittern ließ nach und der erste Schock über diesen fragwürdigen Kontakt war überwunden.

»Dich scheint doch tatsächlich nichts von dem zu berühren, was hier geschieht, Azig. Ich sollte mir ein Beispiel an dir nehmen und einen kühlen Kopf bewahren. Wie konnte ich ihn nur so verlieren? Da aber auch du diese Stimme vernommen hast, und ich sie mir wohl nicht nur eingebildet habe, sollten wir sie als Warnung betrachten. Wir sind nicht allein auf dem Berg.« Kuno Kopfgeldjäger atmete tief durch, nahm einen weiteren Schluck aus der Flasche, bevor er sie wieder zurück in die Tasche steckte. Dann richtete er sich auf und marschierte weiter gegen den Wind.

Unaufhaltsam kroch die Dunkelheit der Nacht über die weite Ebene, als Kuno und Azig noch immer Seite an Seite über sie hinwegschritten. Die wenigen Sterne funkelten nur in einem schwachen, matten Licht. Endgültig begrub Kuno die Hoffnung auf einen sicheren Schlafplatz. So legte sich schließlich Azig schützend vor seinen Herren, während der Wind über sie hinwegpfiff. Der Kopfgeldjäger fand keine Ruhe. Seine Gedanken kreisten nicht mehr um die weibliche Stimme, die ihm so viel Angst eingeflößt hatte, vielmehr tauchte der alte Hauptmann in seinem Kopf auf. Würde er bei seiner Rückkehr vielleicht doch gerichtet werden von einem menschlichen Gericht? War vielleicht an der Geschichte um das Phylake-Gebirge doch mehr dran, als er sich zugestehen wollte?

›Mich wird niemand richten. Es wird allein der Zeloo sein, wenn ich vor ihn trete … und das wird vermutlich recht bald geschehen. Er wird verstehen, warum ich so handle. Er wird mich für ganz andere Taten Rechenschaft ablegen lassen, als dafür, dass ich in diese *verbotene* Zone eingedrungen bin. Das ist nur ein weiteres, kleines und unwichtiges Vergehen, welches ich begehe.‹

Der Kopfgeldjäger begann, seinen treuen Gefährten zu streicheln. Schützend lag er vor ihm, hielt den heulenden Wind ein wenig ab, und irgendwann … döste Kuno ein.

φ

Was würde er nur tun ohne seinen treuen Freund? Die Bilder erschienen verschwommen.

Fünf Jahre war es her, da hatte er ihn als kleinen Welpen, kaum größer als seine Handfläche, aus einem ganzen Wurf auserwählt. Inzwischen war Azig zu einem riesigen Wesen herangewachsen – und schien es weiterhin zu tun. Das bemerkte Kuno am Tragegeschirr des Hundes, dessen Einstellungen er ständig ändern musste.

Im Norden von Hamarien bewachte diese Hunderasse ganze Bauernhöfe, während die Menschen auf den Feldern arbeiteten. Sie konnten ohne größere Probleme einen Wolf oder einen Bären verjagen oder gar töten, selbst wenn sie ihr eigenes Leben dabei ließen. Sie teilten genauso aus, wie sie einstecken konnten. Nicht umsonst hießen sie im Volksmund der Bauern dort ›Bauernrächer‹. Es war ihnen möglich, tagelang ohne Fressen auszukommen – bekamen sie aber etwas, so konnte es nie genug sein.

Kuno hatte zudem nach wie vor Zweifel daran, ob es damals nicht eher Azig gewesen war, der ihn als seinen ›Partner‹ auserwählt hatte, denn umgekehrt. Doch spielte das nicht die geringste Rolle – sie schienen wie für einander bestimmt.

»Seid vorsichtig, Kopfgeldjäger!«, war er noch von dem Bauern gewarnt worden. »Sie sehen alle süß und harmlos aus, aber sie können einem mit ihren Zähnen schon jetzt enorme Schmerzen zufügen.«

»Was kann mir so ein kleines Ding schon tun?«, hatte der Kopfgeldjäger gelacht.

»Nicht umsonst haben wir einen von diesem Wurf in der alten Sprache der Götter ›Azig‹ genannt. Mal sehen, ob Ihr ihn findet.«

»›Azig‹?? Aha. ›Bissig‹ also … interessant!«, hatte Kuno gemurmelt. Nur noch wenige Menschen verstanden zumindest Bruchstücke dieser fast vergessenen Sprache, so auch er, war es ihm doch einst gelungen, ein paar wenige Brocken bei einem lutarrischen Schmied aufzuschnappen. Über den Welpenkorb gebeugt, hatte er wahllos hineingegriffen … aber einer dieser ach so niedlich guckenden Welpen hatte sofort zugeschnappt. Er traf seine Hand. Die Blutung war heftig gewesen. Kuno hatte ein Stück Stoff von seiner Kleidung gerissen und mit schmerzverzerrtem Gesicht, aber einem Lächeln auf den Lippen, die Bisswunde verbunden. Der Verband war ihm tagelang geblieben, ebenso wie für immer die Narbe an seiner linken Hand … als eine Art Andenken.

»Nicht im Traum hätte ich daran gedacht, dass Ihr so schnell fündig werden würdet …«, staunte der Bauer.

»Den nehm ich!«

»Seid Ihr Euch da sicher? Er hat Euch verletzt!«

»Und?«

»Er wird schwer zu bändigen sein. Ich sollte ihn lieber im Hamar ertränken.«

»Also, wenn ich Euch schon einen Welpen abnehmen soll, dann diesen hier. Keinen anderen.«

»Nun gut … dann soll es eben so sein, Kopfgeldjäger«, hatte der Bauer demütig nachgegeben, froh darüber, einen Kleffer weniger durchfüttern zu müssen. Kuno bekam das Tier also quasi nachgeschmissen: Ein Glücksfall. Auch wenn er sich dessen zu dem damaligen Zeitpunkt noch gar nicht bewusst war.

Eigentlich hielt er weder etwas von tierischen noch von menschlichen Begleitern. Zu groß empfand er die Gefahr, dass derartige Verbindungen bei seinen Aufträgen für ihn zum Nachteil werden konnten, sollte einer seiner Gegner sie auszunutzen wissen. Solch eine Partnerschaft würde eine Schwäche bedeuten. Dennoch erkannte er, welche Möglichkeiten in diesem kleinen, ganz und gar nicht normalen Welpen schlummerten. Er würde ihm wohl mehr helfen, womöglich auch das Leben retten, als zum Nachteil gereichen.

Niemals hatte Kuno geglaubt, durch einen Auftrag zu einer Art Held für eine ganze Region werden zu können und diese neue Rolle war ihm zutiefst verhasst. Die Gunst des Bauers, in Form seines neuen Gefährten, hatte er erhalten, weil er die nördliche Provinz ›Wihari‹ in Hamarien von einem jähzornigen Dorfoberhaupt befreien konnte. Keiner der Bauern hatte geglaubt, dass der alleinige Beweggrund des Kopfgeldjägers tatsächlich sein Auftrag dazu gewesen war, eine Anweisung der hamarischen Krone. Normalerweise diente er auch keiner Krone dieser Welt, aber die unglaublich gute Bezahlung hatte ihn schließlich doch überzeugt.

Im Durchschnitt reichte ein Hund einem ausgewachsenen Menschen höchstens bis zur Hüfte. Aber Azig überragte bei Weitem alle Hunde um mehr als nur eine Schulterlänge. Nicht nur seine pure Größe wirkte einschüchternd, sondern auch die Statur – war sie doch muskulös, strahlte Kraft und Stärke aus. Mit seiner sabbernden Schnauze, aus der zwei fünf Zentimeter lange Reißzähne hervorragten, wirkte sein riesiger Kopf bösartig und angsteinflößend. Dunkle, fast schwarze Augen, wie sie die Lutarrer hatten, vollendeten den düsteren Eindruck. Er schreckte jegliches Lebewesen, welches ihm Leid zufügen wollte, ab.

φ

Kuno erwachte aus seinem Halbschlaf. ›Wie ich meine Erinnerungen verfluche …‹ Es spielte keine Rolle, ob es gute oder schlechte waren. Er konnte sie genauso wenig kontrollieren, wie seine Wut. Immer wieder tauchten sie ganz unvermittelt auf, und dabei war es egal, ob er wach war oder schlief. Er wollte sich nicht mehr erinnern, ahnte jedoch, dass es nicht die letzten Erinnerungen waren, die ihn einholen würden.

Er fühlte sich nach dem Halbschlaf nicht mehr ganz so abgekämpft. Aber die Erschöpfung nach dem Ritt der letzten drei Tage, der Nacht in Markon und der Reise über die sandige Ebene saß ihm in den Knochen. Er brauchte Ruhe, um sich davon zu erholen. In diesem Zustand würde er gegen das Monster nicht den Hauch einer Chance haben.

Trotz der morgendlichen Dunkelheit machten sie sich auf den Weg und stemmten sich gemeinsam gegen den Wind. So erreichten sie am frühen Morgen, noch bevor die Sonne über den Horizont gestiegen war, den Fuß des Berges. Zielstrebig begannen sie den Aufstieg.

KAPITEL 5:
DER AUFSTIEG

Geröll, riesige Felsbrocken und abgestorbene, teilweise verwitterte Bäume erschwerten das Erklimmen des Kurda. Nur langsam kehrte die Vegetation zurück. Sie benötigten keinen Schutz mehr vor Sand und Staub, so zog sich der Kopfgeldjäger sein rotes Tuch vom Mund. Es hing jedoch um seinen Hals, würde er es noch einmal benötigen. Am Fuß des Berges waren nur vereinzelte braun-grüne Gräser und Moose zwischen all dem Geröll und den verrottenden Bäumen vorhanden, nachdem sie die sandige Ebene verlassen hatten. Inzwischen tauchten mehr Gräser, Flechten und kleinwüchsige Sträucher auf.

Stunde um Stunde kletterte der Kopfgeldjäger mit Azig den Berg des Windes hinauf. Während Azig, wie gewohnt, keinerlei Anzeichen von Erschöpfung zeigte, spürte der Kopfgeldjäger jeden seiner Schritte. Er schob den Schmerz beiseite, wie er es schon so oft getan hatte, wenn er auf Kopfgeldjagd gewesen war. Er gönnte ihnen nur wenige Pausen.

Plötzlich verharrte er. Konnte das möglich sein? Der Berg des Windes überraschte ihn. Er griff nach seinem Wasserschlauch, wischte sich den Schweiß von der Stirn und trank einen Schluck. Nein. Er bildete es sich nicht ein.

»Es ist windstill«, sprach der Kopfgeldjäger irritiert. Der Wind war einfach nicht mehr da. Die fast unheimliche Stille beunruhigte den Kopfgeldjäger. Was hatte sie zu bedeuten?

»Das kann kein gutes Omen sein«, brummte er in seinen Dreitagebart. Geistesgegenwärtig legte er die Hand auf den Kopf seines Gefährten, der neben ihm saß, und streichelte ihn sanft. »Azig, was witterst du?«

Sein Freund hatte immer ein gutes Gespür, wenn etwas in der Luft lag, aber Azig trug in aller Seelenruhe die Knochenreste des Vorabends mit sich herum.

»Vielleicht solltest du dir weniger Gedanken machen!«, flüsterte er sich Mut zu. »Es ist nur ein Berg!« Der Kopfgeldjäger war ein gestandener Mann, doch auch ihm rutschte bei manchen Dingen das Herz in die Hose. Und genau dies war ein derartiger Moment. Er war seltsam und unerwartet. Es ergab schlichtweg keinerlei Sinn. Aber hier zu verweilen und zu warten, ob der Wind wiederkäme, war genauso widersinnig.

Einen Moment atmete der Kopfgeldjäger durch, um Kraft zu sammeln, da die Ausrüstung schwer auf seinem Körper wog. Sie schien ihm die Luft zu nehmen, trotzdem er es gewohnt war, sie zu tragen. Für das Erklimmen eines Berges hatte er sie nicht entwickelt. Die lutarrische Legierung des Kettenhemdes war deutlich leichter, dehnbarer, belastbarer und hielt mehr Gewalteinwirkungen stand, als ein menschliches eisernes Kettenhemd es getan hätte. Dennoch lastete sie schwerer, als er es je zuvor empfunden hatte, auf ihm. Am liebsten hätte er sich ihrer entledigt, aber seine Vernunft hielt ihn davon ab.

Kuno Kopfgeldjäger griff seinen Wasserschlauch und schüttelte ihn. »Verflucht noch eins, ich habe zu viel getrunken. Azig, wir müssen Wasser finden«, stellte er fest. Durst hatte er.

Sein Blick schweifte über die trostlose Berggegend. Weit und breit nur Stein und Geröll. Vermutlich erst gegen Abend würden sie die Stelle erreichen, welche aus der Ferne grün schimmerte. Dort konnten sie vielleicht frisches Wasser finden, also gab sich der Kopfgeldjäger optimistisch. Ohne Wasser würden Azig und er niemals zu der alten Festungsruine gelangen …

Sie mussten weiter. Doch nur langsam und schwerfällig schritt Kuno voran. Azig lief voraus, leichtfüßig wie eh und je, so als wäre das Ganze nur ein Spaziergang. Der steinige Weg wurde immer steiler und unbequemer. Diverse Male trat er aus Versehen gegen kleinere, quer liegende Steine, die dann polternd den Hang hinabkullerten. Er wollte es vermeiden, doch war er es nicht gewohnt, einen Berg hinaufzusteigen.

Gegen Abend erreichten die beiden eine Felswand; noch immer hielt die merkwürdige Windstille an. Nach längerem Suchen entdeckten sie eine Felsspalte, die ein kleines Nachtlager zuließ. Sie krochen hinein und richteten es sich so gemütlich, wie es eben ging, ein. Es war kalt, feucht und dunkel. Mit vorgehaltener Armbrust erkundete der Kopfgeldjäger die schmale Spalte, die noch viel tiefer in den Fels hineinführte. Hoch ragte er in den Himmel hinauf, so dass nur in der Abenddämmerung ein paar wenige Sonnenstrahlen die moosbewachsenen Wände schimmern ließen. »Wer weiß, was sich dort versteckt hält …«, flüsterte der Kopfgeldjäger. Doch Azig lief ohne Bedenken hinein und machte es sich an einer Stelle, bis zu der zumindest noch etwas Licht vordrang, bequem. Hier konnte einfach keine Gefahr lauern. Ohne weiter nachzuforschen, nahm Kuno die Taschen und die Streitaxt vom Geschirr seines Hundes. Auch er entledigte sich vollständig seiner schweren Ausrüstung. Was blieb, war sein brauner Waffenrock, den er mit einem Gürtel befestigte.

Sie stärkten sich mit etwas getrocknetem Fleisch aus einer der Taschen auf Azigs Rücken. Doch hielt der Kopfgeldjäger dabei rechts neben sich seine Armbrust und links die Streitaxt positioniert. Auf die gefühlte Sicherheit wollte er sich nicht verlassen; konnte man hier am Berg doch nie vorsichtig genug sein.

Mit gefülltem Magen setzte sich Azig an den Eingang der Felsspalte und wachte. Kuno jedoch verfluchte, bevor er einschlief, seine maßlose Naivität. Selten zuvor hatte er sich so amateurhaft angestellt wie auf dieser Jagd. Seine Wut war stärker gewesen als jegliche Vernunft, und zu einfach hatte er sich seinen Plan vorgestellt: Hinreiten, hinaufklettern, Kopf abschlagen, absteigen und schauen, wohin ihn der Wind tragen würde.

Der Kopfgeldjäger blickte an Azig vorbei und genoss den Ausblick, der sich vor ihm und seinem treuen Kameraden bot. In weiter Ferne zeigten sich ihnen die funkelnden Lichter der vielen Städte und Dörfer, die wie die Perlen auf einer Perlenkette das Phylake-Gebirge umschlossen. Deutlich erkannte der Kopfgeldjäger die beiden großen Metropolen Nithard und Markon – ›die Kampfstarke‹ und ›der Grenzbewacher‹. Irgendwo im Osten lag noch die östlichste hamarische Metropole Werenfried, die der Kopfgeldjäger jedoch nur erahnen konnte. Die ›Schwarze Wand‹, ein Ausläufer des Phylake-Gebirges, versperrte ihm den Blick. Sie war ein einziger riesiger Berg aus schwarzem Gestein, dessen viele Gipfel steil in den Himmel ragten. Die drei Städte bildeten einen Ring um den nördlichen Teil des Phylake-Gebirges, der sich im Süden des Fulkenlandes befand. Zwischen ihnen lagen viele kleinere Dörfer, Städte und Festungsanlagen, die der Bewachung des Gebirges dienten und von denen aus jedes Vorkommen dem hamarischen König gemeldet werden musste.

Doch seit weit über einem Jahrtausend war dort nichts mehr geschehen und so suchten sich die Städte neue Betätigungsfelder. Während Nithard, am Flussdelta der Fulke liegend, die Einfuhr verschiedenster Waren übernommen und sich so zu einer der größten Handelsmetropolen auf dieser Welt entwickelt hatte, die stetig wuchs, war Markon eine einfache Garnisonsstadt geblieben. Doch hatten sich hier eine Schafskäseproduktionsgilde sowie weitere landwirtschaftliche Gilden gebildet. Viele ehemalige Soldaten waren in diesem Bollwerk nach ihrem Dienstende geblieben, suchten Ruhe und neue Einnahmequellen, welche die Landwirtschaft ihnen bot. Ihr Schafskäse war weit über die Stadtgrenze hinaus bekannt und beliebt. Die grünen Wiesen des Umlandes von Markon waren voll von saftigem Gras und prädestiniert für die Herstellung des Käses. Hingegen war Werenfried keine Garnisonsstadt im eigentlichen Sinne mehr. Sie lag zwischen dem Phylake-Gebirge und dem sogenannten ›Grundlosen See‹, und bildete somit die südöstliche Grenzstadt zu Rouhhen. Haupteinnahmequelle waren die Warenzölle zwischen Rouhhen und Hamarien. Durch die vielen Einkünfte konnte die Stadt in den letzten Jahrhunderten expandieren wie kaum eine andere. In den letzten Jahren wurde hier ein Hafen am Grundlosen Meer errichtet. Werenfried zog zudem massenhaft Wesen aus allen Teilen der Welt, jeglicher Herkunft, Abstammung und sozialer Schicht an. Es gab keine dem Kopfgeldjäger bekannte Stadt, in der mehr Gesindel lebte wie in dieser.

So wie sämtliche Dörfer, Siedlungen und Städte dieser Welt waren auch diese drei aus einem einfachen Wachturm heraus gebildet und weiterentwickelt worden. Andere hingegen mussten aufgegeben werden oder wurden durch Kriege zerstört.

Kuno hatte sie alle im Rahmen seiner Tätigkeit als Kopfgeldjäger gesehen – die aufblühenden Städte, wie auch die Ruinen. Gerade im Grenzgebiet zu Rouhhen hatte er sich eine goldene Nase verdient und einen Namen gemacht.

Kuno Kopfgeldjäger zog die Decke fester um sich. Es fröstelte ihn. Azig kehrte an den Lagerplatz zurück und schmiegte sich an ihn, so dass Kuno ihm den Kopf streicheln konnte – eine Geste, die beide beruhigte. Die wohltuende Wärme des Hundes strahlte auf ihn aus und alles schien von ihm abzufallen. Und während der Kopfgeldjäger schlief, wachte Azig über ihn. Die ganze Nacht.

Unsanft wurde der Kopfgeldjäger geweckt. Azig knurrte. Er witterte etwas. Vorsichtig schlich der Kopfgeldjäger zu seinem Gefährten.

»Was witterst du?«, fragte er flüsternd. Azigs Knurren wurde leiser und langsam entspannte er sich. Der Kopfgeldjäger kehrte zurück zu seinem Schlafplatz, warf sich in Windeseile seinen Gambeson und das Kettenhemd über und griff seine Streitaxt.

»Bleib Azig. Ich bin gleich wieder da.«

Azig gehorchte. Kuno spähte vorsichtig aus der Felsspalte hervor, hinein in die Morgendämmerung, und lauschte. Der Wind war immer noch abgeklungen und in der Stille rührte sich nichts – bis schlagartig das Vogelgezwitscher wieder einsetzte. Der Kopfgeldjäger zuckte zusammen. So etwas hatte er noch nie erlebt. Azig kam an seine Seite und hechelte. Die Gefahr, falls es eine gegeben haben sollte, war nicht mehr vorhanden. Sie kehrten in die Felsspalte zurück; zu unbehaglich war dem Kopfgeldjäger geworden und an Schlaf war jetzt eh nicht mehr zu denken. Ohne lange zu überlegen, packte der Kopfgeldjäger sein Hab und Gut, und sie marschierten los.

Weitere unzählige Stunden und Höhenmeter folgten sie einem fast verschütteten und zugewucherten Pfad des Berges, den sie zufällig entdeckt hatten, als sie von der Felsspalte aufgebrochen waren. In regelmäßigen Abständen kontrollierte der Kopfgeldjäger, ob es Hinweise für andere Wesen in der Gegend gab. Doch er fand kein Anzeichen für Leben, welches eine Gefahr für ihn darstellen konnte.

Als die Abendsonne langsam hinter dem Horizont zu verschwinden begann, suchten sie einen Ort für eine Rast. Zwar nicht wirklich freiwillig, doch der Körper des Kopfgeldjägers verlangte danach. Unter einem Felsvorsprung fanden sie einen geeigneten Ort, da dieser sie vor möglichem Regen schützte. Ohne lange zu überlegen, legte der Kopfgeldjäger alles ab, was ihn auf irgendeine Art und Weise belastete – bis auf seine Rüstung. Dass sein Gefährte am Morgen eine Gefahr gewittert hatte, ließ ihn, trotz seiner schmerzenden Knochen, sein Kettenhemd weiterhin tragen. Seinen Helm legte er auf einen der Felsen unter dem Vorsprung ab. Daneben platzierte er die Taschen und seine Streitaxt. Sein Schild lehnte er gegen die Felswand neben sich.

Anschließend trank er einen kleinen Schluck Wasser. Viel war nicht mehr da und es schmeckte schal und fade. Um den Geschmack aus seinem Mund zu verbannen, nahm er einen Schluck aus der Flasche mit der braunen Flüssigkeit. Sie brannte, doch beruhigte ihn wieder, und schien auch gegen seine ›Grundwut‹, die er immer in sich trug, zu wirken. Er entspannte sich und lächelte zufrieden, während Azig zwischen den Steinbrocken hin und her lief.

»Ich bin zu alt für diesen Scheiß«, nuschelte der Kopfgeldjäger vor sich hin und nippte ein weiteres Mal von der scharfen Flüssigkeit. Mit der linken Hand wühlte er in seinem Rucksack herum, während er mit der rechten die kleine Flasche festhielt. Gekonnt fischte er einen Apfel heraus und etwas Trockenfleisch. Der Apfel war eingedellt und hatte schon einige braune Stellen unter seiner schönen roten Haut. Der Kopfgeldjäger hasste das, da er wusste, wie mehlig und leicht angefault der Apfel an genau dieser Stelle schmecken würde. Kuno Kopfgeldjäger polierte ihn an seiner Kleidung und biss hinein. Er kaute auf dem herausgebissenen Stück herum und blickte ins Leere.

Sein Magen grummelte. Nicht wegen des halb vergammelten Apfels oder des Trockenfleisches. Sondern weil er spürte, dass etwas in der Luft lag. Er konnte es nicht genau definieren, aber irgendetwas stimmte nicht. Oder war es vielleicht doch der Alkohol, der seine Sinne verwirrte?

Er blickte auf die Flasche, aus der er nicht mal ein Viertel getrunken hatte. Daran konnte es nicht liegen. Sein Blick wanderte zu Azig, doch der verhielt sich unauffällig. Er wanderte zwischen den Steinen hin und her und schnüffelte mal hier und mal da. Wie es ein Hund eben so tat. Die Stille des Berges irritierte ihn. Es war genauso still wie am Morgen. Keine Geräusche drängten sich ihm auf. Die Ruhe des Berges wirkte nicht friedlich, sondern bedrohlich. Nichts rührte sich. Sämtliche Klänge waren verschwunden, hatten sie ihn doch in jeglicher Art den ganzen Pfad bis hierher begleitet. »Was geht hier vor?«, nuschelte der Kopfgeldjäger in seinen Bart und richtete sich auf. ›Das Zirpen der Grillen ist verstummt, wie auch das Gezwitscher der Vögel …‹, so lauschte er angespannt, doch nur das Rauschen seines Blutes konnte er in den Ohren vernehmen. Geistesabwesend biss er wieder in seinen Apfel. Das Geräusch erschien ihm unfassbar laut. Es zerriss die Stille des Berges. Das Apfelstück zu kauen, empfand er als unerträglich, so dass er mehr als die Hälfte des Bissens unzerkaut hinunterschluckte.

»Was, im Namen des Zeloo, geht hier vor?« Kaum hatten diese Worte seinen Mund verlassen, reagierte Azig. Er sprang an seine Seite und knurrte aufgeregt. »Alles gut, mein Großer?«, fragte der Kopfgeldjäger seinen treuen Gefährten. »Was witterst du?« Selten hatte er erlebt, dass sein sonst so ruhiger Hund so verstört knurrte. Dann kläffte er zweimal.

Der Kopfgeldjäger hörte plötzlich ein leises fernes Rauschen und spürte eine ungewöhnliche Vibration. Er blickte auf seine Flasche und sah, wie sich in dem braunen Schnaps die Vibrationen widerspiegelten … das alles ergab für ihn keinen Sinn.

»Verflucht noch eins, was geht hier vor?«, entfuhr es dem Kopfgeldjäger erneut. Sein Hund stand neben ihm und bellte. »Was willst du mir sagen, Azig?«

Die Vibrationen wurden heftiger und die Flasche rutschte dem Kopfgeldjäger aus der Hand, fiel auf den Boden, zerbrach aber nicht. »Schwein gehabt!«, flüsterte der Kopfgeldjäger erleichtert. Er wollte sich gerade zur Flasche beugen, als plötzlich Azig ganz dicht an die Felswand sprang.

Aus dem Rauschen wurde ein Getöse, welches immer lauter und lauter erklang. Es schien, als würde der gesamte Berg, langsam aber stetig wachsend, von einem Zittern ergriffen. Das Grollen schwoll auf einen ohrenbetäubenden Pegel an. Der Kopfgeldjäger begriff, dass irgendetwas passierte. Ob es nun im oder am Berg geschah, konnte er nicht ausmachen. Also entschied er sich, aufzustehen und nachzusehen. Doch durch die Vibration des Berges war das nicht einfach. Nur mit Mühe erreichte er den Felsvorsprung, so dass er einen kurzen Blick über ihn werfen konnte. Die Erschütterung des Bergs wurde immer heftiger und der Kopfgeldjäger verlor jeglichen sicheren Stand. »Ein Erdbeben kann das nicht sein!«, schrie er gegen das Grollen an. Erwachte in diesem Moment das Urböse? Riss es womöglich das Phylake-Gebirge auf und entkam seinem Verlies?

Azigs Jaulen und Bellen war nicht mehr zu vernehmen – hinter dem Grollen, welches alles zu bestimmen schien. Dem Kopfgeldjäger gelang es, über den Felsvorsprung in Richtung Bergspitze zu blicken. Geistesgegenwärtig zog er sich sein Halstuch über den Mund, stolperte vorneweg, ergriff dabei seinen Rucksack und stürzte unter den Felsvorsprung, genau neben seine Streitaxt und die Taschen. Er legte sich ganz dicht zu Azig an die Felswand, und dieser sich schützend über ihn. Kuno Kopfgeldjäger schloss die Augen, atmete tief aus … während das ohrenbetäubende Grollen endgültig über sie hereinbrach.

KAPITEL 6: DIE KRAFT DER SPULEN

Dunkelheit umhüllte den Kopfgeldjäger. Nichts war zu sehen. Er rieb sich die Augen. War er erblindet? Kein Licht und kein Geräusch verirrten sich in das steinerne Verlies. Die Finsternis regierte.

Kuno Kopfgeldjäger hustete und spuckte aus. Staub war in seinen Lungen, war doch das rote Tuch unbemerkt von seinem Mund gerutscht. Sein Geschmack war wieder trocken und schal; so kannte er ihn nur nach einer durchzechten Nacht, in der das Besäufnis und der dazugehörige Kater besonders groß gewesen waren.

»So eine verfluchte Scheiße! Dieser Drecksarschlochberg will mich schon vor dem Anfang um die Ecke bringen. Probieren soll er‘s, verfickte Scheiße!«, fluchte der Kopfgeldjäger lautstark. Seine alles bestimmende Wut schwoll wieder an. Er war nicht wütend, weil er in dieser Höhle feststeckte. Er war wütend, weil der Berg, bei dem Versuch ihn zu töten, so kläglich versagt hatte. Der Kopfgeldjäger forderte Kurda auf: »Stell deine halbherzigen Versuche endlich ein! Tue es einfach! Bring mich um! Mach es! Töte mich und nimm mir meinen Schmerz, verdammt nochmal!! Aber … lass die plumpen Versuche.« Einen Moment ergab er sich der Wut und genoss, wie sie in ihm aufwallte. Dann schrie er sie heraus.

»Gut so, Memme. So können wir arbeiten«, erklang eine tiefe Stimme. *»Lass sie raus, die Wut.«*

»So schnell bringt man keinen Kuno Kopfgeldjäger um, da musst du dir wirklich was Besseres einfallen lassen.« Er erinnerte sich an die Worte dieser ominösen weiblichen Stimme, die er auf der Ebene gehört hatte: ›*Berge können weder reden noch handeln. Und das weißt du genau*‹. In diesem Moment begriff er, dass es nicht der Berg gewesen war, der ihn in sein Verlies gesperrt hatte. Es konnte nur das Monster, welches er verfolgte, getan haben.

»Dieser Bastard«, murmelte er voller Zorn, »hat nicht mal die

Eier, es selbst zu tun, sondern schickt eine riesige Steinlawine, um mich aufzuhalten. Er hat wohl schon die Hosen voll, dieses Drecksvieh. Ich schwöre bei meinem verdammten Leben: Ich werde dich in die Finger bekommen und dir deinen verfluchten, widerlichen und abgrundtief hässlichen Schädel von deinem langen widerlichen Hals schlagen.« Die Wut stieg wieder in ihm auf und seine Ohren begannen zu schmerzen.

»Endlich beginnst du, zu denken wie ein Kopfgeldjäger und deinen Fokus auf das Wesentliche zu legen, Memme.«

Nur langsam konnte sich der Kopfgeldjäger wieder beruhigen und beginnen, seine Gedanken zu sammeln. »Wo ist eigentlich Azig?«, fragte er sich in der Dunkelheit verzweifelt herumtastend. Vor nicht einmal dreißig Sekunden hatte sein Hund noch halb auf ihm gelegen. Sofort ergriff ihn die Panik. Kein Fell, welches ihm anzeigte, dass sein getreuer Gefährte bei ihm war. »Azig?«, rief der Kopfgeldjäger in die Finsternis. In seiner Stimme spiegelte sich die heraufschleichende Angst. War dies hier ihr steinernes Grab? Waren sie lebendig begraben und mussten nun elendig verrecken? Azig war der einzige Freund, den der Kopfgeldjäger besaß. Ihn auch noch zu verlieren, würde er nicht ertragen. Er verfluchte sich für die Torheit, sein Herz an diesen Hund verloren zu haben. Er war seine Schwäche, würde er doch alles für ihn tun – so wie dieser es für ihn. Genau das war es, was ihm eines Tages sein Genick bei einer solchen Unternehmung brechen würde. Seine Schwäche. Er verfluchte sich und den Hund dafür.

Er nahm sich zusammen, schob den Gedanken beiseite und versuchte, sich auf das Wesentliche zu konzentrieren. Seine Hände lagen auf dem steinernen und staubigen Boden. Mit all seiner Kraft griff er in die am Boden liegenden Steinchen und presste sie so fest, bis einige unter seiner Kraft barsten …

»Beruhige dich wieder, Kopfgeldjäger«, flüsterte er sich zu. »Beruhige dich, und verfalle nicht in Panik wie ein altes Waschweib, welches ihr Kind verloren hat. Konzentriere dich. Du warst schon in ganz anderen Situationen. Denk nach!«, befahl er sich. Tief atmete er durch, sammelte seine Gedanken und ließ die zerborstenen Steine aus seiner Hand gleiten.

»Azig?«, rief Kuno Kopfgeldjäger erneut in die absolute Dunkelheit seines Verlieses. »Du dummer Hund, warum rettest du mir auch das Leben.« Es durfte nicht sein, dass sein Gefährte von einer Steinlawine erschlagen worden und nicht, wie er es auch selbst für sich wünschte, im Kampf gefallen war. »Azig, du verdammter Dreckskköter«, schrie Kuno fluchend, »nun gib schon Laut.«

»Tja ja, Memme. Da bist wohl wieder alleine. Du bist einfach ein Versager, ein Nichtsnutz, ein Stümper, ein Verlierer. Nichts bekommst du auf die Kette, du elendiger Narr.«

Der Kopfgeldjäger schleppte sich auf allen Vieren suchend zwischen dem Geröll hin und her. Die Wut wurde verdrängt von absoluter Hilflosigkeit. Er kannte das Gefühl nicht, doch ab jetzt sollte es ihn begleiten. ›Konzentriere dich auf das Wesentliche!‹, forderte er sich selbst in Gedanken auf. Unbedacht kletterte Kuno über die Steine, wobei er versehentlich einen verschob. Das Dach der Höhle rutschte quietschend, ächzend und knarrend nach. Er fühlte, wie ein Stein von der Decke ihm bedrohlich nahe kam. Staub rieselte. Die gesamte Konstruktion war instabil. Jede unbedachte Berührung eines Steines konnte es hier und jetzt schlagartig enden lassen.

»Auch wenn mich diese große Steinlawine nicht töten konnte, so kann das immer noch das Dach dieser verfluchten Höhle! Irgendwie schon witzig«, witzelte der Kopfgeldjäger. »Das Unwesen hat Humor. Hätte von mir sein können …«

Kuno Kopfgeldjäger bewegte sich nur vorsichtig weiter. Es erschien ihm wie Stunden – als wäre er kilometerweit durch diese Finsternis geklettert, dabei waren es nur wenige Meter, die er in ein paar Minuten zurücklegte.

Unerwartet ertastete Kuno in der Finsternis seinen Gefährten. In seinem Fell fühlte er den Staub und Dreck des Berges. Ohne zu zögern, glitt er vorsichtig neben ihn. Krachend rutschten irgendwo in der Höhle Steine nach. Der Kopfgeldjäger nahm keine Notiz davon. Mit seiner Hand strich er sanft über die Brust des Tieres. Er war erleichtert, denn Azig lebte. Sein Atem ging schwer, aber der Kopfgeldjäger spürte ihn. Nichts anderes war wichtig. Seine Hand glitt über den Kopf des Hundes. Sanft streichelte er wieder über den Körper und flüsterte liebevoll: »Azig, mein Guter. Wach auf. Bitte wach auf.« Verzweiflung schwang in seiner Stimme mit. Es konnte, nein, es durfte nicht sein, dass dieses Monster ihm auch noch seinen treuen Gefährten nehmen würde. »Azig«, flüsterte Kuno Kopfgeldjäger. »Komm schon. Du kannst mich diesen Weg der Verdammnis nicht alleine gehen lassen. Wer passt denn dann auf mich auf! Ich kann das Monster nicht alleine besiegen …«

»Memme, hör auf, dich wie ein Waschweib zu benehmen. Das ziert sich für einen gestandenen Kopfgeldjäger nicht. Reiß dich verdammt nochmal zusammen und sei, was du bist: Ein gnadenloser Kopfgeldjäger und kein Weichei. Ist ja fast schon peinlich und jämmerlich.«

Die Hand des Kopfgeldjägers glitt zur Schnauze des Tieres und streichelte sanft über die nasse Nase. Der Atem des Hundes ging flach und schnell. Kuno hatte keine Ahnung, ob das ein gutes oder schlechtes Zeichen war; wusste nur, dass Menschen, wenn sie aufgeregt oder nervös waren, schnell atmeten. Aber galt dies auch für Hunde?

Wut über seine Unwissenheit stieg in ihm auf – einhergehend mit den brennenden Ohren. Es nervte ihn, von dieser absoluten Finsternis umgeben zu sein.

Nur langsam sickerte in sein Hirn, dass er weiteren Kredit vom Zeloo erhalten hatte, denn durch den Felsvorsprung und Azig war ihm erneut das Leben gerettet worden. Was bezweckte der Zeloo damit? Warum ließ er ihn nicht sterben? Jeder andere wäre längst elendig verreckt.

›Kuno, das kannst du besser. Diszipliniere dich und kämpfe. Und höre auf, dich wie ein Waschweib anzustellen. Du bist ein Kopfgeldjäger ohne Moral und Tugend‹, sprach er sich im Geiste seinen Verstand zurück. Er musste jetzt rational denken und sich nicht von komischen Gefühlen leiten lassen. Denn er musste dieses Verlies schnellstmöglich verlassen, um Azig besser zu versorgen und seine Situation reeller einschätzen zu können. Aber dazu benötigte er einen Plan und, was weitaus wichtiger war, seine Ausrüstung. Doch viel Hoffnung hatte er nicht, dass irgendein Teil davon heil geblieben war. Im Moment hatte er nur sich selbst und seinen Verstand – und diesen schien er nach und nach zu verlieren. Wenn er weiterleben wollte, so musste er ihn behalten und nutzen, da ihm sonst der Kredit des Überlebens vergebens gewährt worden wäre.

Es verging eine endlose Zeit, während der Kopfgeldjäger neben Azig lag. Er hatte in der Finsternis jegliches Zeitgefühl verloren, als er plötzlich ein leises Winseln vernahm und hochschreckte. Er konnte sich nicht entsinnen, dass er eingeschlafen war. Sein treuer Gefährte lag wach neben ihm.

Es war ein traumloser Schlaf gewesen. Doch ob mit offenen oder geschlossenen Augen, die Finsternis blieb dieselbe.

›Warum auch?‹, murmelte Kuno Kopfgeldjäger in Gedanken und schloss die Augen. Bilder vergessener Tage blitzten vor ihnen auf. Er erblickte für einen Moment … Schnell riss er sie wieder weit auf. Diese Finsternis war ihm deutlich lieber! Diese Bilder wollte er vergessen und verdrängen, sie quälten ihn zu sehr.

»Jaja, Memme. Feige wie eh und je.«

Der Kopfgeldjäger hörte und vernahm die Stimme, aber er registrierte sie nicht – auch wenn sie ein ständiger Begleiter geworden war.

»Ein Versager bist du, Memme! Nichts weiter als ein Versager. Warum sie dich liebte, ist mir schleierhaft. Du Taugenichts. Schwachmat.«

»Mein Kuno gibt sein Bestes. Sei nicht so hart zu ihm. Er bemüht sich doch und kämpft mit allem, was er hat.«

»Ach, halt die Fresse. Du bist genauso ein Verlierer. Memme braucht einfach nur mal einen kräftigen Tritt in seinen dicken und bequem gewordenen Arsch, damit seine Hirnwindungen wieder vernünftig funktionieren und er sein Selbstmitleid verliert. Früher war er nicht so verweichlicht. Sie hat ihn dazu gemacht … und dann geht der Rest auch.« Die Stimmen verstummten.

»Du dummer Hund«, flüsterte Kuno liebevoll. »Du sollst nicht immer auf mich aufpassen.« Ein leises Bellen bekam er als Antwort. Azig verstand ihn. Das Hecheln wurde lauter, sein Atem ging schneller. War das ein gutes Zeichen?

Der Hund richtete sich auf. Er stupste den Kopfgeldjäger mit seinem Kopf an. Erleichtert streichelte der seinen Gefährten. Azig dankte es ihm mit einem kleinen Bellen. Dann begann er durch die Finsternis zu wandeln – bewegte sich, als hätte er nie etwas anderes getan. Konnte ein Hund im Dunkeln besser sehen als ein Mensch? Aber dies war keine einfache Dunkelheit, sondern die absolute

Finsternis. Doch Azig war nicht irgendein Hund, sondern ein Bauernrächer.

Lange vernahm Kuno nur den Laut seiner tapsenden Pfoten, wie sie sich auf den Steinen fortbewegten, bis Azig laut zu bellen begann.

»Was denn?« Kuno wusste genau, dass der Hund ihm keine wirkliche Antwort geben konnte, aber er war der einzige soziale Kontakt, den er besaß. Azig bellte erneut. Der Kopfgeldjäger verstand – sein treuer Gefährte hatte irgendetwas entdeckt. »Ich bin doch schon auf dem Weg«, flüsterte er, »nur eben nicht so leichtfüßig.«

Azig bellte erneut. Es klang wie eine Bestätigung, gepaart mit Hohn und Spott.

»Diese Finsternis ist nicht von dieser elendigen Welt. Niemals. Niemals«, fluchte Kuno Kopfgeldjäger, während er versuchte, dem Bellen zu folgen. »Verdammte Drecksscheiße.« Seine Grundwut erhielt weitere Nahrung und breitete sich zunehmend in ihm aus. Sie war wie ein Keimling, der sich immer höher der Sonne entgegenstreckte. Sie wuchs – und es gab nichts, was er dagegen tun konnte. Wie ein riesiger Kloß saß sie in seinem Hals. Er schluckte und schluckte, und wurde ihn doch nicht los. Das Gefühl unterschied sich von seiner sonst immer aufkeimenden, ohrenschmerzenden Wut, denn er war einfach nur unaufhörlich wütend.

»Memme, meinst du, die Wut wird man so einfach los, du elendiger Schwächling? Niemals wirst du sie los, du hast sie dir zu eigen gemacht. Sie gehört zu dir.«

Plötzlich begann Azig unaufhörlich zu bellen, riss ihn aus seinen Gedanken und fort von der Stimme. Kuno beeilte sich, zu ihm zu kommen. Azig war in einen Bereich der Höhle geklettert, in der sein Bellen laut und ohrenbetäubend widerhallte. »Azig, könntest du eventuell mal deine Schnauze halten?«, fluchte er. Azig verstummte, schloss die Augen und versuchte, sich zu konzentrieren und auszumachen, aus welcher Richtung das Bellen gekommen war. Es war schier unmöglich. Der Kopfgeldjäger verlor langsam die Orientierung. Dann verstummte abrupt das Bellen.

»Azig?«, rief Kuno in die Finsternis und erschrak fürchterlich, als die nasse Schnauze seines Hundes ihn im Gesicht berührte. Er hatte ihn nicht kommen hören. »Da bist du ja, mein Guter.« Er griff nach seinem Hund und öffnete geschickt den Wasserschlauch. »Azig, du musst trinken«, sprach er mit ruhiger Stimme zu seinem Gefährten, während er den Wasserschlauch auspresste, das kostbare Nass in seine Hand träufelte und Azig vor die Schnauze hielt. Azig leckte die wenigen Tropfen aus seiner staubigen Hand. »Du willst mir nur helfen, das verstehe ich, aber dein Bellen bewirkt nichts. Wir müssen aufeinander aufpassen, damit es uns gemeinsam gelingt, in die Ruine zu gelangen«, flüsterte Kuno mit lieber Stimme seinem Hund zu, während er mit der anderen Hand durch sein Rückenfell streichelte. »Alleine sind wir aufgeschmissen und können dem Bastard nicht den Kopf abtrennen.«

Azig knurrte zustimmend. Dann griff Kuno das Halfter und hielt sich daran fest. Zusammen kletterten sie durch die Dunkelheit. Dahin, wo ihn Azig haben wollte. Azig war behutsam, als hätte er die Ansprache seines Herrchens verstanden.

Jeder Schritt war mit Bedacht zu wählen und Kuno musste Vorsicht walten lassen. Der Kopfgeldjäger stolperte und stieß sich ständig schmerzhaft irgendwo ein Körperteil.

Schließlich bellte er auf und verharrte. Azig hatte sein Ziel erreicht. Irgendetwas musste hier sein. Der Kopfgeldjäger tastete seine Umgebung ab. »Was willst du mir zeigen, Azig?«, fragte er. »Ich fühle nur Geröll und Steine.«

Schließlich bohrte sich Azigs Schnauze leicht in Kunos Hand, um ihn zu führen. Er ergriff die Lederklappe einer der Taschen, die er an Azigs Geschirr befestigt hatte. Überrascht stellte er fest, dass sie unbeschädigt war.

Aus dem kleinen Funken Hoffnung, einen Weg aus seinem steinernen Verlies der Finsternis zu finden, wurde ein Feuer, welches auf trockenem Stroh ausgebrochen war, um schließlich ein Flächenbrand zu werden. Denn in der Tasche befanden sich wichtige Dinge, die er brauchen konnte. In Kunos Kopf wuchs eine Idee …

»Memme, endlich nutzt du dein Hirn. Es wurde auch Zeit, dass du anfängst aktiv zu werden. Dein Selbstmitleid ist unerträglich, aber das kennen wir ja nicht anders.«

»Sei nicht so hart zu ihm. Er gibt sein Bestes. Mein Kuno, ich bin stolz auf dich.«

»Wenn das sein Bestes ist, dann Gnade uns der Zeloo.«

Es war eine verrückte und wahnsinnige Idee, aber besser als keine. Sie würde ihn befreien oder töten. Der Kopfgeldjäger ging vom Zweiten aus … »Lieber beim Versuch der Flucht sterben als tatenlos auf den Tod zu warten«, murmelte er, atmete tief durch und spürte, wie die Lebensenergie ihn durchströmte. Er wollte leben und wenn es nur darum ging, dem Ungeheuer seine eklige, hässliche Fratze von seinem Hals zu bugsieren. So drohte der Kopfgeldjäger dem Tod: »Du wirst noch etwas warten müssen, bis ich dir erlaube, deine kalten Hände nach mir auszustrecken und mich mit in dein Reich zu nehmen … Der Zeloo wacht über mich und er allein entscheidet, ob ich sterben muss oder nicht.«

Ab welchem Zeitpunkt war er eigentlich so gläubig geworden? Kuno Kopfgeldjäger schüttelte den Gedanken von sich. Nein, er war kein Mensch, der an etwas Höheres glaubte und daraus Hoffnung und Mut schöpfte. Er war ein Mann der Tat. Er war Realist und kein Fantast.

Er kramte weiter in den Taschen. Sie waren vollkommen staubig. Die zweite war sogar noch wichtiger. Der Kopfgeldjäger griff vorsichtig hinein. »Da sind ja meine Babys«, lachte Kuno, um gleich in Jubelstürme auszubrechen. »Ja ha, da sind sie, da sind sie, meine kleinen Scheißer …« Er zog einen Sprengbolzen hervor. »Eigentlich waren sie für den Bastard da oben gedacht, aber hierfür kann ich sie auch gut gebrauchen und – für dieses hässliche Biest lass ich mir noch etwas Neues einfallen.«

»Endlich denkt die Memme! Vielleicht ist er doch kein Versager.«

Sein Plan war einfach und doch konnte er an der Umsetzung scheitern. Der Kopfgeldjäger wollte einen Sprengbolzen in die Finsternis schießen und hoffte, dass dieser ein Loch in die Wand reißen würde. Er ging die Gefahr ein, dass die Höhle über ihm einstürzen und ihn begraben konnte. Dann hätte zwar das Monster, ohne einen Finger krumm zu machen, gewonnen, aber Kuno sich seinem Schicksal wenigstens nicht einfach so ergeben.

Ohne lange zu überlegen, griff er ein Magazin aus der ersten Tasche und drückte vorsichtig fünf Sprengbolzen hinein. In der Finsternis zählte er sie genüsslich, dabei tastete er jeden einzelnen von ihnen zärtlich ab. Es beruhigte den Kopfgeldjäger, seine Babys in den Händen zu halten. Er streichelte sie, als wären sie ein zerbrechlicher Frauenkörper. Denn nur so konnte er überprüfen, ob sie noch intakt waren oder ob die Steinlawine womöglich die Bolzen beschädigt hatte. Doch sie schienen alle intakt zu sein. Er wusste, was sie konnten. Sie hießen nicht umsonst Sprengbolzen. Er hatte mit einem einzigen von ihnen ein Loch in die Holzpalisade eines Dorfes gesprengt, um sich Eintritt zu verschaffen. Diese Waffe hatte Wumms – und sie war seine Erfindung. Er streichelte sie, um sie dann emporzurecken.

»Friss das, du Drecksvieh. Ich komme hier raus und dann reiß ich dir deinen dreckigen, urbösen Arsch auf. Du wirst winselnd vor mir liegen und elendig krepieren, du Scheißding«, schrie Kuno euphorisch. Sein Selbstvertrauen kehrte zurück. Er besaß wieder Oberwasser.

»Memme, endlich beginnst du zu agieren. Endlich nutzt du deine Fähigkeiten.«

Er tastete in der Tasche nach seinen Spulen und ergriff eine von ihnen. Nach einer eingehenden Untersuchung stellte der Kopfgeldjäger fest: »Die Spannung meiner Spulen ist immer noch gegeben.« Er packte einige in die Tasche an seinem Gürtel. Die Spulen, die er vorher dort hineingesteckt hatte, waren durch die Gerölllawine verloren gegangen.

»Memme, du scheinst echt schwer von Begriff zu sein. Wie willst du die Bolzen abschießen – ohne deine Armbrust?«

Er benötigte seine Armbrust! Ohne sie wären sein Magazin und die intakten Spulen sinnlos, da er die Zündschnur der Bolzen nicht entfachen konnte. Seine Laune sank sofort wieder.

Es gab nur eine Möglichkeit, er musste die Armbrust suchen. Suchend tastete der Kopfgeldjäger den steinigen Boden ab. Mit Bedacht führte er jede Bewegung aus. Jetzt, wo er einen Plan hatte, wollte er nicht kurz vor der Ausführung vom Höhlendach erschlagen werden.

Und dann fand er etwas. Es war nicht die ersehnte Armbrust, sondern sein Schild. In der Finsternis der Höhle tastete er es ab, um zu merken, dass es vollkommen zerbeult war. Ob er es je wieder würde benutzen können, war mehr als zweifelhaft. Im Tageslicht wollte er es dann begutachten und zu einer Entscheidung kommen, aber jetzt war es im Weg. Er krabbelte weiter, stieß sich fest seinen Kopf an einem Felsvorsprung, den er nicht ertastet hatte. Sein Kopf schmerzte für den Moment und er spürte, wie sich ein Horn an der Stelle bildete.

»Verdammt!«, rieb er sich den Kopf.

»Memme, nicht heulen! Mach weiter!«

»Gib ihm einen Moment. Er hat Schmerzen, spürst du das nicht?«

Kuno holt tief Luft und entließ sie langsam wieder aus seinen Lungen. Der Schmerz klang ab. »Ich werde noch weitaus größere Schmerzen erleiden als durch den kleinen Kopfstoß an einem Felsbrocken.«

Unbeirrt kletterte er weiter und suchte den Boden ab, als er seinen Helm fand. Auch dieser war nicht mehr zu gebrauchen. Er hatte ihm einige Male das Leben gerettet, einige Hiebe, sowie Pfeile und Bolzen abgefangen, aber der Felsen, der ihn überrollt hatte, war für den Helm natürlich nicht zu sehen gewesen. Er wirkte vollkommen geplättet und alle Schweißnähte waren aufgeplatzt. Doch bedeutete das einen Verlust, den Kuno verkraften konnte. Er trug ihn ungern, da er absolut unbequem war, doch er bot Schutz und hätte ihn wohl auch vor dem Stoß am Felsbrocken bewahrt. Jetzt würde der Kopfgeldjäger eben selbst auf sein hässliches und unrasiertes Gesicht aufpassen müssen. Würde schon schiefgehen.

Nun galt es aber für ihn, erst mal seine Armbrust zu finden – so groß konnte dieses steinerne Verlies doch nicht sein. Lag sie vergraben und zerstört unter all diesem Geröll? Sofort begannen seine Ohren erneut zu glühen. Ein Schmerz, den er nicht erwartet hatte und der ihn aufstöhnen ließ. Klar, seine Armbrust wäre für ihn ein unersetzlicher Verlust … immerhin war sie keine gewöhnliche Waffe. Der Kopfgeldjäger hatte sie über Jahre hinweg perfektioniert. Unzählige Armbrüste hatte er verschlissen, bis er diese Waffe herstellte, die ihm einen immensen Vorteil verschaffte. In seinem Beruf nutzte er jeden Vorteil, den er nur erhalten konnte. Also hatte er die Armbrust stetig weiterentwickelt. Jeder Vorteil bedeutete zu überleben.

Das Besondere an dieser Waffe war, dass sie sich von alleine spannte. Ein Geheimnis, welches er nie preisgeben würde. Die Kraft der Spule übertrug sich auf einen Mechanismus, der die Sehne spannte. Automatisch legte sich der nächste Bolzen aus dem Magazin davor. Kuno sparte Zeit und Kraft. Keine andere Armbrust war so schnell geladen wie seine. Er musste nur nach jedem Spannvorgang, den er mit dem Spannknopf einleitete, die Spule wechseln. Somit verschaffte er sich einen zeitlichen Vorteil, da alle anderen selbst kurbeln mussten. Er drückte einfach nur einen Knopf.

Wie eine Mühle, die Wasser- oder Windkraft nutzte, um Mehl zu mahlen, spannte er die Spulen. Sie waren äußerst effektiv. Hinzu kam, dass man mit einem einfachen Handgriff ein Magazin mit fünf Bolzen befestigen konnte. Sofort legte sich ein Bolzen über eine Zufuhr auf die Schienenführung. Dies ermöglichte dem Kopfgeldjäger innerhalb kürzester Zeit fünf Bolzen abzuschießen. Aber noch mehr war daran außergewöhnlich. Der Kopfgeldjäger hatte die unterschiedlichsten Bolzen entwickelt und konnte die Armbrust damit in jeglicher Kombination laden. Angefangen bei explodierenden Geschossen über einfache Stahlbolzen bis hin zu Netzbolzen. Letztere waren etwas ganz Wunderbares … er schwelgte in Erinnerungen.

›Über ein Jahrzehnt habe ich mein Baby intensiv weiterentwickelt, bis sie fast perfekt war. Dabei war der Weg, bis ich sie in den Händen halten konnte, nicht einfach‹, überlegte er gedankenverloren, während er sich an einigen Felsen festhielt. Trauer befiel ihn. Wie viele Fehlschläge waren nötig gewesen, bis zu diesem heutigen Modell. ›Der schlimmste war wohl‹, erinnerte sich der Kopfgeldjäger, ›als ich mit dem Stahlbolzen fünf Wachen dieses Händlers aus Nithard erledigen wollte. Ich weiß gar nicht mehr so genau, warum. Ich glaube, der Händler war nicht glücklich darüber gewesen, dass ich für den Bauern die Zeche zahlte und ihm nicht den Bauern brachte. Echt eine arme Sau. Fünf Bälger und eine nervtötende Frau an der Seite. Als ich ihm vorschlug, die Frau und die Kinder zu entsorgen, blickte er mich vollkommen entgeistert an. Aber das war genau sein Problem. Seine Frau forderte und er konnte nicht liefern. Die Weiber, seine Bälger, niemand, der ihm auf den Feldern half. Er bettelte mich an, ihn mitzunehmen. Was habe ich gelacht. Den Spaß musste ich mir machen, seine Zeche zahlen. Nur dumm, dass mir die gesamte Mechanik meiner ersten Armbrust um die Ohren flog – wahrscheinlich war zu viel Spannung auf den Zahnrädchen oder weiß der Zeloo, was damit war. Jedenfalls musste ich mit meiner Streitaxt arbeiten. Ha, was haben die für eine Abreibung erhalten und als ich die Zeche dem fetten Händler vor die Füße warf, konnte ich mir den Schlag ins Gesicht des Händlers nicht verkneifen, als er mich für das Zerbersten auslachen wollte. Ach herrlich, wie seine Nase unter meiner Faust zu schön knackte …‹ Der Kopfgeldjäger setzte sich auf einen Felsen und Azig kam zu ihm. Kuno begann ihn zu streicheln und erzählte nun weiter. Es war scheinbar niemand da, der ihm zuhören konnte, aber diese Erinnerungen waren ein Teil eines, zumindest für ihn, besseren Lebens gewesen. »Ach Azig, auch das Vorgängermodell hatte so seine Tücken. Hier hielt der einfache Stahl nicht mehr das Spannseil. Zu viel Kraft lag auf den Wurfarmen – so dass einer einfach wegbrach. Nur diesmal war die Streitaxt zu weit weg und ich musste die drei Gegner mit meinem Messer erledigen. Der eine war aus dem königlichen Gefängnis in Tronau geflohen, während die anderen beiden …«, Kuno grübelte, »ich weiß gar nicht mehr so genau. Aber ich glaube, es waren Zwillinge, die sich ihm einfach anschlossen, um mal was Böses zu tun. Einfältige Deppen. Das Ganze war echt schnell vorbei. Wie der Anführer aus dem Gefängnis ausbrechen konnte, ist mir schleierhaft. Ein Tritt gegen seine Kniescheibe und das war´s. Man, hat der geheult. Eigentlich mach ich ja nichts für irgendeine Krone, aber die Bezahlung war schon genial. War das eine geile Feier in Tronau, als ich einen Teil der Zeche im Puff ließ. Die hamarischen Dirnen haben einfach die dicksten Dinger«, Kuno lachte in der Vergangenheit schwelgend. »Mir musste erst dieser Zwerg aus dem Buhil-Rücken den fragwürdigen Auftrag mit dem lutarrischen Schmied andrehen, bevor ich mein jetziges Baby erhielt. Der Kleine war schon ein komischer Kauz und vor allem – sauer, weil ich seinen Auftrag nicht ausführen wollte. Aber dieser lutarrische Schmied konnte mir die Armbrust und ihre Mechanik genau so anfertigen, wie ich es mir vorgestellt hatte. Natürlich hätte das von der reinen Konstruktion her auch jeder beliebige menschliche Schmied gekonnt. Doch keiner von denen, die ich kannte, wäre dazu in der Lage gewesen, den lutarrischen Stahl zu bearbeiten oder auch die säurebeständige und rostfreie Legierung der Lutarrer, so hart wie keine andere dieser

Welt, herzustellen. Doch gerade die Legierung macht meine Waffen zu dem, was sie nun ist: nahezu unzerstörbar. Zudem hat sie dadurch noch einen Gewichtsvorteil. Es ist schon bitter, dass nur das verdammte lutarrische Pack und vor allem die parresischen Schmiede fähig waren, mir meinen Wunsch zu erfüllen. Nie geben sie ihre Geheimnisse preis. Sie werden noch unser Untergang sein, diese Einfaltspinsel. Nie wieder lass ich mich auf einen Deal mit einem Lutarrer ein. Herzlose, arrogante Wesen. Das Ganze hat mich viel Zeit, Geduld, Geld und Arschkriecherei gekostet!« Wut stieg in Kuno auf. Er hasste die Lutarrer dafür, dass sie ihr Wissen nicht teilten und so zurückgezogen lebten. Nicht viele hatte er kennengelernt und davon keinen bisher gemocht. Er misstraute ihnen. Einen sinnvollen Grund dafür brauchte Kuno nicht. »Nur, weil ich dafür dem dummen Schmied die Freiheit versprach und ihn dazu verdonnerte, mir meine Armbrust zu fertigen, halte ich sie nun in meinen Händen. Ein glücklicher Umstand. Aber das Material zu organisieren, war eine Qual! Wem habe ich da nicht alles Honig ums Maul geschmiert … und das ausgerechnet diesen widerlichen Lutarrern. Mit ihren schwarzen Augen weiß man nie, wohin sie blicken. Es ist widerlich. Aber nichtsdestotrotz, der Schmied erhielt so seine Freiheit und ich meine Armbrust. Win-win-Situation, könnte man meinen, aber der zwergische Auftraggeber war echt sauer. Hab selten einen einfachen Händler so austicken sehen, als ich ihm sagte, dass ich ihn zwar hatte, jedoch frei ließ. Azig, noch hast du nicht gegen Zwerge gekämpft. Sie sind wie Wildschweine. Unberechenbar. Seine Leibwächter, die er mir schickte, werden die Tracht Prügel wohl nie vergessen«, lachte der Kopfgeldjäger vor sich hin. »Aber glaube mir, fast hätten die drei mich niedergerungen, weil ich nicht aufpasste. Wenn du mal gegen welche kämpfen musst, so denke daran … sie kämpfen nie gerecht. Sie sind schlimmer als die Lutarrer, die kämpfen wenigstens ehrlich, aber Zwerge sind der Abschaum von allem. Dennoch war der zwergische Händler überrascht, als alle drei bewusstlos auf dem Boden lagen.« Kuno hielt sich vor Lachen den Bauch. »Manchmal«, so sprach Kuno langsam und beruhigend auf sich ein, »so glaube ich, hat der Zeloo ein besonders wachsames Auge auf mich! Er räumt mir eine Art Glückskredit ein.«

Der Kopfgeldjäger wusste, dass er alles andere als frei von zwielichtigen Machenschaften und nur auf seinen eigenen Vorteil bedacht war. Aber warum er ein derartiges Glück vom Zeloo zugesprochen bekam, konnte er sich beim besten Willen nicht erklären. Je länger der Kopfgeldjäger darüber sinnierte, desto bewusster wurde ihm, dass der Zeloo seinen Kredit in regelmäßigen Abständen einforderte und Kuno ihn beglich. Unabhängig davon, ob er es wollte oder nicht. Er zahlte in Leid, Schmerz und Wut, die meist in selbstzerstörerischen Zügen endeten. Das letzte Mal, dass ihm der Zeloo sein Glück ausgezahlt hatte, war damals beim lutarrischen Schmied gewesen. Seitdem konnte er die Armbrust sein Eigen nennen, zahlte aber nun, deutlich verspätet, mit Leid dafür. Er schüttelte den Gedanken von sich. Zu sehr schmerzte er.

»Weißt du, Azig, so perfekt mein Baby auch zu sein scheint, wenn ihm Pflege fehlt, kann es zu Ladehemmungen und anderen Aussetzern kommen. Die Waffe muss immer gut geschmiert sein. Und die Umgebung hier, diese steinige und staubige Höhle, ist alles andere als zuträglich für sie. Wir müssen sie schnell finden. Die Mechanik ist sehr anfällig«, murmelte der Kopfgeldjäger und streichelte erneut Azigs Kopf. »Wo habe ich sie vor dem Abgang der Steinlawine nur gelassen?«

»Mein Kuno, denk nach, wo warst du zuletzt? Wann legte sich Azig über dich? Ich weiß, dass du dich erinnerst.«

»An der Wand des Felsvorsprungs!«, rief Kuno aus.

»Richtig, mein Kuno!«

Nur wo war die Wand?

Azig bellte auf. Er wusste es. Was hätte Kuno ohne seinen treuen Gefährten getan? Dieser hatte seine Orientierung nicht verloren und so folgte der Kopfgeldjäger seinem Hund. Er ertastete die Felswand. »Du gerissener Schweinepriester, ich könnt dich knutschen«, lobte der Kopfgeldjäger seinen Hund. Azig leckte Kuno über das Gesicht: »Du weißt, dass ich das hasse, wenn du das tust«, fluchte Kuno mit einem Lachen und wischte sich den Speichel ab.

Der Kopfgeldjäger tastete sich langsam an der Felswand entlang. Er ahnte Schlimmes, doch er irrte sich. Plötzlich hielt er seine Armbrust in den Händen, voller Erleichterung atmete er durch. Nachdem er sie inspiziert hatte, flüsterte er: »Der Zeloo gewehrt mir weiteren Kredit. Wieder mehr Glück als Verstand!« Sie war nur etwas staubig, aber unbeschädigt.

Kuno hörte das Rascheln von Azigs Pfoten und das Rutschen von losem Gestein. Doch der Hund fand unbeirrt den Weg zu ihm. Er streichelte über seinen Kopf, dann lud er, mit vor Aufregung zitternden Händen, das Bolzenmagazin in seine Armbrust. Man vernahm ein lautes und deutliches *Klick,* das Magazin war eingerastet. Ein kurzer Moment der Erleichterung machte sich in ihm breit. Nun ging es um die Spannmechanik. Sollte sie auch noch funktionieren, wäre er eine große Sorge los. Er ertastete die Spulenöffnung, griff an seinen Gürtel, holte aus der Tasche eine Spule, führte sie zur Öffnung und legte sie ein. Wieder klickte es. Die Spule wurde von der Armbrust akzeptiert.

»Na, alter Junge«, sprach Kuno Azig lachend an. »Wo, meinst du, sollte ich diese Ladung hin schießen?« Azig bellte dreimal und Kuno Kopfgeldjäger grinste: »Du hast natürlich vollkommen recht. Es ist eigentlich scheißegal, wohin ich diese verdammte Ladung ballere. Entweder es tötet uns oder wir sind frei. Wir werden es gleich erleben!«

Kuno Kopfgeldjäger wusste, wenn die Spannsehne sich erst mal löste und den ersten Bolzen aus dem Magazin über den Arm der Armbrust schob, würde durch die Reibung die Zündschnur Feuer fangen. Dann könnten sie zum ersten Mal ihr Verlies für einen kurzen Moment im Licht sehen. Licht, welches die Finsternis besiegte.

Der Kopfgeldjäger zielte blind in die Dunkelheit. »Sollte ich jemals die Chance erhalten, das hier zu erzählen, wird mir das eh keiner glauben. Blind in die Schwärze der Höhle einen Sprengbolzen zu schießen, ist vollkommen bescheuert.«

Azig jaulte kurz zustimmend und bellte. Kuno erschrak und drückte dabei den Spannhebel. Dieser löste die Spule aus und mit Geratter spannte sich die Sehne. Ein Klicken als Zeichen der gespannten Armbrust erklang und automatisch legte sich der Armbrustbolzen in die Abschussschiene. Kuno überlegte nicht lange, sondern betätigte den Abzug der Armbrust. Sofort fing die Lunte des Sprengbolzens Feuer, während er über die Schiene schlitterte. Kuno blickte dem Bolzen hinterher und sah, wie er durch die Finsternis glitt, den Raum erhellte, aufschlug und irgendwo zwischen den Steinen der Höhlenwand verschwand.

Finsternis umgab ihn erneut. Er und Azig warteten. Keine Explosion. Es geschah … nichts.

»War das ein Blindgänger?«, rief der Kopfgeldjäger fragend in die Finsternis. Hörte er da doch noch etwas zischen? Irgendwo zwischen den Stein- und Geröllbrocken? Azig bellte. »Du hast recht! Ich schick noch einen hinterher, was soll schon passieren.«

Kuno suchte in der Tasche nach einer weiteren Spule. Mit zittrigen und schweißnassen Händen löste er die Klappe der verbrauchten Spule, tauschte sie aus und hörte, wie die neue Spule einrastete. Dann zielte er und drückte den Spannknopf der Armbrust erneut. Wieder das dankbare Klicken. Die Sehne war gespannt und der Bolzen geladen. Er drückte den Abzug. Erneut fing die Lunte auf der Schiene Feuer. Wieder zischte der Bolzen über den Arm der Armbrust und erhellte beim Flug durch die Finsternis die Geröllhöhle. Wieder ein kurzer Sieg über die Finsternis. Kuno blickte sich schnell um und erkannte, dass es nicht viele Hohlräume gab, sondern zwei große, hallenartige Gewölbe. In der Mitte hielt ein schwerer Felsen das Dach der Höhle fest. Dann schlug der Bolzen an einem Stein auf und fiel zwischen die Steine, direkt dorthin, wo der andere gelandet war.

Es geschah nichts.

Kuno lauschte.

»Verdammte Scheiße«, brüllte Kuno vor aufwallender Wut. »Das kann doch nicht sein. Zwei Blindgänger? So unfähig kann ich doch beim Bauen nicht gewesen sein.«

Kuno starrte in die Finsternis und konnte nicht glauben, was geschah.

»*Versager, du elendiger Versager, Memme.*«

Sollte er noch einen nachschicken? Wenn der Dritte dann detonierte, so würde der Druck die anderen zur Explosion bringen und die Wucht würde definitiv, davon war Kuno überzeugt, derartig heftig sein und sie begraben.

»*Was tun wir, mein Ku…?*«

Ein ohrenbetäubender Knall unterbrach die Stille. Einer der

Bolzen explodierte und einen kurzen Moment später der zweite. Die Erschütterung war immens und überraschte selbst den Kopfgeldjäger. Er konnte nicht mit Sicherheit sagen, ob die erste Sprengladung gereicht hätte, aber die zweite riss ein riesiges Loch in das Verlies.

Der Kopfgeldjäger vernahm für einen Moment nur einen hohen Pfeifton in seinen Ohren, während das Licht sein Verlies flutete. Sein Schädel brummte. Er sah, wie Azig aufsprang und in die Richtung der Explosion lief. Nur schemenhaft erkannte er irgendetwas. Zu sehr blendete die Helligkeit die an die Dunkelheit gewöhnten Augen.

Der Kopfgeldjäger rieb sich die Augen und öffnete den Mund, um den Druck auszugleichen, aber nur allmählich kehrte Besserung ein. Mit zugekniffenen Augen spähte er durch sein Verlies. Er schrie vor Freude auf. »Geil, geil, geil. Doch keine Scheißblindgänger. Die Dinger sind der Hammer. Die neue Mischung ist der Wahnsinn. Krass. Einfach Wahnsinn, was ich da gebastelt habe. Azig, hast du das gesehen?« Azig bellte.

Kuno Kopfgeldjäger kletterte zur Öffnung der Höhle, die nach oben offen war. Er streckte den Kopf hindurch und das Erste, was er erblickte, war das Gesicht eines erstaunten Skorden, der über zwei seiner toten Kameraden gebeugt stand, die von Steintrümmern erschlagen worden waren. Sofort drehte sich das Wesen um, stieß ein tiefes Heulen aus und stürzte auf das Loch zu.

KAPITEL 7: SKORDEN

Geistesgegenwärtig tauchte der Kopfgeldjäger in sein steinernes Verlies ab. Angespannt rief er seinem treuen Gefährten zu: »Zurück, Azig, zurück.« Er wich nach hinten aus, während sich der Skorde seinen Kopf am Höhleneingang stieß. Er war zu groß für das Loch. Fauchend versuchte er, den Kopfgeldjäger zu greifen, erfasste dessen Bein und lachte hämisch: »Ha, da habe ich ja das Menschlein!« Er zog den Kopfgeldjäger langsam zu sich hinauf. Kuno streckte seine Hand nach einem der Felsbrocken, verfehlte ihn jedoch und wurde über den steinigen Boden geschleift.

›Was kann ich tun?‹, schoss es dem Kopfgeldjäger durch den Kopf. Er musste sich an irgendetwas festhalten. Die Pranke des Skorden umfasste fest sein Bein und die Krallen bohrten sich in sein Fleisch. Es schmerzte. Der Kopfgeldjäger biss die Zähne zusammen, drehte seinen Kopf und schätzte seine Möglichkeiten realistisch ein. Noch bevor er seine Möglichkeit erkannte, schoss ihm erneut das Blut schmerzhaft in die Ohren. Schlagartig wuchs die Wut in ihm – doch diesmal genoss er sie. Langsam, aber stetig pulsierte sie durch seinen Körper und er spürte die Kraft, die in ihm geweckt wurde. Im letzten Moment erfasste er in der Höhle einen Felsen und hielt sich daran fest. Er lächelte. Der Skorde riss ein weiteres Mal an seinem Bein … »Komm schon, Menschlein, stell dich nicht so an. Es wird auch nicht wehtun«, gackerte er ekelerregend. Die Wut verhalf dem Kopfgeldjäger zu einem Tritt, der ihn selbst überraschte. Sein Stiefel traf die Schnauze des Skorden und Kuno spürte, wie Knochen unter seinem Stiefel brachen. Schmerzerfüllt heulte sein Gegner auf. Das Blut spritzte aus dessen Schnauze und Nase, während er ohrenbetäubend brüllte. Kuno Kopfgeldjäger selbst nutzte seine Chance und krabbelte auf allen Vieren quer durch die Höhle. Der Skorde versuchte sich fluchend erneut hineinzuzwängen: »Du hässliches, unerwünschtes Wesen … trittst nicht noch einmal nach mir!«

»Stimmt, treten nicht!«, grinste der Kopfgeldjäger von seiner Wut beseelt. Er hatte ein Ziel: seine Armbrust. Sie war seine einzige Überlebenschance.

Während er sich hastig über den steinigen Boden bewegte, fingerte er vorsorglich schon mal mit Daumen und Zeigefinger eine Spule aus der Tasche an seinem Gürtel. Kaum hatte er sie ertastet, rutschte sie ihm auch schon beim Krabbeln aus der Hand. Sie fiel tief zwischen die Steine am Höhlenboden. Unerreichbar für ihn.

Azig war an die Felswand zurückgewichen, wie es ihm der Kopfgeldjäger befohlen hatte, und knurrte den Skorden laut an. Der Geifer tropfte aus dessen Schnauze über die spitzen, gelben langen Zähne zu Boden – Kopf und Arm ragten bereits tief in die Höhle, wobei er brüllte: »Komm, du verdammtes Menschlein, komm, du Drecksding!« Immer wieder langte er mit seiner riesigen Pranke nach dem Kopfgeldjäger, verfehlte ihn jedoch. Der Skorde war riesig. Größer, als es in den Erzählungen der Uraltzeitenwende beschrieben worden war, und vor allem noch hässlicher, als all die Geschichten es je hätten beschreiben können.

Der Kopfgeldjäger war bereits weit von ihm entfernt in Richtung seiner Armbrust geklettert. Dabei jagte ihm der Skorde immer unflätigere Ausdrücke hinterher. Es war die alte Sprache, die er nutzte, so dass der Kopfgeldjäger nicht einmal einen Bruchteil von dem verstand, was ihm dieses Wesen an den Kopf warf. »Ich bekomm dich in die Finger, du Würstchen. Dann saug ich dir dein Hirn aus. Verstehst du mich jetzt, du unwürdiges Wesen? Menschenhirn war schon viel zu lange nicht mehr auf meinem Speiseplan.«

»Das haben schon ganz andere versucht«, lachte der Kopfgeldjäger. Er empfand Freude statt Angst vor ihm. »Endlich wieder eine Herausforderung!«, jubelte er innerlich und seine Wut pulsierte durch seine Adern. Noch nie hatte er einen Skorden erblickt – dabei rühmte er sich, jegliches Wesen auf dieser Welt gefangen und getötet zu haben. Er hatte sich geirrt, was er jedoch als keine Enttäuschung empfand, sondern als ein Glücksgefühl. Womöglich hatte seit Jahrtausenden niemand mehr einen Skorden gesehen. Und nun lief ausgerechnet ihm, dem Kopfgeldjäger, ein derartiges Wesen über den Weg. In diesem Augenblick stellte sich ihm nicht die Frage, wieso es auf einmal aufgetaucht war oder woher es kam. Nur eine nahm seine Gedanken gefangen: »Wie erlege ich es?«

Kuno Kopfgeldjäger hatte nie wirklich geglaubt, dass es Skorden gab. Aber in diesem Moment, als er mit dem Rücken an die Felswand gepresst dasaß, an seiner Armbrust eine Spule montierte, wurde er eines Besseren belehrt. Es schockierte ihn nur halb so viel, wie er angenommen hatte. Er hatte keine Zeit für Angst, er wollte jagen. Er war mehr als nur ein talentierter Kopfgeldjäger. Er war ein Wesensjäger und diese Trophäe fehlte ihm in seiner Sammlung.

Azig knurrte und fletschte die Zähne. Noch blieb er dort, wohin er befohlen worden war, und er hielt sich genau an die Ansage seines Herrchens. Als der Skorde noch ein Stück weiter in die Höhle drang, die nun seiner Kraft nachgab, reagierte Azig mit lautem Bellen.

»Halt die Fresse, du elendiger Köter«, giftete der Skorde. »Als ob du die Macht hättest, mich aufzuhalten. Ich will das Menschlein.«

Azig bewegte sich knurrend auf den Skorden zu. Der Hund kannte keine Angst, und Respekt vor einem größeren, scheinbar überlegenen Wesen, schien ihm ebenfalls fremd zu sein.

»Niemand beleidigt meinen Gefährten«, knurrte Kuno Kopfgeldjäger den Skorden an.

Dieser lachte nur kurz auf. »Ein wehrhaftes Menschlein haben wir also hier.«

Azig griff an. Mit einem Satz sprang er das vollkommen überraschte Wesen an und biss zu. Tief drangen die Fangzähne in den ausgestreckten haarigen Arm des Skorden und dunkelrotes Blut quoll hervor. Er schrie auf, versuchte Azig abzuschütteln. Der schlug hart gegen die Felsen. Doch alles, was er einmal mit seiner Schnauze ergriff, hielt er für gewöhnlich fest, wie ein Schraubstock. Aber auch der Hund war noch nie einem Skorden begegnet. Der brüllte den Hund in einer unfassbaren Lautstärke an, so dass auch Kuno für einen Moment der Atem stockte. Azig ließ seine Rute sinken und sein Biss lockerte sich für den Bruchteil einer Sekunde. Das nutzte das unwirkliche Wesen sofort aus und schleuderte Kunos Gefährten von sich. Azig knallte gegen eine der Felswände und blieb liegen. Quietschend gab die Höhlendecke nach.

»Azig«, rief der Kopfgeldjäger voller Entsetzen. Seine Ohren glühten und der Schmerz darin ließ ihn alles vergessen. Die Wut hatte einen Pegel erreicht, der ihm bisher unbekannt war. Wie in Trance fingerte er seine letzte Spule mit so viel Geschick aus seiner Gürteltasche, als wäre dies keine Ausnahmesituation. Dabei bemerkte er voller Staunen, wie Azig sich wieder aufstellte und einen erneuten Angriff einleitete. Nie waren sie beide an ihre Leistungsgrenze gegangen, doch das hier ließ sie weit darüber hinausschießen. Unvermittelt packte Azig den überraschten Skorden und biss sich an dessen Hals fest. Dieser Hund war tatsächlich unverwüstlich. Sein Gegner griff mit der Pranke nach Azig und zerrte an ihm. Der Kopfgeldjäger nutzte diese Möglichkeit, um sich auf das Einlegen der Spule zu konzentrieren. Unterdessen kämpfte der Skorde damit, sich unter elendigen Schmerzen den Hund vom Hals zu schaffen. Schreiend vor Schmerzen zog er Kopf und Arm aus der Höhle.

Der Kopfgeldjäger hatte die Spule in seine Armbrust gefädelt und sofort begann das Spannseil zu surren. »Wo steckt dieser Bastard?«, rief Kuno, während Azig knurrend außerhalb des Ausganges auf den Befehl von Kuno zu warten schien. Er war hinaus und hinter dem Skorden hergesprungen, aber nur so weit, dass Kuno Kopfgeldjäger seine Rute noch sehen konnte.

Der Kopfgeldjäger zielte mit der ungeladenen Armbrust auf den Eingang. Azig fletschte die Zähne, da es immer lauter und lauter wurde. Der Kopfgeldjäger erkannte sofort, dass weitere Gefahren im Anmarsch sein mussten. Womöglich würde er schon jetzt auf das Monster treffen. Das Fletschen der Zähne und das Knurren hatten ihn schon unzählige Male vor Bedrohungen gewarnt.

Das Licht, welches ein wenig durch den Eingang der Höhle schimmerte, erlosch abrupt. Und ebenso plötzlich Azigs Knurren und Fletschen. Er schoss zurück in die Höhle, während der gewaltige Kopf eines anderen Skorden sowie seine Pranke durch die Öffnung drangen. Die Höhle erbebte. Dieses Wesen war ein noch größeres als das vorherige.

Ohne, dass der Kopfgeldjäger irgendetwas sagen konnte, griff sein treuer Gefährte den Skorden an, verbiss sich auch bei ihm fest im Hals. Ohne jegliches Anzeichen von Angst bohrte Azig seine langen Reißzähne tief in die Kehle des Skorden. Dunkles Blut quoll hervor, während dieser wie geschächtet schrie. Wie auch sein Kamerad zuvor, versuchte er, sich Azig vom Hals zu schaffen. Nur bekam der Skorde ihn nicht zu packen. Azig hatte schnell aus seinem ersten Fehler gelernt. Er blieb in Bewegung, ohne den Hals loszulassen. Der Skorde quiekte wie ein abgestochenes Schwein in seinen letzten Atemzügen.

Der Kopfgeldjäger griff ruhig mit breitem Grinsen in die Tasche mit den Bolzen. Er wusste, dass ihm Azig etwas Zeit verschaffte, während er weiterhin knurrend am Hals ihres Gegners hing. Der Skorde war schon so gut wie tot.

Aus der Tasche fischte Kuno sein Magazin, lud es mit den ersten fünf Bolzen, die er greifen konnte, löste das andere mit den drei Sprengbolzen heraus und setzte das neubestückte Magazin ein – während Azig sich immer fester verbiss. Sofort legte sich ein Stahlbolzen auf die Abschussschiene. Der Kopfgeldjäger fingerte in der Tasche herum, fand die Spulen und füllte seinen Gürtel auf. »Braver Azig, ganz braver Azig, beiß weiter zu«, lobte Kuno seinen treuen Gefährten, während er die Spulen in die Tasche am Gürtel packte. »Beiß brav weiter.« Dann legte er die Armbrust an und zielte. »Kuno Kopfgeldjäger verfehlt nie ein Ziel«, murmelte er mit einem breiten Grinsen, pfiff, und Azig ließ schlagartig vom Skorden ab, wenn auch nur widerwillig.

Kuno schoss. Der Bolzen fand sein Ziel, bohrte sich in das Auge des Skorden. Der fiel aus der Höhle heraus und … war tot. Kaum hatte der Bolzen die Armbrust verlassen, öffnete der Kopfgeldjäger die Kassette der Spule. Sie fiel auf den Boden. Automatisiert kramte er eine neue, unverbrauchte Spule aus der Tasche, drückte sie in das Gehäuse der Armbrust. Sofort spannte sie sich und der nächste Bolzen wurde mit einem lauten Klicken geladen.

Währenddessen sprang Azig aus der Höhle. Die Warnung des Kopfgeldjägers hörte er nicht mehr: »Warte Azig, wir müssen doch erst …«

Kuno vernahm das Angriffsknurren seines Hundes. Das bedeutete, dass sich neben dem verletzten Skorden noch weitere Wesen außerhalb befinden mussten. Wie viele war Nebensache, er würde sie alle töten müssen, damit er zu dem Monster in der Festungsruine kam. Die Bestie hatte sie geschickt, da war sich Kuno Kopfgeldjäger absolut sicher. Es wollte nicht, dass er seinem Verlies entkam. Doch Kuno Kopfgeldjäger kletterte samt Tasche und Armbrust Azig hinterher – so schnell es die Felsen zuließen. Mit der Armbrust voraus erreichte er das Tageslicht. Die Finsternis hatte er für das Erste besiegt, aber was war mit den Skorden, die auf ihn warteten?

Kuno Kopfgeldjäger überflog mit geschultem Blick die Umgebung und speicherte sie in seinem Gedächtnis ab. Der Anblick war nicht wirklich Mut machend. Azig hing am Hals eines Skorden, der verletzte Skorde stand abseits mit zwei weiteren seiner Art. Sie führten riesige, mit Nägeln besteckte Streitkolben mit sich. Ohne weiter zu überlegen, feuerte der Kopfgeldjäger noch einen Bolzen ab. Dieser drang durch den Plattenpanzer des verletzten und verdutzt dreinblickenden Skorden. Er fiel mit weit aufgerissenen Augen tot um. Die beiden anderen, die um ihn gestanden hatten, schauten überrascht, drehten sich aber sofort um und stürmten mit erhobenen Streitkolben auf den Kopfgeldjäger zu. Geistesgegenwärtig wechselte der Kopfgeldjäger seine Spule. Seine Armbrust spannte sich und ein weiterer Bolzen legte sich in die Schiene.

»Vier!«, murmelte der Kopfgeldjäger, schoss einen weiteren Bolzen ab und behielt dabei im Augenwinkel den anderen Skorden, an dem Azig hing, im Blick. Sein Bolzen traf nicht die Stirn, sondern nur den Oberarm. Dennoch ließ er den Streitkolben fallen. Lachend und an ihn heranstürmend, zog er sich den Bolzen aus dem Arm, während Kuno die nächste Spule einlegte. Surrend spannte sich die Spule und ein Bolzen legte sich ab.

»Drei!«

Der Kopfgeldjäger grinste: »Nimm dies …« Damit zielte er auf den Skorden, der den Bolzen gerade herauszog, drehte sich etwas, so dass der anstürmende Skorde vollkommen überraschend das Geschoss abbekam. Es war ein Sprengbolzen, der sich in den Plattenpanzer bohrte, aber dem Skorden keine tödliche Verletzung zufügte. Kuno feuerte sogleich den nächsten auf ihn ab. In dem Moment, als dieser sich auf den Weg machte, explodierte die Ladung am Sprengbolzen und zerriss den Panzer sowie die Brust des Skorden. Die Panzerreste flogen durch die Luft. Der Kopfgeldjäger duckte sich weg und ein großes Stück des Panzers trennte den Kopf des anderen Wesens vom Rumpf.

Den beiden bleib keinen Moment des Durchatmens. Kuno griff an seinen Gürtel, zog eine weitere Spule hervor, öffnete das Fach, ließ die verbrauchte Spule herausfallen und schob wieder eine neue Spule hinterher. Sofort spannte sich das Stahlseil der Armbrust. Der Kopfgeldjäger entnahm das alte Magazin und ließ dies unachtsam zu Boden stürzen, bevor er ein weiteres Magazin von seinem Gürtel nachlud. Ein weiterer Bolzen legte sich auf die Schiene.

Währenddessen sprang Azig den nächsten Skorden an, der, in Begleitung von zwei weiteren Wesen, hinter dem Felsvorsprung auftauchte. Woher auch immer sie kamen … Doch Kuno überlegte nicht, sondern schoss den nächsten Bolzen ab.

»Zwei!«

Der Stahlbolzen durchschlug ohne größere Probleme die Stahlplatte des Brustpanzers des Skorden und brachte ihm den kalten Tod.

Azig hing an einer der Gestalten. Kuno wechselte die Spule, lud seine Armbrust und konzentrierte sich beim Zielen. Doch es gab keine Möglichkeit zu schießen, ohne Azig in Gefahr zu bringen. Der hatte sich in die Kehle des Skorden verbissen und befand sich immer wieder im Schussfeld. Der Skorde jedoch lief nicht mehr, sondern sank langsam zu Boden.

Der Kopfgeldjäger schoss den vorletzten Bolzen auf den letzten Gegner, der angestürmt kam.

»Eins!«, flüsterte er. Der Skorde erwischte den Bolzen mit seinem Streitkolben aus der Luft. Das überraschte Kuno vollkommen. In den Geschichten wurde immer von den einfältigen, dummen Skorden berichtet, aber diese hier bedienten sich der alten Sprache, kommunizierten vielleicht etwas unbeholfen miteinander, aber sie waren alles andere als dumm! Sie waren ernstzunehmende Gegner und bisher hatte Kuno nur deswegen überlebt, weil er sie auf Abstand halten konnte. In einem Nahkampf sähe es anders aus. Nie zuvor hatte er so etwas erlebt. Seine Bolzen fanden immer ihr Ziel, doch nun schlug der Skorde mit dem Streitkolben den Bolzen einfach weg.

Sofort wechselte Kuno die letzte Spule.

»Null!«

Die Armbrust surrte erneut und wieder legte sich ein Bolzen auf die Schiene. Es war ein Netzkolben. Kuno schoss ihn ab und während des Fluges öffnete sich der Bolzen. Ein Netz entfaltete sich über den Skorden, erwies sich aber als viel zu klein. Es war auf Menschen oder Lutarrer ausgelegt und nicht auf Wesen von dieser Größe. Dennoch überraschte es den Skorden, der ins Stolpern geriet. Mit automatisiertem Griff wollte Kuno die Spule wechseln, doch es war keine mehr da. Er hatte mitgezählt und entdeckte auch keine mehr in seiner Gürteltasche. Die verbrauchte Spule fiel zu Boden. Keine neue Spule, kein Surren, kein Bolzen.

Mit großen Schritten rannte der Skorde auf ihn zu. Er blickte wie angewurzelt auf ihn und es ratterte in seinem Kopf. Im Bruchteil einer Sekunde ging er jegliche Möglichkeiten durch, die ihm noch blieben, doch vergeblich. Da waren keine. Die Streitaxt war verschollen, die Spulen befanden sich in der Höhle. Ohne sich weiter um das Geschehen zu kümmern, blickte der Kopfgeldjäger zu Azig. Er war beschäftigt. Der Skorde lag am Boden und hechelte nur noch.

»Memme, wach auf!«

»Tu was, mein Kuno!«

»Mein Messer am Gürtel.«

Kuno griff es und blickte auf den heranstürmenden Skorden. Er war keine fünfzig Schritte mehr von ihm entfernt. Fest umschloss seine Hand das Messer. ›Lächerlich! Mit einem Messer in der Hand sollte Kuno Kopfgeldjäger durch die Hand eines Skorden im Phylake-Gebirge sterben?‹

Doch dann sprang ihn Azig wie aus dem Nichts heraus an. Die Wucht des Sprungs brachte den Skorden zum Sturz. Und Azig biss zu. Kuno konnte nur zusehen, wie die Kreatur vergeblich nach Luft rang und schließlich in ihrem Kampf unterlag. Azig hatte seinen Gegner erdrosselt und ließ nun von ihm ab. Kein weiterer war nun mehr zu sehen. Azig kam ohne Pfiff an seine Seite, die Schnauze voll dunklem Blut.

»Das haben wir doch wunderbar gelöst«, lachte der Kopfgeldjäger. »Danke, mein Freund.«

Absolute Stille machte sich über der Ebene breit; eine beunruhigende Stille.

Azig begann erneut zu knurren.

»Ist da noch einer, Azig?«, fragte der Kopfgeldjäger.

Azig bestätigte es mit lauterem Knurren.

»Ich habe keine Spulen mehr! Verdammt!«, fluchte der Kopfgeldjäger.

Azig verschwand in der Höhle.

Kuno konnte nur hinterherblicken. »Komm zurück, Azig. Du Feigling! Ich habe nur ein Messer. Du kannst mich doch nicht …«

Dann tauchte der Hund wieder auf. In seiner Schnauze die Tasche. Er legte sie vor Kuno ab.

»Du gerissener Hund, du!« Sofort griff der Kopfgeldjäger in die Tasche, tauschte das Magazin und die erste Spule landete in seiner Armbrust. Ein surrender Laut folgte. Dabei füllte Kuno die Tasche am Gürtel wieder auf. Drei Bolzen hatte er noch, dennoch nahm er eine Hand von der Armbrust und steckte den Dolch in seinen Gürtel. Azig schritt knurrend voran. Der Kopfgeldjäger folgte vorsichtig.

Ein durchdringendes Heulen zerriss die Stille – eine dieser Kreaturen musste ihnen gefolgt sein. Kuno und Azig wandten sich blitzschnell um und der Kopfgeldjäger schoss instinktiv einen Bolzen in die Richtung, der sich sogleich durch diesen verfluchten Skorden bohrte. Wieder dieses Heulen. Diesmal von der anderen Seite – erneut wirbelten sie herum und erblickten zwei weitere dieser unheimlichen Wesen. Wo, zum Geier, kamen die nur alle her? Mit langen schwarzen Schwertern in den Klauen schritten sie bedrohlich auf Azig und Kuno zu. Ohne groß abzuwarten, lief Azig ihnen entgegen und – sprang ab. Der Kopfgeldjäger sah, wie das riesige Schwert eines der Skorden eine Bewegung in Richtung seines treuen Gefährten vollzog und ihn in der Luft erwischte. Jaulend stürzte Azig zu Boden. Die beiden Kreaturen stürmten auf ihn zu. Mit gehobenen Klingen über den Köpfen holten sie aus. Die Wut pulsierte durch Kunos Körper und angetrieben von ihr, feuerte er einen weiteren Bolzen ab. Dieser durchdrang die Mitte zweier aneinander liegender Brustpanzerplatten, bohrte sich in das Herz des ersten Skorden und tötete ihn. Der zweite Bolzen lud mit einer frischen Spule. Der Kopfgeldjäger zielte, seine Ohren begannen zu glühen … und er sank auf ein Knie. Woher kam das jetzt nun wieder?

»Konzentrier dich, Memme.«

Der Skorde kam immer näher und schwang sein Schwert, war

keine zwanzig Schritte mehr von Kuno entfernt … da riss sich dieser im letzten Moment zusammen und schoss. Erfolglos. Der Bolzen wurde aus der Luft mit dem Schwert weggewischt.

Kuno lachte, ob wegen seines Schmerzes oder da er sich nun Auge zu Auge seinem Mörder gegenübersah. Warum, wusste er selbst nicht, doch irritierte es seinen Gegner. Der verlangsamte seinen Lauf und schritt unsicher weiter auf Kuno zu. In seinem unaufhörlichen Lachen ließ er geübt die Armbrust zu Boden gleiten, um sie nicht zu beschädigen. Tief atmete er durch und genoss den Moment des Adrenalins und der Wut. Der Schmerz verschwand vollständig und wich einem gleichgültigen, vielleicht gar einem Gefühl des Glücks. Er liebte diese Mischung, die er viel zu selten erlebte. Er war süchtig danach – genau nach diesem Kick. Er griff an seinen Gürtel und zog seinen Dolch. »Dann erledigen wir es eben auf die traditionelle Weise …«, murmelte der Kopfgeldjäger mit einem schrägen Lächeln. Der Skorde kam ins Stolpern.

»Memme, ich bin stolz auf dich. Mach ihn fertig!«

Kuno lief auf seinen Gegner zu. Dabei lachte er, als wäre er nur dafür geboren worden. Mit der Klinge in der Hand sprang er keine zwei Schritt vor dem riesigen Wesen vom Boden ab und hieb seinen Dolch mit voller Wucht in dessen linkes Auge. In des Skordens rechtem war tiefes Entsetzen zu erkennen, als er tot nach hinten umkippte.

Kuno Kopfgeldjäger selbst rollte sich ab, immer noch grinsend und zudem von sich selbst überrascht. »Hammer!«, entfuhr es ihm. »Und das im Nahkampf!« Er lauschte, vernahm aber nur das leise Wimmern seines Gefährten und schloss die Augen, um es für einen Moment auszublenden. Auch wenn es ihn schmerzte, musste er sich doch auf die Umgebung konzentrieren. Es herrschte Totenstille.

Überraschend tauchte das Vogelgezwitscher und das Zirpen der Grillen wieder auf. Es war vorbei. Kuno Kopfgeldjäger sank erschöpft zu Boden und atmete schwer.

»Na, da ist die Memme ja doch zu etwas zu gebrauchen …«

»Natürlich ist mein Kuno das! Er hat doch jahrelang nichts anderes gemacht.«

»Ach, halt die Fresse. Du hast ihn verweichlicht. Und nun muss er

die Zeche dafür zahlen. Er muss sich an das Töten erst wieder gewöhnen, nicht wahr, Memme?«

Der Blick des Kopfgeldjägers glitt über das Geröll zu Azig. Dieser lag zwischen einigen Steinen und wimmerte leise. Sofort raffte Kuno sich auf, kletterte über die Steine und Leichen hinweg, um nach ihm zu sehen. Ein Teil seiner Pfote fehlte und die Wunde blutete stark.

»Ach Azig«, seufzte Kuno auf. Die Wut war seinem Körper entwichen, die Schmerzen in seinen Ohren waren verschwunden.

Die Sonne durchbrach die Wolkendecke und wärmte den Boden. Kuno Kopfgeldjäger saß auf einem Felsen und genoss ihr Licht, das Zwitschern der Vögel, das Zirpen der Grillen. Er hatte sich seiner Rüstung entledigt und sie ausgebreitet, um sie von seinem Schweiß zu trocknen. Nur seinen grauen Waffenrock trug er noch, befestigt durch seinen Gürtel mit Dolch. Jeden Sonnenstrahl sog er förmlich in sich auf. Zu sehr hatte ihn die Lichtlosigkeit bedrückt. Seine Kräfte, die gute Laune und seine positiven Gedanken kehrten mit jedem wärmenden Moment zu ihm zurück.

Er konnte es nicht fassen, dass ihn schlechte Gedanken in dieser Finsternis ereilt und mit ihm gesprochen hatten. Unbewusst hatte er sie wahrgenommen, aber jetzt, wo er in der Sonne saß, spürte er, wie sie ihn verließen. Ein unfassbar gutes und positives Gefühl erfüllte ihn.

Und dennoch war etwas zurückgeblieben. Etwas, das ihn früher immer wieder heimgesucht, das er verdrängt hatte. Nur konnte er es nicht richtig deuten, nicht ausmachen, was es war – dieses ständige, leise Flüstern, welches er vernahm. Es jagte ihm einen eiskalten Schauer über den Rücken. Er schüttelte sich und das Geflüster war verschwunden.

Die Sonne tat ihr Übriges und er konnte das erste Mal seit Tagen wieder lächeln. Azig lag neben ihm und atmete schwer. Kuno hatte einige Hermalblätter aus seiner Tasche zerrieben und ihm zur Beruhigung in das Maul gelegt. Die Extrakte sorgten nun für einen erholsamen Schlaf. Und zum ersten Mal auf ihrer langen Reise war es an dem Kopfgeldjäger, zu wachen.

KAPITEL 8: TENEMARKIS

Die Sonne stand schon zu tief, als dass der Kopfgeldjäger an diesem Tag noch weit hätte wandern können. Zudem benötigte Azig Ruhe und er selbst den Teil seiner Ausrüstung, der in der Höhle verblieben war.

Sein Nachtlager beschloss der Kopfgeldjäger genau dort in der Nähe des hineingesprengten Loches aufzuschlagen. Die Bergwiese am Rande des Felsvorsprungs lag idyllisch, bot ihm und Azig aber keinen Schutz. So blieb der Kopfgeldjäger im Schatten der Felswand. Zwar streichelte er über den Kopf seines Gefährten, erwischte sich aber selbst dabei, wie er sich nervös umblickte und auf seiner Unterlippe kaute. Niemand war zu sehen. ›Langsam werde ich verrückt!‹ Schwer atmete er aus, griff sich in sein zerzaustes Haar und krallte seine Finger fest.

Da war schon wieder eine Stimme. Es schüttelte ihn. Er lauschte. Doch war sie verstummt. ›Ich bilde mir das nur ein.‹ Seine Hand glitt langsam aus seinen Haaren. Ein paar einzelne Strähnen blieben in seinen dreckigen Händen hängen. ›Es ist die Einsamkeit, die mich Stimmen hören lässt‹, tat es der Kopfgeldjäger ab.

Lange wachte der Kopfgeldjäger bei seinem Gefährten, bis der Morgen dämmerte. Die Sonne leuchtete hinter dem Horizont. Der Kopfgeldjäger war erleichtert. Niemals hätte er es zugegeben, aber diese war eine der längsten Nächte, die er je durchlebt hatte. Die Dunkelheit und die Kälte des Berges hatten ihn Respekt zollen lassen. Angst hingegen fühlte er nicht. Er genoss die ersten Sonnenstrahlen auf seinem Gesicht, über das gar für diesen Moment ein Lächeln glitt.

Einladend und vertrauenerweckend sah das Loch nicht aus. Es kostete Kuno einiges an Überwindung, sich wieder in die Grube hinabzulassen. Er konnte sich nicht erklären, warum er ausgerechnet vor der Finsternis eine solche Achtung verspürte. ›Ich sollte mir

Gedanken um die Stabilität dieser Konstruktion machen und nicht deshalb vor Angst ins Hemd pissen‹, schalt sich der Kopfgeldjäger. ›Idiot. Was soll da schon unten auf mich warten?‹ Dann machte er sich selber Mut: ›Du hast gegen Menschen, Lutarrer und vor Kurzem gegen Skorden gekämpft, hast dich einem hünenhaften Urskroufi entgegengestellt und ihn vernichtet, du hast deinen Lehrmeister überlistet und dich der größten Herausforderung überhaupt gestellt: einer Frau. Was, verdammt noch mal, kann dir noch Angst einflößen? Doch nicht etwa so ein bisschen Dunkelheit …‹

»Du hast ja so recht, mein Kuno.«

Schon wieder eine dieser Stimmen. Panisch blickte er sich um – als ob er tatsächlich erwartet hätte, jemanden zu erblicken. Niemand war zu sehen. Azig lag zwischen den Steinen und schlief. Ein unangenehmes Gefühl breitete sich in Kunos Magengegend aus. Unangenehm bekannt kam ihm auf einmal diese Stimme vor, nur konnte er sich nicht wirklich an sie erinnern. »Ist da wer?«, rief der Kopfgeldjäger fragend und ermahnte sich sogleich selber dafür. ›Du Depp! Ich bin vollkommen alleine. Wer sollte schon hier sein?‹ Seine Hand glitt an den Gürtel und er griff nach seinem Dolch. Man konnte nicht wissen, was noch geschehen würde.

»Du warst nie allein. Erinnere dich, mein Kuno!«, erklang erneut die friedfertige Stimme. Kuno Kopfgeldjäger drehte sich wild hin und her, um die Person zu dieser Stimme zu finden und zeigte mit dem Messer in die jeweilige Richtung, in die er blickte. Niemand.

»Zeig dich«, schrie er über die Felsen. »Ich habe viele von den deinen getötet. Ich habe keine Angst!« Der Kopfgeldjäger wollte sich nicht geschlagen geben und versuchte mit dem Satz Eindruck zu schinden. Er erhielt keine Antwort.

Dann blitzten Bilder vor seinem geistigen Auge auf, schmerzhafte Erinnerungen. Dann war er wieder alleine und ein längst vergessenes Gefühl kroch aus den innersten Tiefen seines Ichs empor. Er konnte es nicht zuordnen. Eine Art Leere. Der Kopfgeldjäger wusste nur, dass er dieses Gefühl hasste. Dieses Gefühl hatte ihm genauso viel Leid und Schmerz zugefügt, wie das Monster, welches er jagte. Seine Ohren begannen wieder zu glühen. Dieses unangenehme Gefühl penetrierte ihn und er hatte ihm nichts entgegenzusetzen. Gegen Skorden, Menschen oder auch Monster konnte er kämpfen, aber gegen dieses furchtbare Brennen hatte er bisher kein Mittel gefunden. Es übermannte ihn und im Gegensatz zu sonst förderte es diesmal nicht seine Wut, sondern nahm ihm jeglichen Mut. Unbehaglich kauerte er sich wieder zwischen die Felsen und zog seinen treuen Freund Azig an sich. Der Kopfgeldjäger fühlte sich hilflos, doch selbst wenn sein Gefährte so reglos schlafend dalag, strahlte er Sicherheit, Wärme und Geborgenheit aus – alles, was Kuno jetzt benötigte. »Das Monster da oben in der Ruine, das kann ich besiegen. Aber ob ich dieses Gefühl, welches jene Stimme in mir auslöst, besiegen kann … da kommen mir Zweifel. Welcher Dämon hat da nur von mir Besitz ergriffen?«, flüsterte er mit unsicherer Stimme seinem treuen Gefährten zu. »Die urbösen Geister hielt ich immer für einen Mythos. Woher kommen diese Schmerzen und diese Selbstzweifel nun?« Kuno beugte sich zu Azig und ergab sich für einen kurzen Moment seinem Gefühl.

Dann, unverhofft, öffnete Azig seine Augen und ließ einen Seufzer hören.

»Du hast recht, Azig!« Der Kopfgeldjäger schüttelte die Gedanken von sich, sprang auf und sprach mit fester Stimme: »Ich habe es mir damals geschworen, als ich den Kopfgeldjägermeister seinem Sterben überließ. Nie, nie wieder soll die Angst mich regieren!«

Damit nahm er all seinen Mut zusammen und kletterte in die Höhle. »Ich bin wahnsinnig, dass ich zurückklettere, aber es muss sein«, schoss ihm ein Gedanke durch seinen Kopf, als er sich an einem Gesteinsbrocken abstützte und in einem Teil der Höhle einige Steine mit lautem Krachen und Kratzgeräuschen nachsackten. Die Höhle war durch die beiden Explosionen und die Aktion der zwei Skorden instabil geworden und drohte jeden Moment zusammenzustürzen.

»Ich brauch meine Ausrüstung, verdammt. Beim Zeloo! Ich hol sie da raus, komme, was wolle. Zeit für einen weiteren Kredit …«, sprach er sich Mut zu.

Als er einige Meter in die Höhle geklettert war, beruhigte ihn die Tatsache, dass die Finsternis dort nun durch den hineindringenden Lichtschein in ihre Grenzen verwiesen wurde. Tief atmete der Kopfgeldjäger durch und überlegte jede seiner weiteren Bewegungen genau.

Nach einigen Schritten entdeckte er die wenigen Überreste seines Helms. Der sah genauso aus, wie er ihn zuvor erfühlt hatte: platt, wie eine Flunder. Vom Felsgestein zermalmt. Der Kopfgeldjäger warf ihn achtlos zur Seite.

»Dumme Handlung, ganz dumme Handlung, Memme!«, erklang es in seinem Kopf, während die Reste des Helms durch die Höhle flogen. Metall schlug gegen Stein und hinterließ einen dumpfen Klang, der von den Wänden der Höhle hin und her geworfen wurde. Das Echo ließ den Kopfgeldjäger unwillkürlich zusammenzucken. »Verdammt, wie dumm bin ich eigentlich?«, fluchte er leise vor sich hin. Er gab der Stimme recht.

»Manchmal frag ich mich das auch, Memme.«

Der Kopfgeldjäger verharrte und starrte in den Bereich der Höhle, der noch immer von der Finsternis verhüllt war. Er vernahm nichts.

Diese Stimmen machten ihn wahnsinnig. Sie tauchten auf und verschwanden. Mal nahm er sie klar und vernehmlich wahr, manchmal war es nur ein Flüstern weit im Hintergrund. Ihre unfassbare Nähe flößte ihm nach wie vor einen Schrecken ein, schienen sie ihm, als wären sie alte Weggefährten.

›Grandios, Konrad. Nun drehst du schon durch. Dabei ist das nur ein bisschen Finsternis in einer einfachen Höhle – aus der du sogar schon zweimal herausgeklettert bist! Also reiß dich zusammen‹, wies er sich zurecht. ›Und denk daran: Die Höhle ist kein stabiles Konstrukt und das Werfen des zermalmten Helmes führte nun nicht gerade zu einer größeren Stabilität.‹

Ein warmes, wohliges Gefühl der Zufriedenheit und der absoluten Sicherheit, dass die Höhlenwände standhalten würden, ergriff ihn. Ganz so, als könne er in die Zukunft blicken. Es würde nichts geschehen. Er würde ihr auch diesmal wieder lebend entkommen. Woher diese Einsicht kam, konnte er allerdings nicht erklären.

Mit dieser neuen Zuversicht schritt er weiter und entdeckte seinen Rucksack. Einige Steine waren über ihn hinweggerollt, hatten aber bei genauem Nachsehen offensichtlich weniger Schaden angerichtet als vermutet. Die meisten Äpfel waren aufgeplatzt und zu Apfelmus zerquetscht worden. Seine Kekse waren zum Großteil nur noch Krümel. Dies empfand Kuno als halb so wild. Viel schlimmer war der Staub, der in einer dünnen Schicht über seinen Nahrungsmitteln lag. Diese wirkten nicht mehr sehr appetitlich, würde es doch bei jedem Bissen zwischen den Zähnen ordentlich knirschen. Das Trockenfleisch, in einfachem Leinen aufbewahrt, war noch gut, wenn auch der Sack an einigen Stellen gerissen war. Die Kräuterdose wirkte zwar heftig zerbeult, war allerdings, im Gegensatz zu den drei Tuben mit den Salben, heil geblieben. Deren Inhalte hatten sich überall in der Tasche verteilt. Für die Verarztung von Azigs Pfoten konnte er sie aber wohl noch verwenden. Diese Salben würden den Heilungsprozess zumindest deutlich beschleunigen – für mehr fehlten ihm selbst schlichtweg die Erfahrung, die Medikamente und eine Ausbildung in Wundpflege. Er war nur Kopfgeldjäger. Doch vermutete er, dass nicht einmal der beste Heiler der Lutarrer die linke Pranke seines Freundes in den Urzustand hätte zurückversetzen können.

Seinen Rucksack brachte der Kopfgeldjäger nach draußen. Sein erster Weg führte ihn zu seinem Gefährten. Azig lag im Schatten der riesigen Felssteine, die neben dem Felsvorsprung auf die Bergwiese gerollt waren. Liebevoll beugte sich Kuno über ihn, streichelte ihm sanft über das Fell, während dieser schlief und sein Oberkörper sich gleichmäßig auf und ab bewegte.

»Ich bin es, Azig. Keine Angst«, flüsterte er liebevoll. Vorsichtig öffnete der Kopfgeldjäger den provisorischen Verband. Mit Hilfe der Salben und der Kräuter reinigte er erneut die Wunde, dann verband er sie mit frischem Verbandsmaterial. Azig atmete ruhig, doch Kuno wusste, dass sein Gefährte trotz seiner Robustheit unter Schmerzen litt. Kuno hatte das Verlangen, diese zu lindern. Die getrockneten Tenemarkis-Blätter aus seiner Dose konnten nur einen Teil der Schmerzen nehmen und die entzündungshemmende Wirkung der Pflanze wäre mit frischen Blättern deutlich höher ausgefallen – die Gefahr, dass sich die Wunde entzündete und eiterte, geringer. Er wünschte, er hätte welche. Leise flüsterte er ihm zu, während sein Blick in die Ferne schweifte. »Azig, was habe ich dir nur angetan.« Er wirkte wie ein gebrochener alter Mann, dabei war er erst fünfunddreißig. »Habe ich uns zu viel zugemutet? Ist es meine Wut, mein Hass, mein Zorn, der uns in diese Situation gebracht hat?« Der Hund schien doch wach zu sein – oder Kuno bildete sich zumindest ein, dass der Hund verständnisvoll lächelte. »Wie kann ich das je wieder gut machen, mein Freund?« Azig hechelte zufrieden, als sei es nur eine weitere Episode, die sie gemeinsam würden durchstehen müssen. Kuno Kopfgeldjäger saß noch eine ganze Weile neben ihm und streichelte ihn gedankenverloren. Er starrte ins Nichts.

»Frischer Tenemarkis«, rief Kuno völlig unerwartet aus und sprang auf. Mit Tenemarkis könnte Azig ein paar Stunden Schlaf finden und Kräfte sammeln.

Kuno Kopfgeldjäger lief über die Wiese und begann das Kraut zu sammeln. Nie im Leben hätte er damit gerechnet, eine derartige Pflanze hier zu finden. Warum hatte er sie noch nicht früher entdeckt? Er riss von der anderthalb Meter hohen grünen Stängelpflanze mit ihren typischen langen Blättern und kleinen rosa-weißen Blüten Teile heraus, schnitt die Stängel ab und nahm so viel davon mit, wie er tragen konnte. Er benötigte nur die Wurzeln, denn in ihnen befanden sich die wertvollen Inhaltsstoffe, die er benötigte.

In Windeseile hob er eine Feuergrube aus, griff seinen Rucksack und löste den gusseisernen Kochtopf von einem Riemen. Auch er sah ziemlich geschunden aus. Beulen, Kratzer und unzählige Dellen zierten ihn, doch war er funktionstüchtig. Dann machte sich Kuno auf die Suche nach Feuerholz. Es dauerte eine ganze Weile, bis er genug Holz gesammelt hatte. Die kleinwüchsigen Farne, Moose und Gräser der grünen Bergwiese sowie der hier überall wuchernde Tenemarkis waren das einzig Grüne, was durch die Steinlawine nicht zerstört worden war.

Die Sonne begann sich gen Horizont zu senken, als der Kopfgeldjäger das gesammelte Holz in der Feuergrube aufschichtete und entzündete. Er spülte den Topf mit etwas Wasser aus dem Schlauch und kippte anschließend dessen restlichen Inhalt hinein – in dem Bewusstsein, dass es eine Weile würde dauern können, bis das Wasser die exakt richtige Temperatur hatte. Zu heiß würde es die Wirkstoffe vernichten. Zu kalt würden sich die Inhaltsstoffe nicht herauslösen lassen.

In der Zwischenzeit zerkleinerte Kuno mit seinem Dolch die

Wurzeln. Dann hielt er seinen Zeigefinger für einen kleinen Moment ins Wasser und lächelte. »Wohl temperiert, mein Guter«, sprach er Azig zu. »Gleich bekommst du deine Arznei. Sie wird dir helfen.« Bevor der Kopfgeldjäger die Wurzeln des Tenemarkis in den Topf warf, schöpfte er sich selber einen Becher voll Wasser ab und warf für einen Tee die Reste der getrockneten Hermalta-Blüten hinein. Zu seinem Leidwesen stellte er fest, dass der Blechbecher nicht unbeschadet davongekommen war. Aus einem kleinen Riss sickerte langsam ein wenig warmes Wasser. Also stellte er den Becher ab und kümmerte sich um die Wurzeln. Kuno ließ sie eine ganze Weile ziehen, bis sich die Brühe verfärbt hatte. Dann schöpfte er ein wenig davon in die beiden Hälften der zerbrochenen Holzschlüssel und stellte sie seinem Freund hin. Azig richtete sich langsam auf und begann zu trinken.

»Ich weiß, dass es nicht schmeckt, aber du musst es trinken. Es hilft dir«, versprach der Kopfgeldjäger.

Azig trank die Schüsseln aus und schlief erneut ein. Kuno streichelte über den Kopf seines Freundes und flüsterte: »Schlaf, mein Freund, damit du bald wieder zu Kräften kommst.«

Plötzlich schreckte der Kopfgeldjäger hoch. Ein lautes Krachen hatte ihn aus seinem Schlaf gerissen. Azig lag immer noch leise winselnd vor ihm.

»Memme, hier wird nicht gepennt!«, erklang die Stimme lachend und sarkastisch.

Tief durchatmend blickte Kuno sich um. Niemand war zu sehen. Diese Stimme hatte recht. Er schnaubte aus: ›Dann stell ich mich eben erneut der Finsternis.‹

Der Kopfgeldjäger drehte sich zur Höhle. »Finsternis, ich komme«, flüsterte er. Er musste noch ein letztes Mal in die Höhle des Schreckens, das wusste er, denn bis auf seinen Rucksack hatte Kuno noch nichts Brauchbares aus ihr geborgen. Der Blick an den Horizont verhieß nichts Gutes. Noch berührte die Sonne nicht die Welt, sondern war noch gut eine Handbreit von ihr entfernt. Sollte er es wagen? Kuno überlegte nicht lange, sondern kletterte wieder in die Höhle. Er suchte seine Streitaxt. Vorsichtig glitt er in die Höhle. Alles, was er retten konnte, wollte er retten und nicht die Gefahr eingehen, durch eine längere Suche Gefundenes wieder zu verlieren. Die Wahrscheinlichkeit, dass ein Stein fallen oder gar die ganze Höhle einbrechen würde, war hoch. Er fand die Taschen und brachte sie, ohne zu zögern, hinaus.

Kurz bevor sich die Sonne in einen glühenden Feuerball verwandeln und versinken würde, kehrte er ein letztes Mal in die Höhle zurück. Doch umgeben von der sich wieder langsam ausbreitenden Finsternis überfielen ihn erneute Zweifel ob dieser Entscheidung – und Angst. Düstere Gedanken suchten ihn heim: Hatte er sein Glück zu oft herausgefordert? Würde er wieder lebend hinauskommen? Doch kaum waren diese Gedanken zu Ende gedacht, wurden sie erneut von dem überwältigenden Gefühl, dass ihm nichts passieren könnte, verdrängt. Woher kam nur diese Zuversicht?

Lange wollte er sich nicht mit der Suche nach seiner Streitaxt aufhalten. Bereits beim Hineinklettern hatte er bemerkt, dass auffällig viel Sand und Staub von der Decke gerieselt war. Vorsichtig schob er sich zur Felswand, wo er seine Waffe vermutete. Das Licht reichte nicht mehr ganz bis zu der Stelle, doch blieb genug davon vorhanden, um sie erblicken zu können – sofern sie nicht von Felsbrocken zermalmt worden war.

Kaum an der Felswand angekommen, entdeckte er sie durch einen letzten Sonnenstrahl, reflektiert vom Axtkopf. Der massive Ebenholzschaft war geborsten. Kuno hatte Glück im Unglück, denn Axtkopf samt Schneide wirkten vollkommen intakt. Kein Kratzer war auf dem Axtblatt aus lutarrischer Legierung zu sehen. Blieb nur die Frage nach dem Hernehmen eines neuen Schafts. Zu seinem Leidwesen fiel Kuno die kleine Schnapsflasche ins Auge, welche zerbrochen zwischen den Steinen lag. Der Schnaps war längst auf dem Bergboden verdunstet.

»Ärgerlich!«, murmelte der Kopfgeldjäger. »Sehr ärgerlich.« Seine Hände begannen zu zittern. »Beruhige dich, Kopfgeldjäger«, sprach er zu sich. »Es war nur Schnaps. Du wirst wohl ohne ihn auskommen können.«

Ein Windzug durchstreifte die Höhle. Immer stärker wurde er, bis schließlich ein scharfer Wind durch die Höhle pfiff.

Er war wieder da. Wehte mit all seiner Macht hinein und ließ es den Kopfgeldjäger hören. Ein Ächzen hinter ihm erklang und ging in einen unerträglichen Pfeifton über, der den tiefen Raum schließlich auszufüllen schien. Der Kopfgeldjäger hielt sich instinktiv die Ohren zu und ließ dabei den Axtkopf fallen. Der Lärm schmerzte und Kuno wurde gewahr, wie sich die Höhlendecke zu senken begann. Das war kein gutes Omen.

Mit einem Mal erhob sich der große Stein des Höhlendaches über seinem Kopf. Mit einem Krachen senkte er sich. Der Kopfgeldjäger zog seinen Schädel ein, griff erneut nach dem Axtblatt und kletterte. Wer besaß solch eine Macht? Wieder hob sich das riesige Steindach der Höhle. Und wieder senkte es sich mit einem lauten Krachen. Die gesamte Höhle gab nach. Alles sackte etwas in sich zusammen.

Azig bellte. Sein treuer, verletzter Gefährte war durch den Wind erwacht, der um sie heulte. Kuno stürzte, schlug sich Arme und Beine auf, erhob sich aber sofort wieder, um schnell weiterzuklettern. Das Beben und Pfeifen des Windes wurde immer intensiver. Er drückte in die Höhle hinein, stemmte sich mit aller Macht gegen ihn, als wolle er den Kopfgeldjäger in der Höhle fesseln. Der Wind presste Kuno an deren Wände aus Felsgestein. Dieser versuchte abzutauchen, um einen anderen Weg hinaus zu finden. Ein drittes Mal erhob sich der riesige Stein, der wie ein Pfropfen auf dem Dach der Höhle lag, und ließ ein wenig Licht in die Höhle scheinen. Für einen kurzen Moment nur. Dann krachte er hinab und ließ die Seiten der Höhe weiter nachgeben. Kuno Kopfgeldjäger zuckte zusammen. Übermenschliche Kräfte durchflossen ihn. Irgendwo in der Ferne hörte er Azig panisch bellen. Mit aller Gewalt stemmte er sich gegen den Wind, bäumte sich auf und hielt sich an allem fest, an dem er sich festhalten konnte, um sich voran zu ziehen. Wieder zog der Wind extrem hart und laut in die Höhle. Die Ohren konnte er sich nicht schützend zuhalten, denn mit einer Hand hangelte er sich durch die Höhle, mit der anderen hielt er das zelooverdammte Streitaxtblatt fest umklammert. Zu dem Pfeifen gesellte sich sein lauter und heftiger Herzschlag. Millimeter für Millimeter bewegte er sich in Richtung Höhlenausgang. Hier sollte es nicht enden. Er hatte ihn fast erreicht.

Plötzlich stürzten an der Felswand die Gesteinsbrocken hinab und weiteres Licht durchbrach die Finsternis.

›Jetzt stürzt die Höhle ein‹, schoss es Kuno durch den Kopf. ›Das Ungeheuer des Urbösen macht aus dieser Höhle mein persönliches Grab.‹

»Lauf Memme, lauf, beweg deinen lahmarschigen Hintern. Sonst ist alles zu Ende.«

Der Kopfgeldjäger zögerte nicht. Mit all seiner Kraft stemmte er sich dem unvermeidlich Erscheinenden, dem Tod unter diesem Stein, entgegen.

Nur mit Mühe und Not schaffte er es, steckte seinen Kopf aus dem Höhlenloch und schwang sich hinaus.

Die Höhle sackte nun vollständig in sich zusammen. Schlagartig verschwand der Wind. Der Kopfgeldjäger atmete schwer, lachte aber vor Freude. Er lachte vor Erleichterung. Er lachte, weil er dazu noch in der Lage war. Er lachte, weil er noch lebte.

Wieder einmal war er dem Tod von der Schippe gesprungen. Wie oft würde es ihm wohl noch gelingen? Dem Zeloo sei Dank, dass er in seiner Gunst stand – anders konnte es sich Kuno nicht erklären, wieder nur mit Schrammen, Beulen und blauen Flecken davongekommen zu sein. »Ich bin ein Glückskind. Unfassbar! Du musst dir schon was Besseres ausdenken, um mich zu töten, als mich von ein paar Steinen erschlagen zu lassen, du Mistkerl …«, brüllte der Kopfgeldjäger gen Festungsruine. Dann sackte er entkräftet zusammen.

KAPITEL 9: SPIEGEL DER SEELE

Kuno trank seinen Hermalta-Tee, wärmte sich am Feuer, blickte in die Flammen und streichelte geistesabwesend Azigs Kopf. Die knisternden Flammen wärmten die Umgebung, dennoch fror der Kopfgeldjäger. Er griff nach seiner Decke und breitete sie über seinem Körper aus. Für Mitte Frühling war es überraschend kalt. Den gesamten Tag hatte er neben Azig gewacht und ihn gepflegt. Nun aß er die letzten Kekskrümel. Die Sonne war fast untergegangen, die Müdigkeit übermannte ihn und seine Augen fielen zu. Er schreckte hoch. Er musste wach bleiben – war es doch nun an ihm, Wache zu halten! Azig sollte sich erholen.

»Ruh dich aus, mein liebes Kopfgeldjägerchen. Es wird dir nichts geschehen. Ich werde auf euch beide achtgeben«, erklang völlig unerwartet die weibliche und liebliche Stimme. Da war es wieder, dieses Gefühl, welches ihn absolute Sicherheit empfinden ließ. Das gleiche wie in der Höhle zuvor, als er wusste, sie würde nicht einstürzen. Kein Funke Angst war in ihm. Was er verspürte, waren Zufriedenheit und Geborgenheit.

»Schlaf, mein liebes Kopfgeldjägerchen, schlaf. Dir und deinem treuen Freund wird nichts geschehen«, sprach die Stimme mütterlich.

Kuno Kopfgeldjäger schlief ein, während sich die Dunkelheit der Nacht wie eine Decke über ihn legte.

φ

Eine Frau stöhnte schmerzverzerrt auf. Wutentbrannt brüllte eine Männerstimme: »Zier dich nicht, du Hure! Du willst es doch auch. Du dreckige Fotze. Ich zahl für meinen Spaß.«

Sie schrie.

»Verdammt, was soll der Scheiß? Ich will für mein Geld ordentlich was von dir haben. Lass dieses elendige Gezicke.« Er griff ihr ungeniert und grob an die Brüste und kniff in eine Brustwarze, während sein anderer Arm wie ein Schraubstock um sie lag. Sie hatte keine Chance zu entkommen.

Er war ein fetter, nach Schweiß stinkender Mann. Der Junge kannte ihn aus dem Krämerladen. Er gab ihm immer wieder umsonst Bonbons.

»Du bist zu grob, Krämer!«

»Ach was. Ich fass dich halt nur fester an als deine anderen Stümper, die auf dir rumhüpfen. Nun zier dich nicht so. Je mehr du dich wehrst, desto schmerzhafter wird es. Verstanden, du dumme Pute?«, herrschte der Krämer sie an.

Der Junge lag in einem kleinen Bett, dem er, wie auch der Bettdecke, schon längst entwachsen war. Seine Füße schauten über den Bettkasten heraus. Er fror. Die Bettdecke über den Kopf gezogen, lugte er ab und an auf das Feuer im Kamin. Mit seinen Händen hielt er sich die Ohren zu. Zu oft hatte er es miterleben müssen, dass alte oder junge, eklige oder gestriegelte, schöne oder hässliche Männer sich mit seiner Mutter vergnügten. Aber nie war einer so roh zu seiner Mutter gewesen.

Er war sieben Jahre alt. Er hörte ihre kreischende Stimme, die er so nicht kannte – klang sie doch sonst so liebevoll und sanft. Nun jedoch schrillte sie im Raum: »Nein, lass mich, denk an den Jungen.«

»Der Junge wird etwas für's Leben lernen, wenn er mir dabei zusieht, wie ich seine Mutter ordentlich ficke. Eines Tages wird er mir für die Erfahrung danken und auch seine zukünftigen Huren werden ihm dafür dankbar sein.«

»Nein!«, klang die Stimme seiner Mutter bestimmend, aber nicht so fest, als dass sie irgendetwas hätte ausrichten könnte. Sie wandte ihren Kopf zu ihm, schemenhaft sah er das, unter seiner Decke. Ihre Umrisse vor dem Kaminfeuer waren deutlich zu erkennen. Er liebte ihr braunes wallendes, lockiges Haar.

Der Krämer riss ihren Kopf wieder zu sich und er konnte sehen, wie dieser ihr einen ekligen Kuss auf die Lippen presste.

»Nicht auf dem Mund! Du kennst die Regeln«, keifte sie ihn an.

»Für das Geld sollte ich alles machen dürfen.« Er schlug sie –

aus Frust oder aus Lust. Das Klatschen der Ohrfeige war deutlich zu hören.

Sie fiel auf das Bett, blieb liegen und flüsterte mit liebender Stimme: »Mein Junge, geh raus in den Flur. Machst du das für Mami?«

Ohne lange zu überlegen, krabbelte er aus dem Bett und lief hinaus. Er schloss die Tür und rutschte an der gegenüberliegenden Wand hinunter auf den Boden. Er starrte auf die Tür. Durch sie vernahm er die Stimme seiner Mutter. Sie klang nicht mehr liebevoll und stark, sondern weinerlich.

»Ist der Junge weg?«, drangen die Worte des Krämers aus dem Schlafzimmer. Sie klangen vollkommen gleichgültig. Eine kurze Pause entstand, bis die Stimme des Krämers wieder erklang. »Schade, er hätte wirklich was lernen können …«

Er vernahm ein Klatschen. Es musste eine weitere Backpfeife gewesen sein.

»Ach so ist das«, schrie der Krämer höhnisch. »So will es die werte Dame. Wusst ich's doch, dass du es härter brauchst. Ihr Wunsch sei mir Befehl«, lachte der Mann ekelerregend. Ein weiteres lautes Klatschen war zu vernehmen und ein Aufprall. Der Schlag musste so heftig gewesen sein, dass seine Mutter gegen das Bett geschleudert worden war.

»Du bist ein Scheißkerl, Krämer! Ein verdammter Scheißkerl bist du«, schrie seine Mutter. Deutlich waren die Wut und der Hass in ihrer Stimme zu hören. Sie weinte vor Wut.

»Ach was! Jetzt spiel dich nicht so auf, Weib.«

»Ich sage dir Krämer, du bist ein Scheißkerl.« Er hörte, wie sie ihn anspuckte.

»Verdammte Fotze. Du bist nichts weiter als Dreck«, lachte er. »Nichts weiter als Dreck. Und ich zeig dem Dreck jetzt, wo er hingehört.«

Es vergingen ein paar Momente, in denen er seine Mutter schreien hörte und in denen irgendetwas zu Bruch ging und Kleidung riss.

»Du Arschloch, das wirst du mir bezahlen. Das gute Kleid.«

»Ach wenn schon!«, lachte der Krämer verachtungsvoll. Dann hörte er seine Mutter laut stöhnen. Es war ihr typisches emotionsloses Stöhnen. Ein Stöhnen, was sagte: ›Du kannst mit mir machen, was du willst. Ich ertrage alles. Auch dich!‹

Der Krämer nahm sie grob. Zwischendurch schrie seine Mutter vor Schmerz, statt vor Erregung.

Hilflos saß er auf dem Boden und glotzte auf die Tür. Hinter ihr wurde seine Mutter hemmungslos missbraucht. Sie wurde nicht als Mensch gesehen, sondern als Spielball der Männer. Wie oft hatte er erlebt, dass die Männer, die bei ihr ein- und ausgingen, sie nicht als Wesen aus Fleisch und Blut, nicht mal als Frau und schon gar nicht als Menschen ansahen, sondern nur als Ding, mit dem sie hemmungslos spielen konnten. Sie schmissen ihr Geld hin, fickten sie und schmissen sie weg. Seine Mutter tat es nicht für sich, sondern für ihn. Sie liebte ihn und brauchte das Geld, um ihm ein Überleben zu ermöglichen. Es war seine Schuld, dass sie ihren Körper verkaufte. Er fühlte sich schuldig, verbarg sein Gesicht in seinen Händen und weinte bitterlich.

»Komm, du Luder!«, schrie der Mann johlend. Seine Mutter quiekte schmerzverzerrt auf. Der Krämer deutete es als Wohlgefallen, obwohl er sicher wusste, dass es so nicht gemeint war.

Seine Mutter hatte Schmerzen. Er musste was tun. Und da waren sie. Zum ersten Mal. Deutlich und laut.

»Töte ihn. Du hast seinen Dolch gesehen. Er hing an seinem Gürtel. Du brauchst ihm die Klinge nur in den Rücken zu rammen. Du hast wohl keinen Mumm, Memme. Für dich tut sie es. Für dich. Du bist schuld, dass sie leidet.«

»Ich habe Mumm. Aber Töten ist unrecht …«, entgegnete er mit zitternder Stimme.

»Ist es recht, dass deine Mutter leidet, Memme? Wegen DIR?«

»Aber sie muss doch Geld verdienen!«, rechtfertigte er sich. Er begann zu schluchzen.

»Und jetzt heult das Balg auch noch, anstatt zu handeln. Memme, Memme, Memme! Du bist eine Enttäuschung. Was soll deine Mutter von dir denken? Du bist der Mann in der Familie, du musst sie beschützen.«

»Ich habe Mut! Ich werde es dir beweisen«, rief er und sprang auf.

»Mein Kuno«, erklang eine freundlichere, nicht so raue und

kalte Stimme wie die zuvor. »*Denk nach, bevor du etwas Unüberlegtes tust. Sie ist eine Hure. Sie tut es, um uns zu ernähren. Es ist ihr Beruf. Sie hat ihn selbst gewählt. Sie tat es schon, bevor es dich gab.«*

»Er tut ihr weh!«, sprach er mit geballten Fäusten. Unentschlossen stand er vor der Tür und starrte sie an.

»*Mein Kuno, sie tut es uns zuliebe, weil sie uns liebt.«*

»Aber er tut ihr weh!«, schrie er.

»Schnauze da draußen«, keifte der fette Krämer hinter der Tür. »Ich muss mich hier konzentrieren.«

Seine Mutter stöhnte eintönig.

»Er ist gemein!«, schniefte er. Tränen vernebelten ihm die Sicht. Er wischte sie sich aus dem Gesicht und zog die Nase hoch.

»Ja, genauso brauchst du es!«, schrie der fette Mann. Seine Mutter stöhnte auf. Sie tat es nicht vor Lust, sondern vor Schmerzen. Er fügte ihr Qualen zu.

»Stell dich nicht so an. Du willst es doch auch … Verdammt, zier dich nicht so. Du machst es nur schlimmer für dich. Nun mach schon mit! Warum bezahl ich dich? Da kann ich es mir ja auch gleich selber machen, du Schlampe.«

Der Krämer begann lustvoll zu grunzen. Es klang wie ein Lachen und Stöhnen zugleich.

Es widerte ihn an. Er wusste, was es bedeutete, der Krämer stand kurz vor dem Höhepunkt. Und seine Mutter weinte.

»Du tust mir weh«, erklang ihre Stimme, während der Mann weiter grunzend auf ihr zu liegen schien. »Geh runter von mir.«

»*Memme, tu was! Deine Mutter leidet. Sie braucht Hilfe.«*

Das Wehklagen seiner Mutter erfüllte sein Herz mit Zorn. Langsam öffnete er die Tür. Der Türknauf quietschte leise. Doch der Krämer bekam nichts mit. Er war beschäftigt, seine Bedürfnisse zu befriedigen. Dann sah er ihn. Auf seiner Mutter liegend. Sein nackter, behaarter und fetter Hintern bewegte sich auf und ab. Er war schweißverschmiert und einzelne Perlen hatten sich in den Rückenhaaren gesammelt. Sie glitzerten im Schein des Kaminfeuers. Die Hose hing mit dem Gürtel und seinem Dolch zwischen den Kniekehlen. Nicht mal die Mühe, sich auszuziehen, hatte er sich gemacht.

Immer lauter wurde das Grunzen und Stöhnen des Mannes, es klang widerlich und ekelte ihn an. Der Raum stank nach dem Schweiß des Krämers. Er würgte. Leise betrat er das Zimmer und schlich sich ans Bett, näher an den behaarten Arsch des Krämers, der sich unaufhörlich hob und senkte, während seine Mutter ihre Finger in seinen Rücken bohrte …

»Ja, zerkratz mir den Rücken, du Luder. Du stehst doch drauf, wenn ich dich hart ficke. Ich wusste es. Noch nie hat es dir jemand so besorgt.«

Doch tat sie es nur, um ihre Schmerzensschreie nicht laut herauszubrüllen. Sie kämpfte tapfer. Tränen liefen ihre Wangen hinab. So kurz war sie davor, vor Schmerzen zu explodieren. Sie biss sich auf die Unterlippe und Blut quoll hervor. Seine Mutter litt – und das, was er nun tun würde, wäre nur richtig. Er musste es tun. Er tat es, um ihr zu helfen.

»Mein Kuno, es ist nicht richtig.«

An dem Gürtel des Mannes in der Kniekehle baumelte der Dolch. Kuno fixierte ihn mit seinen Augen.

»Nimm ihn dir, Memme!«, flüsterte die Stimme ihm zu. *»Nimm ihn dir. Du beschützt deine Mutter damit.«*

»Mein Kuno, du darfst ihn nicht töten. Es reicht, wenn du schreist, das bringt ihn …«

Er ergriff den Dolch.

»Hier gibt es nichts mehr schönzureden, Memme. Er muss bestraft werden.«

Es war ein schöner Dolch mit einem Ebenholzgriff, der schlicht und einfach geformt war. Er lag gut in der Hand. Die lange Klinge funkelte silbrig und war frisch geölt. Ohne lange zu zögern, hob er den Dolch und rammte ihn dem Mann in seinen behaarten und fetten Rücken. Direkt zwischen zwei Rippen hindurch, mitten ins Herz. Ein Zufallstreffer. Anders konnte es nicht gewesen sein. Hätte die Klinge nur ein kleines Stück höher oder tiefer den Rücken getroffen, wäre sie an den Rippen abgeprallt und der Krämer wäre nur verletzt worden. Der blickte sich um. Seine weit aufgerissenen Augen starrten ihn ungläubig an. »Wo kommst du denn her, Bengel?“, hauchte er fragend … dann brach er tot auf seiner Mutter zusammen.

Ohne zu überlegen, ergriff sie den Geldbeutel des Krämers, nahm zwei Silbermünzen heraus und warf dann den Beutel neben den Toten. Dann packte sie seine Hand zur schnellen Flucht.

Ihr Schweigen strafte ihn mehr als tausend Worte, nicht eines Blickes würdigte sie ihn. Sollte er nicht eigentlich ihr Held sein? Hatte er sie nicht gerettet? Sollte sie nicht dankbar sein, anstelle von enttäuscht oder gar erbost?

Sie flüchteten aus der Vorstadt von Nordorf. Das verschwommene Bild einer weiten Reise – weit und lang, über Wochen, Monate. Ihr Ziel hieß Brandt. Warum, konnte sie ihm nicht sagen, doch hatte er kein gutes Gefühl dabei. Er kannte ihren Zufluchtsort in Rouhhen nur vom Hörensagen, von dem ihm aber nichts Gutes in Erinnerung geblieben war. Bekannt für seine Lasterhaftigkeit wirkte er mehr als ungeeignet, ein Kind großzuziehen, sich ein anständiges Leben zu erhoffen. Die Stadt war verdorben und öfter niedergebrannt als alle Städte dieser Welt zusammen. Hier traf sich der Abschaum aller Völker. Selbst der König von Rouhhen hatte es aufgegeben, die Laster dieser Stadt zu bekämpfen. Er vertraute darauf, dass sie eines Tages Opfer ihrer selbst werden würde.

Noch immer trug er den Dolch des Krämers bei sich, damals wie heute, wenn auch inzwischen mit einer neuen Klinge versehen. Er wie auch die Stimmen sollten ihn von nun an begleiten …

φ

Kuno erwachte schweißgebadet. Trank einen Schluck. Sein Herz raste.

»Da ist noch mehr! Erinnere dich, mein Kuno. Da ist viel mehr«, sagte die friedliche Stimme. *»Du musst dich deinen Erinnerungen stellen, damit du dein Leben verstehst. Begreifst, warum wir da sind. Erinnere dich!«*

Kuno nahm von alledem nicht viel wahr. Seine Augen fielen schon wieder zu, als die Stimme die letzten Worte sprach. Er bemerkte nicht einmal, wie die Tränen über sein dreckiges Gesicht rannen und weiße Spuren hinterließen. Die Erinnerungen schwappten aus der Tiefe seines Inneren in seinen Kopf. Sie zeigten ihm längst Vergessenes, längst Verdrängtes. All das, was er falsch gemacht hatte. Bilder, die er irgendwo, weit in seiner Seele, begraben hatte – und doch bedeuteten genau sie ihr Spiegelbild. Wenn auch eigentlich ohne Daseinsberechtigung mehr … so glaubte sich Kuno inzwischen anders. Nie mehr wollte er sich an das Erlebte erinnern. Aber irgendetwas sagte ihm, dass er das musste.

φ

Er lief zurück zu dem Haus – einer einfachen, zweistöckigen Unterkunft, die ihnen aber im Winter zumindest Schutz vor der Kälte bot. Und gerade hier, im Delta des Dago-Flusses, war dies unabdingbar. Unten befand sich der Wohn- und Kochbereich, während im zweiten Stock ein Dachzimmer zum Schlafen diente. Durch einen einfachen Leinenstoff trennten sie den Raum, so dass er sogar ein kleines Reich sein Eigen nennen konnte.

Kuno kam gerade aus der Schule, dritte Klasse. Er war zwölf Jahre alt und stolz darauf, ein guter Schüler zu sein. Die Lehrer lobten ihn, da er trotz seiner Herkunft so adäquat zu arbeiten wusste. Genau verstand er nicht, was sie damit meinten, aber es fühlte sich gut an. Die Lehrer halfen ihm, wo sie nur konnten, begeistert davon, wie strebsam der Junge war.

In den letzten Jahren hatte sich Brandt doch noch zum Positiven gewandelt. Aus dem Moloch einer verruchten Stadt war durch die akribische und harte Arbeit der Answins, der Tempelwächter des menschlichen Glaubens, ein ruhigerer Ort geworden – auch wenn das Tollhaus von einst sicher nicht gänzlich verschwunden war. Dennoch unterbanden die Tempelhüter vieles.

Kuno glaubte dem Versprechen seiner Mutter, nie mehr in ihren alten Beruf zurückzukehren. Sie arbeitete in einer der Bäckereien der Tempelhüter, von wo sie regelmäßig Brot und Kuchen mitbrachte. Sie konnten sich nicht viel leisten, aber so hungerten sie auch nicht. Er liebte sein neues Leben. Seine Mutter war fast immer für ihn da und es gab keine hässlichen alten Drecksäcke mehr, die sie zu Hause bestiegen. Sie lebten ruhig vor sich hin und seine Stimmen versiegten. Sie waren nicht vollständig verschwunden, nein, dazu hatte er ihren Wert auf der Reise als auch in der

Schule viel zu sehr zu schätzen gelernt. Aber sie kamen seltener. Und wenn sie auftauchten, dann drohte denjenigen Unheil, welche ihn triezten.

»Memme, Memme, Memme, du machst uns stolz. Langsam zeigst du, was wirklich in dir steckt. Eines Tages, wenn du auf uns hörst, gehört dir diese Stadt.«

Er lachte. Er hatte gerade Radbert seinen Beutel mit Münzen abgeknöpft, den er nun fröhlich pfeifend in die Luft warf und wieder auffing. Nicht, dass er stolz auf seine Tat war. Aber dessen Eltern besaßen wirklich mehr als genug Geld und so ein kleines Taschengeld konnte ihm selbst durchaus helfen.

»Mein Kuno, wir rücken nur etwas die Verhältnisse zurecht. Die haben so viel und wir haben fast nichts. Nur gerecht, wenn wir uns etwas von ihnen nehmen.«

»Außerdem, Memme, hat uns der Bastard beleidigt.«

Er lächelte.

»Einen ›Hurensohn‹ hat er uns genannt.«

Seine Mutter würde immer noch die Beine für jeden Tempelhüter der Stadt breitmachen … Woher Radbert wusste, womit seine Mutter in einem früheren Leben, was eigentlich Tausende von Meilen entfernt sein sollte, ihr Geld verdient hatte, darauf konnte er sich keinen Reim machen. Aber beleidigen ließ er sich nicht. Er war kein Hurensohn mehr, sondern der Sohn einer Hilfsbäckerin.

Auf die Beleidigung hin waren ihm die Nerven durchgegangen. Selten geschah dies. Zur Strafe hatte er ihm nicht nur ein blaues Auge verpasst und die Lippe blutig geschlagen, sondern ihm eben seinen Geldbeutel abgeknöpft. Strafe musste sein.

Es war nicht das erste Mal und er wusste, dass er spätestens heute Abend für seine Tat von seiner Mutter eine Schelle kassieren würde. Aber die war es wert, weil sie ihn anschließend in den Arm nehmen und ihm sagen würde: »Konrad, was soll ich nur mit dir machen? Du beschützt mich noch immer.« Er würde sich an sie schmiegen und alles wäre gut … Nein. So würde es nicht ausgehen. Aber er träumte davon. Das Einzige, was sie beide verband, war das Versprechen, ihre Vergangenheit und ihr verwandtschaftliches Verhältnis. Alles andere war Utopie.

Er trat ein. Sonst rief er seine Mutter, aber diesmal stockte er.

Er kannte die Geräusche, die an seine Ohren drangen. Er konnte es nicht glauben. Hatte seine Mutter … Nein, das konnte nicht sein. Seine Mutter würde nie das Versprechen brechen.

Er lauschte.

»Memme, sie hat das Versprechen gebrochen. Hörst du?«

»Nein, mein Kuno, vielleicht ist es ihr neuer Liebhaber. Sie war in letzter Zeit abends oft unterwegs und hat für den Bäcker mehr gearbeitet – mit des Müllers Sohn. Zusammen haben sie doch das Mehl ins Lager geschleppt, damit du neue Schulbücher bekommst. Sie erhielt dafür ein paar mehr Münzen.«

»Memme, das willst du glauben. Lausche!«

Er lauschte und hörte das eintönige Stöhnen seiner Mutter. Es war das gleiche Stöhnen, wie er es damals vernommen hatte – lustlos und eintönig. War er doch ein Hurensohn?

»Da… das kann nicht …«, stotterte er vollkommen entsetzt. Es begann flüsternd und stieg stetig an. Bis er schrie: »Das darf sie nicht. Sie hat es mir versprochen. Sie hat es mir versprochen. Sie hat es mir versprochen!«

Das Stöhnen war verebbt.

»Konrad, Schatz, bist du es?«, erklang die Stimme seiner Mutter aus dem oberen Stockwerk. Er schwieg und blickte erstarrt die Treppe hinauf. Seine Hände zu Fäusten geballt.

Endlose Augenblicke vergingen, dann war es wieder zu hören. Das Stöhnen seiner Mutter und dann war da wieder das eklige, abstoßende Grunzen. Es klang wie das Grunzen eines Schweins. Er atmete tief durch und unterdrückte seine Tränen. Der aufwallende Zorn war nicht zu besiegen. Er ging zu dem einzigen Schrank im unteren Bereich, suchte nach seinem Dolch. Seine Mutter hatte ihm den Dolch abgenommen und ihn hier versteckt, das wusste er. Er fand ihn. Er lag hinter dem einfachen Holzgeschirr und einigen Handtüchern. Er band ihn sich um.

»Sie hat das Versprechen gebrochen, Memme. Lausche ihrem Stöhnen. Diese Hure hat ihr Versprechen gebrochen«, erklang die garstige Stimme.

»Mein Kuno, das ist bestimmt ein Missverständnis.«

»Schweig! Es gibt kein Missverständnis. Sie hat ihr Versprechen gebrochen.«

»Memme, wir müssen uns rächen. An ihr und ihrem Freier. Sie hat so lange, so unentwegt gelogen. Uns belügt man nicht. Wer weiß, wie lange sie es schon wild da oben unter unserem Dach treibt. Wer weiß, wie lange sie dich hintergeht und das Versprechen gebrochen hat.«

Der Zorn wallte immer weiter auf und die Worte der Stimme erzürnten seinen verletzten Stolz, ließen seine Wut über unbekannte Grenzen hinauswachsen. Es gab keinen Anfang und kein Ende. Er hasste sie.

»Memme, wir müssen ihr eine Lektion erteilen. Eine Lektion, die sie nie wieder vergisst. Sie darf uns nie wieder hintergehen. Sie muss begreifen, dass sie ihre Versprechen einhalten muss.«

»Ich bin ganz deiner Meinung und ich habe schon eine Idee.«

»Mein Kuno, tu es nicht. Du wirst es bereuen.«

»Schnauze«, keifte er die freundliche Stimme an.

Immer noch erklang das lustlose Stöhnen seine Mutter und immer heftiger wurde das Grunzen des Mannes. Wer auch immer er war, er würde diesen Fick bereuen. Nie wieder würde er seine Mutter besteigen. Niemals wieder.

Er ging zum Kamin. Das Feuer loderte. Es war Herbstanfang und es konnte im Dago-Delta schon recht kühl werden. Er blickte kurz hinein und genoss das Spiel der Flammen. Beim letzten Mal hatte es ähnlich angefangen.

Er griff vom Kaminwerkzeug die Zange, fuhr mit ihr in das Holz und warf das glühende Holzscheit achtlos auf den Boden. Er wollte nicht das ganze Haus anstecken, aber er wollte ihr einen Denkzettel verpassen.

Ob es zu viel Glut war oder von ihm beabsichtigt, konnte er nicht mehr sagen. Er verließ das Haus. Sie würden riechen, dass es brennt, und dann kämen sie heraus. Mit heruntergelassener Hose und er würde sich seinen Schwanz verbrennen, wenn er das Feuer löschen würde, und falls er es nicht tat, schnitt er ihm den Pimmel ab.

So stand er vor dem Haus mit verschränkten Armen und blickte auf das Fenster des Wohnbereiches. Die Flammen wurden größer. Sie schlugen inzwischen so hoch, dass man sie im Fenster sehen konnte. Er blieb ruhig stehen. Sie würden es schon bemerken.

Das Knistern des Feuers war nun deutlich hörbar, andere Menschen kamen vorbei und erblickten es. Plötzlich brach Panik aus.

»Feuer«, schrien die Bürger. »Feuer!«

Panik ergriff die Stadt und es wurde hektisch.

»Memme, verschwinde, wenn sie mitbekommen, dass du dahintersteckst, hängst du.«

Er nahm seine Füße in die Hand. Aber wo sollte er hin? Er lief zur Schule, dort wurden schon die Schüler versammelt – von einem Tempelhüter, zum Eimerschleppen. Er versteckte sich.

Hektisches Treiben war überall in den Straßen. Menschen liefen schreiend hin und her. Nur wenige begriffen, was zu tun war, doch diese taten es mit vereinten Kräften. Eine Kette bildend reichten sie vom Dago her Eimer gefüllt mit Wasser bis hin zum Brandherd.

Ziellos eilte er an ihnen entlang, als er erblickte, was ihn schrecken ließ. Das gesamte Bäckerviertel stand in Flammen.

Er begann seine Mutter zu suchen. Sie musste das Feuer doch gerochen haben, geflüchtet sein, noch leben … hatte sich sicher nur bösartig erschreckt und war ins Freie gelaufen … unbemerkt von ihm. Es sollte doch nur das unterste Stockwerk brennen – doch was tatsächlich geschehen war, hatten die Flammen verdeckt, zu hoch waren sie schon geschlagen.

Er starrte zu ihnen empor, den glühenden Funken nach, wie sie gen Himmel stiegen.

»Junge – weg da – oder greif dir nen Eimer!«, schrie ihm ein Mann aus der Kette zu.

Er blickte sich um. Panik ergriff ihn.

»Memme, der hast du es gegeben.«

»Sie ist tot«, schrie er, »sie ist tot!«

»Wenn du weiter im Weg stehst, sterben gleich noch mehr Menschen. Verpiss dich oder hilf!«, schimpfte der Mann.

Er verschwand. Er lief. Er lief ohne Pause. Er lief irgendwohin. Er wusste nicht wohin. Aber er lief.

φ

Kuno erwachte schreiend. In der Nacht hallte der Laut noch lange nach, doch nur Azig hob kurz seinen Kopf. Mehr geschah nicht. Verwirrt, wo er war, begann Kuno zu sprechen. »Das Feuer … die Stadt … sie brannte erneut … alles meine Schuld«, schluchzte Kuno. »Nein«, revidierte er sich. »Unsere Schuld. Wir haben sie umgebracht.«

»Denk weiter, spüre deinen Zorn und deine Wut«, sprach die gewissenlose Stimme.

»Welchen Zorn?«, brüllte Kuno. »Verdammt noch mal, welchen Zorn?«

»Hey, jetzt gib nicht mir die Schuld für dein Handeln!«

»Ich habe das verdammte Haus angesteckt. Ich habe das Haus angesteckt, in dem meine Mutter war. Was bin ich nur für ein elendiges Arschloch …«

»Memme, jetzt sprich nicht so. Du hast ihr eine Lektion erteilt. Sie hatte es nicht anders verdient. Sie hat ihr Versprechen gebrochen.«

»Verdammte Scheiße. Das Feuer geriet außer Kontrolle.«

»Genau, aber aus deinem Zorn heraus, hast du sie verbrennen lassen. Im Wohnraum hast du die Glut des erloschenen Feuers aus dem Kamin im Raum verteilt. Die Gardine fing Feuer. DAS haben wir nicht gemeinsam gemacht.«

»Das ganze Bäckerviertel habe ich niedergebrannt.«

»Memme, nun heul nicht rum. Außerdem war es die ganze Stadt, die wir in Schutt und Asche gelegt haben.«

»Die ganze Stadt?« Ja, es stimmte. Er konnte nicht glauben, wie er es geschafft hatte, das zu verdrängen. »Ich lief umher. Ich suchte meine Mutter.«

»Sie war da schon tot, Memme. Der bewusstlose Freier hat sie mit Sicherheit erdrückt. Erinnere dich an den fetten Krämer. Die Fettesten haben immer am besten gezahlt.«

»Schweig! Ich habe meine Mutter getötet.«

»Sie hatte es verdient. Sie hatte uns versprochen, nicht mehr anschaffen zu gehen. Und was tat sie, kaum, dass wir in Brandt waren? Fickte mit dem Erstbesten für ein halbes Hähnchen und ein Stück Brot.«

»Aber sie schlief mit ihnen, weil sie uns ernähren wollte«, verteidigte Kuno seine Mutter.

»Belogen hat sie uns. BELOGEN …«, schrie die gewissenlose Stimme.

Die andere Stimme schwieg. Dieses Schweigen galt in Kunos

Augen als Zustimmung. Unerwartet konnte Kuno die Gedanken der Stimmen lesen. »*Sie hat uns belogen. Sie hatte eine Strafe verdient. Sie sollte nicht bei dem Feuer umkommen, sie sollte nur einen Schrecken bekommen, sich wieder an ihr Versprechen erinnern, es halten, nicht mehr und nicht weniger. Aber wir haben es übertrieben. Wie so oft sind wir über das Ziel hinausgeschossen, und das nur, weil du IHM mehr zuhörst als mir, mein Kuno*«, mahnte sie.

»Ihr habt sie umgebracht, nicht ich. Ihr wart es!«

»*Wir? Wir haben keine glühenden Kohlen im Raum verteilt, Memme. Das warst du ganz allein.*«

Kuno weinte, fühlte sich so mies wie selten zuvor. Er hatte damals nicht nur seine Mutter getötet, sondern eine gesamte Stadt dem Erdboden gleichgemacht. Er konnte das Wehklagen und die Hilferufe der Menschen hören. Es waren Tausende von Stimmen in seinem Kopf, und sie schrien ihn an, gaben ihm die Schuld. Schuld an ihrer aller Tod.

Er fiel auf seine Knie, vergrub das Gesicht in seinen Händen und heulte.

»*Jetzt heul nicht rum wie eine Memme*«, keifte ihn die gewissenlose Stimme an. »*Steh auf. Und reiß dich zusammen. Sei ein Mann. Es ist über zwanzig Jahre her. Und kein Hahn kräht mehr danach.*«

»Wie konnte ich nur weiterleben? Wie konnte ich nur …«

»*Ist doch gut, wir haben's ja jetzt begriffen. Also sei still und konzentrier dich auf die vor dir liegende Aufgabe. Wir wollen unsere Wut ausleben, dem Monster das Leben aus seinem verdammten Körper prügeln, bis es elendig dahinsiecht! Unser Leben hat es sich genommen und nun drehen wir den Spieß um.*«

»Unser Leben? Es war mein Leben! Ich war glücklich!«

»*Wir, Memme, wir waren glücklich. Wir waren es. Wir gehören zu dir!*«

»*Wir finden einen Weg, mein Kuno*«, sprach die gewissenhafte Stimme. »*Wir haben bisher immer einen Weg gefunden.*«

Kunos Erinnerung lastete schwer auf ihm. Das Leben danach war kein einfaches gewesen, aber er hatte gelebt – und gekämpft.

Er war Kuno der Kopfgeldjäger. Er und seine Stimmen hatten

ihn zu dem gemacht, was er nun war. Doch jetzt wollte er sein altes Leben zurück, so unmöglich es ihm auch erschien. Vielleicht würde er irgendwann irgendetwas wiedergutmachen können. Aber nun blieb ihm nichts als weiter abzuwarten. Nichts, als das Gefühl der absoluten Leere zu ertragen und sein Leben, wie es vor dem Erinnern gewesen war, weiterzuführen.

Und wieder überkam ihn der Schlaf. Unruhig, wie in den Nächten zuvor, und immer mit denselben Träumen.

KAPITEL 10: DAME IN WEISS

Früh wurde der Kopfgeldjäger vom kühlen Morgentau geweckt. Das Feuer war niedergebrannt, die Sonne noch nicht vollständig aufgegangen und dennoch zeichnete sich auf dem Berg die schwarze Festungsruine deutlich ab. Das dunkle Gestein, von den Erbauern dieser Burg verwendet, hob sich befremdlich von dem sandsteinfarbenen Bergmassiv ab.

»Alles, was das Böse hervorgebracht hat, wirkt unnatürlich«, murmelte der Kopfgeldjäger, als er zur Ruine emporblickte.

Er überlegte nicht groß. Heute wollte er ihr ein großes Stück näher kommen. Zu lange war er aufgehalten worden.

Sein treuer Gefährte stand vor ihm und hechelte erwartungsvoll. Nichts schien diesen Hund aufhalten zu können, seinen Verband hatte er bereits irgendwo abgestreift. Der Kopfgeldjäger sah sich die Wunde an. Längst war sie von Schorf bedeckt, doch konnte er von fünf Zehen nur noch drei entdecken. Das schien Azig aber nicht weiter zu behindern. Nur als Kuno seine Wunde genauer untersuchte, jaulte er leise vor Schmerzen.

»Tapferer Hund«, sprach sein menschlicher Freund und streichelte ihm den Kopf. Kuno goss die restlichen, noch zusammengelaufenen Tropfen aus dem Wasserschlauch in seine Holzschüssel und gab sie Azig zu trinken, der ihn dankbar anblickte. Er musste unbedingt ihren Proviant auffüllen und nach einem Bergbach Ausschau halten. Sie benötigten Kraft – bei all dem Ungewissen, was ihnen wohl noch bevorstand. Umso wichtiger war es, schnell aufzubrechen.

Im Laufe des Vormittages wandelte sich der Himmel. Das helle, strahlende Blau des Morgens wurde von großen unzähligen Wolken verdeckt, die aus allen Winkeln des Nordens zu kommen schienen. Immer dichter schlossen sie sich zusammen.

Bald begann es zu regnen. Kuno schlug seine Kapuze über den

Kopf und marschierte weiter. Es war ein dauerhafter Regen, der ihn nach und nach vollständig durchnässte.

»Ein angenehmer Tag sieht irgendwie anders aus«, grummelte der Kopfgeldjäger Azig zu, während er dem bedrohlich wirkenden Schwefelgelb eines rasch näher kommenden Gewitters entgegenblickte. Bald schon war ein dunkles Grollen zu vernehmen und der Himmel bestand fast nur noch aus einer endlosen tiefschwarzen Wolkenschicht. Sie erinnerte den Kopfgeldjäger an jene Finsternis, die er vor Kurzem in der Höhle erlebt hatte. Nur jetzt wurde sie durchbrochen – von grellen Blitzen, die sich schließlich entluden.

Azig und der Kopfgeldjäger spürten, dass Kurda an diesem Tag noch schlechter gelaunt war als an den bisherigen zuvor. Der Berg würde ihnen zeigen, zu was er fähig war. Den Kopfgeldjäger interessierte es nur bedingt. Azig und er würden dem Berg schon trotzen und dennoch die Ruine erreichen. Doch der Kopfgeldjäger fühlte sich erschöpft und ausgelaugt – auch, wenn er sich immer und immer wieder Mut zusprach. Wie sollte es nur werden, wenn er wieder würde kämpfen müssen? Ohne die Möglichkeit einer Pause, nach dem langen Aufstieg?

»*Komm, Memme, stell dich nicht so an. Du hast ein Ziel. Vielleicht vergeigst du es dieses Mal auch nicht, sondern beweist, dass du kein Verlierer bist*«, verspottete die herrschsüchtige Stimme ihn. Wenn er nur einen Weg finden würde, diese leidigen Stimmen loszuwerden.

»*Los, Memme, schneller!*« Sie waren lästig und trieben Kuno an. Aber vielleicht war es genau das, was er brauchte, und vielleicht waren sie genau deswegen da. Und wenn er sie schon nicht loswerden würde … sollte er sich mit ihnen eventuell verbünden? Einen Versuch wäre es zumindest wert.

»*Memme, so begriffsstutzig kann man doch nicht sein, wir sind dein Innerstes. Du brauchst dich nicht mit uns zu verbünden, wir sind deine Seele, wir sind DU!*«, lachte die herrschsüchtige Stimme.

»Nicht mehr denken, nicht mehr denken!«, murmelte der Kopfgeldjäger die Worte wie ein Mantra.

»*Du kannst uns vielleicht für den Moment aussperren, aus deinem Kopf, aber nicht für immer. Nur wir können entscheiden zu gehen, nur dann bist du uns los, Memme*«, lachte die herrschsüchtige

Stimme. »*Wobei … wir werden dich nicht verlassen. Du brauchst uns ebenso wie die Luft zum Atmen.*«

»Geht! Warum seid ihr denn überhaupt da? Was habe ich denn getan, dass ich euch nicht mehr loswerde?«

»*Wir waren immer da, mein Kuno. Wir waren immer da*«, erklang die zweite Stimme.

Der Kopfgeldjäger schwieg und versuchte, die Stimmen mit seinem stupiden Marschieren zu unterdrücken, zu verbannen, doch drangen immer wieder Wortfetzen oder gar ganze Wortwechsel der Stimmen in sein Bewusstsein. Warum hatte er sie so lange nicht gehört? Warum waren sie jetzt da? Wie konnte er sie wieder loswerden?

›Los, weiter auf dein Ziel fokussieren, Schritt für Schritt, bis zur Ruine …‹, forderte der Kopfgeldjäger von sich.

Der Weg zu ihr war kaum zu bewältigen. Immer wieder musste er mit Azig die dicht bewachsenen Felsbrocken und Geröllebenen umgehen oder rutschte die mühsam erklommenen Meter einfach wieder hinab. Der Boden des Berges wurde zunehmend weicher und schmieriger. Die Festung schien sich eher noch weiter zu entfernen. Unheilvoll schwarz war der Himmel über ihm, den er mit Sorge beobachtete. »Das kann kein Himmel sein von dieser Welt«, sprach er, als er plötzlich erneut stürzte und sich an irgendetwas Wurzelartigem festhielt, um nicht weiter abzurutschen. »Viel schwärzer kann er doch gar nicht werden, schickst du mir denn die ganze Finsternis, aus der das Urböse entstanden ist?«, schrie der Kopfgeldjäger in das Dunkel hinein. Als Antwort ergriff ihn eine Böe; immer stärker wurde der Wind und der Kopfgeldjäger wusste – wenn das Gewitter seine volle Kraft erreichen und sich an diesem Berghang austoben würde, lägen ihre Überlebenschancen bei null. Zu weit waren sie gekommen, als sich nun von dem Berg wegspülen zu lassen. Aber was konnte er schon tun?

Nichts schien Azig beeindrucken zu können – weder das Grollen des Himmels noch der immer stärkere Regen, geschweige denn der Sturm. Er blieb in der Nähe seines Herrchens, passte auf Kuno auf, auch wenn er nur langsam vorwärtstapste und nicht mehr ganz so agil über die Steine sprang wie noch vor seiner Verwundung.

Der Kopfgeldjäger raffte sich wieder auf und wischte sich durch das Gesicht, bedeckt von Dreck und Regen, da half auch die Kapuze nicht mehr. Hinzu kam, dass der Regen die Sicht erschwerte. Unzählige kleine Rinnsale hatten sich gebildet und suchten nun einen Weg bergab. Der Wind hatte an Kraft gewonnen und umhüllte den Berg mit seinem Pfeifen und Heulen.

Nässe und Kälte zogen tief in Kleidung und Knochen. Kuno begann zu frieren und zu zittern. Sein Kettenhemd wurde immer schwerer. Sein Rucksack schien mit Felsbrocken beladen zu sein und seine Armbrust hing wie ein Klotz an seiner Schulter. Azig bellte. Doch der Wind trug seine Laute weit weg. Sie verhallten im Heulen des Windes.

Der Kopfgeldjäger lachte sarkastisch: »Ich sollte es positiv sehen. Durch das Heulen des Windes höre ich wenigstens die Stimmen nicht mehr.« Und er begann den Wind zu genießen.

Das Grollen des Donners wurde lauter. Plötzlich zuckten rote, grüne und gelbe Blitze an der Unterseite der Wolken entlang. Grelle, helle Blitze, die in den Augen schmerzten. Nie zuvor hatte Kuno Kopfgeldjäger ein derartiges Schauspiel erlebt. Der Donner klang, als würde der Himmel zerrissen.

»Hallo, mein liebes Kopfgeldjägerchen«, vernahm der Kopfgeldjäger jene weibliche und liebliche Stimme, die ihm immer wieder in den letzten Tagen begegnet war.

»Noch so eine«, stöhnte der Kopfgeldjäger, der die Stimme zunächst nicht zuordnen konnte. »Ich bin wahrlich verrückt.«

»Nein, nein, mein liebes Kopfgeldjägerchen, du bist nicht verrückt«, sprach die zuckersüße Stimme. *»Ich bin hier, um dir zu helfen. Du brauchst Hilfe.«*

Die Stimme erklang nicht in seinem Kopf. Sie kam von überall her. Sie war klar und durchbrach das Gewitter. Und wirkte, als wisse sie genau, was er durchmachte. Sie beruhigte ihn. Sie fühlte sich warm und vertraut an. Es schien, als wäre die Stimme von Wärme, Liebe und Zuneigung beseelt. Wo kam sie nur her? Wieder aus seinem Inneren? Das wäre sein Ende. Dessen war sich der Kopfgeldjäger absolut sicher. Er rief in seinen Gedanken die beiden Stimmen, aber sie reagierten nicht. Sie blieben stumm. Er glaubte sogar, ihre Angst vor dieser fremden Stimme zu spüren. Konnte das sein?

Mit all seiner Kraft hielt sich der Kopfgeldjäger an einem Felsen fest. Der Sturm nahm immer heftigere Züge an. Sein Mantel wehte in alle Richtungen, obwohl er von seiner Armbrust und seinem Rucksack gehalten wurde.

Azig zeigte keine Angst. Es schien ihn gar zu erfreuen – felsenfest stand er auf einem riesigen Stein und heulte den Wind an.

»Ich kenne einen Ort, der gäbe dir Schutz, mein liebes Kopfgeldjägerchen.«

»Wer ist da?«, brüllte Kuno. »Verdammt noch mal, wer ist da?«

»Du glaubst, ich bin eine der Stimmen in deinem Kopf?«, spottete die Stimme. *»Da muss ich dich enttäuschen, mein liebes Kopfgeldjägerchen.«*

Inzwischen hatten die schwarzen Wolken fast sämtliches Licht am Berg getilgt. Zudem schienen die Regentropfen zu kleinen spitzen Nadeln mutiert, die auf nackter Haut schmerzten. Er zog den Mantel fester um seinen Körper und die Kapuze tiefer über den Kopf. Von seiner Nasenspitze aus lief ein Rinnsal bis auf den Boden. Dann verebbte für einen kleinen Moment der Wind und der Kopfgeldjäger, der sich ihm entgegengestemmt hatte, verlor das Gleichgewicht und stürzte – genau in dem Augenblick, als der Wind wieder an Kraft gewann und ihn nur noch fester gegen den schlammigen Boden drückte. Kuno wehrte sich, musste sich aber eingestehen, dass es kaum möglich war.

»Wehr dich nicht, mein liebes Kopfgeldjägerchen. Lass es geschehen. Es kostet dich sonst nur unnötige Kraft. Ich will dir helfen.«

»Wer ist da? Zeig dich, Feigling, du Bastard des Bösen!«, schrie Kuno voller Verzweiflung.

»Ich bin nicht das Böse, mein liebes Kopfgeldjägerchen. Wie kommst du darauf?«

»Ich bin im Phylake-Gebirge und höre eine Stimme, die nicht in meinem Kopf ist? Du musst vom Urbösen sein. Du willst mich abhalten, die Festungsruine zu erreichen, du Hure.«

»Na, na, na, wir wollen nicht beleidigend werden, mein liebes Kopfgeldjägerchen«, tadelte ihn die Stimme. *»Wo ist dein Benehmen einer Frau gegenüber hin? Sie hat dich doch deiner Manieren wegen immer so gelobt.«*

»Woher weißt du von ihr?«, schrie Kuno Kopfgeldjäger erbost.

»Ich weiß alles über dich, mein liebes Kopfgeldjägerchen.«

Azig heulte noch immer, während Kuno weiterhin krampfhaft versuchte, gegen den Wind anzukommen, hin zu seinem Freund, der wie ein Stein in der Brandung am Berg stand. Es schien ein aussichtsloses Unterfangen zu sein. Was hatte diese liebliche Stimme vor? »Wer spricht mit mir? Zeig dich, du elendige Schlampe.«

»Hat dir kein Mensch Benehmen beigebracht, mein liebes Kopfgeldjägerchen?«

»Wer ist da, verflucht?« In ihm waren Wut, Hass und Zorn – Gefühle, die er zu unterdrücken versuchte. Nicht ihretwegen, sondern seines Verstandes zuliebe. Je klarer sein Verstand funktionierte, desto einfacher würde es ihm fallen, mit dieser weiteren Stimme zurechtzukommen. Kuno wusste ohne Umschweife, dass er der Schwächere in diesem Spiel war.

›Manchmal, mein Konrädchen, ist Höflichkeit der einzige Weg, um etwas in Erfahrung zu bringen‹, erinnerte sich der Kopfgeldjäger an die Stimme seiner Mutter. Und danach wollte er handeln.

»Zeigt dich mir und stell dich mir, wenn du schon alles über mich weißt.«

»Du wirst mich schon früh genug sehen, mein liebes Kopfgeldjägerchen. Wenn die Zeit gekommen ist, werde ich mich dir preisgeben, aber bis dahin musst du dich gedulden.«

Ein Blitz durchzuckte den schwarzen Himmel und erleuchtete alles in einem grellen Licht. Azig wirkte auf dem Fels wie ein Wolf, der den Vollmond anheulte. Ohrenbetäubendes Donnern erklang. Kuno presste die Hände auf seine Ohren, um das Dröhnen zu dämpfen. Es nützte kaum etwas.

»Du glaubst doch nicht, dass ich dich hier am Berg sterben lasse, mein liebes Kopfgeldjägerchen!«

Es verwirrte den Kopfgeldjäger, dass die Stimme seinen Namen kannte, seine ihm innewohnenden Stimmen und seine Gunda. Trotz ihrer Lieblichkeit fand Kuno die Stimme beängstigend. Woher wusste sie so gut über ihn Bescheid?

Kuno stemmte sich mit den Armen vom Boden hoch, doch im selben Augenblick heulte der Wind wieder auf – hart und unerbittlich, so dass Kuno sich nicht halten konnte. Er wurde zurück auf den Boden gedrückt; suchte Halt, fand aber keinen.

»Mein liebes Kopfgeldjägerchen, lass mich dir einen Rat geben«, sprach die Stimme sanft, aber fester und durchdringend zugleich.

»Welchen?« Kuno war wütend.

»Hör ihr zu, mein Kuno«, wagte sich eine seiner Stimmen hervor.

»Memme, ausnahmsweise hat sie recht. Hör ihr zu!«, tauchte die andere Stimme auf. Kuno ergab sich seinem Schicksal.

»Sei immer höflich zu einer Frau. Egal, was da kommen möge, und dir wird nie ein Schmerz zuteil, mein liebes Kopfgeldjägerchen …«

»Ein weiser Rat. Ich danke euch«, sprach er verächtlich.

»Weniger Hohn und Spott würden dir gut zu Gesicht stehen, mein liebes Kopfgeldjägerchen. Denn dein Leben hängt am seidenen Faden. Auch meine Geduld hat ein Ende. Ich will dir helfen.«

Ohne ein weiteres Wort zuzulassen, ergriff der Wind den Kopfgeldjäger. Der besaß keine andere Möglichkeit, als es geschehen zu lassen, doch wehrte er sich gegen das Unvermeidliche. Er schlitterte über den Felsboden und versuchte, mit den Händen um sich greifend, einen Ast, eine Wurzel oder irgendetwas zu finden, an dem er sich festhalten konnte. Aber er war dieser Gewalt hilflos ausgesetzt.

Dann packte Kuno eine weitere Böe. Sie hob ihn in die Luft. Er wehrte sich und schrie, schlug um sich, als wäre da ein unsichtbarer Feind, den es zu bekämpfen galt. Dann ließ der Wind ihn hart aufschlagen und presste ihn auf dem Boden fest. Mit all seiner Kraft stemmte der Kopfgeldjäger sich gegen den Druck des Windes, hatte aber keine Chance, ihn zu besiegen. Er befand sich in seiner Gewalt. Sein Gesicht wurde schmerzhaft in den matschigen Boden gedrückt.

»Noch ein kleiner Rat, mein liebes Kopfgeldjägerchen. Je mehr du dich wehrst, desto mehr wirst du leiden. Ich will dir nichts Böses. Ich will dir helfen.«

»Wer bist du?«

»Wo läge denn da meine Freude, wenn du alles schon jetzt begreifen würdest«, erklang die Stimme, lieblicher als jeder Wein. *»Niemand kennt mich. Noch kennt mich niemand, mein liebes Kopfgeldjägerchen. Du bist der Erste, dem ich mich vorstelle, aber nicht hier und nicht jetzt.«*

»Ich will dich nicht kennenlernen.«

»Als ob du eine Wahl hättest, mein liebes Kopfgeldjägerchen«, stellte die Stimme sachlich fest. *»Ich will dir helfen. Ich will dir gegen das Monster, welches Gitrog genannt wird, helfen. Und du wirst meine Hilfe bitter nötig haben.«*

Erneut wurde Kuno von einer Böe ergriffen und in die Höhe geworfen. Nur blieb er diesmal in der Luft hängen, wartete vergeblich auf den Fall. Er schlug nicht auf, wie es die Gesetze der Physik hätten zulassen müssen. Der Regen prasselte auf den Kopfgeldjäger ein und der Wind trug ihn. Er blickte um sich.

»Was geschieht hier?«, rief er.

»Wehre dich nicht gegen meinen Willen, mein liebes Kopfgeldjägerchen. Das erschwert nur alles. Ich will dir helfen. Ich bin deine Rettung. Ohne mich erreichst du niemals die Festungsruine.«

Der Wind warf ihn immer weiter in die Höhe. Dann fiel er … und schrie. Er suchte Halt, doch im Himmel natürlich vergebens. Er fiel und er wusste, es würde sein Tod sein.

»Vertraue mir, mein liebes Kopfgeldjägerchen, und dir wird nichts Schlimmes widerfahren.«

Er schlug auf dem weichen Morast des Berges auf. Durch Schlamm und Dreck schlitterte er unzählige Meter bergauf und hinterließ eine tiefe Furche. Er rang nach Luft. Der Regen peitschte immer noch auf ihn herab, doch der Wind ließ ihm einen Moment Zeit, um Luft zu holen. Er drückte sich aus dem Morast hoch und brüllte: »Nenn mir deinen Namen, Bestie!« Ihn erfüllte kein Gefühl der Angst. Aber da waren blanker Hass und die Entschlossenheit, sich rächen zu wollen – für das, was sie ihm antat. Seine Wut bestimmte alles. Sie war einfach wieder da und wollte seinen Körper nicht mehr verlassen. Hinzu mischte sich Verzweiflung, nicht aufgrund seiner Situation, sondern wegen dieses Gefühls der Wut. Wieso konnte er nichts dagegen tun?

»Mein liebes Kopfgeldjägerchen, deine Ausdrucksweise lässt stark zu wünschen übrig. Meine Bestie hast du längst kennengelernt. Ich bin nur sein Herr.«

»Zeige dich, Gitrog!«

Wieder ertönte das Lachen. Es schien, als halle es im gesamten Phylake-Gebirge wider. *»Ich bin nicht das Monster, welches du jagst.*

Es ist nur mein ungehorsames Haustier. Ich bin viel mehr. Glaube mir, selbst du wirst erkennen, was ich bin.«

»Dann zeige dich.«

»Du bist dem Augenblick ganz nah, dass du mich erblicken darfst, mein liebes Kopfgeldjägerchen.«

»Zeig dich, Unwesen«, schrie Kuno.

»Mein liebes Kopfgeldjägerchen, wo bleiben denn dann meine Freude und mein Spaß, wenn ich mich dir sofort zeige? Ich bin hier, um dir zu helfen.«

»Zeige dich«, flüsterte die verzweifelte Stimme Kunos, »zeige dich mir.«

»Och, magst du nicht mit mir spielen, mein liebes Kopfgeldjägerchen?«, lachte die Stimme höhnisch. *»Der große Kopfgeldjäger will nicht spielen, wenn es nicht nach seinen Regeln geht, oder wie?«*, fragte sie boshaft.

Tränen der Verzweiflung rannen seine Wangen entlang. Er war so schwach. Der Kopfgeldjäger war vollkommen erschöpft und entkräftet. Er fühlte sich so hilflos. Wo war seine Wut? Wieso aktivierte sie sich nicht? In seinem Kopf rief er die Stimmen, doch auch sie reagierten nicht.

»Bisher hast du mich nicht enttäuscht, mein liebes Kopfgeldjägerchen, um dir mal etwas Mut zu machen, damit du einen Grund hast, mich kennenzulernen.«

Wieder packte der Wind den Kopfgeldjäger. Panik ergriff ihn. Doch so schnell, wie sie kam, verschwand sie auch wieder. Dafür überflutete ihn erneut dieses wundersame, wohlige Gefühl, welches er bereits in der Höhle empfunden hatte. Woher kam es nur? Schickte sie es ihm und nicht der Zeloo, wie er es eigentlich vermutete?

Wieder wurde er in die Luft geworfen. Der Wind trug ihn. Eine Zeit lang, dann endete er abrupt. Kuno stürzte zu Boden. Er ließ es geschehen. Kurz vor dem Boden fing ihn der Wind sanft auf. Der Kopfgeldjäger schlug im Morast des Berges nieder und schlitterte eine schier endlose Strecke über den aufgeweichten Boden des Berges. Dann blieb er liegen, rang nach Luft, und versuchte sein Herz zu beruhigen. Es schlug wild und schnell.

»Töte mich doch einfach, wenn du so viel Spaß daran hast.«

»Dich töten? Nein, mein liebes Kopfgeldjägerchen, ich will dich nicht töten! Ich habe, abgesehen davon, dass du ein Mensch bist, keinen Grund, dich zu töten.«

»Was willst du von mir?«

»Was ich von dir will? Das erfährst du noch früh genug, wenn du dich als würdig erweist, mein liebes Kopfgeldjägerchen.«

»Was meinst du mit ›würdig‹?«

»Oh, mein liebes Kopfgeldjägerchen, habe Geduld!«

Kuno schmeckte den Morast. Er schmeckte und roch nach Tod, Verwesung und Hoffnungslosigkeit. Tod … er war es, der in diesem Boden steckte, den er roch. Er musste sich daran gewöhnen.

»Was bist du?«, fragte er flüsternd und hob den Kopf aus dem Schlamm. Er fror und ergab sich seinem Schicksal.

»Du willst wissen, was ich bin, mein liebes Kopfgeldjägerchen? Jemand, der dir helfen will. Blicke auf und schau, wo du bist.«

Kuno erhob seinen Kopf und sah.

»Gedulde dich. Du wirst die Wahrheit noch früh genug erfahren. Ich warte auf dich. Du bist auf dem richtigen Weg. Es ist nicht mehr weit.«

»Wer bist du?«, schrie Kuno.

Das Heulen des Windes verebbte. Was blieb, waren nur noch die Stille und sein eigenes leises Wimmern. Der Regen ließ nach. Die Stimme antwortete nicht mehr. Sie war gegangen. Er spürte es, denn das wohlige Gefühl war verebbt.

Der Kopfgeldjäger blickte auf die Festungsruine. Es waren keine hundert Höhenmeter mehr. Er war von der Stimme und dem Wind nach oben befördert worden. Aber wo war sein treuer Gefährte? Wo war Azig? Und was hatte das alles zu bedeuten?

KAPITEL 11:
DIE LETZTEN METER

Nur langsam erhob sich der Kopfgeldjäger aus dem Morast und richtete sich schwerfällig auf. Der Wind hatte deutlich an Kraft verloren. Ein Grollen war in der Ferne zu vernehmen, ein letzter Blitz durchzuckte die schwarzen Wolken und erhellte den gesamten Berghang.

Ein Heulen erklang weit entfernt. Der Kopfgeldjäger erkannte es als Laut seines Hundes. Es klang entsetzlich. Kämpfte sein Freund? Doch das Wimmern verklang und es herrschte Stille.

Der Kopfgeldjäger setzte sich aufrecht in die Schlammpfütze und blickte in die Ferne. Dort sah er den strahlend blauen Himmel, der langsam in seine Richtung zog. Er sehnte sich nach ihm, nach Sonne, nach Wärme und nach Licht. Nichts anderes wollte und brauchte er nun; hatte das Gefühl, ohne dies wie eine Blume zu welken. Doch wusste er, dass das Welken längst begonnen hatte. Seine Kräfte schwanden, sein Wille, das Monster zu töten, ebenso.

»Gitrog«, murmelte der Kopfgeldjäger verächtlich. »So nennt man dich.«

Viel war ihm nicht geblieben: sein Rucksack mit ein paar wenigen Lebensmitteln, seine Armbrust, ein Magazin mit fünf Bolzen und wenige Spulen an seinem Gürtel. Der Rest befand sich in den Taschen auf Azigs Rücken. Keine guten Aussichten für sein Vorhaben. Ihm wurde schlecht bei dem Gedanken.

Kuno blickte hinab auf den Felsen in der Tiefe, wo er meinte, Azig gesehen zu haben. Aber ohne Erfolg.

»Und wieder hast du wie ein Feigling gehandelt, Memme. Du lernst nichts dazu«, ertönte die Stimme in seinem Kopf.

»Mein Kuno war tapfer!«

»Könntet ihr eventuell jetzt einfach mal eure Schnauze halten?«, keifte Kuno.

»Oh, gehen wir dem ehrenwerten Herrn etwa auf den Sack? Hör auf zu heulen und kämpfe endlich, Memme.«

»Schnauze jetzt«, schrie Kuno. Es war zu viel. Alles, was er in den letzten Minuten oder Stunden erlebt hatte, ließ seine Gedanken wild durcheinandertanzen. Er musste die Sorgen ordnen. Er brauchte einen klaren Verstand. Die Stimmen verstummten. Nicht für immer, aber für eine Weile. Woher das der Kopfgeldjäger wusste? Er wusste es einfach. Er atmete tief durch. Wenigstens das war geschafft, dass seine Stimmen schwiegen, und wenn es nur für einen Moment war. Seine Wut war mit ihnen verschwunden.

Es dauerte einige Stunden, bis die Kraft des Windes nachgelassen hatte. Von Azig fehlte jegliche Spur. Der Kopfgeldjäger war aus der Schlammpfütze gekrochen und saß nun unter einem kleinen, niedrigen Baum, dessen Krone das Dach einer schmalen Felsnische bildete. Diese Nische war zu seinem Unterschlupf geworden, als Schutz vor Regen und Wind. Er fror und hätte am liebsten umgehend ein Feuer entfacht, doch es war alles klatschnass. Seine Finger liefen blau an und er spürte die Kälte in jeder Faser seines Körpers. Langsam wurde er steif und das war kein gutes Zeichen. Er musste sich bewegen, sonst würde er erfrieren.

Die Dunkelheit wich und die Sonne kehrte nur langsam wieder zurück. In nicht einmal hundert Metern Entfernung entdeckte Kuno einen kleinen Wald mit kleinwüchsigen Bäumen. Das Holz dieser Bäume war nass, würde also nicht zum Entzünden eines kleinen Feuers taugen. Dennoch machte sich der Kopfgeldjäger daran, eine Feuergrube auszuheben. Die Hoffnung starb bekanntlich zuletzt – und die Bewegung brachte seinen Kreislauf wieder in Gang, so dass ihm langsam wärmer wurde. Er entledigte sich seiner nassen Kleidung, um nicht weiter zu frieren. So fühlte er sich deutlich besser und die Wärme kletterte langsam in seinen Körper zurück. So stand er splitterfasernackt am Berg und blickte zur Sonne. Die Wolken waren fast vollständig vom Himmel verschwunden und die hellen Strahlen schienen auf den Hang, an dem Kuno stand. Sie erfüllten ihn mit Wärme, Kraft und Mut. Gänzlich unbekleidet, ganz so, wie ihn einst der Zeloo schuf, schritt er in Richtung des Waldes, um nach trockenerem Holz zu suchen.

Kurz davor zerriss plötzlich ein lauter Knall die Luft. Kuno schmiss sich auf den Boden und hielt sich die Hände über den Kopf. Als er hochblickte, brannte der kleine Wald. Sofort sprintete Kuno hinein, da er darin seine Möglichkeit sah, die Kälte loszuwerden. Dort wagte er sich in die unmittelbare Nähe der Flammen und genoss die aufkommende Wärme. Wie ein Mantel umhüllte sie seinen Körper und kroch langsam in ihn hinein, fand ihren Weg, bis in die letzte Faser seines Körpers. Kein Gedanke an die vergangenen Stunden ergriff ihn, sondern nur die Hitze der Flammen … bis sein ganzer Körper glühte.

Die Flammen hatten seinen Körper liebkost und ihm Kraft gegeben. Nun ging es daran, wieder rational und effektiv zu denken. Einen der brennenden Büsche zog der Kopfgeldjäger heraus und warf ihn in seine Feuergrube. Er griff einen weiteren brennenden Baum. Ganz einfach ließ er sich aus dem Boden ziehen. Die züngelnden Flammen verbrannten Kuno nicht, es schien vielmehr, als würden sie vor seinem Körper weichen. Es knisterte und der Duft von brennendem Holz erfüllte seine Nase. Die Verwunderung über dieses merkwürdige Verhalten der Flammen ließ ihn nicht los und dann … war es plötzlich wieder da. Dieses wohlige, warme Gefühl der Sicherheit. Könnte er es nur immer spüren, würde er keine Gefahren mehr kennen.

Schließlich wärmte er sich an dem Feuer, welches in der Grube loderte, trocknete seine Kleidung, sammelte Kraft und dachte an seinen treuen Gefährten.

Von Azig fehlte nach wie vor jede Spur, als er sich entschied weiterzumarschieren. Noch hoffte der Kopfgeldjäger darauf, auf einmal das vertraute und unbeirrbare Tapsen neben sich zu vernehmen, gab sich aber nicht dieser Utopie hin. Er hatte sich am Morgen Zeit gelassen, auch um wieder zu Kräften zu kommen, sein weniges Hab und Gut zu sortieren und sich erneut einen Überblick zu verschaffen, aber irgendwann war er es leid gewesen zu warten – auf etwas, was wohl nie mehr eintreten würde. Azig war nicht mehr. Damit musste er sich einfach abfinden.

Die Stimmen hatten ihm irgendwann zum Aufbruch geraten, um

keine wertvolle Zeit im Kampf gegen das Gitrog zu verlieren. Aber dennoch war er erst kurz vor Mittag in der Lage gewesen loszuziehen.

Eine ganze Weile kletterte Kuno über nacktes Gestein, bis er überraschenderweise einen weiteren Wald voller kleinwüchsiger Bäume erreichte. Die höchsten Bäume gingen ihm bis zur Schulter, während die kleinsten gerade mal bis zur Wade reichten. Es waren keine Laub-, aber auch keine Nadelbäume. Ihr Grün bestand aus einer Mischung von beidem. Nie zuvor hatte Kuno derartige Bäume gesehen.

Je weiter der Kopfgeldjäger hinaufkletterte, desto ekliger wurde die Luft. Es war ihm schleierhaft, wie die Wesen es einst geschafft hatten, diese Festung zu belagern. Die hohen schwarzen Mauern wirkten immer bedrohlicher, je näher er ihnen kam. Unüberwindbar schienen sie zu sein. Die Zeichen des Kampfes zwischen den Belagerern und Belagerten waren eindeutig zu erkennen. Hier und da fand er ein Rüstungsteil, eine verrostete Waffe, große runde Steinbrocken, die vermutlich aus riesigen Steinschleudern oder Trebuchets abgefeuert worden waren. Zwischen den ganzen Kriegsresten fand er auch Schädel und Knochenreste – zumeist mit einfachen grünen Rangpflanzen überwuchert. Aus den Augenhöhlen eines Schädels wuchsen zwei Blüten. Während die eine in einem tiefen Blutrot die Augenhöhle vollständig ausfüllte, wirkte die blaue Blüte leicht in der anderen versunken, so dass nur ihr grüner Stängel weit herausstach. Ein gar bizarres Bild der Natur zeichnete sich an dem düsteren Berg ab. Dem Kopfgeldjäger war der Schädel nur durch sein ausgeblichenes kalkartiges Weiß, verziert mit den bunten Blütenfarben, aufgefallen – wirkte doch der Rest der Natur hingegen trüb und grau.

Je näher er der Ruine kam, desto düsterer erschien sie ihm. Hinzu kam ein deutlich zunehmender, bestialischer Gestank, der ihm an einigen Stellen nahezu die Luft zum Atmen nahm. Er hoffte, sich nach und nach an ihn zu gewöhnen. Aber je weiter er den unwegsamen letzten Abschnitt zur Ruine beschritt, desto intensiver und ekliger wurde der Geruch.

Er fand einen Weg durch den Wald. Der Kopfgeldjäger erwartete jeden Moment, die für ihn nicht greifbare Stimme zu hören, doch sie blieb stumm. Es war nicht die Angst, erneut mit ihr konfrontiert zu werden, sondern ihr Gerede, welches ihm nicht aus dem Kopf ging. Sie war in seinem Kopf gewesen und hatte all seine Erinnerungen, selbst die von ihm verdrängt geglaubten, gesehen … und nun schien sie ihn besser zu kennen als er sich selbst. Dieses Gefühl erfüllte ihn mit Panik und nicht, wie gewohnt, mit Wut. Nie im Leben hätte er erwartet, sich jemals nach seiner Wut zu sehnen. Doch aus ihr zog er seine Kraft für diese, von ihm selbst auferlegte Mission.

In Gedanken abwesend glitt seine Hand über die Blätter der Bäume. Bei der Berührung erwartete er irgendwie, dass sie sich fragwürdig anfühlen würden – wie alles, was das Urböse erschaffen hatte. Aber dem war nicht so. Das Gefühl war schwer zu beschreiben, gleichzeitig feucht und klebrig, dann aber wieder trocken, stumpf und seltsam sanft. Doch eines wusste Kuno inzwischen: Sie brannten wie Zunder, entwickelten eine unglaubliche Wärme und das Feuer fraß sich nur sehr langsam in das Holz.

Kuno Kopfgeldjäger hatte sein erstes Etappenziel erreicht. Er stand vor der Mauer der Festungsruine und blickte an ihr steil empor. Obwohl sie einige Schäden aufwies, wirkte sie nun noch mehr auf ihn wie ein uneinnehmbares Bollwerk.

Der Kopfgeldjäger nahm seine Armbrust vom Rücken, setzte Spule und Magazin ein und lief mit vorgehaltener Waffe los. Nach wenigen Schritten stellte er fest, dass sich die Festungsruine am Ostende aus dem Berg erhob. Fast senkrecht fiel der Felsabhang an dieser Stelle in die Tiefe. Also würde er auf der Westseite nach einem Weg hinein suchen müssen.

Vorsichtig bewegte sich der Kopfgeldjäger an der Mauer auf einem fast vollständig verwilderten Pfad entlang, der um die Festung herumzuführen schien. An der Mauer selber fand er Hinweise auf Gefechte, die vor langer Zeit stattgefunden haben mussten. Einige große Fels- und Gesteinsbrocken lagen zwischen fünf und zehn Schritt von der schwarzen Wand entfernt. Sie hatten nur wenige Beschädigungen in der Festungsmauer hinterlassen; die meisten Geröllbrocken waren wohl daran zerborsten oder einfach ohne jede Wirkung abgeprallt. Das bestätigte Kuno in seiner Annahme, dass diese Festung eigentlich uneinnehmbar gewesen sein musste. Wie hatten sie es nur in das Innere der Burg geschafft oder … hatten die Belagerer die Festung in Wahrheit nie eingenommen?

Der Kopfgeldjäger glitt mit seiner Hand an dem dunklen Gestein entlang. Es war vollkommen eben und seltsam angenehm. Er stellte fest, dass sie weder Fugen besaß noch verputzt war. Es schien, als bestünde die Mauer aus einem einzigen Stück Stein, was Kuno absolut faszinierte. Niemals zuvor hatte er ein derartiges Gestein gesehen oder berührt.

»Einst war das Urböse allmächtig«, murmelte der Kopfgeldjäger – eine andere Erklärung konnte er in diesem Moment für die Mauer nicht finden.

Dem Pfad folgend begutachtete er jeden Zentimeter von ihr. Vielleicht würde er ein Tor finden, einen Mauerriss oder ein Loch oder irgendetwas anderes, um in die Festung hineinzugelangen. Seine Hoffnung schwand zwar mit jedem Schritt an ihr entlang, aber aufgeben kam für ihn nicht in Frage. Zu weit war er gekommen, zu sicher war er sich, dass es einen Weg gab. Er musste ihn nur finden.

Von einem Ende zum anderen war er gewandert und hatte nicht eine Schwachstelle im Mauerwerk entdeckt. Nichts wies auf eine Möglichkeit hin, in die Festungsruine zu gelangen. Der Gestank war weiterhin unerträglich, wenn auch zumindest etwas schwächer als zuvor.

»Nein, Memme. Er ist immer noch penetrant. Du gewöhnst dich nur langsam an den Gestank der Verwesung, des Todes und des Bösen«, lachte die herrschsüchtige Stimme. Alle beide trauten sich wieder vor und sofort setzte ein leichtes Glühen an den Ohren ein; er spürte, wie die Wut wieder in ihm aufwallte. Fast freute er sich über das Gefühl.

Der Kopfgeldjäger stolperte über einen riesigen, in den Bergboden versunkenen Stein. Er war ein Bruchstück der Mauer, seine Farbe unverkennbar. Ein Funke der Hoffnung keimte in Kuno auf. Wo bereits ein Trümmerteil des Bollwerks lag, da musste es eine Schwachstelle besitzen, da gab es einen Weg in die Festung hinein.

Neugierig tastete er die Größe des Steins ab. Oberflächlich

umfasste sie ganze drei mal fünf Schritte. Wie tief das Bruchstück lag, konnte der Kopfgeldjäger nicht abschätzen; es war fast vollständig im Erdreich versunken. Der Stein musste mehrere Tonnen wiegen.

Sein Blick wanderte die Mauer empor. Von hier aus war der Stein einst herabgestürzt. Kuno begutachtete ihn erneut. Er kniete nieder und strich über seine angenehme, schwarze Oberfläche.

»Memme, denk nach. Wenn ein Geschoss die Mauer von dieser Seite aus getroffen hätte, dann läge dieser Stein in und nicht vor der Ruine. Hat dir das Weib etwa dein Hirn herausgevögelt, dass du so etwas jetzt nicht mehr erkennst? Tststs.«

»Still jetzt. Ich muss nachdenken«, fluchte der Kopfgeldjäger.

»Uh, der werte Herr muss nachdenken. Memme, es ist doch ganz einfach! Das Geschoss hat die Mauer getroffen und den Wehrgang beschädigt. Die Verteidiger haben das Bruchstück hinabgeworfen, damit sie weiter über den Wehrgang laufen konnten. Schau, dort, da siehst du das runde Geschoss, welches hier vor Jahrtausenden einschlug.«

Der Kopfgeldjäger sah in die Richtung, in die ihn die Stimme lenkte. Tatsächlich lag dort eine runde, etwas verwitterte, aber doch deutlich zu erkennende Kugel zwischen den kleinwüchsigen Bäumen. Ohne lange zu überlegen, ging er zu ihr hin, um sie genauer betrachten zu können. Zu seiner Überraschung war sie innen hohl und das Metall wie ein Weidenkorb gewoben. Er ertastete es und stellte fest, dass für ihn auch diese Art von Material vollkommen neu war.

»Was ist das?«, murmelte er fragend vor sich hin, rüttelte an der Kugel, doch nichts geschah. Sie wirkte sehr schwer, dennoch wollte er versuchen, sie mitzunehmen. Zu seiner Überraschung konnte er die Kugel anheben. Sie war leichter als alles, was er jemals zuvor getragen hatte. Leichter als sein Kettenhemd, aber härter als eine lutarrische Legierung. Was, im Namen des Zeloo, konnte das nur sein?

»Memme, das spielt keine Rolle. Nun mach hinne. Wie müssen in die Festungsruine. Wir halten uns hier mit Lappalien auf. Wenn du das Gitrog zerlegt hast, dann kannst du sie immer noch begutachten.«

»Lass ihn. Sein Geist arbeitet schon wieder an einem Plan.«

»Ach, woher willst du das denn wissen? Du bist doch genauso selten dämlich wie die Memme selbst.«

Der Kopfgeldjäger hielt sich den Kopf. Der Streit der beiden Stimmen raubte ihm den Verstand, saugte die letzten Reserven seines Geistes auf. »Könntet ihr nicht endlich die Schnauze halten«, fluchte Kuno. »Warum seid ihr überhaupt wieder da? Ihr wart fort. Ihr hattet mich verlassen. Ich war glücklich. Wieso erklingen eure Stimmen wieder in meinem Kopf?«

»Tssss, Memme. Mann, bist du einfältig. Das Weib scheint dir wirklich den Verstand herausgefickt zu haben.« Dann sprach sie zur anderen Stimme gewandt: *»Ich hab dir doch gesagt, dass wir uns auch damals hätten melden müssen, als sie da war.«*

»Nein, er war glücklich. Er war zufrieden. Er benötigte uns nicht mehr.«

»Ihr habt recht. Ich benötige euch nicht mehr. Geht endlich wieder. Verlasst mich.«

»Tssss, Memme. Damals hast du uns vielleicht nicht benötigt, wobei … es eine Situation gab, in der ich mich tatsächlich bei dir melden wollte, in der dein Zorn, deine Wut in dir aufwallten, damals, als die schleimigen Männer in der Taverne ‚Zum Anker' deiner Gunda auf den Arsch und auf die Glocken glotzten. Ach, Memme, wir hätten sie damals alle bestrafen sollen. Doch nun bist nur du bestraft worden – und wir sind wieder da.«

»Er hat recht, mein Kuno. Wir sind hier, um dir zu helfen. Wir sind hier, um dir beizustehen und deine Wut auszuleben. Jetzt, wo du ganz alleine bist …«, sprach die mütterliche Stimme sanft und liebevoll.

»Geht! Bitte, geht. Ihr macht mich wahnsinnig«, schrie Kuno und presste die Hände auf die Ohren, als würde das irgendetwas bewirken. Seine Stimme klang verzweifelt, hilflos und genervt.

»Wir können erst gehen, wenn du wieder glücklich bist.«

»Warum?«, flehte Kuno. »Warum? Warum? Ich begreife es nicht. Erklärt es mir doch.«

»Weil wir ein Teil von dir sind, mein Kuno. Wir sind das, was du in den ersten drei Jahrzehnten deines Lebens aus dir gemacht hast. Wir sind die Summe der Dinge, die du ignoriert hast. Und zu-

sammen sind wir drei das, was du heute bist. Die Summe all deiner Taten.«

»Erinnere dich, Memme«, lachte die andere Stimme, *»seit wann wir da sind. Seit wann begleiten wir dich? Wir sind das Ergebnis all deines Hasses und all deiner Wut.«*

KAPITEL 12: KINDHEITSERINNERUNGEN

Seine Augen hielt der Kopfgeldjäger geschlossen. Tief atmete er durch. Wie er sie zum Schweigen gebracht hatte, konnte er sich nicht erklären. Sie schwiegen – für den Moment – und das war das Einzige, was für ihn eine Rolle spielte. Er konzentrierte sich nur auf die Geräusche der Umgebung und bündelte seine Gedanken.

Langsam öffnete er die Augen und ließ sie die schwarze Mauer entlangwandern. ›Vielleicht hast du etwas übersehen! Womöglich findest du eine Stelle, an der mehrere Steine übereinanderliegen, so dass du hinaufklettern kannst … oder sogar ein Loch in der Mauer, welches hineingesprengt wurde? Irgendetwas muss die Armee des Zeloo hier doch bewirkt haben. Oder waren sie tatsächlich an dieser Mauer abgeprallt, ohne die Burg erstürmen zu können? Unmöglich.‹

Er entschied sich nun doch, die Kugel zurückzulassen, und wandte sich stoisch wieder der Mauer zu. Aus der Ferne seiner Gedanken hörte er ein leises, weit entferntes Murmeln. Sie riefen ihn. Immer und immer wieder hörte er sie, wie sie versuchten, sich in den Vordergrund zu drängen …

»Genug!«, brüllte der Kopfgeldjäger. Seine Stimme hallte am Berg wider und die Stimmen verstummten. »So ist besser«, sprach er ruhig.

Konzentriert schritt er die Mauer entlang. Eine weitere Stunde verging. Nichts wies auf eine Schwachstelle des Bollwerks hin. Kein Eingang, keine Lücke, kein Riss boten ihm die Möglichkeit, in das Innere der Festungsruine vorzudringen.

Die Sonne neigte sich dem Horizont entgegen. Je später es wurde, desto mehr kroch die Kälte an ihm empor. Der Kopfgeldjäger zog den Mantel fester um seine Schultern. Kurz überlegte er, ob er seine Suche für heute beenden und im Schutze dieser Mauer ein Lager errichten sollte. Doch kaum hatte er den Gedanken zu Ende gedacht, kämpfte sich die herrschsüchtige Stimme wieder in seinen Kopf. *»Memme, erst unternimmst du alles, um das Monster zu töten, und nun scheiterst du schon an dieser Mauer?«* Hohn und Spott schwangen in ihr mit. *»Dich trägt der Wind hierher, damit du einen Schritt näher an dein Ziel kommst, und nun willst du schon wieder pausieren? Was bist du nur für ein schwaches Geschöpf, Memme. Du enttäuschst nicht nur mich, sondern alle deiner Art.«*

»Verdammt! Verschwinde.«

»Niemals, Memme, niemals! Wir sind dein Schicksal und du enttäuschst dein Schicksal.«

»Was fällt dir ein, so mit mir zu sprechen?«, wehrte sich der Kopfgeldjäger. Die Stunden ohne die Stimmen hatten ihm etwas Kraft gegeben, aber er spürte sofort, dass die Kraft sich verflüchtigte, je mehr er mit ihnen kommunizierte.

»Uh, die Memme hat ihren Mumm wiedergefunden. Ich lausche aufmerksamst deinen Worten. Nur zu, Memme, sprich«, gackerte die Stimme herablassend.

»Ich gebe nicht auf. Ich finde nur keinen Weg hinein. Würde es mir gelingen …«

»Alles Ausreden, Memme. Du willst aufgeben«, schnitt ihm die Stimme das Wort ab.

»Nein«, protestierte er lautstark. Seine Ohren begannen wieder zu pulsieren und zu schmerzen.

»Belüg mich nicht. Du willst aufgeben, und das tun nur Verlierer. Das kommt nicht in Frage. Begreifst du nicht, wie viel Hilfe dir bisher zuteilwurde, Memme?«

»Ihr habt nicht geholfen, ihr habt mich …«

»Mein Kuno sieht es nicht.«

»Memme ist blind. Selbst wenn er einäugig wäre, würde er unter allen Blinden dieser Welt nichts sehen. Er blickt schon lang nicht mehr durch«, sprach die harsche Stimme zu der anderen. *»Keinesfalls wird hier weiter Zeit vergeudet. Es gibt einen Weg. Du hast ihn schon gesehen, aber du hast ihn übersehen und ignoriert, weil du wieder in deinem elendigen Selbstmitleid zerflossen bist! Du bist nicht bei der Sache.«*

»Ihr habt mich dazu getrieben.«

»Wir haben noch nicht einmal an der Oberfläche gekratzt,

Memme. Du bist ein schlechter Mensch, der nur auf seinen eigenen Vorteil bedacht ist. Denk an das Zusammentreffen mit deinem Lehrmeister«, lachte die gewissenlose Stimme. »*Hast du nicht aus deinem Vorteil heraus getötet und hast du nicht Freude am Töten empfunden?*«

»Es war Gnade …«, murmelte der Kopfgeldjäger kaum hörbar.

»*Gnade? Das nennt Memme ›Gnade‹. Du hast getötet, damit du ein besseres Leben haben kannst.*«

Kuno Kopfgeldjäger schloss die Augen und schlug die Hände vor sein Gesicht. »Was tut ihr mit mir?«

»*Du sollst dich erinnern, woher du kommst und was du uns zu verdanken hast. Ohne uns wärst du längst tot. Wir sind der Grund, warum wir noch leben, Memme*«, lachte die herrische Stimme.

Längst vergessene Bilder schossen in den Kopf des Kopfgeldjägers und es schien, als würde er die Besinnung verlieren. Er sackte auf die Knie, sah die Bilder, die ihm die Stimmen schickten, und die herrschsüchtige Stimme lachte voller Hohn und Spott: »*Schau, was aus dir geworden ist, Memme. Eine weinerliche Kreatur – nicht mehr und nicht weniger. Ein Feigling, ein armes kleines Würstchen. Erinnere dich an deine Stärken, an deine Wut.*«

Sofort brannten die Ohrläppchen wieder, die Wut pulsierte und er verlor die Kontrolle über seine Gedanken – über seine Wut und seinen Hass. »*Du bist nichts wert, Memme, und dennoch sind wir bei dir, um dir zu zeigen, zu was du imstande bist. Du elendiger Versager. Schau es dir genau an, was wir alles für dich gemacht haben, damit wir leben. Denk an die Zeit im Grenzgebiet zwischen Hamarien und Rouhhen …*«

Kuno sackte auf seine Knie und konnte seinen Geist nicht vor dem, was folgte, verschließen. Die Erinnerungen überfielen ihn mit einer Macht, als wäre er ein Fremder in seinem Körper.

φ

»Verweile nicht zu lange an einem Ort, sonst holen sie dich. Sie holen alle, und wenn sie dich erst einmal haben, dann ist dein Leben vorbei. Hier auf den Straßen ist es besser – hier dürfen wir leben, wenn wir in Bewegung bleiben«, riet ihm ein anderes verwahrlostes Kind von der Straße. Kuno stand vor ihm, während er selbst am Boden saß und bettelte.

»Alles ist besser, als von den Kinderfängern vom Harug geschnappt zu werden. Sie fressen uns. Glaube mir. Du bist neu, aber ich habe es selbst gesehen. Du verweilst schon zu lange in dieser Stadt an der gleichen Stelle.«

Kuno konnte das nicht glauben … als ob es kinderfressende Menschen gäbe. Er belächelte den Jungen.

»Du wirst es erleben!« Damit verließ er Kuno und verschwand in einer Seitengasse des Marktplatzes.

»Memme, wir müssen vorsichtiger sein. Argwöhnischer. Ist ja nicht das erste Kind, was uns warnt, so absurd diese Aussage auch klingen mag.«

Wahrlich. Zu lange schon saß er am Markt der Stadt Harug, die am gleichnamigen Berg lag.

Zu lange bettelte er dort, doch er musste es versuchen. Tagelang hatte er nichts mehr gegessen. Sein Körper schrie nach Nahrung. Immer dünner war er geworden. Die Kraft fehlte, um sich an einen anderen Platz der Stadt zu bewegen oder gar sie zu verlassen. Er lebte wohl nur noch, weil er von seinen Stimmen angetrieben wurde, doch selbst hatte er längst aufgegeben. Er sehnte sich inzwischen das Ende herbei, war es leid zu kämpfen. Wofür sollte er kämpfen?

Der letzte Stand, ein Bäcker und seine dicke Frau, packten gerade zusammen; der Markt schloss. Die Hoffnung, ein übriges Brot zu ergattern, sank ins Bodenlose. Wieder würde er hungern müssen, dabei luden sie die nichtverkauften Brote und Brötchen, die Kekse und die kleinen Kuchen in Kisten auf ihr Fuhrwerk. Die Schweine der Mästerei am anderen Ende der Stadt würden sie erhalten, doch die bettelnden Kinder bekamen nichts. Sie waren weniger wert als die Tiere.

Ganz genau beobachtete er sie. Der Bäcker hatte ihn an jedem der letzten vier Tage gesehen und ihm immer wieder hoffnungsvoll zugelächelt. Doch auch wenn er ihm ein Brot geben wollte, hatte seine fette Frau es bisher immer wieder zu verhindern gewusst. Dann aber schien der Zeloo ihm wieder einen Kredit einzuräumen, da er vom Bäcker zumindest ein mitleidiges Lächeln erhielt.

»Memme, das hier ist unter unserer Würde. Hau den Bäcker einfach um. Das Brot ist für uns lebenswichtig!«

»Mein Kuno, vielleicht reicht uns der Bäcker etwas. Schau ihn dir an, wie sanft er dich anblickt. Er hat Mitleid. Er wird dir ein Brot geben …«

»Die fette Kuh an Ehefrau verhindert es, Memme. Die musst du umbringen. Sie hasst dich. Er ist zu feige. Er ist so wie du. Ohne Durchsetzungsvermögen. Niemals wird er dir was schenken.«

»Es muss eine Möglichkeit geben, wenigstens ein Brot abzubekommen …«, murmelte Kuno.

»Memme, du erhältst doch eh nur wieder Tritte und Schläge von der fetten Kuh, wenn du bettelst wie bisher. Stiehl es.«

»Mein Kuno ist kein Dieb!«

»Aber nicht nur, weil es ihm an Willen fehlt, sondern weil Memme schlichtweg unfähig ist.«

Kuno richtete sich auf und schlich sich zum Stand. Die beiden Bäckersleute waren abgelenkt, weil gerade zwanzig schwarz gekleidete Männer über den Marktplatz stürmten.

»Achtung – die Kinderfänger von Harug! Lauft!«, hörte Kuno urplötzlich die Schreie der anderen Kinder, die auf dem Markt ihre Verstecke hatten. »Sie sind da. Rennt!« Die Kinderstimmen klangen verzweifelt. Was konnten sie schon gegen diese bösen und sittenlosen Männer mit ihren Schlagstöcken, Prügeln und Peitschen ausrichten. Sie mussten einfach laufen. Ihnen blieb keine andere Wahl. Kuno sah, wie alle obdachlosen Kinder, die nicht schnell genug die Plätze der Stadt verließen, keine guten Verstecke besaßen oder zu schwach waren, um wegzulaufen, auf die brutalste Art und Weise eingefangen wurden. Gnadenlos schlugen die Fänger zu.

Die Kinder stoben wie ein aufgescheuchter Taubenschwarm in alle Himmelsrichtungen davon. Kuno erstarrte.

»Memme, lauf, du verdammter Idiot!«

Erneut blickte der Bauer ihn an. Diesmal erkannte Kuno neben Mitleid auch Hoffnungslosigkeit. Der Bäcker flüsterte: »Lauf, lauf bloß weg. Schnell. Es ist besser, wenn sie dich nicht kriegen …« Aber Kuno konnte nicht. Zwar stand er auf, aber er brach umgehend, zu schwach zum Laufen, wieder an Ort und Stelle zusammen. Zu lange hatte er keine Nahrung zu sich genommen, als dass sein Körper noch irgendwelche Reserven aufwies, um zu flüchten.

Der Bäcker ging auf ihn zu. Er hockte sich neben ihn und reichte Kuno ein Brot. »Nimm es. Versteck es unter deinem Lumpen. Es kann dir das Leben retten.«

Hoffnungsvoll über so viel Gnade blickte Kuno den Bäcker an, griff das Brot und biss einmal davon ab. Nie hatte ein Brot besser geschmeckt. Er kaute es genüsslich, trotz der Gefahr. Das Gefühl der Hoffnung glitt durch seinen Körper. Es war ein warmes Gefühl. Lange hatte er so etwas nicht mehr verspürt. Dann steckte er den Leib unter seinen dreckigen Lumpen, der einst ein Hemd gewesen war. Er stand auf, angepeitscht von der Hoffnung und dem Brüllen seiner inneren Stimme: *»Beweg dich, Memme!«*

Er raffte sich auf und lief los.

An einem der vielen Marktplatzausgänge wurde er gestellt. Drei Mann versperrten ihm den Weg.

»Wen haben wir denn da?«, fragte einer von ihnen und schlug mit dem Prügel drohend in seine Handfläche.

»Memme, lauf zurück. Schnell!«

»Wohin?«, wimmerte Kuno.

»Schau dir den an«, lachte ein anderer, der eine Peitsche in der Hand hielt und sie eine Sekunde, nachdem er es ausgesprochen hatte, knallen ließ. Kuno zuckte zusammen und unter seinem Lumpen fiel das Brot zu Boden.

»Soso, ein Dieb auch noch«, lachte der Letzte in der Reihe hämisch.

»Nein, nein!«, stotterte Kuno. »Das habe ich, das hat mir …«

»Und ein Lügner obendrein«, sagte der mit der Peitsche grinsend.

»Nein! Wirklich! Fragt den Bäcker …«, versuchte Kuno verzweifelt, sich aus der Situation zu befreien.

»Weißt du, mein Süßer«, sprach ihn der erste mit dem Prügel an, »weißt du, was wir mit so zuckersüßen kleinen Lügnern und Dieben machen bei uns?«

»Ihr … fresst sie?«, stotterte Kuno.

Die drei lachten laut und der Erste sagte mit einer eklig lieblichen Stimme: »So ähnlich«, und zu den anderen gewandt: »Greift ihn. Der schnuckelige Junge gehört mir, ganz allein!« Es blieb keine Zeit, um zu reagieren, denn die beiden anderen waren schneller. Die Peitsche klatschte um seine Oberschenkel und hinterließ einen langen roten Striemen. Kuno wand sich vor Schmerz, drehte sich zur Flucht … doch dann kam der Faustschlag.

Kurz erwachte Kuno aus seinem Delirium. Sein Kinn schmerzte und sein Schädel brummte. In seinem linken Ohr hatte sich ein Pfeifton eingenistet und sein Mund war trocken. Er spürte einen kalten Windhauch über seinen Körper streifen.

»Ich bin nackt«, murmelte Kuno erschrocken, als er sich dessen bewusst wurde.

»Sieh an, unser hübschester Fang heute kommt zu sich!«, lachte eine tiefe Männerstimme hinter ihm, während er plötzlich einen stechenden Schmerz in seinem Hintern verspürte.

Sofort erkannte er die Stimme. Es war der Mann, der befohlen hatte, ihn gefangen zu nehmen. Er sprach: »Es gefällt dir wohl, nackt zu sein? Wie heißt denn mein neuer Schönling?«

Vollkommen irritiert flüsterte Kuno mit trockenem Mund: »Kuno.«

Der Mann lachte laut auf. »Kuno ist ein schöner Name. Er strahlt Tapferkeit und Intelligenz aus. Lass mich dir einen Rat geben. Lass es geschehen, mein Kleiner.«

Zeitgleich spürte er grobe, raue Männerhände an seinem Gesicht, die seinen Mund unsanft zu einem Trichter formten. »Trink, Kunochen, mein Hübscher.«

Ihm wurde eine brennende Flüssigkeit eingeflößt.

»So ist es brav, mein Junge«, lachte der Fänger. »Du wirst in nächster Zeit mein ganz persönlicher Liebling sein.«

Kunos Gedächtnis löschte ganz unbewusst nahezu alle Erinnerungen an die nächsten drei Tage. Alles verlief wie in einem Traum. Alles wirkte verschwommen und unscharf, auch jetzt, wo ihn seine inneren Stimmen zwangen, sich zu erinnern. Es war, als hätte er es nicht selbst erlebt.

φ

Nur der fade Beigeschmack des Schmerzes in der Kehle blieb ihm nun davon zurück.

»Memme, als er genug hatte, warf er dich weg wie ein Stück Dreck. Erinnere dich.«

»Nein. Keine Erinnerungen mehr. KEINE!«

»Memme, doch!«, widersprach die herrschsüchtige Stimme kalt. *»Splitterfasernackt wurdest du zu den anderen Kindern geworfen. Sofort prügelten sie auf dich ein. Du hast nur deine Arme über dein Gesicht gehalten, anstatt dich zu wehren.«*

»Aber warum prügelten sie auf mich ein? Warum?«

»Hast du das bis heute nicht begriffen? Sie waren der Überzeugung, dass du eine Sonderrolle innehattest, weil du so lange der Spielgefährte vom fetten Vorarbeiter warst. Du bist so dumm, Memme.«

Kuno verlor das Bewusstsein.

Φ

»Mein Kuno, wach auf … Du musst aufwachen«, drang die mütterliche Stimme an sein Ohr. Er war wieder ein Kind.

»Memme hat aufgegeben. Mit ihm sterben wir, finde dich damit ab. Er ist nichts, er war nichts und er wird so auch niemals irgendetwas sein.«

Seine Augen konnte Kuno nicht richtig öffnen. Sie waren zugeschwollen. Jeder Körperteil schmerzte. Sein Mund war fahl, trocken und schmeckte nach Blut. Seine Hände konnte er kaum bewegen und sie knackten, wenn er es tat. Was war geschehen?

»Er ist wach!«

Was war das für eine Stimme? Wer sprach da? Er konnte es nicht sagen.

Jemand kam zu ihm. War das ein Bett? Lag er in einem Bett?

»Was für ein tapferer Junge«, erklang eine andere Stimme. Kuno versuchte, sich in die Richtung zu wenden, aus der die Stimme erklang, aber es tat so sehr weh, dass er wieder in die Ursprungsposition zurückglitt. Er konnte nur nach vorne blicken und was er sah, waren nur verschwommene Strukturen, einfallendes Licht und sonst nichts weiter.

»Bleib ruhig. Du hast verdammt Glück gehabt. Hätte Gelf die anderen nicht zurückgehalten, wärest du tot. Er hat dir das Leben gerettet.«

»Gelf?«, fragte Kuno verwirrt. Es tat weh zu sprechen.

»Weißt du nicht mehr? Dein Minenvorarbeiter im Harug. Er liegt mit seiner Truppe unzählige Unzen Silber zurück und braucht jeden davon, sonst verliert er den Minenabschnitt – und seinen Kopf. Daher hat er dein Leben gerettet. Aber du warst tapfer. Als man dich herausbrachte, dachten alle, du seist tot. Tagelang warst du bewusstlos. Und jetzt bist du wach.«

»Wer seid Ihr?«

»Höflich, der Kleine«, sprach die Stimme überrascht, um dann weiter zu entgegnen: »Ich bin niemand. Nur einer, der versucht, die Kinder immer wieder zusammenzuflicken. So wie dich jetzt. Ruh dich aus und erhol dich. In ein paar Tagen musste du wieder schürfen.«

Φ

Alles andere war vergessen. Doch diese Erinnerungen waren geblieben – in der hintersten Ecke seines Kopfes verborgen gewesen, beschützt von seinen Stimmen. Diese entließen sie jetzt, um ihn anzutreiben, um Kuno zu sagen: ›Kämpfe!‹ Und seine Stimmen zwangen ihn, sich weiter zu erinnern. Doch Kuno konnte es nicht verhindern.

»Warum tut ihr das?«

»Damit du begreifst, dass du ohne uns hier am Berg nicht bestehen wirst, Memme. Ohne uns bist du ein Nichts.«

»Aber ich bin DER Kopfgeldjäger!«, fand er den letzten Funken Mut in sich.

»Nur mit uns, mein Kuno, bist du DER Kopfgeldjäger. Ohne uns bist du nur ein Haufen Elend.«

Diese Aussage traf Kuno hart. Er wollte sich nicht seinen Stimmen ergeben, doch diese Erinnerungen verstörten ihn mehr, als er zugeben wollte. Er verlor seinen Mut, seine Hoffnung und seinen Kampfgeist. Waren sie wirklich so ein wichtiger Teil in seinem Leben?

»Memme, erinnere dich!«

»Nein!«

»Doch, Memme. Erinnere dich«, lachte die herrische Stimme amüsiert über die Angst Kunos.

»Nein!« Doch er hatte nicht die Möglichkeit, sich gegen die aufwallenden Bilder zu wehren. Wie eine Sturmflut strömten sie in ihn und er verlor sich in ihr.

Φ

Als Kuno wieder zu sich kam, schmeckte er das Blut in seinem Mund. Er lag in einem Holzverlies, blickte sich um, nicht wissend, wo er eigentlich war.

»Ah, einer der Neuzugänge ist wach«, knurrte eine Stimme. Der Mann beugte sich an das Holzgitter und zu Kuno hinab. Er stank bestialisch aus dem Mund. »Wir hatten vielleicht einen Spaß mit dir … Mann, hast du einen kleinen geilen engen Arsch«, lachte er höhnisch. »Wenn du dich benimmst, dann wird es dir gut ergehen und du musst nicht wieder in die Mine.«

»Wo ist Gelf?«

»Tot. Hat sein Soll nicht erfüllt. Und wir erwählten dich, als Beitrag deiner Truppe, um die fehlenden Silberunzen zu bezahlen. Unser Anführer war ja so begeistert von dir. Hat von dir geschwärmt. Er hat recht. Also, Fresse jetzt und schweig. Sprich nur, wenn man dich fragt. Verstanden?«

Kuno nickte und hörte das Klatschen von Peitschen- und Stockhieben auf nackter Haut. Schreie von Kindern in anderen Verliesen. Hatten sie es gewagt, sich zur Wehr zu setzen, so wurde nun auch noch das letzte bisschen Mut aus ihnen herausgeprügelt.

»Bewegt euch, ihr Faulpelze und Nichtsnutze!«, drangen Rufe an sein Ohr.

»An die Arbeit …«, schrie einer der Wärter. Alle anderen wurden in den Harug getrieben, während Kuno mit wenigen halb verhungerten und ausgemergelten Kindern zurückblieb. Er wusste, was die Kinder in der Mine erwartete. Sie sammelten das Silber aus dem Berg, welches jedoch immer weniger wurde. Wer nicht spurte, starb. Wer Widerworte gab, wurde totgeprügelt. Niemand wagte es, sich aufzulehnen.

Und Kuno? Er saß in seiner erneuten Rolle als Liebessklave der Männer in einem Holzverlies. Er würde so lange leben, wie sie gefallen an ihm fanden. Neben ihm lag ein ausgemergeltes Mädchen im Holzverlies. Sie blutete aus dem Mund und anderen Körperstellen. Ihr Oberkörper hob und senkte sich schwer. Dann atmete sie einmal tief ein – und ihr Atem erlosch. Sie hatte es hinter sich. Hier kam man her, um zu sterben. Doch gab es keinen Ort, an dem man hier nicht sterben würde.

Jede Nacht ertrug Kuno die Erniedrigungen. Er wartete sehnsüchtig auf den Zeitpunkt, sterben zu dürfen. Er beneidete das namenlose Mädchen. Die Wächter warfen sie den Hunden zum Fraß vor, die in einem Nebenraum gezüchtet wurden … um mögliche Ausreißer einzufangen, sie zu zerfleischen.

»*Memme, hier wird nicht gestorben. Verstanden?*«, befahl die herrschsüchtige Stimme. »*Es wird der Augenblick kommen, da können wir uns wieder retten. Der Fette trägt deinen Dolch. Wenn wir den haben, dann kommen wir hier raus. Sie füttern uns, wir kommen wieder zu Kräften. Ertrage es! Sie lieben deinen kleinen Arsch.*«

Kuno weinte.

»*Hör auf zu heulen, Memme. Es ist ja peinlich mit dir.*«

Φ

Kuno kam zu sich. Sein Herz raste. So viel Leid und Elend hatte er erlebt. Er konnte es nicht mehr ertragen.

»*War eine lange Nacht gewesen damals, nicht wahr, Memme?*«, drängte ihm seine herrschsüchtige Stimme eine erneute Erinnerung in den Kopf.

»Lass mich!«

»Nein, verdammt, du musst dich erinnern, Memme. Erinnere dich. Wie oft wir dir das Leben gerettet haben. Begreife – nur mit uns wirst du hier am Berg zum Ziel kommen.«

Es half nichts. Die Erinnerung wallte in seinen Kopf wie die Kavallerie der hamarischen Armee, die über die Ebenen des Fulkenlandes ritt. Unaufhörlich, ohne Gnade. Dem Kopfgeldjäger wurde schwarz vor Augen.

Φ

Laut drangen die Kampfgeräusche an sein Ohr.

»Nehmt sie fest, wir richten sie in Harug. Alle sollen sehen, dass der König für Gerechtigkeit sorgt. Sie haben sein Vertrauen missbraucht. Gebt den Kindern zu trinken, zu essen, Decken und alles, was sie sonst noch benötigen«, erklang die Stimme der Hoffnung in den Gängen im Berg.

»Da vorne sind auch noch Kinder! Ihr da!« Eine kurze Pause ergab sich, bis die Stimme wieder entnervt rief: »Ja, ihr. Geht hin da.«

Dann sprang die Tür von Kunos Raum auf. Ein hochgewachsener Sarlinger, ein rouhhenischer Schwertkämpfer, trat hinein. Er war ein Offizier der Leibgarde des rouhhenischen Königs. Wie alle anderen Kinder saß Kuno nackt in seinem hölzernen Verlies.

»Scheiße, was ist das denn Abartiges hier?«, entfuhr es dem Kämpfer angewidert.

Aus der zweiten Tür des Raumes kam der fette Kinderfänger. Vollkommen überrascht erstarrte er, als er den hochgewachsenen Soldaten sah. Geistesgegenwärtig griff dieser an seinen Gürtel, zog einen Dolch, warf ihn – und traf den fetten Mann zielsicher in den Hals. Das Blut spritzte und er fiel hechelnd zu Boden.

Kuno schrie: »Nein, das war meine Rache. Meine!«

»Mutige Aussage, kleiner Mann«, sprach der Sarlinger ihn verwundert an.

»Nenn mich nicht so!«, herrschte Kuno zurück.

Der Offizier lächelte, ging zu Kunos Verlies, trat mit seinem schweren Stiefel die hölzerne Tür auf und erwiderte: »Er lebt noch. Hol dir deine Rache.«

Wie ein Verrückter lief Kuno zu dem am Boden liegenden, fetten Mann.

»Los, Memme, nimm ihm den letzten Atemzug. Lass ihn leiden, für das, was er uns angetan hat.«

Kuno zog seinen Dolch, er hing an der Seite des fetten Mannes, der ihn tyrannisiert hatte. Der Offizier stand im Hintergrund und beobachtete ihn ganz genau. Der Wächter röchelte und hielt sich den Hals. Kuno blickte über den fetten Bauch in das Gesicht seines Peinigers. Die Klinge in der Hand. Er sah ihm ins Gesicht. Sah, dass er nicht sterben wollte. Sah, dass etwas Gutes in ihm weilte, auch wenn es jetzt erst wieder hervortrat: Er bereute. Er war noch nicht bereit, vor seinen Schöpfer, den Zeloo, zu treten, und noch war er noch hier. Kuno blickte ihm in die Augen und begann zu zittern.

»Tu es, Memme. Tu es.«

»Mein Kuno, nimm ihm dem Schmerz.«

»Nein, lass ihn leiden, wie er uns hat leiden lassen, Memme. Ramm ihm das Messer nicht direkt ins Herz, sondern schneide ihm seinen kleinen Pimmel ab.«

»Lass Gnade walten, mein Kuno. Wir sind besser als dieser Mensch.«

Schließlich trat der Offizier an Kunos Seite und sprach: »Schon gut, mein Junge. Ich verstehe deinen Schmerz. Ich verstehe, dass dir der Mut fehlt.«

Ohne Vorwarnung rammte Kuno dem fetten Peiniger seinen Dolch in den Leib. Vollkommen überrascht von dieser Tat, stieß der Offizier respektvoll einen leisen Pfiff aus.

Dann zog Kuno den Dolch heraus. Er war zufrieden mit sich und seiner Tat. Die Stimmen schwiegen. Er stand nur da und blickte in die leeren Augen des fetten Mannes.

Wie lange diese Stille geherrscht hatte, wusste Kuno nicht. Aber er wusste, dass sich Rache gut anfühlte.

»Gib mir den Dolch, Junge.«

»Das ist mein Dolch.« Kuno kniete sich hin und öffnete den Gürtel des Toten, zog ihn ab und band ihn sich um. Hinein steckte er den Dolch. »Das ist mein Dolch.«

Sie wurden unterbrochen. »Herr, wir haben alle!«, kam ein Soldat in den Raum.

»Gut, dann können wir den Schweinestall hier ausmisten. Hätte der König früher geahnt, was hier vorgeht, hätte er wohl längst diesen Laden hier dichtgemacht.«

»Wir sollten froh sein, dass die Mine versiegt«, entgegnete ein Answin, ein Tempelhüter, der nun hinzutrat. »Wir haben dem König oft genug davon berichtet.«

»Es ist jetzt nicht die Zeit für Schuldzuweisungen. Wir müssen den Kindern helfen.«

»Es wird ihnen geholfen. Wir bringen sie in verschiedene Waisenhäuser in den umliegenden Städten. Dort können sie sich von ihrem Leid erholen und zu guten Bürgern unseres Reiches heranwachsen.«

»Euer Wort im Ohre des Zeloo. Ich glaube nicht, dass eines dieser Kinder noch gesunden Menschenverstand besitzt.«

Φ

»Hach, was für eine heldenhafte Tat, Memme. Dieses Gefühl der Rache, welches uns damals durchströmte. Und dann, Memme, erinnere dich, wie positiv unser Leben verlief. Wir haben nicht lange im Waisenhaus in Hadubrandt verweilt.«

»Nein, keine Erinnerung mehr. Ich ertrage es nicht!«

»Jetzt kommen doch erst die interessanten, Memme.«

Wieder erfasste ihn eine gewaltige Welle und trug ihn nach damals zurück.

Φ

Stramm, und nur mit einem Lendenschurz bekleidet, standen in einer Reihe die vierundzwanzig vom Kopfgeldjägermeister auserwählten Waisen vor ihm. Die Hälfte der Kinder war nicht mal zehn und sie alle zitterten am ganzen Leib. Nur vereinzelt erkannte Kuno in ihren Gesichtern, dass sie wussten, auf was sie sich da eingelassen hatten.

Kuno saß am Rande sämtlicher Kinder, Erzieher und weiterer

›Bediensteter‹ des Waisenhauses, die das Schauspiel beobachteten. Er war enttäuscht. Seine Stimmen hatten ihn immer und immer wieder aufgefordert, sich in den Vordergrund zu drängen, um diesem Mann, der sich Kopfgeldjägermeister nannte, sofort ins Auge zu fallen. Er hatte es auch anfangs versucht, war jedoch von dem Mann nur kurz beachtet worden. Der schüttelte den Kopf, schubste ihn unsanft aus dem Weg und murmelte bloß: »Hübsch, aber zu alt. Der kann nichts mehr lernen … Wärst nur ein Spielgefährte für mich, bis du mich langweilst. Gehe mir aus den Augen.«

»Memme, unsere Chance wird noch kommen und dann beweisen wir dem alten Bastard, was wir können.«

Aber das, was Kuno nun widerfahren sollte, war bestialisch, unmenschlich und er befand sich nicht in der Lage, das zu tun, was seine Stimmen von ihm verlangten. Er konnte es nicht. Er würde es nicht können, doch seine Stimmen drangsalierten ihn immer weiter.

»Memme, es gibt noch eine Möglichkeit. Warte ab. Lass sie sich selbst zerfleischen.«

»Höre, mein Kuno. Wir werden hier sterben, wenn wir nichts tun. Er ist unsere Rettung. Es gibt nur diesen Weg.«

Schließlich gab Kuno nach und verstand.

Gebannt blickte er auf die ersten Kämpfe. Zwei schmächtige Kinder, die sich gegenüberstanden und belauerten. Es waren die Brüder Hatto und Meinwolf. Zwei Jahre lagen sie auseinander. Hatto, der Ältere, hatte stets Meinwolf beschützt. Aber jetzt war die Lage eine andere.

»Beobachte genau! Siehst du, wie sie beide vor Angst zittern? Ihre Zuneigung zueinander wird nur von einem erwidert. Schau genau hin. Bis gestern waren sie unzertrennlich. Aber, Memme, begreife – einer wittert seine Chance, aus diesem Stall von Waisenhaus herauszukommen. Beobachte und lerne!« Kuno wandte den Blick ab. *»Sieh hin, Memme. Verdammt noch mal. Du Versager, sieh hin.«*

»Nein!«, schrie Kuno. Der jüngere Meinwolf blickte sich zu ihm um. Abgelenkt von seinem Ausruf. Und Kuno hatte damit dessen Todesurteil unterschrieben.

Hatto schlug fest zu. Das Ziel der Kinderfaust war das Gesicht seines Bruders. Krachend brach die kleine Nase und schob sich in sein Gehirn. Das Blut spritze Kuno, der erschrocken wieder aufgeblickt hatte, ins Gesicht. Er erstarrte. Meinwolf stürzte tot zu Boden.

»*Wie gnädig von seinem Bruder, Memme. Der nächste Gegner wird nicht so leicht zu töten sein. Meinwolf hat sich geopfert – oder du hast es Hatto eher mit deinem feigen Ausruf sehr leicht gemacht. Wie dem auch sei, lerne daraus. Habe kein Mitleid, aber zögere deinen Sieg nicht unnötig hinaus. Töte oder du wirst getötet.*«

Kuno weilte jedem weiteren Kampf bei. Nicht weil er es wollte, sondern weil er es musste. Irgendetwas unabhängig von den Stimmen sagte ihm, er müsse schauen, denn er lernte. Er lernte, welche Stärken und vor allem welche Schwächen die Kinder in ihren Kämpfen offenbarten. Doch eines ließ er vollständig außer Acht: dass er im Vorteil sein würde, weil er nicht gekämpft hatte.

Nach vier Tagen stand der letzte Kampf an, das sogenannte Finale. Bei Hatto war nach seinen Kämpfen deutlich zu erkennen, dass er den Willen dazu besaß. Er hatte nur wenige Blessuren und noch viel Kraft. Seinen Gegner Feddo hingegen behinderte ein zugeschwollenes Auge und es fehlten ihm einige Zähne. Kuno war sich sicher, dass der Kampf nicht lange andauern würde und behielt recht. Hatto holte sein Gegenüber mit ein paar gezielten Fausthieben von den Beinen, um ihm dann am Boden seinen Kopf zu spalten. So, wie er es immer bisher getan hatte. Dabei verdrehte Hatto stets die Augen und wurde dann schlagartig zu einer Bestie. Der Kopfgeldjägermeister lächelte dabei. Hatto war sein Favorit. Kuno war aufgefallen, dass er ihn genau beobachtete und ihm abends, bevor es zur Nachtruhe ging, seine Wunden pflegte und ihm Tipps gab. Kuno selbst saß dabei unbemerkt in der Nähe, unter einer Linde im Hof des Waisenhauses, die vor Hattos Zimmer stand. Er belauschte sie, jedes Mal. Und lernte. Von Kampf zu Kampf. So ahnte er auch nun die Schritte dieses Finales voraus – und genau so, wie er es vorhergesehen hatte, war es geschehen.

»*Memme, das ist deine Chance hier rauszukommen.*«

Langsam stand Kuno auf. Hatto drehte sich zu ihm und beachtete ihn zuerst nicht.

»Hatto, ich bin der Nächste!«, forderte Kuno ihn mit fester Stimme heraus und lachte.

Der Kopfgeldjägermeister blickte interessiert, aber auch überrascht. Einer der Pfleger des Waisenhauses wollte eingreifen, als der Kopfgeldjägermeister den Kopf schüttelte. Er blieb stehen.

So stellte sich Kuno vor das Kind, in dessen Augen Erstaunen und Hass funkelten. Es grinste und Kuno erkannte sofort die Verrücktheit in ihm – aber es kannte nicht seine Wut. Seine Ohren glühten. Es war das allererste Mal, dass er dieses Glühen vernahm. Es gab ihm Kraft und Schmerz zugleich.

»Steh auf, Hatto.«

»Was willst du, Kuno?«

»Kämpfen.«

»Du? Du bist doch nur der Liebessklave gewesen. Du hast nichts drauf, du Feigling.«

»Feigling.«

»Memme, lass dir das nicht gefallen von diesem elendigen Bastard, der seinen Bruder eiskalt getötet hat.«

»Ja klar, kommst mit einem Messer.«

Kuno löste den Gürtel und dieser fiel zu Boden. »Und nun, Hatto, kämpfe!«

Kuno ging an den Platz, von dem aus immer der Kampf begann. Hatto stand auf. Zwei Kinder griffen den Leichnam Freddos und zogen ihn vom Platz.

»Kuno, du bist dir nicht bewusst, was du tust«, schrie Hatto, »wenn ich mit dir fertig bin, ist von dir nichts mehr übrig!«

»Wir werden sehen!«

Vom Hass geleitet, stürmte Hatto auf Kuno zu. Kuno stand einfach nur da. Beobachtete jeden Schritt, jede kleine Bewegung, ohne mit der Wimper zu zucken. Als sein Gegner in Reichweite war, genügte ein Tritt. Kuno traf ihn in seine Weichteile. Hatto sackte mit schmerzverzerrtem Gesicht zusammen. Kuno lachte: »Damit hast du nicht gerechnet.« Dann schlug er mit aller Macht, mit dem nach vorne gebeugten und sich vor Schmerzen krümmenden Hatto als Ziel, zu. Seine Faust zertrümmerte ihm mit einem einzigen Schlag den Unterkiefer und das Nasenbein. Ein weiterer Schlag folgte und das Jochbein zersplitterte deutlich hörbar, während Hatto nach hinten auf den Rücken flog und mit dem Kopf an der Stelle aufschlug, an der er Feddo den Kopf gespalten hatte. Hatto spuckte

Blut. Er würde als Krüppel enden, sollte er sich nicht wehren. Aber wie konnte er. Er lag benommen da, spuckte immer mehr Blut und war am Ende.

Kuno stand direkt über ihm. Und nicht, weil er es wollte, sondern weil ihm die tröstende Stimme zuflüsterte: *»Sei gnädig mit ihm. Er wird nicht lange als Krüppel überleben, mein Kuno. Nimm ihm die Qualen. Erlöse ihn von dieser Welt und schick ihn zu seinem Bruder«*, rang er mit sich. Kämpfte mit sich, das Richtige zu tun, aber was war das Richtige?

»Los, Memme, beende es.«

Hatto richtete sich auf und sagte etwas Unverständliches. Kuno schenkte ihm keine Beachtung. Er trat einmal zu. Sein Fuß traf das zerschundene Gesicht des Jungen. Der Kopf schnellte nach hinten und ihm brach, mit dem Geräusch alter, trockener Äste, das Genick. Der Junge blieb im Hof des Waisenhauses liegen.

Zwei Damen der Anstalt eilten herbei, ohne ein Wort zu sagen, und schleppten den Kadaver des Toten fort. Wohin, das wollte Kuno lieber nicht wissen. Die Blutspur im feinen Sand auf dem steinernen Hof sprach eine deutliche Sprache.

Der Kopfgeldjägermeister stand langsam auf, nahm ihn zur Seite und nickte. »Du bist mein Schüler. Ich habe meinen Schüler gefunden, auch wenn du nicht der bist, auf den ich gesetzt habe. Aber du hast den Letzten besiegt.«

Kuno ging mit ihm – und wurde doch auch hier wieder nur das Opfer.

Φ

»Erinnere dich, Memme, wie oft hat er sich an uns vergangen? Kannst du es noch zählen?«

Kuno schüttelte mit dem Kopf.

»Irgendwann haben wir aufgehört zu zählen, nicht wahr, mein Kuno?«

»Die Nacht habe ich gehasst, aber ich kannte es nicht anders. Er war der einzige Weg zur Freiheit.«

»Gefesselt hat er uns an einen Holzstab, den er tief in den Boden

trieb, damit wir nicht weglaufen konnten. Irgendwo in der Wildnis. Er war enttäuscht, dass du schon so erfahren, so vorbereitet warst, von den Männern in den Minen. Dennoch konnte er nicht genug von dir bekommen, jeden zweiten Abend hast du es erduldet, bist du stark genug warst, dich gegen ihn zu wehren. Memme, du warst vierzehn Jahre alt – und endlich stark genug.«

»Trotzdem! Wenn die Trunksucht den Kopfgeldjägermeister überkam, hatte auch mein Kuno mit siebzehn oder achtzehn keine Möglichkeit, seiner Gewalt aus dem Weg zu gehen. Und denk dran, wie oft der Alte soff. Seine Wutausbrüche konnte mein Kuno ertragen. Er tat es aus Dankbarkeit, da er uns errettet hatte. Er gab uns Essen, lehrte uns das Lesen und das Schreiben, wie auch alles Wissenswerte über das Kopfgeldjägerdasein.«

Kuno überlegte. »Aber nach und nach hasste ich ihn mehr. Seine Erniedrigungen wurden doch immer schlimmer, egal ob körperlicher oder seelischer Art. Wisst ihr noch? Das Schlimmste erfuhr ich mit fünfzehn Jahren, als wir für ein Jahr zur Waffenausbildung in Markon lebten. Wie oft hattet ihr mir befohlen, auch den Kopfgeldjägermeister mit meinem Dolch zu erstechen. Aber ich war standhaft geblieben. Ich ertrug es. Er war eine Art Vaterersatz geworden. Sagte, dass ich großes Talent als Kopfgeldjäger besäße. So blieb ich, erlernte schnell das Handwerkzeug und er war mehr als zufrieden mit meinen Leistungen. Ich erhielt Lob.«

»Tja ja, Memme, und dann erwachte mit achtzehn deine Libido! Du hattest vielleicht Schlag bei den jungen Dingern in den Städten, die wir bereisten auf der Suche nach neuen Aufträgen. Fatal.«

»Ach, da war der Kopfgeldjägermeister auch hilfreich und nett.«

»Memme, na logisch. Er fickte ja dann die jungen Dirnen und du warst vor ihm sicher. Aber als er in dir Konkurrenz erkannte … Wir hätten ihn gleich erledigen sollen.«

»Mein Kuno hatte die Ausbildung noch nicht beendet und …«

»Und? Memme hätte das schon gemacht.«

»Den ganzen Norden von Oida hatten wir bereits auf der Suche nach Aufträgen bereist«, murmelte der Kopfgeldjäger. »›Das tödliche Duo‹ nannte man uns in der Gilde der Kopfgeldjäger. Aber der Neid des alten Lehrmeisters wuchs, als ich selbst die jungen hübschen Dinger vögelte. Ihm blieben noch die alten, schrumpeligen und verbrauchten Huren.«

»Ja und dann kam die Nacht, Memme. Weißt du noch?«

Φ

Eines Nachts kam der Lehrmeister wie so oft besoffen zurück zum Lager. Kuno hatte die Aufgabe, die Waffen zu putzen. Fertig damit, legte er sich zum Schlafen.

Besoffen brüllte der Kopfgeldjägermeister am Lager ankommend: »Kuno, mein Junge, wo steckst du?«

Ihm schwante Böses.

»Kuno«, flötete der Kopfgeldjägermeister, »wo ist mein Lieblingsschüler?«

»Memme, zeig dich und stell dich ihm. Heute wirst du kein Opfer sein. Denk an unseren Plan, den wir wochenlang vorbereitet haben. Die Zeit der Ausbildung ist vorüber.«

Kuno hatte jede Münze in den letzten Wochen eisern gespart, wenn er sich von ihm trennte, wusste er, dass es kein gutes Ende zur Folge hätte. Einer würde auf der Strecke bleiben, und das wäre sicherlich nicht Kuno. Zu viel Hass hatte sich aus der Dankbarkeit heraus entwickelt.

»Mein Kuno, er hat recht. Wir können nicht weiter Opfer sein.«

»Kuno, komm schon Junge. Sei so nett und komm zu mir«, säuselte der Kopfgeldjägermeister lautstark, während er durch das Lager torkelte. Kuno sprang von seinem Lager auf.

»Wehre dich, Memme. Zerlege den alten Mann!«

»Jawohl, mein Kuno, zeig ihm, was wir von ihm gelernt haben. Zeig ihm, dass wir uns nicht mehr erniedrigen lassen.«

»Memme, das ist unsere Gelegenheit!«

»Da ist mein Junge.« Der Kopfgeldjägermeister sabberte. »Komm, sei ein guter Junge und bück dich für mich!«, lallte er. Doch Kuno verweilte. Er stand einfach da. Die rechte Hand auf dem Dolch liegend, während die andere zur Faust geballt in seine Taille gestemmt war.

»Was ist, mein Junge?«

»Memme, töte ihn!«

»Nein, mein Kuno, erteile ihm nur eine Lektion. Du wirst sehen. Es wird doch alles ändern.«

»Nie wieder wirst du auch nur eine Hand gegen mich erheben. Nie wieder wirst du mich berühren, Meister. Habe ich mich klar ausgedrückt?«

Der Kopfgeldjägermeister fing schallend an zu lachen.

»Das ist mein Ernst«, schrie Kuno.

»Natürlich, Junge, ist das dein Ernst, aber was willst du dagegen tun? Mich umbringen?«

Kuno schwieg. Der Kopfgeldjägermeister lachte erneut. »Du? Mich umbringen? Na dann los!«

»Memme, das ist eine Falle!«

»Los, komm her, töte mich.«

»Meister, du weißt, wie ernst ich das meine.«

Der Kopfgeldjägermeister trat ganz dicht an Kuno heran und raunte: »Tu es!«

Kuno zeigte keine Reaktion.

»Tu es!«, forderte sein Meister ihn erneut auf. »Los jetzt!«, schrie er. »Tue es!«

Doch von Kuno kam keine Reaktion.

»Wusste ich's doch. Du bist ein elendiger Feigling.«

Eine schallende Ohrfeige zerriss die Spannung zwischen ihnen. »Respekt, Junge!«, lachte der Kopfgeldjägermeister und hielt sich die Wange. »Aber du glaubst doch nicht, dass du ungestraft davonkommst.« Hart schlug er zu und nahm sich nicht zurück. Die Faust des Kopfgeldjägermeisters traf Kuno unter dem Kinn und er stürzte zu Boden. Reflexartig griff Kuno zu seinem Dolch und zückte ihn.

»Nun kommen wir der Sache endlich näher, Memme.«

»Was soll das, Junge? Verrückt geworden?«

»Du fasst mich nie wieder an, hörst du, oder ich bringe dich um«, zischte der.

»Ach, wirklich?«

Kuno sprang auf. Selten hatte er so unbeholfen reagiert, wie in diesem Moment, wischte mit seinem Dolch vor dem Körper seines Meisters durch die Luft. Der lachte nur. »Junge, ich bin zwar besoffen, aber dich mach ich noch locker kalt.« Er ergriff Kunos Hand mit dem Messer und drehte sie in einer fließenden Bewegung auf dessen Rücken. »Wenn ich sage, dass du dich zu bücken hast, dann tust du das, hast du mich verstanden?«, fauchte er Kuno an.

Ohne darüber nachzudenken, schwang Kuno seinen Kopf zurück und traf das Nasenbein seines Meisters. Dieser stürzte blutend zu Boden. »Du Bastard hast mir die Nase gebrochen!«

»Habe ich von dir gelernt, du Arschloch.« Kuno stand vor ihm, blickte auf ihn herunter und achtete nicht auf die Füße des Kopfgeldjägers. Der trat zu. Kuno sackte zusammen. Der Tritt war nicht so fest, wie er hätte sein können, aber er traf seine Kniekehle. »Junge, ich bring dich um, sobald …«

»Ach, halt doch einfach deine Fresse«, stöhnte Kuno vor Schmerz.

»Memme, ignoriere den Schmerz. Er liegt am Boden, töte ihn! Verdammt noch mal, töte ihn. Jetzt.«

»Du auch, halt auch du deine Fresse!«

»Junge, mit wem redest du?«

Kuno raffte sich auf, ging zu seinem Lagerplatz, suchte ein Tuch und warf es seinem Meister zu. »Nimm das, und schwöre mir, dass du mich nicht mehr anfassen wirst, sonst erdrossele ich dich heute Nacht im Schlaf damit.«

»Respekt, mein Junge, hast endlich begonnen, das Erlernte zu nutzen«, waren die Worte seines Meisters. Er wischte sich mit dem Tuch das Blut aus dem Gesicht. Mit einem einfachen Griff an die Nase richtete er sie knackend wieder gerade. Kein Schrei kam aus seinem Mund. Nichts. Dann sagte er: »Und dennoch wirst du dich heute für mich bücken, Junge, und du wirst um Gnade wimmern.«

Kuno drehte sich um und da stand sein Meister schon direkt hinter ihm, hielt ihm seinen Dolch an den Hals. »Wie habe ich es dir immer wieder eingebläut? ›Unberechenbar sind Frauen und Besoffene.‹ Und ich bin besoffen.« Die Klinge lag kalt an Kunos Hals. Doch völlig unerwartet ließ auf einmal sein Lehrmeister den Dolch fallen und schrie: »Nimm deine Sachen und verpiss dich. Bete zum Zeloo, dass wir nie wieder aufeinandertreffen.«

Φ

Kuno Kopfgeldjäger besann sich und schüttelte seinen Kopf. Nur langsam kehrte er aus der Erinnerung zurück.

»Na, Memme, was ist los?«

»Woher holst du die Erinnerungen?«

»Aus der Tiefe deiner verdorbenen Seele, Memme. Und nicht ich hole sie hervor, sondern du selbst. Du rufst sie ab, ich geleite dich nur.«

Der Kopfgeldjäger lag auf dem Boden an der Festungsmauer. Wie lange er dagelegen hatte, wusste er nicht. Ihm war kalt.

Die Nacht war eingekehrt. Seine Stimmen verschwanden in den Tiefen seiner Seele und er vernahm sie nur noch aus weiter Ferne. Die Worte, die gesprochen wurden, drangen nicht zu ihm durch. Er hatte es irgendwie geschafft, sie auszusperren oder … waren sie von sich ausgegangen? Und warum hatte ihn sein Kopfgeldjägermeister einfach ziehen lassen? So unerwartet. Er hätte doch alles mit ihm machen können.

So oft hatten die Stimmen ihn zum fragwürdigen Handeln getrieben. Woher kamen auf einmal seine Moral und seine Abneigung gegen das, was er tat? Was geschah mit ihm?

KAPITEL 13: STOLLEN

Der Morgen dämmerte und eine weitere Nacht war verstrichen. In dem Moment, als die ersten Sonnenstrahlen auf dem schwarzen Gestein der Festungsruine glänzten, fiel es dem Kopfgeldjäger wie Schuppen von den Augen. Diese Kugel. Er musste etwas übersehen haben. »Aber was …«, murmelte der Kopfgeldjäger in Gedanken versunken vor sich hin. Er begutachtete die Mauer, aber nichts hatte sich verändert. Seine Finger glitten erneut über den glatten Stein. Nichts bewegte sich, nichts, was er berührte, würde ihn in die Ruine lassen. Er kehrte zur Kugel zurück. Dort hockte er sich nieder, umschloss sie mit seinen Händen und starrte auf die Wand. Diese unüberwindbare Mauer wies einfach nicht die kleinste Spur einer Schwachstelle auf. Wäre er noch in Besitz der Taschen auf Azigs Rücken gewesen, dann hätte er mit einem Sprengbolzen ein Loch … Blödsinn. Der Wall war viel zu massiv, als dass ein Bolzen in der Lage gewesen wäre, irgendetwas auszurichten. Doch Aufgeben war für den Kopfgeldjäger keine Option.

Die Stimmen in seinem Kopf gewannen wieder an Kraft und bald würde er sie unweigerlich wieder vernehmen. Zuvor wollte er jedoch eine Lösung gefunden haben. Ein unerklärliches Gefühl sagte ihm, dass er an dieser Stelle irgendwie in die Festung kommen würde. Er war sich sicher: Hier gab es einen Weg in das Bollwerk.

Abseits der Mauer untersuchte er die Sphäre eingehend, aber nichts verriet, welche Aufgabe sie erfüllt hatte. Sie verwirrte ihn. Er setzte sich neben die Kugel und starrte auf die schwarze Mauer. Den ganzen Vormittag hatte er nun vergeblich nach einem Zugang gesucht. Das leise Flüstern der Stimmen wurde stetig lauter und ermüdete ihn. Schließlich nickte er ein, nur für einen kurzen Moment. Sofort schrien ihn seine Stimmen wach.

»Memme, hier wird nicht gepennt!« Das Glühen seiner Ohren setzte sofort wieder ein und war unerträglich. *»›Oh oh, ich brauche*

meinen Schönheitsschlaf‹ … Was bist du nur für ein Weichei! Wach auf, verdammt noch mal, du Verlierer, du Versager.«

»Seid still!«, zischte der Kopfgeldjäger hochgeschreckt. »Lasst mir meinen Frieden.«

»Du bekommst deinen Frieden, wenn du das Gitrog erledigt hast, verstanden?«, befahl ihm die gewissenlose Stimme. Seine Wut über ihren unverschämten Ton entlud sich auf die Kugel. Diese verhöhnte ihn mit einem hohlen, eisernen Klang als Antwort.

Seinen Zorn brüllte der Kopfgeldjäger aus sich heraus – es hatte etwas Befreiendes für den Moment. Der Schrei hallte am gesamten Berg wider. Kuno packte die Sphäre und schmetterte sie mit ganzer Kraft gegen die Mauer. Diese quittierte den Aufprall nur mit einem dumpfen Ton, während die Kugel scheppernd abprallte und den Wald kleinwüchsiger Bäume, nahe der Wand, mit Gewalt durchpflügte. Kuno blickte erstaunt, mit welcher Kraft sie den Forst zerstörte. Er ging zu der Stelle, an der die Kugel gegen die Steinwand geschlagen war. Sie hatte nur einen kleinen runden Abdruck im Mauerwerk hinterlassen, den man jedoch erst beim genauen Hinschauen sah. Kuno trommelte verzweifelt gegen die Mauer und schrie seine Seele heraus. Es konnte doch nicht wahr sein, dass er keinen Weg in die verfluchte Festungsruine finden konnte. Er sackte an der Wand zusammen und atmete tief durch.

»Ey, Memme, krieg dich wieder ein und unternimm lieber etwas«, forderte ihn zum wiederholten Male die herrschsüchtige Stimme auf. *»Es spielt keine Rolle, was – aber TU was. Wir wollen da rein, oder bist du doch nur ein Versager?«*

Unschlüssig folgte er dem Weg der Zerstörung, den die Kugel in dem kleinen Wald hinterlassen hatte. Während er durch die kleinwüchsigen Bäume schritt, entdeckte er etwas. Es waren ungewöhnliche Abdrücke, die nicht der Natur entstammen konnten.

Zuerst sah er nur die Spur der Kugel, dann aber bemerkte er ein Muster. Es war ganz deutlich in den Bäumen zu erkennen. Er trat auf einen Weg, eine Art Straße, die einst bis zur Mauer hingeführt hatte. Sie endete gut fünfzig Schritte davor. Dort angekommen sah er, dass hier gegraben worden war. Er riss die Bäume aus und warf sie achtlos zur Seite.

Er traute seinen Augen nicht. Vor ihm lag ein rechtwinkliger

Schacht, gut verborgen, von Bäumen überwuchert. Aber er war da. Kuno blickte hinein und entdeckte eine Leiter. Das war also das Geheimnis. Die Belagerer waren bis hierher gekommen, fanden, wie er auch, kein Mittel, in die Festung zu gelangen, und waren somit von unten in sie eingedrungen.

Das Urböse wollte es verstecken. Er überlegte nicht lange, holte sein Hab und Gut und stieg hinab.

Der Schacht war nicht tief, doch von ihm aus führte ein langer Gang in die absolute Dunkelheit.

Kuno überkam ein beklemmendes, unangenehmes Gefühl; ähnlich dem in der Felsenhöhle. Kuno sah nichts. Zögerlich tastete er die Wände ab und blickte noch einmal nach oben, gen Tageslicht.

»Los, du Memme. Seit über tausend Jahren ist hier nichts passiert! Nun kriech schon.«

Kuno tastete sich in der Finsternis vorwärts, immer wieder zum Licht zurückblickend, solange es noch zu erkennen war. Doch auch der letzte helle Punkt schwand irgendwann, bis ihn die Schwärze schließlich ganz verschluckte. Die Lichtlosigkeit hatte über das Hell des Tages gesiegt, das Urböse gewonnen.

Langsam kroch er weiter, nicht lange – und doch bedeutete es für ihn eine gefühlte Ewigkeit. Unerwartet endete der Gang abrupt vor einer Wand. Kuno wandte sich erneut zurück, an den Glauben klammernd, mit Hilfe seiner größten Vorstellungskraft das Licht am Eingang erkennen zu können. Aber es war nur Einbildung.

Kuno fasste über sich … und griff ins Leere. Er tastete sich langsam nach oben, erfühlte eine Kante und dann noch eine. Er erkannte, dass die Belagerer hier Ebenen hineingeschlagen hatten, kletterte sie empor und ertastete keinerlei Widerstand.

Der Geruch, der ihm entgegenschlug, war modrig, aber immer noch besser, als dieser Todes- und Verwesungsgestank.

Er stemmte sich weiter hinauf, erklomm eine Leiter, bis auf einmal keine Stufe mehr da war. Dann glaubte er sich in einem großen Raum. In der Finsternis war er wie blind. Er fand nichts, woran er sich hätte orientieren können, bewegte sich aber fühlend fort.

»Sei keine Memme, mein Kuno. Geh einfach weiter. Dir wird schon nichts geschehen.«

Der Kopfgeldjäger folgte und seine Stiefel klackerten – wohl auf einem Boden aus abgelaufenen Pflastersteinen. Schließlich stieß er mit seinen Händen gegen eine Wand. Er tastete sich an ihr entlang und fasste in etwas Feuchtes; unerwartet hielt er einen Schädel in der Hand. Kuno erschrak und unterdrückte nur schwer einen Schrei.

Weiter erkannte er, dass er in ein altes Verlies geraten sein musste. Er hangelte sich an der feuchten Wand weiter, bis er die Gitterstäbe erfühlte.

»Das ist ein Witz!«, entfuhr es Kuno. Er hatte nun einen Weg in die Ruine gefunden … der an diesen Stäben enden sollte? In der Finsternis glitt er an ihnen entlang, bis sie endeten. Er griff ins Leere. Dann quietschte die Türe des Verlieses. Er war mit seinem Stiefel gegen sie getreten. Sie stand offen. Er schritt hinein und fühlte eine weitere Wand; folgte ihr mit seinen Händen, bis er an eine schwere Holztüre geriet.

Auch sie ließ sich, zumindest unter hohem Kraftaufwand, knarrend öffnen. Und je weiter er die Türe aufschob, umso mehr verlor die absolute Finsternis an Macht – selbst wenn sie nur der Dunkelheit wich. Doch war sie Kuno deutlich lieber und mutig schritt er in sie hinein.

Dieser Raum, der nun folgte, erschien vor ihm in Umrissen – ein Lichtstrahl schimmerte durch ein kleines Loch im Mauerwerk hinein. Ohne größere Probleme fand er eine weitere Tür, öffnete sie und Helligkeit flutete ihm entgegen …

Hatte sich da nicht etwas bewegt? Kuno drehte sich um, doch nichts war zu sehen. Dann trat er hinaus in das dämmrige Licht, den Innenhof in seinem schwarzen Gestein. Die Sonne verschwand in demselben Augenblick und völlige Dunkelheit brach über ihn herein.

KAPITEL 14: DER LAGERPLATZ

An dem ersten Ziel seines Weges war der Kopfgeldjäger nun angelangt, wenn es ihn auch unendlich viel Kraft gekostet hatte. Ungläubig sah er sich auf dem Innenhof der Festung um. Dann überrollte es ihn. Er sank vor Schmerzen zu Boden. Seine Ohren glühten und brannten, als würde es nie wieder enden. Der Schmerz bohrte sich in seinen Kopf; ein Gefühl, als drohe er zu bersten. Kuno rang damit, biss sich auf die Lippen, sank auf den Boden, presste seine Hände gegen die Schläfen, würgte. Er konnte nicht atmen und sich nicht beruhigen. Alles in ihm sträubte sich gegen diesen Ort. Es schien ihm, als drohten jeden Moment seine Ohren zu platzen, als der Schwall seinen Weg über die Speiseröhre hinaus suchte. Der Kopfgeldjäger konnte es gerade noch in einen der kleineren Büsche am Rand spucken. Er kotzte sich die Seele aus dem Leib. Zu unerträglich war die Situation für ihn – dass dieser Reflex einfach aus ihm herausbrach. Aber sofort endete das Glühen der Ohren und das brennende Gefühl verlagerte sich auf seine Kehle. Die Anstrengung der letzten Tage brach mit jedem Schwall aus ihm heraus. Er konnte, nein, er wollte es auch nicht verhindern. Denn das erleichternde Gefühl danach würde ihm wieder einen fast klaren Kopf, die Kontrolle über sich ermöglichen und alles wäre erträglicher.

»Memme, jetzt haste ein Teil deines Zieles erreicht und nun kotzt du dir die Seele aus dem Leib. Große Klasse! Was für ein Verlierer!«, spottete die herrschsüchtige Stimme.

»Lass meinen Kuno! Gib ihm die Möglichkeit, sich für einen kurzen Moment zu erholen.«

»Pah, Erholung. Wenn er tot ist, kann er sich mehr als genug erholen. Memme, besitzt du keine Selbstbeherrschung oder nicht mal Selbstrespekt? Es ist widerlich, wie du dich hier gehen lässt.«

Kuno wischte sich den Mund ab und spuckte nochmals in den

Busch. Er wollte etwas erwidern, aber eine nächste Welle von Magensäure und Galle schwang sich herauf.

»Nein, definitiv besitzt Memme keine Selbstbeherrschung. So viel hast du doch gar nicht gefressen, was du auskotzen könntest. Peinlich, Memme, du bist einfach nur peinlich.«

Nur Galle und Speichel hatte er ausgewürgt. Er rang noch nach Atem, aber er spürte, wie die Anspannung der letzten Tage wich und die Stimmen leiser wurden. Das erste Mal seit dieser Zeit fühlte er sich befreit. Da konnten ihm die Stimmen erzählen, was sie wollten. Die erste Etappe seines persönlichen Feldzuges hatte er hinter sich gebracht und allein das war ein Erfolg. Was hatte er nicht alles durchgestanden.

Mit dem Handrücken wischte sich der Kopfgeldjäger seinen Mund ab und spuckte noch einige Mal aus. Der eklige Geschmack seiner Magensäure würde bleiben. Wasser hatte er keines mehr.

Tief atmete er ein. Und es schien ihm, als sei es nun eine klare, reine Luft, die seine Lungenflügel füllte, und nicht der perfide Geruch des Bösen. Mit geschlossenen Augen streckte sich der Kopfgeldjäger mitten auf dem Innenhof aus, lauschte der absoluten Stille. In ihm machte sich ein friedvolles Gefühl breit. Er war vollkommen ruhig, schloss die Augen, genoss den Moment und erkannte: ›Ich bin wieder der Kopfgeldjäger, der gestartet ist. Ich bin wieder der Kopfgeldjäger, der rational und emotionslos handelt. Ich bin der Kopfgeldjäger.‹

Ein leichter Windzug wehte durch die Festung, klar und rein. Er ließ seinen Blick über den Innenhof der Festung schweifen und was er sah, ließ ihn erschaudern. Eine fast unwirkliche Dunkelheit umhüllte diesen Ort, so dass er wie eine Art Kerker wirkte.

»Ihm kann ja nichts Gutes entstammen«, brummte der Kopfgeldjäger. Nie hätte er es für möglich gehalten, so empfinden zu können – hatte er doch selbst nie etwas Gutes hervorgebracht. Und das, was er hätte hervorbringen können, wurde ihm noch in der Entstehung genommen. Aus dem Inneren seines Herzens heraus hasste Kuno Kopfgeldjäger diesen Ort. Am liebsten hätte er ihn einfach komplett abgefackelt.

»Ein vertrautes Konzept, Memme, aber hier wohl nicht praktikabel. Zu viel Stein!«, lachte die herrschsüchtige Stimme hämisch,

die sich aus den Tiefen seines Kopfes hervorgekämpft hatte. Doch dieses Mal schien es anders zu sein. Er war nicht verzweifelt, als die Stimme an sein Ohr drang, er betrachtete sie nicht als Unterdrücker, sondern als ihm untergeben. Er war Herr über sich und er konnte mit sich selbst wieder leben. Sie schien keine Bedrohung zu sein, wie er es auf der ganzen Reise bisher empfunden hatte. Doch sollte diese gefühlte Überlegenheit nicht lange anhalten.

»Du hast leider recht.«

»Oh, die Memme hat neuen Mut gefasst. Ein bisschen Kotzen und dann geht es dem Versager gleich viel besser«, lachte die Stimme höhnisch.

»Halt's Maul!«, fauchte der Kopfgeldjäger bestimmt und sie schwieg für den Moment. Wahrlich hatten sie ein sehr fragwürdiges Verhältnis, dessen Konzept ihm noch nicht ganz klar war. Dennoch schien er einen Weg gefunden zu haben, damit umzugehen. So glaubte er.

»Wenn sich die Memme da mal nicht irrt.«

Kuno Kopfgeldjäger ließ erneut seinen Blick über den Innenhof schweifen. Neben der Dunkelheit, die in jeder Ecke, in jedem Winkel dieser Festungsruine wiederzufinden war, beeindruckte ihn die schiere Größe der schwarzen Gebäude, der Verteidigungsanlagen und der zwei Türme, die noch standen. Alles wirkte viel größer als bei den Menschen.

Die Sonne war inzwischen hinter dem Horizont verschwunden und viel zu schnell brach die Nacht über der Festung herein. Noch hatte Kuno keinen Ort zum Schlafen gefunden, irgendetwas, wo er sich verstecken und gleichzeitig Kraft sammeln konnte. Einen Platz, der ihn vor Kälte und den Wettereinbrüchen schützte – und das konnte nicht der Innenhof sein.

»Du entscheidest weise, mein Kuno. Achte nicht auf die Worte des anderen, sondern folge deinen Instinkten und vertraue ihnen.«

»Als ob euch das interessieren würde. Meist wollt ihr mir doch nur den größtmöglichen Schmerz zufügen.«

»Mein Kuno, du tust uns unrecht. Wir waren immer für dich da.«

»Wart ihr das? Ihr habt mich immer wieder zu Handlungen ermutigt, die nicht zu meinem Besten waren«, erwiderte der Kopfgeldjäger skeptisch und spürte, dass er wieder an Selbstbeherrschung verlor. Die Stimmen beeinflussten ihn immer mehr. Sie nahmen ihm das Recht der Selbstbestimmung. Je mehr er mit ihnen sprach, umso weniger entschied er selber. Er musste sich weiter gegen sie zur Wehr setzen.

Dennoch erfüllte diese liebevolle, gewissenhafte Stimme das Herz des Kopfgeldjägers für den Bruchteil einer Sekunde mit Zuneigung. Sie klang wie seine Mutter oder – wie eine Mutter hätte klingen sollen. Doch kämpfte er gegen ihren Versuch an, ihn wieder in den Sog der Verzweiflung zu führen. Unberechenbar waren seine inneren Stimmen und nie konnte man wissen, welches Ziel sie verfolgten.

Kuno Kopfgeldjäger musste wachsam sein. Zu viele Wesen trachteten ihm nach dem Leben oder wollten Einfluss auf ihn nehmen.

»*Wir wollen jetzt nicht aufrechnen, aber du tust gut daran, dir schnell einen geschützten Ort zu suchen, mein Kuno*«, sprach die mütterliche Stimme. »*Sei aber gewiss, dass wir immer da sein werden für dich. Du musst uns nur vertrauen.*«

»*Los, Memme, beeil dich*«, sprach die gewissenlose Stimme verächtlich. »*Höre nicht auf das Geseier von ihr. Wir wollen das Monster töten!*«

Ein Ausruf der Wut entfuhr der Kehle des Kopfgeldjägers. So laut, wie es ihm nur möglich war. Die Stimmen verstummten. Er schloss die Augen und sprach selbstsicher: »Schweigt. Ich bestimme hier. Es ist mein Leben. Ihr seid nur ungebetene Gäste in meinem Kopf.« Er beschloss, sie zu ignorieren. Vielleicht war das der einzig praktikable Weg, nicht vollkommen den Verstand zu verlieren, und ein Zeichen seiner Gegenwehr. Zwar hörte er die beiden Stimmen weiterhin in seinen Gedanken hallen, doch die Inhalte drangen erst einmal nicht mehr zu ihm durch.

Die Dreiteilung des Hofes erkannte der Kopfgeldjäger sofort, machte sich diesbezüglich aber erst mal keine Gedanken. Jetzt ging es darum, einen Platz für sein Lager zu finden.

Auf der mittleren Ebene erblickte er eine riesige, schwere Holztür, die mit Stahlbeschlägen verziert war. Ohne lange zu überlegen, schritt er über den Hof, die drei Treppenstufen hinauf zu der halb offen stehenden Tür und ergriff den Türknauf. Die Tür schwang mit einer Leichtigkeit auf, die ihn erstaunen ließ. Sollte er tatsächlich Glück haben? Dann hatte aber mit Sicherheit, selbst an diesem finsteren Ort, der Zeloo seine Hände im Spiel und er würde später dafür noch teuer bezahlen müssen.

Der einfache Raum, den er erblickte, war womöglich ein Speisesaal gewesen. Der Tisch in der Mitte des Raumes reichte ihm bis zur Schulter. Kuno Kopfgeldjäger schob einen alten Stuhl beiseite und machte es sich unter dem Tisch bequem. Der Fußboden bestand aus kalten, fugenlos verlegten Steinplatten. Eine Feuergrube auszuheben war schlicht unmöglich. Daher suchte er in dem Raum nach einzelnen losen Steinen, die er zur Begrenzung einer Feuerstelle würde nutzen können.

Frost und Nässe hatten ihre Spuren in den Gemäuern über Jahrhunderte hinterlassen. Einzelne Steine lagen überall herum. Das vom Urbösen Erbaute war also doch zerstörbar.

Der Kopfgeldjäger untersuchte eine Stelle, an der der Frost den Stein herausgesprengt hatte. Er kam zu dem Schluss, dass dies über Jahrhunderte hinweg geschehen sein musste, da das Gestein sich härter anfühlte als jedes andere Material dieser Art, welches der Kopfgeldjäger kannte.

Unter einem hohen Tisch, der ihm das Gefühl von Sicherheit gab, zündelte er mit dem alten Holz zerbrochener Stühle, die er in einer Ecke gefunden hatte, um ein Lagerfeuer zu entfachen. Als es ihm endlich gelungen war, setzte er sich daran nieder und durchforstete sein Hab und Gut.

Ein Problem war gelöst. Nun ging es um weitere essentielle Dinge. Die Hoffnung, in dem Gemäuer Wasser zu finden, war nicht besonders groß. Aber auch die Wesen des Urbösen hatten trinken müssen. So raffte sich der Kopfgeldjäger für die Suche nach einem Brunnen erneut auf, in dem Glauben, auf dem Hof fündig zu werden. Sicherlich war er ihm zuvor nur entgangen. Tatsächlich entdeckte er am Rande der zweiten Ebene einen steinernen Schacht. Zu seiner Überraschung hing sogar ein Eimer an einem Seil über dem Brunnengestell. Das Konstrukt wirkte zwar nicht sonderlich vertrauenswürdig, dennoch ergriff er ihn und blickte in die Tiefe. An der Stelle, an der sich eigentlich die Bodenplatte hätte befinden müssen, prangte ein riesiges Loch. So ließ er den morschen Eimer hinab. Wenn er damit schon kein Wasser würde schöpfen können, dann wollte er wenigstens wissen, wie tief dieser Brunnen war.

Geräuschlos glitt das Seil mit dem Eimer hinab, ganz so, als wäre es nicht über die Jahrtausende hinweg vernachlässigt worden. Es dauerte geraume Zeit, bis der Eimer den Grund des Brunnens erreichte. Sein Auftreffen auf der Wasseroberfläche war deutlich zu vernehmen. Der Brunnen führte noch Wasser. Kuno Kopfgeldjäger war erleichtert. Tief atmete er durch und murmelte: »Wasser! Dem Zeloo sei Dank.«

»Du willst wirklich dieses Wasser trinken, Memme?«, sprach die herrschsüchtige Stimme mit einem schallenden Lachen. Es schmerzte so sehr, dass der Kopfgeldjäger die Hände an seine Schläfen presste. Sofort schoss wieder das Blut in seine Ohren und das Brennen war wieder da. Er biss sich auf die Lippen und fluchte innerlich, aber diesmal ignorierte die Stimme ihn. Hatte er sich nicht gerade noch wie der Kopfgeldjäger gefühlt? Hatte er nicht geglaubt, die Kontrolle über sich und die Stimmen zurückerlangt zu haben?

»Memme, du bist so selten dämlich. Meinst du, du kannst uns durch einen einfachen Schrei und etwas Kotzen besiegen? Niemals. Einfältiger Versager. Wie konnte sie dich nur lieben?«

»Halt die Fresse!«, schrie der Kopfgeldjäger und besann sich selbst: ›Jetzt nur nicht den Verstand verlieren. Du musst die Stimmen besiegen.‹

»Ach, mein Kuno, wir sind für dich da. Niemand sonst ist für dich da. Wir achten auf dich.«

»Nein, er ist für nichts zu gebrauchen. Einfaltspinsel. Er nennt sich Kopfgeldjäger und sieht nicht mal die Gefahr. Ohne uns wäre er ein Nichts, ein Niemand. Schau dich um, Memme. Schau dich um. Und sieh.«

Der Kopfgeldjäger tat wie ihm geheißen, doch er sah es nicht.

»Es ist unfassbar! Die Hure hat dir echt das kleine bisschen Verstand herausgevögelt. Du hast alles verlernt. Mach deine verdammten Augen auf. Wie viele Leichen siehst du im Hof?«

Langsam dämmerte es dem Kopfgeldjäger, worauf ihn seine herrschsüchtige Stimme aufmerksam machen wollte. Dennoch schlugen in solchen Momenten zwei Herzen in seiner Brust. Eine, die diese Stimmen vernichten wollte, und eine, die ihnen zu Dank verpflichtet war, da sie ihn immer und immer wieder in solchen Situationen gerettet hatten.

»Ich danke dir«, sprach Kuno kleinlaut.

Die Stimmen gewannen wieder an Macht.

»Pah! Dank von der Memme, als ob ich das nötig hätte. Hättest du von dem Wasser getrunken, würde ich womöglich nicht unsere Rache erleben und auch nicht deine wilden, unbändigen Taten, die von deiner Wut und deinem Zorn durchzogen sind … Nur dafür bin ich hier, um dir zuzusehen, wie du deine Wut und deinen Zorn auslebst, ihn genießt und dieses Drecksvieh, was dir alles genommen hat, vernichtest. Ich will dieses Ereignis nicht verpassen«, lachte die eine höhnisch.

Der Gedanke, den die gewissenlose Stimme mit ihm teilte, empfand der Kopfgeldjäger nicht als sonderlich angenehm, denn es stellte Ansprüche an ihn. Wer wusste schon, was für ein Spielchen seine monströse Stimme mit ihm spielte. Vertrauen wollte er ihr nicht, aber im Moment blieb ihm nichts anderes übrig. Schließlich konnten sie jeden Gedanken, den er dachte, hören. Er war ihnen ausgeliefert und wusste nicht, welche perfiden Ideen sie verfolgten. Langsam begriff er, dass sie ihn steuerten. Nicht er lebte seine Wut aus, sondern seine Stimmen kontrollierten sie, seinen Zorn und seinen Hass. Er war ein Gefangener seiner selbst. Er musste lernen, die Gewalt über sich zurückzugewinnen. Vernunft könnte ein Mittel gegen die Stimmen sein, aber wie sollte er die Vernunft ausleben?

»Außerdem«, war die gewissenlose Stimme erneut zu vernehmen, *»hätte ich genauso skrupellos gehandelt und alle Leichen in den Brunnen geworfen, um ihn zu vergiften. So ist diese Festung nie wieder von Nutzen, selbst wenn sie seit über Tausenden von Jahren im Tiefschlaf gelegen hat. Der Brunnen wird sich nie erholen. Der Zeloo war weise, aber dennoch kein besseres Wesen als seine Feinde. Vielleicht ist das der Grund, warum er so ein waches Auge auf dich hat, Memme. Er ist genauso gnadenlos, wie wir es sind. Es ist gar ein romantischer Gedanke …«*, die Stimme lachte zynisch. *»Der Zeloo besitzt genau die gleichen Schwächen wie der Mensch. Schließlich hat er uns nach seinem Abbild erschaffen. Oida beging einen Fehler, als sie dem Wunsch des Zeloo nachkam und den Menschen hier Asyl*

gewehrte. Die Menschen vernichten diese Welt.« Das Lachen ebbte nicht ab.

Das Blut gefror ihm bei diesem Gedanken in den Adern und die Hände des Kopfgeldjägers klammerten sich immer härter um das Seil des Brunnens. Stimmte das, dann wäre es nur logisch, dass das Urböse existierte. Der Zeloo selbst hätte es erschaffen, da auch er nicht durch und durch gut gewesen war, als er die fünf Welten erbaute. Ein trauriger, aber logischer Gedanke.

»Konzentriere dich auf deine Aufgabe, mein Kuno, und lass dich nicht auf philosophische Diskussionen mit ihr ein«, sprach die mütterliche Stimme. *»Sie treibt dir nur jegliche Moral aus.«*

Kuno lächelte gezwungen. Der Kloß im Hals schnürte ihm die Luft ab. Die mütterliche Stimme hatte recht. Dennoch musste er der herrschsüchtigen Stimme dankbar sein. Kaum zu glauben, dass er nicht die Möglichkeit bedacht hatte, dass der Brunnen verseucht sein könnte. Er zog den Eimer aus dem Wasser.

»Sei weise, mein Kuno. Es hat geregnet, es gibt bestimmt einen Ort, wo sich der Regen gesammelt hat«, sprach die mütterliche Stimme.

»Regenwasser«, entfuhr es ihm. Warum war er nicht selbst darauf gekommen? Das wäre seine Rettung und beim Aufstieg hatte es ja tatsächlich geregnet. Irgendwo in der Ruine musste sich Regenwasser angesammelt haben. Es gab niemanden, der sich um die Gemäuer kümmerte, so gab es sicherlich einen Weg, über den das Wasser ins Innere der Festung fand.

Kurz flackerte die Erinnerung an einen längst vergessenen Auftrag auf. Es waren seit ihm ein paar Jahre vergangen. In einer verlassenen Ruinenstadt am Rande der Unweiten der Helgard-Wiesen hatte er eine Räuberbande aufgescheucht. Sein Auftraggeber war der Patriarch der Stadt Helgard gewesen. Er liebte diese Stadt – diesen Hort der Sünde, der Exzesse und verkorkster Existenzen. Der Kopfgeldjäger war nur wenige Stunden auf der Ebene unterwegs gewesen. Dennoch hatte er, aufgrund eines ordentlichen Katers, sein Wasser viel zu schnell aufgebraucht.

Rasch hatte Azig die Fährte der Räuberbande entdeckt und war ihr gefolgt – bis in diese Ruine. Um seinen Durst zu stillen, war er, auf Anraten seiner Stimmen hin, einfach in das Lager der Bande geritten, hatte seinen Kopf in einen steinernen Pferdetrog gestürzt und das dort gesammelte Regenwasser getrunken. Die Bande war über sein Auftauchen vollkommen überrascht gewesen. Zwanzig Minuten später hatte er alle gefesselt, seinen Wasserschlauch gefüllt und befand sich auf dem Rückweg.

Seine beiden Stimmen waren durchaus nicht nur boshaft, sondern weitaus hilfreicher, als er es zugeben wollte und konnte.

Bevor sich der Kopfgeldjäger jedoch für weitere Nachforschungen in der Ruine entschied, begann er jede Ecke des Hofes zu inspizieren – auf der Suche nach dem Ort, an dem das Monster, das sogenannte Gitrog, lebte.

KAPITEL 15:
DER INNENHOF

Um auf die dritte Ebene zu gelangen, musste Kuno eine lange und steile Treppe erklimmen, die offensichtlich für zwei Skorden nebeneinander gedacht war.

Grundlos begann der Kopfgeldjäger zu murmeln. Ihn selbst überraschte nicht die Art, wie er sprach, sondern der Inhalt seiner Worte. Er konnte sich nicht erinnern, sie jemals gehört, sie sich jemals gemerkt zu haben. Es war eine Passage aus dem zweiten Buch des ›Zeitalters des Lichts‹, dem heiligen Buch der Geschichte dieser Welt, die über seine Lippen kam:

»›Einst war diese Welt ein Hort des Guten, ein Platz des Lebens und ein Zentrum des friedlichen Miteinanders. Doch die Finsternis überfiel die Welt und erst der Zeloo, der Schöpfer, der Weltenbauer, konnte die Völker dieser Welt im Kampf gegen das Urböse wieder vereinen. Am Ende der Urzeitenwende geschah es, als der Zeloo gemeinsam mit ihnen die Schlacht gegen das Urböse – die Unforhtal – führte und siegte.‹«

Als er die letzte Stufe erklommen hatte, endete sein Murmeln. Er drehte sich um und blickte über die beiden anderen Hofebenen. Über der Tür des Gebäudes am westlichen Ende der Festung prangte das Wappen der Unforhtal. Ein einfaches schwarzes Wappen mit drei schwarzen waagerechten Balken – dem Zeichen dafür, dass die drei Abtrünnigen gleichberechtigt waren. Er erschauderte und schnell wandte er sich ab.

Von hieraus konnte er sich einen Überblick über die Festungsruine verschaffen. Er suchte nach einer Möglichkeit, das Gitrog zu überraschen und es in eine Falle zu locken. Sein Blick wanderte über den dreiteiligen Aufbau. Erst hier fiel ihm auf, dass nur die Mauer scheinbar aus einem einzigen Stück Stein bestand. Es schien, als sei sie aus dem Berg erwachsen. Alle anderen Festungsgebäude bestanden aus einzelnen, verputzten Steinelementen. Jede

Ebene für sich diente als Verteidigungsstandort. Auf der untersten Ebene lag neben dem Gebäude mit den Verliesen ein großer Kuppelbau. Die Eingangstüren dieses Gebäudes waren aus den Angeln gesprengt worden und das geborstene Holz lag überall auf der untersten Ebene verteilt.

»Es gibt also wirklich eine Möglichkeit, diese Steine zu zerstören«, schöpfte der Kopfgeldjäger Mut. Er musste die Augen aufhalten. Vielleicht gab es etwas in diesem Gebäude, was ihm helfen würde. Auf allen Ebenen entdeckte Kuno Kampfspuren, Krallenspuren und andere Beschädigungen. Auf der untersten musste der Kampf am heftigsten getobt haben, denn dort waren die meisten Gefechtsspuren zu sehen.

Die zweite Ebene besaß eine große freie Fläche. Hier hatten sich wahrscheinlich einst die Soldaten des Urbösen versammelt. Die vier Ecktürme dieses Platzes, waren bis auf einen vollkommen zerstört. Sie waren ausgebrannt, doch was die Türme letztendlich hatte einstürzen lassen, konnte der Kopfgeldjäger nicht nachvollziehen. Es standen nur noch die Grundmauern, beziehungsweise nur noch ein Teil der Türme, die bis zur Höhe der Außenmauer reichten. Das erklärte auch den Stein, den er auf der anderen Seite der Mauer gefunden hatte. Er war bei der Explosion im Turm von der Mauer geschleudert worden. Ein Großteil der riesigen schwarzen Trümmer lag allerdings im Innenhof oder war wohl durch den Druck der Explosion weit von der Ruine fortgeschleudert worden, bis an die Hänge des Kurda.

Riesige Grasbüschel hatten sich zwischen den Fugen der Steinplatten und Steintrümmer gebildet. Die Natur eroberte sich nur langsam die Ruine zurück.

Die zweite Ebene besaß nach Süden hin ein Gebäude und in diesem Gebäude hatte sich Kuno eingenistet. Die beiden Flure und Treppenaufgänge würde er am Nachmittag erforschen. Der Raum war wohl mehr als nur ein Speisesaal, denn er erkannte, dass dieses Gebäude drei Stockwerke besaß, die die gesamte nördliche Seite einnahmen.

Die dritte Ebene, auf der er stand, lag deutlich höher als alle anderen. Über die Treppe führte eine durch einen Bogen gezogene Verbindung zweier Türme. In der Mitte der dritten Ebene musste einst ein Thron gestanden haben, da sich dort noch immer erhöht eine Art steinerne Sitzgelegenheit befand. Hinter ihr ragte eine massige Turmruine in die Höhe. Diese war breiter als alle anderen Türme der Festung und musste einst sehr hoch in den Himmel geragt haben. Kuno blickte sich um und erkannte, dass der Turm östlich weggebrochen und zum Teil auf die dritte Ebene gestürzt war, aber auch den Hang hinab in die Tiefe.

Im nördlichen Teil des Plateaus fand er eine verschlossene schwere, steinerne Tür, eingelassen in ein weiteres Gebäude. Über ihr sah er einen alten Schriftzug in den Stein gemeißelt. Der Kopfgeldjäger hatte keine Ahnung, was dort stand. Er konnte diese Schrift nicht entziffern, ahnte aber, dass es nichts Gutes bedeuten konnte. Womöglich waren es Worte in jener ›Alten Sprache‹, der Kuno lediglich rudimentär kundig war und die nur noch wenige Wesen in Wort und Schrift beherrschten. Allerdings wollte er unabhängig davon wissen, was sich hinter der Steinpforte verbarg. Er stemmte sich mit all seiner Kraft dagegen. Es schien, als stemme sich die Tür gegen den Versuch. Er hatte das Gefühl, als würde sich die Tür wehren, geöffnet zu werden. Doch die Neugierde vom Kopfgeldjäger war entfacht.

»*Na komm, du Memme, wird Zeit, dass du diese Tür öffnest. Das kann doch nicht so schwer sein!*«, erschallte die moralisch degenerierte Stimme in seinem Kopf. Kunos Kräfte ließen schlagartig nach und er sank auf den Boden.

»Geht einfach! Verlasst mich! Und lasst mich das hier alleine erledigen.«

»*Schon wieder vergessen, Memme? Wir sind aneinander gebunden, bei Tag als auch bei Nacht*«, lachte die Stimme. »*Jeder Versuch, uns loszuwerden, wird scheitern, wenn du nicht glücklich wirst.*«

»Wie soll ich mit euch denn glücklich werden?«

»*Du warst es, mein Kuno*«, sprach die gewissenhafte Stimme. »*Doch dieses Glück wurde dir genommen, deswegen sind wir hier.*«

»*Und nun reiß dich zusammen und drück diese verdammte Scheißtür auf. Öffne sie uns.*«

»Verlasst meinen Kopf.«

»*Erst dann, wenn du so weit bist, Memme. Und nun heul nicht rum, sondern öffne uns gefälligst diese Tür.*«

»Lass ihn. Er ist erschöpft. Er muss seine Kräfte sparen und etwas Richtiges essen. Seit Tagen hat er sich nur von matschigen Äpfeln und zerkrümelten Keksen ernährt und wenig Schlag gehabt. Nicht wahr, mein Kuno?«

»Dass du ihn verteidigst und Mitleid für ihn empfindest, war mal wieder klar«, höhnte die gewissenlose Stimme. *»Anstatt ihn mal ordentlich an die Kandare zu nehmen, verhätschelst du dieses Weichei einfach zu sehr. Sieh dir an, was aus ihm geworden ist.«*

Kuno richtete sich auf und versuchte die Diskussion seiner beiden Stimmen zu ignorieren und von sich zu schütteln. Es war nicht möglich. Mit seinen letzten Kraftreserven stemmte er sich gegen die Tür. Doch sie bewegte sich keinen Spalt. Wieder rutschte er zu Boden. Er würde einen Weg finden, diese Tür zu öffnen, aber jetzt war nicht der Zeitpunkt dafür.

Nach einem kurzen Moment stand er auf, während er das Lachen der gewissenlosen Stimme, welches in seinem Kopf widerhallte, zu ignorieren versuchte. Es gelang ihm nicht. Wut stieg in ihm empor. Wut, die nicht von seinen Stimmen ausging, sondern seiner Machtlosigkeit entsprang. Dieses Gefühl erinnerte ihn an das erste Zusammentreffen mit dem Gitrog. Auch da war er so hilflos gewesen. Er sank auf die Knie und schrie seine Wut heraus. Es befreite ihn wieder für einen kurzen Moment.

Dann richtete sich der Kopfgeldjäger auf und lenkte seinen Blick etwas anderem zu: dem Thron. Ganz genau begutachtete er ihn. Er war auf einer Skulptur errichtet worden, die zeigte, wie die Unforhtal die Welt unterjochten und den letzten Menschen von der Welt tilgten. Der Anblick ließ ihn erschaudern. Der Thron war nicht mehr vollständig. Eine dieser Kugeln war dort eingeschlagen und hatte Teile des Throns vernichtet. Zu seiner Überraschung war das Gestein nicht geborsten, sondern wirkte, als hätte die Kugel einen glatten Kreis aus dem Gestein geschnitten. Es faszinierte ihn. Zuerst wollte er hinaufsteigen, entschied sich dann jedoch dagegen. Nicht aus Angst, sondern aus Respekt. Er war nur ein einfacher Mann und sollte sich nicht in die Nähe des Weltenerbauer-Throns wagen, ihn schon gar nicht besteigen. Er war ein heruntergekommener und verzweifelter Kopfgeldjäger, der nur auf seine niederen Bedürfnisse sann. Er besaß kein Recht, hinaufzugehen und sich auf den Thron zu setzen, aber … vielleicht würde er doch hinaufsteigen, nur um die Kugel zu begutachten … »Aber nicht jetzt! Später!«, murmelte er.

Irgendeine Bedeutung mussten diese Kugeln haben. Sie schienen beim Angriff auf diese Festung eine bedeutende Rolle gespielt zu haben, sonst würden vor und in der Festungsruine nicht so viele von ihnen liegen. Aber welche?

Für einen kurzen Moment vernahm er die gewissenlose Stimme, doch aus irgendeinem Grund konnte er sie ausblenden, vielleicht, weil er zu vertieft in seine eigenen Gedanken war und sich auf etwas gänzlich anderes konzentrierte. Sie verstummte in den Tiefen seines Kopfes.

Von der dritten Ebene wandte sich der Kopfgeldjäger nun ab, um sich nochmals der zweiten zu widmen. Irgendwo musste das Monster hausen, welches er erlegen wollte. Vom Brunnen aus stieg er weiter über die drei Treppenstufen hinunter in den ersten Bereich, auf der Suche nach dem Gitrog. Wo hatte es sich nur verkrochen … Wenn er eine Möglichkeit fände, die Bestie direkt in ihrem Lager zu stellen, wäre der Überraschungseffekt auf seiner Seite und das Vieh hätte keine Chance.

In dem Bereich des Verlieses, durch welchen er direkt in den Innenhof gelangt war, begann er seine Suche. Es dauerte nicht lange, bis er hinter dichtem Gestrüpp sowie einigen Geröll- und Mauersteinen ein zehn Schritt breites und langes Loch entdeckte, welches direkt am Fuß des fast intakten Turmes der Ruine lag. Ein Schacht, dessen Tiefe der Kopfgeldjäger nur schätzen konnte, bohrte sich senkrecht in den Berg.

Vorsichtig blickte er über die Kante, erkannte aber nichts als reine Finsternis. War dies ein Schacht zu den Unforhtal, dem Urbösen? Das überstieg die Vorstellungskraft des Kopfgeldjägers.

Gewissenhaft inspizierte er das Loch im Boden und musste sich eingestehen, dass es noch keine Möglichkeit gab, das Gitrog an dieser Stelle zu überlisten, so dass er sich erst einmal davon abwandte. Ihm würde schon noch etwas einfallen.

Ein paar restliche Kekskrümel als Abendbrot mussten reichen, denn das Trockenfleisch wollte er sich aufbewahren. Wer wusste schon, wofür es noch gut war. Der Kopfgeldjäger hatte sich, so gut es eben ging, eingerichtet. Entspannt lehnte er sich mit dem Rücken gegen eines der Tischbeine. Das kleine Lagerfeuer erhellte den Raum. Im Lichtschein entdeckte er einen Flur, der von hier aus wegführte, zwei gegenüberliegende Wendeltreppen sowie weitere zerschlagene Möbelstücke. Auch hier musste ein Kampf getobt haben.

Mit Absicht hatte er die Tür einen Spaltbreit offen gelassen. Nur so weit, dass sein Feuer kein nachtaktives Wesen anlocken würde, er sich aber trotzdem nicht eingesperrt fühlte und den Innenhof beobachten konnte.

Hier irgendwo in diesen Gemäuern hauste das Monster. Morgen würde die Jagd beginnen und in spätestens zwei Tagen würde er das Urvieh vernichtet haben, den Rückweg antreten. Die unbekannte Stimme, die ihn hierhergebracht hatte, wollte er an diesem Ort einfach nur zurücklassen und schnellstmöglich vergessen. Dann würde er sich ein neues Leben irgendwo auf dieser Welt aufbauen, vielleicht selbst Kopfgeldjäger ausbilden oder nach Wynland gehen, dorthin, wo ihn niemand kannte.

»Kümmere dich erst mal um das hier, bevor du Pläne machst, mein Kuno«, gab ihm die mütterliche Stimme einen Rat. Irgendwie hatte sie es geschafft, sich wieder nach vorne zu kämpfen. *»Wer weiß, was hier noch alles geschieht?«*

Kuno ignorierte sie. Sein erster Impuls war, darauf einzugehen, aber er unterdrückte ihn und spürte, wie ganz leicht seine Ohren wieder zu glühen begannen. Sonst war er vollständig ruhig. Sein Blick weilte auf dem Spalt in der Tür. Er dachte über all das Bisherige nach und ohne, dass er es bewusst tun wollte, fragte er: »Was rätst du mir?«

»Überlebe die Nacht! Dann blicke nach vorn, wie du dieses Untier vernichten kannst. Ist die Bestie tot, so gehe nach dort, wohin der Wind dich trägt.«

»Recht hat sie, Memme«, wurde sie von der gewissenlosen Stimme unterstützt.

»Dann sei es so!« Mit dem Gedanken konnte er sich anfreunden. Es fiel ihm überraschend leicht, diesen Ratschlag zu akzeptieren. Ganz tief in sich fühlte er etwas. Etwas, das er noch nie zuvor gespürt hatte. Es war Akzeptanz. Nicht den Stimmen gegenüber, sondern bezüglich dem, wie das Ganze ausgehen würde. Ein Teil seiner Seele teilte ihm mehr als deutlich mit, dass er in dieser Ruine sterben sollte.

Bis spät in die Nacht hinein beobachtete der Kopfgeldjäger den Hof. Tief in seinem Inneren hörte er die Stimmen sich streiten, doch konnte er sie ausblenden. Es war ein Moment, in dem er seines Freundes gedenken konnte: Azig. Er vermisste seinen treuen Weggefährten. Wie oft hatte ihm der Bauernrächer in den letzten fünf Jahren das Leben gerettet? Unzählige Male waren es nicht gewesen, aber doch hatte er ihn immer wieder vor Gefahren gewarnt. Auch wenn es in dem letzten Jahr ruhiger geworden war, dank seiner Gunda, war Azig immer dagewesen. Verstohlen wischte er sich eine Träne aus den Augen.

»*Memme, du zeigst Schwäche. Hör auf zu heulen! Ertrag es wie ein Mann. Es ist peinlich*«, verhöhnte ihn die herrschsüchtige Stimme.

»*Er erinnert sich nicht mal mehr daran, wann er das letzte Mal geweint hat, nicht wahr, mein Kuno?*«

Der Kopfgeldjäger ließ sich nicht provozieren, sondern ignorierte sie.

Azig würde, wie sie, eine riesige Lücke in seinem Leben hinterlassen. Es gab niemanden mehr, der sich um ihn scherte. Es war in irgendeiner Form auch erleichternd, dass es so war, denn nun musste er keine Rücksicht mehr auf sich oder andere nehmen; konnte ohne schlechtes Gewissen das Monster jagen und töten. Er würde beenden, was das Monster begonnen hatte. Auf der anderen Seite war der Kopfgeldjäger tief erschüttert darüber, dass ihm die Einsamkeit so schwerfiel. Er war immer ein Einzelgänger gewesen, bis Azig in seinem Leben aufgetaucht war und dann sie … Jetzt war er wieder alleine und er ertrug es nicht.

Die Festungsruine war kein Ort, an dem der Kopfgeldjäger länger als nötig verweilen wollte, entschied er. Denn selbst unter Tageslicht wirkte die Festungsruine nicht besonders einladend. Sie unterschied sich in nichts von den verlassenen Ruinen der Menschen oder anderen Bauten dieser Welt, dennoch wirkte sie bedrückender als alles, was er zuvor gesehen hatte. Jeder Winkel stank nach altem Blut, verbrannter Erde, abgestandenem Rauch, Verwesung und Tod.

KAPITEL 16:
LANGE NACHT

Das Feuer war runtergebrannt. Nur noch die Glut glomm im Steinkreis vor sich hin. Es war dunkel – gar fast wieder so finster, wie in dem Steinverlies der Ruine oder der Höhle, in der er verschüttet worden war. Die Augen wurden dem Kopfgeldjäger schwer. Kurz bevor er einschlief, schreckte er von einem ohrenbetäubenden Gekrächze hoch. Sofort war er hellwach, presste sich die Hände auf die Ohren und ließ sich zu Boden fallen. So lag er da und blickte durch den Türspalt. Das Geräusch von Flügelschlägen erklang. Und sofort wusste er, wer es war: das Gitrog. Es kreischte erneut. Der Flügelschlag war deutlich zu hören. An den Türspalt schlich sich der Kopfgeldjäger heran und blickte in die Dunkelheit der Nacht.

Da war das Ungetüm. Sein Kopf mit den riesigen Ohren, dem Maul mit den vielen kleinen Reißzähnen, der riesige, schlangenartige Hals, die weiten schwarzen Flügel und der massige Körper mit dem schweren Panzer waren unverkennbar. Es war ein Geschöpf der Finsternis, ein Geschöpf des Urbösen. Ein Schaudern lief über seinen Rücken hinab.

Der Kopfgeldjäger beobachtete das Wesen in aller Ruhe. Es bemerkte ihn nicht. Der Kopfgeldjäger suchte das Geschöpf nach einer Schwachstelle ab, doch konnte er nichts ausmachen. Nur die lidlosen Augen schienen eine Möglichkeit zu sein, das Untier zu töten. Er musste mit dem Bolzen direkt in eines davon zielen, und der genau in dem Moment explodieren, wenn er das Auge durchdrang. Eine andere Chance gab es nicht. Dem Kopfgeldjäger schoss ein Plan durch den Kopf, wie ihm das gelingen konnte. Er wollte einen Netzbolzen über das Vieh schießen, ganz so, wie er es bei Menschen tat, die vor ihm flüchteten, wenn sie unversehrt zum Auftraggeber gebracht werden sollten. Das Monster würde sich verheddern und stürzen. Am Boden plante er, ihm einen weiteren Bolzen ins Gesicht zu jagen, um es zu vernichten. Der Plan bedeutete kein leichtes Unterfangen, besonders weil er mit dem Verlust von Azig nicht nur seinen Gefährten verloren hatte, sondern auch viele andere Utensilien, die er nun dringend gebraucht hätte. Er musste einen Weg finden, seinen Netzbolzen zu ersetzen.

Plötzlich öffnete das Gitrog seine Flügel und der Kopfgeldjäger erschrak bei dem Anblick der schieren Spannweite. Der Duft von Tod und Verwesung breitete sich rasend schnell aus. Kuno würgte, riss sich aber zusammen. Er hatte vergessen, dass es derartig riesig war. Dann hob es mit wenigen Flügelschlägen ab und schwang sich in den Nachthimmel. Er konnte nur hinterher blicken.

Stille erfüllte die Ruine. Bis ein Geräusch, welches ihm Hoffnung vermittelte, erklang: das unaufhörliche Zubodenfallen von Wassertropfen auf nassen Stein. Das bedeutete frisches Wasser. Er musste es irgendwo einsammeln. Morgen würde er sich auf die Suche machen und es finden. Doch nun musste er sich ausruhen, legte sich wieder hin.

Ab und an hörte er das Knarren und Quietschen von Türen, die vom Wind, der in den Gängen wohnte, bewegt wurden. Sonst herrschte in der Finsternis der Ruine nur die Stille. Der Kopfgeldjäger schlief irgendwann wieder ein, bis ein erneutes Geräusch ihn weckte.

Seine Augen riss er weit auf und starrte in die Dunkelheit der Nacht. Die Glut des Lagerfeuers strahlte noch etwas Wärme und Licht ab. Kam das Gitrog zurück?

Seine Ohren fingen leicht an zu glühen. Er unterdrückte sein Husten, um in die Nacht zu lauschen. Es war schmerzhaft. Der Speichel sammelte sich in seinem Mund und seine Lunge verlangte danach, auszuhusten. Seiner Selbstbeherrschung war es zu verdanken, dass er es nicht lautstark tat.

Sein Ohrenglühen wuchs mit jedem Ausatmen und schmerzte unaufhörlich, doch diesmal trat dieses Symptom ohne die Wut auf. Da war keine in ihm. Er wollte nur schlafen. Diese Mischung von Husten und Ohrenglühen kannte er aus einer längst vergangenen Zeit. Eine Zeit vor ihr.

Er spuckte seinen Speichel auf den steinernen Boden. Es klatschte. Dann half ihm auch die Selbstbeherrschung nicht mehr. Der Husten brach unkontrolliert aus ihm heraus. Dennoch versuchte sich der Kopfgeldjäger zu beherrschen. Er presste erneut die Lippen aufeinander, doch die Kraft der Lunge war stärker als sein Willen. So hustete er weiter laut in den Raum, der den Laut wieder zu ihm zurückwarf.

Nur schwerlich beruhigte sich Kuno Kopfgeldjäger. Immer wieder wischte er den Speichel an seinem Ärmel ab, spuckte ihn aus. Sein Atem ging schnell, laut und abgehackt. Wie lange hatte er diese Mischung aus Husten und Ohrenglühen nicht mehr gehabt – er überlegte: »Seit …«

Er strich den Gedanken aus seinem Kopf und konzentrierte sich darauf, zur Ruhe zu kommen. Die Schmerzen wurden stärker und er biss sich auf die Unterlippe. In seinem Mund machte sich ein eisenhaltiger Geschmack breit. Er kam nicht von dem Blut seiner Unterlippe, sondern aus seiner Lunge. So heftig hatte er gehustet. Oft war es so, wenn der Husten ihn überfiel, erinnerte er sich.

Schlapp, kraftlos und müde fühlte sich der Kopfgeldjäger nun. Sein Atem ging wieder langsamer und auch das Glühen aus den Ohren war verschwunden.

»Was hat mich geweckt?«, fragte er sich und lauschte in die Stille der Nacht. Endlich hatte er mal wieder einen traumlosen Schlaf gehabt.

Doch war es Einbildung? Nein, er glaubte sich absolut sicher, auch jetzt wieder etwas gehört zu haben, ein undefinierbares Geräusch. Der Blick in die Dunkelheit der Nacht half nicht, ließ ihn nichts erkennen. Nur die dunkelrote Glut seiner Lagerstätte strahlte etwas Helligkeit ab. »Nur nicht bewegen, alter Kopfgeldjäger«, forderte er von sich Disziplin. »Lausche in die Dunkelheit.«

War es das Gitrog? Nein, dafür war es zu leise. Kuno stand vorsichtig auf und griff seinen Dolch aus dem Gürtel. Leise hustete der Kopfgeldjäger. Er wischte sich den Speichel vom Mund. Er schmeckte Blut. Tief atmete er durch, um Kraft zu schöpfen, aber seine Ohren meldeten sich sofort erneut.

Fest umklammerte der Kopfgeldjäger den Griff seiner Waffe, bis seine Finger weiß anliefen, legte seinen ganzen Schmerz hinein. Er schloss seine Augen und zwang ihn, zu verschwinden.

Ganz gelang es ihm nicht. Ein Teil des Schmerzes blieb und das machte ihn wütend. Wieso war er so?

Mit geschlossenen Augen spürte er das Etwas, fühlte, was da war. Es befand sich auf dem Innenhof. Irgendetwas Großes schritt schnell über ihn hinweg. Der Kopfgeldjäger ging zur Tür. Kampflos würde er sich nicht ergeben. Schwankend stand er auf seinen Beinen, sein Herz schlug ihm bis zum Hals: *Bubumm, Bubumm, Bubumm!* Es übertönte fast jedes Geräusch in seiner Nähe. Panik stieg in ihm auf – das Gefühl, nicht in der Lage zu sein, sich wehren zu können, gegen das, was auch immer auf ihn zukam. Er konnte sich nicht beruhigen, obwohl er sich dazu zwang. Wovor hatte er Angst?

Angespannt atmete er und sein Husten verschwand. Sein ganzer Körper ging in den Überlebensmodus über. Die Schmerzen taten es dem Husten gleich. Eine Schweißperle tropfte von seiner Nasenspitze auf den steinernen Boden. Der Aufprall des Tropfens zerriss die Stille des Raumes.

Kuno erreichte die Tür. Er blickte hinaus und erkannte nichts. Er hatte eindeutig etwas gehört, starrte in die Finsternis des Innenhofes. Nichts erklärte die Geräusche. Doch wurden sie immer lauter, immer fragwürdiger klangen sie. Nichts war so eindeutig wie die Finsternis dieser Nacht. Die Schmerzen in seinen Ohren kamen schlagartig zurück. Kuno verkrampfte sich und hustete. Der Gegner würde nun wissen, dass er wach war und dass er vor allem in der Türe stand. Der Schmerz war kaum auszuhalten. Der Kopfgeldjäger sank vor Schmerzen auf die Knie. Jetzt war er nur noch ein Opfer, kein Gegner. In diesem Zustand wäre es ein Leichtes, ihn zu besiegen. Sein Dolch glitt ihm aus der Hand. Machtlos fühlte sich der Kopfgeldjäger. Nichts konnte er tun. Nichts ergab einen Sinn.

Der Kopfgeldjäger massierte seine Schläfen, hoffend, es helfe gegen den stechenden Schmerz. Er blieb. Der Biss auf die Lippe – ein hilfloser Versuch, dem Schmerz eine neue Quelle zu geben. Er schmeckte frisches Blut. Die Lippe war unter dem Druck seiner Vorderzähne aufgeplatzt. Kuno sank mit einer Hand auf den Boden. Egal, was nun auf ihn zukommen würde, diese erbärmliche Lage lieferte ihn vollkommen aus.

Der Kopfgeldjäger schrie, konnte den Schmerz nicht mehr ignorieren. Dieser Schrei entspannte seinen Körper und für den Bruchteil einer Sekunde empfand er das Stechen nicht mehr. Umso stärker kehrte es sofort zurück.

Hochblickend traute er seinen Augen nicht. »Was, in Zeloos Namen, geht hier vor?«, presste er heraus.

Sich mit der einen Hand abstützend, wischte sich der Kopfgeldjäger mit der anderen durch sein Gesicht. Durch den Türspalt auf den Hof blickend, zweifelte er alles an, was er je erlebt hatte. Er musste schlafen, träumen, das konnte nicht sein. Ein in Flammen stehender Kuno Kopfgeldjäger stand mitten auf dem Hof. Er selbst wollte etwas sagen, etwas herausschreien, aber seine Stimme versagte. Dann tauchte, wie aus dem Nichts, etwas auf, was seinen Verstand überforderte. Eine wunderschöne Dame in Weiß. Sie lief nicht über den Boden, sondern sie schwebte. Ihr weißes Kleid schmiegte sich um ihren makellosen Körper. Ihr Gesicht war eben und schön und dennoch war sie nicht greifbar. Nicht fassbar.

»Ihr wünschtet mich zu sprechen?«, sprach der in Flammen stehende Kuno sie an.

»Ich wünsche nicht – ich verlange. Merk dir das!«

»So soll es sein. Wie kann ich Euch dienen?«

Die Stimme kam dem Kopfgeldjäger bekannt vor. Doch woher …?

»Lass den Kopfgeldjäger sterben.«

»Dann sterbe ich auch.«

»Das ist unmöglich!«, schoss es dem Kopfgeldjäger durch den Kopf. »Wie kann meine herrschsüchtige Stimme meinen Körper verlassen?« Er horchte in sich hinein und vernahm nur das Gemurmel der mütterlichen Stimme. »Was geht hier vor?«, fragte sich Kuno.

»Du wirst nicht sterben, ich schenke dir einen anderen Körper.«

»Diese Macht hat nur der Zeloo!«

»Meinst du? Dieser Mensch ist nicht würdig. Er ist falsch hier. Er muss sterben. Ich kann ihn nicht gehen lassen.«

Jetzt erkannte auch der Kopfgeldjäger die Stimme. Sie war nicht mehr so zuckersüß und freundlich, sondern hart, als wüsste sie genau, wie sie zu herrschen hatte.

»Und was ist mit mir?«, fragte die herrschsüchtige Stimme.

»Was soll mit dir sein? Du bist genauso wenig würdig wie er. Er ist nur der Abschaum der Menschheit. Eine Krankheit. Du lebst in ihm, du weißt selbst, wie krank er ist. Er muss sterben!«

»Ohne ihn kann ich nicht leben. Ich lasse ihn sterben, aber ich brauche Garantien.«

»Du hast keine Forderungen zu stellen!«

»Du willst ein Geschäft mit mir machen, so gib mir, wonach es mir verlangt. Dann wirst du auch den leblosen Körper des Kopfgeldjägers bekommen. Er ist zu mehr imstande, als du glaubst.«

Der Kopfgeldjäger traute seinen Augen und Ohren nicht. Verhandelte seine herrschsüchtige Stimme etwa über seinen Tod? Er rieb sie sich, doch sah immer noch das gleiche Bild. Sein in Flammen stehendes, in tiefem Rot leuchtendes, herrschsüchtiges Ich und diese Frau in dunklem, gleißendem Weiß verhandelten miteinander. Er vergaß alles um sich herum.

»Ich brauche Garantien, dass ich weiterlebe, sonst geschieht hier gar nichts.«

»Vertraue mir!«, sprach die Dame in Weiß mit zuckersüßer Stimme. Es schien, als wickele sie seine herrschsüchtige Stimme damit ein.

»Dir vertrauen? Pah, wie käme ich denn dazu. Wenn der Kopfgeldjäger erst tot ist, bin ich verloren. Mein Zustand ist nicht dafür gemacht, in einem toten Körper zu überleben. Ich müsste mir immer wieder einen neuen Wirt suchen, wenn der Körper beginnt zu faulen, wie es die Urbösengeister tun. So will ich nicht enden. Ich will nicht sterben und weiter Bestandteil dieses Weicheis sein. Ich habe Besseres verdient. Seit dreißig Jahren begleite ich diese Memme. Ich ertrage es nicht!«

»Du sollst deine Belohnung erhalten und ich garantiere dir, dass du einen anderen Körper erhältst, der nicht stirbt, wenn du ihn beseelst.«

»Ich vertraue dir nicht. Merke ich, dass du mich reinlegst, werde ich alles dafür tun, dass der Kopfgeldjäger nicht nur dieses verdammte Gitrog tötet, sondern auch dich.«

Da lachte die Dame in Weiß spöttisch: *»Mich töten? Mich tötet kein einfacher Mensch. Und schon gar nicht ein Kopfgeldjäger wird* *mir das Leben nehmen können, denn das kann nur ein Gott – und der hat diese Welt längst verlassen.«*

»Wir werden es sehen. Du kennst den Kopfgeldjäger und seinen Willen nicht.«

Der Kopfgeldjäger krümmte sich vor Schmerzen. Er lag auf seinem Nachtlager und war schweißgebadet. Seine Augen waren weit aufgerissen. Sofort hörte er in sich hinein und spürte beide Stimmen. Wie war er hierhergekommen?

Hinter dem Vorhang der Schmerzen vernahm der Kopfgeldjäger erneut ein Geräusch. Oder waren es einfach nur seine verdammten Schmerzen, die ihm einen Streich spielten?

Mit aller Macht und den letzten Kräften, die er mobilisieren konnte, richtete er sich auf und lauschte in die Dunkelheit. Im Mondlicht funkelte sein Dolch, er lag vor der Tür.

Der Husten setzte wieder ein und ihm wurde schwarz vor Augen. Er erbrach. Nein, Kuno erbrach nicht. Kuno kotzte sich die Seele aus dem Leib. Immer wieder sprudelte der Mageninhalt aus ihm heraus. Es war nicht mehr als etwas Magensäure gepaart mit einigen halbverdauten Kekskrümeln. Mit einer Hand versuchte der Kopfgeldjäger, Halt zu finden und mit der anderen Hand hielt er sich die Brust, in der Hoffnung, seine Schmerzen in den Ohren kontrollieren zu können. Doch dem war nicht so.

Wieder kam ein Schwall. Dieses Mal hatte er sich nicht unter Kontrolle und während er kotzte, heulte er wie ein Schlosshund. Jegliche Macht hatte er über sich und seinen Körper verloren. Immer und immer wieder quoll irgendetwas aus seinem Magen empor. Die Tränen der Verzweiflung und der Schmerzen rannen an seinen Wangen entlang.

Es dauerte, bis er sich beruhigen konnte. Sein Magen hatte sich nach außen gestülpt. Er fühlte sich hundeelend. Die Schmerzen waren zwar etwas abgeklungen, dafür brannte ihm nun die Speiseröhre, neben den Schmerzen aus der Lunge und seinem Brustkorb.

Nichts war, wie es sein sollte. Er machte sich keine Illusionen mehr. Auch wenn er morgen wieder hundertprozentig in der Lage sein würde zu kämpfen, so war er jetzt gerade nur ein Schatten seiner selbst. Nichts könnte das Gitrog aufhalten. Nicht einmal der

Zeloo persönlich würde gegen das Gitrog bestehen können, wenn er in seiner Lage gewesen wäre. Was tat er eigentlich hier? Er sollte seine Sachen packen und verschwinden. Aber wo sollte er hin? Mit all seiner noch vorhandenen Kraft krabbelte er durch die Tür. Er brauchte frische Luft. Diese würde ihm einen klaren Kopf verschaffen, den er dringend benötigte, um nachdenken zu können. Kaum war er draußen, ergriff ihn wieder eine Welle von Schmerz. Sein ganzer Körper verkrampfte. Er fluchte und schrie im Stillen. Dann hielt er es nicht mehr aus und ein lauter, befreiender Schmerzensschrei glitt erneut über seine Lippen, der am Berg widerhallte. Er schleppte sich zurück in den Raum. Er wollte nicht elendig verreckt auf dem Hof aufgefunden werden.

Der Raum war so hoch, dass ein Echo ihm seinen eigenen Schrei entgegenwarf und Kuno nicht wusste, ob er selber noch schrie oder ob es der Widerhall war, den er hörte.

»Das kann doch nur ein ganz, ganz schlechter Scherz sein«, stöhnte Kuno und erbrach sich. Er konnte nicht verstehen, woher die ganze Flüssigkeit kam, so wenig, wie er getrunken hatte. Er spuckte immer und immer wieder aus. *Bubumm, Bubumm, bubumm* hämmerte sein Herz in seiner Brust. Das Rauschen war lauter als je zuvor. Mitten vor seiner Tür.

Tränen rannen ihm über das Gesicht. Er war einsam und hilflos. Er wollte jetzt auf der Stelle sterben. Nein, er starb gerade in diesem Moment, nur so konnte sich der Tod anfühlen. Genau so und nicht anders. Alles andere verschwamm. Kuno bewegte sich nach hinten, so dass sein Kopf gegen die Wand des Raumes gelehnt war. Der Stein war kühl und tat an seinem Rücken gut. Langsam beruhigte sich sein Atem und dann er sich.

Wieder ein Geräusch. Hatte Kuno die ganze Zeit aufgrund seiner Schmerzen Halluzinationen? Es würde ihn nicht wundern. Aber warum lag sein Dolch im Eingang? Er versuchte, an ihn heranzukommen.

Hatte er ein Bellen vernommen? Aber das konnte nicht sein. Am Hang war doch kein Azig zu sehen gewesen.

Doch da hörte er es wieder. Kuno nahm alle Kraft zusammen, die er in irgendeiner Form noch in sich hatte, drehte sich zur Tür und blickte hinaus.

Finsternis, nur Finsternis. Nichts weiter als verschwommene Finsternis. Kuno tastete den Boden ab und griff dabei in seine Kotze, fand aber zumindest seinen Dolch. Er wischte ihn an seiner Hose ab und steckte ihn wieder in die Scheide am Gürtel. Kuno atmete schwer und spuckte aus.

»Soll das Ende nur kommen. Ich bin bereit«, stöhnte Kuno an die Mauer gelehnt.

»Für nichts bist du bereit, Memme. Für gar nichts. Und gestorben wird jetzt auch nicht.«

»Halts Maul!«, schrie Kuno. Wut und Zorn stiegen erneut in ihm auf. Tränen rannen über seine Wangen.

»Ach komm, Memme! Du brauchst uns, so wie das Licht und die Sonne. Wir sind so notwendig, wie du die Luft zum Atmen brauchst. Begreife es endlich. Du kannst dich nicht gegen uns wehren, wir sind dein Gewissen. Kein besonders gutes, aber wir sind hier und zeigen dir deine Schwächen. Wir zeigen dir, was du bist: Ein elendiger kleiner, geldgieriger und schmieriger Kopfgeldjäger, der wohl seinen Meister gefunden hat – so, wie du einst deinem Meister gezeigt hast, dass du ihn längst überholt hast. Viel Zeit bleibt dir wohl wirklich nicht mehr. Aber wir wollen unsere Rache und wir lassen dich nicht sterben.«

»Stimmt«, sprach die mütterliche Stimme zuckersüß. *»Wenn du stirbst, sterben wir auch. Aber zuerst musst du das Gitrog besiegen, damit du dich von deinem Zorn, deiner Wut und deinem Hass befreien kannst, dann, nur dann verlassen wir dich, mein Kuno.«*

Kuno rang unter Tränen nach Worten: »Dann nehmt mir meine Schmerzen. Ich kann nicht mehr.«

»Was du kannst und was du nichts kannst, hast du nicht zu bestimmen, Memme. Wir alleine bestimmen über dein Empfinden, aber die Schmerzen können wir dir nicht nehmen. Für die bist du allein verantwortlich.«

»Dann lasst mich, dann geht«, schrie Kuno voller Verzweiflung. »Verpisst euch endlich und lasst mich sterben.«

Die beiden Stimmen lachten auf: *»Ach Kuno, das können wir nicht. Wenn wir dich verrecken lassen, sterben wir auch, begreif das. Wir bedingen uns gegenseitig.«*

»Ich habe das begriffen, dennoch will ich …«

Wieder drehte er sich zur Tür und blickte durch den Spalt hinaus. Wieder griff er in sein eigenes Erbrochenes. Es störte Kuno nicht. Er richtete sich mit all seinen Kräften auf.

Die Stimmen waren verstummt, seine Tränen schlagartig versiegt und ein Funke der Hoffnung breitete sich in ihm aus. Angestrengt blickte er in die Finsternis der zweiten Ebene und sah etwas. Er richtete seinen Blick gen Himmel und erkannte, dass hinter den Mauern der Festung die Sonne durch den Horizont stieß und einen neuen Tag ankündigte. Das Schwarz der Nacht am Firmament wich einem dunklen Blau und hellte sich langsam immer weiter auf.

War da nicht wieder ein Bellen? War es möglich, dass Azig ihn gefunden hatte? Kuno stemmte sich auf und schleppte sich voran. Er schritt in die Mitte der zweiten Ebene und blickte in die erste herab. Sogleich stolperte er die Treppe zu ihr herunter, stürzte und fing sich mit seinen Händen ab … doch dann verließen ihn seine Kräfte. Er schlug hart mit dem Kinn auf dem Hofboden auf. Er hatte sich nicht mehr abfangen können. Das Letzte, woran sich Kuno erinnerte, war, dass etwas Haariges, Zotteliges ihm über das Gesicht leckte. Azig war zurückgekehrt.

KAPITEL 17: BÖSER TRAUM

»Was für ein schöner Abend im Anker«, sprach Gunda quietschvergnügt. »Und du, mein Held, hast zu viel getrunken!« Sie umarmte Kuno stürmisch und küsste ihn hemmungslos auf dem Mund.

Er genoss ihre Nähe. Ihre Küsse. Ihren Körper. Sie duftete unwiderstehlich. Ihr Kuss ging in eine Umarmung über. Er schnüffelte an ihrem Haar. Es roch nach Lavendel, genau wie ihr Hals. Seine Hände glitten ihre Rundungen entlang. Sie fühlte sich so zart und verletzlich an. Er wusste, dass sie es absolut nicht war. Ihre Wehrhaftigkeit hatte sie oft genug unter Beweis gestellt, wie keine andere Frau, die er zuvor kennengelernt hatte.

Gunda lachte über das gesamte Gesicht, als sie seinen Körper an dem ihren spürte, wie er sich ihm immer weiter aufdrängte und an ihn schmiegte. Sie strahlte vor Glück, Zufriedenheit und Liebe. Sie griff nach seiner Hand, umschloss sie und drückte sich mit ihren Brüsten gegen seinen Arm. Er erhaschte einen weiteren Kuss, begriff aber einfach immer noch nicht, was sie an ihm fand. Sie war schön. Sie war jung, gute zehn Jahre jünger als er. Ihr Körper war, bis auf einige kleine, unauffällige Narben, makellos. Ihren üppigen Rundungen und ihrem Lächeln konnte niemand widerstehen. Ihre strahlend blauen Augen waren umrahmt von ebenholzfarbenem Haar. Sie war intelligent, wehrhaft und einzigartig. Nichts gab es auf dieser Welt, was ihr annähernd gleichkam. Sie war perfekt und besaß keine Schwächen.

Erneut tauchten in seinem Kopf die Bilder an die Erinnerung auf, wie sie sich damals kennengelernt hatten.

Φ

Kuno hatte soeben einen neuen Auftrag erhalten – er war auf der Jagd nach einem Lutarr, der einem Händler aus Marhloz Geld schuldete.

Er war mit Azig tief in das dicht bewaldete ophelusaische Mittelgebirge eingedrungen, nur um diesen Lutarr zu stellen. Sollte er ihm ins Netz gehen, bedeutete das ein lukratives Geschäft. Kein leichtes Unterfangen, da die Lutarrer niemanden in ihren Gefilden duldeten und jeden, den sie dort unerlaubter Weise vorfanden, zum Tode verurteilten. Doch sein jahrzehntelang aufgebautes Netzwerk half ihm, sich fast überall unbemerkt in dieser Welt zu bewegen, selbst in den lutarrischen Gefilden. Es gab keine Stadt, keinen Ort und keinen Flecken Erde, wo er nicht irgendjemanden kannte oder ihm irgendjemand einen Gefallen schuldete. Gefallen waren deutlich mehr wert als Geld, denn Geld hatte er mehr als genug.

Der Händler aus Marhloz wollte ein durchtriebenes Spiel mit ihm spielen und hatte Konkurrenz losgeschickt. Das hatte Kuno aber, dank eines kostspieligen Informanten, in Marhloz in Erfahrung gebracht. Es gab nur eine Art von Wesen, die als derart käuflich galt, und das waren die kleinen widerlichen Wenag. Der Informant teilte ihm mit, dass eine geheimnisvolle Kämpferin, die seit einigen Monaten in seinem Revier wilderte, ebenfalls beauftragt worden war. Ihren Namen kannte niemand. Sie war jung, aber nicht unerfahren, woher sie ihre Fähigkeiten nahm, konnte keiner sagen. Sie war einfach aufgetaucht und hatte sich in kürzester Zeit einen guten Namen in der Kopfgeldjägergilde verschafft. Niemand wusste, wo sie lebte, noch was sie im Schilde führte. Sie war auf einmal da und sie war Konkurrenz, äußerst fähige Konkurrenz. Nicht nur er hatte das erkannt. Sie nahm weniger Geld für die gleichen Aufträge und erfüllte sie zur Zufriedenheit ihrer Auftraggeber, zuverlässig und diskret. Seine Kollegen hassten sie dafür und auf ihren Kopf war ein internes Kopfgeld ausgesetzt. Ausgesetzt von den gehörnten Kopfgeldjägern, denen sie die Aufträge genommen hatte. Es waren nicht wenige gewesen, aber das interessierte Kuno nicht. Er zollte ihr Respekt für ihr Vorgehen, aber sollte sie sich ihm in den Weg stellen, dann Gnade ihr der Zeloo, dann würde er alles tun, um das Kopfgeld abzuholen. Seine Aufträge gehörten ihm und niemand stellte sich ihm und seiner Beute in den Weg. Egal ob es ein Mann, ein anderes Wesen oder gar eine kampferprobte Dame war.

Der Händler wollte sie gegeneinander ausspielen – dieser Bastard. Es sollte ihm aber nicht schmecken, was er erhalten würde, denn seine Rechnung würde nicht aufgehen.

Sie und er trafen in einer regnerischen Nacht ohne Mond aufeinander. Sie wollten den Lutarr stellen, der es wagte, in einer solch berüchtigten mondlosen Nacht durch die ophelusaischen Lande zu wandern. Womöglich glaubte er genauso wenig an die Macht dieser Nächte wie sie beide.

Sie wussten voneinander. Sie wussten beide, dass sie dasselbe Ziel verfolgten. Es spielte keine Rolle, wer von ihnen zuerst den Auftrag erhalten hatte oder wann sie erfahren hatten, dass sie denselben Auftrag verfolgten. Das war so unwichtig wie die Tatsache, dass nach jeder mondlosen Nacht die Sonne wieder aufging. Wichtig war nur, wer das Ziel zum Händler brachte und ihn zur Rede stellte.

Sie trafen mit der Urgewalt roher Kämpfer aufeinander. Die Kampfeslust war in ihren Augen zu lesen. Es ging ums nackte Überleben. Azig hielt sich instinktiv aus dem Kampf heraus, beobachtete ihn nur. Er und sie wollten sich gegenseitig ausschalten, bis sie nach langem Kampf begriffen, dass sie dadurch nur dem Händler in die Karten spielen würden. Er sollte ihre gemeinsame Kampfeslust spüren. So verfolgten sie den Lutarr gemeinsam in dieser mondlosen Nacht, in der die Finsternis über alles bestimmte.

Als sie ihn stellten, fraß der Lutarr die Kopfgeldjägerin mit seinen Augen regelrecht auf. Sabbernd saß er in der Falle und gierte nach ihrem Körper. Doch er war nicht mehr das Ziel – das war der Händler aus Marhloz. Gemeinsam knöpften sie ihm einen Teil des Geldes ab, das dieser schmierige Lutarr ihm schuldete. Nicht alles, so weit hätten sie es nicht kommen lassen. Was sollten sie mit dem ganzen Geld? Sollte es der hinterhältige Bastard von einem Händler vollständig erhalten, nur weil er genauso gierig danach war wie der schmierige Lutarr nach der hübschen Kopfgeldjägerin?

Sie waren sich wortlos einig. Gleiche Wertvorstellungen bedurften keiner Worte. Sie spiegelten sich in den Gesten des gemeinsamen Handelns wider. Gleichfalls benötigte der Lutarr eine Strafe. Eine Strafe, nicht für das Prellen der Zeche, sondern für die gierigen Augen, die sie nahezu ausgezogen hatten.

Er war es, der dem Lutarr das Augenlicht nahm. Er war es, der ihn an einen lutarrischen Tempel band, mit einem Zettel um den Hals: ›Ich war gierig und habe mich gegen die Gesetze der Lutarrer versündigt‹, während sie vergnügt das Schauspiel betrachtete. Er war es, der sie verteidigte, wobei er wusste, dass sie es alleine konnte.

Seit dem Augenblick ihres Kampfes liebte sie ihn. Sie liebte ihn dafür, dass er sie als Kopfgeldjägerin sah, nicht als wehrloses Frauchen. Und er liebte sie dafür, dass sie ihn das für sie tun ließ.

Sie teilten das Geld und kehrten zurück nach Marhloz. Nicht, ohne einen Plan zu schmieden – aber auch hier bedurften sie keiner Worte. Sie verstanden sich blind.

Kurz vor Marhloz schliefen sie das erste Mal miteinander. Azig saß nur dabei und wachte über sie. Dennoch vertraute er ihr nur so weit, wie er spucken konnte. Doch dieses Vertrauen würde wachsen. Die ganze Nacht liebten sie sich unter einer alten Linde am Wegesrand. Laut und hemmungslos. Anschließend lag er wach neben ihr. Seinen Dolch fest in der Hand, darauf gefasst, dass sie ihn töten würde. Zu oft hatten ihm Frauen etwas vorgespielt. Er wartete darauf, dass sie ihn im Schlaf erdrosselte, um ihn zu verlassen mit seinem Anteil. Azig machte keine Anstalten, ihn verteidigen zu müssen. War dies ein Beweis des Vertrauens?

Und nichts dergleichen geschah. Am nächsten Morgen erwachten sie gemeinsam. Er war unvorsichtig gewesen. Er war eingeschlafen.

Sie strahlte über das ganze Gesicht und küsste ihn leidenschaftlich. Er war verwirrt. Sollte er ihr doch Vertrauen schenken? Es dauerte, bis er begriff, dass sie ihn liebte und er ihr vertrauen konnte. Vertrauen bis in ihren Tod.

Mit Nachdruck verlangten sie gemeinsam ihre Entlohnung von dem Händler. Azig knurrte, aber das schien den Händler nicht zu beeindrucken. Dieser wollte nur für einen zahlen, nicht für beide. In aller Ruhe verließen sie sein Geschäft und warfen ihm zuvor den Beutel mit einem Teil des Geldes hin. Der Beutel, besudelt mit dem Blut des Lutarrs, klatschte auf den Tresen. Der Händler zuckte nicht zusammen. Er lachte lauthals auf, als sie ihn verließen. Er fühlte sich überlegen, weil er zwei Kopfgeldjäger überlistet hatte. Überall posaunte er seine Tat heraus. Niemand wollte mit ihm anschließend noch Geschäfte machen. Mit einem toten Mann machte man keine Geschäfte, wenn man sich Profit erhoffte. Es ruinierte den Händler.

Man fand ihn in seinem Laden auf, hängend an einem Balken mit einer selbstgeknüpften Schlinge um den Hals. Sein Lachen war verstummt.

Sie und er arbeiteten zusammen. Sie war geschickt, intelligent und elegant, während er eher meist mit roher Gewalt seine Ziele verfolgte. Sie war so ganz anders. Dieses zierliche hübsche Wesen mit den üppigen Rundungen arbeitete mit Intrigen, Intelligenz und ihrem Körper. Ihr Talent im Umgang mit Waffen lag in zwei Langmessern. Er war von ihr hin und weg. Er liebte sie und er würde für sie sterben. Doch sie sollte für ihn sterben und nicht er für sie, was gerechter gewesen wäre, aber mit dieser Bürde musste er lernen zu leben.

Φ

Eng umschlungen gingen sie die Gasse entlang. Ihr Ziel war ihr Zuhause, welches sie ihm hergerichtet hatte. Die Hauptstraße von Wera, der Stadt der Sagengestalt Nodgers, entlang, dann an der Stadtmauer bis zum verlassenen Tempel. Hier waren sie sesshaft geworden. Sie lebten hier. Azig lief zwischen ihnen hin und her und bellte. Azig war Gunda von Anfang an wohlgesinnt gewesen. Dies war für Kuno die Bestätigung, dass sie es ernst mit ihm meinte. Er konnte sein Glück nicht fassen und würde es nicht können bis zu ihrem Tod. Seine Stimmen, die ihn all die Jahre begleitet hatten, waren verstummt. Er war das erste Mal in seinem Leben glücklich.

Genug verdient hatten sie, so dass sie sich um ihre Zukunft keine Sorgen machen mussten. Sie waren in den alten Tempel gezogen. Alle rümpften die Nase und schimpften es Blasphemie. Es würde dem Zeloo nicht gefallen, dass Kopfgeldjäger unter seinem Dach lebten. Doch die beiden interessierte das nicht. Sie liebten sich und fühlten sich dort wohl.

Einen Teil ihres Geldes hatten sie in eine Waffen- und Schmuckschmiede investiert. Gunda war im Goldschmieden talentiert, während Kuno die Zeichnungen für immer verrücktere Waffen entwickelte und umzusetzen versuchte. Schnell stellte sich heraus, dass Kuno handwerklich kein besonderes Talent besaß. Sie versuchte sich an seinen Ideen. Kuno war nur dafür da, seine Ideen aufzuzeichnen und weiterzuentwickeln.

Der Nachthimmel dämmerte, als sie liebestoll durch die Straßen von Wera liefen. Irgendwo berührte die Sonne gerade den Horizont und verwandelte den Nachthimmel in ein glühendrotes Schauspiel.

»Ich will, dass du mich heute Nacht liebst«, kicherte Gunda ihm lasziv ins Ohr.

»Ich liebe dich doch schon längst, Gunda.«

»DU!«, rief Gunda echauffiert. Es war eher spielerisch als ernst. »Ich meine, dass du mit deinen Händen über meinen Körper gleitest und …«

Er lachte. »Dein Wunsch sei mir Befehl!«

»Und morgen möchte ich, dass wir zu Hause bleiben!«

Er nickte. Nicht ahnend, dass es kein Morgen für sie geben würde.

Azig war immer bei ihnen. Auch an diesem Abend. Er stand am Ende der Gasse und bellte. Sein Kopf reckte sich in den Himmel, als würde er ihnen andeuten wollen: ›Blickt nach oben!‹ Es stand wieder eine dieser mondlosen Nächte bevor, in denen sich die Menschen in ihren Häusern verkrochen und sich verbarrikadierten. Wovor die Menschen auch Angst hatten, in dieser Nacht hatten sie einen Grund dazu.

Immer wieder bellte Azig.

»Was hat Azig?«, fragte Gunda.

»Er bellt nur, wenn er Gefahr wittert«, sprach Kuno. Eine unsägliche Vorahnung stieg in ihm hoch. Er blickte gen Himmel, konnte aber nichts entdecken. Ein kleines, kaum vernehmbares Rauschen war zu hören. Etwas, das die Luft teilte wie das Segel eines Segelbootes, welches straff in den Wind gestellt wird. Dann klang es wie ein Flügelschlag. Nicht wie das gewöhnliche Geräusch von Adler- oder Falkenflügeln, sondern wie das von Flügeln eines riesigen Wesens. So viel größer musste dieser Vogel sein. Die Flügel schienen die Luft zu durchschneiden. Kuno suchte mit seinen Blicken den Himmel ab. Der Flügelschlag hörte sich bedrohlich an. In dieser Welt hatte Kuno kein Wesen am Himmel entdeckt, welches größer schien als ein Seeadler. Es schien ihm gar unmöglich, dass es größere Wesen gab, die fliegen konnten.

Azig bellte, während Gunda zu ihm ging, sich neben ihn kniete und fragte: »Azig, was witterst du?« Sie streichelte ihm über das Fell, so wie eigentlich er es immer tat, wenn er gedankenverloren war.

Aus der Gasse heraus konnte er den Himmel nicht vollständig überblicken. Doch selbst das hätte ihm nichts genutzt. Es war so vorherbestimmt – das würde er noch erkennen, wenn es so weit war. Er verflucht die enge Bebauung der Stadt und lief in schnellen Schritten wieder zu Azig und Gunda hinüber.

Sie trafen auf die breite Hauptstraße. Niemand war heute Nacht auf ihr unterwegs. Es war nicht unüblich, wirkte aber in diesem Moment angsteinflößend. Kuno suchte nun auch hier den Himmel ab, konnte aber noch immer nichts erkennen. Er wollte nur seine Gunda beschützen. Alles andere war unwichtig. Sein Herz schlug laut und heftig und nahm ihm die Fähigkeit, vernünftig zu hören.

Er rief ihr zu: »Lauf nach Hause, nimm Azig mit. Er wird dich beschützen. Hier bricht gleich ein Unglück über der Stadt ein.« Er sollte sich niemals so irren wie in diesem Moment. Nicht über die Stadt würde das Unheil hereinbrechen, sondern über ihn.

»Kuno, übertreib nicht. Es ist nur ein großer Vogel.«

Azig wurde von Gunda am Halsband gehalten und bellte immer lauter und heftiger. Er zerrte an ihr.

»Still, Azig«, befahl Kuno seinem treuen Freund. Azig verstummte.

»Gunda, geh!«

»Aber …!«

»Geh endlich oder muss ich dich erst …«

Ein lautes Summen war zu vernehmen, als stürze irgendetwas zu Boden.

»NUN GEH – und nimm Azig mit!«

Sie wollte nicht gehen, aber sie kannte die Vorahnungen ihres Liebsten. Sie wusste, dass er recht behalten würde, aber es war zu spät.

»Und du?«

»Ich komme gleich nach! Ich muss mich nur vergewissern, dass es wirklich nur ein großer Vogel ist.«

Kuno suchte den Himmel ab. Doch der mondlose Himmel ließ den Tag nicht langsam in die Dunkelheit der Nacht gleiten, sondern in die absolute Finsternis. Bald wäre es stockfinster und nichts mehr wäre zu sehen, denn die Lichter der Stadt würden gelöscht werden, damit das Urböse den Weg nicht fand.

Er erspähte nichts. Azig begann wieder zu bellen.

»Still – und jetzt geht endlich!«, fauchte er wütend, da sie nicht gehen wollte. Er blickte zu ihr, dann zu Azig. Er erschrak, da er erkannte: Sein treuer Gefährte würde nicht mehr gehen. Er hatte sich in Stellung gebracht. Seine Rute zeigte nach oben, seine Zähne fletschte er und sein Fell sträubte sich. Sie stand daneben. Hilflos. Sie hatte ihre Waffen in ihrem Heim gelassen.

Es beschlich ihn ein grausames Gefühl des Leides und der Qualen, die ihn bald treffen würden. Er wusste, was passieren würde, und er wusste – egal was er tat, er würde die Zukunft nicht ändern können. Es war zwecklos. Dennoch musste er es versuchen. Sie retten. Sie allein war wichtig. Kein anderes Wesen auf dieser Welt war ihm so wichtig. Noch nie hatte er so intensiv für einen anderen Menschen empfunden. Er wusste, dass er blind seinen Instinkten vertrauen konnte, hoffte aber so sehr, dass sie sich diesmal irrten. In den Jahren vor Gunda hatten sie ihm unzählige Male das Leben gerettet, denn er war immer wieder auf die unterschiedlichsten Wesen gestoßen, die ihm feindlich gesinnt waren. Er wollte eigentlich gar nicht wissen, mit welcher Art von Wesen er es hier und jetzt zu tun hatte. Aus irgendeinem Grund wusste er aber, dass er es jeden Moment erfahren würde. Sein einziger Gedanke galt ihr. Sein einziger Grund, warum er noch lebte und sich würdig fand, ein Leben zu führen, war sie.

»Gunda! Lauf, verdammte Scheiße noch mal!«, flehte er sie an. »Lauf nach Hause. Und versteck dich.«

Sie war unentschlossen und verharrte.

»Beweg endlich deinen Arsch!«, schrie Kuno der Verzweiflung nah.

»Hast du sie noch alle? Kommt gar nicht in Frage!«, keifte Gunda. »In den letzten Jahren haben wir alle Kämpfe ge…«

Mit einem lauten Knall landete das Unwesen auf einem der Gebäude am Rande der Hauptstraße. Unter dem Gewicht des Wesens sackte das Gebäude in sich zusammen und Dachziegeln fielen berstend auf die Straße hinab. Es krallte seine Klauen knirschend in die Wände des Hauses.

Sie zuckten zusammen und für einen Moment blieb ihm das Herz stehen. Azig erstarrte. Die Mauer des Gebäudes sackte immer weiter zusammen. Instinktiv griff Kuno nach seiner Streitaxt. Azig bellte und stellte sich neben Kuno auf. Dessen Armbrust lag zu Hause. Sie wollten doch nur auf ein Getränk in die Taverne und dass er die Streitaxt trug, lag einzig und allein an dem sorgenvollen Gefühl, welches ihn schon vorher erfüllt hatte. Sie hatte ihn noch ausgelacht. In ihre Stammtaverne ›Zum Anker‹ hatten sie noch nie ihre Waffen mitgenommen. Umso erleichterter war er jetzt darüber. Auch hatte es sich nicht als schlecht herausgestellt, um die lüsternen Blicke der Männer abzuwehren.

Er lief zu ihr und schob sie mit zärtlicher Hand hinter sich. Wäre sie doch nur bewaffnet. »Bleib hinter mir. Ich liebe dich.«

»Oh, wie rührend!«, sprach das Wesen, dessen Kopf sich ihnen entgegen schlängelte. Kaum waren diese Worte seinem Maul entronnen, schwang es seine linke Klaue. Sie traf ihn rücklings und schleuderte ihn gegen eine Häuserwand am Ende einer Seitengasse. Azig bellte, hatte die Haare aufgestellt, dann knurrte er laut. Er fletschte die Zähne und sprang auf das Monster zu. Doch die Klaue ergriff ihn und das Unwesen warf ihn seinem Herren hinterher. Nun standen auf der Kreuzung nur noch das Gitrog – und seine Gunda.

Kuno schlug heftig in die Häuserwand ein und lag benommen vor ihr. Ein Abdruck in der Wand zeugte von der Kraft seines Aufpralls. Er war mit dem Kopf dagegen geschlagen und ihm dröhnte der Schädel. Hinter einem Schleier der Benommenheit sah er sie. Sie schrie nicht. Sie war wie immer: tapfer. Sie starrte das Unwesen mit Gleichmut an. Sie stellte sich der Herausforderung. Dann wanderte ihr Blick sorgenvoll zu Kuno. Er schüttelte seinen Kopf, zum einen, um ihr jegliche Sorgen zu nehmen, zum anderen, um seine Benommenheit und den Schmerz abzuschütteln – um wieder einen klaren Gedanken fassen zu können. Er wusste, dass Gunda sich, um ihn zu retten, gegen das Wesen stellen und damit für ihn in den Tod gehen würde.

Er hatte nie an das Urböse geglaubt. Er hatte nie an die Geschichten längst vergangener Zeiten geglaubt und schon gar nicht an die Geschichten der mondlosen Nächte. Aber es schien doch wahr zu sein. Nur warum jetzt? Warum hier? Warum nicht schon viel früher an einem anderen Ort? Warum begegnete ihm jetzt das Urböse?

Er musste den Tod seiner Geliebten unter allen Umständen verhindern. Er wollte ihr zurufen, dass sie flüchten, dass sie weglaufen und ihr Leben retten solle, doch war jegliche Kraft seinem Körper entwichen. Zu heftig war der Aufschlag gewesen, zu verwirrt waren seine Gedanken. Sämtliche Luft war aus seinen Lungen gepresst worden. Nur das Kettenhemd der Lutarrer, welches er immer noch unter seiner Kleidung trug, hatte ihm das Leben gerettet. Ohne das wäre sein Rücken zertrümmert worden. Eine Träne rann seine Wange entlang. Er wusste, was nun passieren würde. Er wusste, dass es nichts gab, was er daran ändern konnte, nichts, wirklich gar nichts! Er sah ihren Blick, ihren liebevollen, sorgenvoll fragenden Blick ihm gegenüber, ob es ihm gut ginge.

Gundas Blick glitt über die Straße und fiel auf seine Streitaxt.

Kuno wollte wieder schreien: »Lauf, Gunda, lauf. Lass die Streitaxt.« Doch kein Wort wollte über seine Lippen kommen. Ohne zu zögern, lief Gunda zur Axt und ergriff sie. Sie baute sich mitten auf der Straße auf und schrie das Unwesen an: »Wenn du meinen Mann willst, dann musst du an mir vorbei.«

Die düstere Stimme des Wesens erklang und hallte noch heute in seinem Kopf wieder. »Mutiges Frauchen … Aber DUMM! Unfassbar dumm, als ob du mich daran hindern könntest. Aber noch will ich deinen Mann gar nicht … erst will ich DICH!«

Er kannte den Blick, den die Männer ihr immer und immer wieder zuwarfen und nun entstammte er einer Ausgeburt des Bösen. Und er? Er konnte nur tatenlos zusehen. Wie gefesselt war er zu keiner Reaktion imstande.

Gunda schwang die Streitaxt über ihrem Kopf. So, wie er es ihr beigebracht hatte, wenn ein größerer Gegner sich ihnen entgegenstellen würde.

Das Gitrog schwang sich vom Gebäude und landete mit seinen Krallen auf der Straße. Sie bohrten sich tief in das Pflaster. Es quietschte abscheulich, als die Krallen darüber glitten. Das riesige Wesen ließ sich auf seine Läufe nieder und der eklige Kopf am Ende des endlos wirkenden Halses, mit riesigen, steil aufgerichteten Ohren und der langen Schnauze, wirkte vollkommen unwirklich. Er beugte sich tief zu Gunda hinab. An seinen breiten Flügeln hingen kleine Greifarme. Es stank bestialisch.

»Dann nur zu, schwing die Axt«, sprach es höhnisch – und Gunda schwang sie. Das Gitrog richtete sich auf, holte mit seinem linken Flügel aus und Gunda verschwand unter dem schwarzen Segel. Es fegte über die Straße und Kuno spürte den Windzug, den der Flügel verursachte. Gunda wurde für einen kleinen Moment vollständig von ihm eingehüllt. Der Kopfgeldjäger kämpfte gegen das lähmende Gefühl an, stemmte sich auf seine Beine und schrie erbarmungslos seine Angst heraus. Sie war … der Tod.

Der Flügel öffnete sich und das Gitrog schwang sich in die Lüfte empor. Der leblose Körper von Gunda lag mitten auf der Straße und färbte sie rot mit ihrem Blut. Kunos Ohnmacht war verschwunden. Hilflos stolperte er zu dem leblosen Körper seiner Frau.

Die Nacht wurde von einem markerschütternden Schrei zerrissen. Er schrie ihren Namen aus vollem Herzen heraus. Der Schmerz und der Verlust schwangen in seiner Stimme mit. Nie zuvor war er in dieser Form verletzt worden. Nie zuvor hatte er einen derartigen Schmerz empfunden. Einen Schmerz, der jede Faser seines Körpers erfüllte, seine Sinne benebelte.

Ihr fehlte der Kopf. Ihr wundervoller schöner Kopf mit dem ebenholzfarbenen Haar. Er brach über ihrem leblosen Körper zusammen. Es schienen Stunden zu vergehen, bis er sich wieder einigermaßen unter Kontrolle hatte. Und doch waren es nur Sekunden. Wutentbrannt und entschlossen, dieses Wesen zu töten, blickte er sich um.

Das Gitrog saß wie ein riesiger Schatten auf dem Turm eines Tempels. Es wirkte … irgendwie nicht real. Mitleidlos sah es auf Kuno hinunter. Spöttisch sprach es: »Besser hätte ich meine Auswahl nicht treffen können, um möglichst viel Leid und Hass zu säen. Du bist würdig, mehr als das, auch wenn meine Herrin nicht versteht, was ich in dir sehe. Dennoch wird sie zufrieden sein und begreifen, dass du der Richtige bist. Trächtig war das Weibchen und das Männchen ist es nun vor Hass. Er wird in dir aufgehen und neue Setzlinge in dir bilden …« Noch einen Moment ergötzte es sich an dem Anblick eines gebrochenen Menschen, wie er seine Liebste in den Armen hielt. Er wirkte nicht wie ein Mann, sondern nur noch wie ein Häuflein Elend. Er würde sich erholen und den Weg der Rache einschlagen.

Kuno Kopfgeldjäger wischte sich über sein Gesicht. »Gunda … war schwanger?«, flüsterte er. War dies wirklich wahr? Konnte es stimmen oder wollte dieses Wesen ihn nur noch weiter erniedrigen?

»Oh, wie ich sehe, wusstest du von deinem Glück noch nichts«, spottete das Gitrog. »Dann ist das Leid, welches du nun empfindest, nur noch größer. Umso besser!«

Der Kopfgeldjäger griff nach seiner Axt, welche neben Gundas Körper lag. Er sprang auf die Beine und erkannte sofort seine Möglichkeit, eine Häuserwand zu erklimmen, um in die Nähe des Gitrog zu kommen. Flink kletterte er sie hoch. Er wollte Rache. Dieses unbekannte Gefühl beherrschte seine Sinne, sein Zorn war in das Unermessliche gestiegen. Er beflügelte ihn und ließ ihn Dinge vollbringen, die er sich nie im Leben erträumt hatte zu tun.

Doch das Gitrog schwang sich über die Dächer von Wera. Es blickte spöttisch auf ihn herab: »Versuch es gar nicht erst, Menschlein. Wir werden euch alle von dieser Welt tilgen. Die erste Saat ist ausgebracht. Dein Verlangen der Wiedergutmachung ist unermesslich. Du willst Rache. Ich rieche es. Ich schmecke es und ich spüre den Hass, den ich in dir gesät habe. Ich spüre förmlich, wie er in deinen Adern pulsiert. Ein guter Anfang, um das Ende der Menschheit einzuleiten.« Das Gitrog schlug mit den Flügeln und seine großen ovalen, glühenden, lidlosen Augen blickten auf Kuno hinab. »Versuche deine Rache auszuleben und töte mich«, spottete es. »Du findest mich auf dem Berg Kurda. Da könnte dein Hass Früchte tragen«, lachte das Unwesen.

Danach schwang sich das Gitrog in die Luft und die Umrisse des Wesens verschwammen mit der Dunkelheit der Nacht.

Kuno lief über die Dächer der Stadt, hinter dem Gitrog her – egal wie aussichtslos dieser Versuch, ihm zu folgen, auch war. Er sprang über Gassen und Straßen, stolperte über Dachziegel und riss Dachrinnen ab. Schließlich endete sein Weg an der Stadtmauer. Er stand an einem der Wachtürme und blickte in die Finsternis hinaus. Er schrie verzweifelt. Tränen rannen seine Wangen hinab. Niemals zuvor hatte er geweint, nicht aus solchen Gefühlen heraus. Der Schmerz des Verlustes fraß ihn auf. In der Ferne war nur noch der Flügelschlag zu hören und schließlich war er verstummt.

Das Gitrog war über dem ›Breiten Wasser‹ verschwunden.

φ

Schreiend und um sich schlagend erwachte der Kopfgeldjäger aus seinem Traum. Fast in jeder der letzten Nächte hatte er ihn durchlebt, doch so intensiv wie diesmal war er nur damals gewesen – in der damaligen Nacht, als es geschehen war. Er sprang auf, zog seinen Dolch aus der kleinen ledernen Scheide und blickte sich suchend um. Er stand mitten auf der ersten Ebene, neben ihm Azig, der hechelte. Er hatte neben ihm gewacht.

Seit dem Verlust von Gunda handelte Kuno wie betäubt. Er sprach noch weniger als zuvor und schien nur noch zu funktionieren.

Noch in derselben Nacht war er nach Nithard aufgebrochen, völlig überstürzt, trotz der vielen Warnungen, er solle erst zur Ruhe kommen, lieber erst am nächsten Tage aufbrechen. Seine Schreie hatten die Stadt geweckt, die Neugier der Menschen siegte über die Angst und sie kamen hervor und sahen, was geschehen war. Sie waren in einer mondlosen Nacht auf die Straße gekommen. Und doch war alles schon vorbei.

Fast vollkommen unvorbereitet war er an der Ostküste des ›Breiten Wassers‹ entlanggeritten und hatte die Strecke, die man normalerweise in gut fünf bis sechs Tagen hinter sich bringen konnte, in nicht einmal ganz drei Tagen bewältigt. Sein Pferd war mehr tot als lebendig in Markon angekommen.

Kuno fror. Er kehrte mit Azig zurück an sein Lager, griff sich seine Decke und konnte nur noch dösen. Er wollte verarbeiten, was er gerade in seinem Traum gesehen hatte. Er streichelte seinem Azig über den Kopf. Es beruhigte ihn und er fand seine innere Ruhe … auch, wenn es nur für einen Moment war.

KAPITEL 18: FESTUNGSINNERES

Von seinem Lager aus zweigten zwei Flure in zwei verschiedene Richtung ab und drei Wendeltreppen führten nach oben. Kuno überlegte nicht lange, sondern ließ Azig entscheiden, welchen Weg sie einschlagen würden.

»Komm, lauf! Was sagt dir deine Nase, Großer?«

Azig schnüffelte am Boden. Er lauschte den Worten seines Herrchens und kurz entschlossen lief er den rechten Gang hinab. Es war der dunkelste Weg, doch Kuno hatte nun Azig an seiner Seite, der ihn vor jeglicher Gefahr warnen würde. Er starrte in den Gang. Je weiter dieser in die Dunkelheit führte, desto düsterer wirkte er. Azig war schon zu Beginn einige Schritte vorausgelaufen. Nur noch grob waren die Umrisse des riesigen Hundes zu erkennen, bis er schließlich vollständig verschwand. Plötzlich stellte Kuno fest, dass er in der vollkommenen Finsternis des Ganges angekommen war. Sein Unbehagen breitete sich aus. Es konnte nicht richtig sein, dass er hier war.

Schwer atmete der Kopfgeldjäger ein und aus. Ausgerechnet diesen Weg hatte sein treuer Freund als Erstes zur Erforschung des Festungsinneren auswählen müssen. Er erinnerte Kuno an den Gang unter der Veste.

»Na, Memme, geht dir der Stift?«, lachte die gewissenlose Stimme. *»Es ist verdammt noch mal nur Dunkelheit. NICHTS, wirklich absolut nichts weiter. Du bist ein Feigling.«*

Kuno verharrte in der Finsternis und starrte angestrengt in die Schwärze hinein.

»Jetzt sei kein Angsthase, Memme. In dieser Ruine lebt seit Jahrtausenden nichts mehr.«

»Was ist mit dem Gitrog? Oder den Skorden, die ich am Hang bekämpft habe?«, fragte der Kopfgeldjäger.

»Das Gitrog lebt erst seit Kurzem hier und ist viel zu riesig für die-

sen Gang, mein Kuno«, entgegnete ihm die gewissenhafte Stimme. *»Und seitdem du die Skorden vernichtet hast, ist keiner von ihnen mehr aufgetaucht. Habe nur Mut! Wovor fürchtest du dich?«*

»Ich … ich … ich fürchte mich nicht. Nur …«, stotterte Kuno, der erneut seinen Mut zu verlieren schien. Es verwunderte ihn selbst, dass diese Dunkelheit ihm Angst machte.

»Was denn, Memme? Hosen voll?«

Wie angewurzelt stand der sonst so mutige Kopfgeldjäger im Gang und blickte immer noch starr hinein. Er überlegte, was ihn davon abhielt, weiter in den Gang zu gehen. Es war mehr als nur die Ungewissheit, die ihn erwartete. Der Tod an sich machte Kuno keine Angst mehr. Er hatte alles verloren und seinem kleinen Leben würde sicherlich keiner eine Träne nachtrauern. Absolut niemand. Und doch sträubte sich alles in ihm.

»Es ist die Angst vor dem Ungewissen, aber in erster Linie ist es die Angst vor dem Versagen. Die Angst, in diesem Gang mein Leben unbedacht zu verlieren und am Ende nichts erreicht zu haben. Selbst ihr müsst zugeben, dass ein törichter Tod in einem dunklen Gang in dieser Ruine ironisch wäre, und wir hätten alle nicht die Rache, nach der wir uns derartig sehnen.«

Die beiden Stimmen antworteten nicht, während Kuno seine Ängste mit ruhiger Stimme formulierte. Er griff mit einer Hand in die Schwärze. Er sah es nicht, spürte, wie seine Hand die Finsternis durchfuhr, langte ins Nichts. »Die Finsternis kann nicht von der Finsternis besiegt werden«, murmelte er.

»Eine weise Erkenntnis, Memme«, verhöhnte ihn die gewissenlose Stimme.

»Nur durch Licht«, bestätigte die mütterliche Stimme.

Doch Kuno besaß nichts, was Licht hätte spenden können. »Es ist nicht so, dass ich nicht neugierig wäre, was mich dort erwartet, und Azig zeigt mir deutlich, dass ich keine Angst zu haben brauche. Es ist nur … so will ich nicht sterben. Wenn ich in der Ruine sterbe, dann im Kampf mit dem Gitrog und nicht in der Schwärze eines Ganges.«

»Dir macht die Finsternis zu schaffen, mein Kuno?«

»Ihr wisst, was die Finsternis für diese Welt bedeutet. Die Finsternis ist das Urböse. Aus der Finsternis kam nie etwas Gutes.

Die Finsternis erschuf das Urböse, welches sich auf Oidas Welt ausbreitete.«

»*Jaja, Memme. Um keine Ausreden verlegen, der Herr Kopfgeldjäger*«, spottete die gewissenlose Stimme. »*Das haben wir begriffen, aber das macht keinen Unterschied. Du willst ein Wesen des Urbösens vernichten, dann scheiß dir nicht wegen diesem düsteren Gang in die Hose. Hast du nicht den Mumm, diesen Gang zu beschreiten, dann kannst du es gleich lassen und umkehren. Es ist die Finsternis, die es gilt, durch unsere Anwesenheit einzuschüchtern. Besiegen können wir das Urböse von Grund her nicht, dazu haben wir viel zu viel mit ihm gemein.*«

Azig kehrte zurück. Die Pfoten auf dem kalten Stein waren deutlich zu vernehmen. Das Stupsen mit der Schnauze an Kunos Hand war auffordernd gemeint, doch Kuno verharrte. Er senkte seinen Kopf. Er sah den Hund nicht, aber er meinte, in dieser absoluten Dunkelheit dessen Umrisse erblicken zu können. Sein logischer Menschenverstand sagte ihm, dass dies unmöglich sei, und dennoch sah er ihn. Azig stieß ihn erneut an. Es schien, als würde er ihm sagen: ›Komm. Da ist nichts. Du brauchst keine Angst zu haben. Es ist nur ein Gang.‹

Kurz entschlossen kehrte der Kopfgeldjäger dem Gang den Rücken zu und lief zurück.

Die herrschsüchtige Stimme lachte und verhöhnte ihn: »*Was für ein armseliges Würstchen du doch abgibst, Memme.*«

Doch der Kopfgeldjäger ignorierte es. Eine Idee für mehr innere Sicherheit war ihm gerade gekommen. »Danke Azig«, murmelte er. Durch die Rückkehr von Azig hatte er auch seine Bolzen zurückerhalten, auch wenn es nur Stahlbolzen waren. Seine Armbrust würde ihm Mut geben. Er durchsuchte die Taschen auf Azigs Rücken und entdeckte in der zweiten seinen Bolzen. Er lud ein Magazin, griff in die erste Tasche, holte ein paar Spulen hervor, füllte seine kleine Tasche am Gürtel und lud eine Spule in seine Armbrust. Sofort reagierte sie, spannte das Spannseil und legte einen Stahlbolzen auf die Abschussschiene. Seine spitz zulaufenden Stahlbolzen bestanden im Kern aus Ebenholz, um das er Stahl gewickelt hatte. Nicht viel konnte ihnen widerstehen. Ein weiteres Magazin mit den Sprengbolzen und Spulen hatte Kuno an seinem Gürtel befestigt.

Es wäre ein Leichtes, sie zu wechseln. Dann kehrte er zum Gang zurück.

»*Interessant, Memme, du scheinst etwas nachzudenken*«, kommentierte die herrschsüchtige Stimme überrascht.

Kuno reagierte nicht, sondern schritt mit seiner geladenen Armbrust, Azig langsam folgend, wieder in den immer dunkler werdenden Gang hinein. Sein Gefährte verschwand erneut vor ihm in der Dunkelheit. Waren anfangs noch seine Umrisse zu erkennen, so wurde er doch bald vollkommen von der Finsternis verschluckt. Nur noch das Tapsen seiner Pfoten und das typische Hecheln waren zu vernehmen, aber auch das entfernte sich zunehmend, wurde irgendwann immer leiser.

Die Dunkelheit umhüllte den Kopfgeldjäger wie einen Mantel, den er nicht abschütteln konnte. Und jedes Mal, wenn er sich umdrehte, war der Lichtschein, von dem er kam, schwächer geworden. Die Dunkelheit wandelte sich in Finsternis. Der letzte, hoffnungsspendende Lichtschimmer verschwand.

»*Na los, du Memme! Geht es nicht etwas schneller?*«, erschreckte ihn die gewissenlose Stimme.

Er zuckte zusammen und hätte fast aus Versehen einen Bolzen in die Finsternis geschossen.

»*Was soll hier schon sein?*«

»Halt‘s Maul und lass mich machen.«

»*Mann, du bist ein Angsthase, wie kann man nur so die Hosen voll haben*«, sprach die gewissenlose Stimme respektlos. Respekt besaß die Stimme von jeher nicht, aber der Klang zeigte deutlich, dass selbst der letzte, möglicherweise irgendwann noch aufkeimende Rest vollkommen verklungen war.

Dennoch spornten ihn die Worte an und der Kopfgeldjäger schritt schneller vorwärts. Zwar hatte er seine Achtung vor der Finsternis nicht verloren, doch beruhigte ihn das Gefühl seiner geladenen Armbrust in der Hand.

»*Geht doch, Memme. Weniger rumheulen, mehr Eier in der Hose haben*«, trat sie nach. Dann verschwand sie wieder im Wirrwarr seines Kopfes.

Mit blinzelnden Augen, um vielleicht doch irgendetwas in der Finsternis erspähen zu können, schritt er voran. Was würde er nicht alles für ein wenig Licht geben. Um zu sehen, wohin er seine Füße setzte; um vorauszuschauen, was ihn erwartete. Nichts sah er. Absolut nichts.

Kuno atmete schwer und sein eigener Atem durchschnitt die Stille der Dunkelheit. *Bubumm, Bubumm, Bubumm* schlug sein Herz und nahm ihm die Fähigkeit des Lauschens. Dann hörte er nur noch das Rauschen des Blutes in seinen Ohren. Seine Hände begannen zu schwitzen. Er wurde immer nervöser, je weiter er in die Finsternis schritt, darauf wartend, dass eine seiner Stimmen wieder erklingen würde – aber nichts dergleichen geschah.

Nur noch schrecklicher als diese Dunkelheit war, dass Kuno seine Stimmen nicht kontrollieren konnte. Sie tauchten auf und verschwanden, wie es ihnen gefiel. Die wenigen Momente, in denen er sie kontrollieren konnte, waren an einer Hand abzuzählen. Jetzt, hier, genau in diesem Moment hatte er sie in der Dunkelheit erwartet, doch nun waren sie nicht da.

Azig bellte. Kuno verharrte. Schweiß rann seine Stirn hinab, den er schnell mit einer Hand fortwischte.

Was sollte er tun? War es ein warnendes Bellen? Ein Komm-schnell-her-Bellen? Kuno lauschte in die Finsternis. Da war es wieder. Es klang, als sei sein treuer Gefährte weit entfernt.

»Azig?«, flüsterte Kuno.

Azig antwortete mit einem Bellen zurück.

Er konnte es nicht einschätzen, doch beschlich ihn die Sorge um seinen Gefährten. Er ging schneller und rief: »Gib Laut. Ich komme zu dir.«

Azig schwieg. Der Kopfgeldjäger lauschte in die Dunkelheit. Hörte er da ein Tapsen? Ein Hecheln? Wo war Azig? Den Atem anhaltend, um besser hören zu können, vernahm Kuno nur das Schlagen seines Herzens und das Rauschen seines Blutes. Beide Geräusche überlagerten jegliche sonst. Angestrengt versuchte er, sein Herz zu beruhigen. Aber je mehr er sich anstrengte, desto heftiger schlug es. *Bubumm, Bubumm, Bubumm* – sprach es mit ihm.

Und dann kam das Ohrenglühen. Er biss sich auf die Unterlippe und versuchte, sich auf irgendetwas zu konzentrieren. Vergeblich. Es war vollkommen zwecklos.

Fester umfasste er seine Armbrust und klemmte sie zwischen

seinen Arm und Oberkörper. Die andere Hand streckte er noch weiter in die Finsternis aus. Zu dem Rauschen des Blutes, seinem lauten Herzschlag und dem Ohrenglühen kam nun auch noch die Panik.

»Reiß dich zusammen, Kuno. Es ist nur ein wenig Dunkelheit. Es ist keine Finsternis«, murmelte er sich selber Mut zu. Dennoch verharrte er auf der Stelle und war wie angewurzelt. Sein Herz schlug schneller, lauter, heftiger. Ein riesiger Kloß bildete sich in seinem Hals und er wollte seine Panik hinausschreien. Es wäre ihm zwar möglich gewesen, aber unfassbar dumm. Er hätte seine Position verraten und wusste doch nicht, was noch vor ihm lag.

»*Memme, Memme, Memme*«, sprach seine gewissenlose Stimme höhnisch. Da war sie wieder. Unerwartet und plötzlich kletterte sie in seinen Kopf. Der Kopfgeldjäger nahm sie nur aus der Ferne wahr. Das Rauschen und das Pochen waren zu laut.

»*Es ist beschämend, wie du hier agierst, Memme. Was hast du nicht alles in deinem Leben bekämpft, getötet und besiegt, und dieser dunkle Gang hier lässt deine Knie schlottern wie bei einem kleinen Mädchen?*«

Kuno konnte sich nicht bewegen. Seine volle Konzentration lag auf seinem Herzschlag. Es war viel zu heftig und viel zu schnell. *Bubumm, bubumm, bubumm* schlug es immer härter und es schmerzte in der Brust.

»*Konrad, beweg dich. Es gibt nichts Schlimmeres, als in solch einer Situation zu* verweilen«, drang eine ganz andere Stimme an sein Ohr, die er zwar auch kannte, aber seit Jahrzehnten nicht mehr vernommen hatte. Sie unterschied sich von den anderen Stimmen, denn es war eine Erinnerung und keine Stimme seines Gewissens.

»*Erste Regel des Kopfgeldjägers lautet: Auf das Unerwartete vorbereitet sein. Die zweite Regel lautet: Überrasche das Unerwartete, um das Unerwartete zu werden. Die dritt…*«

»Schon gut«, antwortete Kuno reflexartig. Es war die Stimme seines alten Lehrmeisters gewesen. Sie entstammte einem ganz anderen Teils seines Kopfes. Die vielen Stimmen, die in ihm herumschwirrten, machten ihn wahnsinnig. Oder war er es gar schon?

Tief holte er Luft und konnte sich etwas beruhigen. Nicht viel, aber doch so viel, dass er wieder etwas entspannter atmen konnte und seine Hände nicht mehr zitterten. Wenn nur Azig da wäre, dann könnte er seinen Kopf streicheln, denn das beruhigte ihn wirklich.

Plötzlich berührte etwas seine linke Hand. Kuno zuckte unwillkürlich zusammen und konnte gerade noch einen Schrei unterdrücken. Er hatte alles erwartete, aber nicht die nasse Schnauze seines Hundes. Er war doch noch so weit weg gewesen – oder?

»Azig?«

Sein treuer Gefährte bellte leise und biss sanft in seine Hand. Kuno streichelte seinen Kopf, zufrieden knurrte Azig. Kuno beruhigte sich. Sein Herzschlag wurde langsamer. Das Rauschen in seinen Ohren ebbte ab und sein Atem war wieder gleichmäßig, der Kloß im Hals sowie das Ohrenglühen verschwanden allmählich.

Azig schüttelte sich, berührte mit der Schnauze seine Hand und Kuno verstand. Er hielt sich mit der linken Hand im Fell des Hundes fest und gemeinsam gingen sie zügig voran. Sie bogen nach rechts. *Bubumm, bubumm, bubumm* meldete sich sein Herz zurück. Wieder ergriff ihn die absolute Finsternis, ließ Gefühle der Angst, Herausforderung und Panik nach seiner Seele greifen.

»Wo führst du mich hin?«, murmelte er fragend, doch Azig antwortete nicht. Kuno atmete tief durch. Mutig schritt er weiter.

Was war das für ein Gang? Es verwunderte Kuno, dass er gegen nichts stieß und nichts im Wege lag. Azig blieb einen kurzen Augenblick stehen und verharrte, Kuno direkt hinter ihm. Dann tapste sein Freund langsam weiter, führte ihn von nun an tiefer hinab. Es war eine Treppe und Azig hatte ihn vor den Stufen gewarnt. Immer noch hielt er seine Hand im Fell des Hundes verkeilt, so schritten sie voran. Dann hörte Kuno das Schnüffeln seines Gefährten. »Was riechst du, Großer?«

»Als ob der blöde Köter dir irgendwas mitteilen könnte, du Memme.« Da war sie wieder, die gewissenlose Stimme, als hätte er nicht genug andere Dinge, auf die er sich nun konzentrieren musste. Sie tauchte stets zu den unmöglichsten Zeitpunkten auf. Der Kopfgeldjäger ignorierte sie.

Kuno ließ seinen Hund los, richtete die Armbrust nach vorne und tastete sich mit der linken Hand voran. Es war ein merkwürdiges Gefühl, immer wieder ins Nichts zu greifen.

»Azig, was hast du gefunden?«, fragte er aufgeregt. Er ging auf die Knie und tastete den Boden ab, aber der war nur knochentrocken und staubig. Er richtete sich auf und spürte die Schnauze von Azig. Diesmal erschrak er nicht. Er griff wieder in das weiche Fell und sein Hund führte ihn noch sieben Schritte weiter, blieb stehen, bellte erneut und schnüffelte.

War das ein Windhauch, den Kuno auf seiner Haut spürte? Seine Hand richtete sich auf und fühlte Holz. Er taste es ab, erkannte eine Tür und fand ihre Klinke.

Sollte er wirklich den dahinterliegenden Raum betreten?

Azig bellte. Es klang, als würde der Hund ihm sagen: ›Nun mach schon, ich habe da was gefunden, was dir helfen könnte.‹

»Los, Memme! Geh rein!«

»Mein Kuno, erlaube mir, dir zu sagen, dass dies …«

»Halt's Maul und lass Memme machen. Du und deine ewige Vorsicht.«

Zögerlich drückte der Kopfgeldjäger die Klinke herunter. Sie war schwer und er benötigte einiges an Kraft. Quietschend senkte sie sich, als sei sie ewig nicht mehr benutzt worden. Mit einem Knarzen öffnete sich langsam die Tür. Auch dahinter herrschte absolute Finsternis. Kuno atmete ganze drei Mal tief ein und aus, um seinen erneut aufwallenden Herzschlag zu beruhigen. Azig lief los, ohne dass ihn der Kopfgeldjäger so schnell festhalten konnte, und verschwand in der Dunkelheit des Raumes.

Ein eigenartiger Geruch strömte Kuno entgegen. Er schnüffelte – ähnlich wie Azig. Der Raum besaß seinen ganz eigenen Geruch, der ihm irgendwie bekannt vorkam. Er erinnerte ihn an irgendetwas, doch wusste er nicht, an was. War es womöglich Schwefel? Er war sich nicht sicher. Er konnte es nicht genau definieren.

»Los, Memme, geh hinein!«

Als er erneut die gewissenlose Stimme vernahm, zuckte er unwillkürlich zusammen. *»Nun geh, Memme! Geh endlich rein. Ich will wissen, was hier so fragwürdig riecht.«* Die Stimme klang hart und lieblos. Aber auch der Kopfgeldjäger musste zugeben, dass der Duft, der ihm jetzt entgegenschlug, mehr als nur fragwürdig war. Doch Kuno wollte nicht diskutieren, sondern schritt mutig in den Raum.

Ein heller Lichtblitz durchzuckte ihn. Kuno fiel schreiend zu Boden, die Armbrust entglitt ihm, wobei sich der Bolzen löste und wahllos in die Finsternis schoss. Ein Klirren war zu vernehmen. Die Hände vor die Augen haltend lag er am Boden. Das grelle Licht kam und ging so unvermittelt, dass es ihm für einen Moment die Sehkraft nahm. Er war geblendet, schloss die Lider und was ihm blieb, waren bunte Punkte, die tanzten. Seine Augen schmerzten und tränten.

Woher war der Blitz nur gekommen? Vorsichtig linste der Kopfgeldjäger zwischen seinen Finger hindurch und erblickte einen Raum, der wie ein altes Laboratorium aussah. Immer noch schützend hielt er sich die Hände vor die Augen, suchte die Lichtquelle und entdeckte unzählige Gaskerzen an den Wänden. Eine besonders große jedoch hing in der Mitte des Raumes und brachte das blendende Licht. Warum und wofür wurde hier eine solche Helligkeit benötigt? Die ganze Festung war ohne Licht, aber dieser Raum erglühte in einem schier grellen und unangenehmen Weiß.

Auf den Knien sitzend blickte er sich um. Nur langsam entfernte er die Hände von seinen Augen. Sie schmerzten noch immer und Tränen liefen seine Wangen hinab. Azig kam angelaufen und leckte ihm über das Gesicht.

»Azig, ich hasse das!«

Azig knurrte zufrieden. Es war eine Geste der Zuneigung. Der Kopfgeldjäger schubste ihn ein Stück von sich. Er wunderte sich, dass Azig dieses Licht nicht ausgelöst hatte. Aber warum hatte er selbst beim Betreten des Raumes das Licht erweckt? Er blickte sich um, konnte aber keine Ursache erkennen. Magie konnte es nicht sein, denn diese gab es nicht. Kuno stand auf – und das Licht erlosch.

»Was ist denn das?«, stöhnte er entnervt. Azig bellte. Kuno ging einen Schritt vor und das Licht erstrahlte erneut. Kuno bemerkte etwas Ungewöhnliches unter seinem rechten Fuß. Er wippte vor und zurück. Die Kerze blitzte auf und als er das Gewicht von der Schwelle nahm, verlosch sie wieder. Er ließ seinen Fuß darauf verharren. Ein Lichtschalter am Fußboden war verrückt, aber was war in diesen Gemäuern schon normal?

Kuno legte sein ganzes Gewicht auf den Schalter und brachte

ihn so zum Einrasten. Vorsichtig nahm er den Fuß vom Schalter und tatsächlich, das Licht blieb an.

Die logische Erklärung für dieses Phänomen war so genial, aber so einfach. Alle Gaskerzen mussten durch eine Gasleitung verbunden sein, wenn man auf die Schwelle trat, wurden sie mit Gas gespeist und entzündet. Kuno fiel jedoch auf, dass zwei der Lampen nicht leuchteten. Er trat an sie heran und hörte, wie leise das Gas aus ihnen entwich. Er drehte die Lampen aus. Es musste der Feuerstein sein, der nicht mehr funktionierte und so die Gaskerzen nicht mehr zum Leuchten brachte. Eine geniale Idee, auch wenn sie vom Urbösen stammte. Damit wäre es möglich, die Dunkelheit der Nacht auf den Plätzen der Städte zu besiegen, und man müsste nicht mehr die gefährlichen Wachskerzen in den Häusern brennen lassen.

»Auch das Böse kocht nur mit Wasser«, sprach Kuno vor sich hin. Es waren keine Zaubereien am Werk und das wiederum bewies ihm, dass er das Gitrog besiegen konnte, wenn er sich nur seines Verstandes bediente.

Azig saß wie ein Wachhund in einer Ecke und beobachtete ihn. Er hechelte, wirkte zufrieden und stolz.

»Gut gemacht, Azig«, lobte er seinen treuen Gefährten, während er in die Mitte des Raumes ging und sich umschaute. Er hatte sich nicht getäuscht, er schien tatsächlich eingerichtet worden zu sein, um die Vorgänge in der Natur zu untersuchen. Ein Laboratorium!

In seiner Zeit beim Kopfgeldjägermeister hatte Kuno einst in einem solchen arbeiten und dort Erfahrungen sammeln können. Die erworbenen Grundkenntnisse im Umgang mit entsprechenden Instrumentarien und Vorgängen waren ihm auch später noch von Nutzen gewesen. Doch hatte sich im Laufe der Zeit sein Interessengebiet verschoben. Es war nicht mehr die Natur gewesen, die er erforschen wollte, sondern vielmehr Verfahren, um effektivere Waffen für seine Auftragserledigung zu entwickeln. Schon Jahre vor ihrem Kennenlernen hatte er sich nicht mehr damit zufriedengegeben, bereits bekannte Dinge und vorhandenes Wissen zu nutzen. Nun war es wieder an der Zeit, sich auszuprobieren. Vor seiner Zeit mit Gunda hatte er sich, wenn er der Natur und ihrer

Geheimnisse bedurfte, meist behelfen können, indem er vertraute Alchemisten beauftragte. Sie experimentierten zu gerne für ihn, da er sie stets reich entlohnte oder ihnen ihre Schulden erließ. Doch die Situation war jetzt anders. Er hatte niemanden, der ihm helfen konnte. Dennoch würde ihm diese Entdeckung dabei nützen, das Gitrog zu vernichten. Dessen war er sich gewiss.

Viele der Alchemisten hatten sich mit Metallen und Mineralien beschäftigt und er hatte schnell von ihnen gelernt. Dieses Wissen war ihm bei der Entwicklung seiner Armbrust zugutegekommen. Aber sie hatten auch in anderen Bereichen, wie der Stofflichkeit fester, flüssiger oder gasförmiger Substanzen der Natur, geforscht. Alles, was er wusste, hatte er von seinem Kopfgeldjägermeister oder eben von ihnen erlernt. Aber das reichte bei Weitem nicht an die Fähigkeiten der großen lutarrischen Alchemisten heran. Die meisten Erkenntnisse bezogen sich auf reine Grundlagen, und diejenigen, die darüber hinausgingen, hatte er nur mit Nachdruck und durch nicht ganz saubere Geschäfte erhalten. Alchemie war ein teurer Spaß, denn die Ausstattung der Laboratorien und die Stoffe, mit denen experimentiert wurde, waren häufig schwer aufzutreiben. Dies war früher sein zweites Standbein gewesen. Nur selten hatte er bei der Beschaffung der Stoffe und des Wissens Geld verlangt. Er ließ sich nur einen Gefallen bezahlen.

Die Faszination von dieser Welt, vor allem, da er die Entdeckungen für seine eigenen Zwecke gebrauchen konnte, kostete ihn eine Stange Geld, war aber jede Investition wert. Vor allem hatte ihn ein junger lutarrischer Alchemist beeindruckt, der ein schwarzes Pulver entwickelt hatte, welches explodierte, wenn es mit Feuer in Berührung kam. Er hatte dieses Wissen für seine Sprengbolzen genutzt und für deren gezielten Einsatz. Vielleicht würde er bald noch etwas von diesem schwarzen Pulver benötigen. Ob er es hier herstellen konnte? Er blickte sich um und sah ein Regal mit unzähligen Reagenzgläsern. Ehrfürchtig bewegte er sich darauf zu. Er blickte in die Regale und entdeckte tatsächlich Bestandteile, die zur Herstellung dieses schwarzen Pulvers benötigt wurden: Salpeter, Schwefel und Alkohol. Kuno grinste.

»Ja, Memme, jetzt sind wir auf dem richtigen Weg. Endlich beginnst du wieder nachzudenken, besinnst dich auf deine Stärke und

nicht auf dieses Herumgeheule«, rekapitulierte seine gewissenlose Stimme.

Kuno ging durch die Reihen der Regale und entlang der Tische. Er war überrascht, dass sie nicht größer waren, so wie diejenigen in dem Raum, wo er sein Lager aufgeschlagen hatte. Daher begann er, sie zu untersuchen. Er erblickte etwas, das ihn verwunderte. Die drei Tischreihen, die als Arbeitsplätze deutlich zu erkennen waren, sahen alle gleich aus. Sie standen mit der linken Seite an der Wand und unter ihnen war ein gusseiserner Haken angebracht worden, an dem eine stählerne Kette hing. Sie zog sich durch die Tischreihen und in regelmäßigen Abständen war an der Kette eine Fußfessel befestigt. An einer hing noch ein Knöchel. Kuno erschauderte, untersuchte aber die Reste des Knöchels und kam zur Überzeugung, dass es ein menschlicher oder gar ein lutarrischer Knöchel gewesen sein musste. Warum waren hier Menschen oder Lutarrer an die Tische gefesselt worden? Dann kam ihm ein Gedanke in den Sinn, den er am liebsten sofort wieder verworfen hätte, weil er so perfide war. Aber genau so, glaubte er, würde das Böse handeln. Hier mussten Menschen und Lutarrer angekettet gewesen sein, die für das Böse forschen oder etwas herstellen sollten. Kuno konnte es kaum glauben, aber nur das ergab einen Sinn. Es hatte sich die Fähigkeiten der Gefangenen zu Nutze gemacht, um ihr Wissen gegen die Menschen und Lutarrer selbst einzusetzen. Der Zeloo hatte das Urböse, die Unforhtal, den sogenannten ›Bund der Udruzzi‹, seines Ranges als Weltenbauer enthoben – und es hatte ihm, im Gegenzug dafür, fürchterlichste Rache geschworen. Ziel der Wesen des Urbösen war es gewesen, die Menschen, die der Zeloo einst Oida geschenkt hatte, wieder von dieser Welt zu tilgen. Erst nach dem Eingreifen des Zeloo, aus Angst um sein Geschenk, war wieder Friede auf der Welt eingekehrt. Er hatte den Krieg beendet und die Unforhtal in den Tiefen des Phylake-Gebirges begraben.

Doch dieser Frieden war inzwischen längst wieder vergiftet. Die Saat des Urbösen hatte sich erneut in der Welt ausgebreitet und in Form von Kriegen, Hungersnöten, Krankheiten und tausend anderen Dingen des Urbösen in die Köpfe der Menschen und auch der Lutarrer gefressen. Immer wieder gab es Leid auf dieser einst so friedlichen Welt.

Den Gedanken von sich schüttelnd erschreckte der Kopfgeldjäger selbst über sein Wissen. Woher nahm er es nur? Er war niemals zur Lehre im Tempel gewesen. Und aus den wenigen Jahren in der Schule hatte er das meiste verdrängt.

Am Kopfende des Raumes erblickte er ein Podium und fand dort seinen Bolzen. Er steckte tief in dessen Holz. Der Bolzen hatte einige Reagenzgläser zerschlagen, bevor er in die Täfelung eingedrungen war. Er ging zu dem etwas höhergelegenen Podium und konnte mit etwas Kraftaufwand den Bolzen lösen. Schnell steckte er ihn wieder in seine Tasche; später würde er sein Magazin damit auffüllen. Jeder Bolzen war wichtig.

Auf dem Podium lag ein Buch. Ohne lange darüber nachzudenken, schlug er es auf. Tatsächlich konnte er die Schrift lesen, auch wenn sie sehr verschnörkelt war. Sie wirkte, als wäre sie in sich selbst verliebt, als würde sie sich mit ihren Schnörkeln und Windungen selbst umarmen. Mit etwas Mühe konnte er sie entziffern. Der Text war in der ›Gemeinen Sprache‹ verfasst worden, auch wenn sie in ihren Formulierungen hier etwas wortgewaltiger klang, als sie heutzutage verwendet wurde. Aber das bestätigte seine These bezüglich dem, was hier geschehen sein musste.

Der Kopfgeldjäger blätterte wissbegierig in dem Buch herum und entdeckte allerlei Nützliches. Es war Wissen, welches die Welt vergessen hatte, aber auch ihm bekanntes. Es konnte durchaus von Vorteil sein, dieses Wissen zu besitzen. Später würde er es mit Sicherheit selber gut gebrauchen können und sollte er es vervielfältigten, rechnete er zudem mit einer unerschöpflichen Geldquelle.

Um Kunos Lesefähigkeiten war es nicht besonders gut bestellt, daher benötigte er viel Zeit. Der Vorteil dieses Werkes war, dass viele Anweisungen aufgezeichnet waren.

Azig kam zu ihm und stupste ihn an.

»Alles gut, mein Freund?«, fragte Kuno Azig und blickte ihn kurz an. Azig hechelte zufrieden. Kuno verstand, legte die linke Hand auf seinen Kopf und streichelte ihn. Azig genoss es. Er hechelte freundlich vor sich hin.

Schließlich gab er das Lesen auf, da es zu anstrengend war. Dennoch wollte er das Buch erst einmal zurücklassen und es sich später holen.

Er wandte sich ab und schritt durch den Raum, an seiner Seite Azig, der ihm auf dem Fuß folgte. »Unglaublich«, schrie Kuno auf. »Beim Zeloo! Meine Stimmen im Kopf haben mich nicht darauf aufmerksam gemacht. Was sind das nur für Deppen, sonst sehen sie doch immer alles und machen mich auf alles aufmerksam.«

Selbstgefällig lachte der Kopfgeldjäger. Er hatte eine kleine Sensationsentdeckung gemacht. Er würde keine Angst mehr haben vor der Finsternis in den Gängen. Er fand einen Vorrat an Gaskerzen. Er ging zu dem Regal und zog die Kiste heraus. Er zählte fünf. Sofort probierte er alle aus. Drei von ihnen waren noch zu gebrauchen. Er drehte am kleinen, kupfernen Rädchen und die Lampe ging an. Sie leuchtete auf. Kuno grinste über das ganze Gesicht. Es war nur ein kleiner Triumph über die Finsternis, aber ein Triumph, der ihm mehr Halt gab, als er zugeben wollte. Nun konnte er mit wesentlich mehr Sicherheit die restlichen Räumlichkeiten erkunden.

KAPITEL 19: DER THRONSAAL

Mit einer Gaskerze bewaffnet lief Kuno den Gang zurück. Nun sah er alles deutlich vor sich. Das Licht erhellte ihm den Weg, den er nun erneut beschritt. Die Wände der Gänge waren unverputzt und das blanke schwarze Gestein war zu sehen. Auch das erklärte die Finsternis in den Gängen und nicht nur die Tatsache, dass es keine Fenster gab. Zu seiner Überraschung entdeckte Kuno jedoch Insekten und riesige Spinnennetze in den Ecken. In ihnen hockten Spinnen, die handtellergroß waren und riesige Augen besaßen. Nie zuvor hatte der Kopfgeldjäger derartige Spinnenwesen gesehen. Als das Licht die Spinnen traf, rollten sie sich wie Kugeln ein. Kuno war verwundert, dass er nicht nur Spinnen fand, sondern auch kleine Sandhaufen zwischen den kaum erkennbaren Fugen der fast bündig abgeschlossenen Steinplatten am Boden. Er bückte sich und inspizierte einen von ihnen. Er musste nicht lange überlegen und erkannte sofort die Insektenart, die solche Sandhaufen bildete: Riesenameisen. Sie wurden gute fünf Zentimeter groß und unterschieden sich von einfachen Ameisen nicht im Geringsten. Dennoch waren sie selten und galten als besonders flexibel aufgrund ihres Chitinpanzers. Er hatte sie bisher für einen Mythos gehalten, glaubte aber nun, dass es sie wirklich gab. Sie waren lichtscheu und ernährten sich von Aas und Knochenresten. Da hatten sie hier in den letzten Jahrtausenden wahrlich genug zu fressen gehabt. Das erklärte auch den Gestank in diesen Gemäuern. Die Riesenameisen hinterließen bei der Vertilgung oder auch beim Abtransport der Reste eine Substanz, die fürchterlich stank und zudem ätzend wirkte. Aber wie diese Ameisen durch den schmalen Spalt am Boden gekommen sein sollten, konnte der Kopfgeldjäger sich nicht erklären.

Er folgte dem Gang immer weiter, schritt über die Treppe empor, bog ab und erblickte wieder den Lichtpunkt in der Ferne, welcher ihm den Weg zum Ausgang wies. Immer größer wurde er, wie auch seine Erleichterung, endlich aus diesem Gang herauszukommen – trotz der Gaskerze.

Zu seiner Überraschung sah er mehrere Türen, die auf beiden Seiten des Ganges in unregelmäßigen Abständen auftauchten. Ohne groß darüber nachzudenken, probierte Kuno aus, ob sie sich öffnen ließen. Sämtliche Versuche blieben jedoch erfolglos. Da sich auch keine seiner Stimmen meldete, schritt er einfach zurück zu seinem Lager. Was auch immer hinter diesen Türen verborgen lag, es schien eigentlich keinen weiter zu interessieren – weder seine Stimmen noch ihn selber. Er sollte es auch nicht mehr erfahren.

Im Licht angekommen, lag Azig schon unter dem Tisch und schlief. Kuno gesellte sich für einen Augenblick zu ihm und streichelte seinen Kopf. Er bemerkte, dass er fürchterlichen Durst hatte, blickte durch den Türspalt und erkannte, wie die Sonne nach dem Überschreiten ihres höchsten Standes schon wieder dem Horizont entgegenglitt. Kuno musste sich beeilen, wenn er frisches Wasser finden wollte.

Eigentlich hatte er vorgehabt, entweder noch die zweite Abzweigung oder einen der beiden Treppenaufgänge zu untersuchen, aber es schien, als würde die Zeit hier schneller vergehen als anderswo – oder bildete er sich das nur ein?

»Treppenaufgang oder Abzweigung …«, murmelte Kuno gedankenverloren. Dabei griff er seine Armbrust, nahm einen Bolzen aus seiner Tasche und steckte ihn wieder ins Magazin. Anschließend tauschte er die Spulen.

»Mein Kuno, egal wie du dich entscheidest, wichtig ist nur, dass wir Wasser finden«, sprach seine gewissenhafte Stimme.

Irgendwie nervte sie ihn, da sie immer so höflich und verständnisvoll war. Natürlich war die Suche nach Wasser essentiell. Aber irgendetwas trieb ihn von diesem Gedanken fort, ließ ihn gewillt sein, diese Stimme der guten Ratschläge zu ignorieren.

»Boah, hör nicht auf das Weichei, Memme, und überlege nicht so lang. Wichtig ist, dass wir das Gitrog erlegen! Natürlich benötigen wir Wasser, aber lass dich nicht von ihr einlullen. Sie nervt!«

Der Kopfgeldjäger fühlte sich bestätigt und gab der gewissenlosen Stimme recht. Sie war nervig. Aber nichtsdestotrotz war die

Suche nach Wasser jetzt wichtiger als der Drang, seine Neugier zu befriedigen. Denn ohne Wasser konnte er das Gitrog nicht erledigen, halb verdurstet hätte er keine Chance.

»Memme, überleg doch mal. Wenn du einen dieser Gänge entlanggehst, kannst du ebenfalls auf Wasser stoßen.«

Die herrschsüchtige Stimme hatte recht, die Möglichkeit bestand.

»Mein Kuno, bedenke, wenn dir etwas zustößt in diesen Gängen und du kein Wasser hast, dann wirst du verdursten.«

»Memme, lass dir gesagt sein, geh einen Weg, du wirst Wasser finden. Und wenn nicht, dann hast du immer noch die Möglichkeit, es beim nächsten Regenguss aufzufangen.«

Kurz überlegte er und ging zum Türspalt. Ein Blick gen Himmel würde die gewissenlose Stimme bestätigen oder entkräften. Der Berg des Windes machte seinem Namen gerade absolut keine Ehre. Kein Windhauch war zu spüren und der Himmel leuchtete in seinem strahlendsten Blau. Keine Wolke, kein Anzeichen von Regen oder ähnlichem war zu erblicken. Er kehrte zurück unter seinen Tisch.

»Memme, nun mach schon und such dir einen Gang aus«, drängelte erneut die gewissenlose Stimme.

»Mein Kuno, handle weise und such erst einmal Wasser«, entgegnete die gewissenhafte.

Die Entscheidung war nicht leicht, aber die einzig logische Konsequenz. Er suchte nach Wasser in dem oberen Teil des Gebäudes. Beim Aufstieg hatte es geregnet und wenn es irgendwo Wasser gab, dann mit Sicherheit auf dem Dach.

»Mein Kuno, sei nicht dumm. Du …«, setzte die gewissenhafte Stimme an, aber Kuno platzte der Kragen.

»Haltet beide die Schnauze. Es reicht mir mit euch!«, schrie er.

Sie schwiegen.

Nach seiner Armbrust greifend stand er auf, nahm sie in die rechte Hand und in die linke eine Gaskerze. Dann trat er zu dem rechten Aufgang neben der Tür. Er leuchtete hinein. Unzählige Treppenstufen wanden sich in die Höhe und Tiefe. Schulterzuckend schritt der Kopfgeldjäger die Stufen hinauf. Als er die Drehung der Wendeltreppe die ersten zwei Male umrundet hatte, erhellte nur noch das Licht seiner Lampe den Weg empor.

Kuno erreichte eine Art Tor und erleuchtete den dahinterliegenden Raum. Er war groß, voller Spinnweben und Staub. An der nördlichen Front erblickte er einen riesigen Kamin und es lagen alte, große, nicht für Menschen gedachte Kissen auf einem roten Teppich verstreut. Der Kopfgeldjäger entschied sich jedoch, den Raum nicht zu erforschen, sondern die Wendeltreppe weiterzugehen. Plötzlich vernahm Kuno eine Stimme, weit entfernt, und doch hatte er sie schon einmal gehört. Unverständlich waren ihre Worte.

Zu Beginn klang sie wie das Heulen des Windes – aber das konnte nicht sein, da er keinen Windhauch empfand. Für einen kurzen Moment verweilte der Kopfgeldjäger auf einer der vielen Stufen und lauschte angestrengt die Treppe hinauf.

Da! Da erklang sie erneut. Ein leises Murmeln, ein Flüstern.

»*Folge der Treppe und komm zu mir!*«, wisperte der Wind.

›Jetzt werde ich wahrlich bekloppt. Höre meine inneren Stimmen, dann die Stimme am Berg und nun auch noch den Wind zu mir reden.‹ In tiefer Verzweiflung über sich schüttelte er den Kopf. Was hatte er nur verbrochen, dass er …

»Nee, Kuno, lass mal diese Türe in deinem Kopf zu. Du weißt selber zu gut, was du anderen in deinen ganzen Berufsjahren angetan hast«, befahl er sich leise.

Zu seiner eigenen Überraschung stieg er weitere Stufen hinauf. Ungewohnt mutig war er. Azig lag noch am Lager und doch schritt er ohne Selbstzweifel voran. Kein Ansatz von Zweifel, kein Gefühl der Angst. Diese warme, wohlige Empfindung vom Hang nistete sich wieder in seinem Inneren ein.

Er war eine gefühlte Ewigkeit lang unterwegs, bis er eine verschlossene Tür erreichte – den Eingang zu Ebene drei.

Wieder vernahm er die Stimme, die wie der Wind klang: »*Komm herein! Hier wirst du mich finden.*«

›Es ist nur eine Stimme‹, dachte der Kopfgeldjäger, der kurz zögerte – doch wieder breitete sich ein Schwall von einem warmen und wohligen Gefühl in ihm aus. ›Ach, was kann mir eine Stimme antun.‹

»*Rein mit dir, Memme. Was kann dir schon geschehen?*«

Die Hände fest an seiner Armbrust drückte er mit seinem linken Ellenbogen die Türklinke herunter und die Tür schwang auf.

Ein finsterer Raum lag vor ihm. Mit der Gaskerze leuchtete er hinein und was er sah, ließ ihn erschaudern.

Links und rechts standen Skulpturen von derartiger Abscheulichkeit, dass es ihm eiskalt den Rücken hinunterlief. Ein blutroter Teppich führte zu einem steinernen, erhöhten Stuhl, der umsäumt war von weiteren riesigen steinernen Skulpturen.

In dem Moment, als er wieder die Schwelle übertrat, entflammten Gaskerzen in ihren Händen. Der Kopfgeldjäger hatte damit gerechnet, dass irgendetwas passieren würde. Das plötzlich aufflammende Licht überraschte ihn nicht, doch zwang ihn die Helligkeit, die Augen zusammenzukneifen. Er warf die Armbrust mit dem Tragegurt über seine Schulter und schirmte mit der Hand seine Augen ab, um durch die Finger hindurch etwas erkennen zu können. Einen Moment lang hielt er inne, bis sich seine Augen an das Licht gewöhnt hatten. Dann richtete er vorsichtig wieder seinen Blick in den Raum. An der Seite des Stuhls standen zwei Statuen in Form riesiger Gestalten, die der Kopfgeldjäger so noch nie gesehen hatte. Sie wirkten wie die hünenhaften Urskruofi, die friedfertigen Wesen aus den Wäldern, Wiesen und Bergen dieser Welt, doch die Skulpturen besaßen unglaublich große Reißzähne, wenigstens eine Elle lang, waren muskulöser und massiger und hatten in ihrem Gesicht nichts Freundliches, wie es bei den Urskruofi der Fall war. Der Blick dieser Steinwesen war boshaft und ihre Oberarme waren so groß wie Kunos beide Beine zusammen. Sie trugen einen Helm und eine Rüstung. Ihre Beine waren kurz, aber kräftig und auf ihren Rücken hatten sie zwei Äxte geschnallt. An ihren Flanken lehnte je ein riesiger Schild.

Die Skulpturen hingegen, die den langen Weg zum steinernen Stuhl links und rechts säumten, erkannte der Kopfgeldjäger als Skorden. Sie waren entstanden aus der Vereinigung verschiedenster Wesen und durch die Qualen, die ihnen die Unforhtal – die Ehrlosen, wie sie in der ›Gemeinen Sprache‹ übersetzt hießen – zugefügt hatten. Sie waren das Ergebnis einer grausamen Zucht. Die Unforhtal hatten abscheuliche Wesen erschaffen. Ihre Körpergestalt war die eines Bären, der Kopf wirkte wie eine Mischung aus Mensch und Lutarr. Denn zum einen stachen in ihrem Gesicht die harten Wangenknochen und ein hervorstehendes Kinn hervor, zum anderen riesige Reißzähne und schwarze Augen, in denen aber ein tiefes Rot glomm. Kuno blickte in die Augen einer dieser Skulpturen. Er sah, dass in den Augenhöhlen kleine Feuer brannten. Es wirkte, als seien die Skulpturen am Leben. Ihre Hände waren hingegen feingliedrig und wirkten vollkommen fehl am Platz. Es waren die Hände eines Lutarrs. Sie hielten alle eine Gaskerze in ihren Händen, an ihren Gürteln hingen breite Schwerter und Streitkolben und sie trugen einen Plattenpanzer. Kuno hielt es fast für unmöglich, diese Wesen in einer solchen Ausrüstung besiegen zu können.

Der Kopfgeldjäger stellte die Gaskerze ab und nahm seine Armbrust wieder in Anschlag. Dann schritt er vorsichtig und langsam durch den Raum, immer schussbereit. Er wünschte, er hätte seine Streitaxt dabei, doch nur das Blatt lag unten beim Lager. Seine Armbrust hatte nur fünf Schuss und ein Magazin mit Sprengbolzen war an seinem Gürtel befestigt. Doch selbst das Nachladen der Spulen würde einen Moment dauern. Und sollten ihm mehr als fünf Gegner gegenüberstehen, hätte er nicht den Hauch einer Chance, die Unforhtal zu besiegen, auch nicht mit der Streitaxt. Sein Dolch, so scharf er auch war, bedeutete bei diesen Wesen nur ein stumpfes Buttermesser und würde an der steinernen Haut abgleiten. Nur mit verdammt viel Glück würde er etwas gegen diese Wesen ausrichten können.

Fünfzehn Skorden standen auf jeder Seite des roten Teppichs. Hinter ihnen waren raumhohe Spiegel aufgestellt. Fasziniert war der Kopfgeldjäger von der grausamen Schönheit der Skulpturen. Sie waren fein gearbeitet und wirkten selbst nach Tausenden von Jahren, als wären sie erst gestern errichtet geworden. Nur vereinzelt fanden sich Spinnweben daran, aber das war auch der einzige Hinweis darauf, dass sie älter waren.

»Du hast den Thronsaal meiner Mutter entdeckt, mein liebes Kopfgeldjägerchen.«

Da war die Stimme wieder. Diesmal kein Flüstern, sondern deutlich hörbar. Sofort setzte das Ohrenglühen wieder ein. Jetzt hatte er sie erkannt, die Stimme vom Berghang.

»Habe keine Angst, mein liebes Kopfgeldjägerchen. Ich werde dir nichts tun. Noch nicht!« Sie klang nun machtvoller und fast beängstigend.

»Wer seid Ihr?«, rief der Kopfgeldjäger ehrfurchtsvoll in den Raum.

»Du musst nicht schreien, mein liebes Kopfgeldjägerchen. Ich kann dich gut hören. Glaube mir.«

»Gut, wer seid Ihr?«, sprach Kuno leiser, durchflog mit seinen Blicken den ganzen Raum, doch die Stimme schien einfach von überall herzukommen. Es war wie am Berg. Sein Herz fing wieder an zu rasen und das *Bubumm, bubumm, bubumm* seiner Schläge, das Rauschen seines Blutes übertönte all seine Sinne. Panik stieg in ihm auf, er konnte sich kaum beruhigen, spürte förmlich seinen Tod.

»Hast du es immer noch nicht begriffen, mein liebes Kopfgeldjägerchen?«

»Nein, und es wäre sehr freundlich, wenn Ihr Euch zeigen würdet.«

»Erinnere dich an unser Gespräch am Berg, mein liebes Kopfgeldjägerchen. Ich habe dir gesagt – ich zeige mich, wenn der Zeitpunkt gekommen ist.«

Der Kopfgeldjäger war vollkommen entnervt von dieser Stimme, die mit ihm sprach, als sei er ihr Eigentum. *›Mein liebes Kopfgeldjägerchen.‹* Was sollte das? Als sei er ihr Sohn. Seine Mutter hatte einst mit ihm in diesem Ton gesprochen, wenn er etwas angestellt hatte – aber eine Fremde?!? Vor allem wollte Kuno wissen, woher sie seinen Namen kannte und so viel über ihn wusste.

»Dann sagt mir endlich, wer Ihr seid!«, forderte er.

»Mein liebes Kopfgeldjägerchen, ich bin die Tochter des Urbösen. Ich bin die Tochter von Paraphronia und Athesmos. Und ich bin hier, um das Werk meiner Eltern zu beenden.«

Der Kopfgeldjäger begann schallend zu lachen. Schlagartig waren das Rauschen und der laute Herzschlag in seinen Ohren verklungen, nur das Glühen spürte er immer noch sanft. »Natürlich. Wie konnte ich nur nicht darauf kommen, dass IHR die Tochter der Unforhtal seid. Verzeiht mir, Euer Gnaden«, spottete er. »Es war deutlich sichtbar und ich muss wahrlich blind gewesen sein. Ihr allein öffnet mir jetzt die Augen. Selbstverständlich seid Ihr die Tochter des Urbösen, es ist ja schließlich der Berg des Paraphronia.« Er war die Spielchen leid. Sauer und genervt räusperte er sich und keifte: »Lasst euch verdammt noch mal etwas Besseres einfallen als diesen Blödsinn. Wer seid Ihr?«

Wild drehte sich der Kopfgeldjäger hin und her, um endlich das Gesicht zur Stimme zu finden, doch er erblickte wieder nichts. »Irgendjemand spielt mit mir ein ganz böses Spiel. Niemals seid Ihr die Tochter des Urbösen. Das ist Schwachsinn. Das Urböse gab es nie. Es sind nur Geschichten«, rief er in den Raum.

Es war ein verdammt schlechter Witz. Nur, wer wagte es, diesen Ort zu missbrauchen, so etwas zu behaupten und, vor allem, ihn leiden zu lassen? Es war ein boshafter Streich. Wer aus seiner Vergangenheit wäre in der Lage, auf diese Weise Rache an ihm zu nehmen? Ihm schossen eine Vielzahl von Namen durch den Kopf, die ihm die Pest, Krätze, gar einen schmerzhaften und leidvollen Tod an den Hals wünschten, aber niemand hätte die Fantasie noch die Mittel, einen derartigen Plan auszuführen. Vor allen Dingen … was bezweckte derjenige damit? »Das hier ist nur ein verdammt schlechter Witz. IHR seid ein verdammt schlechter Witz.«

»ICH – BIN – KEIN – WITZ, KUNO«, erschall die Stimme tiefer, fester und aggressiver, so dass der ganze Raum erbebte. Die Lichter wurden intensiver und glühten grell auf. Dann erlosch jede zweite Gaskerze durch einen Windzug.

»Guter Trick. Diesen müsst ihr mir irgendwann mal bei einem Bier verraten.«

»Memme, so ist es gut. Zeig dieser Schlampe, dass du keine Angst hast«, vernahm er in den Tiefen seines Kopfes die herrschsüchtige Stimme. Aber war ihm diese Stimme nicht in den Rücken gefallen? Hatte diese sich nicht mit der fremden verbündet?

»Mein Kuno, hast du wenigstens an die Möglichkeit gedacht, dass ihre Behauptung wahr sein könnte? Du verärgerst sie gera…«

»Mein liebes Kopfgeldjägerchen«, gab die Stimme ihm laut, deutlich und mit Nachdruck zu verstehen. Kuno musste sich die Ohren zuhalten, damit sein Trommelfell nicht platzte. Sein Ohrenglühen war verschwunden, dafür ertönte nun ein fürchterlicher Pfeifton darin. Mit schmerzverzerrtem Gesicht ließ er sich auf ein Knie sinken. *»Genau DAS sollte deine Haltung mir gegenüber sein. Demütig und unterwürfig, du Abschaum eines Menschen.«*

Nur der leere Thron befand sich vor ihm – sonst erblickte der

Kopfgeldjäger nichts. Langsam sanken die Hände von seinen Ohren herab und ergriffen seine Armbrust.

»Du willst mir mit deiner lächerlichen Waffe drohen, mein liebes Kopfgeldjägerchen? Tststs. Das ist eine schlechte Wahl. Sie wird mir nichts anhaben können. Ich bin mächtig. Mächtiger, als du es dir je vorstellen kannst. Du erbärmliches, kleines, unbedeutendes Wesen. Ich will dir helfen, aber wenn du kämpfen und dein Leben so vergeuden willst, bitte.«

Plötzlich zuckte eine der Statuen und Staub stob empor. Weit riss der Kopfgeldjäger seine Augen auf und glaubte nicht, was er da erlebte. Wie angewurzelt stand er da, nicht in der Lage, sich irgendwie zu bewegen. Zu fasziniert war er von dem Anblick.

»Ich habe schon vieles erlebt …«, murmelte der Kopfgeldjäger, »Das kann nicht …! Das … ist nicht möglich …« Dann schrie er: »Nein!! Eine steinerne Figur kann nicht plötzlich leben – das … widerspricht jeglichem Naturgesetz!« Sein Brüllen befreite ihn aus der Starre.

Die steinerne Skulptur eines Skorden ließ die Gaskerze aus seinen Händen fallen und drehte sich langsam ihm zu. Dieser zog aus seiner steinernen Scheide einen Zweihänder.

»Memme, das war absolut unklug! Wie willst du das steinerne Wesen besiegen?«, schrie die herrschsüchtige Stimme zum ersten Mal mit so etwas wie Respekt, den sie der Aufgabe zollte.

Der Atem stockte dem Kopfgeldjäger für eine Sekunde, bis er sich besann. Nie hätte er damit gerechnet, einer dieser steinernen Figuren, auf einmal mit Leben erfüllt, gegenüberzustehen. Der Skorde sprang auf den blutroten Teppich. Der gesamte Raum erbebte.

»Ich beweise dir, mein liebes Kopfgeldjägerchen, wie mächtig ich bin«, lachte die Stimme. *»Ich kann Stein zum Leben erwecken, dank meines Onkels Miseo.«*

Kuno zielte mit seiner Armbrust auf den Kopf des Skorden und schoss einen seiner Stahlbolzen ab. Der Skorde reagierte und zerschlug den Bolzen mit seinem Zweihänder aus der Luft. Mit einem höhnischen Klackern landete er irgendwo zwischen den anderen Skulpturen. Mit seinem Schwert holte der Skorde aus und trotzdem er so weit von ihm entfernt stand, musste sich Kuno ducken, um dem Hieb zu entweichen. Er spürte den Windhauch der steinernen

Klinge im Gesicht. Reflexartig wechselte Kuno die Spule und ließ die verbrauchte zu Boden fallen. Das Einrasten der Spannsehne erleichterte ihn. Kurz hintereinander schoss der Kopfgeldjäger zwei Bolzen los. Wieder wechselte er geschwind die Spulen, die Spannsehne wurde gespannt und ein Bolzen auf die Schiene geschoben. Dem Skorden war die Überraschung in sein hässliches Gesicht geschrieben – über die Schnelligkeit der hintereinander abgefeuerten Bolzen. Nur einen der zwei konnte er abwehren und dieser schlug in den steinernen Stuhl. Der zweite traf den Skorden direkt zwischen die Augen und der Steinschädel erhielt einen kleinen Riss. Erneut holte das steinerne Wesen aus, nahm zwei Schritte und schlug von oben herab. Kuno sprang nach hinten und das Schwert schlug so heftig auf, dass das schwarze Bodengestein aufsprang. Umgehend rappelte sich der Kopfgeldjäger wieder auf, griff an seinem Gürtel nach einer Spule und öffnete die Spulenvorrichtung. Er blickte auf den Skorden, der ein weiteres Mal ausholte. Zur Seite rollend lud er die Spule. Sofort übertrug sich die Energie auf das Spannseil. Die Armbrust spannte sich in wenigen Sekunden. Kuno schoss den vierten Bolzen ab und wieder traf er den steinernen Kopf. Der Riss zwischen den Augen wurde ein kleines Stück größer. Kuno erkannte seine Chance, diesem steinernen Wesen den Garaus zu machen, indem er den Kopf spaltete. Er setzte die Armbrust an. Wie in Trance hatte er die Spule erneut gewechselt, während das Wesen des Bösen wiederholt zum Schlag gegen ihn ausholte. Auf Hüfthöhe schlug es zu. Im letzten Moment sprang der Kopfgeldjäger zurück und entging nur knapp dem Schwert. Es sauste zurück und Kuno rollte sich unter dem Schwert entlang. Mit einer überraschenden Geschwindigkeit wirbelte die steinerne Skulptur herum und schlug hinter sich. Wieder sauste das steinerne Schwert auf den Boden, schlug dicht neben dem Kopfgeldjäger ein. Der sprang auf seine Beine – einen Bolzen hatte er noch. Ein erneuter Spulenwechsel und der Bolzen lag auf der Abschussschiene bereit. Er musste genau den Riss zwischen den glühenden Augen treffen, den riesigen Kopf spalten … sonst wäre Kuno verloren.

Der Skorde holte zum nächsten Schlag aus, als der Kopfgeldjäger seinen Bolzen abschoss. Der zischte durch den Raum genau auf die Stelle zu. Kuno hatte präzise gezielt. Ohne lange zu überlegen, riss er das leere Magazin der Armbrust heraus, ließ es achtlos auf den Boden fallen, griff an seinen Gürtel, zog das Magazin mit den Sprengbolzen heraus und schob es in den Magazinschacht. Spulenwechsel, Spannknopf drücken – und die Armbrust spannte sich. Es war wie eine Melodie in den Ohren des Kopfgeldjägers. Dieser Vorgang dauerte den Bruchteil von Sekunden, so verinnerlicht hatte er diesen Ablauf.

Gleichzeitig schlug der Bolzen ein und blieb zwischen den Augen im steinernen Kopf des Skorden stecken.

»Scheiße«, fluchte der Kopfgeldjäger. Der steinerne Skorde blieb stehen und versuchte mit einer seiner Hände den Bolzen aus dem Kopf zu ziehen, konnte ihn aber nicht greifen.

»Was wirst du nun tun, du vom Zeloo verfluchtes Ding?«, schrie ihm Kuno entgegen. Mit einer Hand schwang er das Schwert. Es sauste auf Kuno hernieder. Nur knapp entzog er sich der steinernen Klinge, indem er zur Seite sprang. Dabei landete er auf seinem Rücken und ließ die Armbrust liegen. Doch kam der Kopfgeldjäger sofort wieder auf seine Beine, während der Skorde vergeblich versuchte, mit der einen Hand sein Schwert aus dem Boden zu ziehen und mit der anderen den Bolzen aus seinem Kopf.

Der Kopfgeldjäger erkannte seine Chance. »Die Schwertklinge!«, flüsterte er. Ohne lange darüber nachzudenken, nahm er etwas Anlauf, lief auf der Schwertschneide entlang und als er nur noch einen Schritt vom Bolzen entfernt war, legte er all seine Kraft genau in diesen Tritt. Mit aller Wucht traf der Stiefel des Kopfgeldjägers den Bolzen, der im steinernen Kopf steckte, sprang ab und setzte zur Landung an. Der Kopf knirschte, und der steinerne Skorde ließ von seinem Schwert ab. Krampfhaft versuchte er, den nun noch tiefer sitzenden Bolzen aus seinem Hirn zu ziehen. Aber seine klobigen Finger konnten ihn nicht greifen. Kuno sah, wie sich langsam und unter Knirschen ein Riss durch den gesamten Kopf seinen Weg bahnte. Dann platzte er in zwei Hälften, die an den Seiten hinunterfielen und auf dem steinernen, kalten Fußboden zerbarsten. Zwischen ihm und der Armbrust war nur noch der steinerne Körper des Skorden. Vor Erleichterung atmete der Kopfgeldjäger tief aus.

Doch der Skorde zog mit beiden Händen am Schwert, riss es aus dem Boden und drehte sich kopflos zu Kuno um.

Der war für einen kurzen Moment wie erstarrt. Doch dann fauchte er: »Ich habe dir Drecksviech den Kopf gespalten, was soll ich noch tun, du Bastard?«

Der steinerne Skorde schwang das Schwert, Kuno wich aus und kämpfte weiter.

»Erkennst du meine Macht, mein liebes Kopfgeldjägerchen?« Da war die Stimme wieder. Sie klang voll Hohn über die Naivität des Kopfgeldjägers.

Dem blieb nur das Zurückweichen bis zum Thron der Paraphronia, in der Hand nur seinen Dolch. Die Armbrust lag noch immer auf der anderen Seite des Kampffeldes und konnte ihm nicht helfen. Doch er musste zu ihr gelangen, wollte er diesen Kampf überleben. Den Skorden hatte er fest im Blick. Dann lief das steinerne Wesen auf Kuno zu. Ohne groß zu überlegen, tat er es ihm gleich. Im richtigen Moment rutschte Kuno zwischen den Beinen des Skorden hindurch, auf direktem Wege zu seiner Armbrust. Aber das sollte nicht reichen. Der Skorde drehte sich um und durchschnitt mit seinem steinernen Schwert die Luft. Dann verharrte er. Sein Schwert stoppte. Keinen Zentimeter vor der Schläfe des Kopfgeldjägers. Kuno blickte erschrocken und starr, erwartete den Treffer, das Ende seiner Tage – doch es blieb aus.

»Gut, gut«, stotterte der Kopfgeldjäger, »ich bitte um Verzeihung!« Er fühlte die Angst. Pure Angst, und war vom Wohlwollen und der Gnade der Stimme abhängig.

»Sie sei dir gewährt, mein liebes Kopfgeldjägerchen. Aber beleidige mich nie wieder, sonst wirst du sterben.« Die Stimme klang freundlich und ehrlich. *»Ich habe die Macht, die steinernen Wächter meiner Mutter, die sie von ihrem Bruder zum Schutz erhielt, zum Leben zu erwecken und wenn ich dich hätte töten wollen, dann hätte ich es sogleich bei deiner Ankunft in den Mauern meiner Mutter getan. Und nun – hör auf zu winseln. Nimm dir deine Armbrust und lausche, was ich dir zu sagen habe. Ich versprach dir bereits zu helfen, und so will ich es auch tun.«*

»Ich winsele nicht …«

»Ich habe dir doch gesagt, dass du immer nur am Winseln bist, Memme.«

Das hatte dem Kopfgeldjäger noch gefehlt, dass sich seine gewissenlose Stimme meldete. Er hatte gerade echt Besseres zu tun, als sich mit ihm und dieser verrückten Frauenstimme auseinanderzusetzen.

»Selbst der gewissenlose Teil deines Ichs stimmt mir zu. Hach, was seid ihr Menschen nur für elendige Wesen, mein liebes Kopfgeldjägerchen«, sprach die Stimme mütterlich.

Es überraschte ihn nicht, dass die Stimme seine inneren Stimmen hören konnte.

»Du bist sehr gefasst darüber, dass ich deine Stimme hören kann.«

Der Kopfgeldjäger zuckte nur mit den Schultern. Nur ein Gedanke fuhr ihm durch seinen Kopf: ›Nur nicht denken!‹

»Ich bin die Tochter der Unforhtal. Begreife das. Ich besitze große Macht. Die Fähigkeiten meiner Mutter und meines Vaters sind in mir vereint. Sie sind deinen menschlichen Fähigkeiten weit überlegen. Ich bin ein GOTT, mein liebes Kopfgeldjägerchen. Ein Gott, dem Zeloo nicht unähnlich.«

»Was willst du dann ausgerechnet von mir, einem abgehalfterten, verrückten Kopfgeldjäger?«

»Was ich von dir will?« Die Stimme lachte. *»Was ich von dir will? Es schien mir, als wärst du intelligenter, aber scheinbar habe ich mich wohl geirrt, mein liebes Kopfgeldjägerchen.«*

»Wenn ich schon das nicht wissen soll, dann verrate mir doch wenigstens deinen Namen!«

»Mein Name ist unerheblich. Die Menschen werden schon einen Namen für mich finden, der meiner würdig ist, mein liebes Kopfgeldjägerchen. Und du wirst begreifen, was ich von dir will, wenn du deine Rache genommen hast.«

»Wir sprechen also weiterhin in Rätseln?«, stellte der Kopfgeldjäger fest, während er auf den leeren Thron der Paraphronia starrte.

»Hör auf mich zu verspotten, mein liebes Kopfgeldjägerchen. Ich habe die Güte, zu dir zu sprechen, weil du Hilfe benötigst. Und diese soll dir zuteilwerden, damit du deine Rache erhältst.«

»Warum willst du mir helfen?«

»Weil ich mich langweile, hier gefangen an diesen Berg.«

»Meinetwegen, dann teile mir deine Hilfe mit. Ich bin neugierig.« Die Spielfigur eines göttlichen Wesens war er also nun, mehr nicht. Ihr war langweilig, und deswegen war er hier. Er konnte es nicht glauben. Während er sprach, beugte er sich zu seiner Armbrust, griff sie und stellte sich vor den Thron.

»Du benimmst dich wie ein trotziges Kind. Dein Hohn wird dir schon im Halse steckenbleiben, mein liebes Kopfgeldjägerchen.«

Kuno stutzte. Hatte sich nicht wieder eine der Statuen bewegt? Zur Sicherheit bewegte sich Kuno Kopfgeldjäger rückwärts und langsam in Richtung Türe zurück.

»Wie ich sehe, willst du mich schon verlassen. Willst du meine Hilfe nicht?«

»Spielt es denn eine Rolle, was ich will?«

»Natürlich, mein liebes Kopfgeldjägerchen. Nur deswegen bist du noch am Leben.«

»Das ist sehr gnädig von dir!«, spielte Kuno den Unterwürfigen und verbeugte sich leicht. Er war an der Tür angekommen.

»Scheinbar willst du meine Hilfe nicht. Nun gut, so soll es sein. Aber lass mich dir noch einen Rat mit auf dem Weg geben, mein liebes Kopfgeldjägerchen.«

»Ich höre!«

»Du findest Wasser im Brunnen. Der Zeloo war nicht so berechnend, wie dir deine Stimme Glauben machen wollte. Sie haben alle Leichen des Urbösen auf einen großen Scheiterhaufen geworfen und auf der Ostseite der Festung verbrannt, mein liebes Kopfgeldjägerchen.«

»Jetzt hast du dich verraten! Du belügst mich.«

Die fremde Stimme klang wütend, aber zugleich auch vollkommen ruhig: *»Ich habe es nicht nötig, dich zu belügen, mein liebes Kopfgeldjägerchen. Es war so, wie ich es dir gesagt habe.«*

»Auf der Ostseite der Burg ist aber ein tief abfallender Hang. Wie sollten sie dort Leichen verbrannt haben?«

»Als die Menschen, Lutarrer, Urskruofi, Toldos und alle anderen Wesen, die der Zeloo um sich herum vereint hatte, die Leichen anzündeten, brannten sie lichterloh. Heller als das Licht des Tages, heller als es selbst der Zeloo für möglich gehalten hatte. Durch das Feuer entstand eine solch unvorstellbare Hitze, die selbst den Stein des Bergs schmelzen und bersten ließ. Die brennenden Leichen

stürzten in die Tiefe. Voller Angst befahl der Zeloo, die Burg unverzüglich zu verlassen – und alles blieb so, wie es war. Dein Gott ist ein Feigling, mein liebes Kopfgeldjägerchen.«

»Er ist nicht mein Gott. Der Zeloo ist mir nur zugetan. Ich glaube an das Schicksal und nicht an die Mythen längst vergangener Zeiten.«

»Wie dem auch sei, mein liebes Kopfgeldjägerchen. Du wirst schon sehen, dass die alten Mythen mehr Wahrheiten beinhalten, als es euch Menschen lieb ist. Aber nichtsdestotrotz … benötigst du Wasser! Nutze den Brunnen. Das Wasser wird dich nicht vergiften, aber beeile dich, dein Feind ist nah. Er wird kurz nach Einbruch der Dunkelheit wieder hier sein. Noch weiß er nicht, dass du hier bist. Und von mir wird er nichts erfahren.«

»Warum nicht?« Kuno lauschte, aber die Stimme antwortete nicht mehr. »Warum nicht?«, rief Kuno erneut. »Welchen Vorteil erhoffst du dir davon? Er ist doch dein Haustier!«

Die Stimme blieb verstummt. Wild jagten Kunos Augen durch den Raum, in dem Versuch, irgendetwas auszumachen. Doch er erspähte nichts.

»Sprich mit mir!«, schrie er erneut. Zweifel erfüllten ihn. Welches Spiel spielte sie mit ihm und vor allem – welche Rolle hatte er inne? Es ergab alles keinen Sinn. Schnell verließ er den Raum.

Beim Hinuntersteigen überlegte Kuno, ob er der Stimme trauen sollte oder nicht. Sein Durst war groß und der Kampf war schweißtreibend gewesen. Er würde, wenn er nicht bald frisches Wasser erhielt, dehydrieren und hoffte, es direkt aus dem Brunnen schöpfen zu können.

Als er unten ankam, blickte er zunächst durch den Türspalt und trat dann hindurch. Die Sonne schwebte wohl noch über dem Horizont, wurde aber bereits fast gänzlich von der Mauer der Festungsruine verschluckt. Unsicher darüber, was er tun sollte, schritt er zum Brunnen. Seine Stimmen waren verstummt. Kein Gedanke von ihnen war in seinem Kopf zugegen. Und er selber wusste nicht, was er von der anderen Stimme halten sollte, der er gerade begegnet war. War sie wirklich einem Gott ähnlich? Hatte sie tatsächlich die Macht, Stein zum Leben zu erwecken? Dieses Unwissen machte ihn verrückt. Es klang alles so unwirklich. Er, als rational denkendes Wesen, konnte mit dieser Situation nicht umgehen. Ein Schluck Wein oder Bier oder gar von dem Schnaps des alten Hauptmannes würde ihm jetzt helfen. Und selbst, wenn er etwas reinen Alkohol im Laboratorium finden würde – wäre das nur sein Tod.

»Die Tochter des Urbösen … unglaublich. Ausgerechnet ich muss auf diese treffen, dabei will ich doch eigentlich nur Rache an diesem Monster üben, welches mir meine Liebste nahm! Das ist echt nicht normal, da stimmt doch irgendwas nicht …«, grübelte er.

War er etwa so ein Held wie aus den alten Geschichten? Aber er war doch so gänzlich anders. Er war definitiv kein guter Mensch und auch nicht in der Lage, ein gottähnliches Wesen zu töten … oder doch? Er war nur ein egoistischer Mensch mit ein paar Stimmen in seiner Birne. Er war nichts Besonderes, immer nur auf seinen eigenen Vorteil bedacht. Nichts Gutes haftete an ihm. Wo war er da nur hineingeraten?

Aber egal. Sollte es sich bei der Stimme nun tatsächlich um die Tochter des Urbösen handeln, dann würde er zwangsläufig auch sie vernichten müssen, ob er wollte oder nicht. Anderenfalls würde sie die Welt mit Krieg, Leid und Tod überziehen und er nie wieder Ruhe vor ihr haben … das musste er um jeden Preis verhindern. Aber war er dazu wirklich fähig? Oder war das alles nur Einbildung und sein Hirn spielte ihm einen verrückten Streich?

»Nein, nein, nein, das kann nicht sein«, murmelte Kuno. Doch was, in Zeloos Namen, ging hier wirklich vor? Hatten seine Trauer und die Einsamkeit ihn so weit gebracht, dass er all diese Stimmen hörte? War womöglich auch der brennende Durst, den er empfand, daran schuld? Würde er nun vollständig verrückt werden und vollkommen durchdrehen?

Mit trockenem Mund kam er am Brunnen an. Doch hatte er vergessen, wie durchlöchert und somit unbrauchbar der Eimer war. Also kehrte er zu seinem Lagerplatz zurück. Azig lag immer noch dort und schlief. Er griff seinen gusseisernen Topf, nahm ihn mit zum Brunnen, befestigte ihn am Seil, ließ ihn hinunter und schöpfte endlich das lang ersehnte Nass. Es roch frisch. Sollte er es wagen? Er überlegte nicht, zu stark war sein Verlangen danach.

Sollte das Wasser vergiftet sein, dann würde er eben draufgehen. Aber alles war besser, als elendig zu verdursten. Er nahm einen großen Schluck. Das frische Wasser lief seine Kehle hinunter. Es war kühl, nass und frisch. Es schmeckte nach Mineralien. Es schmeckte wunderbar. Er hatte nie besseres Wasser getrunken.

Um seine Wasserschläuche zu befüllen, ließ er den gusseisernen Topf noch einige Male hinab. Auch Azig gab er zu trinken, als dieser erwachte. Er würde wieder zu Kräften kommen und hoffentlich auch seine Wunde bald heilen.

Ein angenehmer Nebeneffekt war, dass ihm das Wasser die Möglichkeit bot, sich endlich wieder zu waschen. Kuno genoss es, sich von dem Staub und Dreck der vergangenen Tage zu befreien. Danach teilte er mit Azig ein wenig von dem restlichen Trockenfleisch, wurde sich allerdings dabei eines neuen Problems bewusst. Aßen sie beide davon, so war es bald aufgebraucht und ohne eine ausreichende Stärkung würden sie nicht gegen das Gitrog bestehen können. Die Suche nach einer Lösung musste jedoch bis zum nächsten Tag warten.

Kuno setzte sich auf, wandte den Blick in Richtung Türspalt und beobachtete, wie die Sonne hinter der Mauer verschwand. Der Innenhof der Festung wurde von Dunkelheit umhüllt. Wartend auf die Nacht und das Eintreffen der Bestie, saß er nun da. Seine Hand lag auf dem Kopf von Azig und er streichelte ihn.

KAPITEL 20: RÜCKKEHR DES GITROG

Das Geräusch, welches ihn immer wieder aus seinen nächtlichen Albträumen hochfahren ließ, war der Flügelschlag des Gitrog. Wie hatte es die Stimme gesagt: ›*Noch weiß es nicht, dass du hier bist.*‹

Der Kopfgeldjäger bewegte sich nicht. Er starrte nur stur nach vorne und blickte erneut durch den Türspalt.

Die nächste mondlose Nacht stand kurz bevor. Doch jetzt beherrschte nur die Dunkelheit den Hof, keine Finsternis, so wie es in den besagten Nächten der Fall war.

Da vernahm er es wieder, dieses zerschneidende Geräusch, mit dem die Flügel der Bestie die Luft durchteilten. In Wera hatte es sich tief in sein Gedächtnis gegraben und würde nun immer für ihn unverkennbar bleiben. Doch diesmal war er darauf vorbereitet, als es über der Festungsruine erklang. Nur seine Augen ließ er wandern, sein Körper blieb starr an das Tischbein gelehnt.

Da wurde ihm gewahr, dass Azig fehlte. Er lag nicht neben ihm, sein Platz war leer. Wo war sein treuer Freund nur geblieben? Hatte er ihm nicht eben noch den Kopf gestreichelt?

Es klang, als bremse das Wesen in der Luft. Etwas schlug hart auf dem Steinboden des Innenhofs auf. Was es war, konnte Kuno nicht erkennen. Das Gitrog hatte es geholt, eingerollt in ein dickes Tuch. Dann zuckte dieses Etwas, versuchte aufzustehen.

›Ist es gar ein Mensch oder ein Lutarr?‹, schoss es dem Kopfgeldjäger durch den Kopf. ›Was könntest du Bestie wohl hierhergebracht haben?‹

Dumpfe Geräusche erklangen aus dem Tuch. Das Wesen, welches darin gefesselt war, schien sich zu wehren, begann zu schreien. Es hatte den Kopfgeldjäger in seinen Bann gezogen, so dass ihn das laute Krachen des landenden Gitrog völlig aus den Gedanken riss. Das Kreischen der Krallen auf dem steinernen Boden, erzeugte bei ihm eine Gänsehaut. Leise erhob er sich und griff nach der Armbrust, die allzeit bereit in seinem Schoß lag. Sie war wieder mit eisernen Bolzen geladen, aber nutzlos gegen das sich bewegende Gitrog. Dennoch beruhigte es Kuno ein wenig, sie in seiner Nähe zu wissen, zur Sicherheit. Dicht an die Wand gedrückt spähte er in den Innenhof. Das Gitrog nahm ihn fast vollständig ein und der Anblick ließ Kuno erschaudern. Er hatte vergessen, wie abscheulich und groß dieses dreckige Wesen war. Dazu stank es bestialisch. Genau so, stellte sich der Kopfgeldjäger vor, musste das Urböse riechen – und das tat es wohl auch.

Das Gitrog drehte und wandte sich wieder zu seinem Knäuel.

»Beeindruckend, Memme, nicht wahr? Mach bloß keine Dummheiten. Wir haben keine Chance gegen das Biest. Wenn du jetzt losrast, nur wegen deiner Wut, stirbst du. Wir brauchen einen Plan. Einen verdammt guten Plan, wenn wir gegen dieses Wesen bestehen wollen.«

»Das weiß er«, sprach verächtlich die gewissenhafte Stimme. Kuno interessierte ihre Diskussion nicht. Er musste sich beherrschen, Wut und Zorn wallten wieder in ihm auf. Nur das Ohrenglühen fehlte. Die Gefühle waren da – warum also nicht der brennende Schmerz? Es gab keine logische Erklärung.

Blind in den Tod zu stürmen, würde jedoch nicht helfen. Da hatten die verdammten Stimmen recht. Der Kopfgeldjäger musste sich einen präzisen Plan überlegen, der nicht zu kompliziert war, schnell das Ende dieses Wesens hervorrief und ihn vor allem bald wieder diesen Ort verlassen ließ.

Das Gitrog beugte sich über das Wollknäuel und spielte mit ihm wie eine Katze mit einer halbtoten Maus. Kuno hatte dieses Schauspiel schon einige Male gesehen, es eher niedlich gefunden, wie die Katze der Maus ihre Macht demonstrierte. Doch wie ähnlich diese Situation auch schien – das hier war etwas ganz anderes.

Das Monster stellte das Bündel selbst auf die Beine und schnipste es immer und immer wieder mit seiner Kralle um. Das Gitrog lachte dabei ein gurgelndes Lachen über sein seltsames Spiel, das kein Ende nahm. Das Gitrog warf es um, richtete es wieder auf. Aus dem Wollgewirr erklang ein dumpfes Schimpfen, welches den Kopfgeldjäger erschaudern ließ. Ob Mensch oder Lutarr – es war ein lebendiges Wesen und das Monster spielte einfach mit ihm Katz und Maus.

›Wo kommt nur dieser Gedanke her?‹, murmelte der Kopfgeldjäger über sich erstaunt. ›Seit wann empfinde ich denn Mitleid?‹

Das Schauspiel ging mehrere Minuten lang, bis plötzlich die Stimme des Gitrog ertönte. Sie ließ die blanke Angst in ihm aufsteigen, doch konnte er sie weder unterdrücken noch wirklich verstehen. *Bubumm, Bubumm, Bubumm* schlug sein Herz. Es pochte mit vollem Druck bis zum Hals und schnürte ihm die Kehle zu. In seinem Kopf tauchten die Bilder wieder auf, von den riesigen Flügeln, die seine Gunda umarmten. Kuno musste sich mit aller Gewalt dazu zwingen, an der Tür stehenzubleiben, nicht wegzulaufen.

»Zu schade, dass ich meiner Herrin versprechen musste, dich lebendig und ohne einen Kratzer zu holen. Sie weiß noch nichts von ihrem Glück. Sie wird so stolz auf mich sein …« Das Gitrog schubste das Wollknäuel erneut um und schien dabei laut zu denken: »Deine Macht würde mir auch gut zu Gesicht stehen.«

Für einen Moment leuchtete das Knäuel plötzlich auf und es schien, als würde das Licht aus ihm herausbrechen. Es war nicht dunkel, sondern hell und gleißend. Doch wirkte das Gitrog völlig unbeeindruckt und lachte nur voller Hohn. Speichel tropfte aus seiner hässlichen Schnauze. Die lidlosen Augen wirkten fürchterlich. Für einen kurzen Moment schienen sich die Ohren des Gitrog aufzustellen, um in Richtung der alten Ruinengemäuer zu lauschen.

Kuno presste sich gegen die Wand. Es durfte ihn nicht entdecken. Das Gitrog ließ von seinem Wollknäuel ab und bewegte sich langsam der Türe zu, an der Kuno stand. Es schnüffelte. Seine kleine, nach oben gepresste Nase wirkte eklig und die riesigen Augen und Ohren sahen unwirklich aus. Der Kopfgeldjäger hielt den Atem an. Es schien, als wolle das Gitrog die Tür zu seinem Lager öffnen. Doch das Wesen in Decke und Fesseln stand auf, wohl in der Absicht, gleich wegzulaufen. Mit einer unerwarteten Gewandtheit dreht sich das Gitrog um, wobei sein Schwanz gegen die Tür schlug. Sie knallte laut gegen die Wand und fiel sofort wieder in ihre alte Position zurück. Das Gitrog blickte noch einmal zurück, ließ aber desinteressiert von ihr ab und widmete sich seinem Wollknäuel.

»Gib dir keine Mühe, deine Macht ist in den Fesseln gefangen. Meine Herrin hat sie mir extra für dich gegeben. Deine Macht, dein Zauber, dein Können – alles ist in der Decke gefangen und ohnehin ist deine Macht an diesem Ort bedeutungslos. Nur die Macht meiner Herrin kann hier wirken.« Wieder schnipste das Gitrog mit einer seiner Krallen gegen das Wollknäuel und wieder fiel es um.

»Es ist so schade, dass ich dich nicht kaputtspielen darf. Aber meine Herrin hat mir befohlen, dich ihr in einem Stück zu bringen. Sie braucht dich. Sie braucht deine Magie, deine Fähigkeiten, dein Können, damit das Urböse wieder Form annehmen kann.«

Stumpfe Laute waren zu vernehmen. Kuno interpretierte sie als Widerspruch.

Das Gitrog hatte mit zwei seiner Krallen das obere Ende des Bündels ergriffen und es wieder auf seine zwei Beine gestellt. »Deine Macht gibt meiner Herrin einen Körper. Deine Macht wird uns dazu verhelfen, endlich über diese Welt zu herrschen, wie wir es längst hätten tun sollen. So wird sie ihr Erbe antreten können, welches ihr zusteht. Der Zeloo hätte uns gegenüber niemals Oida bevorzugen dürfen – wir hätten es verdient gehabt.« Dann schnippte das Gitrog belustigt das Bündel wieder um. »Es ist schon faszinierend, dass du so hilflos bist. Dabei bist du doch eins der letzten Wesen auf dieser Welt mit magischen Fähigkeiten.«

Das Bündel rollte bis zu den Stufen der dritten Ebene.

Kuno jedoch begriff kein Wort von dem, was da draußen gesprochen wurde. Um was ging es? War das etwa ein Magos in der Decke? Das konnte nicht sein, da diese Wesen ein reiner Mythos waren, wie auch der der Weltenbauer. Eine Geschichte, mit der sich die Menschen die Entstehung der Welten erklärten oder den fehlenden Schutz des Zeloo. Geschichten für Kinder. Oder auch nicht?

Wenn die Stimme wirklich die Tochter des Urbösen war, dann würden alle Mythen, die er kannte, in einem anderen Licht erscheinen – eine gravierende Änderung in seiner Wahrnehmung bedeuten. Und wäre es dann nicht auch möglich, dass es die Magi gab? Kuno überlegte. Er kam aber so schnell nicht zu einer befriedigenden Antwort, denn das Gitrog bewegte sich wieder. Sein

Schwanz schoss nur wenige Millimeter an der Türe vorbei. Kuno zuckte zusammen und hielt laut den Atem an. Doch schien das Gitrog nichts gehört zu haben.

»Zu schade, dass ich mit dir nicht weiterspielen darf, aber sie wäre erbost, wenn ich dich kaputtmachen würde. Sie würde es mich spüren lassen, wenn ich versage. Beim letzten Mal«, erzählte das Gitrog dem Bündel, »war sie enttäuscht, dass ich nur einem einfachen Menschen die Liebe genommen habe und nicht einem von edler Abstammung. Tsss … als ob die besser wären als andere. Mensch bleibt Mensch. Der Abschaum, das Gewürm, das Geschwür dieser Welt. Selbst du und deine magischen Freunde können ihnen nicht mehr helfen. Aber was soll's. Es ist ein offenes Geheimnis, dass sich ein Teil von euch längst gegen den Zeloo verschworen hat und selbst versucht, Leben auf diese Welt zu bringen.« Das Gitrog lachte. »Ich habe viel über euch erfahren in der Welt der Menschen. Es ist traurig, dass ihr nicht begreift, dass eure Zeit längst vorbei ist und eure einzige Möglichkeit zu überleben darin besteht, sich mit uns zu verbünden. Ein Teil von euch hat den Zeloo enttäuscht. Was habt ihr in den ›Fünf Gleichen Bergen‹ erschaffen? Andere Wesen, die menschenähnlich waren, nur kleiner und behaarter. Die sind wahrscheinlich genauso dumm wie die Menschen, wenn nicht gar dümmer.«

Das Gitrog griff nach dem Bündel und hob es wieder auf seine Beine. »Komm, tanz für mich.«

Das Bündel zeigte keine Reaktion.

»Tanz – oder ich schneid dir die Beine ab. Ach nein, schade, das geht ja nicht. Sie hat ja gesagt, dass ich dich unversehrt zu ihr bringen soll.«

In der reinen Drohung jedoch erkannte Kuno seine eigenen Worte. Genau *so* hatte er bei seiner Arbeit als Kopfgeldjäger gesprochen. Er erschrak. Er war genauso grausam wie das Gitrog. Er war eine Bestie, wenn er seine Aufträge erledigte. Hatte die Tochter des Urbösen etwa deswegen für ihn etwas übrig, weil er nicht besser war als ihr Haustier? Sollte er ihr neues Haustier werden?

»Genug mit dir gespielt«, lachte das Gitrog, »komme ich nun lieber meinen Pflichten nach, lasse meine Herrin nicht weiter warten und überrasche sie mit dir.«

Das Gitrog griff mit einer Kralle unter eine der Fesseln und hob das Wollknäuel hoch. Das Monster trug es auf die dritte Ebene, wobei sich der massige Körper des Gitrog mehr oder weniger ungeschickt durch die Enge der dritten Ebene bewegte. Kuno blickte aus seinem Türspalt heraus und sah, wie das Gitrog sich durch die Enge hindurchschlängelte. Der Panzer des Tieres war ihm im Weg, daher wirkten die Bewegungen auf dem engen Raum sehr unbeholfen. Das konnte eine Schwachstelle des Tieres sein. Aber solange Kuno keine Möglichkeit fand, diesen Panzer zu durchdringen, war selbst dieses Wissen absolut nutzlos.

Genau vor die Tür der dritten Ebene, die Kuno nicht öffnen konnte, warf das Gitrog das Wollknäuel. Dann klopfte es dort mit einer Kralle an. Kuno konnte es nicht sehen, doch hörte er es.

»Nehmt das Bündel und bringt es ihr.«

Waren da noch weitere Wesen? War er doch nicht allein in dieser Ruine? Ihm gefror das Blut in den Adern. Was war hier noch alles versteckt? Einen Schritt aus dem Türspalt wagte sich Kuno hervor, allein um besser sehen zu können. Doch das massige Monster verdeckte die Tür. Als sie geschlossen wurde, zog er sich sofort zurück und presste sich wieder gegen die Wand. Das Gitrog erhob sich kurz in die Lüfte und landete mit einem Flügelschlag wieder auf der zweiten Ebene. Seine Landung brachte die Ruine zum Erbeben. Der schwere Körper des Unwesens war eine weitere Schwäche des Tieres. Nur wie konnte sie ihm von Nutzen sein?

»*Du hast mich sehr überrascht mit deinem Geschenk*«, erklang die ihm wohlbekannte Stimme.

»Danke, Herrin.« Nach einer tiefen Verbeugung blieb das Gitrog mit gesenktem Haupt liegen.

»*Nun ruhe dich aus und morgen ist ein neuer Tag.*«

»Ja, Herrin. Wie Ihr wünscht«, sprach das Gitrog unterwürfig.

Es presste sich auf den Steinboden mit Blick auf den Thron, in dem eine dieser fragwürdigen Kugeln lag. Kuno konnte nicht anders und wagte es, den Kopf noch ein weiteres Mal aus der Tür zu stecken. Er blickte in die Richtung und erkannte eine weißlich durchscheinende Frau vor dem Thron stehen. Sie trug ein weißes Gewand und leuchtete in ihrem Inneren dunkelrot – wie heißes Feuer in einer Schmiede. Das Gitrog gab sich ehrfurchtsvoll.

Der Kopfgeldjäger erschauderte und zog den Kopf gleich wieder ein. Zum ersten Mal hatte er sie erblickt. Sie war kein Wesen von dieser Welt. Sie hatte keine Hülle.

Bubumm, Bubumm, Bubumm machte sein Herz, die Ohren begannen zu glühen. Aber im gleichen Moment erfüllte ihn wieder dieses warme Gefühl, als könne man ihm nichts anhaben. Kam es von ihr? Beschützte sie ihn?

»*Du bist wahnsinnig, Memme, dass du deinen Kopf rausgestreckt hast.*« Seine gewissenslose Stimme war ehrlich beeindruckt. Kuno zuckte mit den Schultern, das Gefühl gab ihm Sicherheit.

»*Deine Schande mit dem unwürdigen Menschen ist durch dieses Geschenk getilgt*«, sprach die weiße Dame zu dem Gitrog.

»Ihr sagtet, ich solle nur das Weibchen töten.«

»*Schweig! Du hast versagt, weil du so einem schwachen Männchen das Weibchen entrissen hast. Du solltest einen starken, edlen Mann suchen, der hierherkommen würde. ER ist unwürdig. Wir brauchen das Blut eines Mannes, der von sich aus hierherkommt …*«

»Er wird kommen, Herrin«, gab sich das Gitrog wieder unterwürfig.

»*Fall mir nie wieder ins Wort*«, fauchte sie. »*Das mag sein, dass er kommt, aber vorher wird er sich feige verstecken und vor Selbstmitleid zerfließen. Ohne das Blut eines starken und edlen menschlichen Mannes, welches von den Uraltkönigen abstammt, kann ich keine feste Gestalt annehmen.*«

»Herrin, ich ziehe morgen Nacht wieder los und bringe Euch ein anders Männchen.«

»*Nein, du begreifst nicht. Wir brauchen keinen dahergelaufenen Menschen, sondern einen von edlem Blut. Einen Königssohn aus reiner Linie.*«

»Ihr wolltet einen starken Mann, Herrin. Die Königssöhne auf dieser Welt, ob Menschen oder Lutarrer, sind alle weich, feige und verwöhnt. Ich habe sie alle gesehen. Keiner von ihnen ist es würdig, Euch sein Blut zu schenken. Keiner! Er war das Beste, was ich auf dieser Welt finden konnte. Die Prinzen dieser Zeit sind es nicht wert, dass Ihr Euch mit ihnen vereint.«

»*Schweig. Alle anderen sind nutzlos.*«

»Aber selbst die, die Ihr verlangt, sind nutzlos. Und im Kopfgeldjäger habe ich die Wut, den Zorn und die Verzweiflung gespürt. Ich war mir so sicher, dass ich ihm nur seine Braut und sein einziges, ungeborenes Kind zu nehmen brauche, um ihn in seinem Drang nach Rache hierherzulocken.«

»Er ist auf dem Weg, aber er ist es nicht wert, eine Rolle in meinem Plan zu übernehmen. Geh morgen auf die Suche nach ihm.«

»Ja, Herrin. Wie Ihr wünscht.«

»Bring ihn zu mir, hier auf die zweite Ebene und zeige mir, wie du ihn tötest.«

»Wie es Euer Wunsch ist, Herrin.«

»Nun ruh dich aus. Der Kampf mit dem Magos wird dich Kraft gekostet haben. Du wirst sie in den nächsten Tagen benötigen.«

»Ja, Herrin.«

Vorsichtig spähte der Kopfgeldjäger durch den Türspalt und sah, wie das Gitrog sich umdrehte und in die erste Ebene schlich, um dann in seinem Loch zu verschwinden. Die weiße Gestalt hingegen schien immer noch auf dem Innenhof zu verweilen. Eine gespenstische Stille hatte sich ausgebreitet. Kuno wagte es nicht, sich zu bewegen, sondern verharrte regungslos an der Wand. Er hatte die Augen geschlossen und hoffte, dass dieses Gefühl verschwinden würde. Nur darauf konzentrierte er sich, auf dieses unsägliche Gefühl. Aber – es verschwand nicht.

Lange stand der Kopfgeldjäger an die Wand gepresst einfach nur da, bis seine Glieder steif waren, als in seinem Kopf wieder die Stimme erklang.

»Nun, mein liebes Kopfgeldjägerchen, hast du etwa gelauscht?«, fragte sie liebevoll, wie eine Mutter. *»Das ist aber keine feine Art. So nimmst du mir die Freude, dich gegen ihn kämpfen zu lassen.«*

»Warum hilfst du mir?«

»Er hat versagt. Er ist meiner nicht würdig.«

»Aber ich auch nicht …«

Sie antwortete nicht. Die Stimme war wieder verschwunden.

Ach, wie Kuno es hasste.

Langsam rutschte er die Wand an der Tür herunter und landete auf seinem Hintern. Was war da gerade geschehen?

Plötzlich stand Azig neben ihm und leckte ihm über das Gesicht. »Ich hasse das, Azig.« Der ließ sich bei Kuno nieder und legte den Kopf in seinen Schoß. Aus Reflex streichelte er ihn.

»Wo hast du nur gesteckt, Azig?«, sprach er dabei. »Wo hast du nur gesteckt?«

Kuno murmelte weiter: »Wo bin ich hier nur reingeraten? Was tue ich eigentlich hier? Ich sollte daheim sein und mich um meine Geschäfte kümmern und nicht zwischen Göttern und Urwesen, die ein komisches Spiel mit mir spielen, stecken. Ich bin doch nur ein Kopfgeldjäger.«

»Nur ein Kopfgeldjäger? NUR ein Kopfgeldjäger? Memme, was ist nur los mit dir? Wir haben schon ganz andere Dinge erledigt, als so ein Urviech. Du wirst das Gitrog töten und dann machst du diese Schlampe platt. Götter …, dass ich nicht lache«, ertönte die gewissenlose Stimme in seinem Kopf. Kuno hielt ihn sich, da er schmerzte, wenn sie dort mit ihm sprach.

»Hör mir gut zu, Memme. Du wirst hier nicht wieder in Selbstmitleid zerfließen. Du wirst gefälligst die Nacht ruhen und morgen wollen wir den letzten Gang inspizieren. Vielleicht finden wir da weitere nützliche Räume! Und dann werden wir uns überlegen, wie wir das Vieh plattmachen. Hast du mich verstanden?«

Geistesabwesend nickte Kuno.

»Gib ihm einen Moment. Ein Gott war wieder in seinem Kopf und hat mit ihm gesprochen. Das hast du doch auch mitgekriegt.«

»Gott hin, Gott her. Wir sind nicht hier, um zu diskutieren und rumzuheulen. Oder Memme? Wenn er sich nur etwas mehr unter Kontrolle hätte und nicht immer auf dein Geseier hören würde, dann wäre vieles einfacher.«

Der Kopfgeldjäger kümmerte sich nicht mehr um die Stimmen in seinem Kopf. Sollten sie doch reden. Er raffte sich auf, schleppte sich zu seinem Lager und ließ sich vollkommen erschöpft auf seiner Decke nieder. Dann schlief er ein. Sein Schlaf war traumlos und als er am nächsten Morgen erwachte, fühlte er sich so stark wie seit Jahren nicht mehr.

KAPITEL 21:
SCHMIEDE

Am nächsten Morgen stand der Kopfgeldjäger vor der Abzweigung im Gang zum Laboratorium. Azig hatte er noch schlafen lassen und ihm nur etwas frisches Wasser und ein paar Trockenfleischstreifen hingelegt. Sein Freund hatte müde gewirkt und schnell geatmet. Irgendetwas musste der Kopfgeldjäger unternehmen, sonst würde sein Gefährte an der Wunde sterben. Doch ihm fiel nichts ein, was er tun konnte, außer die Wunde seines treuen Gefährten immer wieder zu reinigen. Einen neuen Verband hatte er aus seinem schmutzigen Waffenrock gerissen und ihn vor dem Anlegen mehrfach mit Wasser ausgespült. Sauber war etwas anderes, aber Besseres hatte er momentan nicht.

Bevor er Azig verlassen hatte, war er noch einmal mit der Hand durch sein Fell gefahren: »Bleib, mein Freund. Ruh dich aus. Du wirst noch gebraucht von mir. Ich lass dich hier nicht sterben.« Ob er damit seinen Hund oder doch eher sich selbst aufmuntern wollte, blieb dahingestellt. Azig hechelte auf jeden Fall zustimmend und legte den Kopf auf seine heile Pfote.

»Wache hier.«

In der rechten Hand hielt der Kopfgeldjäger seine Armbrust, in der linken eine Gaskerze. Diese Gasleuchte war so einfach wie genial, da man ihren Lichtstrahl in eine bestimmte Richtung steuern konnte, indem man das Blech an der Lampe nach oben zog. So leuchtete Kuno den Gang vor sich aus und das Licht durchbrach dessen Finsternis. Doch wandte er sich nun nicht dem Laboratorium zu, sondern beschritt den anderen Weg an der Abzweigung. Zu seiner Überraschung und im Gegensatz zu dem anderen Pfad war dieser Korridor nicht besonders lang und entsprach in Höhe und Breite den Dimensionen des Hauptganges. Diese überstiegen seine eigene Größe um ein Dreifaches – hier schienen nicht die filigranen Gestalten der Menschen oder Lutarrer als Maßstab gegolten zu haben, sondern das Grobschlächtige des Bösen. Die schwarzen Wände des Ganges glichen sich der dort sonst vorherrschenden Finsternis an. Die massive Holztür vor ihm schimmerte nur durch ihre stahlblauen Beschläge, wobei der schwarze Türknauf als Wappen der Unforhtal geschmiedet war und eigenartig leuchtete.

Der Kopfgeldjäger warf die Armbrust auf seinen Rücken, kniete nieder und suchte mit der Gaskerze den Boden ab. Erst jetzt fiel ihm auf, dass er in der Mitte glattgelaufen war. Vor einer Ewigkeit musste hier reger Verkehr geherrscht haben. Was war wohl hinter der schweren Tür?

Wäre die Neugierde in ihm nicht schon längst geweckt worden, dann spätestens nun. Der Kopfgeldjäger stand auf und atmete tief durch. ›Es wird nicht leicht, diese Tür zu öffnen‹, überlegte er nachdenklich, ›vielleicht hilft sprengen!‹

»*Mein Kuno, benutze doch erst mal die Türklinke, bevor du mit brachialer Gewalt vorgehen willst*«, erklang die liebevolle Stimme.

»Als ob ich nicht darauf gekommen wäre«, behauptete der Kopfgeldjäger entnervt. »Aber das wäre zu einfach.« Er griff sich an das Kinn und ließ seine Finger durch den Bart gleiten.

»*Versuche es*«, forderte sie ihn wieder auf.

»Diese Tür ist allein aufgrund ihrer schieren Größe schwerer zu öffnen als die zum Laboratorium«, versuchte er es erneut.

»*Vielleicht, mein Kuno, irrst du jedoch!*«, verlangte die Stimme.

Konnte sie nicht einmal nachgeben? »Meinetwegen!«, fauchte Kuno. Er griff zur Türklinke und drehte das Wappen. Es klackte laut – und die Tür schwang vollkommen problemlos auf, fast wie von Geisterhand.

»*Siehst du, du hast dich geirrt. Manchmal ist es ganz einfach, mein Kuno.*«

»Jaja«, gab sich Kuno genervt. Musste sie immer recht behalten?

»*Siehst du, mein Kuno, du solltest nicht immer so pessimistisch an die Dinge herangehen, nicht immer so schwarzseherisch sein*«, sprach die mütterliche Stimme.

»Halt's Maul«, grummelte Kuno verärgert. Wie sehr war er die Stimmen leid, selbst wenn sie ihm halfen. Doch er ertrug sie nicht mehr.

Die gewissenhafte Stimme schwieg und Kuno spürte, dass sie

litt. Ihn überfiel gar ein schlechtes Gewissen, aber … warum? Er schüttelte den Kopf, um dieses ihm unbekannte Gefühl loszuwerden und es gelang ihm.

Nun stand er vor dem undurchdringlichen Schwarz des Raumes. Doch aus den Erfahrungen bei den letzten beiden Türen hatte er gelernt und wollte zunächst mit Hilfe seiner Gaskerze den Boden untersuchen. »Besser ist es …«, murmelte er, »nicht, dass ich wieder von so einem Lichtblitz oder ähnlichem überrascht werde.« Kaum hatte er es ausgesprochen, fand er auch schon den Schalter zwischen den schwarzen Steinplatten am Boden. »Sieh da!«, lächelte er. Vorsichtig betätigte er ihn. Das Licht erstrahlte im ganzen Raum. Doch leuchtete es nicht einmal im Ansatz so grell wie im Laboratorium, sondern viel dumpfer und augenschonender. Fast war es für einen Menschen zu dunkel, aber es genügte, um alles erkennen zu können. Die Anzahl der Leuchten war relativ gering, und die Höhe und Weite des Raumes schienen einen Großteil ihrer Helligkeit regelrecht zu schlucken.

»So angenehm das Licht auch ist, es könnte heller sein«, murmelte der Kopfgeldjäger, griff seine Armbrust und legte sie in den Anschlag.

»Nie bist du mit was zufrieden, Memme!«, erklang die sarkastische Stimme in seinem Kopf und lachte.

»Jetzt halt endlich die Fresse!« Kuno spie aus.

Als er den Kopf hob, staunte er. Nicht nur für die Höhe dieses Raumes fehlte ihm eine logische Erklärung, sondern auch für die Funktionsweise dieser Statik. Der Kopfgeldjäger blickte an die Decke, die wie ein Himmel über ihm wirkte. Unzählige Reihen breiter Regale, die massenhaft mit Waffen, Rüstungen und Schilder in jeglicher Größe und Form sowie anderen Gegenständen bestückt waren, sowie riesige Waffenständer und Tische bestimmten das Bild des Raumes.

Der Kopfgeldjäger traute seinen Augen kaum. Er hatte die Waffenkammer des Urbösen entdeckt. »Wahnsinn!«, murmelte er.

Er schritt zu einem der Waffenregale und nahm sich einen der Streitkolben. Mit beiden Händen konnte er ihn gerade so umfassen, denn sie passten kaum um den Griff. Das waren alles Waffen für deutlich größere Wesen. Skorden waren eine Möglichkeit, aber dem Kopfgeldjäger gingen auch die beiden Skulpturen vor dem Thron der Paraphronia durch den Kopf. Er kannte nicht den Namen dieser Wesen, doch würden zu ihnen definitiv diese Waffen passen.

Langsam durchlief er jeden Gang. Seine Armbrust hatte er wieder auf den Rücken geworfen und die Gaskerze an den Eingang gestellt. Er erkundete jedes Regal, jeden Gegenstand und fand auch einige Waffen, die für seine Größe geeignet waren. Ein altes Schwert, dessen Griff in den Gang ragte, nahm der Kopfgeldjäger in die Hand und begutachtete es. Kein Rost war zu sehen und die Klingen schien nichts von ihrer Schärfe eingebüßt zu haben. Diese Eigenschaft kannte er nur von der lutarrischen Legierung. Es verwunderte ihn, dass er so eine Waffe hier vorfand.

»*Tölpel*«, sprach die gewissenhafte Stimme. Sie klang erbost, wohl dem geschuldet, dass er sie so unflätig hatte abstellen wollen. Kurz zuckte er zusammen. Hatten seine Stimmen wahrlich Gefühle?

Lange konnte der Kopfgeldjäger nicht darüber nachdenken, denn seine gewissenlose Stimme erläuterte ihm: »*Meinst du wirklich, dass die Kunst des Schmiedens nur den Lutarrern vorbehalten ist? Dass das Urböse nicht in der Lage ist, Waffen herzustellen, dessen Fähigkeiten die eines Menschen oder eines Lutarrs sogar noch übertreffen? Memme, ich dachte, wir hätten die naive Phase längst überwunden.*«

»Dein Sarkasmus in allen Ehren«, gab sich Kuno stark, »aber mir reicht es! Ich benötige meine Kraft für das Gitrog und möchte sie nicht in dem dauernden Kampf gegen euch verschwenden. Ihr helft mir nicht, ihr beraubt mich meiner Kraft. Begreift ihr das denn nicht?«

»*Memme, Memme, Memme! Du bist ein Witz. Jetzt schleimst du dich wieder ein. Hast wohl ein schlechtes Gewissen*«, lachte die Stimme. »*Steh endlich zu dem, was du sagst und tust, aber höre endlich auf, rumzuheulen und in Selbstmitleid zu zerfließen. Das ist jämmerlich und erbärmlich.*«

»Schweig«, schrie Kuno, »schweigt alle! Ihr seid meiner nicht würdig. Ihr seid nur in meinem Kopf und handelt nicht. Geht, verlasst ihn und sucht euch einen anderen. Ich bin hier, um das Gitrog zu erledigen und nicht, um mir eure Vorwürfe anzuhören …«

»*… so wie wir*«, sprachen die Stimmen gemeinsam in seinem Kopf.

»*Wir wollen das Gitrog vernichten und unser Ziel ist die Rache. Wir waren in deinem Kopf glücklich, als du Gunda an deiner Seite hattest. Und nun sind wir allein – ohne glücklich zu sein. Wir brauchen die Rache! Wir wollen sehen, wie sich das Vieh windet vor Qualen. Wir wollen uns an seinem Leid laben, denn das ist es, was es verdient, das ist es, was es uns zugefügt hat, mein Kuno*«, sprach die gewissenhafte Stimme. »*Es ist nur gerecht, wenn es langsam und qualvoll verreckt.*«

Den Kopf schüttelnd flüsterte der Kopfgeldjäger mit leichter Verzweiflung in der Stimme: »Dann gebt mir etwas Ruhe, damit ich euch unseren Wunsch erfüllen kann.«

Da ereilte die Stille seinen Kopf, sie schwiegen. Ihm war bewusst, dass dies nicht für immer sein würde, aber vielleicht doch für eine ganze Weile.

Der Kopfgeldjäger durchschritt die gesamte Waffenkammer und begutachtete alles sehr genau. Immer auf der Suche nach etwas, was er gegen das Monster in seinem Loch einsetzen konnte. Bei der Masse an Waffen und ihrem tadellosen Zustand war möglicherweise ein Schatz dort versteckt. Ruhig und mit der nötigen Aufmerksamkeit durchkämmte er sämtliche Reihen an Regalen, als er plötzlich in der neunten innehielt … er hatte eine unvorhersehbare Entdeckung gemacht! Alles hatte er erwartet, aber nicht dies. In der linken hinteren Ecke, abgeschirmt von großen Säulen aus Stein, lagen zwei unterschiedlich große Schmiedestätten.

Dort fand er Holz, etwas Kohle, noch einige Eisenbarren und andere Metalle. Ruhig inspizierte er die Schmiede bis ins Detail und stellte fest, dass sie noch vollkommen intakt war und eine Überraschung für ihn bereithielt. Sie ließ sich durch einen weiteren Schalter im Boden befeuern. Betätigte er diesen, so hörte er für eine kleine Sekunde Gas ausströmen. Ein Funke wurde erzeugt und somit die alte Holzkohle, die in der Schmiede lag, zum Glühen gebracht. Sollte er also irgendetwas für den Kampf benötigen, hätte er hier die Möglichkeit, es selbst herzustellen. Es war alles vorhanden, was dafür notwendig wäre.

Glücklich über die Entdeckung durchsuchte der Kopfgeldjäger weiter die Waffenkammer. Hinter den Regalen gab es eine kleine Tür, die wohl für Menschen gemacht war.

»Faszinierend«, meinte er verwundert und öffnete sie. Dahinter lag eine Waffenkammer – ausgelegt für menschengleiche aber auch noch kleinere Wesen. Oder schickte das Urböse Kinder in den Krieg? Der Raum besaß die Höhe von zwei Menschen und wurde durch unzählige Säulen und Rundungen, die bis hin zur Deckenmitte verliefen, gestützt. Staunend durchschritt der Kopfgeldjäger die Gänge der Regale, wobei er seine ganze Vorsicht vergaß und stolperte. Laut fluchend stürzte er zu Boden: »Verdammte Drecks… Mann, was ist das hier für ein Scheiß.« Er trat nach hinten aus und irgendetwas klapperte laut weg. »Verdammt sei der Zeloo.«

Er stemmte sich auf seine Arme und blickte zurück, drehte sich auf seinen Hintern und – ein weiteres Fluchen blieb ihm im Halse stecken. Er war viel zu sehr erstaunt. Nie im Leben hatte er gehofft, so etwas zu erblicken. Konnte er wirklich seinen Augen trauen? Er sah eine unzählbare Menge an Holzstielen. Der Kopfgeldjäger sprang auf die Füße und durchwühlte das Fach. »Hier …«, redete er vor sich hin, »hier wird es doch einen passenden geben!« Immer weiter kletterte er in das Regalfach hinein. Dabei warf er unachtsam und laut krachend die nicht passenden Stiele hinter sich.

»Ja, verdammt!«, schrie er. »Hier ist er. Dem Zeloo sei Dank. Der wird passen. Er hatte wieder mehr Glück als Verstand. Der Zeloo war ihm weiterhin wohlgesinnt … oder doch eher die Dame in Weiß? Der Kopfgeldjäger fragte sich dies für einen kleinen Moment, bis er entschied, dass es nicht von Wichtigkeit war.

Umso dankbarer war er aber, die Schmiede in der Waffenkammer entdeckt zu haben. Dort würde er weitere Bolzen herstellen können und ihm dieser Stiel hier eine Waffe zurückgeben.

Ein kleiner Funke Hoffnung stieg im Kopfgeldjäger wieder auf. Er wartete darauf, dass die Stimmen ihm die Laune verdarben, aber sie schwiegen weiterhin. Sie gönnten ihm wirklich ein klein bisschen Ruhe.

Auf dem Rückweg hielt er den Stiel in der Hand und schwang

ihn freudig erregt. Am Eingang griff er die Gaskerze und kehrte zu seinem Lager zurück. Dort wartete Azig bereits in seiner Decke liegend und noch leicht dösend. Der Kopfgeldjäger warf den Stiel auf das Lager und durchsuchte seine Tasche. Sein Hund hob neugierig den Kopf und stellte seine Ohren auf.

»Ja, hier ist das gute Stück.« Einen Öllappen zog er hervor. In ihm eingewickelt lag das Streitaxtblatt. Vorsichtig, als wäre es eine Kostbarkeit, entfernte er den Lappen und begutachtete das Blatt. Der Kopfgeldjäger lachte vor Freude kurz auf. Immer noch glänzend und ohne Rost, ganz so, wie er es eingerollt hatte, wog er es nun in seiner Hand. »Was für ein schönes Blatt. Viel zu schade, es nicht gegen das Drecksvieh einzusetzen. Zur Not schlage ich ihm damit einfach seine hässliche Fratze vom Hals.«

Er nahm seinen Wasserschlauch, um einen großen Schluck zu trinken, wischte sich den Mund ab und klemmte ihn unter den Arm. Dann wickelte er das Blatt wieder in den Öllappen, nahm es unter den anderen Arm, griff den Stiel und begab sich zurück in die Waffenkammer. Hier würde er das Blatt mit einem neuen Holzstiel versehen.

Kaum bei der Schmiede angekommen, spannte er den Holzstiel in den Schraubstock, der an einer Werkbank befestigt war. Dann schob er, so weit nur irgendwie möglich, das Streitaxtblatt über den hölzernen Stiel. Den Schmiedehammer griff er mit einer Hand und schlug mit der Präzision jahrelanger Übung das Axtblatt exakt auf den Stiel. Gerade so weit, dass der Stiel aus dem Stahlrohr wenige Millimeter herausragte. Dann setzte er einen Stahlkeil an und schlug ihn am Kopf in das Holz des Stiels. Er lächelte zufrieden, löste den Schraubstock und bewegte die Axt in seiner rechten Hand. Sie fühlte sich gut an, war aber noch nicht wieder funktionstüchtig. Er lief mit ihr hinaus zum Brunnen und holte den Topf mit Wasser herauf. Wieder zurückgekehrt an sein Lager, steckte er die Axt mit dem Kopf hinein und stellte den Behälter dann an eine der Wände, so dass die Waffe keine Möglichkeit hatte, umzufallen. Nun konnte das Holz in Ruhe quellen und dem Streitaxtblatt den letzten Halt geben. Morgen wäre die Axt wieder einsatzfähig.

Wieder kehrte er in die Waffenkammer zurück und hielt sich noch einige Zeit dort auf. Seine Neugierde war geweckt. Jeden

Winkel, jede Ecke wollte er erkunden. Wer konnte schon wissen, was er dort noch alles finden würde.

Nach einer Weile entdeckte er in dem Raum, der für die kleineren Kämpfer gedacht war, einige lange und feste Seile. Sie lagen unter einer kleineren Werkbank versteckt. Er begutachtete sie in aller Ruhe. Sie bestanden nicht aus Hanf, sondern aus einem anderen, ihm unbekannten Material, schienen somit reißfester zu sein und rochen auch ganz anders. Kuno konnte sich keinen Reim darauf machen, aber in ihm entwickelte sich eine Idee. Ein Plan, der verwegen war und vielleicht etwas verrückt. Aber er hatte kaum eine andere Möglichkeit, als es genau so zu versuchen.

Die Seile waren lang genug, so dass er ohne größere Probleme ein Netz aus ihnen würde knoten können, um es über das Loch des Gitrog zu spannen. Irgendwann musste das Gitrog ja wieder herauskommen. Dann würde es sich in den Seilen verheddern und nicht mehr fliegen können. Es wäre am Boden gefesselt und genau das des Kopfgeldjägers Chance, ihm mit der Streitaxt den Schädel zu spalten. Nur sein Körper besaß einen Panzer, sein Kopf hingegen war verwundbar. Zur Not, wenn dies nicht funktionieren sollte, wollte er ihm mit seiner Armbrust einen Bolzen in die lidlosen Augen schießen.

Der Kopfgeldjäger kehrte umgehend auf den Hof zurück, wo er auf der ersten Ebene das Loch des Gitrog genauer unter Augenschein nahm. Auch wenn es riesig war, bestand die Möglichkeit, ein Netz darüber zu spannen. Dazu würde er nicht einmal irgendwelche Befestigungen anbringen müssen, da genug lose schwere Steine im Hof herumlagen, die von den Gebäuden, Mauern oder Türmen stammten. An ihnen konnte er das Netz befestigen. Auch wenn einige Steine aus den Löchern des Netzes rutschen würden, wäre das nicht schlimm, solange ein Großteil der Gewichte das Untier am Boden hielt. Dann hätte er sein Ziel erreicht.

Seine Stimmen schwiegen zu seinem Plan. Ob es Zustimmung oder Ablehnung war, das konnte der Kopfgeldjäger nicht sagen. Selbst, als er in seinen Kopf hineinrief, um sie hervorzuholen, um mit ihnen über den Plan zu reden, blieben sie stumm und fern seiner Gedanken.

KAPITEL 22: AUFEINANDERTREFFEN

Langsam ließ der Kopfgeldjäger den Stein an seinem angestammten Platz nieder. Angestrengt atmete er ein und aus – die schwere Arbeit war ihm ungewohnt. Die Sonne neigte sich dem Horizont entgegen und tünchte den Abendhimmel in ein dunkles Blau. Der Kopfgeldjäger blickte konzentriert hinauf. Wie gewöhnlich würde bald die Nacht über den Tag siegen und sich die Dunkelheit über die Welt legen.

Weitere Steine zum Loch des Gitrog zu schleppen, war nicht mehr möglich. Zu dunkel war es geworden und die Gefahr, dass ein Stein hinabstürzen würde, war viel zu hoch. Das Gitrog sollte von seiner Tätigkeit nichts mitbekommen, daher hatte er den gesamten Tag mit Vorsicht gearbeitet. Morgen wollte er die Seile spannen und die letzten Vorbereitungen treffen und dann … wäre da noch der Kampf. Der ganze Spuk hätte danach ein Ende und er endlich seine Rache erhalten.

Erschöpft, aber zufrieden mit seinem Tagwerk kehrte der Kopfgeldjäger zum Lager zurück. Azig lag auf seiner Decke und schien zu schlafen. Doch in dem Moment, als der Kopfgeldjäger den Raum betrat, richtete sein treuer Gefährte den Kopf kurz auf, um ihn gleich wieder beruhigt auf seine heile Pfote zu senken. Zielsicher ging Kuno zum Eimer und holte die Streitaxt heraus. Dann begutachtete er zufrieden sein Werk, setzte sich neben Azig und begann, mit Stahlwolle das Streitaxtheft zu schleifen. Erst beabsichtigte er, sämtlichen Flugrost zu entfernen, doch war das Blatt ja mit einer lutarrischen Legierung eingelassen und rostete somit nicht. Fast hätte er diesen Umstand vergessen und lächelte in sich hinein. Mit einem Lappen aus der Werkstatt trocknete der Kopfgeldjäger seine Streitaxt liebevoll ab. Von der Kampfführung her nutzte er sie wie den Hamar und machte so seinen Umgang mit dieser Waffe einzigartig. Bisher hatte ihn das noch immer zum Erfolg geführt.

Fast. Seine Hand glitt über die breite Narbe, welche oberhalb des rechten Auges verlief.

Für den Moment trugen ihn seine Erinnerungen zurück zu dem alten Hauptmann und seine Diskussion mit ihm vor dem Berg. »Der Narr«, murmelte er, »er wäre längst verreckt in dieser Ruine.« Die Zeit seitdem kam ihm wie eine Ewigkeit vor. Er grinste. Mit dem Lappen polierte er noch einmal beide Streitaxtblattseiten und legte sie neben sein Lager bereit. Dort lehnte er sich zurück, um seinen Blick an die immer dunkler werdende Decke des Raumes zu richten.

Den ganzen Tag hatten sich seine Stimmen nicht mehr gemeldet. »Es ist verrückt«, brummte er vor sich hin. Ihn ließ der Gedanke an sie einfach nicht los. »So sehr ich sie auch verfluche, so sehr fehlen sie mir jetzt.«

Niemand war da, nur sein verletzter, treuer Gefährte. Ihm fehlte der Klang einer weiteren Stimme und er fühlte sich einsam … zum ersten Mal nach Gundas Tod. Instinktiv begann er wie gewohnt Azigs Kopf zu streicheln und sann leise über seine Situation und seine Stimme nach. »Ich verstehe das nicht. Vor Gunda und dir war ich ein zufriedener einsamer Mann. Ich war zufrieden mit meinem Leben. Keine Verantwortung außer mir selbst gegenüber und nun fehlt mir eine Person, mit der ich sprechen kann. Fünf Jahre verbrachte ich mit Gunda. Wir sind nun schon acht Jahre gemeinsam unterwegs. Es ist verrückt, dass mir Menschen auf einmal fehlen. Selbst diesen dummen alten Hauptmann vermisse ich.«

Azig knurrte kurz auf, während der Kopfgeldjäger sich streckte. »Du hast recht, mein Freund. Eigentlich sollte ich froh sein, dass sich die beiden nicht melden. Sie scheinen keine Meinung zu meinem Plan zu haben. Weder verspotten sie mich, noch stimmen sie mir zu. Sie schweigen nur.« Irgendwie hoffte der Kopfgeldjäger, so verrückt es ihm auch gleichzeitig wieder erscheinen mochte, dass sich die Stimmen allein durch diese Gedanken wieder melden würden. Aber sie taten es nicht.

Azig hob den Kopf und blickte ihn an. Seine Ohren hingen schlapp hinunter und seine Augen zeigten dem Kopfgeldjäger, dass er Schmerzen hatte. Die Pfote verheilte nicht gut. Womöglich würde Azig noch immer lahmen, wenn sie das alles hier überstanden hatten. Der Kopfgeldjäger lächelte und streichelte mit beiden Händen Azigs Schnauze. »Nein, mein Freund, ich habe sie nicht besiegt. Sie sind noch da. Ich spüre sie noch immer in mir. Ganz tief schüren sie meine Wut und meinen Zorn. Aber sie hadern mit sich. Weil sie bemerken, dass ich sie nach all den ganzen Jahren zu akzeptieren beginne. Es ist ein schmerzvoller Prozess für sie. Glaubten sie doch, mich immer triezen zu können. Ich bin kein Spielball ihrer Wut mehr, außer sie reizen mich. Es hat gedauert, bis ich das alles begriffen habe. Wenn ich sie akzeptiere, dann kann ich besser mit ihnen leben. Verstehst du, Azig?«

Der Hund kläffte und wedelte mit dem Schwanz.

»Natürlich haben sie keine Daseinsberechtigung in meinem Kopf, aber sie sind nun mal da. Ich habe sie hervorgerufen, als ich ein Kind war, nun sind sie ein Bestandteil von mir. Was soll ich tun …«

Azig blickte seinen Freund mit traurigen Augen an.

»Natürlich weiß ich, dass es verrückt ist. Aber was meinst du, soll ich machen?«

Wieder kläffte Azig kurz auf.

»Du bist verrückt, Azig. Aber es ist eine gute Idee.«

Der Hund bellte.

»Du meinst, die Einsamkeit ist es, die mich so denken lässt? Mach ich es mir damit nicht zu einfach, wenn ich alles mit meinem Gefühl der Einsamkeit rechtfertige?« Der Kopfgeldjäger schwieg, blickte auf die Tür und sah, wie der Schatten der Nacht immer mehr die Ruine eroberte. »Azig, die Einsamkeit frisst mich auf. Ich hätte nie gedacht, dass es mir einmal so schwerfallen würde, wieder allein zu sein. Aber so wenig menschlich die Stimmen auch sind, sie sind die einzigen sozialen Kontakte hier.«

Wieder kläffte Azig. Diesmal meinte der Kopfgeldjäger, etwas Vorwurfsvolles mitklingen zu hören. Er lachte. »Nein, natürlich nicht. Aber du bist so lange weggewesen, nun verletzt und nicht auf der Höhe. Ich mache mir Sorgen um dich, mein Freund. Die Entzündung in deiner Pfote verschwindet nicht. Ich glaube gar, dass sie schlimmer wird.« Er streichelte seinem Hund über das Fell seines Kopfes. »Und du weißt nicht, wie verrückt es ist, wenn man sich ständig mit unterschiedlichen, fragwürdigen Stimmen unterhält.«

»Kopfgeldjäger! Koooopfgeldjääääger! Oh du mein lieber Kooooopfgeeeeeldjääääger! Was bist du nur für eine einfältige Kreatur. Du meinst wirklich, dass du mich besiegen kannst, kleines Menschlein?«, riss die Stimme des Gitrog, die in allen Gängen der Ruine widerhallte, Kuno Kopfgeldjäger aus dem Schlaf. Azig stand auf seinen Pfoten und blickte sich um. Mit einem Griff hatte Kuno seine Streitaxt in der einen und seine Armbrust in der anderen Hand. Verwirrt blickte er sich um.

»Du musst mich nicht suchen, Kopfgeldjäger. Du wirst mich nicht finden. Aber du beweist Mut, dass du hierhergekommen bist. Schmerzt dich der Verlust deines trächtigen Weibchens so sehr, dass du bereit bist, für sie zu sterben? Ihr seid so viele, meinst du nicht, dass du ein neues Weibchen findest, Kopfgeldjäger?«

Ein Windzug war zu spüren, den er nie zuvor an seinem Lager wahrgenommen hatte. Seine Streitaxt legte er auf den kalten Steinboden seiner Lagerstätte und entzündete mit ruhiger Hand seine Gaskerze. Das Licht durchbrach die Finsternis des Raumes. Es war mitten in der Nacht. Nur der Mond erhellte den Innenhof. Der Kopfgeldjäger lenkte das Licht der Gaskerze in Richtung Tür. Sofort umschloss seine Hand die am Boden liegende Waffe. Ein Blick zur Tür genügte ihm. Immer noch stand sie einen Spalt auf. Langsam wurde der Windzug stärker. Azig stand in Habachtstellung vor ihm und knurrte gegen den Wind.

»Geduld, mein Freund«, sprach Kuno. »Es ist so weit! Aber gedulde dich.«

Immer stetiger wuchs der Wind. Sofort erinnerte es ihn daran, als er am Berghang kilometerweit in die Luft geworfen worden war. Mit voller Wucht schlug plötzlich ein Windstoß die Türe auf und ergriff die beiden Gefährten. Nur mit Mühe konnten sie sich auf den Beinen halten. Dann schwang die Tür wieder mit einem lauten Knall zu.

Es herrschte Stille. Nur das ruhige Licht der Gaskerze erhellte den Raum und Kunos Griff um seine Armbrust und Streitaxt schloss sich fester.

Und dann erklang die fürchterliche Stimme des Gitrog: »Nun sitzt das Menschlein selbst in der Falle«, lachte es höhnisch, »wie singen die Menschlein den kleinen Kindern gerne vor?

Menschlein in der Grube,
saß und schlief,
saß und schlief,
armes Menschlein hast du Angst,
dass du dich nicht mehr verstecken kannst?
Menschlein stirb, Menschlein stirb, Menschlein STIRB!«

Eiskalt lief es dem Kopfgeldjäger den Rücken herunter. Der fürchterliche Gesang ließ ihn erschaudern. Nur noch der Schein der Gaskerze gab Licht und versuchte der eingetretenen Finsternis etwas von ihrer Macht zu rauben. Weit konnte der Kopfgeldjäger nicht blicken, zu sehr beherrschte die Dunkelheit diesen Raum. In die Stille der Finsternis lauschend richtete er die Gaskerze wieder in Richtung der Tür.

»Hat das Menschlein die Hose voll?«, höhnte das Gitrog.

Der Kopfgeldjäger meinte, einen Schatten an der Tür wahrgenommen zu haben. Sofort steckte er die Streitaxt an seinen Gürtel, griff die Lampe und richtete sie gegen die Decke. Nichts war zu sehen.

»Gefällt dir mein Heim der Finsternis?«, lachte das Gitrog.

Leise ließ Kuno die Armbrust zu Boden sinken, kniete sich zu seinen anderen Gaskerzen hinab und entzündete sie.

»Nimm der Finsternis ruhig die Macht – sie wird dennoch über euch kommen!«

Woher wusste das Ungeheuer nur, was er tat? Ein Gefühl des Unwohlseins machte sich in seiner Magengegend breit. Er war nicht vorbereitet auf das Monster. Es kam zu früh. Er würde sterben.

»Die Finsternis kehrt zurück, wie die Nacht dem Tage folgt. So folgt auf das Zeitalter des Lichts das Zeitalter der Finsternis und die Erben der Unforhtal werden herrschen und ich werde König sein … Und so folgt auf dein Leben, Kopfgeldjäger, NUR dein TOD!«, triumphierte es hämisch.

»Wo steckst du?«, brüllte Kuno, selbst erschrocken über die Lautstärke und die Furcht, die in seiner Stimme lag. Eigentlich hatte er keine Angst, aber er wollte seinem Feind zu gerne in seine ekligen Augen blicken.

»Ich bin ganz dicht. Längst habe ich dich und deinen Köter gewittert. Ich spüre deine Angst, deine Machtlosigkeit und deinen Zweifel. Glaubst du wirklich, dass DU, Memme, mich besiegen kannst?«

»Ja!«, brüllte der Kopfgeldjäger mit tiefer und fest überzeugter Stimme und dachte im gleichen Moment: ›Woher weiß es, wie mich die herrische Stimme nennt?‹ Nun gesellte sich Panik zu dem unguten Gefühl.

Da lachte das Monster wieder. »Das glaubst du doch selber nicht. Du machst dich doch schon bei meinem bloßen Anblick nass. Du enttäuschst mich, Kopfgeldjäger. Dabei warst du so mutig, als du dein Weibchen verteidigen wolltest. Dem Anschein nach brauchst du nur eine Motivation, um deinen Mut wiederzufinden. Vielleicht sollte ich dir deinen stinkenden Köter nehmen …«

»Lass Gunda und Azig da raus!«, schrie der Kopfgeldjäger. Es traf ihn wie ein Stich ins Herz, als das Gitrog die einzigen beiden Wesen nannte, die ihm wirklich etwas bedeuteten. »Erwähne nie wieder ihre Namen!« Schlagartig kehrte das Ohrenglühen zurück. Es nahm ihm für einen Moment die Sinne und er stand mit wackeligen Beinen an seinem Lager. Dann durchflutete ihn erneut dieses warme, wohlige Gefühl. Wo kam das nur her? Er besaß wieder Mut und Kraft.

»Ich werde dich fangen, Kopfgeldjäger. Und dann werde ich dich vor meine Herrin schleifen. Dann wird sie einsehen, dass ich den Richtigen erwählt habe. Du glühst vor Rache, ich spüre, wie sich deine Wut, dein Hass und deine Angst in dir vereinen. Du sehnst dich nach meinem Tod, aber diesen Wunsch wirst du dir nicht erfüllen können. Du bist das richtige Menschlein!«, lachte es selbstsicher. »Keines dieser verweichlichten Prinzchen aus den menschlichen Königreichen, sondern ein Menschlein mit Mut, Wut, Zorn und Hass. Vielleicht bist du ja ein adliger Bastard und wir wissen es nur noch nicht. Du bist es, auf den meine Herrin gewartet hat.«

»Was willst du von mir?«, schrie Kuno.

Das Gitrog lachte höhnisch: »Ich? Ich will gar nichts von dir, Menschlein. Hast du das immer noch nicht begriffen? Scheinbar bist du doch nicht so helle, wie ich es mir erhofft hatte. Ach, ich vergaß …«, sprach es höhnisch, »du bist nur ein Mensch.«

»Was will sie von mir?«

In dem Moment klappte eine Türe irgendwo in der Ruine laut zu. Das Geräusch ließ Kuno zusammenfahren. Er drehte sich im Dunkeln um und leuchtete mit einer Gaskerze in die Dunkelheit hinaus.

War dort an der Decke nicht wieder ein Schatten? Mit der Armbrust im Anschlag blickte er hinauf, konnte aber nichts erkennen. Die geladenen Stahlbolzen würden ihm nun helfen. Je dichter er das Vieh an sich herankommen lassen konnte, desto mehr Kraft würde in dem Bolzen liegen – die Wucht genügen, um den Panzer zu durchschlagen. So hoffte er. Zur Sicherheit griff der Kopfgeldjäger an die Tasche seines Gürtels und kontrollierte, ob er die Spulen aufgefüllt hatte. Das war der Fall. Er hatte wirklich an alles gedacht, alle Möglichkeiten einkalkuliert, nur nicht, dass er in diesem Raum mit ihm würde kämpfen müssen. War es nicht viel zu groß?

Azig begann zu knurren. Er wurde immer lauter. Sabber tropfte aus seiner Schnauze.

»Ruhig, Azig. Es will uns nur provozieren.«

»Mach dir keine Sorgen, Kopfgeldjäger. Heute Nacht werde ich unser Spiel nicht weiter vorantreiben. Heute Nacht werde ich dich nicht holen. Sollst du deinen jämmerlichen Plan, mich zu töten, doch erst einmal versuchen umzusetzen. Es wird mir eine Freude sein, dir einen Strich durch deine lächerliche Rechnung zu machen. Ich bin gespannt, welche Strategie du verfolgst. Bei unserer letzten Begegnung warst du nichts weiter als Dreck unter meinen Krallen. Keine Gefahr ging von dir aus.«

Zorn stieg in Kuno auf. Hilflose Wut und Hass drückten einen Kloß gegen seinen Hals und er atmete schwer. Wild blickte er sich um. »Azig! Such!«

»Dein zotteliger Hund hat mich längst gewittert! Er weiß nur nicht, wo ich bin, da das ganze Gemäuer nach mir riecht. Er wird mich nicht finden. Kopfgeldjäger.«

»Was willst du von mir?« Kunos Stimme hallte durch den Raum.

»Hast du es noch nicht begriffen, du dummer Kopfgeldjäger?« Die Tür zum Innenhof sprang durch einen heftigen Windstoß auf, der schoss in den Raum und warf Kuno zu Boden. Er sah, wie es dort in Strömen goss. Der Wind peitschte gegen das Gemäuer. Der Berg des Windes machte seinem Namen alle Ehre.

Kuno richtete sich wieder auf. Instinktiv leuchtete er in den Hof und erkannte einen Schatten. Nicht irgendeinen Schatten, sondern einen riesigen. Er erkannte ES. Ein Blitz zuckte und erhellte die Nacht. Es war das Gitrog, welches auf dem Innenhof Platz genommen hatte.

Der Kopfgeldjäger wollte hinausrennen, doch der Wind hielt ihn mit aller Macht zurück. Mit sämtlicher Kraft, die seinem Körper innewohnte, stemmte er sich ihm entgegen. Die Armbrust konnte er nicht mehr halten, langsam wurde er immer weiter in Richtung der Rückwand des Raumes gedrängt. Azig lag ganz flach auf dem Boden. Der Wind jagte über ihn hinweg. Es schien, als würde sich der Sturm nur auf den Kopfgeldjäger fixieren.

Der bewegte sich nicht. Nicht weil er es nicht wollte, sondern weil ihm der Wind keine Möglichkeit dazu gab. Er schrie: »Verflucht seist du!«

Das Gitrog verhöhnte ihn: »Das ist nicht meine Macht, aber doch steht sie mir gut zu Gesicht, oder Menschlein?«

Der Wind blies so heftig, dass er ihn Meter um Meter nach hinten schob. Kuno schrie seine Wut und seine Machtlosigkeit heraus. Er übertönte das Heulen des Windes, doch nutzte es ihm nichts. Seine Fersen stießen gegen die Wand des Raumes. Dann ließ der Sturm für eine Sekunde nach. Kuno stürzte nach vorne, verlor seinen Halt – nur, um vom Wind erneut und umso heftiger gepackt zu werden. Er presste ihn gegen die Mauer, beraubte ihn jeglicher Luft.

»Gib nach, Menschlein. Dieser Macht hast du nichts entgegenzusetzen.«

Der Wind begann, ihn langsam, Meter für Meter, an der Wand emporzuschieben. Azig winselte leise.

»*Lass es geschehen, mein liebes Kopfgeldjägerchen!*«, erklang eine weibliche Stimme. »*Lass es geschehen und es wird weniger schmerzhaft für dich sein. Du sparst dir deine Kraft. Es wird dich nicht töten.*« Es war die Dame in Weiß.

»Heute Nacht werden wir nicht kämpfen, Menschlein«, sprach das Gitrog. »Die Zeit ist noch nicht reif. Gedulde dich und du bekommst die Möglichkeit zu deiner Rache, auch wenn du gegen mich schlichtweg keine Chance hast.«

»*Memme, hör auf dich zu wehren, sondern lass es geschehen. Er zeigt seine Schwäche. Seinen Hochmut. Memme, lass ihn reden. Lass ihn reden*«, erklang die gewissenlose Stimme in seinem Kopf. »*Das Untier hat recht, jetzt ist nicht die Zeit für Rache, wir würden elendig draufgehen. Aber du kannst von ihm lernen und das nutzen wir aus. Verstanden, Memme?*«

Kuno stimmte in seinen Gedanken der Stimme zu. Er hatte keine Möglichkeit, den Kopf zu bewegen. Sein ganzer Körper sann nach Rache. Es schmerzte ihn, nicht hinausstürmen zu können, um diese Bestie zu töten. Doch sein Plan war ein anderer! Er musste ihm treu bleiben, sonst würde er nicht siegen können. Er ließ die Anspannung seiner Muskeln los und gab sich dem Wind hin.

»Das Menschlein gibt auf. Brav so, mein Kopfgeldjägerlein.« Das Gitrog genoss seinen Sieg über ihn. »Ich sagte dir doch, dass ich deinen Willen breche.«

Plötzlich flog die Tür mit einem lauten Knall auf und der riesige Kopf des Gitrog schoss in den Raum hinein. Er baumelte an seinem langen, schmalen Hals und kam gefährlich nahe mit seinem stinkenden Atem erst kurz vor Kuno zum Stehen.

»Kopfgeldjäger, ich spüre deinen Hass. Ich spüre die Wut, die in dir aufsteigt und immer weiter aufsteigt«, lachte das Gitrog. Von seinen unzähligen kleinen messerscharfen Zähnen tropfte der Speichel. Türen schlugen in der Ruine, das Heulen des Windes nahm merklich zu. Der Kopf des Gitrog bewegte sich vor Kuno hin und her wie eine Kobra, welche versucht, sein Opfer einzulullen.

»Es muss ein erbärmliches Gefühl sein, seinem Feind so nahe zu sein und nichts, aber auch wirklich gar nichts tun zu können. Es muss dich innerlich zerreißen, dass du dem Wesen, welches dir das Einzige genommen hat, was du je geliebt hast, so dicht bist und es nicht mal berühren kannst. Hab ich nicht recht, Kopfgeldjägerlein?« Dabei berührte die Schnauze des Gitrog leicht sein Gesicht. »Es muss dich innerlich auffressen. Begreife, du hast keine Chance. Wenn ich dich nicht brauchen würde, dann würde ich dich für deinen Mut belohnen und dich gehen lassen – aber ich brauche dich.«

»Wofür …«, spie Kuno aus. »Wofür?«

»›Wofür?‹, fragt der Kopfgeldjäger, ›wofür?‹«, äffte es ihn nach. »Er hat es immer noch nicht begriffen. Hatte die Herrin doch recht und er ist nicht würdig, weil er zu dumm ist?«

»Würdig wofür?«, fragte Kuno. Er musste sein Würgen unterdrücken, denn es stank gewaltig aus dem Hals des Monsters. Er wusste instinktiv, dass ihm nicht geschehen würde. Zumindest besaß er keine Angst. Keine Demut vor diesem Wesen. Der Kopfgeldjäger erkannte vielmehr, dass Zeit und Ort des nächsten Aufeinandertreffens nicht von ihm selbst bestimmt werden würden, sondern von diesem unfassbar hässlichen und stinkenden Wesen. Aber er wäre vorbereitet – bereit, dieses Monster zu vernichten. Es hatte den Tod mehr als nur verdient. Das wohlige Gefühl war stark in ihm und es zeigte ihm, dass er es besiegen konnte. Der Kopf pendelte immer noch vor ihm herum und allein seine Größe hätte Kuno Angst einflößen müssen. Aber nichts dergleichen stieg in ihm auf. Das wohlige Gefühl verdrängte er nun und ersetzte es durch eine Gleichgültigkeit, die er in dieser Form noch nie empfunden hatte.

»So ist es recht, mein Kuno. Lass es geschehen. Das Böse wird sich verraten und das ist unsere Chance, dem Bösen den Garaus zu machen«, sprach auf einmal die gewissenhafte Stimme. *»Entspann dich. Der Wind presst dich gegen die Wand und du wirst nichts tun können, als den Worten dieses Wesens zu lauschen. Lausche aufmerksam.«*

»Memme, nimm dir diesen Rat zu Herzen.«

Und so unverhofft wie sie aufgetaucht waren, verschwanden in seinem Kopf wieder die Stimmen, die ihn immer begleitet hatten. Nur noch er und das Gitrog waren da. Azig lag zusammengekauert und winselnd in einer Ecke und rührte sich nicht.

All seine Kraft nahm der Kopfgeldjäger nun zusammen. Er wandte sich direkt dem Kopf des Gitrog zu und blickte ihm in seine feuerroten Augen. Es schien, als bestünden die Pupillen aus flammendem Feuer. Sie flackerten wie wild.

»Verrate mir, Unwesen, was willst du von mir?«, sprach Kuno mit fester Stimme.

»Uh, das Kopfgeldjägerchen beweist Mut?«, spottete das Gitrog. »Ich werde es dir verraten. Jeder sollte sein Schicksal kennen, selbst ihr Menschlein solltet wissen, wann ihr verloren habt. Das Ende naht. Euer Ende naht.«

»Was schert mich das?«, sprach Kuno mit leiser, aber kraftvoller Stimme.

»Was es dich schert? Alles! Dein Blut wird den Untergang dieser Welt einleiten.«

Der Kopfgeldjäger hatte die Worte verstanden, begriff sie aber nicht. Sie ergaben keinen Sinn. Der Speichel des Gitrog tropfte auf den Boden. Der Atem roch nach Schwefel, Verwesung und Tod.

»Kopfgeldjäger, du bist derjenige unter den Menschen, den ich auserwählt habe. Du hast das Besondere, was meiner Herrin fehlt.«

»Warum ich?«

Das Gitrog lachte: »Warum du nicht? Jahrzehnte des Tötens hast du hinter dir. Jahrzehnte des Profits, des Überbordwerfens jeglicher Moral und Sitte. Für Geld hast du alles gemacht. Du bist so unberechenbar, aber dennoch so voller Wut und Zorn. Dein Gerechtigkeitssinn kollidiert mit deinem Handeln, dein Leben ist der reinste Hohn. Du wünschst dir ein friedliches Leben, doch hast du mehr Tod und Leid gestreut, als es deiner Seele gutgetan hat. Genau im richtigen Moment habe ich dir das genommen, was du am meisten geliebt hast, um deine Wut und deinen Zorn weiter zu beschwören.«

Langsam dämmerte es dem Kopfgeldjäger. Er stand nicht im Wohle des Zeloo, sondern das Schicksal war es, welches ihn hierhergeführt hatte. Alles war so vorherbestimmt. Nur deswegen hatte der Zeloo ihn immer wieder am Leben gelassen. Er musste das Gitrog töten, damit dies alles nicht passierte. Es war seine einzige Möglichkeit, sein Leben wieder ins rechte Licht zu rücken und auszubrechen.

»Was war in dem Teppich?«, fragte Kuno beiläufig.

»Du bist länger hier, als ich es erwartet habe«, sprach das Gitrog überrascht. Wieder tropfte Speichel auf den Boden.

»Du schmeichelst mir«, entgegnete der Kopfgeldjäger ihm. Erneut erfüllte ihn ein wohlig warmes Gefühl. Er kannte es schon, hatte er es doch bereits mehrfach empfunden. Irgendetwas ließ ihn die Situation gelassen sehen. Es schien ihm, als ob er sein Schicksal kennen würde, und das gab ihm einen inneren Frieden, den er sich so nie hätte vorstellen können. Er würde das Gitrog töten und nicht nur seine Rache bekommen, sondern auch die Menschheit, gar seine gesamte Welt retten.

»Pah, unwichtig, dass du es weißt. Es war kein Teppich, sondern ein magisches Banner. In diesem habe ich einen der letzten noch existierenden Magi gefangen und hierhergebracht.«

Was auch immer den Kopfgeldjäger angetrieben hatte, in dieser Form zu reagieren, wusste das Gitrog nicht. Aber es schien ihm absolut unvorstellbar, dass er mit einer solchen Verachtung, einem solchen Hohn sprach. Seine wenigen Wort spiegelten alles wider, was ihm durch den Kopf schoss: »Pah! Niemals. Es gibt keine Magi.«

»Bezichtige mich niemals einer Lüge«, zischte das Gitrog. »Ich bin ein Wesen der Nacht, ein Wesen der Finsternis und gehorche nur den Unforhtal – aber ein Lügner bin ich nicht.«

»Blödsinn, die Magi sind eine Illusion. Sie sind eine Legende, damit die Menschenkinder besser schlafen und keine Angst vor der Nacht haben müssen. Sie gab es nie. Sie sind ein Mythos.«

»Unwissendes, dummes Menschlein«, zischelte das Gitrog. »Und wenn schon, ob du es glaubst oder nicht. Dein Blut, kombiniert mit dem des Magos, wird meiner Herrin die Macht verleihen, das Erbe ihrer Eltern anzutreten.«

»Und wo sollen ihre Eltern angeblich sein?«, fragte der Kopfgeldjäger voller Verachtung in seiner Stimme. Der Wind presste ihn weiterhin gegen die Wand. Sein Kopf schlug hart dagegen. Sofort lief Blut über seine Stirn, aus einer kleinen Platzwunde. Sein Kopf dröhnte. Das Gitrog zog den Kopf zurück und lachte. »Deine Einfältigkeit erstaunt mich. Die Weltenbauer Paraphronia und Athesmos waren die Eltern meiner Herrin. Sie sind für ihre Tochter in den Untiefen des Phylake-Gebirges gestorben, damit eines, das hoffnungsvollste ihrer Kinder, an die Oberfläche kommen konnte, um sie alle zu befreien.«

»Memme, glaub ihm kein Wort. Das ist so hirnverbrannt, wie das Wesen selber«, tauchte aus dem Nichts seines Kopfes die herrschsüchtige Stimme wieder auf. *»Ein Bluff, eine Finte, eine Ente, eine Lüge!«*

»Aber warum sollte es meinen Kuno anlügen? Es scheint, als würde …«

›Schweigt für einen Moment‹, formulierte Kuno laut in Gedanken und die Stimmen verstummten. »Warum erzählst du mir das alles?«, fragte er das Gitrog gelassen.

»Dein kleines Hirnchen kann die Realität nicht begreifen, Kopfgeldjäger. Es macht keinen Unterschied, ob du es weißt oder nicht. Du wirst bald sterben und deine Rache wirst du genauso wenig erhalten, wie dein Weibchen zurück. Die Welt der Menschen wird untergehen und mit ihnen alles, was der Zeloo hier auf dieser Welt angerichtet hat. Danach werden wir den Zeloo vernichten.«

»Warum erzählst du mir das?«, flüsterte der Kopfgeldjäger mit fester Stimme. Er wollte den Sinn begreifen, den Grund, warum das Monster ihm alles erzählte.

»Vielleicht, damit du den Sinn deines Sterbens begreifst, Kuno Kopfgeldjäger. Oder vielleicht auch einfach nur deswegen, damit du begreifst, wie sehr ich mich an deinem Leid labe. Such es dir aus …«, ließ das Gitrog von ihm ab. »Es ist unwichtig.«

»Aber …«, stotterte Kuno.

»Es gibt kein Aber, Kopfgeldjäger. Ich genieße deinen Anblick. Wie du dich windest, wie du dein bisschen Grips aktivierst, nur um mein Handeln zu begreifen. Diese leeren dummen Augen in deinem Kopf zeigen mir, dass du es nicht tust. Du bist nur ein einfältiger Mensch. Nur ein Mensch. Nur ein kleiner, dummer Mensch. Mehr nicht, Kopfgeldjäger.«

»Ich bin nicht nur ein Mensch!«, versuchte der Kopfgeldjäger zu widersprechen. Doch er begriff, dass dies wenig bewirken konnte, da er selber wusste, dass er nur ein Mensch war.

»Du bist nur ein Mensch, Kopfgeldjäger«, lachte es, »und du bist das Wesen, welches der Zeloo Oida schenkte, damit ihr hier auf Erden weilt. Der Zeloo hoffte, ihr würdet hier auf dieser Welt zu besseren Wesen werden. Wesen der Güte und Liebe – aber ihr habt euch nicht verändert. Ihr seid so voller Schwächen wie am ersten Tag. Und diese Schwächen machen euch zu dem, was ihr seid: einfältige, selbstsüchtige und ignorante Wesen. IHR seid die Zerstörer dieser Welt – nicht die Unforhtal, die für Recht und Ordnung sorgen wollen. Nur deshalb gehört ihr getilgt. Es ist die

Ironie des Schicksals, dass es mit Menschenblut geschehen muss, da ihr vom Zeloo erschaffen seid und seinen Drang des Schaffens in euch tragt. Nur deswegen muss sie sich mit euch abgeben.«

Mit diesen Worten verschwand das Gitrog. Es verließ den Kopfgeldjäger, zog sich über den Innenhof der Ruine zurück und verschwand in seinem Loch. Erst als das Wesen sein Loch erreicht hatte, ließ der Wind nach. Langsam und sanft glitt der Kopfgeldjäger von der Mauer zu Boden.

Draußen prasselte der Regen immer noch herab und bildete im Innenhof eine große Pfütze.

Der Kopfgeldjäger saß wie benommen an der Wand, als Azig sich endlich wieder rührte. Mit eingezogener Rute kam er langsam zu ihm. Er legte sich auf seine Beine und blickte ihn mit tiefer Reue in den Augen an. Kunos Hand glitt auf seinen Kopf. Er streichelte ihn und flüsterte: »Alles gut, mein Azig. Du warst tapfer.«

Dann versuchte er, die ganzen neuen Eindrücke zu ordnen und murmelte etwas hilflos: »Nun verstehe ich gar nichts mehr. Was, im Namen des Zeloo, mache ich eigentlich hier?«

KAPITEL 23: ALBTRAUM

»Du! Nur wegen dir bin ich tot. Du hast mich sterben lassen, Kuno, du hast mich sterben lassen«, erklang vorwurfsvoll Gundas Stimme. Sie stand vor ihm. Lange hatte er sie nicht mehr gesehen.

»Nein, Gunda, nicht wegen mir. Wegen des Gitrog.« Kuno redete auf Gunda ein und gestikulierte wild mit seinen Händen. Die Vorwürfe schmerzten ihn. Er hatte doch alles versucht. Er war in eine Mauer geworfen wurden. Nur sein Kettenhemd hatte ihn gerettet. Wie konnte sie das nur sagen. Er spürte die Verzweiflung, die Angst, dass sie ihm nicht verzeihen würde.

»Weil du tatenlos zugesehen hast! Nur deswegen habe ich den Kopf verloren …«, schrie sie den Tränen nahe. »Und unser Baby.«

Plötzlich hielt der Kopfgeldjägermeister den wunderschönen Kopf seiner Gunda an den Haaren empor. Er lachte und sprach: »Du hast dafür gesorgt, dass ich sterbe. Schon immer hattest du Angst vor Nähe – daher musste sie auch sterben.«

Der Kopf von Gunda sprach: »Dein Meister hat recht. Du hast mich sterben lassen.«

»Nein, Gunda, das ist nicht wahr.«

»Höre die Worte der einzigen Frau, die dich je geliebt hat, Konrad«, sprach belehrend der Kopfgeldjägermeister.

»Du hast mich zu dem gemacht, was ich nun bin. DU hast mich …«

»Ich habe dich *nie* zu etwas gezwungen«, schrie Kuno und sank verzweifelt auf die Knie.

Dann tauchte neben dem Kopfgeldjägermeister seine herrische Stimme als loderndes Es neben ihnen auf. *»Weil du ein Feigling bist, Memme. Ein elendiger Feigling bist du. Du hättest sie retten können, aber du kannst nicht glücklich sein. Du kannst nichts, du bist nichts und du wirst nie etwas sein«*, lachte sie sarkastisch.

Der Klang von Flügelschlägen war zu vernehmen. Kuno starrte kniend gen Himmel. Panisch suchte er mit seinen Blicken den strahlend blauen Horizont nach ihm ab, dem Gitrog, denn nur das Biest konnte es sein. Doch vergeblich, er sah nichts.

Plötzlich vernahm er die väterliche Stimme des alten Hauptmannes: »Lass dich nicht beirren. Du bist ein guter Junge, nur hat man dich verdorben.«

»Stimmt, mein Kuno.« Er wollte seinen Augen nicht trauen, sie mussten ihm einen Streich spielen. In der hellen, glühend blauen Gestalt seiner selbst tauchte seine mütterliche Stimme auf und legte den Arm um den Hauptmann. *»Wir hätten dich zu einem besseren Menschen machen können, aber noch immer lässt du dich von deiner Wut leiten.«*

»Höre nicht auf sie. Sie wissen nicht, was gut ist. Sie hätten dich weiter verweichlicht, Memme. Du bist und warst schon immer ein Schwächling. Ohne mich wärst du schon auf den Straßen von Hadubrandt verreckt.«

»Was hat mich nur geritten, als ich dich an meine Seite geholt habe?«, sprach Gunda verächtlich.

»Deine Geilheit!«, brüllte der Kopfgeldjäger vor Zorn.

»Dem wirklich süßen Jungen hast du das Genick gebrochen. Weißt du, wo er gelandet ist?«, erzählte die gewissenlose Stimme. *»Im Fluss, Memme. Sie haben ihn ertränkt, weil du ihn nutzlos getreten hast. Hach, war das ein Anblick. Du wirktest so unbeherrscht und brutal. Ein roher Diamant, den man fast zu spät entdeckt hätte, wenn wir nicht gewesen wären. Und nun schau dich an. Heulst hier wegen eines Monsters herum. Sowas hat dich früher nie zurückschrecken lassen, Memme«*, verhöhnte die Stimme den Kopfgeldjäger weiter.

Wieder vernahm er das Flügelschlagen des Monsters und blickte in den blauen Himmel empor. Und doch konnte er es noch immer nicht ausmachen.

»Mein Kuno, lass dich nicht verunsichern, das Gute lebt in dir, du musst es nur ergreifen und danach handeln.«

»Kuno, vertraue ihr und deinem Gefühl. Du bist ein guter Mensch«, sprach der alte Hauptmann.

Aus dem Nichts tauchte die kopflose Gunda neben dem blauen Ich und dem Hauptmann auf. Sie flüsterte liebevoll: »Mach was aus meinem Tod. Mach was aus meinem Tod und rette uns.«

»Kuno«, sprach der Kopf von Gunda in der Hand des Kopfgeldjägermeisters mit scharfer Stimme. »Glaub nicht, was mein weicher Körper sagt. Im Herzen war ich genauso böse wie du und nur deswegen liebten wir uns, wir waren uns so ähnlich. Nichts Gutes war in mir – selbst nicht, als du in mir warst. Da spürte ich, wie ich das Böse liebte. Ich genoss deinen Schwanz in mir. Er war immer so hart, so hart, wie das Böse nur sein kann.«

Erneut vernahm Kuno in seinem Ohr den Flügelschlag und ein riesiger Schatten huschte über Kuno und seine Begleiter. Er zuckte unwillkürlich zusammen und murmelte: »Das Gitrog!«

»Du wirst es nicht besiegen, Kopfgeldjäger, wenn du mit Hass an die Sache herangehst«, riet ihm der alte Hauptmann. »Lass dich von deinem Willen und deiner Intelligenz leiten.«

»Memme, hör nicht auf den alten Mann.« Er schritt auf den alten Hauptmann zu. Der zuckte zusammen. *»Du musst gerade mit Hass vorgehen! Denn nur dann bist du in der Lage, mit klarem Verstand zu agieren, Memme. Wie oft haben wir das schon bewiesen.«*

Eine weitere Person zog sich an seinen Oberkörper heran, nur mit den Armen fortbewegend – die Beine zertrümmert, in den Oberschenkeln die Abdrücke eines Hamars. Eine lange Blutspur zog der Mann hinter sich her. Er war das Ergebnis seines ersten Auftrages.

»Du hattest ein schlechtes Gewissen, als man mich aufknüpfte. Erinnere dich, Kopfgeldjäger.«

»Was hat es mir gebracht, ein schlechtes Gewissen zu haben? Nichts.«

»Nicht so pessimistisch, Kopfgeldjäger«, lachte sein Meister. »Einen vollen Sack Gold hat es uns eingebracht. Die Nacht, die darauf folgte, war legendär. Wir feierten in den besten Absteigen von Markon, bis spät in die Nacht hinein. Erinnere dich. Mann, waren wir geil voll. Besoffen warst du noch unberechenbarer. Früh erkannte ich dein Potential und nun sieh dich an. Machst dir in die Hose.«

»Endlich jemand, der die Wahrheit spricht, Memme«, pflichtete die gewissenlose Stimme ihm bei.

Wieder überflog sie ein Schatten und diesmal spürte Kuno den Windhauch der Flügel.

›Wie damals …‹, schoss es ihm durch den Kopf. Doch diesmal musste er vorbereitet sein.

»Haltet alle den Mund. Ihr seid verrückt …«

Laut rauschend landete das Gitrog hinter dem Hauptmann, köpfte ihn, dann das blaue Ich und trat mit seinen festen Hinterläufen auf den am bodenliegenden Bauern ein. Es zerquetschte ihn regelrecht.

Der Kopfgeldjäger wollte seine Armbrust greifen, langte jedoch ins Leere. Panisch blickte er sich um, fand sie aber nicht. Auch seine Streitaxt suchte er vergebens. Sie war nirgends zu finden. Dann halt seinen Dolch … Doch als er ihn zog, hatte er nur den weißen Griff in der Hand. Die Klinge fehlte.

»Du kannst mich nicht töten, das steht gar nicht in deiner Macht«, spottete das Gitrog. Es richtete sich auf und landete hinter seinem feuerroten Ich. »Wir haben die Macht, dich zu etwas Großem zu machen. Vertraue uns und folge unseren Träumen.«

Plötzlich schrie der Kopf Gundas: »Deine Sünden sind es, die mich haben sterben lassen, die es ermöglichen, dass die Welt untergeht. Rette die Welt. Rette verdammt noch mal diese vom Zeloo vergessene Welt. Sonst bin nicht nur ich umsonst gestorben.«

Der Kopfgeldjägermeister wirbelte ihren Schädel über seinem Kopf hin und her, dann flog er mit seinen Worten in das Nichts des blauen Horizontes: »Schweig, du bist von Sinnen.«

Der Kopfgeldjäger schrie und stürzte los – das Monster im Blick. Er würde es mit bloßen Händen erdrosseln, doch je schneller er lief, desto weiter entfernte sich das Gitrog von ihm. »Du Feigling, du läufst vor mir weg, du läufst vor mir weg.«

»Ich laufe nicht weg, schau genau hin«, lachte das Gitrog und die anderen stimmten mit ein. Der Kopfgeldjäger blickte an sich herunter und erkannte, dass er weglief. Nur wohin, das wusste er nicht. Er lief und lief … und während er lief, saß sein Kopf falsch herum auf seinen Schultern.

»Ich rette dich, Gunda, versprochen! Ich rette dich und deine Seele«, schrie er.

KAPITEL 24: WEINKELLER

Am nächsten Morgen prasselte der Regen wieder in den Innenhof. Unzählige Pfützen hatten sich über Nacht gebildet und die dicken Regentropfen bildeten in ihnen unendlich viele kleine Kreise. Kuno fand es einen wunderschönen Anblick, wie die kreisenden Wellen in der riesigen Pfütze um die Vorherrschaft kämpften und dabei doch verloren, sobald sie den Rand der Pfütze erreichten. Dicke Wolken, die tief über dem Phylake-Gebirge hingen, waren keine Einladung für einen Tag außerhalb der Gemäuer der Ruine. Lieber wollte er das Schauspiel der großen Pfütze von seinem Platz aus beobachten.

Der Kopfgeldjäger war erschöpft. Jeder Knochen, jeder Muskel und eigentlich jede Faser seines Körpers schmerzten. Die körperliche Anstrengung am Tag zuvor, das nächtliche Abenteuer mit dem Gitrog und der Traum hatten nicht nur an seinem Körper Blessuren hinterlassen, auch in seinem Kopf herrschte reines Chaos. Er war sichtlich durcheinander. Sein Hirn arbeitete ununterbrochen und es gab keine Möglichkeit, diesen Vorgang abzustellen. Er glaubte, die Zusammenhänge der Geschichte, die ihm das Gitrog aufgetischt hatte, zu verstehen. Aber nicht nur seine Rolle darin, sondern auch der Traum verwirrte ihn noch mehr. Es kam ihm alles so unwirklich vor.

Ihm fehlte ein erholsamer Schlaf.

Jedes Mal, wenn er die Augen schloss, rutschte er in die Welt seiner Albträume hinein, die ihn dann dort so lange festhielten, bis alleine das Erwachen ihm die Möglichkeit gab, ihnen zu entfliehen.

Jedes Mal wachte der Kopfgeldjäger schweißgebadet und schreiend auf. Er wischte sich die Tropfen von der Stirn, trank einen Schluck und versuchte, sich zu beruhigen. Sein Körper fühlte sich danach immer an, als hätte er gerade gebadet. Alles klebte an ihm. Sein Herz raste und es dauerte immer einen Moment, bis er sich beruhigt hatte. Schließlich schlief er erneut, aber widerwillig ein. Doch das Verlangen seines Körpers nach Ruhe war einfach zu groß, als dass er sich dagegen hätte wehren können. Und wenn er wieder einschlief, dann auch nur, um in den nächsten Albtraum zu verfallen.

Jedes Mal musste er tatenlos zusehen, wie sie auf die eine oder andere Art und Weise starb.

Wie lange ihn dieses grausame Schauspiel in dieser Nacht begleitet hatte, wusste er nicht. Aber als er seine Augen nicht mehr schließen konnte, kochte er sich einen Hermalta-Tee und versuchte, seine Gedanken zu ordnen.

So stand der Kopfgeldjäger in der großen Tür mit seiner verbeulten Tasse, in der der frisch aufgebrühte Tee dampfte. Starr blickte er auf den Innenhof. Die ehrliche Freude an dem Tanz der Regentropfen zeichnete ein leichtes, kaum sichtbares Lächeln auf seine Lippen. Seine Gedanken verschwanden und er fand einen Moment der Ruhe, als er das Naturschauspiel an diesem unnatürlichen Ort beobachtete.

»Den Schwefelgeruch des Gitrog riech ich immer noch«, murmelte er ausschnaubend. Dabei war er sich sicher, dass er es sich nicht nur einbildete.

Die Pfützen auf dem Innenhof wuchsen allmählich an und verbanden sich zu einem riesigen See. Ein kleiner Bach floss von der dritten Ebene über die steile Treppe hinab in die zweite, von der zweiten Ebene durch den riesigen Regentropfensee in die erste und von dort in die unteren Gebäude. Das plätschernde Geräusch des Regenwassers hallte in dem Gebäude und in den Mauern wider.

Ein ganz menschliches Gefühl überfiel den Kopfgeldjäger – er musste pinkeln. Die Geräusche des Wassers und das Beobachten der Regentropfen … so sehr ihn das alles auch beruhigte, es rief diesen Trieb bei ihm hervor. Mit großen Schritten sprang er durch den Regen in die Mitte des Innenhofes. Schnell war seine Kleidung klatschnass. Er öffnete seine Hose, holte seinen Penis hervor und schiffte in den Regentropfensee in der Mitte der zweiten Ebene. Er empfand Freude dabei und sah fröhlich erregt dabei zu, wie sein gelber Urinstrahl, separat vom Regenwasser, eine eigene Existenz einforderte. Aber schließlich, nach und nach, konnte sich der Urin nicht mehr wehren und verband sich mit dem Wasser des Regentropfensees, um dann nicht mehr vom Regenwasser unterscheidbar zu sein. Sein gelber Pissestrahl war eine Verbindung mit dem Regenwasser eingegangen, weil die Masse des Regenwassers einfach größer war und den Urin in sich aufnahm … Amüsiert über diese Symbolik kehrte der Kopfgeldjäger in den Schutz des Raumes zurück. Er schüttelte sich, wie es Azig immer tat, wenn er nass war, und die Wassertropfen flogen durch den Raum. Er nahm seine Decke und trocknete sich notdürftig ab. Sein treuer Freund lag mit eingezogener Rute auf dem Lager. Kuno lächelte, stellte sich wieder mit seinem Tee in die Tür und begutachtete den Himmel.

Die Sonne war hinter den grauen Wolken nur zu erahnen, lediglich als weißer Kreis schimmerte sie durch diese hindurch. Im Norden brauten sich wie einst schon wieder schwarze Wolken zusammen. Kuno ahnte, dass ihm ein stürmischer Tag bevorstehen würde.

Längst hatte der Kopfgeldjäger begriffen, warum der Berg Kurda seinen Namen trug. Doch das, was ihm an diesem Tag widerfuhr, zeigte deutlich, dass die Bezeichnung ›Berg des Windes‹ eine absolute Untertreibung war. Schnell hatte er sich von der Tür und dem Schauspiel in seinen Raum zurückgezogen, sogar widerwillig die Tür geschlossen. Er verzog sich in eine der hintersten Ecken seines Unterschlupfs. Doch der Wind zog durch jeden Spalt dieser Ruine. Es entstanden unzählige Pfeifgeräusche in jeglicher Tonhöhe, die in der Ruine von den Mauern widerhallten. Es klang, als würden sie ihn verhöhnen. Gepaart mit dem Regen vor der Tür klang es wie eine Sinfonie des schlechten Wetters.

Der Wind drückte in die Gemäuer hinein und selbst an seinem geschützten Ort war der Wind für Kuno zu spüren und der Regen deutlich zu hören. Es wurde immer kälter und auch die Nässe des Regens zog in die Burg ein. Dennoch empfand der Kopfgeldjäger den Wind anders als in der Nacht zuvor oder am Berg. Es schien ein ehrlicher Wind zu sein und er wirkte natürlich. Azig lag mit dem Kopf im Schoß seines Herrchens, das ihm gedankenverloren seinen Kopf streichelte.

Der Kopfgeldjäger versuchte, sämtliche Informationen erneut zu ordnen, um besser begreifen zu können, was hier eigentlich vor sich ging. Doch erschien es ihm zu unwirklich, als dass er sich irgendetwas von dem Gehörten als real eingestehen wollte.

Sollte er nur als Blutspender dienen? Wozu benötigten sie eigentlich sein Blut? Und vor allem, was hatte es mit dem Magos auf sich?

Während Kuno resignierte, erreichte der Wind den Höhepunkt seines Pfeifkonzerts. Leid, nur dazusitzen und den Regen abzuwarten, erhob er sich und traf einen Entschluss. Er hatte noch einen Aufgang zu erkunden und wollte dies nun endlich in Angriff nehmen. Draußen konnte er seine Falle nicht weiter errichten, da der Regen dieses Unterfangen zu einem gefährlichen Drahtseilakt werden ließ. Irgendwie hing er an seinem Leben.

Er packte seine Streitaxt, nahm eine Gaskerze und ging zum Aufgang hin. Azig musste er nicht auffordern, mitzukommen. Als dieser erkannte, was sein Herrchen vorhatte, sprang er auf und gesellte sich zu ihm. Es schien, als wolle er sein Versagen von gestern Nacht wiedergutmachen. Dabei hatte Kuno größtes Verständnis für ihn gehabt und ebenfalls Frucht vor dem Gitrog empfunden. Außerdem war Azig alles andere als wieder richtig fit. Sein Laufen glich eher einem unbeholfenen Humpeln, da seine rechte Vorderpfote immer noch lahmte.

Die Wendeltreppe führte in zwei Richtungen: rauf und runter. Kuno entschied sich zuerst nach oben zu klettern. Die zwei Gefährten trafen auf einen kurzen Gang mit einer Tür. Kuno klopfte mit der Streitaxt dagegen. Sie klang irgendwie hohl. Dann stieß er sie auf und betrat den dahinterliegenden Raum. Es war stockfinster und Kuno leuchtete mit der Gaskerze in die Dunkelheit. Das Licht zerriss die ewige Finsternis des fensterlosen Raumes – den er nun erkannte. Es war der Raum, den er bereits von dem anderen Aufgang aus gesehen hatte, nur eben von der anderen Seite aus. Also blieb nur noch die Möglichkeit, nach unten zu steigen. Kuno und Azig machten sich auf den Weg hinab. Unzählige Male drehte sich die Wendeltreppe in die Tiefe und irgendetwas sagte ihm, dass ihnen eine Entdeckung bevorstand. Eine, die ihnen beiden eventuell das Leben retten würde.

Bubumm, Bubumm, Bubumm klopfte sein Herz. Das Glühen der Ohren trat wieder ein. Nicht so bestialisch wie die anderen Male, aber er spürte es.

Langsam und leise schritt Kuno Stufe für Stufe hinab. Der Regen und auch der Wind wurden immer leiser. Lange Zeit waren sie hinabgestiegen, über eine einfache Etage weit. Sie befanden sich also nun unter dem Raum, in dem sie lebten. Wie oft sich die Wendeltreppe um ihre eigene Achse gedreht hatte, hatte Kuno nicht mitgezählt. Aber sie drehte und drehte sich unaufhörlich, so dass Kuno ein leichtes Schwindelgefühl überkam. Schließlich herrschten nur noch die Finsternis und die Stille, die lediglich das Kerzenlicht und ihr eigener Atem durchbrachen.

Und dann endete die Treppe vor einer riesigen Holztür. Kurzentschlossen stieß Kuno sie mit einem festen Tritt auf. Quietschend öffnete sie sich und er leuchtete in den Raum – seine Streitaxt immer schlagbereit in der Hand haltend. Wer wusste schon, was da unten lauerte.

Was er jedoch im Lichtschein erblickte, hatte er nicht einmal in seinen kühnsten Träumen erwartet. Er sah in einen Raum voller riesiger Fässer, die sich schier endlos zu einem Berg aufzutürmen schienen. Er stand in einem riesigen Weinkeller.

»Siehst du das, Azig?«, fragte er seinen treuen Gefährten und dann – lachte er. Kuno lachte und lachte, laut und voller Erleichterung. Selten hatte er diese Form von Freude empfunden und eigentlich war es zu schön, um wahr zu sein.

Er leuchtete die schier endlose Reihe von riesigen mannshohen Holzfässern ab. Wenn nur ein Tropfen Wein in einem der Fässer vorhanden war, dann wäre er für diesen Moment der reichste und glücklichste Mensch der Welt. Ein Glas Wein wäre die beste Belohnung für diese bisherige, aufopferungsvolle Jagd.

Sämtliche Fässer, an denen er vorbeischritt, klopfte der Kopfgeldjäger mit dem Stiel seiner Streitaxt ab. Alle waren gefüllt. Ob der Wein genießbar war, würde er bald testen. Das Wasser lief ihm im Mund zusammen. Wann hatte er das letzte Mal einen Tropfen Wein geschmeckt? Er konnte es nicht sagen, sich nicht erinnern. Seine vergangenen Bilder reichten nur zurück bis zu dem Tag, an dem er seine Gunda verloren hatte.

Die Antwort auf die Frage, warum hier so viele Fässer standen, war für Kuno klar. Sie sollten die Moral der Skorden hochhalten. Dies war eine Entdeckung, die er nicht für möglich gehalten hatte. Skorden, die Schöpfung des Urbösen, hatten wohl ebenso das Bedürfnis nach Vergnügen wie die Wesen des Guten. Das bedeutete einen interessanten Gedankengang: Wenn die Wesen des Urbösen also Bedürfnisse hatten, dann hatten Skorden mit Sicherheit auch ein Schmerzempfinden …

Den Fässergang hinableuchtend ging der Kopfgeldjäger weiter, bis er an eine Kreuzung kam. In der Mitte davon befand sich ein riesiger Tisch mit einigen Bänken. In den Seitenwegen gab es weitere Reihen mit Fässern. Dieser Weinkeller war riesig. Nie zuvor hatte Kuno einen größeren Raum in der Fläche gesehen. Er war niedrig, mit unfassbar vielen Bögen und Säulen gestützt, damit die schiere Größe getragen werden konnte. Sie trugen wohl die gesamte Ruine.

Der Kopfgeldjäger war fasziniert von diesem Ort. Auf dem Tisch fand er verstaubte Gläser. Er ergriff eines, ging zu einem der Fässer, pustete es aus und ließ den Wein durch einen Hahn am Fass hineinlaufen. Achtlos schüttete er es auf den Boden aus. So spülte er das Glas, um es anschließend erneut zu füllen.

Mit seiner Gaskerze leuchtete Kuno den Wein an, dabei entdeckte er an der Decke große Gaskerzen, wie er sie auch bereits in der Schmiede gesehen hatte. Es musste einen Lichtschalter geben, doch wo? Er suchte den weiten Raum um sich ab, fand ihn aber nicht.

»Ey, Memme, denk scharf nach. Du wirst alleine drauf kommen. Versuch doch zumindest einmal in deinem Leben logisch zu denken. Wo werden wohl Schalter an Räumen angebracht?«, erklang sarkastisch die herrschsüchtige Stimme.

»Halt's Maul«, giftete der Kopfgeldjäger. Er vertraute seiner Stimme nach dem Traum nicht mehr. Aber hatte er ihr je vertraut? Selbstverständlich wusste Kuno, dass sich der Schalter am Eingang des großen Weinkellers befinden musste. Aber noch hatte er die Hoffnung, nicht den ganzen Weg wieder zurückgehen zu müssen. Vielleicht gab es einen weiteren Schalter am Boden? Aber nein, er merkte, dass ihm nichts anderes übrig blieb. Somit schritt er zurück und suchte die Tür und deren Umgebung ab – bis er ihn fand. Es war ein kleiner Schalter, der direkt an der Wand am Boden angebracht worden war, und als er darauf trat, erleuchteten fast augenblicklich sämtliche Gaskerzen den Raum.

Aus Kunos Mund kamen Laute des Erstaunens. Er hatte geahnt, dass der Weinkeller riesig war. Aber das, was er nun erblickte, überstieg seine Vorstellungskraft komplett. Hier musste fast der gesamte Berg unterkellert worden sein, weit über die Mauern der Ruine hinaus. Von der Treppentür aus konnte er die Fässer überblicken, eine schier unfassbare Anzahl, fast unzählbar sogar. Der Tisch mit dem Glas nahm die Hauptkreuzung ein. Von ihm aus führte eine weitere Straße durch den Weinkeller und von ihr zweigten wiederum unzählige Querstraßen und Gässchen ab. Es war kein Weinkeller, sondern so etwas wie eine unterirdische Weinfass-Stadt. Nie zuvor hatte er so etwas gesehen.

Zurück am Tisch probierte der Kopfgeldjäger, ohne zu zögern, ein großes Glas Wein. Was die Skorden nicht umbrachte, dürfte ihm auch nicht schaden, auch wenn der Wein über Jahrhunderte hinweg dort gelagert worden war. Er nahm noch ein paar Schlucke, und war überrascht. Er hatte nicht damit gerechnet, dass er ihm schmecken würde – zu viel hatte er in seinem Leben bisher schon davon getrunken. Doch tat er es. Nie zuvor hatte er einen köstlicheren Wein probiert.

Wie konnte etwas derartig Böses wie das Urböse so etwas Einzigartiges hervorbringen? Der Wein schmeckte vollmundig und rund, nicht zu trocken, nicht zu süß. Er schmeckte, wie Kuno sich einen guten Wein vorstellte. Er war perfekt. Kuno schenkte sich nach.

»Memme, trink, dann kannst du vergessen. Heute ist es das Beste, was du machen kannst: trinken und vergessen!«

»Mein Kuno, trink nicht zu viel. Verliere deine Aufgabe nicht aus den Augen. Es geht um so viel.«

Er trank das zweite Glas und schenkte sich ein drittes ein. Ein angenehmes, fast vergessenes Gefühl breitete sich in ihm aus. Er war beschwipst. Kein Wunder, hatte er doch schon seit Tagen nichts Anständiges mehr gegessen. Kuno trank noch ein weiteres Glas. Der Wein schmeckte einfach zu gut. Die Wärme im Bauch war ein Gefühl des Glücks. Und wieder goss er ein Glas für sich ein.

»Prost, du Dreckskerl! Prost, du mütterliche Schlampe. Ihr macht mir das Leben zur Hölle«, sprach er zu seinen Stimmen und trank das Glas in einem Zug aus. Unvermindert leerte er noch eines. Und noch eines … bis er zu lachen begann. Es war das Lachen eines Betrunkenen, der nun anfing, ein Lied zu singen. Er hatte es im Puff seiner Mutter gehört, als er gerade drei oder vier Jahre alt gewesen war.

Kommt, ihr Huren, kommt herbei!
Ich schenk euch heute einen ein.

Wir tanzen und wir singen,
bis ans Ende wolln wir ringen.
Nackt und voller Frohsinn,
bin ich in deinem Po drin.

Kommt ihr Huren, kommt herbei!
Ich schenk euch heute einen ein.

Ich greif dir an die Brüste,
du schaust dann ganz entrüstet.
Wirst quieken und dann quaken,
liebst meinen kleinen Haken.

Kommt ihr Huren, kommt herbei!
Ich schenk euch heute einen ein.

Singend fiel Kuno vom Tisch. Lachend lag er am Boden und hielt sich den Kopf, da er sich diesen gestoßen hatte. Er spürte die kleine Platzwunde. Sie blieb verschlossen. Er kletterte auf seine zwei Beine und grinste breit. »Hach, war das schön.« Er füllte sein Glas erneut, welches beim Sturz, dem Zeloo sei Dank, nicht zu Bruch gegangen war.

»Mal sehen, was es hier noch so gibt«, murmelte Kuno leicht betrunken.

»Memme, eins kannst du noch: trinken. Immerhin etwas.«

»Jetzt ist eigentlich nicht die Zeit zum Saufen, aber ich werde mir einen meiner Wasserschläuche mit Wein füllen und diesen guten Tropfen mit nach oben nehmen – aber jetzt muss ich mir erst mal diese Weinfass-Stadt anschauen.«

Dennoch lief der Kopfgeldjäger mit einem neu gefüllten Weinglas in der einen und der Streitaxt in der anderen Hand durch die

Hauptstraße des Weinkellers. Er trank vorsichtiger, dennoch befüllte er sein Glas unzählige weitere Male an anderen Fässern, die einen Hahn besaßen. Langsam wurde er immer betrunkener. An die selbstauferlegte Trinksperre hielt er sich nicht, auch wenn es vernünftiger gewesen wäre. Aber was bedeutete schon bei dieser Unternehmung Vernunft? Alles, was er bisher erlebt hatte, war fern jeglicher Vernunft gewesen. Nicht, dass er sich nicht zusammennehmen wollte, doch je mehr er von dem Wein trank, desto größer wurde sein Durst. Er vergaß mehr und mehr, wo er war, und schließlich … fast alles. Er trank und sang und es erinnerte ihn an die Zeiten, als er mit seiner Mutter im Hurenhaus gelebt hatte. Täglich wurde dort gefeiert und immer wieder gab es neue Lieder, die dort erklangen. Einige von ihnen hatten sich tief in seinem Kopf eingenistet. Damals erschlossen sich ihm deren Bedeutung noch nicht so ganz, aber der Rhythmus und ihre Melodien hatten ihn schon in ihren Bann gezogen. Sie ließen ihn nie wieder los. Azig stimmte heulend mit ein:

Hoch die Tassen, Hoch der Wein,
betrunken müssen wir nun sein.
Fressen und auch Saufen,
wie ein dreck'ger Haufen.

Als sich sein Magen meldete, torkelte er schon einige Zeit durch die Fässerstadt. Er knurrte, als wolle er seinen Anteil des Gelages einfordern. Etwas Essbares war mehr ein Wunschtraum, als möglich. Azig lief nun still neben ihm her.

Die Weinfass-Straße endete. Er blickte auf eine neue Tür. Ein weiterer Raum war der unterirdischen Weinstadt angeschlossen. Die Neugier siegte ohne Gegenwehr. Mit verschwommenem Blick begutachtete der Kopfgeldjäger die Tür. Es war keine Holztür, sondern eine schwere, gusseiserne. Eine derartige Tür hatte er schon vor Jahren irgendwo mal erblickt, konnte sich aber nicht mehr erinnern, wo dies gewesen war. Ein riesiges Kreuz in ihrer Mitte stellte die Türklinke dar. Betrunken platzierte er sein Glas auf einem am Rand stehenden Hocker, ergriff das Kreuz und drehte. Zischend öffnete sich die Tür. Frische Luft (wenn man von frischer Luft im

Weinkeller reden konnte) sog sich in den dahinterliegenden Raum hinein. Die Luft dort schien in den letzten Jahrtausenden keinen anderen Einflüssen ausgesetzt gewesen zu sein. Die Tür schwang behäbig auf.

Wieder begann der Kopfgeldjäger zu lachen. Er lachte vor Freude. Er lachte vor Erstaunen und er lachte, weil es so surreal war, dass es ihm eigentlich schon gar nicht mehr als möglich erschien. Er lachte, weil ihm der Zeloo trotz seiner Schwächen immer noch gewogen zu sein schien – oder war es doch diese merkwürdige Frau, die ihm immer wieder half? Schnell verwarf er diesen Gedanken. Dennoch war es verrückt, was er in dem Raum nun erblickte.

Tausende von Schinken hingen von der Decke herab. Dann war da ein unendlich lang wirkender, leicht abschüssiger Gang voller Regale, welche befüllt waren mit Trockenfleisch, gekochtem Fleisch in Gläsern und anderen Köstlichkeiten. Kuno lief das Wasser im Mund zusammen. Erst als er den ersten Schinken berührte, realisierte er sein Glück. Staunend stand er in der Tür und starrte einfach durch den Raum. Die Zeit verging und Kuno starrte, bis ihn Azig an seiner Hand anstupste.

»Ja, Azig. Ich traue meinen Augen wirklich nicht. Essen! Essen, welches Tausende von Jahren vergessen hier lagerte. Es scheint, als warte es nur auf mich«, sprach Kuno vollkommen überwältigt. »Es riecht hier, als hätten sie die Reihen erst gestern befüllt. Das ist eigentlich unmöglich. Aber ist nicht in den letzten Tagen so vieles scheinbar Unmögliches passiert?«

Azig bellte und Kuno lachte wieder auf. Er ging den Gang entlang, dessen Rundgewölbe kein Ende nehmen wollte. War das ein Zauber? Oder verlor er nun den letzten Rest an seinem bisschen Verstand. Hunger hatte er seit Tagen, er fraß ihn regelrecht auf. Doch war er ihm nie so bewusst gewesen, wie nun, in diesem Moment – als er all das Essen bestaunte.

Der Kopfgeldjäger griff nach einem der Schinken, zog ihn von der Decke und roch daran. Er war hart, roch nach Pökelsalz und schien unbeschadet zu sein. Mit seinem Dolch schnitt Kuno eine dicke Scheibe ab und stopfte sich sie in den Mund. Sie schmeckte köstlich, unglaublich salzig, doch nie zuvor hatte er einen besseren Schinken probiert. Immer wieder schnitt Kuno neue Scheiben ab und stopfte sie sich in den Mund. Auch Azig warf er immer wieder Stücke hin und begierig fraßen sie dieses Festmahl.

Wie viel Zeit Kuno mit Azig in dem Keller verbracht hatte, konnte er hinterher nicht mit Sicherheit sagen. Dort hatte er kleine leere Fässer gefunden, sie teils mit Wein gefüllt und auch zwei Schinken mitgenommen. Am Lager zurück setze er sich neben seinen Hund und lachte vor Freude in sich hinein. Er fühlte sich wie ein kleines Kind, welches einen Schatz gefunden hat, und für ihn war es in dem Moment der größte Schatz, den es gab.

Kuno blickte hinaus auf den Innenhof und verlor sich im Genuss. Zum ersten Mal seit Tagen dachte er nicht.

Die Nacht war längst über der Ruine hereingebrochen und hatte das Licht des Tages aus ihr getilgt. Müdigkeit machte sich in ihm breit und Kuno schlief langsam und zufrieden ein. Azig würde schon wachen.

»Morgen vollende ich die Falle«, murmelte er bereits im Halbschlaf, während sich sein Freund zu seinen Füßen setzte – ihm das Gefühl von Sicherheit gab.

KAPITEL 25: FEINDKONTAKT

Azig stieß den Kopfgeldjäger sanft mit seiner Schnauze an. Der brummte und schob seinen treuen Gefährten zur Seite. Er war müde und wollte noch schlafen. Wieder stupste Azig ihn an, nun etwas kräftiger. Doch der Kopfgeldjäger reagierte nicht. Dann erhob sich der Hund von den Füßen des Kopfgeldjägers und schob dem Verschlafenen seine Schnauze unter den Kopf.

»Lass mich!«, brummte der Kopfgeldjäger, den ein ordentlicher Kater plagte. Doch Azig wäre nicht Azig gewesen, wenn er sich nicht zu helfen gewusst hätte. Der Kopfgeldjäger musste um jeden Preis geweckt werden. Und wenn es nur auf diesem einen Weg ginge, dann musste es sein. Azig leckte seinem Herrchen einmal quer über das Gesicht.

»Iiiiih, Azig«, brüllte der Kopfgeldjäger angewidert, »ich hasse das!« Er wischte darüber und spürte den Speichel des Hundes an seiner Hand. Er hätte kotzen können. Langsam und behäbig richtete sich auf. Er hielt sich den Kopf. Das war wohl doch zu viel Wein gewesen.

Vorwurfsvoll blickte er Azig an, der neben ihm saß und auf den Innenhof blickte.

»Was ist denn da?«, fragte er. Sein Blick folgte dem des Hundes. Die Dunkelheit der Nacht war noch nicht vollständig der Sonne des Tages gewichen, aber in einem Punkt war sich Kuno Kopfgeldjäger absolut sicher: Sein treuer Gefährte würde ihn nur wecken, wenn es unbedingt nötig war. Aufmerksam lauschte er und verharrte, da er den ihm bekannten Flügelschlag des Gitrog vernahm.

»Wann hat das Ungeheuer sein Loch verlassen?«, fragte er in den Raum.

»Heute Nacht, mein liebes Kopfgeldjägerchen«, erklang die weibliche und liebliche Stimme der weißen Dame, *»als du in deinem Rausch schliefst.«*

Es war nun lange her, dass er sie vernommen hatte. *»Es war auf Jagd, um sich gegen deinen Angriff zu stärken. Es hat Respekt vor deinem Mut.«*

»Was weißt du schon von Mut!«, wertete der Kopfgeldjäger das Kompliment der Dame in Weiß ab.

»Mehr als du dir vorstellen kannst.«

»Was wünschst du von mir?«

»Nichts, ich verfolge euren anstehenden Kampf. Es weiß, dass du etwas vorhast, aber nicht genau, was das ist, mein liebes Kopfgeldjägerchen.«

»Und?« Der Kopfgeldjäger gab sich gelassen. Er wollte sich vor ihr nicht die Blöße geben.

»Das Überraschungsmoment liegt auf deiner Seite. Nutze diese Möglichkeit, mein liebes Kopfgeldjägerchen.«

Die Krallen des Gitrog griffen kreischend in die Steinplatten des Innenhofes. Einige barsten bei der Landung des Monsters. Unwillkürlich presste sich der Kopfgeldjäger seine Hände auf die Ohren, so sehr schmerzte ihn das Geräusch. Sein Kater tat das Übrige. Niemals zuvor war die Bestie derartig laut gelandet. Es schien sich von der zweiten auf die erste Ebene zu bewegen, denn bei jedem Schritt klackerten seine einzelnen Krallen über den Stein.

Azig senkte die Rute; Kuno Kopfgeldjäger erschauderte – nicht wegen der Theatralik, mit der das Wesen spielte, sondern wegen der bewussten Art, mit der das Wesen seine Taktik einsetzte. Es war kein einfaches Monster, welches rein seinen Instinkten folgte. Es war intelligent und wusste seine grausige Erscheinung gezielt einzusetzen. Eine gefühlte Ewigkeit dauerte es, bis das Gitrog in seinem Loch auf der untersten Ebene verschwand.

»Mein liebes Kopfgeldjägerchen, ich ahne, was du denkst, und du hast recht. Es ist intelligenter, als du es dir vorstellen kannst. Aber was hätte es denn dem Urbösen geholfen, nur dumme Wesen zur Vernichtung der Menschen zu erschaffen? Denn in ihrer Grausamkeit sind die Menschen so einzigartig, dass Intelligenz bei der Erschaffung dieser Wesen eine wichtige Rolle spielte. Umso interessanter wird euer zweites Aufeinandertreffen werden. Ich bin sehr gespannt und freue mich, dass ihr mich so amüsiert«, lachte die Stimme der Dame in Weiß.

»Amüsieren? Ich werde heute meine Rache an ihm nehmen und dann verschwinde ich von diesem schrecklichen Ort.«

»*Wenn das dein Wunsch ist, mein liebes Kopfgeldjägerchen ...*«, höhnte die Dame in Weiß.

Inzwischen hatte sich die Sonne vollständig vom Horizont gelöst und gewann zunehmend an Kraft. Ohne ein vorheriges Frühstück spannte der Kopfgeldjäger die Seile über das Loch des Gitrog. Sein Kater war größer, als er es zugeben wollte. An Essen war nicht zu denken, aber später würde er etwas von dem Schinken zu sich nehmen. Jetzt musste erst mal sein Kreislauf in Gang kommen, damit er sich besser fühlte. An den schweren Steinen, die er zwei Tage zuvor zum Loch geschleppt hatte, brachte er die Seile aus der Waffenkammer an. Damit sie halten würden, beschwerte er sie noch mit weiteren Steinen. Er war den gesamten Vormittag damit beschäftigt.

Schließlich hatte er es erledigt und bestaunte sein Werk. Eine irre Idee stieg in ihm hoch, als er es begutachtete.

»Sollte ich es wagen?«, fragte der Kopfgeldjäger amüsiert seinen Gefährten, während dieser dösend neben dem gespannten Netz lag. Nur kurz erhob er seinen Kopf und senkte ihn desinteressiert und ohne Umschweife wieder.

»Du hast keine Meinung dazu, Azig?«, fragte der Kopfgeldjäger erneut amüsiert. Keine Regung ging von dem Hund aus. Er lag nur da. Mit seinem Kopf auf der heilen Pfote und beobachtete seinen Kopfgeldjäger.

»Ich mach's«, lachte dieser und kletterte auf die Seile.

Er balancierte darüber, wie die Seiltänzer von Grimma aus dem Wynland. Sie waren für ihre Seilakrobatik berühmt. Nur wenige von ihnen erreichten das 25. Lebensjahr. Hüpfend testete er, ob die Seile ihn trugen. Sie taten es. Sie waren unglaublich straff gespannt. Kuno schätzte das Gewicht der Bestie auf über tausend Kilo, so dass es ohne Probleme diese Seile würde anheben können, um sich dann darin zu verheddern. Seine Flügel würden nutzlos werden und das Gitrog zu Boden stürzen. Und das wäre dann genau sein Moment. Zuerst plante der Kopfgeldjäger, mit der Armbrust einige Bolzen in dessen Kopf zu jagen, und anschließend, mit seiner Axt ihm den scheißhässlichen Dreckskopf abzutrennen. Und schon wäre der Spuk vorbei.

Auch wenn er den Magos, falls es tatsächlich keine Lüge gewesen war, nicht retten konnte, so würde er ihn, entsprechend der Meinung seiner gewissenlosen Stimme, hier zurücklassen. Das war die Angelegenheit des Zeloo und nicht seine. Was sollte er schon gegen die Dame in Weiß ausrichten? Er besaß keine magischen Kräfte oder anderen Fähigkeiten, mit denen er gegen einen Gott hätte bestehen können. Nur seine mütterliche und gewissenhafte Stimme mahnte ihn: »*Mein Kuno, bedenke, dass du einiges gutzumachen hättest. Du rettest die Menschen, und falls du stirbst, opferst du dich für eine gute Sache. Der Zeloo, vor den du treten wirst, wird voller Stolz auf dich herabblicken und sich der Sache mit der Tochter der Unforhtal annehmen. Vielleicht musst du ja sterben, damit der Zeloo weiß, was hier vorgeht. Schon einmal drüber nachgedacht?*«

Doch der Kopfgeldjäger ignorierte die Stimme. Was ging ihn denn ein Magos an? Was hatten sie je für ihn getan? Sie hatten seine Gunda nicht gerettet und die Welt versank, auch dank seines Zutuns, immer mehr im Chaos. Es wäre nur gerecht, wenn sich ein anderer um diese Aufgabe kümmern würde. Einer, der fähiger war. Einer, der so ein strahlender Held wie aus den Mythen der längst vergangenen Zeitenwenden werden wollte oder gar war. Er selbst wollte aber seine Ruhe. Er wollte kein Held sein. Er wollte endlich in Frieden trauern. Außerdem hatten die Unforhtal gar recht, dass der Mensch es nicht wert war, gerettet zu werden.

Erschöpft kehrte Kuno mit Azig zu seinem Lager zurück. Er begann mit der Waffenpflege. Nichts wäre schlimmer als im Kopf gegen das Gitrog eine Fehlfunktion der Armbrust zu riskieren. So reinigte er sie so gewissenhaft wie nie zuvor in seinem Leben, zählte die Bolzen (die Anzahl war übersichtlich – drei Stahlbolzen und zwei Sprengladungen), lud sie in seine Magazine, überprüfte den Abzug, zählte seine Spulen, füllte seinen Gürtel auf, kontrollierte das Spannseil und gab einen Tropfen Öl auf alle wichtigen Hebel, Züge und Knöpfe. Am Ende wiederholte er alles noch einmal. Man konnte nicht vorsichtig genug sein.

Die Dämmerung brach herein. Kuno hatte sich hinter einem Bruchstück, welches die Reste eines Turms gewesen sein mussten, auf der ersten Ebene versteckt. Jetzt galt es, Ruhe zu bewahren, geduldig zu sein und keine Fehler zu begehen. Neben ihm saß sein treuer Gefährte und er streichelte seinen Kopf. Gedankenverloren blickte er auf das Loch. Langsam neigte sich die Sonne dem Horizont zu. Es kam ihm wie eine Ewigkeit vor. Fast berührte sie die Mauer, um dann hinter ihr langsam zu verschwinden. Jeden Moment musste es so weit sein. Gleich würde er seine Rache erhalten. Es konnte sich nur noch um Momente handeln. Starr und ohne Regung schaute der Kopfgeldjäger weiter auf das Loch. Die Zeit verrann und die Sonne verschwand vollständig. Die Dunkelheit ergriff den Innenhof und aus der Dunkelheit wurde langsam die Finsternis der Nacht. Und es geschah – nichts.

Mit angestrengtem Blick versuchte Kuno etwas zu erkennen. Lange hockte er da und starrte in die Nacht hinaus. Doch das Untier war nicht zu sehen. Ihm wurde kalt und seine Gliedmaßen wurden steif.

Das Loch, aus dem es eigentlich kriechen sollte, war nur noch schemenhaft zu erkennen. Erst jetzt erkannte Kuno einen Schwachpunkt in seinem Plan: die Dunkelheit der Nacht. Er war nicht in der Lage, in der Finsternis zu sehen … so, wie es jedoch das Gitrog konnte. Doch er musste nun das Beste aus der Situation machen.

Er ermüdete und seine Konzentration ließ nach. Hatte das Unwesen geahnt, dass er auf es warten würde, und spannte ihn deswegen auf die Folter? Kunos Augenlider wurden schwerer. Azig saß neben ihm und hechelte fast lautlos. Dennoch war das rhythmische Ein- und Ausatmen seines treuen Gefährten wie Hypnose und er nickte schließlich ein.

Ein lautes Knurren riss den Kopfgeldjäger aus seinem traumlosen Dämmerzustand. Es war Azig. Und sofort war Kuno hellwach. Es schien, als würde etwas geschehen. Was, das konnte Kuno nicht sagen, aber Azig hätte ihn nicht geweckt, wenn es nicht so gewesen wäre. In die Finsternis der Nacht starrend, konnte er nichts erkennen. Nicht einmal die Hand vor seinen Augen sah er.

War da nicht ein Geräusch gewesen? Angestrengt spitzte nicht nur Azig seine Ohren. Hatte er es sich eingebildet? Es war nur die

Stille der Nacht zu vernehmen. Er blickte in den Himmel, an dem der abnehmende Mond erstrahlte. Dennoch schickte das Licht des Mondes ihm einige Strahlen, so dass er sich langsam auf dem Hof wieder orientieren konnte. Aber was hatte Azig vernommen, dass er ihn geweckt hatte?

Da bemerkte Kuno ein leichtes Beben des Bodens. Kuno blickte in die Finsternis. Seine Augen gewöhnten sich nur langsam daran. Schemenhaft konnte Kuno das Loch erkennen. Das Beben stieg immer weiter an. Dann hörte er den Flügelschlag des Gitrog. Es war erstaunlich, dass es sich in dem Loch, welches für seine Verhältnisse recht schmal war, überhaupt bewegen konnte.

Dann schoss der Kopf der Bestie zwischen den Seilen hervor. Glücksgefühle fluteten den Körper des Kopfgeldjägers. Genauso, wie er es geplant hatte, schlossen sich die Seile um seinen Körper und seine Flügel. Nur die Schemen des Wesens nahm er wahr. Doch der Schrei des Gitrog zeigte ihm, dass es funktionierte. Die Seile mit den Steinen als Gewichte umschlungen es. Die Flügel wurden auf den Rücken der Bestie gebunden. Kuno jubilierte: »Nimm das, du dreckiger Bastard.« Er umfasste seine Streitaxt fester und griff seine Armbrust. Der Zeitpunkt der Rache war gekommen. Jetzt oder nie. Er blickte an den schwarzen Himmel. Das graue Gitrog stürzte kreischend zu Boden.

»Nimm es weg, Menschlein!«, fluchte es und es bäumte sich immer weiter auf. Sein Zorn stieg und seine Schreie wurden ohrenbetäubend. Hart schlug es auf der unteren Ebene auf. Die Steinplatten des Hofes barsten unter dem Gewicht des Ungeheuers. Es jaulte und schrie: »Kopfgeldjäger, du Sohn einer Hure. Dir habe ich das zu verdanken. Wo steckst du, du elendiger Feigling?« Es schüttelte sich. Die Seile, die sich um seinen Körper geschlungen hatten, lösten sich nicht von ihm. Der Kopfgeldjäger sprang aus seinem Versteck hervor und zielte mit der Armbrust auf das Monster. Doch dann schüttelte sich die Bestie mit all ihrer Kraft. Zum Entsetzen Kunos lösten die Seile nach und nach ihre enge Umarmung.

»Das darf nicht sein!«, sprach er. Die erhoffte Kampfunfähigkeit war nicht mehr gegeben, denn die Seile hatten sich nicht unter dem Gitrog mit den Steinen verheddert, sondern hingen nun nur schlaff am Körper des Gitrog herunter. Beim Schütteln schleuderten die

Seile einfach davon. Das Gitrog war frei. Und was viel schlimmer war, es war kampfbereit, zornig und voller Wut.

Der Kopfgeldjäger schluckte deutlich hörbar und sprang in sein Versteck zurück. Er hatte keinen Plan B. Ihm gefror das Blut in den Adern. Das Herz rutschte ihm ganz tief in die Hose.

Weit spannte die Bestie seine Flügel auf, wedelte mit ihnen. Kuno fühlte den Wind.

Es stand in voller Größe auf der untersten Ebene und schrie voller Zorn: »Kopfgeldjäger, wo steckst du?«

Er selbst drückte sich gegen einen Gebäuderest, Azig duckte sich neben ihm und senkte tief seine Rute. Nie im Leben hatte der Kopfgeldjäger erwartet, dass die Bestie eine derartige Kraft besaß. Er ahnte es, alleine durch seinen letzten Kontakt. Aber er hatte die Hoffnung gehabt, dass es sich nicht so leicht von den Seilen würde befreien können. Sein Plan war gescheitert. Hätten sich die Seile, wie er es geplant hatte, unter dem Monster verschnürt, dann wäre es nicht freigekommen und er hätte freie Bahn gehabt. Aber so?

Er atmete tief durch, da er es eh nicht mehr würde ändern können. Er musste nun das Beste aus der Situation machen. Doch was war das Beste?

»Kopfgeldjäger, wo steckst du? Stell dich, du elendiger Bastard. Ich finde dich sowieso …«, drohte das Gitrog.

Er hatte es herausgefordert, er musste es jetzt und hier zu Ende bringen, sonst war alles verloren. Egal, wie es ausgehen würde. Die vermeintliche Schwachstelle des Gitrog war sein Kopf. Er musste mit den Bolzen direkt ein Auge treffen. Sie waren lidlos, um besser in der Finsternis sehen zu können, vermutete er. Wenn der Bolzen ihn seines Augenlichtes berauben sollte, dann hätte er vielleicht eine Chance, es zu besiegen.

»Kopfgeldjäger!«, schrie das Gitrog und schlug mit seinen Flügeln. »Kopfgeldjäger. Ich bin frei. Deine Falle hat versagt, du erbärmliches Menschlein.« Es gewann an Kraft und Mut. Die Augen des Gitrog leuchteten in der Finsternis glühendrot.

Wagemutig sprang der Kopfgeldjäger vor, zielte und schoss einen der drei letzten Stahlbolzen auf das linke, rot leuchtende Auge des Unwesens. Sofort löste er die Spulen ab und die Armbrust spannte sich erneut. Das Klicken, welches symbolisierte, dass der nächste Bolzen auf die Schiene geschoben worden war und die Spule das Spannseil gespannt hatte, ertönte. Der abgeschossene Bolzen flog. Erneut betätigte der Kopfgeldjäger den Bolzenabzug und der zweite Bolzen schoss wieder auf das linke Auge des Gitrog zu. Kuno öffnete das Spulenfach, griff an seinen Gürtel, während die Spule aus dem Spulenfach der Armbrust herausfiel, und schob die geladene Spule wieder hinein. Automatisch spannte sich die Armbrust und es legte sich ein Bolzen auf die Bolzenschiene.

Das Einrasten des Spanndrahtes war zu vernehmen und auch das Klicken, da der letzte Stahlbolzen auf die Schiene geschoben worden war. Kuno drückte ab. Dies alles geschah in einem Bruchteil von Sekunden.

Seinen Augen konnte der Kopfgeldjäger von jeher vertrauen, aber was er jetzt mit ansah, konnte er nicht glauben. In dem Moment, als die Bolzen hätten einschlagen müssen, traten aus dem Vorderkopf der Bestie eine Art Panzerplatten, welche die Augen vor den Bolzen schützten. Die Bolzen prallten einfach an den Panzerplatten ab. Kuno lud reflexartig das letzte Magazin mit den zwei Sprengbolzen. Einer der beiden Sprengbolzen lag nun auf der Schiene. In seiner Verzweiflung schoss Kuno einen der beiden ab. Sofort führte er seinen standardisierten Griff aus. Die Spule der Armbrust spannte sich wieder. Der Bolzen entzündete sich. Das Licht der Lunte erhellte den Innenhof. Der Bolzen flog auf das Gitrog zu. Was dann geschah, hätte niemand erahnen können. Das Gitrog fing den Sprengbolzen aus der Luft mit seiner Flügelpranke und schleuderte ihn zu Kuno zurück. Geistesgegenwärtig sprangen Kuno und Azig hinter ihrem Versteck hervor und sprangen über die Turmreste. Sie hatten kein Ziel. Sie hatten keine Ahnung, wohin sie flüchten sollten. Das Gitrog ließ sich auf seine vier Läufe nieder. Der Boden erbebte. Es brüllte ohrenbetäubend und Kuno stürzte zu Boden. Azig jaulte auf. Er blickte empor und sah, wie der Kopf des Gitrog sich auf ihn zubewegte. Ohne nachzudenken, sprang er auf, stellte sich in die Grundposition und hieb mit der Streitaxt nach dem Kopf des Unwesens. Das Maul fing die Axt ab und riss sie ihm ohne großen Aufwand aus den Händen. Der Stiel brach zwischen den Zähnen des Gitrog entzwei. Das Streitaxtblatt fiel klirrend auf den steinernen Boden. Kuno erstarrte.

Die Pranke des Gitrog holte aus, doch Azig sprang ab und biss in die Pranke. Das Gitrog jaulte kurz vor Schmerz auf und schüttelte sie. Diesen Moment nutzte der Kopfgeldjäger und gewann etwas Abstand zum Gitrog. Azig hatte sich in den Arm der Klaue verbissen und ließ nun nicht mehr los. Egal wie heftig das Gitrog auch seine Pranke schüttelte. Was Azig einmal in der Schnauze hatte, ließ er nicht mehr los.

Zum Entsetzen von Kuno sah er im Augenwinkel, wie das Gitrog sich durch ein einfaches Wegschnipsen Azig entledigte, als wäre er ein unliebsames Insekt. So, wie es Kuno des Öfteren bei Mücken, Spinnen oder Käfern tat, die auf seiner Haut landeten.

Azig flog jaulend weg. Die Klaue des Gitrog hatte Azig direkt in der Seite getroffen und Kuno hörte deutlich, wie die Rippen des Hundes brachen. Die Kraft, die in dieser Bewegung steckte, ließ Azig im hohen Bogen über die Mauer der Festungsruine schleudern.

Azig war fort.

Kuno konnte sich nicht mehr bewegen, nur mit den Augen seinem treuen Freund über die Mauer nachfolgen. Er konnte es nicht glauben. Nun war er allein und hatte alles verloren. Absolut alles. Das Jaulen des Hundes auf der anderen Seite des Walls war unerträglich. Kuno spürte förmlich den Schmerz des Hundes. Er würde alleine sterben. Und er selbst in diesem Moment vermutlich auch.

Dann traf den Kopfgeldjäger die Pranke des Gitrog. Er flog von der ersten Ebene auf die zweite und schlug hart auf. Eine oder mehrere seiner Rippen brachen. Er rutschte über die Steinfliesen der zweiten Ebene bis zur Treppe der dritten Ebene. Laut stöhnte er auf. Es schmerzte.

Er schloss mit seinem Leben ab, besaß nichts, was er dem Gitrog entgegenbringen konnte. Der stechende Schmerz in seiner Brust zeigte ihm außerdem deutlich, wie unterlegen er dem Wesen des Urbösen war.

Sich mit all seiner letzten Kraft gegen den Schmerz stemmend, richtete sich der Kopfgeldjäger stolz auf. Wenn er schon sterben würde, dann nicht auf dem Rücken liegend, sondern wie ein aufrechter Mann. Er hatte es wenigstens versucht. Doch das Gitrog kam über ihn und drückte ihn fest zu Boden.

»Netter Versuch, Kopfgeldjäger«, höhnte es. »Aber vergebens.

Habe ich dir nicht gesagt, dass ICH den Zeitpunkt bestimme, wann du stirbst, Menschlein? Kriech zurück in dein Lager und warte auf deinen Tod. Ich hole dich.«

Mit diesen Worten drehte sich das Gitrog um, schwang sich in die Höhe und ließ Kuno auf dem Steinboden der zweiten Ebene liegen. Das Jaulen seines Gefährten hörte Kuno und es schmerzte ihn. Es klang weit entfernt und herzzerreißend.

Der Kopfgeldjäger lag auf seinem Rücken und starrte in den schwarzen Himmel. Die Schmerzen waren unerträglich und irgendwann übermannten sie ihn. Bevor er das Bewusstsein verlor, verstummte das Jaulen seines treuen Freundes. Azig war tot.

KAPITEL 26: DIE MACHT DER WUT

»*Wach auf! Memme, wach auf*«, schrie die Stimme.

Nur langsam kam der Kopfgeldjäger zur Besinnung. Irgendwoher kannte er die Stimme. »*Memme, verdammt noch mal, wach auf, du Versager. Da schenkt man dir Pfeife einmal das Vertrauen, und dann das? Peinlich, du bist peinlich,* Memme«, riss ihn die Stimme aus seiner Ohnmacht. Dennoch fehlte ihm jegliche Orientierung und es fiel ihm schwer, sich aus seiner Bewusstlosigkeit zu befreien.

»Gitrog!«, entfuhr es leise dem Kopfgeldjäger. Die Erinnerungen kehrten allmählich wieder. »Azig …« Das Denken fiel im schwer. Sein Schädel brummte wie niemals zuvor, und sein Mund war trocken und sein Körper fühlte sich schwer und träge an.

»*Memme, Memme, Memme. Deine Selbstüberschätzung hat uns fast an den Abgrund des Todes gebracht, du Pfeife*«, herrschte ihn die herrschsüchtige Stimme an. »*Nun reiß dich zusammen, raff dich auf und fang an, deine Gedanken zu sortieren*«, forderte sie ihn auf. »*Und dann geht es wieder an die Arbeit. Wir bekommen noch unsere Rache.*«

»Was willst du?«, fragte der Kopfgeldjäger. Ihm war noch nicht bewusst, wo er eigentlich war. In seinen geträumten Erinnerungen hatte er eben noch neben seiner Gunda in Wera gelegen, und … hatten sie sich nicht gerade noch geliebt? Das würde erklären, warum seine Glieder so schmerzten. Der Sex mit ihr war immer anstrengend gewesen. Immer wieder hatte sie ihn angefeuert. Kurz lächelte er bei dem Gedanken. »Gunda!«, flüsterte er.

»*MEMME!*«

Der Kopfgeldjäger zuckte zusammen.

»*Du hast keinen Schlag auf den Kopf bekommen. Erinnere dich, du Versager. Erinnere dich an die letzte Nacht. An dein Versagen. Aber da müsste ich wohl spezifischer werden … Ich meine, als du gegen das Monster des Urbösen kämpftest und dich nicht mit Ruhm bekleckert hast.«*

Hatte er am gestrigen Abend etwa wieder einen über den Durst getrunken? Sein Schädel brummte, als wäre er eben aus einem großen Saufgelage erwacht.

»Memme«, schrie die gewissenlose Stimme, die in seinem Kopf immer und immer widerhallte, als wäre sie in einem riesigen Saal. *»Du Vollidiot! Du Versager! Nichts machst du richtig.«* Weitere Bruchstücke kehrten in sein Gedächtnis zurück.

»Der Kampf …«, flüsterte er mit trockenem Hals. Langsam kehrte alles zu ihm zurück. »Mein Plan!«

»Ja, genau, Memme. Der Kampf. Der Plan. Genau da hast du versagt! Mich hat es nicht überrascht, dass du versagt hast, aber sei es drum. Wir leben und du solltest endlich zu dir kommen.«

Kopfschüttelnd, um seine Gedanken zu sortieren, richtete er sich auf. Alles schmerzte an ihm und jede Bewegung war unerträglich. Besonders sein Kopf. Er hielt ihn sich. Nie zuvor hatte er derartige Schmerzen verspürt. Sie stammten nicht von dem Kampf. Der Kopfgeldjäger versuchte sich in sein Bewusstsein zu rufen, was in den letzten Stunden, in der letzten Nacht noch geschehen war.

»Lass meinen Kuno. Er hat eine schlimme Nacht hinter sich. Er ist mit seinem Kopf hart auf das Pflaster aufgeschlagen, als sich das Gitrog über ihn beugte. Es ist kein Wunder, dass sein Schädel brummt.«

»Pah, war mir klar, dass du Memme wieder verteidigst. Wir haben nur aus purem Glück überlebt.«

»Wir haben überlebt, weil das Gitrog uns nicht töten wollte. Noch nicht. Wir sind der Gnade des Gitrog ausgeliefert.«

»Das Gitrog?«, flüsterte der Kopfgeldjäger. »Es war über mir. Es schaute mich an. An mehr kann ich mich nicht erinnern. Was ist geschehen?«

»Memme, nichts ist geschehen. In dem Moment, wo dir die Lichter ausgingen, verzog es sich wieder zurück in sein stinkendes Loch.«

»Durst«, brachte Kuno noch mit trockener Stimme hervor.

»Dann trink was! Niemand hält dich davon ab, Memme. Muss man dir alles erklären?«

Weitere Bilder der letzten Nacht schossen in seinen Kopf.

Bruchstückhaft kehrte die Erinnerungen zurück. Bei dem Versuch, sich aufzuraffen, schrie er vor Schmerzen auf. Seine Brust … »Was ist mit meiner Brust? Verdammt!«, keuchte er.

»Eine Bestie trat dich geschickt über die Ebene und setzte dann einen Fuß auf dich, Memme«, sprach die gewissenhafte Stimme trocken.

»Verdammt«, schrie er erneut aus. Er biss die Zähne zusammen und richtete sich auf. Seinen Schädel und seine Brust haltend torkelte der Kopfgeldjäger über die zweite Ebene der Festungsruine. Der Schmerz war unerträglich. Es fühlte sich an, als würden seine Birne und sein Burstkorb gleich explodieren. Es war kein stechender, sondern ein flächendeckender, dumpfer Schmerz, der seinen ganzen Kopf umfasste.

»Memme, wie kann man nur so dämlich und unfähig sein«, sprach die herrschsüchtige Stimme höhnisch.

»Lass mich!«, entfuhr es dem Kopfgeldjäger.

»Komm, Memme, das musst du nun ertragen, dass ich Witze über dein Versagen mache«, amüsierte sie sich. *»ICH habe nicht so grandios versagt. Ich habe nicht die letzten Bolzen vergeudet und meine Lebensversicherung sterben lassen.«*

»Azig?«, stöhnte Kuno auf. »Wo ist er?« Er versuchte die Stimmen auszublenden und nachzudenken. Es war nicht möglich. »Irgendetwas ist da passiert gestern …« Wieder blitzten die Bilder in seinen Kopf auf, doch er konnte sie immer noch nicht zuordnen. Wo war sein treuer Gefährte geblieben?

»Das Gitrog hat ihn über die Mauer geschleudert, Memme. Er ist tot, weil du so unfähig bist.«

Kuno war wie erstarrt. »Nein, das ist nicht möglich«, flüsterte er leise. Er hielt sich an dem Türrahmen zu seinem Lager fest.

»Sieh der Wahrheit ins Auge, Memme. Du hast ihn auf dem Gewissen, wie auch deine Gunda.«

Tiefe Trauer überrollte ihn wie eine dunkle Welle, sie ergriff ihn und er sank auf den Boden herab. Er begann zu husten und das Ohrenglühen kehrte zurück. In diesem Moment wusste er nicht, was schlimmer war – der Schmerz in seinem Kopf, der Brust oder in seinen Ohren.

»Du bist ein elendiger Versager und Nichtsnutz, Memme. Nichts

kannst du.« Dann wandte sie sich der mütterlichen Stimme zu. *»Ich habe es dir doch gesagt, dass er es vergeigen wird.«*

»Du gehst zu hart mit ihm ins Gericht. Er hat sein Bestes gegeben.«

»Wenn das sein Bestes war, dann Gnade uns der Zeloo. Dann können wir uns gleich in unsere Streitaxt stürzen. Wie sollen wir unsere Rache bekommen, wenn DAS das Beste war, was in ihm steckt? Schau ihn dir an, wie er da auf seinen Knien hockt und sich wieder die Seele aus dem Leib hustet. Keinen Funken Selbstrespekt besitzt er. Gleich kotzt er sich wieder die Seele aus dem Leib.«

»Schnauze!«, brüllte der Kopfgeldjäger und erbrach sich keine Sekunde später. Seine Ohren glühten und der Husten wurde immer heftiger. Der Speichel floss und er spuckte ihn wiederholte Male aus. Wut stieg nach langer Zeit wieder in ihm auf. Wo war sie nur so lange gewesen? Es war keine Wut auf seine Stimmen und ihre Beleidigungen, sondern auf den Vorfall der letzten Nacht. Wut auf das Gitrog, weil es seine Schwächen so eiskalt ausgenutzt hatte. Wut auf sich selbst, da er so blauäugig gewesen war und nicht wie sonst einen Plan B in der Tasche gehabt hatte. Wut auf den Zeloo, weil er solche Wesen nicht längst vernichtet hatte. Wut auf alles … aber nicht auf seine Stimmen.

Schlagartig kehrten die Ereignisse vollständig in sein Gedächtnis zurück und langsam begriff er, was geschehen war. Schuldgefühle machten sich in ihm breit. Schuldgefühle – da er seinen einzigen Freund so leichtfertig dem Urbösen ausgeliefert hatte, ihn einfach hatte sterben lassen. Nun waren nicht nur seine Frau und sein ungeborenes Kind durch das Gitrog gestorben – jetzt hatte es auch noch seinen einzigen Freund auf dem Gewissen.

Er sah zurück in den Innenhof und seufzte. Alles wirkte fast genauso aus wie an dem Tag zuvor, nur dass die Seile und Steinbrocken auf den Ebenen wild verstreut lagen.

»Steh endlich auf, Memme«, befahl die herrschsüchtige Stimme kalt. *»Es ist das eine, so sang- und klanglos und so ruhmreich unterzugehen«*, spottete er, *»aber etwas vollkommen anderes ist es, nach so einer Niederlage so lange am Boden zu liegen und seine Wunden zu lecken. Besitze etwas Selbstrespekt und erhebe dich nun. Kotzen und jammern kannst du später.«*

Kuno atmete tief durch und richtete sich erneut auf. Seine Kopfschmerzen waren dem Ohrenglühen gewichen, doch wieder durchzuckte ein stechender Schmerz seiner Brust. Seine Rippen machten dem Kopfgeldjäger sofort Sorgen. Er konnte sich nicht daran erinnern, ob er sie hatte brechen hören.

»*Nun stell dich mal nicht so an, Memme! Du hast schon schlimmere Verletzungen gehabt als diese paar Schrammen. Erinnere dich! Erinnere dich an den Kampf mit dem Urskruofi im Wigil, als er dir den rechten Arm und das Nasenbein brach. Denk an die tiefe Stichwunde in deinem linken Oberschenkel und das zugeschwollene linke Auge – und dennoch hast du wahre Tapferkeit bewiesen, als du ihn besiegtest.*« Sprach ihm da etwa die herrschsüchtige Stimme Mut zu? »*Gut, es war das eine Mal, dass du tapfer warst. Aber warum kein zweites Mal?*«

»*Du vergisst die Sache, als mein Kuno gegen den Lutarr kämpfen musste, der kein Mitleid kannte.*«

»*Richtig! Memme, erinnere dich. Denk an den Schlag dieses Lutarrs in Ophelus, wie er mit seiner Faust ausholte und uns traf. Weißt du noch, wie wir ihn zu dritt dann doch noch besiegten? Wir standen wieder auf, und da waren nicht nur zwei Rippen gebrochen. Während des Kampfes nahm er uns regelrecht auseinander. Er zerschmetterte uns das Brustbein, das Kinn und die Elle im linken Arm. Und dennoch, Memme, haben wir diesen lutarrischen Bastard getötet. Sein Schwert liegt noch in Wera in der Kammer. Weißt du das noch?*«

»Das war aber jedes Mal etwas ganz anderes«, stöhnte Kuno.

»*Memme*«, lachte die Stimme. »*Inwiefern war das etwas anderes? Du lagst am Boden und niemand gab einen Pfifferling darauf, ob du zurückkommen würdest.*«

»Ich war mehr als zehn verdammte Jahre jünger. Ich brauchte das Geld, ich war scharf auf das Weibsstück und vor allem hing ich da noch nicht an meinem Leben.«

»*Begreifst du nicht? Du hast nicht mal annähernd so viele Verletzungen wie damals, Memme. Und du hast absolut nichts zu verlieren. Damals hattest du dein ganzes Leben noch vor dir liegen, aber heute? Was kannst du noch von ihm erwarten?*«

Der Kopfgeldjäger hielt sich die Rippen und unterdrückte bei jeder Bewegung einen Schmerzensschrei. »Ich … Ich habe vielleicht nichts mehr vom Leben zu erwarten, aber der Zeloo wird mich nicht so einfach gehen lassen.«

»Das mag sein, mein Kuno, aber wir würden dich gehen lassen.«

Die Stimmen hatten recht. Er war jetzt noch am Leben und das war alles, was zählte. Solange er noch atmen konnte, würde er das Monster bekämpfen.

Der Kopfgeldjäger raffte sich auf. Bei dem Versuch spürte er seinen steifen und schmerzenden Körper. Als er seine Beine anwinkelte, um aufzustehen, knackten die Gelenke deutlich hörbar und ein weiterer Schmerz tauchte auf, den er zuvor gar nicht wahrgenommen hatte. Sein Fuß war geschwollen, das spürte er deutlich in seinem linken Stiefel. Doch bedeutete das nur eine weitere Verletzung oder, wie der Kopfgeldjäger es formulierte, eine weitere Herausforderung – und genau damit kannte er sich aus. Er musste sie annehmen, denn im Groben und Ganzen konnte er wirklich froh sein, dass er noch lebte. Es waren nur der Brustkorb, der Fuß und einige Gelenke, die schmerzten. Nichts wirklich Wildes. Die Kopfschmerzen würden im Laufe des Tages verschwinden. Dank seiner Stimmen hatte er seinen Optimismus zurück. Selten war er ihnen so dankbar gewesen für ihre Anwesenheit.

Er schleifte sich von der Tür zu seinem Lager und wühlte in seinem Rucksack herum. Verbände hatte er keine dort, aber er würde seinen Waffenrock zerschneiden. Anschließend kam die wohl schmerzhafteste Prozedur. Er musste wieder auf die Beine kommen und dann das Kettenhemd ablegen. Tief atmete Kuno durch, nahm Schwung nach vorne. Sofort durchzuckte ihn ein höllischer Schmerz und er konnte sich nicht mehr beherrschen. Er schrie auf und sank zu Boden. Dann dauerte es einen Moment, bis er sich aufraffen konnte.

Anschließend begutachtete er den riesigen blauen Fleck, der sich auf der rechten Seite seines Brustkorbes gebildet hatte. Nur Ruhe würde ihm helfen, diese Verletzung zu überstehen, doch dafür hatte er nun keine Zeit.

Seinen Verband versuchte der Kopfgeldjäger, so gut er es konnte, selbst anzulegen, wozu er seinen Wappenrock in lange

Streifen riss. Die gebrochenen Rippen sollten, auch wenn er sich bewegte, in der Position verbleiben, in die sie gehörten. Am besten wäre eine Salbe gewesen. Es bestand die Möglichkeit, diese herzustellen, wenn er etwas Wallwurz finden würde. Sie wirkte schmerzbetäubend und würde den Heilungsprozess unterstützen. Des Weiteren benötigte er ein Schmerzmittel. So konnte er sich auf keinen Fall auf einen weiteren Kampf mit dem Gitrog vorbereiten. Die Schmerzen waren zu groß. Und nur auf seinen Tod warten … das ging gegen seine Kopfgeldjägerehre. Etwas in ihm trieb ihn immer weiter an. Er entschied sich, mit freiem Oberkörper zu arbeiten, solange er keine Salbe hergestellt hatte. Die kühle Luft würde zwar den Schmerz nicht lindern, aber die Schwellung vielleicht etwas reduzieren.

Einen großen Schluck Wein nahm der Kopfgeldjäger zu sich, aß ein Stück Schinken und merkte dabei, dass selbst das Schlucken fürchterlich schmerzte. Er trank noch einen Schluck, rein um den Schmerz zu betäuben. Heute wollte er sich nicht betrinken, konnte es nicht, nein.

»Hier wird nicht geheult, Memme. Diese Schmerzen hast du dir selbst zuzuschreiben. Deine arrogante Art hat dazu geführt, dass du dich dem Urbösen überlegen fühltest. Wir brauchen einen Plan. Einen richtigen Plan, Memme, und keinen halbherzigen Versuch wie beim letzten Mal. Der war von Anfang an zum Scheitern verurteilt gewesen. Wenn wir unsere Rache und lebendig diese Ruine verlassen wollen, dann brauchen wir einen ziemlich ausgefeilten Plan mit Notfallplänen und weiteren Möglichkeiten. Erinnere dich daran, wie wir den Zuhälter in Brant stellen sollten. Da waren wir auf alle Eventualitäten vorbereitet und sind aus der Sache ohne Kratzer herausgekommen. Ohne Kratzer, Memme. Denk nach. Streng dein Hirn an. Was haben wir gestern alles über das Drecksvieh erfahren?«

Der Kopfgeldjäger war aber nicht in der Lage, klar zu denken. Zu sehr brummte sein Schädel und seine Rippen schmerzten. Darum trank er einen weiteren Schluck Wein.

»Mäßige dich, mein Kuno. Mäßige dich, wir wollen den Schmerz nur betäuben und uns nicht betrinken.«

»Das weiß ich, also lass mich.«

Es dauerte eine Weile, bis Kuno den Effekt der Betäubung bemerkte und sich etwas entspannen konnte. Er musste sich auf andere Dinge als den Schmerz konzentrieren. Einen letzten Schluck nahm er, man konnte ja nie wissen …

»Vorsicht, mein Kuno. Trinke nicht zu viel!«, mahnte die mütterliche Stimme.

»Ich weiß.« Um seine mütterliche Stimme und auch sein Gewissen zu beruhigen, nahm der Kopfgeldjäger einen Schluck Wasser. Dann stand er langsam auf. Die Schmerzen waren noch vorhanden, doch schienen sie ihm durch den Alkohol etwas entfernter zu sein als zuvor.

»Memme, Einbildung ist auch ‚ne Bildung!«, spottete die herrschsüchtige Stimme.

Auf und ab wanderte der Kopfgeldjäger durch seinen Raum und versuchte, sich die letzte Nacht ins Gedächtnis zu rufen. Es fiel ihm äußerst schwer. Die Bilder des Kampfes tauchten nur vereinzelt wieder auf, ein gesamtes Bild konnte er sich nicht mehr machen.

»Was habe ich über das Wesen erfahren, was ich gegen es verwenden könnte …«, murmelte er vor sich hin.

»Memme, denk nach. Die Hinweise liegen auf der Hand. Du musst sie nur sehen und deuten. Erst dann können wir einen Plan ausarbeiten. Erinnere dich! Arbeite so, wie du früher vorgegangen bist.«

»Das Gitrog hasst Licht«, begann der Kopfgeldjäger leise. »Wir müssten es blenden. Seine Augen schützt es mit einem Panzer; wie auch sein ganzer Körper aus einem Panzer besteht. Wir müssen irgendetwas Säurehaltiges herstellen, um ihn durchdringen zu können. Nur dann haben wir eine Möglichkeit, das Monster zu töten. Wir müssen an das Innere dieser Bestie heran. Es ist zu flink, doch hat es die Seile nicht gesehen. Wir sollten es also irgendwie fester am Boden fesseln, damit es sich nicht befreien kann. Am besten wäre es, etwas Großes und Schweres auf das Drecksvieh drauffallen zu lassen und es unter diesem zu begraben …«

»Memme, das hört sich schon mal nach einem Plan an.«

Doch Kuno ignorierte die Stimme und dachte weiter über sein Vorgehen nach. ›Aber das würde nur dazu dienen, das Vieh am Boden zu halten. Es muss geblendet und sein Panzer zerstört werden. Wenn ich den nicht durchschlage, dann hat alles andere keinen Zweck.‹

Ihm wollte keine Idee einfallen und dennoch machte er sich an die Arbeit. Der Tag war schon weit fortgeschritten und je länger er die Zeit vertrödelte, desto weniger blieb ihm davon, um die Dinge vorzubereiten, die ihm, seiner Meinung nach, zum gewünschten Erfolg verhelfen würden. Seinen Gedanken nachhängend machte er sich auf in die Schmiede, um seinen bisherigen Plan umzusetzen.

»Memme, genauso will ich dich sehen. Nicht kriechend, sondern aufrecht. Wir heizen dem Drecksvieh ein. Und wenn es das Letzte ist, was wir tun.«

Der Kopfgeldjäger heizte die Schmiede an. Immer wieder legte er Holzscheite und Kohle nach. Sie musste ordentlich durchglühen, damit die Verarbeitung des Stahls leicht von der Hand ging. Die angebrochenen Rippen würden ihn bei der Herstellung neuer Bolzen schon genug Schmerzen bereiten und ihn bei dem Bewegungsablauf behindern. Aber er musste neue herstellen, ohne sie wäre er aufgeschmissen.

In vergangenen Zeiten hatte er über sich selbst erfahren, dass körperliche Arbeit ihn besser nachdenken ließ. Einen groben Plan besaß der Kopfgeldjäger bereits und nun benötigte er Zeit, um ihn zu verfeinern und weitere Möglichkeiten und Ideen zu entwickeln. Er musste, im wahrsten Sinne des Wortes, seinen Plan weiterschmieden.

Nachdem die Kohlen im Schmiedeofen weiß glühten und er eine weitere Ladung hineingeworfen hatte, kehrte er zu seinem Lager zurück. Er trank viel Wasser, da er durch die Hitze, die der Schmiedeofen inzwischen ausstrahlte, viel Flüssigkeit verloren hatte. Diese musste er unbedingt seinem Körper wieder zuführen. Dieser litt schon genug, da sollte der Flüssigkeitshaushalt nicht noch als ein weiteres Problem hinzukommen. Kuno trank dazu wieder zwei Schlucke Wein, um den Schmerz weiter im Zaum zu halten.

Die Arbeit am Ofen brachte nicht die Ruhe mit sich, die sein Oberkörper benötigt hätte, aber es bedeutete die einzige Möglichkeit, am Leben zu bleiben. Ausruhen würde er sich, wenn er mit einigermaßen heiler Haut davongekommen war oder tot in irgendeiner Ecke dieser Veste verwesen würde. Sein Überlebensgeist war längst geweckt und die Macht der Wut über sein Versagen führten dazu, dass er konzentrierter arbeitete und seinen Schmerz vergaß. Seine Ehre war mit dem verlorenen Kampf gegen das Gitrog verletzt worden und sein Stolz verbot es ihm, jetzt aufzugeben. Er wollte leben.

Jegliche Bewegung schmerzte, aber das größte Problem bereitete ihm das Atmen – wenn sich seine Lungenflügel hoben, wenn er sie mit Sauerstoff füllte und sie sich dann senkten, wenn er wieder ausatmete. Sein Fuß fühlte sich in seinem Stiefel wie in einen Schraubstock geklemmt an. Wenn er es gekonnt hätte, wäre er auf das Dreifache seiner ursprünglichen Größe angeschwollen. Doch er wäre nicht Kuno Kopfgeldjäger, wenn er darauf Rücksicht genommen hätte. Sollte er jemals aus dem Stiefel wieder herausmüssen, so gab es nur die Option, den Fuß aus ihm herauszuschneiden. Bei jedem Schritt, gar der kleinsten Bewegung, spürte er die pochende Verstauchung seines Gelenks. Es stimmte – Verstauchungen schmerzten deutlich mehr als ein Bruch. Aber im Laufe der Arbeiten lernte er schnell sämtliche Schmerzen auszublenden und auf seinen Körper keine Rücksicht zu nehmen, sondern das zu tun, was er tun musste.

Vom Lager kehrte er noch einmal zurück zur Schmiede. Er trat mit seinem verstauchten Fuß fest auf den Blasebalg, um Sauerstoff an die glühenden Kohlen zu transportieren, die mit hell leuchtendem Aufglühen diese Zufuhr quittierten. Alles war nun bereit zum Schmieden. Doch er nahm seinen Wasserschlauch und machte sich noch einmal auf den Weg in das Laboratorium – hier war etwas, was er fast vergessen hätte.

KAPITEL 27:
DAS BUCH

Das Licht im Laboratorium erhellte den gesamten Raum. Er blickte sich um und lächelte. Hier war es. Er würde Antworten auf seine Fragen finden und womöglich eine Lösung, um durch den Panzer des Gitrog zu kommen. Langsam schritt er durch die Reihe der Bänke und Tische, an denen die Menschen und Lutarrer gefesselt gesessen hatten, um für das Urböse Waffen und andere Dinge herzustellen. Er kam zum Pult und hier lag es. Das Buch, welches keinen Namen auf dem Umschlag trug. Niemals hatte er ein dickeres Buch gesehen, aber viele waren es eh nicht gewesen. Die Vorahnung, dass dieses Buch Lösungen für ihn parat hielt, war es, die den Kopfgeldjäger hierher trieb.

Zur Umsetzung seines Planes benötigte er Gegenstände aus dem angrenzenden Raum. Doch selbst, wenn das Buch ihm keine einzige Frage würde beantworten können – so hatte sich die Rückkehr allein wegen ihm schon gelohnt. Denn mit dem Buch würde er sich in der Welt der Menschen womöglich eine goldene Nase verdienen können. Doch sah Kuno vor allem darin den Schlüssel für die Vernichtung des Gitrog, vielleicht gar des Urbösen.

»Memme, meinst du nicht, dass du es nicht deutlich früher hättest zu Rate ziehen sollen? Wäre vielleicht klüger gewesen«, spottete die herrschsüchtige Stimme. Der Kopfgeldjäger reagierte nicht auf diese Frage, denn die Antwort lag auf der Hand. In seinem Eifer war das Buch zwar nicht in Vergessenheit geraten, nur einfach aus seinem Blickfeld gerutscht. Er wusste, dass es existierte, aber nicht wirklich, was darin stand. Er trat ans Pult, schlug es auf und blätterte in Ruhe darin herum.

Die Idee von Säurebolzen war in seinem Kopf herangewachsen, da er wusste, dass ein Chitinpanzer durch Säure angreifbar war. Die Umsetzung seiner Idee war ihm selbst noch nicht ganz klar, doch würde er um die Herstellung von Säure nicht herumkommen. Und welcher Ort wäre dafür geeigneter als das Laboratorium? Hier würde er alles finden, was er benötigte.

Die Säure war ein Teil des Plans, der andere Teil bestand darin, das Untier am Boden zu halten. Um dies zu gewährleisten, wollte er einen Großteil der Festung auf das Gitrog stürzen lassen. Dafür benötigte der Kopfgeldjäger eine nicht zu verachtende Menge an Sprengpulver. Die Lutarrer waren Meister darin, es in rauen Mengen herzustellen. Er selber hatte einmal dabei zusehen können, doch hüteten sie dieses Geheimnis wie einen Schatz. Vielleicht hatte er Glück und würde eine Anleitung zur Herstellung in dem Buch finden. Die Hoffnung bestand, da er meinte, sie beim erstmaligen Durchblättern bereits gesehen zu haben. Zur Not wollte er mit Seilzügen und Gewichten arbeiten, was aber ein schwierigeres Unterfangen bedeuten würde, bei dem er sich nicht sicher war, ob es funktionieren würde.

Mit deutlich mehr Demut ging der Kopfgeldjäger nun an die Sache heran. Er entwickelte für jegliche Eventualität einen Ausweichplan. Nicht noch einmal wollte er in eine Situation geraten, in der er in der Defensive war, ihm die Chance entglitt, das Drecksvieh umzubringen.

Während er in dem Werk blätterte, ereilte ihn die Frage nach dem Wann. Wann würde die Bestie ihn holen wollen? Er benötigte für seinen Plan Zeit. Viel Zeit! Womöglich zu viel Zeit. Aber Aufgeben war keine Option.

»Scheinbar«, so resümierte der Kopfgeldjäger über den Kontakt mit dem Gitrog, »benötigt es selber noch etwas Zeit, bevor es mich holt. Was hält diesen Bastard nur auf? Oder worauf wartet er?«

In Gedanken versunken blätterte er durch das Buch. Auf den ersten Seiten stieß er auf die anatomische Darstellung verschiedener Urwesen, die er noch nie zuvor gesehen hatte. Fasziniert blickte er auf die wahnwitzigen Wesen, die ihm einen Schauder über den Rücken jagten. Auf einer der letzten Seiten dieser Beschreibungen fand er das Gitrog. Die Zeichnung wirkte so echt, dass es ihm vorkam, als würde das Wesen jeden Moment aus dem Buch klettern und ihn angreifen. Alles, was dort stand, las er sich murmelnd vor:

»›Das Gitrog ist ein Wesen der Finsternis. Mit Hilfe des Nebels der Finsternis im Medeis erschaffen, ist es das Haustier der Paraphronia. Sie vollendete dieses Wesen in der oidaischen Welt. Sie machte es zu einer von den Menschen gefürchtetsten Bestien, die es je auf dieser Welt gab.

Neben seiner charakteristischen, personifizierten Boshaftigkeit besitzt es auch eine gewisse Intelligenz und kann sich verbal äußern. Im Gegensatz zu den Drachen ist das Gitrog deutlich kleiner, schwarz und hat keine Augenlider. Es verfügt über eine Art flexiblen Chitin-Panzer, der auch zum Schutz über die Augen geklappt werden kann. Der Hals des Wesens besteht ebenfalls aus einer Vielzahl kleiner Chitinplatten, um die Beweglichkeit zu erhalten …‹«

»Hier ist der Beweis. Ich hätte es wohl vorher lesen sollen«, murmelte der Kopfgeldjäger und blätterte die Seite um. Er musste sich sehr konzentrieren beim Lesen, denn er merkte, dass er aus der Übung war.

»›Das Wesen kann sich wie andere Wesen fortpflanzen, nur benötigt es dazu keinen Partner. Es ist somit geschlechtslos. Es legt faustgroße Eier, denen nach knapp sechs Monaten ein kleines, vollentwickeltes Gitrog entschlüpft. Ein Gitrog kann nur dreimal in seinem Leben ein Ei legen.‹«

»Was für ein Scheiß!«, fluchte der Kopfgeldjäger erneut. »Da wäre mir so manche Verletzung erspart geblieben. Ich hätte mich deutlich früher diesem Buch widmen sollen, dann wäre ich nicht so überrascht gewesen, als es seine Schutzpanzer über die Augen klappte. Ich bin ein Idiot.«

»Einsicht ist der erste Weg zur Besserung, sagt man doch so schön, Memme, nicht wahr!«, lachte ihn seine boshafte Stimme aus.

»Fresse!«, entfuhr es dem Kopfgeldjäger und er konzentrierte sich wieder aufs Lesen. Allerhand andere Dinge standen über das Gitrog dort geschrieben – hinsichtlich seines Wesens, seiner Verdauung, Ernährung, dem Zeitpunkt der Eiablage und der Lebensweise. Eine Information am Ende des Textes brachte Kuno eine Erkenntnis, die er schon erahnt hatte. Sie bestand nur aus einem Satz, der ihn aber in seinem Plan bestärkte:

»›Die Schwachstelle des Chitinpanzers ist Säure in jeglicher Form, dennoch hat es sich gezeigt, dass der Chitinpanzer eines

Gitrogs durch Ameisensäure, vor allem durch die von Riesenameisen, besonders anfällig ist. (Herstellung von Ameisensäure siehe Seite 1103).‹«

»Riesenameisen«, murmelte er vor sich hin. »Ich hatte welche gesehen, aber wo?«

»Mein Kuno, erinnerst du dich nicht mehr? Du findest die Ameisen zwischen den Fugen im Gang zum Laboratorium. Du musst sie nur fangen und den Anweisungen folgen!«

Ohne lange zu überlegen, schlug er die Seite 1103 auf und studierte die detaillierten Abbildungen. Es war ein einfacher Destillationsvorgang, wie er ihn schon früher zur Herstellung anderer Dinge wie sauberem Wasser, Alkohol oder Giften durchgeführt hatte. In diesem Moment war er einen riesigen Schritt im Kampf gegen das Monster weitergekommen und die Hoffnung, siegreich zu sein, wuchs in ihm.

»Übermut tut selten gut, Memme, denk daran.« Geübt im Ignorieren der boshaften Stimme fragte er sich, warum dieses Buch hier noch so offen herumlag. War es wieder etwas Kredit, den er vom Zeloo erhalten hatte? Hatte der Zeloo doch irgendetwas mit ihm vor?

Die Säure zu gewinnen, schien keine größere Schwierigkeit darzustellen, doch dann war da noch die Frage, wie das mit den Bolzen funktionieren sollte. Die Säure musste sich irgendwie auf den Panzer ergießen … Einige Ideen schwebten dem Kopfgeldjäger in seinem Erfindungsreichtum schon vor, aber Genaueres würde er sich heute Nacht überlegen, wenn er ruhte. Jetzt hatte er keinen Kopf dafür. Er brauchte eher Gewissheit darüber, ob in diesem Buch auch etwas zu dem Thema Sprengpulver stand. Immer weiter blätterte er. Die Zeit schritt voran, doch konnte er keine entsprechende Beschreibung finden. Schließlich suchte er im Inhaltsverzeichnis und entdeckte ein Kapitel über die Pulverherstellung. Er schlug die Seite auf und tatsächlich – hier war eine genaue Anleitung aufgeführt. Leise grummelte er sie vor sich hin:

»›Sprengpulver ist eine einfache Mischung von pulverisiertem Kaliumnitrat oder Salpeter, Holzkohle und Schwefel. Man vermische diese Substanzen in einem Verhältnis von 75 Prozent Kaliumnitrat, 15 Prozent Holzkohle und 10 Prozent Schwefel. Zunächst nehme man das Kaliumnitrat, löse es in kochendem Wasser vollständig auf, ergänze es um eine Mischung aus Holzkohle und Schwefel und mische das Fuselöl hinzu. Die gesamte Mischung lasse man so schnell als möglich auskühlen und trocknen. Das Ergebnis ist abschließend mittels eines Maschenfilters fein zu pulverisieren und das Sprengpulver kühl zu lagern.‹«

»Memme, das bekommst du doch hin.«

»Hört sich einfach an. Das einzige Problem ist – wo finde ich Alkohol?«

»Mein Kuno«, sprach die mütterliche Stimme liebevoll und gutmütig, *»Fuselöl ist ein Nebenprodukt bei der Herstellung alkoholischer Getränke. Hast du vergessen, dass wir hier einen Weinkeller haben?«*

Der Kopfgeldjäger ließ das Buch offen liegen, damit er, wenn wieder zurückkehren würde, noch einmal alles nachlesen konnte. Er wollte jetzt auf Ameisenjagd gehen.

Im Weinkeller suchte er nach einem geeigneten Köder. Da er keine Süßspeisen fand, wollte er es mit Wein probieren. Er griff nach einem Glas und goss Wein ein, nahm ein leeres Fass und kehrte dann in den Gang zurück – genau an die Stelle, an der er die Sandhügelchen an den dicht verfugten Steinplatten entdeckte hatte. Sie waren kaum zu übersehen. An einer Stelle benetzte er eine Platte mit etwas Wein und wartete.

Die Minuten vergingen und es geschah nichts. Gegen die Müdigkeit war kein Kraut gewachsen und das unablässige Starren auf die Steinplatten ließ seine Augen zufallen. Er schlief ein.

Ein feines Kribbeln weckte ihn. Gänsehaut überzog seinen ganzen Körper, als er auf seinen Arm blickte. Einige Ameisen kletterten munter auf ihm herum, als würden sie etwas suchen. Er sprang erschrocken auf und stieß dabei das Weinglas um. Der Wein rann zwischen die Fugen und der Kopfgeldjäger fluchte.

»Memme, hast du etwa Angst vor so ein paar Ameisen? Unglaublich, was für ein Feigling du bist«, lästerte die herrschsüchtige Stimme.

»Maul halten! Einfach das Maul halten!«, wies der Kopfgeldjäger die Stimme ungehalten an. Dann blickte er zu Boden. Das Schauspiel war einzigartig.

Die riesigen Ameisen zwängten sich durch den engen Spalt der Steinplatten. Ihr Chitinpanzer war flexibel und passte sich der kaum vorhandenen Fuge an. Vollkommen fasziniert verfolgte er die Wege der Riesenameisen. Sie krabbelten gezielt zum ausgeschütteten Wein.

Erst waren es nur einzelne. Dann tauchten unzählige ihrer Art aus dem Spalt auf. Der Versuch, sie zu zählen, scheiterte. Es waren Hunderte. Ihre Länge betrug drei bis vier Zentimeter und ihr perfekt angepasster, schwarzer Körper gliederte sich in drei Bereiche. Vom Kopf standen extrem lange und fast haarartige Fühler ab und ihre Scheren vor der Schnauze glänzten vor Schärfe. Am zweiten Teil ihres Körpers, dem Thorax, waren ihre Beine befestigt. Sie waren lang und flink. Die Gaste, der Hinterleib, war nicht vollständig schwarz, aber deutlich größer als bei anderen Ameisen. Hier sammelte sich die Säure. Der dunkelgelbe Fleck zeigte deutlich den Säureauffangbehälter im Körper. Der Kopfgeldjäger hatte keine Ahnung, wie dieses Gebilde wissenschaftlich hieß, aber er sah, dass ein Teil der Ameisen einen gelberen Bereich an der Gaste hatte als andere.

Er sammelte die Ameisen auf und warf sie in sein Fass. Es wurden immer mehr, die sich den weinübergossenen Steinen näherten. Behutsam ergriff er die ersten an ihrem Thorax und warf sie in das Fässchen. Nach jeder Ameise, die er in das Fässchen geworfen hatte, schloss er es schnell wieder mit seinem Holzdeckel, um sie nicht entfliehen zu lassen.

Es wunderte ihn, dass sie nicht weniger wurden, sondern eher noch immer und immer mehr. Es dauerte wahrlich nicht lange, bis das Fass fast vollständig mit Riesenameisen gefüllt war. Überrascht, wie schnell das gegangen war, brachte er den ersten Bottich ins Labor, um dann in den Weinkeller zurückzukehren. Mit weiteren leeren Fässchen unter dem Arm humpelte er wieder zurück. Je mehr Ameisen er später destillieren würde, desto mehr Säurebolzen würde er herstellen können, beziehungsweise – vielleicht fiel ihm ja noch eine weitere Idee für die Verwendung der Säure ein. Man konnte nie wissen.

Jede Ameise, die der Weinpfütze zu nahe kam, wurde von ihm abgefangen und in das Fass geworfen. Schließlich waren es so viele

Ameisen, dass er es gar nicht mehr schaffte, sie alle abzusammeln. Er beobachtete dabei, dass der Wein tatsächlich eine belustigende Auswirkung auf den Zustand der Ameisen hatte. Er beobachtete amüsiert, dass einige der Ameisen, hatten sie etwas von dem Wein genascht, anfingen zu torkeln. In diesem alkoholisierten Zustand waren sie noch einfacher einzusammeln. Einige der besonders großen Riesenameisen konnten fauchen. Beim ersten Mal zuckte der Kopfgeldjäger noch zusammen. Bald aber stellte er fest, dass dies nur ein Abwehrreflex war. Das Fauchen zog sonst keinerlei Auswirkungen nach sich.

Wie viele Riesenameisen er bis zu den Abendstunden eingesammelt hatte, wusste er nicht, aber alle drei Fässchen waren voll. Ein tröstender Erfolg nach der letzten Nacht.

Im Schein der Gaskerze beobachtete er die letzten drei Riesenameisen. Diese fing Kuno nicht ein, sondern ließ sie sich am Wein gütlich tun. Doch plötzlich begann sich die weinbenetzte Steinplatte zu bewegen. Kuno konnte sehen, wie die Riesenameisen versuchten, sie abzutransportieren. Er war beeindruckt von ihren Bemühungen.

»Diese Kraft«, dachte Kuno bewundernd, »würde mir auch gut zu Gesicht stehen.«

Kuno verließ das Schauspiel, brachte das letzte Fässchen ins Laboratorium und kehrte zurück zu seinem Lagerplatz. Er ließ sich nieder. Die Einsamkeit übermannte ihn. Sehnsüchtig blickte er auf den freien Platz neben sich, wo Azig immer gewacht hatte, wenn er schlief.

»Für Gunda und Azig!«, murmelte Kuno. Mit dem Rücken an das Tischbein gelehnt, etwas Schinken in der einen Hand und einen Becher Wein in der anderen, schlief Kuno schließlich ein.

KAPITEL 28: VORBEREITUNGEN

In dieser Nacht schlief der Kopfgeldjäger nur unruhig. Zu seinen gewöhnlichen Albträumen kam die Wiederholung der vorangegangenen Nacht. Schweißgebadet und mit endlosen Schmerzen in der Brust wachte er auf. Sein Herz schlug darin hart und wie wild: *Bubumm, Bubumm, Bubumm …* Das Rauschen und das Glühen in den Ohren taten ihr Übriges. Panik ergriff den Kopfgeldjäger und er rang nach Luft. Schnell griff er nach dem Wein und trank einen Schluck. Er wusste, dass er die Wallwurz benötigte, um eine Linderung seiner Schmerzen zu erzielen, aber auch, um sein rasendes Herz zu beruhigen.

»Baldrian!«, erinnerte sich Kuno. Er kramte in seinem Rucksack, fand nur einen kümmerlichen Rest unterschiedlicher Kräuter, die er immer dabeihatte. Für den Notfall. Aber Wallwurz war wohl nicht darunter.

»Besser als nichts, mein Kuno«, sprach die mütterliche Stimme.

»Wenn du meinst«, sprach Kuno gleichgültig und hoffte inständig, dass die Stimmen ihm etwas Ruhe gönnten, zumindest bis der Morgen graute. Wenn er an den morgigen Tag dachte, erschrak er vor der gewaltigen Aufgabe, die vor ihm lag. Er wusste nicht, ob das Gitrog nicht doch noch heute Nacht kommen würde, um ihn zu holen. Und selbst wenn nicht – seine Verletzungen behinderten ihn gehörig. Sein Bewegungsapparat war eingeschränkter als am Tag zuvor. Sein ganzer Körper hatte sich verkrampft und er konnte nicht einmal mehr die Quelle des Schmerzes ausmachen. Er fühlte sich, als bestünde er nur noch aus Schmerz. Momentan war er komplett wehrlos und wäre dem Gitrog vollkommen ausgeliefert, sollte es nun auftauchen. Dann würde er nur auf seine Gnade hoffen können. Das war es, was ihn am allermeisten ankotzte. Er wollte niemandem ausgesetzt sein. Er wollte seinen Tod selbst bestimmen.

Er entzündete das Feuer erneut, indem er ein Stück Holz in die Glut warf. Es dauerte einen Moment, bis diese das Holz annahm, sich an ihm labte und zu einem kleinen Feuer heranwuchs. Einen Tee kochend überdachte der Kopfgeldjäger noch einmal die Situation und den Plan. Das Teewasser setzte er auf und wartete darauf, dass es zu kochen begann. Doch leider schweiften seine Gedanken immer und immer wieder ab. Ein Wort drängte sich in seinen Gedanken in den Vordergrund: Schmerzlinderung. So gut durchdacht sein Plan auch war – mit so starken Schmerzen würde er ihn nicht umsetzen können. Zu viel musste er durch körperliche Arbeit vorbereiten und wenn sein Körper nicht mitspielte, würde er wirklich dieser verdammten Gnade ausgeliefert sein. Doch er wollte, wenn er schon würde sterben müssen, dem Gitrog einen Kampf liefern, welchen es nicht vergessen sollte. Er würde ihm die Augen öffnen, ihm zeigen, dass Menschen durchaus in der Lage waren, sich effektiv zu wehren. Der letzte Gedanke dieses verfluchten Wesens sollte eben jener sein.

Wallwurz wäre eine Lösung. Dieses Unkraut wuchs eigentlich überall. Es würde mit Sicherheit auch irgendwo hier gedeihen.

»Ohne Wallwurz«, murmelte Kuno verzweifelt, »bin ich trotz meines Willens nicht in der Lage, gegen das Gitrog zu kämpfen. Ich will kein Opfer sein. Nie wieder.«

Seine Chancen, das Gitrog zu besiegen, standen niemals günstig, aber durch seine Verletzungen sanken sie weiter. Er musste sich auf seinen Ideenreichtum verlassen … aber ob das ausreichen würde? Warum wuchs dieses verdammte Unkraut nicht auch hier oben?

Sein Blick wanderte zur Tür. Es war immer noch dunkel draußen, wenn auch nicht mehr durch die Schwärze der Nacht, sondern durch das Grau des leicht heraufziehenden Morgens, der sich mit aller Macht gegen sie stemmte. Ein neuer Tag stand vor der Tür.

Das Wasser kochte und Kuno goss es sich in seinen verbeulten Becher. Dort schmiss er die getrockneten Pflanzenkrümel hinein und hoffte auf Linderung.

Die Sonnenstrahlen würden ihm wieder positivere Gedanken bringen. Um die ersten nicht zu verpassen, schleppte er sich mit dem Tee in der Hand zur Tür. Dort lehnte er sich an deren Rahmen und blickte gen Himmel. Es war eine klare Nacht gewesen und dennoch kaum ein Stern in ihr zu sehen. Kuno überkam eine Gänsehaut. Er schüttelte sie ab. Es war kühl. Doch die frische Luft tat seinen Lungen gut und beruhigte seinen Brustkorb. Sie linderte die Schmerzen.

»Ich bin schon viel zu lange hier!«, murmelte er. Er wusste nicht, wie lange, doch schien es ihm wie eine Ewigkeit. Sein Plan – raufklettern, dem Biest die Rübe abhauen und zurück – war von Anfang an sehr optimistisch geplant gewesen. Aber dass er so grandios scheitern würde, hätte er sich in seinen kühnsten Träumen nicht ausmalen können.

Auch der Mond blieb fast vollständig von der Dunkelheit verschluckt. Kuno schätzte, dass er in den nächsten zwei, vielleicht drei Nächten gänzlich verschwunden bleiben würde. Eine mondlose Nacht stand bevor. War er schon so lange hier oben?

Er beobachtete die silberne Sichel, während er den heißen Tee trank. Er schmeckte scheußlich, aber die Wirkstoffe der Pflanzen würden ihm zumindest etwas helfen.

Gedankenverloren griff er ins Nichts. In solchen Situationen war immer Azig an seiner Seite gewesen und er hatte, wie in einem kleinen Ritual, dessen Kopf streicheln und so sich selbst beruhigen können. Nun war das nicht mehr möglich. Das Bild des Moments, als das Gitrog seinen treuen Gefährten mit der Klaue traf und ihn über die Mauer schnippte, kehrte zurück. Kuno atmete schwer. Einsamkeit übermannte ihn. Ein Kloß bildete sich in seinem Hals und Trauer überfiel ihn.

»Kuno, sei stark. Er ist nicht umsonst gestorben«, flüsterte er sich selbst Mut zu. Es war ein Mut der Verzweiflung – nicht mehr und nicht weniger. Seine Stimmung schwankte in den letzten Stunden zwischen Hoffnung und Zweifel, aber für Gunda und Azig musste er das Gitrog töten, und auch für sein eigenes Seelenheil. ›Wobei …‹, dachte er, ›ist da überhaupt noch was zu retten?‹

Sein Blick schweifte erneut über den Innenhof. Die kleine Sichel des Mondes konnte nicht annähernd gegen das restliche Schwarzgrau der Nacht ankommen.

»*Mein Kuno*«, erklang die mütterliche Stimme in einem freundlichen Ton. »*Schau, siehst du es nicht?*«

»Was soll ich sehen?«, stöhnte Kuno. Die Stille des Morgengrauens war dahin. Er hatte den Moment genossen, wie er nun bemerkte, auch wenn er in Trauer über Azig und Gunda, sowie der Furcht über das Zukünftige gewesen war.

»Denk nach, mein Kuno. Du siehst es. Beobachte den Himmel.«

»Was soll ich da sehen? Sag es mir. Ich bin eure Spielchen leid. Ich will mich mit euren Rätseln nicht mehr befassen.«

»Mein Kuno, ich gebe dir einen Tipp: Wann wird wohl das Gitrog dich holen?«

»Was weiß ich«, war Kuno inzwischen ungehalten. »Ich hoffe, nicht so bald.«

»Mein Kuno. Ich kann dir genau sagen, wann. Aber du wirst alleine die Erleuchtung bekommen. Schau dir genau den Mond an.«

Sein Blick richtete sich erneut auf ihn. Einen kurzen Moment beobachtete er seinen silbernen Glanz. »Ich sehe nichts. Nur einen kleinen Teil eines Mondes.« Frust schwang in seiner Stimme mit.

»Wie kann man nur so blind sein. Selbst ein Blinder könnte erkennen, was ich sehe. Sieh hin, Memme.«

Da waren sie wieder vereint. Die beiden Stimmen in seinem Kopf. Es würde ein schwerer Tag werden. Ein Tag, an dem die beiden Stimmen ihn begleiteten, ihn verhöhnen und demotivieren würden. Auch wenn sie genau das Gegenteil vorhatten. Es schien, als kämen sie auch in seinen einsamsten Stunden zu ihm.

»Was soll ich sehen?«, sprach der Kopfgeldjäger ungehalten.

»Mein Kuno, was weißt du noch über die Entstehungsgeschichte unserer Welt? Woher kam das Böse?«, sprach mit liebevoller Stimme die gewissenhafte in ihm.

»Du vergeudest bei Memme deine Zeit. Er weiß nichts. Die wenige Zeit in der Schule ist lange her«, spottete die andere. *»Er ist unfähig, zu denken. Er gibt sich leider wehleidig seinen Schmerzen hin. Er wird das Gitrog nicht besiegen.«*

Er ignorierte die Worte, sammelte seine Gedanken und sprach: »Das Böse wurde von den Unforhtal, den sogenannten ›Ehrlosen‹, aus der Finsternis im Medeis, im Nichts, befreit.«

»Sehr gut, mein Kuno. Und nun bringst du das in Verbindung mit dem abnehmenden Mond«, spornte die gewissenhafte Stimme Kuno an.

»Finsternis, abnehmender Mond. Der Mond wird weniger, bis er nicht mehr leuchtet. Ein Mondzyklus dauert ungefähr 15 Tage …«

»Sehr gut, mein Kuno«, lobte die gewissenhafte Stimme.

»Wenn der Mond nicht mehr zu sehen ist, wird die Dunkelheit der Nacht von der Finsternis verschluckt! Die Macht der Finsternis ist in dieser einen Nacht angeblich am größten, da kein Licht sie erhellt.«

Er wusste aus eigener Erfahrung, dass die Menschen einen unglaublichen Respekt vor dieser einen Nacht hatten, besonders wenn der Mondzyklus nicht fünfzehn, sondern nur vierzehn Tage aufwies. Fast alle Wesen dieser Welt fürchteten sie und wagten sich nicht aus dem Haus. Kaum jemand reiste in so einer Nacht, das war nun schon eher eine Tradition. Denn seit Jahrtausenden war in diesen Stunden nichts mehr geschehen und Kuno selbst hatte das alles immer für einen Aberglauben gehalten. Aber was, wenn es nun doch wahr wäre? Dann hätte er noch zwei, vielleicht drei Nächte Zeit. Wenn die Macht der Finsternis am größten werden würde, könnte er ihr vielleicht ein Schnippchen schlagen. Er musste sich beeilen, aber er konnte es schaffen.

Schlagartig war er hellwach. Er trank den Tee in einem Zug aus, verbrannte sich den Gaumen und fluchte. Trotzdem waren seine anderen Schmerzen vergessen. Er würde seine Chance bekommen. Er musste nur alles in die Wege leiten und heute den Bärenanteil der Arbeit erledigen.

Am Lager ergriff er die Gaskerze und eilte ins Laboratorium hinab. Hoffnung keimte in ihm auf. Hoffnung, eine Möglichkeit zu haben, dem Spuk ein Ende zu setzen.

Im Laboratorium richtet er alles her, um die Ameisen nach Anweisung zu kochen. Sie mussten schnell sterben, damit er sie noch am selben Tag destillieren konnte. Je konzentrierter ihm die Ameisensäure gelänge, desto schneller würde sie sich durch den Chitinpanzer fressen. Er warf alle Ameisen in einen riesigen Glasbehälter, nahm sich eine Gaskerze aus dem Regal, entfernte deren Leuchtglocke und stellte sie unter den Glasbehälter mit den Ameisen. Die Riesenameisen versuchten zu entkommen. Sie suchten im Glas Halt, um die glatten, durchsichtigen Wände hinaufzuklettern, doch rutschten sie immer und immer wieder hinab.

»Nur kein Mitleid, Memme. Es geht um unser Überleben!«

Die Gaskerze entzündete er unter dem Glasbottich. Die Hitze stieg sofort auf und die ersten Ameisen verbrannten elendig unter der hohen Temperatur. Sie starben eines qualvollen Todes. Ein flehendes Fiepen war von den Ameisen zu vernehmen. Dem Kopfgeldjäger lief es eiskalt den Rücken hinab. Früher hatte es ihn nicht gestört, was war nur los mit ihm? Schon wieder so ein Anfall von Mitleid. Er schüttelte den Gedanken ab.

»Besser ihr als ich«, flüsterte Kuno und wandte sich ab. Er wusste, dass dies etwas Zeit in Anspruch nehmen würde, bis die gesamten Ameisen zu einer Flüssigkeit verkocht waren, die er dann destillieren musste. Der erste Vorgang würde vielleicht zwei oder gar drei Stunden brauchen. Kuno vernahm das Quietschen der Riesenameisen. Er ignorierte es.

Die Zeit, in der sie vor sich hin köchelten, wollte Kuno für das Sprengpulver aufwenden. Er hatte schon einen groben Plan, wie er alles herstellen wollte. Das Einzige, was er noch benötigte, war Fuselöl. Ohne das würde er kein Sprengpulver herstellen können und selbst, wenn er es hätte, lief er immer noch Gefahr, sich bei einer Unbedachtheit in der Herstellung selbst in die Luft zu sprengen. Fuselöl war so eine Sache. Er hatte selbst erlebt, wie es einem Alchemisten bei der Zubereitung der Sprengpulver-Mischung ergangen war. Es hatte eine wahnsinnige Explosion gegeben und vom ihm war nicht mehr viel für ein Begräbnis übriggeblieben. Es hatte bei der Explosion nicht nur den Behälter zerrissen, in dem er das Sprengpulver herstellen wollte, sondern den gesamten Körper des lutarrischen Alchemisten gleich mit. Ein Großteil von ihm wurde erst gar nicht wiedergefunden. So sehr hatte es ihn zerfetzt.

Im Laboratorium begann der Kopfgeldjäger seine Suche nach dem Fuselöl. Er sah in jeden Winkel. Aber was er schließlich dabei entdeckte, hätte er sich in seinen kühnsten Träumen nicht vorstellen können. In der hintersten Ecke entdeckte Kuno eine kleine Tür. Sie war nur kniehoch und ihm vorher wohl deshalb noch nicht aufgefallen. Sie lag hinter einem Regal gut versteckt. Und er war nur aufmerksam darauf geworden, weil sich im Regal einige Stahlkochtöpfe befanden und er überlegt hatte, ob er nicht einen von ihnen zweckentfremden konnte. Voller Neugierde öffnete Kuno die kniehohe Tür. Er lachte laut auf.

»Das Problem wäre gelöst«, rief er freudig und kopfschüttelnd, weil er sein Glück einfach kaum fassen konnte. Er hatte Sprengpulver gefunden. Fertiges Sprengpulver. Fünf Fässer standen in der Kammer mit einem breiten Schriftzug: ›Sprengpulver‹.

Er öffnete vorsichtig eines von ihnen und der reinste schwarze Sand glänzte ihm matt entgegen.

»Der Zeloo ist also an meine Seite zurückgekehrt«, jubelte der Kopfgeldjäger. Er packte sich zwei der Fässer und stellte sie neben die Tür.

Die Ameisen köchelten weiter vor sich hin. Das grausame Schauspiel des Sterbens war beendet, sie schwammen in ihrem eigenen Saft. Die Körper waren aufgeplatzt und dennoch wusste Kuno, dass es jetzt noch zu früh war zur Destillation. Er musste die Körper weichkochen, so dass nur noch eine zähflüssige Substanz vorhanden war. So lange dies andauerte, würde er andere Dinge erledigen, nur durfte er nicht die Zeit vergessen.

Zuerst trug er die Sprengpulverfässer von der kniehohen Tür zu seinem Lager. Dort stellte er sie vorsichtig ab und lächelte in sich hinein. Dann trank er einen Schluck Wasser und einen Schluck Wein, schnitt sich vom Schinken eine Scheibe ab und aß. Sein Blick wanderte hinaus. Die Sonne leuchtete bereits hell am frühen Morgenhimmel, es musste ein wunderschöner Sonnenaufgang gewesen sein.

Die Schmerzen waren immer noch vorhanden, doch längst nicht mehr so stark wie vor dem Tee. Die Wirkkraft der Pflanzen war jedoch kaum noch in ihnen vorhanden, so dass der Tee zwar furchtbarer schmeckte als jemals zuvor, die Wirkung aber nicht annähernd so stark war, wie es sich der Kopfgeldjäger erhofft hatte. Wallwurz benötigte er nun am dringendsten. Aber woher nehmen, wenn hier keiner wuchs? Er entschied, sich erst einmal auf dem Hof auf die Suche danach zu machen. Vielleicht wuchs das Unkraut doch irgendwo auf dieser vom Zeloo verlassenen Veste.

Wallwurz war eine lilafarbene, glockenartige Blütenpflanze. Sie war recht hübsch und unscheinbar. Doch er würde sie wohl nur vor den Mauern dieser Ruine finden können. Selbst das glaubte Kuno nicht, wollte es aber auf einen Versuch ankommen lassen. Er gab sich für die Suche eine Stunde Zeit, dann würde er nach den Ameisen sehen. Außerdem musste er noch in die Waffenkammer, um neue Bolzen zu schmieden und einen Säurebolzen zu entwickeln.

Der Kopfgeldjäger ging genau den Weg zurück, den er gekommen war. Den finsteren Schacht kletterte er mühsam und die Zähne zusammenbeißend entlang. Als er auf der anderen Seite der Festungsruine aus dem Gang und ans Licht trat, erinnerte er sich an die merkwürdige Kugel, die er gefunden hatte. Er hatte sie vollkommen vergessen und immer noch wusste er nicht, was es mit ihr auf sich hatte. Den Gedanken schob er aber auch erst mal beiseite, da er mit der Suche beginnen musste. Das war wichtiger.

Über eine Stunde hatte er an den Hängen der Festungsruine gesucht und keine Wallwurz gefunden. Dort wuchs zwar spröde, grüne Vegetation, aber keine einzige Blühpflanze. Enttäuscht kehrte er zurück.

Die Schmerzen, die ihm seine Rippen bereiteten, waren deutlich heftiger geworden. Wenn er heute noch irgendetwas erreichen wollte, dann musste er jetzt ein Mittel zur Schmerzlinderung finden.

Am Lager durchsuchte er erneut seine Verbandstasche, konnte aber nichts entdecken, was ihm die Schmerzen nehmen würde. Das, was einst mal da drin gewesen war, hatte er längst verloren – wahrscheinlich auf dem Weg in die Ruine, als er in der Felsbrockenhöhle eingeschlossen war oder später, als ihn die Stimme der Dame in Weiß in den Himmel gehoben hatte und am Berg aufschlagen ließ. All das lag eine Ewigkeit zurück.

Dass er etwas in dem Laboratorium finden würde, bezweifelte er. So viel Glück konnte er nicht haben, nach dem Sprengpulver nun auch noch ein Schmerzmittel zu finden, was ihm helfen würde. Gedankenverloren griff er sich die Kugel, die immer noch an seinem Lager lag. Er inspizierte sie und ihm kam dabei eine Idee.

»Konnte es sein«, murmelte Kuno, »dass diese Kugeln mit irgendetwas gefüllt gewesen waren?« Er drehte sie nachdenklich und versuchte, irgendein Indiz dafür zu finden. Doch konnte er sich immer noch keinen Reim darauf machen. Vielleicht stand im Buch etwas über diese Kugeln.

Er musste sowieso nach der Ameisenbrühe sehen und entschied sich, mit der Kugel zum Laboratorium zu gehen.

Es schien ihm, als dauere das alles eine halbe Ewigkeit. Sein Atem ging nur schwer und es schmerzte, wenn sich sein Brustkorb hob und senkte, aber auch sein Fuß pochte nach wie vor. Den Gang lief er mit der Gaskerze in der einen Hand und mit der Kugel unter den anderen Arm geklemmt entlang, blickte kurz zu der Stelle, an der er die Riesenameisen eingesammelt hatte und lächelte. Der mit Wein benetzte Stein war verschwunden. Wohin und wie auch immer.

Im Laboratorium legte er die Kugel auf den Tisch und begutachte den Ameisensud. Eine braune Masse köchelte vor sich hin und es war nicht mehr erkennbar, dass diese sich einst aus Hunderten von Riesenameisen zusammengesetzt hatte. Er roch daran und ein sofortiger Würgreflex setzte ein. Der Brei stank bestialisch und, dem Zeloo sei Dank, war er nur leicht im Raum wahrzunehmen. Nun ging es an das Destillieren.

Ohne lange nachzudenken, baute er mit den Hilfsmitteln, die an der Wand hingen und in den verschiedenen Regalen lagen, eine Destille auf. Die Bearbeitungsschritte gingen ihm leicht von der Hand, da sie ihm in seiner Ausbildung ins Blut übergegangen waren. Sichtlich zufrieden warf er die Apparatur an. Dieser Vorgang würde wieder einige Zeit in Anspruch nehmen. Währenddessen würde er noch einmal das Laboratorium nach irgendeinem Schmerzmittel durchforsten. Die Hoffnung starb zuletzt.

Doch nach einer halben Stunde brach er die Suche ab – da er enttäuschender Weise wirklich nichts hatte finden können. Stattdessen kümmerte er sich um das Buch, aber nicht, ohne vorher nochmals die gelbliche Flüssigkeit betrachtet zu haben. Es war tatsächlich reine Ameisensäure. Er blickte zufrieden drein und wandte sich erneut dem Buch zu.

Er musste herausbekommen, was es mit dieser Kugel auf sich hatte. Womöglich war sie eine Art Waffe. Die Mechanik an der Kugel ließ den Schluss zu, dass sie nichts mit magischen Kräften zu tun haben konnte. Und Magie, so glaubte er, gab es nicht mehr auf dieser Welt. Welche Aufgabe diese Kugel auch gehabt hatte, sie blieb ihm schleierhaft. Es wurmte ihn. Er wusste, dass wenn er herausbekäme, wie er sie einzusetzen hatte, aus ihr ein deutlicher Vorteil für ihn erwuchs.

Suchend blätterte er durch das Buch, doch fand er keinen Hinweis zu diesen Kugeln. Auch wenn er viele andere Informationen darin fand, die ihm zwar nicht bei diesem Kampf weiterhelfen würden, aber womöglich an anderen Tagen sehr hilfreich sein konnten, so war die Enttäuschung groß.

»Memme, schlussfolgere mal, warum diese Kugel nicht in diesem Buch auftaucht. Manchmal glaube ich, dass du wirklich ein einfältiger Fatzke bist.«

»Schnauze!«, giftete der Kopfgeldjäger genervt – einerseits wegen der erniedrigenden Art, mit ihm zu sprechen, vor allem aber auch aufgrund der Kombination aus den Schmerzen, seines fehlenden Erfolges und der nervigen Art und Weise der Stimmen.

»Kannst du nicht einmal hilfreich sein?«

»Das ist nicht meine Aufgabe, Memme. Meine Aufgabe ist es, dich immer und immer wieder daran zu erinnern, was für ein Verlierer du bist«, lachte die Stimme.

Er stöhnte auf. »Danke für diese hilfreiche Information. Was meinst du mit ›Warum sie nicht in diesem Buch auftaucht‹?«

»Memme, nun denk doch einmal selbstständig. Bist du so unfähig?«

Kuno spuckte entnervt aus: »Verdammt, dann halt einfach deine Fresse, wenn du mir nicht helfen willst.«

Die Schmerzen, die Kuno litt, waren inzwischen zum Unerträglichen angeschwollen und zu seinem Entsetzen war in der Zwischenzeit, in der er mit der gewissenlosen Stimme diskutierte, ein Pfeifton hinzugekommen, wenn er atmete. Es war absolut kein gutes Zeichen. Vermutlich würde er die Ankunft des Gitrog gar nicht mehr erleben.

»Memme, beruhige dich. Ich will dir ja helfen«, sprach die Stimme von oben herab. *»Nur wie sollst du was lernen, wenn ich es dir verrate. Logisch, oder?«*

»Ja und?« Kuno setzte sich auf den Boden. Seine Kräfte ließen nach.

»Jetzt mal ernsthaft, Memme. Was haben wir bisher in dem Buch gefunden?«

»Alles Mögliche! Nichts Spezifisches, von der Destillation bis hin zum Gitrog alles. Waffenkunde ist auch in dem Buch enthalten.«

»Welche Waffenkunde, Memme?«

»Die Waffenkunde des Ur… Beim Zeloo, du hast recht. Das Urböse kannte die Waffe noch gar nicht. Die Kugel traf es vollkommen unvorbereitet. Deswegen ist sie nicht in dem Buch aufgeführt. Nur, wie bekomme ich heraus, was die Kugel kann?«

Da schwiegen die Stimmen. Sie hatten genauso wenig Ahnung wie der Kopfgeldjäger selbst.

Aber mit einer Sache war Kuno sich absolut sicher. Das Buch würde er nicht verkaufen. Er würde, falls er die Tage hier überleben würde, mit dem Wissen auf anderen Wegen viel größere als nur finanzielle Vorteile daraus erzielen können.

Der Kopfgeldjäger hustete und spuckte aus. Es war eitrige Flüssigkeit. Kuno beschlich eine Ahnung, was dies zu bedeuten hatte – entweder war eine Rippe in seine Lunge gedrungen, was auch den komischen Pfeifton erklären würde, oder aber, er hatte sich eine Lungenentzündung eingefangen, die eben auch ursächlich für das pfeifende Geräusch sein konnte. Beides war nicht wünschenswert und wäre sein Todesurteil.

Dennoch empfand er es als einen beruhigenden Gedanken, dass er noch an seine Zukunft dachte. Wäre die Verletzung nicht, würde er jetzt beginnen, daran zu glauben, das Gitrog vernichten zu können. Aber seine Hoffnung schwand wieder.

»Irgendetwas muss doch mit dir anzufangen sein …«, murmelte er entnervt. Er inspizierte die Kugel erneut, öffnete die Klappe, doch sie schnappte sofort wieder zu. Kuno zuckte mit den Schultern. Wie konnte diese Kugel eine Waffe sein? Wie sollte das funktionieren?

»Selbst wenn man sie mit Sprengpulver … Nein, kein Sprengpulver, das würde keinen Sinn machen, dann wäre die Kugel zerstört«, grübelte Kuno mutmaßend vor sich hin. »Aber mit irgendetwas muss sie befüllt gewesen sein. Vielleicht mit einer Flüssigkeit?

Dann müsste sie allerdings einen Auslöser haben, um die Klappe zu öffnen, damit die Flüssigkeit im gewünschten Moment heraustreten kann.«

Kuno öffnete die Klappe und ließ sie erneut zuschnappen. Es machte keinen Sinn. Wenn Flüssigkeit aus ihr austreten sollte, dann müsste die Klappe aufbleiben und dürfte sich nicht gleich automatisch schließen. Er warf sie in die Luft und fing sie wieder auf. Sie war so unfassbar leicht. Vielleicht würde die Kugel, wenn er nur simulierte, wie sie flog, ihm ihr Geheimnis verraten … aber auch das funktionierte nicht.

Seine Hand glitt über ihre Verzierungen und bewunderte sie. Er konnte die Zeichen nicht entschlüsseln. Nie zuvor hatte er Derartiges gesehen. Was mochten sie wohl bedeuten?

Frustriert legte er die Kugel neben das Buch. Das Destillat wartete. Inzwischen nahm die hellgelbe Flüssigkeit gut drei Viertel des Glasbehälters ein, den Kuno zum Auffangen der Säure hingestellt hatte. Die Ameisen brodelten immer noch vor sich hin, hatten aber deutlich an Masse verloren. Er tauschte das Glasgefäß und auch es befüllte sich. Mit einem Korken verschloss er die Behältnisse. Damit würde er mehrere seiner Bolzen befüllen können.

Inzwischen hatte er eine Idee für die Mechanik entwickelt, wie sich der Bolzen öffnen sollte, wenn er aufschlug. So würde sich die Säure über das Gitrog ergießen können. Es handelte sich um einen einfachen, aber effektiven Mechanismus, den selbst er herstellen konnte.

Wieder hustete der Kopfgeldjäger und spuckte aus. Gelbgrün war der Auswurf. Er fühlte seine Stirn. Sie war heiß und ihm war trotzdem kalt. Er hatte Fieber. Die Aussichten auf einen Erfolg waren nie geringer gewesen als in diesem Moment. Er schüttelte sich. »Zusammenreißen, Kuno, nur zusammenreißen. Das wird schon alles«, flüsterte er sich wieder Mut zu. Er hustete und spuckte weiter Eiter aus. Eigentlich wollte er nur noch schlafen.

Er blickte die Säure an. Er lächelte, trotz seiner Schmerzen und dem Schweiß, der an seiner Stirn herablief.

Diese Säure würde ein Loch in den Panzer des Gitrog fressen und er anschließend einen Sprengbolzen direkt in seinen Körper schießen, dieser explodieren und das Untier innerlich zerfetzen. So einfach es klang – bis dahin war es noch ein langer Weg. Und ob er ihn in seinem momentanen Zustand bis zum Ende gehen würde, blieb fraglich.

Kuno wandte sich wieder dem Destillat zu. Er stellte mehr Säure her, als er es erwartet hatte, aber irgendetwas in seinem Kopf sagte ihm, dass er vielleicht das erste Säuredestillat doch noch einmal destillieren sollte. Je reiner die Säure war, desto effektiver würde sie wirken. Also errichtete Kuno eine weitere Destille und destillierte nun das Destillat.

Er konnte nicht mehr viel unternehmen, und mit jedem Augenblick, mit dem er mehr zur Ruhe kam, wuchsen seine Schmerzen. Wenn er beschäftigt war, konnte er sie teilweise ausblenden, nicht vollständig und weniger, als ihm lieb war, aber genügend, um sie nur noch als weit entfernt zu empfinden. Also suchte er sich eine Aufgabe, die er bewältigen konnte, während die Destille arbeitete. Er musste noch Kohlen in den Schmiedeofen werfen und seine Streitaxt in der Zwischenzeit reparieren.

Der Kopfgeldjäger begab sich auf den Hof und suchte seine Streitaxt. Er fand sie. Das Streitaxtblatt war nicht mehr gerade und wies deutliche Bissabdrücke auf. Der Stiel war zerbrochen, aber zu seinem Glück das Holz bereits vollständig aus der Blattöse gerutscht. So musste er nicht das alte Holz entfernen, sondern konnte einfach einen neuen Stil anbringen. Die Zahnabdrücke waren nur ein kleines Übel.

In der Waffenkammer reparierte Kuno seine Streitaxt, wie bereits einige Tage zuvor. Es war anstrengend und jede Bewegung zeigte ihm, dass er eigentlich in ein Bett gehörte und nicht an die Schmiede. Er spuckte immer wieder aus und der kalte Schweiß rann ihm über die Stirn. Dennoch zwang er sich, aller Schmerzen zum Trotz, weitere Kohle in den Schmiedeofen zu werfen. Die Temperaturanzeige zeigte eintausend Grad an, aber Kuno benötigte eintausendfünfhundert Grad, um seinen Bolzen herstellen zu können. Also schmiss er noch mehr Kohlen in das Feuer.

Bevor Kuno ins Laboratorium zurückkehrte, trank er Wasser und Wein, brühte sich noch einmal einen Tee aus den restlichen angetrockneten Pflanzenresten auf – in der Hoffnung, dass doch noch etwas von dem Wirkstoff in ihnen schlummerte. Dann nahm er den Becher mit in sein Laboratorium und leerte ihn, während er die Säure weiter destillierte.

Er beobachtete den Vorgang und las nebenher erneut in dem Buch. Er suchte nichts Bestimmtes, spekulierte aber darauf, durch Zufall irgendetwas Nützliches darin zu finden, was ihm weiterhelfen würde.

Schließlich befand er, dass die Säure nun genug destilliert worden war. Vorsichtig nahm er drei Glasampullen und befüllte sie, mit etwas Ungeschick aufgrund seiner eingeschränkten Bewegungsfreiheit. Einiges tropfte auf den Tisch und sofort fraß sich die Säure in das Holz.

»Beeindruckend!«, lachte der Kopfgeldjäger beruhigt. »Nur nicht mich selber damit bekleckern.« Er war zufrieden. Drei große Glasampullen voll Säure besaß er nun. Das war viel und würde bei dieser Wirkkraft den entsprechenden Erfolg bringen, da war er sich ganz sicher – vorausgesetzt, sein Körper ließ ihn nicht im Stich. Er hustete und spuckte einen festen Pfropfen Eiter aus.

Mit den Ampullen, dem Buch und der Kugel kehrte er langsam zurück zu seinem Lager. Er musste mehrfach laufen, da er nicht die Kraft besaß, alles auf einmal zu tragen. Er blickte durch die Tür und sah, dass die Sonne sich dem Himmel entgegen neigte. Es war die Zeit für weitere Kohlen und die Zeit, sich etwas Ruhe zu gönnen.

Kuno hatte keine Angst vor seinen Albträumen diese Nacht, sondern er hatte Angst, dass er eventuell nicht wieder aufwachen würde. Er hustete noch einige Male heftig und spuckte aus. Er trank viel Wein, um die Schmerzen zu betäuben. Und bevor er einschlief, tat er etwas, was er zuvor nie in seinem Leben getan hatte. Er betete. Er betete zum Zeloo, dass er ihm die Kraft schenken werden würde, diese Nacht zu überstehen und das Gitrog zu besiegen.

KAPITEL 29:
BEFREIT?!

Es war stockdunkel. Irgendetwas hatte den Kopfgeldjäger geweckt. Er war frei. Konnte es sein? Aber wovon war er frei?

Er hatte wieder zu viel getrunken. Der Wein des Urbösen war verdammt lecker. Seine Gelenke waren schwergängig, aber er spürte, dass für diesen Moment etwas ganz anders war. Ein Gefühl der Erleichterung schien in ihm zu sein. Aber worüber?

Langsam setzte er sich auf. Nein, er war es nicht, der sich aufsetzte. Was war das? Er blickte zurück, auf sein eigenes Ich – schlief er etwa immer noch?

»Was passiert hier«, flüsterte er. Er blickte auf seine Hände und sah durch seine Hände durch. Er sprang auf. Weder Stimmen noch Schmerzen waren in seinem Kopf. Er vernahm nur die Stille seiner Gedanken. Das beruhigte ihn. Er stand auf und blickte auf das geschundene Ich, welches vor ihm lag.

»Alter, du siehst so scheiße aus! Als hätte man dich mal ordentlich durch die Mangel gezogen«, murmelte er auf sich selbst blickend. »Sterbe ich?«, fragte er sich. »Fühlt sich so der Tod an? Ist es nun vorbei? Kann ich jetzt zum Zeloo gehen? So ist also das Ende.« Er blickte noch einmal auf sich. Trauer befiel ihn. Er hatte noch nicht gehen wollen – geschworen, sich zu rächen. Er wollte nicht auf diesem Wege die Welt verlassen. »Und wenn ich wieder hineinspringe? Mein Körper wird mich schon aufnehmen. Mein Körper kennt meine Seele. Ich will nicht tot sein.« Der Kopfgeldjäger fiel auf die Knie und begutachtete seine leere Hülle genau. Waren die Stimmen da drin? War er sie los? Dann erschrak er fürchterlich. Sein Leib atmete ein. Der Brustkorb hob sich. Sein Leib atmete aus. Der Brustkorb senkte sich. »Ich lebe noch, aber warum bin ich hier außerhalb meines Körpers?« Der Kopfgeldjäger beobachtete diesen genau, mit all seinen unzähligen Wunden. Hätte er es gekonnt, er hätte geheult. Doch fühlte er nichts, als er dieses Wrack einer menschlichen Hülle betrachtete.

Blitzschnell wandte sich der Kopfgeldjäger der Türe zu, dem plötzlichen Geräusch entgegen. Hatte er da nicht gerade zwei Stimmen vernommen? Er stand auf und ging zu ihr. Er verharrte.

»*Die Memme, sie ist so gut wie tot? Ich will hier nicht verrecken mit diesem Menschlein. Gebt mir einen Körper. Ich bin gewillt, Euch zu dienen.*«

»*Das mag sein, aber du kannst nicht ohne es leben.*«

»*Es wird den Kampf gegen das Gitrog nicht überstehen. Es ist nicht mehr in der Lage dazu, auch nur einen Angriff zu führen. Es ist nur noch die Hülle, die es am Leben hält – und die ist wertlos. Hörst du. Sie ist wertlos. Ich bin das Einzige, was von dem Kopfgeldjäger noch übrig ist. Und ich will einen Körper!*«

»*So wie ich!*«, sprach die andere Stimme bestimmt, doch auch voll Sehnsucht. »*Aber du kannst mir keinen Körper geben. Du bist nur eine erbärmliche Stimme. Du hast keine Gewalt über seinen Körper. Dabei hättest du die Führung über ihn schon mehrfach an dich reißen und dieser Posse ein Ende setzten können. Aber du bist genauso feige wie er. Gewinne endlich die Oberhand und zerstöre das Schwache in ihm. Ersetze seinen Geist mit deinem. Vernichte seine Seele, nur dann kann ich dir das geben, wonach es dir verlangt.*«

»*Ich versuche es.*«

»*Nein, versuchen reicht nicht. Du musst die vollkommene Führung in seinem Körper übernehmen, nur dann, NUR DANN gewinnt er gegen das Gitrog und kann in die Tiefen des Berges einkehren, damit du mein ergebener Diener wirst und ich dir einen starken Körper schenke.*«

»*Ich werde die Memme vernichten.*«

»*Nein, noch nicht. Wenn du ihn vernichtest, dann stirbt sein Körper. Du musst ihn ersetzen. Er muss dir die Führung aus freien Stücken überlassen und du musst zu seiner Seele werden. Erst dann darfst du ihn vernichten.*« Sie machte eine kurze Pause und versuchte zu erklären: »*Bist du seine Seele, dann bist du er. Versteh das. Tötest du ihn, vernichtest du ihn.*«

»*Und er ist würdig?*«

»Nein, natürlich nicht«, sprach sie verächtlich. *»Aber er amüsiert mich.«*

»Es besteht nicht die Möglichkeit, dass er …«

»Sei still«, wehrte die Stimme ab und schüttelte den Kopf.

Die weiße Dame blickte zur Tür. Der Kopfgeldjäger war wie erstarrt. Er hatte keinen Mucks von sich gegeben und wandte nun nur die Augen seinem Körper zu. Der lag neben seiner Schlafstelle auf dem nackten Gestein, er war von ihr weggerollt. Sein Verband an der Brust war ebenso verrutscht und die blauen und grünen Flecken der Prellung am Brustkorb waren deutlich zu sehen. Umgehend versteckte er sich.

Der Blick der Dame in Weiß ruhte noch immer auf der Tür. Dem Kopfgeldjäger gefror das Blut in den Adern. Zum ersten Mal sah er so nah ihr Gesicht. Sie schien ihn nicht zu bemerken. Was ging hier vor?

Ihr Antlitz war wunderschön, eben und rein. Wie konnte etwas Böses nur so unglaublich hübsch sein? Ihre weißen Haare wehten im Wind, als sie durch die Türe trat. Ihre feine schmale Nase thronte über ihren wundervoll geschwungenen Lippen. Er glaubte, etwas von Gunda in ihr zu erkennen. Auch sie war so schön und faszinierend gewesen. Konnte sie vielleicht gar seine Gunda sein? Sie sah ihr so ähnlich. Ihr Körper hatte dieselben Rundungen.

»Es ist Gunda …«, flüsterte der Kopfgeldjäger ehrfurchtsvoll.

War Gunda schon immer böse gewesen? Oder alles nur Einbildung? Oder ein Spiel von ihr?

Sein feuerrotes Ich stand mitten auf dem Hof. *»Es war nichts«*, sprach es zu ihr. *»Ach, vielleicht nur die halbtote Hülle dieser armseligen Kreatur, die sich bewegt hat. Der Kopfgeldjäger schläft. Er hat mal wieder so viel Wein gesoffen, dass er nichts mehr spürt.«* Die Stimme klang abwertend.

Die Dame in Weiß kehrte zu seinem feuerroten Ich zurück.

»Was ist mit der anderen Stimme? Wird sie dich nicht vermissen?«

»Sie ist genauso dämlich wie diese elendige Kreatur selbst. Sie begreift nicht, dass ich uns befreien will. Sie kann genauso mit ihm sterben wie er selbst. Nur ich bin das Einzige von Wert in diesem widerlichen Körper«, gab es sich streng.

»Woher kommt dein Hass auf diesen Menschen?«, fragte die Dame neugierig.

»Du interessierst dich für ihn?«, fragte die Stimme ein wenig spöttisch, nur so viel, dass sie nicht Gefahr lief, die Gunst der Dame in Weiß zu verlieren.

»Nein, aber ihr lebt gemeinsam. Es muss doch einen Grund geben.«

»Tausende Gründe gibt es. Er ist ein Weichei, ein Feigling und schaffte es nicht, das einzig Gute, was ihm jemals über den Weg gelaufen ist, festzuhalten! Ohne große Gegenwehr ließ er es einfach sterben. DAS werfe ich ihm vor. Er hat es nicht verdient.«

»Du hasst ihn für den Tod von Gunda?«, sprach die Dame in Weiß voller Staunen. *»Du hasst ihn nicht, für das was er ist, sondern für das, was er verloren hat?«*

»Ja, verdammte Scheiße«, schrie die Stimme aufgebracht. *»Wir waren glücklich! Er versagte, als er sie beschützen sollte, er versagte, als das Gitrog kam, und er wird wieder versagen!«*

»Interessant.«

»Nichts ist interessant! Er ist ein ewiger Verlierer. Ohne mich wäre er schon damals in der Mine verreckt. Ohne mich wäre er niemals gut genug für Gunda gewesen. Er war es nicht Wert, in ihrer Nähe zu sein.«

Kuno konnte nicht glauben, was er da hörte. Er lauschte den Worten seines herrschsüchtigen Ichs und begriff nicht, was in dem Moment passierte. Er verstand nicht, was dies über ihn aussagte und über Gunda. Er stand einfach nur da, in der Hülle seiner Seele, und lauschte.

Er empfand keinen Schmerz, kein Leid, nichts.

»Du bist bereit, ihn für dich zu opfern?«, fragte die Dame in Weiß erneut.

»Natürlich. Er ist nichts wert.«

»Gut. Dann wird er mit deiner Hilfe das Gitrog besiegen, ihr kehrt zu mir in mein Verlies zurück und sein Blut wird mir einen Körper geben.«

»Ist er also doch würdig?«

»Wir werden sehen. Ich erwarte von einem Bastard aus Hamarien nichts. Er ist zu hoch im Norden zur Welt gekommen, als dass

er eigentlich königliches Blut in sich haben könnte. Aber gut möglich wäre es, wenn auch sehr unwahrscheinlich. Sollte er nicht würdig sein, wird er einfach sterben und ich erfülle dir den Wunsch, mein Diener zu sein. Er darf jedoch erst unten in meinem Reich sterben. Begriffen?«

»Natürlich, meine Herrin.«

»Gut. Dann nimm ihm nun den letzten Rest Würde, den er noch besitzt, lass ihn kämpfen und siegen. Ich werde ihm Hilfe zuteilwerden lassen, so wie ich es ihm versprach.«

»In welcher Form?«

»Lerne, mein Diener, und staune«, lachte die Dame in Weiß, drehte seinem feuerroten Ich den Rücken zu und verschwand auf der dritten Ebene am Thron.

KAPITEL 30: LINDERUNG

Nur ganz langsam wachte der Kopfgeldjäger aus seiner Bewusstlosigkeit auf. Das Ohrenglühen wurde nur vom Dröhnen in seinem Kopf übertroffen. Der fahle Geschmack im Mund tat sein Übriges. Ihm war übel. Jeder Knochen und jede Bewegung schmerzte, jeder Muskel verkrampfte sich. Das Aufrichten war eine Überwindung. Auf seinen linken Arm stützend versuchte er, sich in die Senkrechte zu hieven. Mit der rechten Hand hielt er sich die Brust und ein Hustenreflex spülte ihm widerlichen Eiter in den Mund. Er spuckte aus. Ein Schluck Wasser befreite ihn für den Moment von dem Geschmack.

Die Sonne überschritt die Festungsmauer und flutete mit ihren Sonnenstrahlen den Innenhof der Ruine. Lange konnte er nicht geschlafen haben. Dennoch rächte sich sein Körper für die Nacht. Er sackte wieder zurück. Wie gefesselt lag er neben seinem Körper auf dem nackten, kalten Stein, die Decke nur halb darüber. Die Schmerzen lähmten ihn.

»Es ist vorbei. Es ist vorbei. Ich kann nicht kämpfen. Ich kann mich nicht gegen diese Schmerzen wehren. Ich werde meine Rache nicht bekommen.«

»Memme, halt dein verdammtes Maul«, sprach die herrschsüchtige Stimme hart, *»und stell dich nicht so an. Sei kein Weichei. Wir machen dein elendiges Leben noch unerträglicher, wenn du jetzt aufgibst.«*

Mit einem lauten Schmerzensschrei setzte sich der Kopfgeldjäger aufrecht hin und lehnte sich mit dem Rücken gegen ein Tischbein. Er schloss für einen kleinen Moment die Augen und atmete tief durch. Erinnerungsfetzen der letzten Nacht tauchten in seinem Kopf auf. Aber was genau geschehen war, bekam der Kopfgeldjäger nicht mehr zusammen.

Er vernahm ein wildes Hecheln. Irritiert blickte er nach links.

Azig saß dort und sah ihn mit seinen treuen Hundeaugen an. Seine Zunge hing weit heraus, aus der Schnauze lief der Speichel und tropfte zu Boden. Er saß da, als wäre nichts geschehen.

»Wo kommst du denn her?«, sprach der Kopfgeldjäger vollkommen verwirrt. Er hielt sich den Kopf und rieb sich die Augen. Wachte er? Träumte er? Manchmal konnte er den Unterschied hier in dieser Ruine nicht mehr deutlich ausmachen.

Dann gab Azig Laut. Der Kopfgeldjäger rieb sich die Schläfen. »Nicht so laut!«, entfuhr es Kuno. Unbeeindruckt leckte Azig dem Kopfgeldjäger durch das Gesicht. Es war seine Art, ihm mitzuteilen, dass er sich freute, ihn zu sehen.

»Ich hasse das Azig, das weißt du«, lachte der Kopfgeldjäger sichtlich erleichtert darüber, dass sein treuer Gefährte an seine Seite zurückgekehrt war. Aus welchem Grund auch immer. Trotzdem schob Kuno ihn von sich. Er hasste den Speichel in seinem Gesicht und wischte ihn ab. Dann fragte er seinen Freund: »Dir scheint nichts, wirklich gar nichts, passiert zu sein. Du bist so hoch und weit über die Mauer geflogen. Laut über den gesamten Kamm des Berges habe ich dich jaulen gehört. Wie ist das möglich?« Er fühlte sich überwältigt von seinem Glück. Hatte ihm der Zeloo wieder einen neuen Kredit gewährt? Anders konnte er es sich nicht erklären. Azig saß nur neben ihm und hechelte. Zum zweiten Mal war er zu ihm zurückgekehrt. Eine Katze hat neun Leben – hatte sein Freund Azig ebenfalls mehr als nur eines? »Unfassbar«, nuschelte Kuno, »dieser Hund ist nicht tot zu kriegen. Ich bin so froh, dass du hier bist.«

Klar war er ein Bauernrächer, aber dass er fliegen konnte und Prankenschläge von bösen Urwesen wegsteckte, das konnte Kuno nicht glauben. Er hätte tot sein müssen. Allein der Schnipser des Gitrog musste seinen Brustkorb vollständig zertrümmert haben. Noch immer hatte Kuno das Jaulen von Azig im Ohr, als er über die Mauer gesegelt war. Es konnte nicht sein Freund sein. Oder doch?

So tastete er den Hund ab, suchte nach Verletzungen. Nicht weil er hoffte, welche zu finden. Sondern weil er es nicht glauben konnte, dass dieser Hund unverletzt geblieben sein sollte. Nur an seiner Pfote fand er die verlorenen zwei Krallen, sonst entdeckte er nichts.

»Es muss eine logische Erklärung dafür geben«, gab sich der Kopfgeldjäger noch misstrauisch.

»Memme, nun nimm es einfach hin! Welche Rolle spielt es, dass Azig wieder da ist?«, fragte ihn seine herrschsüchtige Stimme. *»Ein bisschen Glück gehört zum Siegen auch dazu.«*

Als er die Stimme vernahm, spürte der Kopfgeldjäger, dass irgendetwas vorgefallen war. Er konnte sich aber nicht daran erinnern. Ihn befiel nur das Gefühl, verraten worden zu sein.

»Das ist zu viel Glück. Das kann nicht sein«, unterbrach er diesen Gedanken und wandte sich seiner inneren Stimme zu. »Er ist ein Lebewesen wie ich, und ich hätte auf gar keinen Fall diesen Prankenschlag überlebt. Mein Körper wäre vollkommen zerstört gewesen und ich nicht mal mehr ein Schatten meiner selbst.«

»Hinterfrage nicht, sondern akzeptiere, Memme.«

»Aber welchen Preis werde ich dafür zahlen? Welchen Preis …«

»Keinen Preis. Dein Gefährte ist dir nur treu ergeben. Er liebt dich. Wie Gunda dich geliebt hat. Er will bei dir sein. Das ist der Preis, den du zahlst, Memme.«

»Nein, der Zeloo fordert immer einen«, entgegnete Kuno vehement.

»Wer sagt etwas vom Zeloo? Was hat der Zeloo je für uns getan? Hat uns nicht diese weibliche Stimme Hilfe angeboten? Kann das Glück nicht von ihr gewährt worden sein?«

»Warum sollte es von ihr kommen?«, fragte Kuno nachdenklich und streichelte dabei seinen Freund.

»Vielleicht sieht sie etwas in dir, was du bist. Erfreue dich am Anblick deines treuen Freundes, Memme. Er wird dir zur Seite stehen.«

»Ich bin erfreut, aber ich verstehe es nicht. Es gibt keine logische Erklärung.«

Da brach seine gewissenlose Stimme in lautes Gelächter aus. *»Logische Erklärung? Memme sucht immer noch nach einer logischen Erklärung, hast du gehört?«*, rief er der anderen Stimme zu. *»Memme sucht nach einer logischen Erklärung.«*

»Mein Kuno, logisch ist hier schon lange nichts mehr. Nicht seit dem Zeitpunkt, als uns die Dame in Weiß den Berg hinaufgetragen hat. Nichts war seitdem plausibel. Hier ist irgendeine Art von Magie im Spiel oder glaubst du, dass wir so weit gekommen wären, wenn das alles auf Logik beruhen würde? Logik gibt es an diesem Ort nicht.«

»Ihr glaubt nicht an meine Fähigkeiten?« fragte Kuno gekränkt.

»Memme, wir glauben daran. Für einen Menschen hast du echt was geschafft, aber auf unserer bisherigen Reise ist so viel geschehen. Denk nach und du wirst zu derselben Einsicht kommen.«

»Aber …«, stotterte Kuno. Plötzlich tauchte vor seinem geistigen Auge sein eigenes Ich wieder auf, in dunkelrote Flammen gewandet.

»Memme, nichts ›aber‹. Die Dame in Weiß bezweckt etwas mit dir. Hast du das noch nicht begriffen? Du bist nur ein Spielball. Eine Marionette.«

Kuno schwieg. Er zog sich in seinem Kopf in einen Bereich zurück, der für seine Stimmen unerreichbar war. Dabei starrte er ins Nichts und begann, Azigs Kopf zu streicheln. Es half ihm, sich zu konzentrieren.

Der Kopfgeldjäger saß an der Tür und sah hinaus. Die Sonne war inzwischen vollständig über die Mauer geklettert und überflutete den gesamten Innenhof mit ihrem Licht, als er aus dem Versteck in seinem Kopf zurückkehrte. Erstaunt darüber, diesen Ort überhaupt gefunden zu haben, gestand er sich nun ein, dass er wirklich keine Antwort wusste. Er musste den Stimmen ehrlicherweise zugestehen, dass hier tatsächlich nur irgendeine Magie am Werk sein konnte. In welcher Form auch immer. Aber dass die Dame in Weiß ihre Finger im Spiel haben musste, hätte ihm schon viel früher bewusstwerden müssen.

Mit aller Kraft, die ihm zur Verfügung stand, stemmte sich der Kopfgeldjäger gegen die Schmerzen und stand auf. Lächelnd blickte er Azig erneut an. Diesmal begutachtete er seinen treuen Freund nicht wegen seiner Verletzungen, sondern um herauszufinden, ob ihm nicht irgendetwas Merkwürdiges auffallen würde. Aber da war nichts, was ihm in irgendeiner Form anders zu sein schien als sonst. Die treuen Augen des Hundes, in Verbindung mit dem vertrauten Hecheln, ließen keinen Unterschied zu vergangenen Tagen aufkommen. Kuno kniete sich vor ihm nieder und streichelte sein Fell. Dabei blickte er ihm in die Augen. Es waren dieselben Augen wie immer. Behutsam strich er durch sein Fell und, einem Wunder gleich, fielen plötzlich unzählige Wallwurzblüten aus seinem Fell. Kuno staunte, blickte Azig an und stammelte: »Wo… woher wusstest du das? Und … woher hast du diese Blüten und … wieso … überhaupt?«

Der Kopfgeldjäger war verwirrt, sprachlos und vollkommen überfordert. Spielte die Dame in Weiß nur mit ihm?

Doch das war jetzt nicht entscheidend. Er hatte alles, nein, mehr, als er benötigte.

Die Gefühle übermannten den Kopfgeldjäger. Wieder keimte Hoffnung in ihm auf. Er drückte Azig und weinte – vor Erleichterung, vor Freude und vor lauter Unverständnis bezüglich dem, was er hier eigentlich tat. Sein Freund knurrte verständnisvoll und legte die Schnauze auf seine Schulter.

»*Jetzt heult die Memme. Was für ein Weichei!*«, spottete die herrische Stimme. Da war sie wieder, doch Kuno ignorierte sie. Er war einfach nur erleichtert. Er wollte nicht noch mehr Zeit des Tages verplempern, so zwang er sich selbst zur Ruhe. Er sammelte die Blüten vom Boden und aus dem Fell, um einen Tee daraus zu brühen. Dieser würde zwar nicht sofort helfen, aber doch auf lange Sicht Linderung bringen. Vor allem hatte das Kraut die Wirkung eines Schmerzmittels und würde zudem dafür sorgen, dass sein eitriger Husten heilte, die Entzündung in seiner Brust verschwand und er sich besser fühlte. Er würde sogar den Tag an der Schmiede arbeiten können.

Der Kopfgeldjäger warf ein Stück Holz der umherstehenden Möbel in das Feuer, und es dauerte nicht lange, da begannen die Flammen gierig daran zu lecken. Kuno schnitt währenddessen ein großes Stück Schinken ab und warf es Azig hin. Der schnüffelte kurz daran, ließ es dann aber desinteressiert liegen. Der Kopfgeldjäger wunderte sich zwar darüber, doch war es nichts Besonderes, dass Azig nichts fraß, da er auch schon früher Nahrung verweigert hatte, wenn er satt gewesen war. Kuno ließ dennoch das Fleisch für ihn liegen und schnitt für sich selbst ebenfalls eine dicke Scheibe ab. Er kam zu Kräften. Die Schmerzen waren weder vergangen noch vergessen, aber sie waren durch die Bewusstlosigkeit in weite Ferne gerückt. Dumpf spürte er sie weiterhin am ganzen Körper, aber sie würden ihn nicht mehr behindern. Sein Fieber und die Schmerzen in der Brust schienen zurückgegangen zu sein. Zwar immer noch nicht erträglich, aber deutlich besser als der Krampfanfall aus der letzten Nacht.

Azig gesellte sich zu ihm und er streichelte seinen Kopf. Er begann, den Tag mit neuem Elan zu planen. Es wartete noch viel Arbeit auf ihn, aber erst einmal würde der Tee seine Wirkung entfalten müssen. Dann beabsichtigte Kuno zunächst, im Laboratorium, zur Unterstützung des Heilungsprozesses und der weiteren Schmerzlinderung, eine Salbe anzurühren und sie dick aufzutragen. Er verstand, warum einige Menschen, dieses Kraut auch rauchten.

Seine Hoffnung wuchs immer mehr. Vollständig wiederhergestellt würde er dem Gitrog im Kampf zwar nicht entgegentreten können. Aber der Großteil der Schmerzen ließe sich eventuell auf diesem Wege betäuben und er würde so zumindest wieder frei beweglich sein – auch auf die Gefahr hin, dass er sich dennoch überanstrengte und schließlich nach dem Kampf, wenn er ihn überleben sollte, an einer Lungenentzündung oder Blutvergiftung starb. Doch dann hätte er zumindest seine Rache erhalten.

Es dauerte nicht lange, da kochte das Wasser für seinen Tee und er goss ihn sich in seiner zerbeulten Tasse auf. Das Gesöff stank bestialisch, schmeckte genauso und erinnerte ihn irgendwie an abgestandenen Urin. Aber der Kopfgeldjäger würgte ihn tapfer hinunter.

Die Blüten goss er in seiner Tasse noch drei weitere Male auf und trank davon. Mit jedem Aufguss würde der Geschmack wässriger werden … so erhoffte er es sich zumindest. Aber dem war nicht so. Er entzog den Blüten und Blättern der Pflanze lediglich sämtliche Inhaltsstoffe. Am Ende hatte Kuno das Gefühl, als würde er reine Pisse trinken und im gleichen Moment kotzen müssen. Doch er riss sich zusammen. Alles nur für seine Rache.

Azig lag bei ihm, hatte den Kopf auf seine Vorderpfoten gelegt und schien zu dösen.

Stunden vergingen, in denen der Kopfgeldjäger keinen Schmerz verspürte. Gepuscht vom Adrenalin und dem Tee konzentrierte er sich auf die Herstellung der Bolzen. Er stand am Schmiedeofen, hielt den Hammer in der Hand und ließ ihn immer wieder auf das kleine glühende Metall herabsausen. Die Schmerzen waren Vergangenheit. Er wusste aus Erfahrung, dass sie wiederkommen würden – und diesmal deutlich stärker. Aber das musste er nun riskieren.

Halbnackt stand er am Ofen, nur mit einer Lederschürze und seinen Stiefeln bekleidet. Es war der letzte Bolzen, den Kuno schmiedete. Er hatte bereits viele verschiedene Arten hergestellt, da er sie im Kampf benötigen würde. Zudem wollte er einige neue Ideen dabei realisieren, die zwar dem Buch entlehnt waren, ihm aber im Kampf gegen das Gitrog helfen und einen entscheidenden Vorteil bringen konnten. Er rief sich immer wieder ins Gedächtnis, dass er sich nicht zu sicher sein durfte, trotz seines detaillierten Plans. Die Bestie würde sicherlich nicht so einfach zu besiegen sein. Für einige der Bolzen wollte er eine Knallsilberfüllung herstellen. Er wusste, wie er das anstellen musste, kannte aber auch gleichzeitig die Gefahren. Daher hoffte er, im Laboratorium Knallsilber zu finden. Falls nicht, würde er diese Idee allerdings über Bord werfen.

Von einem lutarrischen Schmied wusste Kuno, dass Knallsilber von den Wesen des Urbösen erfunden worden war. Sie hatten damit hochexplosive Waffen hergestellt. Somit bestand also durchaus die Wahrscheinlichkeit, diese chemische Mischung hier zu finden. Die Lutarrer verwendeten das Knallsilber im Bergbau, da es durch Reibung oder Stöße zur Explosion gebracht werden konnte.

Der Kopfgeldjäger legte den Schmiedehammer fort und begann mit der Zange das kleine glühende Metallstück zu rollen, um es anschließend wieder in die Glut zu legen. Es war noch zu kalt, um es effektiv bearbeiten zu können.

Als er den letzten Bolzen zu seiner Zufriedenheit vollendet hatte, verließ er die Schmiede und den Waffenraum. Er ging zu seinem Lager, warf ein Stück Holz auf die Glut am Lagerfeuer und wartete einen Moment, bis es wieder voll entfacht war. Dann stellte er seinen gusseisernen Topf auf die Flammen, denn der Tee, so eklig er auch war, war absolut notwendig für seine Genesung. Er blickte hinaus. Die Sonne war im Türrahmen nicht mehr zu sehen, sie hatte, und das konnte er am Licht erkennen, ihren Zenit längst überschritten.

Kuno beschlich hier an manchen Tagen das Gefühl, als würde die Zeit nahezu stillstehen und wiederum an anderen, als würde sie dahinrasen. Zeit war auf diesem Berg etwas, das ganz anders verlief, als Kuno es gewohnt war. Und zu seinem Erstaunen schien die Zeit an diesem Tag unendlich langsam zu verrinnen.

Das Wasser kochte und er brühte den Tee auf. Die Zeit, in der die Blüten ihre Kraft entfalteten, wollte Kuno nutzen, um seine Brust genauer zu untersuchen. Dafür löste er den Verband. Die Schmerzen waren durch den Tee deutlich abgeschwächt worden.

Er hatte sie zuvor nur noch gespürt, wenn er seinen Arm zu weit beim Hämmern über den Kopf gehalten hatte. Dennoch bereitete sein Brustkorb ihm Sorgen. Seine normale Hautfarbe war dort denen eines ganzen Regenbogens gewichen. Er tastete seine Rippen vorsichtig ab und als er einen der gebrochenen Knochen berührte, zuckte er unwillkürlich vor Schmerz zusammen. Er fühlte drei gebrochene Rippenknochen – einer von ihnen tiefer in den Brustkorb gedrückt, als es ihm lieb war. Vorsorglich verband er seine Brust wieder neu. Anschließend trank er den Tee und kehrte zurück in die Schmiede. Die Schmerzen, die er sich beim Verbinden selbst zugefügt hatte, wallten zum Glück wieder ab.

Stolze fünfunddreißig Bolzen lagen vor Kuno. Ein Teil von ihnen würde noch abkühlen müssen, aber Kuno war mit seiner Arbeit sehr zufrieden. Er konnte sich nicht mehr alle Schritte der Herstellung detailliert ins Bewusstsein rufen, doch hatte er nie zuvor präzisere Bolzen angefertigt. Besonders stolz war er auf den Knallsilberbolzen. Diese Mechanik würde ihm einen großen Vorteil verleihen – wenn er denn das Knallsilber finden und die Bolzen damit bestücken konnte. Aber auch die anderen Bolzen hatten ihren Wert.

Der Kopfgeldjäger glitt mit seiner Hand über die fertigen Exemplare. ›Damit wird das elendige Vieh nicht rechnen. Ich werde es in seine Einzelteile zerlegen …‹

Um seine Salbe anzurühren und nach Knallsilber zu suchen, kehrte er noch einmal in das Laboratorium zurück. Dort durchsuchte er als Erstes die Regale. Er hoffte, Bienenwachs oder einen ähnlichen Grundstoff für die Salbe zu finden. Ansonsten wollte er einfach einen heißen Umschlag mit Blüten machen und ihn in seinen Verband mit einarbeiten, wenn er diesen neu anlegte. Er war in solchen Sachen eher praktisch veranlagt.

In dem riesigen Regal des Laboratoriums, welches ihn schon beim ersten Besuch fasziniert hatte, fand er alles Mögliche. Quecksilber, Schwefel, Sulfate, Silber, Salpeter, verschiedene Salze und vieles mehr, mit dem er jedoch kaum etwas anfangen konnte. Bienenwachs entdeckte er nicht, dafür aber tatsächlich das besagte Knallsilber. Es war gar ein kleines Fässchen voll. »Wenigstens das«, murmelte Kuno dennoch ein wenig enttäuscht. Es war nicht so, dass er sich nicht über das Knallsilber gefreut hätte. Doch wäre die Salbe hinsichtlich seiner Genesung weitaus hilfreicher gewesen als die warmen Blütenblätter auf seiner nackten Haut. Auch konnte er es nicht fassen, dass jegliche Utensilien für alle möglichen Verbindungen vorhanden waren, nur etwas so Einfaches wie Bienenwachs nicht.

Er klemmte sich das Fässchen unter den Arm und kehrte damit zu seinem Lagerplatz zurück. Er blickte auf den Innenhof, um sich zu vergewissern, wo die Sonne stand. Womöglich waren dies die letzten Stunden vor der Nacht. Jener Nacht. Der hellglühende Feuerball hatte sich zwar schon gesenkt, jedoch die Festungsmauer noch nicht einmal berührt. Der Kopfgeldjäger besaß noch etwas Zeit.

So griff er sich zwei der Sprengpulverfässer, vier der fünf Gaskerzen und ging in den Innenhof. Er brachte alles auf die erste Ebene, blickte in Richtung des Lochs und lächelte.

»Dir, Bastard, werde ich eine schöne neue Überraschung bereiten.«

Mit diesen Worten machte er sich ans Werk.

KAPITEL 31: LETZTE VORBEREITUNGEN

Der nächste Morgen kam. Dem Kopfgeldjäger war es gelungen, am Tag zuvor nahezu alles fertigzustellen. Es wäre fatal gewesen, hätte er nur die Vorbereitungen für den halben Plan abschließen können.

Erleichtert hatte sich der Kopfgeldjäger etwas Ruhe gegönnt, als das Gitrog, selbst nach Hereinbruch der Nacht, noch nicht aufgetaucht war. Und es sollte auch nicht mehr kommen.

Wichtig war für ihn, sämtliche Maßnahmen in die Wege geleitet zu haben, um eine größtmögliche Erfolgschance im Kampf gegen das Monster zu erzielen. Dennoch hatte er, als die Sonne verschwunden war, mit geladener Armbrust und Axt auf das Gitrog gewartet. Er nutzte die Zeit, um sich zu erholen und eine Menge Wallwurzblütentee zu trinken. Die nassen Blüten der Pflanze hatte er überall auf seinem Körper verrieben, aber nichtsdestotrotz das Hauptaugenmerk auf seine Brust gelegt. Wenn er schon keine Salbe herstellen konnte, so hoffte er wenigstens, durch die Wirkung dieses Gewächses seine Schmerzen lindern zu können.

Kein Lebenszeichen hatte der Kopfgeldjäger vom Gitrog vernommen, wohlweislich ahnend, dass es ebenfalls seine Kräfte sammeln würde. Diesen Luxus konnte er sich nur in Maßen gönnen, denn es fehlte die Zeit.

Als Erstes legte er sich an diesem Morgen einen Verband mit Wallwurzblüten an, trank erneut eine Handvoll von den Blüten als Tee, doch auch diesmal war es reine Selbstbeherrschung, dass er ihn nicht sofort wieder ausspie. Er war einfach nur widerlich. Am vorherigen Abend hatte er den Tee mit Wein gemischt, um den Geschmack zu verbessern, aber heute Morgen und den restlichen Tag über benötigte er einen klaren und nüchternen Kopf. Was tat man nicht alles, um sein Innerstes zu überwinden und etwas zu erreichen, bei dem andere längst aufgeben hätten?

»Ein Kuno Kopfgeldjäger gibt nicht auf!«, murmelte er sich Mut zu. Es klang wie eine hohle Phrase in seinem Kopf.

Mit aller Macht versuchte er, den Verband so fest wie möglich um seinen Brustkorb zu binden, aber es gelang ihm nicht. Mit zwei Händen, die immer noch von der gestrigen Arbeit taub waren, stellte es sich als unmöglich heraus. Er konnte nicht die Kraft in die Hände und Finger legen, um den Stoff stramm zu ziehen. Dennoch gelang es ihm, ihn so anzulegen, dass er kaum noch verrutschte. Dann legte er seine Rüstung an. Nachdem er den Gambeson übergezogen hatte, folgte klirrend das Kettenhemd. Alles, was er heute noch vorhatte, musste in dieser Rüstung geschehen, denn er wusste, dass er später nicht mehr dazu kommen würde, sie anzulegen. Er war sich jedoch nicht sicher, ob das wirklich seine beste Idee gewesen war. Der unbequeme Verband, das Gewicht und die eingeschränkte Beweglichkeit durch den eng sitzenden Harnisch brachten schon genug Nachteile mit sich. Dennoch benötigte der Kopfgeldjäger diesen Schutz. Ohne ihn war er zu leicht verwundbar.

Der ganze Kampf mit dem Ankleiden dauerte länger, als es ihm lieb gewesen war. Aber schließlich stand er in voller Rüstung vor dem Loch des Gitrog.

Vorsichtig blickte Kuno in den Abgrund. Nichts als Finsternis war zu sehen. Er begutachtete die von ihm neu positionierten Steine. Es waren zum Großteil Trümmerreste der Ruine, an die er im nächsten Schritt die Seile neu spannen wollte. Der Kopfgeldjäger hoffte, dass sich das Gitrog bei dem Versuch, sich trotz des Netzes und der schweren Gesteinsbrocken in die Lüfte zu erheben, gnadenlos darin verheddern und zu Boden stürzen würde. Um ganz sicherzugehen, befestigte er zusätzlich ein Seil an einigen Gitterstangen des Verlieses, aus dem er gerade gekommen war. Wenn das Netz und die Steine nicht genügen würden, das Gitrog aufzuhalten, dann wäre da also immer noch dieses Seil als eine Art Rückversicherung.

Kuno fühlte die Zuversicht, dass diesmal alles klappen würde. Er hatte unzählige mögliche Situationen in Gedanken durchgespielt, die seinen Plan durchkreuzen konnten, so dass er es nun kaum mehr für wahrscheinlich hielt, dass es noch andere Varianten gab. Für jede Abweichung seines Plans hatte er einen Plan B greifbar. Und Plan B würde das Gitrog dann definitiv außer Gefecht setzen – wenn auch nicht töten. Genau hier lag der Schwachpunkt des Ganzen versteckt. Plan B konnte im schlimmsten Fall eine enorme Zeitverzögerung bedeuten und ihm eventuell die Chance nehmen, sofort mit einem tödlichen Schlag zu reagieren. Dann würde ihm nur noch bleiben, sich gut zu verstecken, zu hoffen, dass ihn das Gitrog bis zum Morgengrauen nicht entdecken würde und dann zu fliehen … Aber soweit wollte er es erst gar nicht kommen lassen.

Wie beim ersten Mal testete er das Netz, indem er selbst darüber lief. Es trug ihn. Kuno war zufrieden und wandte sich umgehend anderen wichtigen Tätigkeiten zu.

In der Waffenschmiede begann er die abgekühlten Bolzen mit Knallsilber, Sprengpulver und Säure zu befüllen. Dies war eine knifflige Aufgabe. Bei dem Sprengpulver und Knallsilber war es nicht schwer, die Bolzenmechanik so zu beeinflussen, dass das jeweilige Pulver in den Bolzen verschwand. Aber das Verfahren mit der Säure bereitete ihm Schwierigkeiten. Der Kopfgeldjäger klemmte sich zweimal die Finger, als er die Ameisensäure in kleine Glasphiolen abfüllte, einen kleinen, zurechtgeschnittenen Korken daraufsetzte und diese dann in den Bolzen einlegte. Dafür hielt er ein kleines Fenster mit Schnappverschluss auf, während er die Phiole in dem Hohlraum des Bolzens positionierte. Dabei geriet der Zeigefinger seiner linken Hand in den Schnappverschluss und Kuno hatte großes Glück, dass die Phiole dabei nicht zu Bruch ging. Denn dann hätte sich die gesamte Säure über seine Finger ergossen, diese verätzt und ihm unvorstellbare Schmerzen zugefügt. Vorsichtig lud er anschließend die Magazine für die Armbrust.

Dann begutachtete er seine Streitaxt. Er überprüfte sie und schwang sie mehrere Male durch die Luft. So konnte er mit dem beruhigenden Wissen in den Kampf ziehen, dass sie ihm gelungen war – auch wenn die Spuren der Zähne des Gitrog noch immer deutlich auf dem Axtblatt zu sehen waren und dieses eine kleine Krümmung nach rechts aufwies.

Am Ende brachte er alles zu dem Lager, begutachtete sein Waffenarsenal und lächelte zufrieden. Er war bereit.

Sein Blick glitt über sein Feldlager und wieder einmal auf die seltsame Kugel, die er geborgen hatte – die hohle Sphäre. Sie bestand aus einem unbekannten Material, einem Metall, zumindest dessen war Kuno sich sicher. Aber um welche Art von Element es sich hier genau handelte, konnte er nicht ausmachen, doch genau das war es, was ihn wurmte. Vielleicht hätte er von der Beschaffenheit auf seinen Zweck schließen können, aber selbst das war so nun nicht möglich. Wenn er nur wüsste, was es mit dieser Kugel auf sich hatte.

Kuno überlegte nicht lange, sondern holte sie hervor. Lange begutachtete er die geheimnisvolle Sphäre im Licht der Sonne. Vorsichtig tastete er sie mit seinen Fingern ab, spielte mit dem Schnappverschluss, drehte und wendete sie und begriff nicht, was es mit dieser Kugel auf sich hatte. Vor allem nicht, welchem Zweck sie diente. War sie eine Waffe? Ein Behältnis? Beides sogar? Immer wieder öffnete er die Klappe des Schnappverschlusses und konnte sich keinen Reim darauf machen, bis er sich den rechten Zeigefinger erneut klemmte – diesmal an dem Verschluss der Kugel.

Und der Schmerz ließ ihn den Mechanismus erkennen! Ein recht raffinierter, aber gleichzeitig so einfacher. Wie hatte er ihn nur übersehen können? Ein Druck – und es geschah. Kuno verstand nun auch, wie er sie befüllen konnte und vor allem, wie er sie im Kampf gegen das Gitrog zur Not würde einsetzen können. Die Kugel war eine Waffe. Und so einfach und präzise sie funktionierte, so einfach und präzise würde sie ihm gegebenenfalls auch das Leben retten. Der Kopfgeldjäger lachte vor Freude auf, so dass Azig seine Ohren spitzte und ihn verständnislos ansah.

Kuno ging zu ihm hinüber und streichelte sanft über seinen Kopf. Dann ruhten sie noch die wenigen Stunden, die bis zum Kampf blieben, aus – bevor er die Kugel final einsatzbereit machen wollte. Alles war so gut wie erledigt. Das Gitrog konnte kommen.

KAPITEL 32: DAS WARTEN

Die Sonne verschwand hinter der Mauer, während der Kopfgeldjäger in den Himmel blickte. Die Finsternis ergriff, wie jede Nacht, die Herrschaft über den Innenhof.

Jetzt lag die Nacht in den Händen seiner Vorbereitung. Sollte alles ineinandergreifen, dann wäre es ein perfekter Plan. Er machte er sich auf das Allerschlimmste gefasst, doch was mochte schon passieren? Er konnte sterben, aber das schien die Konsequenz aus allem zu sein. Zu verlieren hatte der Kopfgeldjäger nichts mehr. Nicht einmal mehr seine Würde, falls er jemals so etwas besessen hatte. Und sollte er das Ganze überleben, dann würde sich wohl doch nichts ändern … oder doch? Aber das blieb abzuwarten. Eines stellte er jedoch fest, er hatte sich verändert. Er war weicher geworden, freundlicher. Nicht nur durch die Zeit mit Gunda – auch diese harte Zeit hier hatte ihn dahingehend verändert, dass er jetzt etwas aus seinem Leben machen wollte. Was, das würde die Zeit bringen. Doch wenn er den bevorstehenden Kampf tatsächliche überlebte, dann würde er hinterher nicht mehr dieser abgefuckte Kopfgeldjäger sein, resümierte er, sondern sein Leben grundlegend verändern.

Seine Schmerzen quälten ihn weiterhin und würden sicherlich auch erst einige Wochen nach dieser Nacht abklingen – oder im schlechtesten Fall abrupt heute Nacht enden, sollte das Gitrog ihm seine Eingeweide vor Augen führen.

Zumindest hatten die Wallwurzblüten kurzzeitig den Schmerz gelindert und dazu geführt, dass er ihm, zumindest in diesem Moment, nur wie eine weit entfernte Erinnerung vorkam. Doch seine Sinne, und gerade das war jetzt wichtig, betäubten sie nicht. Er musste die ganze Zeit einen klaren Kopf bewahren, damit er notfalls schnell auf seinen Plan B umschwenken oder improvisieren konnte. Dennoch hielt er ein Glas mit Wein in der Hand und trank.

Er schmeckte vollmundig und war einer der trockensten Weine, die er in den Fässern des Bösen entdeckt hatte. Wenn er sterben sollte, so hatte er wenigstens noch zuvor einen guten Wein genossen. Er sah es als Henkersmahlzeit an.

Seine Streitaxt lehnte rechts am Stein, auf dem er saß, und an dessen linker Seite seine Armbrust. Sein Baby. Lange hatte er sie nicht mehr so genannt. Es wurde wieder Zeit, dass sie die Aufmerksamkeit bekam, die sie verdiente. Er tätschelte seine Armbrust liebevoll.

Nie war er mit so viel ungetesteten Bolzen in einen Kampf gezogen wie heute Nacht. Aber die sieben Magazine, gefüllt mit verschiedenen Bolzen, waren die einzige Möglichkeit, das Vieh auf Abstand zu halten. Die Kugel lag an der Tür zu seinem Lager, verdeckt für die Augen des Gitrog, jedoch für ihn selbst jederzeit erreichbar. Ob er die wahre Bestimmung der Kugel ergründet hatte, bezweifelte er. Zwar hatte er die Schnappfunktion getestet und mit den vielen kleinen Säurephiolen in ihrem Herzen eine Waffe daraus gemacht, aber sicher war er sich nicht, wozu sie eigentlich diente. Ihm kamen zunehmend Zweifel, je länger er darüber nachdachte, besonders weil er in dem Loch keine Halterung entdeckt hatte. Die Phiolen lagen nur lose darin und die kleinste Erschütterung würde dazu führen, dass sich die Säure ergoss.

Der Kopfgeldjäger hatte seinen Plan war so ausgerichtet, dass er von jedem Punkt aus zu seinem Lager zurückkehren und in den Thronsaal der Unforhtal flüchten konnte. Er war sich selbst nicht ganz sicher, was er sich dort eigentlich erhoffte. Aber er wusste irgendwie, dass er, wenn der Kampf ungünstig für ihn verlaufen würde und sich die Möglichkeit bot, dorthin zu fliehen hatte.

Über den Kopf von Azig streichelnd sprach der Kopfgeldjäger mit leiser Stimme: »Azig, es war mir eine Freude, dass du ein Teil meines beschissenen und unwürdigen Lebens warst. Du bist immer treu an meiner Seite gewesen und hast mir so oft das Leben gerettet. Ich danke dir. Ich hoffe, wir überleben diese Nacht.«

Azig blickte ihn an, als würde er sagen: ›Du spinnst doch. Natürlich werden wir diese Nacht überleben.‹ Er hechelte, leckte sich mit seiner Zunge über die Schnauze und blickte wieder auf die Mauer.

Zur Hälfte war der glühende Sonnenball nun hinter der Mauer

verschwunden und tauchte den gesamten Himmel in ein loderndes Abendrot.

Der Kopfgeldjäger trank einen weiteren Schluck Wein. Er war glücklich. Unglaublich, aber wahr. Er war ausgelassen und mit sich zum ersten Mal seit Langem wieder im Reinen. Vorsichtig stellte er das Glas neben sich, stand auf und richtete seine Ausrüstung. Dabei tat er das alles in Ruhe. Heute würde das Gitrog kommen und ihn holen. Der Mond war verzehrt und in dieser Nacht die Macht der Dunkelheit am größten, da sie die Welt in Finsternis hüllte. Eine grausige Vorstellung, dass die Nacht womöglich über den Tag gewinnen und alles in die nächtliche Finsternis tauchen würde.

Kuno richtete sich sein Kettenhemd und tastete dann nach dem Dolch, der wie immer waagerecht in seinem Gürtel steckte. Schließlich zog er die Lederbänder seiner Stiefel fest und schnürte sie stramm zu. Kurz stöhnte er auf, als er am rechten Fuß das Schnüren begann. Je einen einfachen Stahlbolzen hatte er an beiden Knöcheln befestigt. Schaden würde es sicher nicht und so manchmal hatte es ihm schon das Leben gerettet. Er hatte somit immer ein Ass im Ärmel, beziehungsweise im Schuh gehabt, um nicht sein ganzes Vermögen zu verlieren, wenn er mal wieder in eine der vielen Kartenspielspelunken der Städte eingekehrt war.

Der Schmerz in seinem linken Fußgelenk war immer noch zu spüren, aber das war jetzt für ihn nicht wichtig. Er nahm die Streitaxt, ohne das Weinglas von seinem Platz zu stoßen, und warf sich seine Armbrust auf den Rücken. Vier Magazine hingen an dem Gürtel. Zwei davon hatte der Kopfgeldjäger mit den altherkömmlichen Sprengbolzen gefüllt, eines mit Knallsilber und das letzte mit fünf Säurebolzen. Ein Magazin mit Säurebolzen lag noch in der Nähe des Lochs, aus dem das Gitrog klettern würde, und eines mit Knallsilberbolzen lag hinter dem Stein auf der zweiten Ebene, auf dem er gerade gesessen hatte. Sein letztes Magazin lag nahe der Kugel an der Tür. Es war mit einer Mischung all jener Bolzenarten bestückt, die der Kopfgeldjäger hergestellt hatte. Würde die Sphäre tatsächlich im Laufe des Kampfes zum Einsatz kommen, so hieße das aber gleichzeitig, dass sämtliche Pläne gescheitert waren. Doch sollten sie wirklich versagen, so würde Kuno wohl eher schon längst irgendwo tot in der Ecke liegen – und die Idee mit der Kugel hätte sich damit erübrigt. Wie auch immer, Improvisation war alles.

An Kunos Gürtel hing eine Tasche mit unzähligen Spulen. Weitere waren in der auf Azigs Rücken untergebracht und am Lager hatte er für den Notfall ebenfalls noch drei von ihnen deponiert. Er glaubte jedoch nicht, dass er sie alle verbrauchen würde.

Der Kopfgeldjäger schloss die Augen. Er versuchte sich zu beruhigen. Die Stimmen waren verstummt. Nun kam die Unruhe in ihm auf. Das Warten auf einen Kampf war schon immer das Schlimmste für ihn gewesen. Dabei hatte nie in irgendeiner Armee gekämpft, sondern ausschließlich als Kopfgeldjäger. Die elitären Probleme der menschlichen Könige untereinander oder gar mit den lutarrischen Fürsten interessierten ihn nicht. So lange die Kasse klingelte, hatte er alles gejagt, was er jagen sollte, für jeden … und wahrlich: Er hatte für die ach so edlen Menschen und Lutarrer mehr Untaten begangen, als man es erwarten würde. So edel waren die Oberen nicht. Unabhängig von ihrer Position: Adel oder Geistlichkeit. Allesamt waren sie verdorben: Die Auftraggeber, in ihrer Art zu leben, und Kuno, da er die Schandtaten nur des Geldes wegen beging. Erinnerungen kamen in ihm hoch. Ein Bild der Vergangenheit hatte sich vor langer Zeit in sein Gedächtnis gebrannt und seine Gedanken trugen ihn nun dorthin zurück. Es war ein neuer Auftrag gewesen. Dieser lautete, er solle den lutarrischen Fürstensohn zurückbringen, unversehrt, dafür hatte man ihm tausend Lutarre versprochen. Umgerechnet waren das fast zehntausend hamarische Goldtaler. Ein Batzen Geld. Er hätte nie wieder arbeiten müssen. Hätte ausgesorgt gehabt.

Doch hatte er sich jede einzelne dieser Münzen hart verdienen müssen. Der junge Lutarrer war zwar leicht auszumachen gewesen, hatte er doch dem Fürsten einen Teil der Steuern geklaut. So war er leicht für ihn im Süden von Wynland zu finden gewesen, wo er damals in Saus und Braus gelebt hatte. Ihn aber einzufangen, war wahrlich kein einfaches Unterfangen gewesen, denn seine lutarrischen Freunde hatten ihren reichen Fürsten mit allen Kräften zu schützen versucht. Eine Pfeilwunde, die Fingerkuppe des rechten Ringfingers und eine Schwertnarbe quer über seinen Bauch waren ihm von seinen Gegnern dabei zugefügt worden. Seine Bauchwunde hatte geblutet, als wäre ein Schwein abgestochen worden. Nachdem er die fünf Leibwächter ausgeschaltet und geglaubt hatte, ihnen allen die ewigen Lichter ausgepustet zu haben, hatte er noch sieben volle Tage diesem verwöhnten Fürstensohn hinterhereilen müssen – nur, damit sein Vater ihm hinterher mit seinem Schwert den Kopf abschlagen konnte. Er würde ja wiedergeboren werden, so vermuteten die Lutarrer. Doch für den Kopfgeldjäger war es ein lukratives Geschäft gewesen: Er hatte nicht nur die zehntausend Goldtaler erhalten, sondern auch noch einmal tausend für jede Leibwache, die er getötet hatte und fünfhundert für seine zahlreichen Verwundungen. Wäre er nicht schon damals ein reicher Mann gewesen, dann wäre er spätestens jetzt durch diesen Auftrag zu einem geworden.

Sicher – das lag alles in ferner Vergangenheit. Es schien Kuno, als wäre es eine Ewigkeit her, und dem war auch so. Die Zukunft lag vor ihm. Aber was sie bringen würde, würde sich erst nach dieser Nacht zeigen. Die Gegenwart war weder ein Auftrag noch eine Schandtat, sondern reine Befriedigung. Die Sättigung seines Zornes, seiner Wut und seiner Rache.

Leise sprach er zu seinen inneren Stimmen. »Schweigt weiterhin. Ab jetzt gehört mir mein Kopf. Ihr dürft gerne zusehen, aber den Tanz mit dem Gitrog führe ich und nicht ihr. Ihr habt keine Macht über meinen Körper. Also schweigt.«

Die Stimmen antworteten nicht. Der Kopfgeldjäger war zufrieden. Eine ungewohnte Ruhe umgab ihn. Kein Windhauch war zu spüren. Der Berg war nur ein Schatten seiner selbst. »Von wegen ›Berg des Windes‹«, grummelte Kuno. »Wo ist nun dieser unheilvolle Wind, der diesem Berg seinen Namen gab?«

Er streichelte mit der linken Hand den Kopf von Azig, der treu neben ihm hockte und mit ihm gemeinsam auf das Loch starrte. Mit der anderen Hand hielt er das Blatt seiner Streitaxt fest. Sie war nur eine Täuschung. Niemals würde er sie gegen das Gitrog einsetzen. Die Ansprache des alten Hauptmanns vor ein paar Tagen war ihm im Gedächtnis geblieben. Im Nahkampf würde er das Gitrog niemals besiegen. Aber das Untier sollte sehen, dass er gewillt war, bis zum Letzten zu gehen, dass er keine Angst hatte.

Zudem brauchte er die Waffe für einen einzigen Wurf – und der musste gelingen.

Die Sonne versank vollständig hinter der Mauer und das Abendlicht mit ihr. Kuno starrte vor sich hin und versuchte, sich gänzlich zu entspannen. Alle seine Muskeln wurden leichter und die Verkrampfungen lösten sich – selbst das Ohrenglühen verschwand.

Langsam verabschiedete sich die Sonne von Oidas Oberfläche und die absolute Nachtfinsternis kehrte ein. Der fehlende Mond und die fehlenden Sterne als Machtsymbol des Lichts in dieser Nacht fehlten, wie zu jedem dieser Tage. Der Mondzyklus würde heute seine Vollendung finden. Dies war schon immer so gewesen und würde immer so sein. Es war stockfinster und er sah nicht einmal mehr die Hände vor seinen Augen. Die Finsternis regierte. Und er betete zum Zeloo, dass er ihm für den Kampf weiteren Kredit einräumen würde.

KAPITEL 33: DER KAMPF

»Kooooooopfgeeeeeeeeeeeeldjäääääääääääger«, erklang die süffisante Stimme des Gitrog in der Tiefe seines Loches. Es schien wirklich nicht zu ahnen, was ihn erwartete. »Kooooooooooooooopfgeeeeeeeeeldjääääääääääääääger, mach dich bereit. Oh du, mein lieber Koooooooooooooopfgeeeeeeeeeeeeeeeldjääääääääääääger. Ich komme.«

»Komm nur«, knurrte er leise. »Ich habe einige Überraschungen für dich, du Bastard.« Azig positionierte sich neben ihm und stellte die Ohren auf.

»Kopfgeldjäger, mach es mir nicht so schwer. Ich will, dass es für dich schnell vorbei ist. Du bist mir an mein schwarzes, finsteres, großes Herz gewachsen, mein Süßer.«

»Red nicht. Komm endlich!«, befahl Kuno.

»Oooh du, mein lieber Kooooooooooooopfgeeeeeeeeeeeeeeld-jäääääääääääger, gleich bin ich bei dir! Nur nicht so ungeduldig.«

Azig bellte.

»Wie ich höre, ist dein Haustier wieder da. Hat dein Wauwau also doch meinen kleinen Angriff überlebt? Selten bin ich überrascht, aber nun doch. Na gut, dann wird es mit ihm heute auch zu Ende gehen …« Seufzend holte es tief Luft. »Kooooooooooopfgeeeeeeeeeeldjäääääääger, gleich bin ich bei dir, mein Süßer.«

Azig knurrte. Kuno schnappte seine Axt am Griff und seine Hand packte fest zu, bis die Knöchel weiß wurden. Hoffentlich gelang ihm der Wurf. Sonst würde der erste Teil des Planes scheitern und dann gäbe es nur noch die Improvisation.

»Mein lieber Kopfgeldjäger, mach dich bereit. Hier komme ich«, ertönte zum wiederholten Male die Stimme des Gitrog.

Instinktiv warf Kuno die Axt. Gezielt flog sie auf ein Seil zu, welches am Türrahmen seiner Lagertür befestigt war. Die Axt durchtrennte das Seil und blieb im Holz des Rahmens stecken.

Das Seil schoss in die Höhe und rieb sich am Stein der Mauer. Kuno hatte einen Flaschenzug dort angebracht, am anderen Ende des Seils unzählige Felsbrocken zusammengebunden und diese dann in die Höhe gehievt. Sie donnerten zu Boden. Durch die Reibung des Seiles an der Festungswand entstand Hitze, die wiederum eine schmale Lunte entzündete. Sofort fing die Zündschnur an zu zischen, brannte langsam ab und schlängelte sich an der Mauer entlang in Richtung des Turms, der über dem Loch des Gitrog stand. Mit lautem Getöse knallten die Steine auf den Boden.

Die Erde bebte. Jedoch nicht von den Steinen. Nie zuvor war Kuno aufgefallen, dass der Boden erzitterte, wenn das Gitrog aus der Tiefe des Berges kam – und diesmal erbebte der Berg in einer Heftigkeit, mit der er nicht gerechnet hatte. Kuno schwankte und hätte beinahe den Boden unter den Füßen verloren. Er schaffte es, sich auf den Beinen zu halten, doch war es eigentlich nur sein eiserner Wille, der ihm das zugestand.

»Spürst du meine Ankunft, Kopfgeldjäger?«, rief das Gitrog vor Erregung.

»Komm nun endlich, du Dämon der Nacht!«, schrie Kuno. Azig knurrte laut und fletschte die Zähne. Dann schoss das Gitrog aus dem Loch. Sofort verhakte es sich in den gespannten Seilen.

»Was zum …?«, brüllte das Vieh überrascht. Es schoss in die Luft und die Leinen verfingen sich um den massigen Körper. Die Steine an den Stricken drehten sich und verbanden sich zu einem Knäuel, so dass das Gitrog seine Flügel nicht öffnen konnte. Mit aller Macht wehrte es sich, schrie, kreischte vor Wut, aber die Seile ließen sich nicht zerreißen. Noch nicht! Es stürzte brüllend auf die erste Ebene. Die Steinplatten barsten unter seinem Gewicht. Der Berg erbebte erneut, doch diesmal ganz anders.

Genugtuung machte sich in dem Kopfgeldjäger breit. Schritt eins seines Plans war aufgegangen. Das Gitrog war am Boden vorerst gefangen. Er lächelte.

Die Lunte zischte immer noch. Kuno blickte sorgenvoll zum brennenden Faden, denn er war noch zu lang. Die Schnur hätte bereits ein gutes Stück weiter abgebrannt sein müssen. Oder hatte er die Axt zu spät geworfen? Würde die Flamme ihr Ziel zu früh oder zu spät erreichen, wäre alles umsonst gewesen. Welches Szenario schlimmer sein würde, wusste er nicht.

Die Finsternis ließ ihn wie blind erscheinen, doch die dunklen Schemen des Gitrog hatte er zumindest erahnt. Und die reine Vorstellung, wie sich das Untier verheddert hatte, hinterließ ein Grinsen auf seinem Gesicht. Wenn er schon bei dem Ganzen draufgehen sollte, dann wenigstens so, dass er dieses Drecksvieh vorher mehr als heftig verärgert hatte. Dann würde es sich auf ewig an ihn erinnern, dann hätte es sich für ihn gelohnt.

»Memme, jetzt!«

»Nein, noch nicht und schweig!«, keifte Kuno die herrschsüchtige Stimme an. Er blickte auf die Lunte, die sich unbarmherzig die Mauer entlangschlängelte. »Wo bleibt nur die Reaktion von diesem Bastard«, murmelte Kuno nervös. Alles lag an dem Gitrog und daran, ob es so reagieren würde, wie der Kopfgeldjäger es sich erhoffte. Noch war es nicht an der Zeit, dass er seine Trümpfe ausspielte. Er musste sich gedulden. Noch lag es gebunden am Boden. Es schien, als sei es bewusstlos. Aber das konnte er sich nicht vorstellen. Wahrscheinlich orientierte es sich erst einmal neu und prüfte die Lage.

»Komm nur, du Bastard«, schrie Kuno in die Richtung der Bestie und gleichzeitig bellte Azig. Das Gitrog reckte seinen Kopf in die Höhe. Der lange Hals passte durch eine der Ösen, aber Kuno wusste inzwischen, welche Kräfte dieses Unwesen besaß und auch, dass diese Seile es nicht lange würden aufhalten können. Der Kopf mit seinen vielen kleinen dolchartigen Zähnen war eine Gefahr und durfte mit dem langen Hals nicht zu dicht an ihn herankommen.

Wieder ein Blick zur Lunte. Nur wenige Zentimeter blieben noch.

Kuno behielt recht. Mit aller Macht richtete sich das Gitrog auf, schüttelte sich und zerriss damit die Seile, die seinen Leib banden.

Es schrie: »Du wagst es immer noch, gegen mich aufzubegehren?« Es rappelte sich auf. Der Kopf des Gitrog schlängelte sich zu ihm, während sein Körper in der ersten Ebene verblieb. Es spannte dabei die Flügel. Die Augen glühten feuerrot. Wut war in ihnen zu erkennen. Doch der Kopfgeldjäger blieb stehen. Er musste standhaft bleiben. Nicht einmal mit der Wimper zucken durfte er, damit seine Strategie funktionierte. »Nur nicht zurückweichen. Zeig ihm, dass du keine Angst hast«, flüsterte er sich Mut zu. »Denk an deinen Plan.«

»Woher der neue Mut, Menschlein?«, spie das Gitrog vor Wut und mit Verachtung aus.

Er schwieg, während der Kopf des Gitrog sich um ihn bewegte, ihn begutachtete und schnupperte. Sein Blick wanderte angsterfüllt zur Lunte, die sich immer weiter das Mauerwerk hinauffraß. »Deine Angst riech ich, aber noch was anderes.« Die Bestie schnüffelte. »Zuversicht«, entglitt es dem Monstrum überrascht. »Zuversicht«, schrie es ein zweites Mal voller Entsetzen. Er blieb stehen, zuckte doch kurz zusammen, der Atem des Gitrog war wie ein Sturm. »Ich rieche Zuversicht. Woher nimmt sich das Menschlein die Hoffnung für diese Zuversicht?«

Dann bemerkte es seinen Blick. Es folgte dem Blick. Es erspähte die Lunte. Sie war die einzige Lichtquelle im Innenhof der Festung. Der Kopf des Gitrog schnellte wieder zurück zu Kuno, sein Maul war weit aufgerissen und es spie in einem Befehlston aus: »Was im Namen der Unforhtal bedeutet das? Sprich, Menschlein!«

In dem Moment erlosch die Lunte. Kunos Herz blieb stehen. Das Gitrog drehte sich um und blickte in die Finsternis. Jetzt musste es geschehen. Doch es geschah nichts.

Keine Detonation.

Nur … Stille.

Einen verzweifelten Blick warf er zu der Stelle, an der die Lunte keine Sekunde zuvor erloschen war. Ein hoffnungsloser Blick von ihm zum Gitrog. Tausend und ein Gedanke schossen ihm durch sein Hirn. Doch anstatt sich von der Stelle zu bewegen, wie es ihm Tausende seiner Gedanken mitteilten, blieb er wie angewurzelt stehen. Er blickte erschrocken in das Antlitz des Gitrog. Er schluckte. Sein Plan war nicht aufgegangen. Er war gescheitert.

Der Kopfgeldjäger stand einfach nur da. Die Sekunden schienen ihm wie eine Ewigkeit. Die Zeit stand still.

Die Lunte war bis zu dem Ort, an dem er die Fässer angebracht hatte, niedergebrannt und nichts war geschehen. Was sollte er nun tun?

Für alle Eventualitäten hatte er einen Plan B. Sein Plan B lautete wie folgt: ›Sich von der Stelle rühren und mit einem Sprengbolzen aushelfen.‹ Doch er setzte seine Idee nicht um. Er stand einfach nur da, während das Gitrog ihn mit seinen glühenden Augen anstarrte. Die Fässer waren eines der drei Mittel zum Erfolg. Aber es schien, als müsse er sich auf die anderen beiden Schlüssel, die Ameisensäure und die Gaskerzen, verlassen. Doch wusste er genau, dass sie ihm nicht helfen würden, wenn er die Fässer nicht jetzt in diesem Augenblick würde sprengen können.

Er schloss die Augen und erwartete, dass das Gitrog zuschnappen würde. Für diesen Fall trug er am Körper einige weitere Phiolen mit Ameisensäure – denn wenigstens sollte es dem Vieh nicht bekommen, wenn es ihn packen würde, und es sollte an seiner Gier verrecken.

Ein ohrenbetäubender Knall zerriss die Nacht. Erleichtert atmete Kuno auf und öffnete die Augen. Nur einen Atemzug später sprintete er mit Azig an der Seite los. Sie sprangen hinter den Mauerrest, der im Innenhof der zweiten Ebene lag. Dort fanden sie Schutz vor den herumfliegenden Trümmern des Turmes.

Das Gitrog war vollkommen überrascht und erschrak vor dem unerwartet lauten Knall. Verwirrt blickte es sich um.

Hinter ihm sprengten die beiden Fässer mit dem Sprengpulver ein riesiges Loch in einen der letzten beiden Türme der Festungsruine. Die Mauerteile, die aus dem Turm gejagt wurden, flogen Meter weit über den Innenhof und ein Teil der Turmmauer stürzte in das Loch des Gitrog. Ein Stein traf den Kopfgeldjäger am linken Oberschenkel, doch durch das Adrenalin in seinem Körper spürte er es nicht.

Der Turm begann sich langsam knarzend zu senken. Mit jedem Grad der Neigung nahm der Turm in seinem Fall an Geschwindigkeit zu.

Es blickte auf den umstürzenden, ihm entgegenkommenden Turm. Der fiel mit einem lauten Krachen direkt in den Innenhof über das Loch und das Gitrog. Der Turm begrub es vollständig unter sich. Ein gedämpfter Schrei war zu hören. Aus Schmerz, so glaubte Kuno, schrie das Gitrog nicht, aber es war sehr befriedigend, dass es so etwas wie Gefühle besaß. Sein Schrei klang eher überrascht. Kuno wusste, dass dies längst nicht ausreichen würde, um das Gitrog zu töten, aber er hatte der schrecklichen

Bestie einen Schock versetzt und ihr zumindest eine Schramme verpasst.

Der Überraschungseffekt lag auf seiner Seite, denn das Gitrog war vollkommen über die Gegenwehr überrascht. Es hatte geglaubt, dass sich Kuno nach dem letzten Zusammentreffen mit dem Schicksal abgefunden hatte. Es hatte den Kopfgeldjäger vollkommen unterschätzt. Ihn als Mensch, wie auch seine Gefühle, die er dem Wesen gegenüber hegte. Er wollte es tot sehen und seine Rache vollziehen.

Wenn er jetzt am Ball bleiben würde, dann wäre der Spuk in wenigen Augenblicken zu Ende und das verfickte Drecksding aus der Finsternis Geschichte. Kuno hoffte es, war aber zugleich auch erfreut darüber, dem Wesen vielleicht doch mehr als nur eine Schramme mitgegeben zu haben.

Die Staubwolke lichtete sich. Die schweren Turmtrümmer lagen auf dem Gitrog. Kuno erkannte dessen Bewegungen nur schemenhaft in der Finsternis der Nacht. Doch was er sehen konnte, war, dass die Flügel der Bestie gebrochen schienen, da sie seitlich weggeknickt waren. Nie wieder würde es fliegen können, selbst wenn es ihn in tausend Stücke zerfetzen würde.

Ein eisenhaltiger, ätzender Geruch breitete sich aus. Das Gitrog musste bluten.

»Alles, was bluten kann, kann man töten«, sprach er vor sich hin. Noch mehr Hoffnung stieg in Kuno auf.

»Nur nicht übermütig werden, Kuno. Halte dich an den Plan«, murmelte Kuno sich selbst zu.

Ein Jaulen, welches einem schmerzverzerrten Stöhnen gleichkam, gepaart mit einem wütenden Brüllen erschallte aus dem Maul des Gitrog. Kuno presste die Hände auf seine Ohren. Das Biest spie mit all seiner Wut seinen Hass und seine Schmerzen aus: »Menschlein, das hättest du nicht tun dürfen. Jetzt werde ich dir jedes Körperteil einzeln herausreißen und dich qualvoll sterben lassen. Du wirst weitaus mehr Qualen erdulden, als du mir zugefügt hast.« Es schnaubte. »Ich gab dir die Möglichkeit, ehrenvoll zu gehen. Aber jetzt …«

»Ach, halt dein elendiges Maul«, schrie der Kopfgeldjäger selbstbewusst und vollkommen entnervt. »Dein ewiges Gerede. Lass Taten folgen!«, forderte er das Gitrog auf. Er ergriff einen Stein, den er sich zurechtgelegt und mit dem er am Nachmittag bereits geübt hatte, zielgenau zu werfen. Denn er musste Acht geben: Verfehlte der Stein sein Ziel, war er selbst tot. Traf er sein Ziel, wäre das Gitrog dem Tod wieder ein Stück näher.

Er holte aus, und mit voller Wucht, schmetterte der Kopfgeldjäger das Wurfgeschoss dem Gitrog entgegen. »Tja, hättest du mich nur schnell getötet, anstatt mich nur zu erniedrigen und mich hier gefangen zu halten!«, kommentierte er trocken.

Dann sprang er über die Mauerreste. Der Stein flog durch die Luft in Richtung seiner Tür. Er schlug auf einen Schalter, den er angebracht hatte und der von der Funktionsweise her dem Fußschalter für die Gaskerzen entsprach. Währenddessen versuchte das Gitrog, sich beschwerlich aus den Trümmern zu befreien.

Gleißendes Licht war die Antwort des Steins. Es zerriss die Finsternis des Innenhofes. Das Gitrog schrie auf: »Was ist das? Mach das weg, mach das weg. Menschlein. Ich befehle es dir.«

Der Kopfgeldjäger lachte kurz auf. Das Gitrog war geblendet. Er blieb wieder in der Mitte der zweiten Ebene stehen, zog seine Armbrust vom Rücken und spannte sie. Der erste Bolzen des Magazins sprang auf die Schienenführung, während er ganz gelassen auf das Gitrog zielte. Seine Konstruktion mit den Gaskerzen war noch wirkungsvoller, als er es erwartet hatte. Es war ihm nicht möglich gewesen, sie zuvor zu testen. Umso stolzer war jedoch nun auf deren Effektivität. Vier Gaskerzen hatte er mit Spiegeln verbunden, die er aus dem Thronsaal entwendet hatte, um sie zu verstärken. So ausgerichtet, dass sie auf die erste Ebene zeigten, wirkte das Licht der Gaskerzen wie die gleißende Sonne an einem heißen Sommertag. Sie waren heller, als er es für möglich gehalten hatte. Taghell. Selbst er musste sich die linke Hand vor das Gesicht halten, damit das Licht ihn nicht blendete.

Das, was der Kopfgeldjäger erblickte, kam nicht mehr dem großen Monster gleich, welches noch vor ein paar Tagen herumstolziert war, sondern es sah jämmerlich aus. Dennoch besaß das Gitrog immer noch die Macht, ihn töten zu können, und das wäre nun mit Sicherheit ein schmerzhafter Tod.

Der Kopfgeldjäger stand direkt unter ihm. Das Monster lag

zum Teil unter den Resten des Turms begraben und es kostete das Gitrog unwahrscheinlich viel Kraft, sich zu befreien. Wie von Kuno erwartet, hatte sein Panzer nicht mal einen Riss erhalten – trotz des tonnenschweren Turmes, der auf ihn niedergestürzt war.

Skeptisch blickte er die Bestie an. Sollte er womöglich doch nicht in der Lage sein, das Unwesen zu vernichten? Ein kurzer Moment des Zweifels stieg in ihm auf und verdrängte das Hochgefühl der Hoffnung.

»Jetzt nur nicht nachlässig werden, mein Kuno«, warnte die mütterliche Stimme. Kuno hielt sich an den Plan. Er stellte sich in der Grundstellung auf, zielte und schoss den ersten Bolzen ab. Er war gefüllt mit Ameisensäure und prallte auf den Chitinpanzer des Untiers. Der Bolzen tat das, wozu er bestimmt war. Die Glasphiole zerbarst bei dem Aufprall und der Bolzen öffnete sich, indem er in zwei Teile auseinandersprang. Die Säure ergoss sich über den Harnisch. Es zischte und Dampf stieg auf. Die Säure brannte sich in den Panzer. Ein weiterer Bolzen folgte. Reflexartig wechselte er die Spulen und ließ sie achtlos auf den Boden fallen. Er drückte den Spannknopf und sofort zog die Spannvorrichtung eine Spannsehne nach hinten. Dann schoss er in kurzen Abständen zwei Säurebolzen ab. Mit ihnen geschah dasselbe wie mit den ersten zwei. Die Glasphiole im Inneren des Bolzens zerbrach, der Bolzen zersprang in zwei Hälften und die Säure ergoss sich über den Chitinpanzer.

Es zischte, dampfte und die Säure fraß sich langsam in ihn hinein. Es begann bestialisch zu stinken. Erleichterung keimte in Kuno auf, als er sah, wie die Phiolen zerbrachen und sich die ätzende Säure über den Chitinpanzer ergoss und ihn zerfraß. Während er starrte, lud er erneut die Spule. Den letzten Bolzen aus dem Magazin schoss er hinterher. Kuno wollte auf Nummer sicher gehen.

Das Gitrog hatte scheinbar noch nichts bemerkt. Es richtete sich auf und seine Flügel hingen, in der Mitte gebrochen, erbärmlich in krummen Winkeln von ihm ab. Es kletterte aus den Turmtrümmern. Während sein Kopf sich mit dem schier endlos wirkenden Hals auf die zweite Ebene schlängelte.

»Deine Bolzen können mir nichts anhaben, du lächerliches

Menschlein. Du wirst mich nicht töten.« Es hatte sie bemerkt, aber scheinbar fühlte es sich sicher und bemerkte nicht, wie sich die Säure in seinen Panzer fraß.

Das Licht fing an zu flackern. Das war das Zeichen, dass die Gaskerzen kaum noch Gas hatten und das grelle Licht in wenigen Augenblicken erlöschen würde.

»Bist du dir sicher, Gitrogleinchen?«, spottete Kuno. Das Gitrog schaute an sich herunter und sah, wie sein Panzer dampfte.

»Was ist das?«, schrie es. »Was ist das?«

»Säure, du Bastard«, schrie der Kopfgeldjäger selbstgefällig dem Gitrog entgegen. Kuno wechselte blitzartig beim Sprechen das Magazin an seiner Armbrust und schritt drei Schritte zurück. Dann passierte das, was er nicht erwartet hatte. Er ließ sich einen Moment zu viel Zeit, weil er ihm unbedingt hatte mitteilen müssen, mit was es besudelt worden war. Es sprang aus den restlichen Turmtrümmern. Laut krachend rutschten auch die letzten Trümmer von seinem Körper und hinterließen die erste Ebene in einer Staubwolke, durch die das grelle Licht der Gaskerzen nicht scheinen konnte. Seine Vorderpranke riss ihn zu Boden und einer der Sprengbolzen aus seinem Magazin, schoss quer. Er schrie auf. Die Krallenspitze hatte ihn zwar nur um Millimeter verfehlt, aber die Pranke lag auf seinem Brustkorb und übte unnachgiebig Druck auf ihn aus. Er schrie vor Schmerzen auf und erneut hörte er eine weitere Rippe brechen. Zu den fast vergessenen Leiden kamen neue Schmerzen hinzu. Unfassbare Agonie breitete sich aus und das Atmen fiel ihm immer schwerer. Dennoch hob Kuno mit letzter Kraft seine Armbrust.

»Es wird dir nichts nutzen, Kopfgeldjäger«, spie das Gitrog. Speichel tropfte herab. Kuno versuchte, den Schmerz zu ignorieren, was ihm bei Leibe nicht gelang. Zu heftig drückte die Pranke auf seinen Brustkorb und die alten Schmerzen waren wieder erwacht. Es fühlte sich für Kuno so an, als würde sein Brustkorb jeden Moment nachgeben und er wie eine Ameise unter einem Daumen zerdrückt werden.

Nur einen gezielten Schuss war er vom Tod der Bestie entfernt. Nie wieder würde er eine derartige Chance bekommen, das Wesen zu töten. Mit aller ihm zur Verfügung stehenden Kraft richtet der Kopfgeldjäger die Armbrust ein weiteres Mal auf. Er schoss den

Sprengbolzen ab. Erbarmungslos glitt er an einem Teil des Chitinpanzers ab, der von der Säure unversehrt geblieben war. Der Bolzen landete im Nirgendwo der ersten oder zweiten Ebene. Er schloss mit seinem Leben ab.

»Stirb Menschlein, stirb. Es spielt keine Rolle mehr, was ich meiner Herrin versprochen habe. Ich will dich zerquetschen, wie eine Made.«

Kaum waren die Worte ausgesprochen, als der erste unabsichtlich verschossene Sprengbolzen irgendwo in der ersten Ebene explodierte. Das Gitrog zuckte zusammen. Kuno war erstaunt – nie zuvor hatte dieses Wesen eine derartige Regung gezeigt. Es hatte sich vor der Explosion erschrocken. War das seine Chance?

»Menschlein, jetzt werde ich dich mit meinen Krallen aufschlitzen und dich wie einen Fisch ausnehmen und filetieren. Deine Eingeweide werde ich dir zeigen und sie anschließend über die ganzen Ebenen schmieren. Du wirst den Tag verfluchen, an dem du dein Weibchen verloren hast.«

Kuno schrie: »Diesen Tag habe ich längst verflucht.«

Das Gitrog lachte. Es war blind vor Hass auf Kuno und es vergaß Azig. Azig, Kunos treuen Freund. Aber er musste sich auch zugestehen, dass er selber nicht mehr auf seinen treuen Weggefährten geachtet hatte.

Der riesige Hund sprang hinter den Trümmern hervor. Er segelte durch die Luft und das Gitrog drehte sich zu ihm – doch war es zu spät. Azig verbiss sich in dem Hals des verdammten Monsters. Es schien, als hätte er eine Stelle gefunden, die keinen Panzer mehr besaß, denn das Vieh jaulte auf. Ob es der Schmerz war oder die Überraschung, vermochte Kuno nicht zu sagen. Aber das Gitrog nahm den Druck von seiner Vorderpranke. Er holte tief keuchend Luft. Azig musste so fest zugebissen haben, dass das Biest nach hinten taumelte. Kuno richtete sich auf und blickte das Gitrog an, welches vehement versuchte, Azig abzuschütteln. Der Kopfgeldjäger sah ein faustgroßes Loch im Panzer des Gitrog. Es bewegte sich eindeutig zu schnell, doch war es seine einzige Möglichkeit, dem Ganzen endlich ein Ende zu setzen.

Der zweite verschossene Sprengbolzen explodierte auf der Treppe zwischen den Ebenen. Er war geblendet und das Gitrog sprang nach vorne, vollständig auf die zweite Ebene hinauf. Es stand nun direkt vor ihm, der nun halbblind ihm entgegensah. Kuno schloss die Augen. Wenn jetzt die Klaue käme, wäre er hin – aber er musste seine Augen beruhigen, damit er zielen konnte.

Das Gitrog schrie: »Du dreckiger Köter, lass meine Kehle los. Lass meine Kehle los.« Es versuchte, mit seinen Pranken Azig von sich zu streifen, aber es kam mit seinen Vorderläufen nicht an ihn heran. Azig hatte sich inzwischen festgebissen und schwarzes Blut quoll aus der Wunde hervor.

Der Kopfgeldjäger öffnete die Augen und sah nun klarer. Er zielte. Das Gitrog bewegte sich immer noch schnell hin und her, um Azig abzuschütteln. Das faustgroße Loch in seinem Panzer war nicht leicht auszumachen, aber Kuno blieb nichts anderes übrig. Das Loch wurde zwar immer noch größer und die Säure fraß sich nach und nach weiter, aber nicht schnell genug, er musste JETZT handeln. Er schoss und schrie: »Azig, lass los.«

Der Bolzen flog.

Der Bolzen traf das Loch.

Das Gitrog schrie vor Schmerz auf, denn der Bolzen war tief in seinen Leib eingedrungen. »Was hast du getan? Was hast du getan?«, schrie es vor Entsetzen. »Nie zuvor hat mir ein Menschlein Schmerzen zugefügt. NIE ZUVOR! Wie kannst du es wagen!«

Azig ließ nicht los. Kuno lief über die zweite Ebene zum Türrahmen hin. Er ergriff die Streitaxt und die Kugel, während Azig noch immer an dem Monster hing.

»Kopfgeldjäger«, schrie das Gitrog. »Kopfgeldjäger, ich werde …«

Kuno blickte an den Hals des Gitrog. Azig hing noch immer an ihm. »AZIG …«, es half nichts. Alles in ihm widersetzte sich, doch er musste die Tür schließen, sonst würde die Wucht der Explosion auch ihm das Leben nehmen. Kalter Schweiß lief an ihm herab, als er sich gegen sie lehnte. Er schloss die Augen.

Dann explodierte der Bolzen und zerriss das Ungetüm in dem Hof. Er schloss die Augen und hörte, wie Chitinpanzerteile gegen die Tür prasselten. Eine Träne lief seine Wange hinab.

Es war vorbei.

Das Gitrog war tot.

Sein treuer Freund war tot.

Er hatte seine Rache.

KAPITEL 34:
DANACH

Es war tot.

Er hatte es vernichtet.

Er hatte dem Ding bewiesen, wozu ein Mensch fähig war.

Er hatte die Bestie in tausend Stücke zersprengt – ein Wesen des Urbösen von der Welt Oida getilgt, für immer.

Es war nicht mehr und er … lebte.

Die Welt war ein kleines Stück besser geworden.

Nicht viel, aber ein wenig.

Langsam öffnete der Kopfgeldjäger die Tür. Er wusste nicht, was ihn erwartete. Aber das, was er sah, ekelte ihn an. Noch gaben die Gaskerzen etwas Licht. Sie flackerten und lange würden sie den Innenhof nicht mehr erhellen. Das Gitrog lag zerfetzt über die gesamten drei Ebenen verteilt und es stank bestialisch. Von Azig fehlte jede Spur.

Für einen kurzen Moment glaubte er, Mitleid für diese Bestie in ihm aufsteigen zu spüren, doch es war kein Bedauern. Es war das Gefühl der Nichtbefriedigung – die Emotion, seine Rache nicht erhalten zu haben. Stets hatte er Angst davor gehabt. Doch genau diese Gefühlsregung war nun eingetreten.

Hilflosigkeit stieg in ihm empor. Das Rachegefühl war nicht verschwunden, es herrschte immer noch in ihm und schien nur neue Nahrung erhalten zu haben. Nahrung, die seine Wut nur weiter ansteigen ließ. Das Einsetzen des Ohrenglühens bestätigte seine Annahme. Die plötzliche Erschöpfung übermannte ihn. Er stürzte in eine Art Trance und sackte einfach mitten im Innenhof zusammen. Mit letzter Kraft setzte er sich und spürte in sich nichts mehr. Nur Leere und Kraftlosigkeit. Und dann ging seine Seele auf Reisen. Er befand sich in einer Zustandsform der völligen Erschöpfung und Teilnahmslosigkeit. Er war nicht bewusstlos, aber er war auch nicht da. Sein Körper war am Ende, sein Geist ebenso. Und das alles lähmte Körper, Geist und Seele. Er sah noch, wie zwei Kunos vor ihm erschienen. Einer tiefblau leuchtend und der andere in einem angenehmen Rot. Er sah sie an und erinnerte sich für einen Moment an das Gespräch zwischen seiner blauen Stimme und der Dame in Weiß. Er sah nun beide Stimmen vor sich. Hatten etwa sie beide ihn verraten? Er würde sie umbringen, wenn er hier fertig war. Aber jetzt fehlte ihm jegliche Kraft, jeglicher Wille, etwas an der Situation zu ändern. Er würde nur seine letzten Energiereserven anzapfen, aufspringen und beide Stimmen ergreifen müssen, um sie zu töten. Wie er bisher alle getötet hatte. Aber er war nicht dazu in der Lage. Der Schmerz in den Ohren ergriff seinen Körper. Er verkrampfte und verlor sich im Nichts.

»Schau dir die Memme an. Ein Triumph sieht anders aus«, lachte die herrschsüchtige Stimme.

»Mein Kuno hat etwas vollbracht, was wir ihm nicht zugetraut hätten«, sprach die gewissenhafte Stimme.

»Sieh ihn dir an. Da sitzt er in seiner ganz eigenen Welt. Kraftlos, haltlos und ohne jegliche Zuversicht, diesen Berg je wieder lebend zu verlassen. Er hat in seinem Unterbewusstsein eine Entscheidung gefällt. Die gilt es zu verhindern!«, gab sich die gewissenlose Stimme kämpferisch.

»Welche, warum?«, fragte die andere erstaunt.

»Du bist genauso bescheuert wie Memme.« Aus der Stimme sprach purer Sarkasmus. *»Er hat zwar sein Ziel erreicht, das Gitrog zu vernichten, aber dennoch hat er jetzt erst begriffen, dass er seine Rache nicht bekommen hat.«*

»Was, meinst du, geht in seinem Kopf vor?«

»Er ringt noch mit sich. Memme muss sich seiner Entscheidung nur bewusstwerden, ob er in den Schlund des Urbösen zu Thygater geht oder nicht. Sein Körper verweigert es ihm. Noch! Geht er, wird er siegen. Verlässt er die Ruine, war alles umsonst, wofür er gekämpft hat.«

»Was geschieht mit uns, wenn er siegt?«

»Es gibt kein Wenn. Er wird siegen, wie er es immer tut, und dann werden auch wir von ihm getilgt.«

»Wovon redest du? Ich verstehe dich nicht.«

»Genauso begriffsstutzig wie Memme. Siehst du es nicht? Er will eigentlich gehen und genau das ist es, was uns das Leben retten wird. Aber sein Rachegefühl lässt ihn nicht gehen. Er wird NICHT gehen. Der Schlund des Urbösen ruft ihn. Lauter, als je zuvor irgendetwas nach ihm gerufen hat. Er wird hinabwandern. Er wird sich ihr stellen und er wird sie besiegen. Und dann wird er uns nicht mehr brauchen, denn dann ist er frei, frei von seiner Last, frei von uns und wir werden nicht mehr sein.«

»Du spinnst. Mein Kuno kann nicht mehr ohne uns.«

»Er hat gelernt, mit uns zu leben, aber er braucht uns nicht mehr.«

Die gewissenhafte Stimme nickte und begriff. Da erblickte sie die Dame in Weiß und fragte: *»Was macht sie denn hier?«*

»Du meinst Thygater?«

Die gewissenhafte Stimme nickte.

»Ich habe sie gerufen.«

»Was stört ihr mich?«, keifte sie. *»Ich habe wichtige Dinge vorzubereiten! Meine Kräfte werden anderweitig benötigt.«*

»Ich werde dir Memme nicht bringen!«, sagte die herrschsüchtige Stimme bestimmt.

»So? Woher der Sinneswandel?«

»Er wird dich vernichten, wie er alles vernichtete, was ihm ein Leid zugefügt hat.«

»Er? Mich?« Thygater begann schallend zu lachen. »Schau ihn dir an, wie er dasitzt. Nicht ein Funken Hoffnung oder Kraft ist mehr in ihm.«

»Er wird dich vernichten. Memme hat die Macht dazu.«

»Er ist nur ein MENSCH. Nichts weiter. Er besitzt keine Macht, die mich vernichten kann.«

»Er hat einen eisernen Willen.«

»Willen breche ich. Er ist nichts weiter. Aber er muss hinunter zu mir.«

»Thygater, glaube mir, er wird …«

»Schweig! Du willst dich nicht an unseren Pakt halten? Du hast Angst, dass ich dir deinen Wunsch nicht erfülle. Ich halte immer meine Versprechen. Bring ihn mir nur …«

»So hört: Wenn er auf euch trifft, dann werdet ihr vernichtet.

Führen wir ihn an einen beliebigen Ort in dieser vom Zeloo vergessenen Welt, so habt ihr definitiv eine bessere Chance, ihn zu vernichten.«

»Pah, ihr seid schwach. Ihr seid nicht besser als er. Ihr seid … erbärmlich und doch nichts Besseres als menschlich.«

»Niemals. Aber Memme wird euch töten. Ich weiß das. Und dann werde ich seinen verdammten Dreckskörper nicht verlassen können, weil ich überflüssig bin. Wir beide werden überflüssig sein und beide sterben. Das habe ich erkannt. Wir müssen mit ihm gehen.«

»Und warum sollte er mich töten wollen?«

»Weil er begriffen hat, dass er seine Rache nicht erhalten hat. Das Gitrog war nur der verlängerte Arm von euch, auch wenn das Drecksviech eigenmächtig gehandelt hat. So habt ihr es den Magos einfangen lassen.«

»Soll er kommen. Er wird nichts erreichen. Ohne mein Zutun wäre er längst verdurstet, verhungert oder hätte ohne jegliche Waffe vor meinem Haustier gestanden. Ich habe ihm gestattet, es zu töten.«

»Und dennoch. Vertraut mir. Er wird euch töten«, flehte die Stimme.

»Bringt ihn mir oder unser Bündnis ist hinfällig.«

Langsam wurde Kuno wieder Herr über seinen Körper. Der Krampf war verschwunden, doch jetzt überfiel ihn die Trauer. Nach Gunda war nun auch endgültig Azig nicht mehr. Leere füllte ihn aus, anstelle des erhofften, befreienden Gefühls, dieses Wesen für seine Taten getötet zu haben. Als wäre es komplett unwichtig, dass das Gitrog verreckt war. Was sollte er noch tun, um dieses Gefühl des Hasses loszuwerden? Es brannte stärker in ihm als je zuvor.

Eigentlich ahnte er, was er zu tun hatte, doch eingestehen konnte er es sich noch nicht. Alles in ihm sträubte sich gegen diesen Gedanken. Er wollte es nicht. Denn es würde ganz klar einen noch größeren Selbstmordversuch bedeuten als dieser Rachefeldzug hier gegen das Gitrog.

Auch wenn er nun nichts mehr hatte, wofür es sich lohnte zu leben, so glomm in ihm doch der Funke auf, dass das Gefühl der Befriedigung eintreten würde, sobald er diesen Ort verlassen hatte.

Seine Jahre waren noch nicht vorbei. Er besaß noch Zeit, sich etwas aufbauen zu können, wofür es sich zu leben lohnte. Vielleicht mit einer anderen Frau, womöglich einem anderen Beruf, eventuell gar einer Familie.

Mitten auf der zweiten Ebene, zwischen all den Gedärmen und seinen Gedanken, stand er nun und murmelte zu sich selbst: »Nein, ein normales Leben habe ich nie geführt und werde es nie erhalten. Doch mein Leben, nach diesem ganzen Scheiß hier, liegt noch in weiterer Ferne als vor diesem Kampf.« Selbst wenn er das Ende seines nun folgenden, unfreiwilligen Weges erleben würde – selbst dann wäre nach diesen Erlebnissen und Erfahrungen wohl kaum noch ein Weg in ein normales, bürgerliches Leben möglich.

»Ach, unabhängig davon … was ist schon ein normales Leben? Ich bin der Kopfgeldjäger! Ich bin weder ein Müller noch ein Fischer oder ein Kaufmann.«

»Memme, nun heul nicht. Du hast nur einen Weg, den du zu gehen hast, und das ist der Weg des Blutes und Leides.«

»Halt deine elendige Schnauze!«, schrie der Kopfgeldjäger. »Ich bin Herr über meine Sinne. Du willst mich nur unten haben, damit du das bekommst, was du mit dieser Hure des Bösen ausgemacht hast. Sie hat uns nicht geholfen. Immer war es nur der Zeloo, der an meiner Seite war.«

»Seit wann sind wir denn so fromm, mein Kuno?«, fragte voller Ernst die mütterliche Stimme.

»Auch DU hast mich verraten. Und ich dachte, ihr seid meinetwegen besorgt …«

Da lachten die beiden Stimmen.

»Was glaubst du eigentlich, was wir hier tun, Memme? Glaubst du, wir wüssten nicht, dass du mich belauscht hast mit Thygater?«

»Thygater?«, fragte er erstaunt. »Heißt so die Dame in Weiß?«

»So ist ihr Name. ›Tochter‹ in der Sprache der Götter, da sie ein Gott ist, Memme. Begreife, sie ist, was sie ist, und sie wird immer das sein, was sie ist. Du kannst weglaufen, du kannst versuchen, einen Flecken auf dieser Welt zu finden – aber sie wird dich finden. Und du ihr hast nichts, wirklich nichts entgegenzusetzen.«

»Nichts? Ich hab ihr elendiges Haustier erledigt.«

»Aber auch nur durch ihre Gnade. Wer hat dir den Weg in die

Ruine gezeigt? Wer hat dir all die Waffen und Möglichkeiten offenbart? Es war nicht der Zeloo, sondern wir waren es und das ist unsere Belohnung.«

»Was verspricht sie euch?«

»Freiheit! Freiheit von dir, deinem elendigen Körper und Geist.«

Der Kopfgeldjäger begriff. Die Welt lag in seinen Händen. Er musste sich ihr stellen.

»Sei nicht albern, mein Kuno. Du kannst keinen Gott besiegen. Flieh, und such dir eine Frau und vögel dir das Leben heraus. Saufe, verprasse dein Geld und lebe die letzten Wochen dieser Welt. Das Ende der Menschen auf Oida ist nah.«

»Das aus deinem Munde? Wo ist deine Höflichkeit?«

»Scheiß auf die Höflichkeit, mein Kuno. Du wirst uns nicht los. Und in den Keller dieser Festung wirst du auch nicht gehen, sondern das tun, was ich dir sage. Ich wusste von Anfang an, dass wir dich nicht zu ihr bringen können. Aber die andere Stimme meinte ja, sie müsse das unbedingt durchziehen … einfach hirnlos! Also geh und lebe. Was haben die Menschen dir schon Gutes getan, dass ausgerechnet du dein Leben für sie opfern solltest?«

»Vielleicht glaubt Memme ja, dass sie würdig ist!«, lachte die herrschsüchtige Stimme.

»Er ist vieles, aber nicht würdig. Er ist ein Niemand, ein Nichts. Nicht wahr, mein Kuno?«

Wütend trat der Kopfgeldjäger gegen ein Stück Chitinpanzer, welches vor seinen Füßen lag. Es flog in die erste Ebene hinab.

Das Monster hatte sich wahrlich in Einzelteilen über den ganzen Innenhof der Festung verteilt. So zerstreut dieses Wesen hier vor ihm lag, so zerstreut sollte sich nun auch das Gefühl der Rache haben, doch war es immer noch da. Er war verwirrter als je zuvor. Was sollte er nun tun?

Azigs Leiche war nicht zu sehen. Eigentlich sollte er jetzt an seiner Seite stehen. Kuno würde ihm über den Kopf streicheln, dadurch sich sein Verstand klären und er würde wissen, was nun zu tun war. Aber Azig blieb verschwunden.

Diese unbändige Wut in ihm verhinderte klare Gedanken, diese Wut, einen seiner Weggefährten gerächt und nun wieder einen verloren zu haben und somit nicht quitt mit dem Urbösen zu sein. Aber an wem sollte er sich nun rächen? An dieser Thygater?

Die Gaskerzen flimmerten, dann erloschen zwei. Die Finsternis eroberte wieder ein Stück des Lichts zurück und löschte einen Teil der Helligkeit, die die Lampen in die Dunkelheit gebracht hatten. Die Schwärze der Nacht würde über das Licht obsiegen.

Er blickte gen Himmel. Kein Mond, keine Sterne, kein Licht erstrahlte an ihm. Die Nacht gehörte der Finsternis. Die Finsternis sollte über sie herrschen.

»Nein, verdammte Scheiße. Ich habe ihm seinen verfickten Kopf weggeblasen. Und zum Dank habe ich nun dieses leere, elendige Gefühl in mir, nichts erreicht zu haben. Als hätte ich keine Rache genommen und wo verdammt ist Azig?«, schrie er in die Finsternis. »Was muss ich noch tun, damit ich endlich wieder ruhig schlafen kann?« Er trat wieder gegen ein Stück des leblosen Körpers des Gitrog und schickte auch dieses dem anderen nach. Es prallte ab. Am leblosen Rumpf von Azig. Er sah ihn. Er schluckte. Er lief zu ihm. Er kniete sich neben ihn und streichelte durch das strubbelige Fell.

»Ach Azig …«, murmelte Kuno. »So oft hast du mir das Leben gerettet.«

Dann schrie der Kopfgeldjäger. Er schrie seine Wut heraus, während heiße Tränen an seinen Wangen herabliefen. Das Schreien befreite ihn, ersetzte aber nicht das Gefühl der Leere. Kaum waren die Schreie seinem Körper entwichen, hielt die Befreiung für ein paar Sekunden an. Doch verschwand sie so schnell, wie die absolute Leere und das Gefühl, noch nicht am Ende seines Weges zu sein, wieder da waren. Das Ohrenglühen kehrte heftiger zurück und zwang ihn erneut auf den Boden. Schmerzverzerrt lag er neben seinem treuen Gefährten und biss die Zähne zusammen. Alles verkrampfte sich in ihm. Niemals hatte er eine derartige Wut, eine so umfassende Ungerechtigkeit und einen Hass empfunden wie in diesem Moment. Er hielt sich die Ohren und versuchte, den Schmerz zu verarbeiten, aber es war nicht möglich.

»Gib dich der Wut hin, Memme. Sie kann so befreiend sein.«

»Du willst nur, dass ich hinuntergehe.«

»Und wenn schon, erledigst du sie, dann bin ich stolz in deinen

Gedanken zu verweilen. Du kannst es schaffen, Memme. Beweise, dass du kein Feigling, keine Memme bist.«

»Das willst du doch nur. Wenn ich da unten bin, bin ich tot.«

»Bleibst du hier, bist du es auch, mein Kuno. Früher oder später.«

Der Gedanke, doch noch fortzugehen, gewann in ihm an Macht. Wut war sein Begleiter. Die letzten beiden Lampen erloschen. Finsternis hatte den Innenhof zurückerobert. Die Düsternis der Nacht war allgegenwärtig.

»Die Mächte des Urbösen sind in diesen Nächten am größten«, erinnerte ihn eine männliche Stimme aus der Vergangenheit. Er wusste nicht genau, wem diese Stimme gehörte. Aber er glaubte, sie einem seiner ehemaligen Lehrer aus seiner Schulzeit zuordnen zu können. Er erinnerte sich auch an den alten Hauptmann von Markon, der ihn ebenfalls vor diesen Nächten gewarnt hatte. Er war nicht mehr der herzlose Kopfgeldjäger. Er war nicht mehr das, was er vor diesem Aufstieg gewesen war. Er war menschlicher geworden. Er empfand Empathie. Was auch immer der Auslöser für diese Gefühlsregung war, er konnte nicht ein Leben führen mit dem Wissen, dass diese Welt untergehen würde.

Und wenn er den Königreichen dieser Welt Bescheid gäbe?

»Wer würde dir schon glauben, Memme.«

Alle Ereignisse, die er jemals durchlebt hatte, waren auf diese Nacht zugelaufen. Angefangen bei dem Freier seiner Mutter, den er getötet hatte, bis heute Nacht, als es ihm gelungen war, das Gitrog zu vernichten. Nichts hätte das Urböse davon abgehalten, in seiner Nacht all das geschehen zu lassen. Die Vorahnung des Kopfgeldjägers wurde immer größer und alles sträubte sich gegen sie. Er wusste, dass aus der Vorahnung bald Realität werden würde. Jene Realität würde er nicht überleben. Auf beiden Wegen wartete der Tod – doch nur der eine Tod wäre ein Sieg.

Für den Kopfgeldjäger war es Zeit, zu seinem Lager zurückzukehren. Er konnte den Weg selbst in dieser Finsternis finden. Er packte den Leichnam seines treuen Gefährten und nahm ihn auf den Arm. Er sollte nicht da draußen mit den Resten des Gitrog liegen. Das hatte er nicht verdient. Azig war schwer. Er flüsterte, während er ihn zu seinem Lager trug: »Wir werden uns mit Sicherheit bald wiedersehen, mein treuer Freund. Grüß mir Gunda.«

Ein weiterer Gedanke kam ihm in den Sinn. »Und wenn ich einfach gehen würde … vielleicht würde dann dieses Gefühl, Rache verübt zu haben, eintreten und die Empfindung der Vorahnung abklingen. Vielleicht bilde ich mir das alles ja auch nur ein. Und die Stimmen wollen, dass ich gehe.«

Es war naiv, so zu denken. Es war nicht möglich, seinem Schicksal aus dem Weg zu gehen, wenn wirklich alles dahin geführt hatte, dass er heute Nacht ihm begegnen würde – und es war eben nicht das Gitrog, dass sein Los war – dann würde ihn das Schicksal auch einholen. Das Gitrog, so begriff Kuno, war nur ein Teil seines Weges.

Er starrte in die Finsternis und schüttelte heftig seinen Kopf. Was war nur los mit ihm? Was für verrückte Gedanken hatte er nur? Verlor er jetzt vollkommen den Verstand? Er dachte wahnwitzige, unzusammenhängende Dinge, die keinen Sinn ergaben. Oder ergaben sie Sinn? Er wusste es nicht.

Azig legte Kuno am Lager ab und begann die Dinge zu packen, die er gefunden hatte und die er mitnehmen wollte: Das Buch, den angeschnittenen Schinken, die Bolzen, die letzte verbliebene Gaskerze und die Kugel. Diese packte er mit dem Buch, seinem verbliebenen Geschirr und einer Decke in seinen Rucksack. Seine Streitaxt, die Lebensmittel, die Spulen und die Magazine mit den restlichen Bolzen packte er in die Taschen, die er mit dem Rüstzeug immer um Azig herum befestigt hatte. Er wollte sie einfach nur in die Hand nehmen. Alles in allem dauerte es nicht lange, bis Kuno die wenigen Habseligkeiten zusammengesammelt und verstaut hatte.

KAPITEL 35: ZWIEGESPRÄCH

Es dauerte nicht lange und er war zum Aufbruch bereit. Aber irgendetwas hielt ihn noch zurück. Er lauschte in sich. Die Stimmen waren verstummt, wurde ihm jetzt bewusst. Würden sie nun für immer schweigen, da sie ihre Rache erhalten hatten? Der Kopfgeldjäger glaubte es nicht. Warum hielten sie ihn nicht auf? Sie würden wiederkommen und da draußen ihm das Leben zum Medeis machen. Sie waren inzwischen ein fester Bestandteil seines Seins, so dass er nicht an ihr schnelles Verschwinden glauben konnte. Besonders, weil sie gerade noch da gewesen waren. Warum, verdammt noch mal, schwiegen sie?

Es schien, als hätten sie erhalten, wonach es ihnen verlangte: Nach dem Tod des Gitrog und nach seinem Überleben. Aber was war mit Thygater? Sie hatte ihnen einen anderen Wirt als Träger versprochen. Ihre Freiheit. Sie waren verstummt, etwa für immer?

Je länger er darüber nachsann, desto mehr rückte aus seinem Unterbewusstsein die Antwort hervor. Es widerstrebte ihm, diesem Gedanken nachzugeben. Er würde sich opfern.

Alles war gepackt, er konnte jetzt in der Finsternis den Berg hinabsteigen. Oder er konnte den nächsten Tag abwarten und dann erst hinuntergehen. Aber auch das, wusste er, würde sich in dieser Form nicht ergeben.

Er musste warten, bis Thygater sich meldete. Sie war der Schlüssel für die Freiheit der Menschen. Sie war es, die ihm seine Freiheit geben konnte.

Thygater würde ihm die Eigenständigkeit nicht gewähren, aber er sie sich erkämpfen können. In welcher Form er seine Freiheit und seinen Frieden finden würde, lebend oder tot, würde für dieses Wesen eine untergeordnete Rolle spielen. Aber genau hier täuschte er sich. Lebend war er mehr wert, als er es sich vorstellen konnte, vielleicht nicht für Thygater, aber für die Menschen. Die Gewissheit, dass der Höhepunkt der Nacht noch nicht erreicht war, gab ihm verrückterweise Frieden.

Er setzte sich neben seine gepackten Dinge. Sie würde sich schon melden. Nichts war so, wie es sein sollte. Er war weiterhin die Geisel der Dame in Weiß und er hatte sich selbst, auf dem Weg zu ihr, dazu gemacht. Ironie des Schicksals.

Er lachte und schüttelte den Kopf. Die Dame in Weiß benötigte sein Blut. Er war würdig! Natürlich war er würdig, sonst hätte er das Gitrog nicht besiegen können.

Er griff sich die zerbeulte Tasse und trank den letzten Rest des kalten Tees. Widerlich war er. Die Schmerzen würden wieder in die Ferne seiner Sinne entschwinden. Er sah Azig an, streichelte noch einmal über das noch warme Fell und … erschrak.

War das möglich? Er blickte in Azigs Augen. Sie hatten sich verändert. Was geschah mit ihm? Kuno sank auf die Knie und nahm die Schnauze seines Gefährten in die Hände, kraulte ihm über den Kopf und sah ihm in die Augen.

»Was ist mit deinen Augen? Was geschieht hier?«

Die schwarzen Pupillen des riesigen Hundes waren matt und verwandelten sich, langsam, aber doch deutlich.

Das konnte nicht sein. Er rieb sich mit der rechten Hand die Augen und blickte wieder in die des Hundes. Was ging hier vor? Wurde er nun doch verrückt? Drehte er jetzt doch noch durch? War sein Verstand inzwischen so mürbe, dass er halluzinierte und Dinge sah, die es gar nicht gab?

»Mein liebes Kopfgeldjägerchen, du wirst doch nicht gehen?«, sprachen die Augen mit ihm.

»Nein, das kann nicht sein. Ich werde verrückt«, flüsterte er. Die Stimme der Dame in Weiß erklang und es schien so, als käme sie aus den Augen von Azig.

»Was geht hier vor?«, flüsterte Kuno heiser und angsterfüllt.

Er hatte auf die Stimme gewartet, das wurde ihm nun bewusst, aber sie sollte nicht aus den Augen von Azig kommen. Sie sollte in den alten Gemäuern dieser vom Zeloo verfluchten Ruine widerhallen!

Die innerliche Zerrissenheit vollzog sich und schmerzte Kuno nicht körperlich, sondern geistig. Sein Kopf schien zu explodieren, da er es nicht verstand. Er konnte diese Informationen nicht verarbeiten. Es schien, als sei sein Hirn in einer Endlosschleife gefangen, die ihm immer wieder sagte: ›Azigs Augen haben die Gestalt der Dame in Weiß angenommen und sie spricht nun zu dir. Du musst den Augen von Azig antworten.‹

»Mein liebes Kopfgeldjägerchen, beruhige dich«, sprach Thygater mit mütterlicher Stimme.

Der Kopfgeldjäger schnappte nach Luft. Er war vollständig verrückt geworden. Er hatte den Verstand verloren. Irgendetwas muss ihm im Innenhof der Ruine auf den Kopf gefallen sein. Was es auch gewesen war, es hatte ihm den Verstand geraubt.

»Ich … ich … ich …«, stammelte Kuno.

»Mein liebes Kopfgeldjägerchen, mach dir keine Sorgen und lass dich von meiner Erscheinung nicht irritieren«, sprach sie liebevoll wie eine Mutter mit ihm. *»Bald, so wie ich es dir versprochen habe, werde ich dir erscheinen. Aber dazu musst du verstehen, dass du nicht gehen darfst. Unsere Wege werden sich bald in dieser Nacht trennen, aber noch nicht jetzt. Du wirst tun, was ich von dir verlange. Hast du mich verstanden, mein liebes Kopfgeldjägerchen?«*, sprach sie mit Nachdruck.

Er starrte in die Augen seines Hundes. Die matten Pupillen waren zu der Dame in Weiß geworden: In jedem Auge des Hundes stand nun mit wehendem Kleid eine kleine Thygater vor ihm.

Das konnte nicht sein. Es musste eine Wahnvorstellung sein. Kuno lachte. Er lachte lauter, als er je zuvor gelacht hatte. Es war die einzige Möglichkeit, sich von diesem Gefühlsdruck des Irreseins zu befreien. Es war auch die einzige Erklärung: Er, Kuno Kopfgeldjäger, musste im Kampf gegen das Gitrog seinen Verstand verloren haben.

»Nein, mein liebes Kopfgeldjägerchen, du bist bei klarem Verstand. Beruhige dich.« Thygater verschwand aus den Augen seines Hundes, aber dennoch erklang die Stimme. Nun kam sie von den Gemäuern dieser vom Zeloo verdammten Ruine. Er hasste diesen Ort. Am liebsten würde er ihn zerstören, doch das lag nicht in seiner Macht.

»Mein liebes Kopfgeldjägerchen, ich wollte dich nicht erschrecken.«

»Nein, nein, das habt Ihr nicht«, stotterte Kuno verlogen.

»Mir scheint, dass ich es doch getan habe. Es tut mir aufrichtig leid, mein liebes Kopfgeldjägerchen.«

»Nun ja … schon, äh … gut … also …« Der Kopfgeldjäger war nicht in der Lage, eine vernünftige Antwort zu geben. Er war vollständig verstört. Nie im Leben hatte er sich so hilflos gefühlt.

»Mein liebes Kopfgeldjägerchen, so viel habe ich für dich getan, damit du das Gitrog besiegst. So viel habe ich dir gegeben, damit du deine Rache erhältst. Erkenne mich als deine neue Herrin an und ich verspreche dir, ich werde dich weitaus mehr Macht lehren, als du sie je mit diesen primitiven Waffen besitzen wirst!«

»Als meine … was?« Kuno konnte nicht glauben, was er da gehört hatte. Schlagartig war seine Verwirrtheit verflogen. ›Herrin?‹ Er würde niemandes unterwürfiger Knecht werden. Niemals. Nie wieder.

»Du gehörst mir, mein liebes Kopfgeldjägerchen. Mir allein!«

»Nein, ich werde niemals dein Knecht sein.«

»Mein liebes Kopfgeldjägerchen, wer redet denn von Knecht«, beschwichtigte ihn die Stimme. Kuno blickte sich um und umfasste seine Armbrust fester.

»Nur dank meiner Hilfe und meiner großzügigen Gnade konntest du mein Haustier töten und Rache nehmen. Du hast dich als würdig erwiesen.«

»Ich habe mich was?«, schrie Kuno. Er ahnte, was es bedeutete: Sie wollte sein Blut. *»Mein liebes Kopfgeldjägerchen, lass es mich erklären. Ohne mein Wohlwollen hättest du niemals mein Haustier erlegt. Ich war es, der dir Azig, deinen treuen Gefährten, zweimal wiederbrachte. Zweimal, mein liebes Kopfgeldjägerchen, zweimal fand Azig den Weg zurück zu dir. Einmal zeigte ich ihm den Weg und Nahrung, und das zweite Mal belebte ich ihn wieder und schickte ihn mit den von dir so dringend benötigten Wallwurzblüten, damit er dir zur Seite stehen konnte, wenn du dem Gitrog entgegentreten würdest. Und jetzt fordere ich ein, was auch ohne diese Taten mir gehört. Dein Blut. Das Gitrog hatte recht: Du bist würdig. Ich habe mich geirrt.«*

Der Kopfgeldjäger warf sich den Rucksack auf den Rücken und ging zur Tür.

»Mein liebes Kopfgeldjägerchen, du kannst nicht einfach gehen.

Begreife doch. Ich werde dich nicht gehen lassen. Und dein Rachegefühl ist nur zum Teil befriedigt. Du weißt, wer Schuld an dem Tod deiner Liebe hat. Du weißt es und ich gebe dir erneut die Möglichkeit der Rache.«

»Ich weiß gar nichts!«, schrie Kuno und belog sich selbst dabei. Er wusste es längst und er wusste, dass es eine ausweglose Situation war. Er konnte die Tochter eines Unforhtal nicht töten. Er hatte nur Waffen für Wesen, die keine übersinnlichen Fähigkeiten besaßen. Sie kam schließlich einem Gott gleich.

»Oh, mein liebes Kopfgeldjägerchen, du irrst gewaltig. Wer gab dem Gitrog den Auftrag, ein würdiges Wesen zu finden, was mir zu einer Hülle verhilft, damit ich auf der Welt von Oida wandeln kann? Wer war es, mein liebes Kopfgeldjägerchen? Wer?«, half Thygater ihm auf die Sprünge. Sie wusste, dass es nicht nötig gewesen wäre, aber dieses erhabene Gefühl, dieses Menschlein sich winden zu sehen, schien ihr gar zu verlockend. Er schluckte und kannte selbstverständlich die Antwort. In seinem Unterbewusstsein war sie seit dem Zeitpunkt vorhanden, seitdem er die Dame in Weiß am Berg kennengelernt hatte. Nur bis es in den Teil seines Gehirns vorgedrungen war und er es verstanden hatte, war viel Zeit vergangen. Aber selbst, wenn er es früher verstanden hätte – wäre es ihm überhaupt möglich gewesen, einen anderen Weg zu wählen?

»Mein liebes Kopfgeldjägerchen, ich war es.« Trauer schwang in ihrer Stimme mit. *»Es tut mir sogar leid, dass es deiner Gunda den Kopf abtrennte, ich konnte nicht ahnen, was für ein großartiger Kämpfer du bist.«*

›Heuchelt sie?‹, überlegte der Kopfgeldjäger einen Moment, aber dann wurde ihm bewusst, dass die Dame in Weiß das gar nicht nötig hatte. Sie meinte es aufrichtig. Doch, widersprach das nicht zugleich dem Naturell eines bösen Gottes? Er war verwirrt. *»Mein liebes Kopfgeldjägerchen, dein Kampfgeist, dein Willen zur Rache, dein Zorn sind mir an mein Herz gewachsen. Nie hätte ich geglaubt, dass ich für einen Menschen derartige Gefühle hegen könnte. Daher mach ich dir einen Vorschlag.«*

»Sprich!«

»Wähle deinen Weg. Entweder du gehst und meine Skorden, die zu Tausenden unter dieser Erde leben und nur darauf warten, von mir aus

dem Berg entlassen zu werden, um die Menschen, wie es ihre Bestimmung ist, zu vernichten, werden dich heute Nacht noch gewaltsam und unfreundlich einfangen und töten – mir dein Blut bringen, ohne dass ich dein Leben schone … oder du kommst jetzt doch zu mir. Und zwar ohne großes Aufsehen.«

»Gib mir Azig wieder«, rief Kuno. »Dann werde ich kommen.«

»Mein liebes Kopfgeldjägerchen, dazu bin ich nicht in der Lage. Dein Hund war tot. Er schlug mit seinem Körper hart auf eine Felsspitze auf und stürzte viele Meter in die Tiefe.«

»Du gabst ihm das Leben, du wirst ihm doch auch deinen Fluch nehmen können.«

»Niemand vermag es, selbst der Zeloo nicht, etwas Totem neues Leben einzuhauchen. Ich kann dem Tod nur einen Teil seiner Macht abringen und auf diesem Wege dem Leben Zeit geben. Es war so viel, wie es der Kampf gegen das Gitrog hergab. Azig war bestimmt dazu, hier und jetzt vollständig zu sterben … Doch du musst dich beeilen, denn weitere Prüfungen warten auf dich – damit du noch einmal zeigst, dass du würdig bist, auch ohne meine Hilfe.«

»Welche Prüfungen?«

»Weitere Prüfungen, ob dein Blut es wert ist, gerettet zu werden, und gleichwertig mit dem der drei großen Könige der Vorzeitenwende, die uns Unforhtal besiegten.«

»Was willst du?« Kuno konnte einfach nicht begreifen, was die Dame in Weiß von ihm verlangte.

»Die erste Prüfung hast du bestanden. Deine Rache und dein Zorn haben das Gitrog vernichtet. Nun musst du zwei weitere Prüfungen bestehen, die zeigen, dass du würdig bist. Die zeigen, dass das in dir steckt, was einst die menschlichen Könige ausmachte.«

»Ihr sprecht von Iso Eisenhamar, Rigobert dem Glänzenden und Hildemar dem Kämpfer?«, fragte der Kopfgeldjäger.

»Mein liebes Kopfgeldjägerchen, du scheinst doch nicht so einfältig zu sein und weißt mehr, als ich es erwartet habe.«

»Das sind Kindergeschichten, Sagen oder Mythen, auf die sich die Oberen beziehen, um an der Macht zu bleiben.«

»Nein, mein liebes Kopfgeldjägerchen, das sind alles Fakten. Oder willst du mich in die Welt der Mythen und Sagen stecken, obwohl ich direkt mit dir spreche?«

»Und wo ist dann bitte der Zeloo? Und warum lässt er so viel Leid zu?«

»Das, mein liebes Kopfgeldjägerchen, kannst du ihn fragen, wenn du vor deinen Schöpfer trittst.«

Er lachte. Er lachte aus vollem Halse heraus.

»Lachst du mich etwa aus, mein liebes Kopfgeldjägerchen?«, sprach die Dame in Weiß streng.

»Nein, nein«, versuchte sich Kuno zu beruhigen, »ich lache Euch nicht aus. Ich lache über diese verrückte Situation und darüber, dass mein Hirn mir einen ganz großen Streich spielt. Wahrscheinlich habe ich in Wera im fliegenden Anker zu viel von dem selbstgebrannten Schnaps des Gastwirtes Heimerad gesoffen. Er nannte es Absinth und ich scheine fernab jeglicher Sinne zu sein. Anders ist das alles nicht zu erklären. Wahrscheinlich wach ich gleich mit einem irren Kater unter einem der Tische in seiner Gaststätte auf.«

Das erzürnte Thygater. Plötzlich ergriff Kuno eine Windböe. Sie warf ihn gegen eine der Festungsmauern. Er war nicht in der Lage, sich zu wehren.

»Du machst dich über mich lustig? Zeig ein wenig Demut gegenüber einer Göttin«, keifte sie. Er erblasste. Er spürte seine gebrochenen Rippen und wie der Wind gegen seinen Brustkorb presste. Vergessene Schmerzen flammten wieder auf. Er stöhnte vor Übelkeit. »Ich glaub euch, Thygater, Herrin der Winde und der Skorden.«

»So ist recht, mein liebes Kopfgeldjägerchen.« Der Wind ließ nach und sanft wurde er zu Boden gelassen. *»Geh nun zur Tür auf der dritten Ebene und erwarte dein Schicksal.«*

Er tat, wie ihm geheißen. Nicht, weil er es wollte. Sondern weil irgendetwas ihn lenkte. Und er konnte nichts, wirklich gar nichts dagegen tun. Erfüllt von dem wohligen Gefühl, welches er so oft schon hier verspürt hatte, ging er langsam die schmale Treppe hinauf, am Thron vorbei zu der schweren Holztür, die er vor einer halben Ewigkeit öffnen wollte – was ihm aber nie gelungen war. Er stand vor ihr und nun schwang sie von allein auf. Wäre es nicht finstere Nacht gewesen, so wäre Kuno gar nicht aufgefallen, dass der Gang selber stockfinster war. Aber in der Ferne erblickte Kuno einen dunklen Lichtkegel. Er stieg die Treppe hinter der Türe hinab, immer dem Lichtkegel weiter entgegen, in die dunkelsten Tiefen des Phylake-Gebirges.

KAPITEL 36:
ABSTIEG

Langsam schritt der Kopfgeldjäger dem dunklen Licht entgegen. Stufe für Stufe wuchs der kleine Schimmer immer mehr. Jeden Fuß setzte er mit Bedacht und Vorsicht. Denn sollte er eine Stufe verfehlen, so würde er ungebremst dem Licht entgegenstürzen. Der in den Fels geschlagene Gang besaß nur eine glatte Steinwand, aber dennoch hielt er sich an ihr fest. Es gab nichts anderes.

Sein Fußgelenk wie auch seine Oberschenkel schmerzten. Er wusste genau – wenn er erst einmal wieder im Kampfmodus war, würden die Schmerzen, wie auch im Kampf gegen das Gitrog, verschwinden. Die Wirkung der Wallwurzblüten war längst vergangen. Er wünschte, er besäße noch etwas von diesem widerlichen Tee. Wie in Trance schritt er die Treppe hinunter, als zöge das dunkle Licht ihn in den Bann. Er konnte es nicht erklären, doch besaß der Lichtschein eine ganz eigene Kraft. Er war nicht so hell und klar, wie das Hell der Sonne, sondern düsterer, gar finster in seiner Helligkeit. Er hatte keine klaren, hellen Farben, sondern sein Dunkel ging gar ins Feuerrot. Er spürte das Urböse in ihm liegen. Solches Licht, erinnerte er sich, kannte er nur aus Verliesen oder anderen dunklen Räumen. Und dennoch schien es so vollständig anders als dort. Dieses Licht führte ihn in das Herz des Phylake-Gebirges und er würde persönlich den Mächten des Urbösen einen Besuch abstatten.

Der Kopfgeldjäger begann die Stufen zu zählen, um die Eintönigkeit des Hinabsteigens zu überwinden. Seit einer gefühlten Ewigkeit kletterte er diesen Treppenaufgang hinab und das Licht wurde nicht größer.

»Es sind siebentausendsiebenhundertsiebenundsiebzig Stufen bis zur Empore, auf der ihr Euch einfinden sollt, Meister Kopfgeldjäger«, plärrte ihm eine Stimme unterwürfig entgegen. »Wir haben noch gut fünftausend vor uns.«

Der Kopfgeldjäger kannte diese Art von Stimme. Definitiv war es keine Stimme in seinem Kopf; sie entstammte einem Wesen, welches sich auf der Treppe mit ihm befand. Diesen Klang hatte der Kopfgeldjäger in der Welt der Menschen schon einige Male vernommen. Er konnte nur von einem Wenag stammen. Einem kleinen, nicht mal kniehohen Wesen mit flügelartigen, spitz zulaufenden, behaarten Ohren, einer riesigen Knollnase, auf der immer, egal welchen Wenag er gesehen hatte, eine Warze mit drei oder fünf dicken, schwarzen, borstenartigen Haaren saß, und einem breiten Mund mit großen gelben, ekligen Zähnen. Ihre Hände waren riesig im Gegensatz zum Körper und hatten lange, feingliedrige Finger, die lange Fingernägel besaßen. Sie trugen meist schwarze Mäntel, die man auf einer Seite mit drei Knöpfen schließen konnte, und ein weißes Leinenhemd und eine Leinenhose. Bewaffnet waren sie meist nicht. Ihre Fingernägel dienten ihnen als kleine Dolche. Sie waren widerliche, kleine und garstige Wesen, die nur auf ihren Profit bedacht waren. Sie würden selbst ihre Mutter verkaufen – wenn sie eine hätten. Denn wie sie entstanden, wusste der Kopfgeldjäger nicht, und ein Weibchen hatte er auch noch nie gesehen. Nur diese Exemplare. Er hasste sie nicht, aber wünschte auch keinen näheren Kontakt mit ihnen. Er mochte sie nicht, wie die meisten Erscheinungen in dieser Welt. Es lag nicht daran, was sie waren und taten, da stand er ihnen in vielem nicht nach. Sondern er hasste sie für ihr Dasein, ihre fragwürdige Art zu leben und ihr perverses Auftreten gegenüber allen anderen Wesen. Angeblich hatte Oida sie einst zuerst oder zumindest ziemlich früh erschaffen, doch diese kleinen scheußlichen Wesen für zu hässlich befunden und sie so unter die Berge, in Schluchten und andere Orten des Schattens verbannt. Man sollte sie nicht betrachten müssen. Beim Anblick dieser Wenags wurde dem Kopfgeldjäger klar, warum Oida das einst getan hatte und warum diesen Wesen diese Sage anhaftete. Sie galten als Mythos, aber inzwischen konnte kein Wesen dieser Welt leugnen, dass sie Bestandteil von Oida waren. Inzwischen existierten jedoch so viele von ihnen, dass sie sich nicht mehr nur im Schatten aufhielten, sondern immer weiter in die Städte der Menschen vordrängten, gar mit ihnen handelten. Wie Ratten hatten sie sich vermehrt. Doch waren sie die Könige der Buchhaltung. Auch Kuno selbst hatte sein Vermögen einer Wenag-Bank in Wera anvertraut. Egal wo er war, konnte er an seine Reichtümer kommen. Wie sie es machten, war ihm schleierhaft, doch war es ihm auch gleich. Es erleichterte das Reisen, wenn man nicht mit seinem gesamten Vermögen durch die Gegend reiten musste. So widerlich und garstig diese abscheulichen Wesen auch waren, so ehrlich waren sie mit dem Geld und Vermögen anderer, wenn man sie gut behandelte und entsprechend bezahlte.

Überraschend war es für den Kopfgeldjäger nicht, dass er auf eines ihrer Art hier traf. Wenn sich irgendwelche Wesen dieser Welt mit dem Urbösen verbanden, dann mussten es diese widerlichen Kreaturen sein. Denn das passte zu ihrem Gemüt, waren sie doch immer nur auf ihren eigenen Vorteil bedacht.

»Gut zu wissen«, sprach der Kopfgeldjäger, »seit wann sprechen die Wenags so höflich mit Menschen? Normalerweise besitzt ihr garstigen kleinen Geschöpfe doch nur ungehobelte Manieren und schert euch einen Dreck um höfliche Sprache.« Der Kopfgeldjäger ging in sich und musste lachen. Er war ihnen in vielen Dingen sehr ähnlich.

»Was auch immer die Herrin von Euch wünscht – ich habe die Aufgabe, Euch dort hinzuführen, ohne dass Euch etwas zustößt. Die Treppe kann an einigen Stellen recht rutschig sein.«

»Das ist sehr aufmerksam von deiner Herrin.«

»Sie wird auch die Eurige werden, wenn Ihr es wünscht.«

Der Kopfgeldjäger tat so, als hätte er diese Aussage überhört. Sie schritten die Stufen hinab. Er sah den Wenag nicht, aber er spürte es auf einmal hinter sich.

»Wie ist dein Name, Wenag?«, fragte Kuno barsch. Es klang härter, als er es beabsichtigt hatte, und eigentlich interessierte es den Kopfgeldjäger auch überhaupt nicht. Aber bis er die fünftausend Stufen gegangen war, würde noch etwas an Zeit vergehen und vielleicht konnte er so etwas von diesem kleinen Wesen in Erfahrung bringen, wenn er selber ihm gegenüber nur etwas freundlicher war.

»Ihr wollt meinen Namen wissen?«, fragte der Wenag erstaunt. »Meinen … Namen?«, fragte er noch einmal nach und tiefe Verwunderung, fast Ungläubigkeit schwang in seiner Stimme mit.

»Wenn du mir nicht antworten willst, dann vergiss es«, wollte er das Gespräch beenden, doch der Wenag entgegnete: »Bereits einige Menschen habe ich hier runter geführt, und viele von ihnen haben auf ihrem letzten Gang Fragen gestellt. Aber nie zuvor, kein einziges Mal, hat mich einer nach meinem Namen gefragt.«

»Nie?«, fragte Kuno erstaunt. Eigentlich war ihm gerade eine ganz andere Frage in den Kopf geschossen … andere Menschen? War er nicht der Einzige, der jemals hier gewesen war? Was wurde hier gespielt?

»Nie. Die meisten fragten nach Schwachstellen bei meiner Herrin oder was sie erwartet. Aber nie fragte mich einer nach meinem Namen.«

»Was erstaunt dich so daran?«

»Weil es die richtige Frage ist auf dem Weg der Befreiung.«

»Der Befreiung?«

»Pssst«, zischte der Wenag. »Fragt nicht weiter. Mein Name ist unwichtig, aber danke, dass Ihr gefragt habt, Kopfgeldjäger.«

»Dann verrätst du mir, woher du kommst?«

»Meine Familie stammt aus der Stadt Brucca. Aber mehr müsst Ihr nicht wissen. Ich stehe Euch zu Diensten. Nun müssen wir uns beeilen, sonst bestraft mich meine Herrin, weil ich getrödelt habe.«

»Welche Befreiung?«, fragte der Kopfgeldjäger noch einmal nach, aber der Wenag reagierte nicht. »Sag schon.«

Was war das nur für eine fragwürdige Person. Arbeitete für die Dame der Verdammnis und war dennoch dankbar gegenüber einem abgehalfterten Kopfgeldjäger. Was war hier nur los?

»Azig …«, flüsterte Kuno auf einmal traurig.

»Er wird vermutlich unten auf Euch warten. Meine Herrin versucht ihm neues Leben einzuhauchen.«

»Neues Leben?«

»Er lebte für den Kampf mit dem Gitrog, nicht für Euch. Aber da Ihr wünschtet, dass er wieder an eurer Seite sein sollte, versucht meine Herrin, die Mächte ihrer Eltern zu beschwören, um ihn von den Toten zurückzuholen, ohne dass er ein Nekromant wird. Meine Herrin ist nicht so schlecht, wie es scheint. Und, so viel darf ich verraten, sie hat einen Narren an Euch gefressen. Euer Einsatz oder Eure Leidenschaft im Kampf gegen das Gitrog hat sie sehr beeindruckt, auch wenn sie Euch immer wieder unter die Arme greifen musste. Nie zuvor hat sie einem Menschen derartig geholfen. Man könnte meinen, sie mag Euch. Dem ist aber nicht so. Sie braucht Euch nur. Nehmt Euch vor ihr in Acht.«

»Was?«

»Die Herrin setzt große Stücke auf Euch. Wenn Ihr die letzten beiden Prüfungen besteht, will sie Euch belohnen, deswegen ist sie auch nicht in der Lage, uns zu belauschen, da ihre Kräfte anders gebunden sind. Sehr schlau von Euch, ihr eine derartige Aufgabe zu geben. Ihr wisst um Euren Wert.«

»Was? Ich habe ihr keine Aufgabe gestellt.«

»Und bescheiden seid Ihr auch noch. Selten bin ich mit so einem edlen Mann die Treppenstufen hinabgestiegen, und nie zuvor war ich voller Hoffnung.«

»Ich bin kein Edelmann.«

»Das habe ich auch nicht gesagt. Ich habe gesagt, dass Ihr ein edler Mann seid. Das ist ein großer Unterschied.«

»Ich bin alles andere als ein edler Mann!«

»Eure Bescheidenheit ehrt Euch nur noch mehr«, kicherte der Wenag.

Der Kopfgeldjäger begriff nichts. »Was redest du nur da?«

»Als ob Ihr es nicht selbst wüsstet«, entgegnete der Wenag. Der Kopfgeldjäger verzweifelte und war dieses fragwürdige Gespräch langsam leid. »Wir sollten schweigen.«

»Sehr weise von Euch, Kopfgeldjäger«, stimmte der Wenag zu. »Sehr weise.«

Kuno schüttelte nur den Kopf über diesen wunderlichen Wenag.

Als Kuno durch das dunkle Licht ging, erreichte er eine steinerne Empore und blickte über eine riesige Halle hinweg. Nie zuvor hatte Kuno einen derartig eindrucksvollen Raum gesehen, kein ihm bekannter König hatte je eine ähnlich imposante Halle erbauen lassen. Es konnte nur mit Magie vonstattengegangen sein.

An ihrer Decke hing ein riesiger Kronleuchter. Aus ihm waberte das Feuer, züngelte an die Decke und erhellte den Raum in einem finsteren Licht. Dennoch konnte er sehen, als wäre es Tag, obwohl das Licht eine ganz andere Farbe besaß als das der Sonne. Von der

Empore aus überblickte Kuno die überdimensionale Halle. Sie faszinierte ihn. Der Kopfgeldjäger stand nur da und staunte. Er konnte sich von diesem Anblick kaum lösen und zum ersten Mal sah er auch den Wenag. Von seinem Aussehen her entsprach er genau den Wenags, die er kannte. Für ihn als Menschen sahen sie alle gleich aus, auch wenn dieser Wenag einen Dolch trug.

»Ich danke Euch für Eure Freundlichkeit«, sprach er mit freundlicher und unterwürfiger Stimme. »Und wartet hier, bis Ihr angesprochen werdet!«, riet er ihm. »Vorher dürft Ihr nichts tun. Darauf besteht meine Herrin.«

Er nickte als Bestätigung.

Der Wenag ging die Treppe hinab, die von der Empore auf eine Ebene führte, auf der ein riesiges Heer von Skorden stand. Es mussten Tausende, gar Abertausende von ihnen sein. Kuno war verblüfft und gleichzeitig geschockt. Vollkommen diszipliniert standen sie da. Nicht so, wie es in den Geschichten rund um die Vorzeitenwende erzählt wurde. Von ihrer Undiszipliniertheit und Wildheit war hier nichts zu erkennen. Dieser Anblick war ein gänzlich anderer. Stramm standen sie da und blickten stur und ohne Laut geradeaus. Als seien sie aus Stein. Es war eine Armee, die, wenn sie den Weg hinaus aus diesem Berg finden würde, dem Namen des Berges alle Ehre machen würde. Denn der Berg des Windes würde zu einem Sturm, von ihm ausgehend, werden lassen. Die Königreiche dieser Welt würden erzittern und innerhalb von wenigen Tagen wären die drei großen Menschenreiche besiegt.

Zwischen den ganzen Skorden befanden sich unzählige, den Urskruofi ähnliche Wesen, aber auch hundeartige Gestalten und komplett andersartige Kreaturen. Sie komplettierten die Armee. Was Kuno aber noch mehr entsetzte, war der Blick an die hohe Decke. Unzählige Gitrogs flogen dort. Noch mehr Haustiere der Thygater. Es war eine Armee der Finsternis, geschaffen, um die Welt, wie Kuno sie kannte, zu vernichten. Ein Gefühl der Machtlosigkeit erfüllte ihn. Nie im Leben würde er irgendetwas dagegen ausrichten können.

»In was für ein Abenteuer bin ich da nur hineingeraten«, murmelte der Kopfgeldjäger. Unsicher blickte er sich um. Unter den Truppen sah Kuno zu seinem Erstaunen keine Wenags. Genau diese hatte Kuno, nachdem der Wenag ihn hierhergeführt hatte, erwartet. Waren sie doch nur Sklaven und Diener der Dame in Weiß?

Er wandte seinen Blick von den Truppen ab, schloss die Augen und versuchte, gleichmäßig zu atmen. Sein Herz pumpte wild und es schlug wieder *bubumm, bubumm, bubumm* … und hinzukam das Ohrenrauschen, das altbekannte Glühen. Aber seine Wut blieb aus. Sie schien erloschen. Es war kein gutes Vorzeichen für die nächsten Stunden und der Kopfgeldjäger schloss innerlich mit seinem Leben ab.

»*Mein liebes Kopfgeldjägerchen*«, ertönte am anderen Ende der Halle die Stimme der Dame in Weiß. »*Willkommen in meinem Reich.*«

Erschrocken öffnete er die Augen. Sprachlos konnte er nur nicken, als Bestätigung, dass er sie verstanden hatte. Sie war so fern, wirkte aber gleichzeitig so nah.

»*Ich bin die Tochter von Athesmos und Paraphronia, den Weltenbauern, die zu Unrecht in Ungnade des Zeloo gefallen sind. Der Tag ihrer Rache rückt näher, auch wenn sie selbst es nicht mehr erleben werden, da sie traurigerweise nicht mehr unter uns weilen.*«

»Dann müssten ihre Welten untergegangen sein.«

»*Du bist wissend*«, sagte Thygater erstaunt. »*Aber du denkst nicht weit genug. Meine zwei Brüder und ich führen ihre Blut- und Machtlinie weiter, daher gehen unsere Welten nicht unter.*«

»Wo sind deine Brüder?«, fragte der Kopfgeldjäger. Nicht, dass es ihn irgendwie interessiert hätte. Aber es bedeutete, dass von ihnen auch Gefahr ausging.

»*Ach, irgendwo in diesem Gebirge … auf der Suche nach einem Weg, die Menschheit zu vernichten.*«

»Du bluffst.«

»*Nein, aber ich bin viel weiter als meine Brüder. Ich werde anstelle ihrer und meiner Eltern das Werk ihres Vermächtnisses vollenden. Die Vernichtung der Menschheit.*«

»Was sonst«, murmelte der Kopfgeldjäger respektlos. Irgendwie hatte er sowas erwartet. Er atmete tief durch. *Bubumm, Bubumm, Bubumm* schlug sein Herz laut. Er verfluchte es für seine Aufgeregtheit.

»*Was sagtest du, mein liebes Kopfgeldjägerchen?*«, fragte die

Dame in Weiß mit zuckersüßer Stimme nach. Er erkannte den Ton sofort, es war keinesfalls liebevoll gemeint. Er musste weiterhin auf der Hut sein, wenn er noch etwas leben wollte.

»Nichts, nichts!«, murmelte er. Ihm wurde unbehaglich. Wieso war ihm nicht früher ein Licht aufgegangen? Wieso hatte er nicht verstanden, dass er es mit einer verrückten, urzeitigen Göttin zu tun hatte? Es war die ganze Zeit so offensichtlich gewesen.

Er hatte den Kredit des Glücks, den er von dem Zeloo erhielt, wohl nun endgültig aufgebraucht und bekam offensichtlich auch keinen neuen mehr eingeräumt. Und genau deswegen war er nun hier. ›Ironie des Schicksals‹, schoss es ihm durch den Kopf, ›ein anderer Tod wäre schließlich auch langweilig gewesen.‹

Entschlossen, bis zum letzten Blutstropfen zu kämpfen, stand der Kopfgeldjäger da. Er war nun die letzte Hoffnung der Menschheit. Er musste versuchen, die Welt vor der Finsternis des Phylake-Gebirges und der Thygater zu beschützen. Nichts anderes würde der Zeloo von ihm erwarten. ›Wahrscheinlich‹, streifte der nächste Gedanke durch seinen Kopf, ›wären wir dann quitt und ich hätte alle meine Schulden beim Zeloo auf einmal bezahlt.‹ Er lachte kurz auf. Die Dame in Weiß bekam nichts davon mit.

»Wie du sicherlich verstehen wirst, mein liebes Kopfgeldjägerchen«, sprach die Dame in Weiß weiter, *»ist es mein Ziel, diese herrliche Armee an die Oberfläche zu bringen. Nur leider geht dies nur in den Nächten, in denen kein Licht am Himmel steht. Heute – ist so eine Nacht.«* Sie lächelte und überraschenderweise konnte er sie ganz genau erkennen, wobei sie doch in weiter Ferne von ihm war. Jede Gefühlsregung konnte er an ihr erkennen.

»Nur, um dir das Problem zu erklären, wofür du mir dein Blut gibst …«

»Es ist nicht so, als würde ich es unbedingt wissen wollen«, wiegelte Kuno ab. Aber die Dame in Weiß ließ nicht zu, dass er ihren Monolog unterbrach. Als hätte er kein Wort gesagt, sprach sie weiter.

»Ich brauche einen materialisierten Körper, da ich nicht in einem festen Körper geboren wurde. Ich besitze seit jeher diese geisterhafte Gestalt, wie sie einst die Adallih, die Weltenbauer, besaßen. Sie schützt vor dem Tod und lässt mich unversehrt. Doch durch den Ein-

fluss der Finsternis lässt mich diese Form nicht in der Sonne wandeln. Ich benötige eine feste, sterbliche Hülle. Nur in dieser kann ich meine Armee heraus aus diesem Berg in die Welt Oida führen.«

»Und?« Kuno versuchte gleichgültig zu klingen. Er verstand, worauf sie hinauswollte, und er musste verhindern, dass sie sein Blut bekam. Es gab einen einfachen Weg: Wenn er sich sofort in einen seiner Bolzen stürzen würde, wäre diese Gefahr gebannt. Aber alles in seinem Körper sträubte sich dagegen. Er wollte leben und er wollte aus diesem Berg herauskommen. Woher dieser Lebenswille nach dem Tod von Gunda und Azig auf einmal kam, konnte er nicht sagen. Aber er war froh über diese Erkenntnis. Er musste sie töten.

»Nun kommst du ins Spiel, mein liebes Kopfgeldjägerchen.« Sie deutete mit ihrem Zeigefinger auf ihn. *»Zeigst du dich würdig, indem du die letzten beiden Prüfungen bestehst, erlösen mich dein Blut und das Blut des Magos von meiner körperlosen Hülle. Durch die Verbindung eures Blutes mit meiner geisterhaften Gestalt erhalte ich einen Körper, so dass ich die Armee ihrem Schicksal zuführen und unter der Sonne walten kann. Gleichzeitig«*, lächelte die Dame in Weiß, *»erhalte ich die Fähigkeiten des Magos, dass ich in meiner körperlichen Hülle meine magischen Kräfte nutzen kann. Dein Blut ist ausschließlich dafür da, mir die körperlichen Schwächen der Menschen zu geben. Ihre sterbliche Hülle.«*

»Aber du benötigst mein Blut und … tatsächlich das eines Magos?«, rief Kuno erstaunt aus. Er hatte geahnt, dass dieses Wesen in dieser Rolle mehr war, als ein einfaches Geschöpf es hätte sein können. Doch hatte er nicht daran glauben wollen, es hatte zu verrückt geklungen. Er war in die Welt der Götter geraten, obwohl ihm seit jeher der Glaube an sie gefehlt hatte.

»Ja, mein liebes Kopfgeldjägerchen. Ein Magos.«

»Blödsinn. Sie gibt es genauso wenig, wie es den Zeloo gibt.« Er versuchte, Zeit zu gewinnen.

»Selbst du weißt, dass die Magi am Anfang der Vorzeitenwende durch den Zeloo auf die Welt Oida gesandt wurden, zum Dienste, die Welt und vor allem die Menschen vor dem Urbösen zu beschützen. Doch leider wurden auch sie die von den Schwächen befallen, die den Menschen innewohnen. Der Zeloo beging einst bei der Schöpfung der Menschen sieben Fehler. Die Menschen waren nicht die reinen, unan-

tastbaren Wesen, die er sich erhofft und ersehnt hatte, sondern es waren Wesen mit Schwächen.«

»Sieben?« Kuno kannte nicht die Bedeutung der Zahl und es schien ihm auch unerheblich. Aber die Dame in Weiß erklärte ihm dennoch: *»Die Sieben ist die Summe von drei und vier. Diese Zahlen stehen zum einen für den Geist und die Seele und für den Körper andererseits … also, für das Menschliche. Ich benötige einen Körper, daher werden die sieben Schwächen in mich übergehen.«* Sie lachte. *»Kennst du die sieben Schwächen der Menschen, mein liebes Kopfgeldjägerchen?«*, fragte sie.

Er hatte von einem der Tempelhüter, in der Zeit, als er im Waisenhaus lebte, in einem Tempel davon gehört. Aber das war lange her. Die Dame in Weiß lachte: *»Ob du würdig bist, wenn du nicht über eure Schwächen Bescheid weißt? Nun gut.«* Sie holte tief Luft und es schien, als würde sie den ganzen Raum einatmen. Dann begann sie zu sprechen: *»Mein liebes Kopfgeldjägerchen, sieben Schwächen wohnen in euch. Die wohl schlimmste von ihnen ist euer Hochmut. Ihr seid eitel, stolz und oft wirkt ihr übermütig und unbeherrscht. Ihr seht euch als etwas Besseres an.*

Von der Habgier verfolgt, strebt ihr immer mehr an, als ihr jemals benötigt, geschweige denn, euch guttut. Ihr teilt nicht, sondern sammelt egoistisch euren Reichtum und mehrt eure Macht, ohne Rücksicht zu pflegen oder Verantwortung zu übernehmen – weder in eurem Wesen, noch in eurem Tun. Ihr sucht euer Scheitern stets bei anderen, denn einmal bei euch selbst nachzusehen.

Eure Wollust, die Sucht nach Ausschweifung und Genuss, der übertriebene Bau von euren Städten, Grabstätten und Statuen, die immer größer und höher gebaut werden … Noch heute stellt ihr euch mit eurem Gott, dem Zeloo, gleich. Das rücksichtslose Streben nach Luxus und Bequemlichkeit sowie das Begehren nach schönen Dingen treibt euch dazu an, Untaten zu begehen und zu vergessen, wer ihr wirklich seid.

Eure Wut leitet euch, als vierte Schwäche. Auch dich, mein liebes Kopfgeldjägerchen, denke einmal nach. Sie zeigt, dass ihr oft nicht Herr eurer Gefühle seid. Ihr könnt eure Wut und Rachsucht nicht im Zaum halten. Daraus resultiert das Gefühl der ungerechten Behandlung. Wer an eurer Wut schuld zu sein scheint, spielt beim Ausleben dieser keine Rolle. Wie die Uraltkönige zu vergangener Zeit, die einst Krieg gegeneinander geführt hatten, weil sie meinten, die anderen hätten mehr erhalten als ihnen zustand. Nichts war ihnen gut genug.

Die wahrscheinlich ignoranteste Schwäche ist eure Maßlosigkeit, mit der ihr euer Leben führt. Eure Ausschweifungen und Exzesse sind blanker Hohn für das, was eigentlich in diesen Welten herrschen sollte. So schön und prachtvoll die Städte, Paläste, Burgen, Bade- und Bühnenhäuser sowie die Feiern und Feste anzublicken sind, so gefräßig ist euer Handeln. Eure Gedanken sind erfüllt von Maßlosigkeit und dem Streben nach immer mehr. Ihr baut höhere Türme, größere Städte, schönere Paläste, wasserreichere Badehäuser, stärkere Burgen und wahnwitzigere Erfindungen, die euch ein leichteres Leben ermöglichen sollen – aber die Welt der Oida nachhaltig zerstören. Ihr preist sie in euren Tempeln, behandelt aber ihre Schöpfung, als sei sie nicht von ihr. Und eure Selbstsucht, den eigenen Vorteil immer weiter auszubauen, die Grenzen des Machbaren immer weiter nach hinten zu verschieben, ist der Beginn des Untergangs dieser Welt. Eines Tages wird es sich rächen, dass ihr in dieser Maßlosigkeit lebt.

Bringt euch nicht irgendwann eure Prasserei um, so werden es die Menschen einst selber tun. Gegenseitig! Wie so oft, aber dann wird es anders geschehen. Denn dann wird die sechste Schwäche, der Neid, euch so zerfressen haben, dass ihr kein Ende findet! Ihr Menschen …«, sprach Thygater in einem immer verachtender werdenden Ton. »*Ihr gönnt einander nicht den Erfolg, nicht das Glück, nicht die Liebe, nicht einmal das Eigentum eines anderen. NEIN!*«, erscholl ihre Stimme immer lauter werdend. »*Ihr werdet von Eifersucht und Missgunst getrieben und zerfressen. Auch dieses bestimmt euer Denken und Handeln.*

Aber übertrumpfen kann dies alles nur die siebte und letzte Schwäche. Eure absolute Faulheit. Es ist nicht die Bequemlichkeit, die ihr an den Tag legt, wenn es ums Lernen geht oder darum, euer tägliches Brot zu erarbeiten. Definitiv nicht, nein, da seid ihr Meister drin. Es ist die Suche nach dem bequemsten Weg. Einem Weg, der keinen Widerstand leistet. Der Mensch nimmt nicht den richtigen, wenn auch schwierigeren Weg, sondern den, der ihm als am leichtesten erscheint. Er hat keinen Funken Mut in seinem Wesen. Er ist feige und ängstlich!

Doch es wird der Tag kommen, an dem ihr euch entscheiden müsst, welchen Weg ihr gehen wollt. An diesem Tag wird sich das Schicksal dieser Welt entscheiden, das gesamte Leben eines Menschen widerspiegeln … sollte es mir nicht vorher gelungen sein, den zelooischen Fehler, euch, ausgemerzt zu haben. Nie hat einer verstanden, was wir bezwecken. Nicht aus Neid machte der Zeloo euch Oida zum Geschenk. Nein, er tat es aus dem Wissen heraus, dass ihr diese Welt vernichten würdet. Deswegen wandten wir uns ab vom Zeloo, weil wir genau das verhindern wollten. Oida hatte eine Welt der Schönheit und des Edelmuts erschaffen. Doch ihr Menschen habt sie in Kürze zerstört. Das ist der Grund, aus dem wir kämpfen. Unsere Schwester hat nie verstanden, dass wir ihr etwas Gutes tun wollten, sie hat nie erkannt, was der Zeloo ihr antat. Sie sah nur das Leid, welches wir säten. Daher verbanden sich meine Eltern mit ihrem treuen Freund Miseo, mit der Finsternis, um erst den Menschen, dann den Zeloo zu tilgen, damit nie wieder ein Fehler dieser Art geschehen könne. Wir haben einen hohen Preis dafür gezahlt. Miseo verlor nicht nur sein Leben, auch seine Welt wurde vernichtet und dreht nun als trostlose, ruinierte Welt in Trümmern um die Sonne. Meine Eltern wurden hier in dieses Verlies gesperrt. Dabei wollten wir doch nur einen Fehler ausmerzen.«

Erschrocken über ihre Rede blickte der Kopfgeldjäger Thygater an. Er konnte nicht glauben, was er da eben gehört hatte. Aber er begriff, dass die Dame in Weiß glaubte, durch den Mord an Millionen von Menschen etwas Gutes zu tun und ein unbekanntes Gleichgewicht in dieser Welt wiederherstellen zu können. Eine Frage schoss ihm durch den Kopf: »Meint ihr nicht, dass sich die Menschen ändern können?«

Da fing die Dame in Weiß schallend an zu lachen: »*Menschen können sich nicht derartig ändern, dass sie allgemein zu besseren Wesen werden. Nein, das ist nicht möglich. Nur durch die Vernichtung von euch ist es möglich, dem Zeloo zu zeigen, dass seine Schöpfung mit euch ein Fehler war. Ihr hattet vor der Zeit und vor dieser Welt Oida eure Chance. Doch ihr habt sie nicht genutzt. Irgendwo im Medeis kreist ein verdorrter und vernichteter Planet um einen dunklen, verglühten Stern, den ihr auf dem Gewissen habt. Ihr seid der Ausgangspunkt jeglichen Übels, womöglich habt gar ihr die Finster-*

nis erschaffen. Aber wer kann das noch nachvollziehen, hat doch der Zeloo selbst alle sichtbaren Beweise vernichtet und ein neues Universum im Medeis aufgebaut.«

»Erhalte ich jetzt von euch eine Geschichtsstunde?«, fragte Kuno spöttisch.

»Nein, ich mache es kurz. Ich spüre deine Ungeduld, mein liebes Kopfgeldjägerchen«, klang die Stimme plötzlich wieder liebevoll. *»Der Zeloo erschuf die Magi, damit sie die Welt beschützten, nach dem Krieg am Ende der Urzeitenwende. Doch auch diese Wesen, selbst mit ihren magischen Fähigkeiten, hatten genau diese besagten Fehler. Sie strebten nach Macht und Ansehen. Ein Teil von ihnen vergaß deren eigentliche Aufgaben. Einige erschufen neues Leben, andere verbanden sich mit den Menschen und zeugten Kinder. Wieder andere versuchten, die Macht sinnvoll und ihrer Aufgabe entsprechend zu nutzen, aber sie wurden nicht mehr ernst genommen, so versteckten sie sich. Diejenigen Magi, die gegen ihre Aufgaben und die Gesetze des Zeloo verstießen, hat der Zeloo längst grausam bestraft.«*

»Was willst du mir damit sagen?«, fragte Kuno.

»Begreifst du nicht? Ich habe nun einen derartigen Magos bei mir, der seine Aufgabe bis zum Schluss aufrechterhalten hat. Nur hat mir mein Vater erklärt, dass allein das Blut eines würdigen Menschen, also eines Abkömmlings der Blutlinie von Iso Eisenhamar, Rigobert dem Glänzenden und Hildemar dem Kämpfer, mir zu meinem Körper verhelfen könnte. Denn sie waren es gewesen, die geholfen haben, meine Eltern zu vernichten. Es wäre eine Schande für deren Ahnentafel und zugleich eine Genugtuung für meine Eltern, wenn deren Blut mich nun in die Welt bringen würde. Du verstehst, mein liebes Kopfgeldjägerchen?«

Er nickte und sprach: »Aber ich stamme nicht von ihnen ab!«

»Vielleicht nicht in erster Linie, aber wer weiß, wie viele Konkubinen die ganzen Könige in den letzten Jahrhunderten hatten? Aber das wissen wir erst, wenn du dich als würdig erwiesen hast.«

»Und was ist, wenn ich mich weigere?«

»Nichts, mein liebes Kopfgeldjägerchen. Dann werde ich dich töten und meine Gitrogs gehen in den finsteren Nächten wieder auf die Suche. Dies habe ich an dieser Stelle schon einige Mal hinter mich gebracht«, lachte sie. *»Ich besitze endlos Zeit. Der Zeitpunkt wird*

kommen, an dem hier ein würdiges Menschlein aus einer dieser Linie vor mir steht und verrückt genug ist, die Prüfungen zu begehen – und gar zu bestehen, nur um seine eigene Haut zu retten.«

Nicht mal ansatzweise war der Kopfgeldjäger von der Verlautbarung der Dame in Weiß geschockt. Irgendwie hatte er das erwartet. Eigentlich hätte für ihn alles aus den Fugen geraten müssen, aber er blieb ruhig.

Er begriff, dass er keine Wahl hatte. Aber das machte ihm keine Angst, sondern Mut erwuchs in ihm. Er würde die beiden Prüfungen bestehen, den Magos befreien und mit seiner Hilfe diese Schlampe töten. Der Magos musste einen Weg kennen, wenn er als Beschützer dieser Welt galt.

»Solltest du dich bewähren und mir einen Tropfen deines Blutes geben, stehe ich ewig in deiner Schuld. Zeigst du dich nicht würdig, mein liebes Kopfgeldjägerchen, geht die Suche von vorne wieder los. Es macht für mich keinen Unterschied, ob ich noch weitere Jahrhunderte suche oder heute Nacht mit dir mein Schicksal in Erfüllung geht. Eins meiner Haustiere«, sie zeigte an die Decke, an der wenigstens zwölf weitere von diesen Bestien ihre Kreise zogen, *»wird eine bessere Spürnase haben, als das letzte. Ich bin geduldig und kann warten.«*

Der Kopfgeldjäger verstand nun, warum es ihr gleichgültig war, ob eines ihrer Haustiere von ihm erledigt wurde oder nicht. Die Wahrscheinlichkeit, dass ausgerechnet er würdig sein würde, war schwindend gering, und sie hegte nicht mal die Hoffnung, dass es so sein könnte. Er erinnerte sich an ihr Gespräch mit dem Gitrog auf dem Innenhof, in dem sie ihm erklärte, dass es ihrer Meinung nach nicht dasjenige wäre, welches sie befreien würde.

»Wie viele Wesen hattest du schon hier unten?«

»Mein liebes Kopfgeldjägerchen, was spielt das für eine Rolle? Meine Suche kann mit dir am Ende sein.«

»Wie viele?«

»Ich kann es beim besten Willen nicht sagen, mein liebes Kopfgeldjägerchen.«

»Hunderte?«

»Mein liebes Kopfgeldjägerchen, du hast mich wohl richtig verstanden.«

»Herrin, es waren bisher zwölf«, erklang die Stimme des Wenags auf der anderen Seite. Nun tauchte das Wesen auf und stand neben der Dame in Weiß.

»Schweig, du unsägliches Tier«, zischte sie ihn an.

»Zwölf Menschen hast du Leid zugefügt, nur damit du deinen Auserwählten findest? Das ist widerwärtig!« Kuno konnte es nicht glauben.

»Mein liebes Kopfgeldjägerchen, urteile nicht zu vorschnell über mich, auch wenn es mir schmeichelt, dass ich wenigstens zwölf Menschen Elend zugefügt habe. Aber selbst du, das habe ich in deiner Seele gesehen, hast unzähligen, wahrscheinlich deutlich mehr Menschen, als ich es vermocht habe, bisher ein Leid zugefügt. Nur allein durch deine gewählte Tätigkeit.«

»Ich habe …«, stotterte Kuno und ihm wurde bewusst, dass Thygater recht hatte. Sie konfrontierte ihn mit der Realität. Dem Ist-Zustand seines Seins. Ihm war schon immer bewusst gewesen, dass er kein guter Mensch war, aber jetzt, wo er es von einer Art Göttin hörte, war es erschreckend. Als hätte jemand ihm jetzt erst erklärt, was er da eigentlich tat.

»Aber wie kann ich dann würdig sein, wenn ich ein derart schlechter Mensch bin?«

Die Dame in Weiß lachte: *»Gerade deswegen bist du vielleicht würdig. Wir werden es sehen.«*

»Und was ist, wenn ich die Prüfungen bestehe und dennoch nicht von dieser Linie abstamme und mein Blut dir nicht hilft?«

»Das werde ich dann spontan entscheiden.«

Der Wenag stand neben der Dame in Weiß und blickte zu ihm. Was ging im Kopf des Wenags vor? Er hatte seiner Herrin eine deutliche Niederlage beigebracht, indem er die Zahl derer, die hier waren, deutlich gesenkt hatte. Dies bedeutete, dass die Gitrogs nur in der finstersten Nacht in der Lage waren, auf die Suche nach einem Würdigen zu gehen. Das schränkte deren Erfolgschancen deutlich ein. So konnten Jahrhunderte vergangen sein, seitdem der Letzte hier gestanden hatte und eine Entscheidung hatte treffen müssen. Und keiner war bisher würdig gewesen. Nur eine Sache verstand Kuno nicht: Warum war das Gitrog in den anderen Nächten noch losgeflogen, zum Beispiel in der Nacht, als er den Magos fing? Das ergab keinen Sinn.

»Eines müsst Ihr mir bitte noch erklären …«

»Was denn, mein liebes Kopfgeldjägerchen?« Die Stimme der Dame in Weiß klang deutlich genervt und Kuno wusste, unter welchem Zeitdruck sie stand.

»Wieso konnte das Gitrog in der einen Nacht bei halber Sichel dennoch losfliegen und den Magos fangen?«

»Mein liebes Kopfgeldjägerchen, das ist einfach. Die Gitrogs haben nur in den finsteren Nächten die Möglichkeit, ihre Fähigkeit, einen Würdigen zu finden, zu nutzen. Dennoch können sie bei Nacht fliegen, um andere Dinge oder Aufträge zu erledigen.«

Mit dieser Antwort gab er sich zufrieden. *»Mein liebes Kopfgeldjägerchen, haben wir nun alles geklärt? Die Zeit drängt und ich bin wirklich neugierig, ob du würdig bist.«*

»Erkläre mir meine Prüfungen.« Kuno war das Spiel auf Zeit genauso leid.

»Es ist ganz einfach. Von deiner Empore zu meiner geht eine schmale Brücke, die zu zwei Ebenen führt. Auf beiden Ebenen finden deine Prüfungen statt. Hast du sie erfolgreich absolviert, öffnet sich ein Tor, durch das du gehen kannst und so zu mir gelangst. Bist du erst bei mir, mein liebes Kopfgeldjägerchen, werde ich dir alles Weitere erklären.«

Er nickte und blickte die schmale Brücke an, die von seiner Empore zur anderen führte. Unter dieser Brücke stand die riesige Armee. Sie hatte bisher noch keinen einzigen Ton von sich gegeben oder sich gar bewegt. Kuno setzte den ersten Schritt auf die Brücke – zur ersten Prüfung bereit.

KAPITEL 37:
BLINDE BESTIE

Die erste Ebene war noch weit entfernt, nur langsamen Schrittes kämpfte sich der Kopfgeldjäger die Brücke entlang. Der Mittelpunkt der Brücke bildete die schmalste Stelle, um zur ersten Ebene zu gelangen. Der Blick an den Seiten der schmalen Brücke hinab war nicht ermunternd. Kein Geländer würde ihn halten, wenn er in die stramm stehenden Soldaten stürzte. Sie wirkten wie aus Stein. Nichts bewegte sich. Er empfand es als unangenehm, diese versteinerte Armee unter sich zu wissen. Diese eiserne Disziplin war unheimlich.

»Mein liebes Kopfgeldjägerchen, lass dir nicht zu viel Zeit«, ermahnte ihn Thygater, *»solltest du die zwei Aufgaben nicht innerhalb der nächsten fünf Stunden bewältigen, so verstehe ich das als nicht bestanden. Die Konsequenz ist der Verlust deines Lebens. Es ist für mich kein großer Aufwand. Aber bedenke: Mein Gitrog hätte niemals eigenmächtig den Magos gefangengenommen und hierher verschleppt, wenn es nicht an dich geglaubt hätte. Es muss«*, sprach sie mit fester Stimme, *»etwas in dir gesehen haben, was mir bisher verborgen geblieben ist. Vielleicht hat es recht und du bist wirklich edlen Blutes.«*

Innerlich fluchend lächelte der Kopfgeldjäger. Er konnte nicht schneller. Sie hatte gut reden. Sie verfolgte nur ein Ziel, sein Blut.

Ihm kam diese Art des Denkens bekannt vor. Er handelte bei seinen Jagden nicht anders. Ironie des Schicksals war, dass Kuno seinen einzigen Fürsprecher in tausend Einzelteile zersprengt hatte, wobei es mit dem Gitrog auch wieder auf das Gleiche hinausgelaufen wäre. Aber Thygater war auch ein wenig schizophren.

Erst sprach sie ihm Mut zu, gab ihm das Gefühl, dass sie an ihn glaubte, und jetzt widersprach sie sich, dass er eventuell ihrer Meinung nach doch nicht … ›Das Gitrog wollte nur mein Blut, damit er es seiner Herrin bringen konnte.‹ Es war ein Gedanke, der sich unentwegt im Kreis drehte und immer kam der Kopfgeldjäger zum gleichen Ausgangspunkt zurück: seinem Tod.

»Wo ist eigentlich der Magos?«, rief Kuno balancierend Thygater zu.

»Er ist weit unten in den Tiefen des Phylake-Gebirges, liebes Kopfgeldjägerchen. Er wird bald hierhergebracht und dann wirst du ihn sehen. Wie ein Häuflein Elend wird er hier an diesen Ketten …«, sie zeigte auf einen steinernen Stuhl in der Höhe der Wand, *»… sitzen und genauso verenden, wie alle Wesen des Zeloo.«*

Am Stuhl war ein steinernes Auffangbehältnis befestigt und eine schmale Rinne führte zu einem Becken. Kuno verstand sofort! Dort würde das Blut des Magos gesammelt werden, wenn er die Prüfungen bestanden hätte.

Er schluckte. Das waren keine guten Aussichten und es musste einen Ausweg geben. Nur dieser kleine Funke Hoffnung, den er sich auch mehr einredete, hielt ihn bei der Stange. Sonst hätte er sich auch gleich in die versteinerte Armee stürzen können und von einem der Speere, die in den Himmel ragten, aufspießen lassen können. Aber tief im Inneren wusste er, dass es einen Ausweg gab. Er musste ihn nur finden. Und das möglichst bald.

»Keine Angst, mein liebes Kopfgeldjägerchen«, lachte sie ihn an, wobei es sich anfühlte, als würde die Dame in Weiß ihn umgeben. *»Schwörst du mir nach den bestandenen Prüfungen deine Treue, so werde ich dich am Leben lassen. Vielleicht schenk ich dir gar ein eigenes Königreich.«*

»Ich danke euch«, entgegnete der Kopfgeldjäger gleichgültig. Er wusste, dass sich Dankbarkeit anders anhörte, aber was sollte er schon dazu sagen. Es gäbe dann nichts, was er würde regieren können. Zudem war es irrwitzig, in sich selbst einen König zu sehen. Eher kam die Jungfrau zum Kind als er zu einem Königreich. Es konnte nur ein schlechter Witz von Thygater gewesen sein. Er glaubte nicht an diese Aussage, aber er ahnte, dass sie wirklich etwas mit ihm vorhatte und dass das mehr war, als nur sein Blut zu nehmen.

Die erste Plattform der Brücke erreichte er und stand vor einer vergitterten Tür. Er blickte auf den Stahl und erkannte, dass er keine

Legierung besaß. Sein Blick durch das Gitter zeigte ihm nur die ewige Finsternis. Was auch immer hinter diesem Gitter gefangen gehalten wurde, er konnte es nicht sehen. Er begutachtete genau die Gittertür und fand außerhalb im Schloss einen Schlüssel.

»Mein liebes Kopfgeldjägerchen, du musst die Tür hinter dir wieder abschließen. Solltest du diese Prüfung nicht bestehen und das Schloss wäre nicht verschlossen, würdest nicht nur du dein Leben, sondern uns alle in Gefahr bringen.«

»Was habt ihr dadrin versteckt?«

»Siehe es dir selbst an, mein liebes Kopfgeldjägerchen. Von den zwölf Anwärtern, die bisher hier waren, haben diese Prüfung nur zwei von ihnen geschafft.«

Er schnaubte und dachte spöttisch: ›Was für eine hilfreiche Information.‹ Der nächste Gedanke folgte: ›Und ausgerechnet ich soll der Dritte sein? Vielleicht hätte ich mein Testament doch vorher machen sollen.‹

Quietschend öffnete er die Tür mit dem Schlüssel. Als er den Schlüssel abziehen wollte, bemerkte er, dass dies nicht möglich war. Er schloss auf und durchschritt die Tür, zog sie hinter sich zu und schloss sie, durch das Gitter hindurchgreifend, wieder ab.

Es überraschte ihn nicht, dass er nichts erblickte. Finsternis, reine Finsternis erwartete ihn. War die Dunkelheit seine Herausforderung? Ein Weg durch die ewige Lichtlosigkeit. War das seine Prüfung? Der Kopfgeldjäger konnte sich dies nicht vorstellen, das wäre zu einfach und zu abstrus. Erinnerungen an die steinerne Höhle kamen in ihm hoch. Er schwenkte die Armbrust vor sich und überprüfte, welche Bolzen er geladen hatte. Es waren die Knallsilberbolzen. Für das Drecksvieh, welches nun in tausend Einzelteilen verstreut im Innenhof der Veste lag, hatte er sie zu seiner Überraschung gar nicht benötigt. Er drückte den Spannknopf und die Sehne der Armbrust zog sich straff. Beruhigt hörte er, wie der Spannbogen der Armbrust arbeitete und die Rädchen die Spannsehne festzurrten. Ein Bolzen legte sich in die Schiene der Armbrust. Wie gewohnt wechselte Kuno die Spule aus, nur ließ er sie diesmal nicht auf den Boden fallen, sondern fing sie auf und steckte sie in seine Hosentasche. Dann lud er die Armbrust mit seinen Spulen. Hätte er nur eine Gaskerze gehabt, aber die letzte lag bei seinem Lager, wie viele weitere Dinge, die er dort gelassen hatte, bei seinem Aufbruch in die Tiefen des Kurdas.

Langsam schritt er voran. Er drehte sich kurz um. Es war ihm ein Bedürfnis, das rote Licht der Außenwelt dieses Berges noch einmal zu sehen. Es könnte das letzte Licht seines Lebens gewesen sein.

›Jetzt reiß dich aber mal zusammen, Kuno‹, forderte er sich selbst auf. ›Es ist nur Finsternis. Nichts weiter. Wir müssen sie nur durchschreiten. Siehst du dort in der Ferne das Lichtlein? Da musst du nur unbeschadet hin, der Rest ergibt sich von selbst.‹

Der Raum war Kuno von außen nicht im Entferntesten so riesig vorgekommen, wie es das Licht in der Ferne suggerierte. Er ging festen Schrittes und der Stahlbeschlag seiner Stiefel hallte in dem Raum wider. *Klock, Klock, Klock, Klock* machten sie.

Mit seiner Armbrust im Anschlag schritt er seinen Weg durch die Finsternis hindurch. Das Licht wurde nur allmählich größer. Wie weit er ging, konnte Kuno nicht sagen. Vielleicht waren es zwei oder gar drei Meilen, aber die Helligkeit in der Ferne kam nicht wesentlich näher. Er ließ sich nicht bekümmern, ging einfach in aller Ruhe weiter und fixierte den Lichtschein.

»Vollkommen irre, hier entlangzuwandern«, murmelte er vor sich hin. Irgendwie hoffte er, dass sich seine zwei Stimmen wieder bei ihm melden würden, aber sie waren verstummt. Vollständig, wie ihm schien. Selten hatte er sich so einsam gefühlt wie bei dem Weg zu diesem Lichtschein.

Wie lange er lief, wusste der Kopfgeldjäger nicht, aber es war eine endlos lange Zeit, in der er jegliches Zeitgefühl verlor. Es konnten Stunden gewesen sein, aber selbst das war eher unwahrscheinlich. Fünf Stunden hatte die Dame in Weiß ihm Zeit gegeben. Wahrscheinlich war dann der Sonnenaufgang und ein neuer Mondzyklus stand bevor. Es war an der Zeit, diese Prüfungen zu bestehen und dem Ganzen ein Ende zu setzen. Aber genau darauf hatte er keinen Einfluss. Was erwartete ihn hier?

Das Licht kam langsam näher. Und war irgendwann zum Greifen nah. Erleichterung durchströmte ihn. Er hatte die gesamte Zeit in die Finsternis hineingehorcht und nichts anderes als sein Herz vernommen, welches aufgeregt schlug. Zwischenzeitlich war das

Rauschen in den Ohren so penetrant gewesen, dass er stehengeblieben war, um sich einen Moment auszuruhen. Diese Stille in der Finsternis bekam ihm nicht. Seine Ohren rauschten unaufhörlich und er verbrauchte einen Großteil der Kraft für das Lauschen. Immer wieder schloss er die Augen, um sich vollständig auf das Hören zu konzentrieren.

Er wusste, dass ihn etwas beobachtete. Blicke durchbohrten ihn. Er fühlte es. Er spürte es, er hasste es. Fester umfasste er seine Armbrust und kaute dabei auf seiner Unterlippe.

Wann würde es sich zeigen? Oder bildete er sich das alles nur ein? War er dem Wahnsinn wieder ein Stück näher gekommen?

Als er das Licht erreichte, war nichts geschehen. Es war das Licht, welches von der Gittertür ausging. Er war erleichtert, wusste aber zugleich, dass selbst wenn er an der Tür sein würde, die Prüfung nicht zu Ende sein konnte. Es musste noch mehr geben als einmal durch die Finsternis zu schreiten. Das war keine Leistung, sondern einfach nur die Fähigkeit, seine Angst zu überwinden, die Dunkelheit zu durchschreiten. Das konnte es nicht gewesen sein.

War da ein Geräusch? Er blickte sich schnell um. War da nicht gerade eben ein Geräusch gewesen, welches nicht zur Stille der Düsternis passte? Sein aufgeregter Herzschlag und das sonore Rauschen in seinen Ohren gehörten zur Stille der Finsternis dazu. Aber nicht das Geräusch, welches er vernommen hatte.

War da ein Rasseln? Er strengte sich an, um irgendetwas in der Schwärze zu erkennen. Irgendein Schema oder gar mehr?

Da war es wieder. Es klang wie ein Grummeln.

Ohne lange zu überlegen, sprang er zur Seite, denn nach dem Grummeln vernahm er nach einer Winzigkeit von Zeit ein Zischen, als würde irgendetwas die Luft zerschneiden – es war keinen Moment zu früh. Ein riesiger Schädelspalter bohrte sich krachend an der Stelle in den Boden, an der er gerade noch gestanden hatte. Seine Instinkte funktionierten, dem Zeloo sei Dank.

»Natürlich, was auch sonst? Ein Schädelspalter! Und bei der Größe …«, stöhnte Kuno entnervt. Weiter kam er nicht, da der Schädelspalter in Windeseile aus dem Boden gerissen wurde. Bodenstücke flogen dabei durch die Luft. Wieder schlug der Schädelspalter heftig auf dem Boden auf, wieder genau an der Stelle, an der er gerade noch gelegen hatte. Wieder erklang das Splittern von den Steinfliesen. Kuno sprang auf seine Beine. Und als er stand, ließ er abrupt die Armbrust fallen und hielt sich die Ohren zu.

Ein lautes, in den Ohren schmerzendes Brüllen ertönte. Es klang boshaft, voller Zorn, Hass und Schmerzen. Es konnte nur eines dieser riesigen Wesen, die am Thron gestanden hatten, sein. Es hörte auf zu brüllen.

Am Boden suchte er nach seiner Armbrust, fand sie, griff sie und sprintete von der Stelle, an der er gerade noch gestanden hatte weg und fluchte: »Verdammte Scheiße, was geht hier nur wieder vor? Ich brauche, verdammt noch mal, Licht. Sonst habe ich keine Möglichkeit, irgendetwas gegen das Scheißdrecksvieh zu tun …« Wieder vernahm er das Zischen und sprang durch die Finsternis des Raumes. Der Schädelspalter schlug erneut auf und der gesamte Fußboden erbebte, Steinfliesen splitterten und Kuno landete hart auf ihnen.

»Scheiße noch mal, du Bastard, was willst du von mir?«, schrie er voller Wut dem Vieh, welches den Spalter führte, entgegen. Er überprüfte seine Situation und Möglichkeiten. Der Raum besaß zwei Lichtquellen – die beiden vergitterten Türen. Von der einen war er gekommen und sie schien in endloser Ferne zu sein. Die andere war nur wenige Schritte von ihm entfernt. Sonst wusste er nichts über den Raum.

Ihm wurde nun auch erst bewusst, dass er keine Schmerzen mehr spürte. Er bewegte sich wie eh und je. Wie konnte das sein?

Wieder sauste der Schädelspalter durch die Lüfte, aber diesmal schlug er nicht auf dem Boden auf. Er spürte stattdessen den Windhauch im Gesicht. Er musste keinen Zentimeter von ihm entfernt an seiner Nasenspitze vorbeigerauscht sein. Seine Streitaxt wäre nun hilfreicher gewesen, aber die hatte er bei Azig gelassen.

Kuno beschloss, sich erst einmal von seinem Ballast zu befreien, und lief in wenigen Sätzen zur Tür. Dort wollte er seinen Rucksack ablegen, um beweglicher in der Dunkelheit dem Wesen entgegentreten zu können. Bis dahin würde er sich wenigstens auf sein Gehör in der Finsternis verlassen können.

»Mein liebes Kopfgeldjägerchen, du musst das Geschöpf meiner Eltern schon töten.«

»Das ist mir bewusst«, rief Kuno durch das Gitter. »Nur benötige ich diesen Ballast nicht.«

»Ich wollte es dir nur erklären, mein liebes Kopfgeldjägerchen«, sprach die Stimme der Thygater.

»Wie nennt ihr dieses abscheuliche Wesen?«, rief Kuno, während er seinen Rucksack am Gitter ablegte.

»Wir nennen es Nigido, mein liebes Kopfgeldjägerchen. Weißt du, was es bedeutet?«, klang die Stimme belehrend. Er hatte nicht den blassesten Schimmer und eigentlich interessierte es ihn auch nicht. Es reichte ihm, dass er es töten musste. Er zuckte gleichgültig mit den Schultern und wandte sich wieder der Finsternis des Raumes zu.

Dann kam ihm eine grandiose Idee. Woher sie kam, wusste er nicht, aber es war eine Eingebung. Wenn das Nigido so dumm war, wie sein Name klang, dann würde er es mit einer List töten können.

»Es bedeutet, mein liebes Kopfgeldjägerchen, ›voll Hass‹. Der Begriff stammt aus der alten Sprache der Götter. Und …«

Er lauschte schon längst nicht mehr den Worten der Thygater. Für ihn war sie nur eine vom Zeloo verdammte Hexe. Sie sollte schweigen. Denn der Hass, den er für sie empfand, wurde immer und immer größer. Er konnte nicht mit Bestimmtheit sagen, woher er auf einmal kam. Aber er war da und er wusste, dass es nur einen Weg gab, seinen Hass zu befriedigen. So lange musste er noch gute Miene zum bösen Spiel machen.

Er griff seine Armbrust und lauschte in die Finsternis des Raumes hinein. Das Nigido atmete schnaubend und schwer. Es wunderte ihn, dass er es bisher noch nicht gehört hatte, klang es doch wie ein riesiges schnaubendes Pferd. Lag sein Schnaufen etwa an den Anstrengungen, die das Wesen gerade auf sich nahm, um ihn zu töten? Aber warum griff es jetzt nicht an? Es musste ihn doch sehen. Es schien ihn nicht sehen zu können, sonst hätte es ihn längst attackiert.

Blitzschnell machte er seine Armbrust bereit. Sie spannte die Sehne.

Das Geräusch verriet ihn. Stampfend kam das Nigido auf ihn zugestürmt. Er spürte und hörte die stoßenden Schritte des Wesens. Es musste wahrlich riesig und vor allem schwer sein. Wieder das Geräusch, als würde jemand die Luft zerschneiden. Kuno duckte sich weg, indem er mit seinem linken Bein auf sein Knie ging. Da erklang das lang ersehnte Klack an der Armbrust, was ihm sagte, dass der Bolzen in der Schiene lag. Kuno drückte den Abzug, hielt dabei die Armbrust etwas in die Höhe und zielte dabei dorthin, wo er das Wesen vermutete. Der Knallsilberbolzen schoss in die Finsternis, doch verfluchte er sich selbst, dass er keinen Sprengbolzen benutzt hatte – der hätte ihm wenigstens für einen Moment Licht gespendet. Aber diese Knallsilberbolzen explodierten zumindest, wenn sie irgendwo aufschlugen.

Die Sehne schickte den Bolzen auf Reisen. Mit einem erneuten Klicken erkannte Kuno, dass der Bolzen unterwegs war. Lautlos flog dieser durch den Raum in die Richtung des Wesens. Der Kopfgeldjäger hatte jedoch die Reflexe und auch die Intelligenz dieses Wesens unterschätzt. Das Nigido holte aus und traf den Bolzen seitlich. Dieser veränderte seine Flugbahn, schlug aber dennoch dicht beim Nigido auf und explodierte. Kuno konnte für den Bruchteil einer Sekunde das Nigido erblicken. Was er sah, ließ ihn erschrecken.

Thygater hatte dem Geschöpf die Augen ausstechen lassen, um es mit vollkommener Finsternis zu strafen. Eine dicke Eisenspange lag um seinen Hals, von der eine schwere, lange Eisenkette mit ungewöhnlich großen Gliedern herabhing. Es war voller Narben. Er begriff nun, woher es seinen Namen hatte. Das Wesen war voller Hass und nicht unbedingt voller Hass nur auf die Menschen im Einzelnen, sondern voller Hass auf jedwedes Lebewesen auf dieser Welt. Denn alle, die es jemals gekannt hatte, hatten ihm ein Leid zugefügt. Aus seinem Unterkiefer wuchsen lange dolchartige Zähne, sein ganzer Kopf war gedrungen und nur von wenigen Haare bedeckt. Seine Nase war platt und nach oben gebogen, wie Kuno sie von den kleinen Hunden kannte, die die Obrigen gerade als Mode züchten ließen. Ohren hatte der Kopfgeldjäger in dem kurzen Moment des Lichtscheins zwar keine entdecken können. Doch musste die Kreatur sehr gute Ohren haben, denn die laute Detonation war es, die das Nigido aufbrüllen und seine Waffe fallen ließ. Laut krachte der Schädelspalter auf den Boden. Und das war seine Chance.

»Du hässliches Ding, ich werde dich von deinem Hass erlösen«, schrie er. Er hatte zwar nicht darauf gehofft, dass es auf einmal ohne Waffe dastehen würde, aber es erleichterte ihm seinen Plan. Er begriff in diesem Augenblick, dass das Nigido keine Augen in dieser

Finsternis benötigte, denn seine Ohren ersetzten sie. Es sah mit seinen Ohren, doch hatte der Knall der Explosion diese außer Gefecht gesetzt. Kuno hatte mehr Glück als Verstand gehabt. War der Zeloo etwa zu ihm zurückgekehrt und gab ihm wieder etwas Kredit?

Es war einerlei. Er griff an seinen Gürtel, umfasste den Griff seines Dolches, zog ihn blitzschnell heraus und hechtete in die Finsternis. Mit drei Sprüngen war er beim Nigido, schwang sich an seinem Arm empor und landete auf seinen Schultern. Das Nigido brüllte noch immer vor Schmerz. Es bekam von Kunos Taten nichts mit, bis zu dem Moment, als ihm der Kopfgeldjäger mit dem Dolch seine Kehle durchschnitt. Er flüsterte dem Wesen zu: »Ruhe in Frieden. Möge mein Schöpfer gnädiger mit dir sein als diese Hexe.«

Kuno sprang von dem Nigido herab, rollte sich am Boden ab und landete direkt an der Tür. Noch bevor das Nigido mit lautem Krach tot auf dem Boden aufschlug, öffnete er das Schloss der Tür und schritt auf die nächste Brücke.

Tief atmete er durch und verschloss wieder die Tür. ›Was erwartet mich als Nächstes? Welche Gefahren? Noch mehr Hass?‹

Thygater schien beeindruckt und lachte: *»Nein, mein liebes Kopfgeldjägerchen, das genaue Gegenteil.«*

»Das ist aber nett!«

»Glaube mir, die nächste Aufgabe wird nicht einfacher. Ich bin beeindruckt, dass du trotz deiner Verletzungen derartig agierst. In dir scheint mehr zu sein, als ich es erwartet habe.«

Wenn Thygater nicht für das Fehlen seiner Schmerzen zuständig war, wer dann? Doch wollte er sich seine Gedanken nicht anmerken lassen und nickte nur kurz: »Ich reiß mich zusammen.« Mit diesen Worten schritt Kuno die Brücke entlang, warf den Rucksack auf die linke und die Armbrust auf die rechte Schulter – gefasst auf alles, was auch immer ihn nun erwarten würde.

KAPITEL 38: ILLUSION

Als der Kopfgeldjäger vor der letzten Tür stand, wunderte er sich. Er blickte nicht auf eine Gittertür, sondern auf eine wunderschön verzierte Holztür. In der Mitte, in Augenhöhe der Tür, waren zwei Rosen in das Holz geschnitzt, deren Stängel ineinander verwoben waren. Fasziniert blickte er das Bildnis an. Sanft strich er mit einem Zeigefinger über das Holz.

»*Wunderschön, mein liebes Kopfgeldjägerchen, nicht wahr?*«, fragte Thygater. Er nickte. »*Diese Aufgabe hat bisher noch keiner lösen können. Noch nie hat einer diese Prüfung bestanden. Sie zeigt dir dein Innerstes, deine Wünsche und deine Gefühle. Mach dich auf eine harte Prüfung gefasst.*«

»Mein Innerstes? Pah, ihr habt mir längst gezeigt, was mein Innerstes ist.«

»*Sei dir da nicht so sicher, mein liebes Kopfgeldjägerchen.*«

Er griff die wundervoll und einzigartig geschmiedete, eiserne Türklinke, drückte sie hinunter und …

Kuno stand mitten auf einer grünen Wiese. Wie er dahin gekommen war, konnte er nicht sagen. Sein Kopf war völlig leer. Keine Erinnerung war ihm geblieben. Er schritt über die saftigen, grünen Wiesen, auf denen die verschiedensten Blumen in allen nur erdenklichen Farben blühten. Es roch nach Frühling. Verwirrt blickte der Kopfgeldjäger sich um. In der Ferne stand auf einem einsamen Hügel ein großer Baum, ob Eiche oder Kastanie, er hatte keine Ahnung von Bäumen. Aber unter diesem hier entdeckte er etwas …

»Gunda!«, entfuhr es Kuno erstaunt. Sie saß angelehnt an den Baumstamm und las. Gunda liebte es, zu lesen. Ihr Körper war genauso schön, wie er ihn in Erinnerung hatte und nur in einen Hauch von Stoff gehüllt.

Kunos Herz schlug höher. *Bubumm, Bubumm, Bubumm* schlug es fest und unaufhörlich in seiner Brust. Seine Gunda war da. Vergessen war ihr Tod, vergessen das Gitrog oder die Dame in Weiß.

Zwei Personen in rauchiger schwarzer Gestalt tauchten an seiner Seite auf. Sie waren ihm nicht fremd, doch kannten sie ihn besser als er sie. Ihre Gesichter ähnelten dem seinen, doch waren sie rabenschwarz und zogen einen Schleier mit sich. Sie schienen keine Beine zu haben, sondern über den Boden zu schweben.

»*Willkommen, Memme*«, sprach das schwarze Wesen zu seiner rechten Seite, indem es in einem tiefen Rot glühte. Sofort erkannte er dieses Wesen. »*Hier wird sich zeigen, wer du bist und ob du deine Rache erhältst.*«

Der Kopfgeldjäger war unbewaffnet. Er trug nur seinen Waffenrock.

»*Waffen, mein Kuno, benötigst du hier nicht. Aber es ist deine Fantasie, deine Traumwelt, in der wir uns bewegen. Du bist in der Lage, alles hier zu beeinflussen und zu verändern, wenn du es nur möchtest*«, sprach die mütterliche Stimme. Er blickte sie an und erkannte an ihr ein blaues Leuchten.

»Wie bitte? Was wollt ihr?«, fragte Kuno verwirrt.

»*Memme, begreife, wir sind in deinem Kopf.*«

Er verstand die Worte, konnte aber den Sinn nicht erfassen. Er wollte zu seiner Gunda. Sie hatte ihn erblickt. Sie winkte ihm. Er lächelte. Seine Liebe erwartete ihn. Er kam wohl von der Arbeit.

»*Memme, nun denk mal ganz scharf nach*«, forderte ihn die gewissenlose Stimme auf. »*Wo warst du noch vor nicht einmal fünf Sekunden?*«

Er konnte es nicht beantworten. »Wen interessiert es! Seht doch – dort ist Gunda!«

»*Mein Kuno, es ist nur eine Illusion. Erinnere dich, wir haben gemeinsam das Gitrog getötet, welches deine Gunda geköpft hat. Erinnere dich.*«

»Blödsinn, da ist doch Gunda.«

Er wollte zu ihr laufen, doch die schwarzen Nebelgestalten griffen nach ihm und hielten ihn fest. Er war entsetzt: »Wagt es ja nicht, euch zwischen mich und meine Gunda zu stellen. Er schlug zu, doch seine Faust glitt erst durch die eine Nebelfigur, dann durch die andere.

»Wer seid ihr?«, fragte er bestürzt. »Und warum kann ich euch nicht greifen?«

»Wir sind dein Gewissen. Wir beschützen dich. Das haben wir schon immer getan. Wir sind die Stimmen, die dich vor Dummheiten warnen oder dich auffordern, Dinge zu tun.«

»Ihr seid meine Hirngespinste?«

»Wenn du uns so nennen willst, Memme, aber da hinten am Baum ist genauso wenig deine Gunda, wie wir einen Körper besitzen. Denk nach Memme, wo warst du als Letztes?«

Er dachte nach, konnte sich aber beim besten Willen nicht daran erinnern oder wollte es nicht. Er wollte zu Gunda. Das war der bestimmende Gedanke. Zu seiner Gunda, die immer noch winkte und ihm Zeichen gab. Er lief so unvermittelt los, dass die Stimmen ihn nicht mehr zu packen bekamen. Kuno lief, während die schwarzen Nebelgestalten ihm folgten. Er lief und lief, aber seine Gunda kam nicht näher.

»Memme, erinnere dich, du musst dich erinnern, sonst sind auch wir tot. Wenn du dich nicht erinnerst, bevor Gunda stirbt, werden wir alle sterben. Begreife das«, schrie die gewissenlose Stimme voller Verzweiflung. Sie hatte von den beiden Stimmen schon immer den größeren Lebenswillen gehabt.

Er lief. Sein Atem ging immer schwerer und er kam ihr kein Stück näher.

»Mein Kuno, bitte versuch dich zu erinnern. Wo warst du als Letztes? Denk an dein Ziel! Du willst nicht sterben. Mein Kuno, erinnere dich«, sprach nun auch die gewissenhafte Stimme flehend.

Doch er hörte nichts. Er lief einfach und lief. Die Erschöpfung kam schneller, als er es erwartet hatte, und er musste rasten. Doch der Baum mit seiner Gunda war nicht näher gekommen.

»Memme, wenn du wieder losläufst, wird Gunda sterben.«

»Pah, woher willst du das wissen?«

»Weil wir es von ihr gesagt bekommen haben. Sie kann nur in deinen Erinnerungen überleben – wenn du dich erinnerst, wo du warst.«

»Ihr seid verrückt! Ich bin hier vor Wera auf der Wiese mit

dem Baum, bei dem Gunda immer gelesen hat. Wir haben uns oft dort geliebt. Ich will zu meiner Gunda. Ich vermisse sie so entsetzlich.«

»Mein Kuno, überlege, wie viel näher bist du ihr gekommen?«

»Memme, kein Stück. Du bist ganz woanders. Erinnere dich, sonst stirbt sie erneut.«

Plötzlich erhob sich ein schwarzer Schatten über Gundas Baum und riesige, schwarze Flügel breiteten sich über diesem aus, der sofort anfing zu welken.

»Nein«, schrie Kuno. »Lauf Gunda, lauf.«

Er wollte selbst losrennen, doch die Stimmen hielten ihn fest. Er sah, wie das Gitrog seine Flügel ausbreitete und der Baum vollständig verdorrte. Er schrie: »Lauf weg, Gunda! Warum hörst du mich nicht? Lauf, Gunda, lauf. Warum hörst du nicht«, schrie Kuno voller Verzweiflung. Eine Erinnerung kam in ihm hoch. Eine bittere Erinnerung, aber sie war noch nicht vollständig da. Sie schmerzte. Tränen rannen seine Wangen hinab, er stürzte fast zu Boden, aber seine Stimmen fingen ihn auf.

»Du darfst nicht aufgeben, Memme, du musst dich erinnern.«

»Woran?«, brüllte er fragend.

»Daran, wo du bist! Was deine Aufgabe ist! An die Dame in Weiß.«

»Die Dame in Weiß?«, fragte er wie ein kleines Kind.

»Mein Kuno erinnert sich.«

»Da war eine Dame …« Seine Tränen versiegten und seine Stimmen brauchten ihn nicht mehr zu stützen. Er stand auf seinen Beinen. Er atmete schwer.

»Erinnere dich, mein Kuno.«

»Ich will mich nicht erinnern«, rief er, als ein Teil der Erinnerung in ihm hochschwappte. Er lief erneut los. Wieder hatte er seine Stimmen überrumpelt.

Das Gitrog schwang sich vom Baum herab und landete neben seiner Gunda. Der Baum brach weg und Gunda blickte erschrocken dem Gitrog in die Augen.

»Ich werde sie töten, wenn du dich nicht erinnerst«, lachte das Gitrog. Der Kopfgeldjäger lief so schnell, wie ihn seine Beine trugen. Doch der Baum mit seiner Gunda kam nicht näher. Die Stimmen schwebten neben ihm.

»Memme, du musst dich erinnern! Erinnere dich an die Dame in Weiß! Erinnere dich an Wera, erinnere dich an den Tod deiner Liebsten. Erinnere …«

Gunda rief ihm zu: »Ich trage dein Kind in mir. Ich wollte es dir noch sagen, aber …«

Er verstand Gunda nicht mehr. Was war los, warum konnte er sie nicht mehr hören? Kuno erhöhte die Schrittzahl und lief.

»Warum höre ich sie nicht mehr? Ich sehe, wie sie ihre Lippen bewegt, was sagt sie?«

Das Gitrog öffnete nun die Flügel über Gunda.

»Mein Kuno, wenn du dich nicht rechtzeitig erinnerst, stirbt nicht nur sie ein zweites Mal, sondern wir alle sterben, wir werden zum Zeloo gehen und für unsere Taten geradestehen, die wir getan haben. Erinnere dich! Verdammt noch mal. Beim Zeloo, erinnere dich.«

Er stürzte, weil er an einem schwarzen Stein hängengeblieben war. Der Stein war so schwarz wie …

Wie … was? Er konnte sich nicht erinnern. Er blickte beim Fallen auf den Stein und versuchte, sich zu erinnern. Dann schlug er mit dem Gesicht auf und durchfurchte den Boden der Wiese, doch anstatt Erde und Gras zu riechen, roch er Pisse und Erbrochenes. Es schmerzte fürchterlich, als er mit dem Gesicht über den Boden schrammte. Er stemmte sich in die Luft und blickte zum Baum. Die Schmerzen kamen schlagartig wieder. Das Atmen fiel ihm schwer und all das, was er vergessen dachte, tauchte wieder auf. Er blickte hoch und erkannte das Gitrog.

Es hatte seine Kralle ausgefahren.

»Die Kralle, das Gitrog, die Dame in Weiß. Meine Rache! Ich erinnere mich.«

Er wachte auf. Er lag mitten in einem Raum, der durch Gaskerzen erhellt wurde. Er blickte an die Decke. Er lag auf kaltem Stein und wusste, er hatte sich nicht zu spät erinnert. Gunda war kein zweites Mal gestorben.

»Boah, Memme«, erklang die Stimme in seinem Kopf. *»Du machst es aber auch verdammt spannend. Im letzten Moment.«*

Er richtete sich auf und blickte sich um. Er lag in einem kalten Raum, der nach Pisse, Erbrochenem und anderem Unrat stank. Er stand auf. Seine Stimmen waren wieder da. Aber diesmal war er nicht erbost, sondern sichtlich erleichtert. So sehr er sie auch verfluchte, so sehr gehörten sie auch zu ihm. Er brauchte sie mehr, als er es für möglich gehalten hatte.

»Mein Kuno, ich wusste, dass du es schaffst.«

»Lasst uns der Schlampe den Garaus machen«, spuckte der Kopfgeldjäger aus. Er strich sich über das Gesicht. Es war geschwollen und schmerzte. Seine Brust schmerzte. Die Blessuren waren immer noch da, nur jetzt spürte er sie wieder. Die Wirkung der Wallwurzblüten hatte geendet, dachte der Kopfgeldjäger.

Er ergriff seine Armbrust und seinen Rucksack. Sie lagen feinsäuberlich am Ausgang. Er suchte am Gürtel seinen Dolch. Er war noch da.

»Diese Schlampe hat mir Gunda und Azig genommen, das wird sie mir büßen.«

»Wuhu, so ist recht, Memme. Lass uns das machen, was wir am besten können.«

Er ging zur Tür und öffnete sie. Der Wenag stand vor ihm.

»Nie hat es einer geschafft. Ihr müsst uns retten. Wir sind nicht freiwillig hier.«

Der Kopfgeldjäger blickte misstrauisch den Wenag an und lächelte dann. »Ich werde es versuchen.«

»Och Memme, sind wir doch weicher geworden?«

»Nein, mein Kuno versucht nur, richtig zu handeln.«

»Schnauze, ihr zwei!«

Die Stimmen lachten in seinem Kopf. Der Wenag blickte ihn verwirrt an.

»Ich soll Euch zu ihr bringen.«

Die nächste Brücke war kürzer, deutlich breiter und endete mit einem Tor. Kuno erblickte den Magos an der Wand hängend. Er war bewusstlos, dennoch ging von ihm eine Kraft aus, die er nicht für möglich hielt. Er spürte seine Macht, aber er spürte auch, dass die Macht in den Fesseln gebunden war. Der Magos war hilflos der Dame in Weiß ausgeliefert.

KAPITEL 39: DER MAGOS

Eine andere Möglichkeit, als dem Wenag zu folgen, besaß er nicht. Es führte ihn zu einem Stuhl, der auf der Ebene stand.

»Wo steckt sie?«

»Sie wird gleich für Euch da sein. Sie ist momentan noch mit Azig beschäftigt.«

Ruhig blickte er sich um. Aus der Nähe wirkte der Platz, an dem er Thygater aus der Ferne gesehen hatte, noch grausamer und unwirklicher. Nicht nur das große Becken zum Auffangen des Blutes war mit seinen Artefakten eine Grausamkeit an sich, sondern auch der an der Wand hängende Magos wirkte einschüchternd.

Der Magos wirkte wie ein Mensch. Es schien nichts Besonderes an ihm sein. Nichts, was ihn für eine Art Gott oder Wesen mit besonderen Fähigkeiten qualifizierte. Er hing in einem hellen, weiß strahlenden Gewand mit gespreizten Armen und Beinen an eisernen Fesseln hoch oben an der Wand. Sein goldenes Haar hing strähnig herunter, so wie bei jedem anderen Wesen, wenn es sich tagelang nicht hatte waschen können. Ein Dreitagebart machte die ungepflegte Ausstrahlung des Wesens perfekt. Der Kopfgeldjäger konnte sich nicht vorstellen, dass dies einer der Wächter sein sollte oder gewesen war, die der Zeloo einst auf die Welt entsandt hatte, um sie und vor allem die Menschen zu schützen und ihnen mit Rat zur Seite zu stehen.

»Glaub es oder lass es, Mensch!«, stöhnte der Magos an der Wand auf. Ein vorwurfsvoller Blick traf den Kopfgeldjäger. »Menschen … IHR seid der Weltuntergang, nicht das Urböse. Das Urböse beschleunigt nur alles, das habe ich nach all den Jahrhunderten hier auf dieser verfluchten Welt gelernt.«

»Wie meinen?«, entgegnete Kuno etwas überrascht über die tiefe, sonore Stimme des Wesens an der Wand. Sie war beruhigend und gleichzeitig auch erschreckend. Liebenswürdig und gleichzeitig abstoßend. Der Kopfgeldjäger spürte seine Kraft, als auch die Macht, die in ihm war, und doch lag darin keine Möglichkeit, ihm zu helfen. Sie war an diesem Ort vollkommen nutzlos.

»So nutzlos ist meine Macht hier nicht, wie du es denkst.« Der Kopfgeldjäger blickte hoch. Dann sprach der Magos weiter: »Ich bin einer der letzten Magi. Falls Ihr es mir nicht glaubt, so fragt die Schlampe, die mich von ihrem Haustier hat hierher schleifen lassen. Wo steckt dieses Ungetüm eigentlich?«

»Ich habe es getötet.«

Ungläubig blickte er den Kopfgeldjäger an. Dann lachte der Magos: »Ihr habt sogar recht mit Eurer Aussage. Ich kann es in Euren Erinnerungen lesen. Ihr habt es getötet. Ich würde glatt sagen, dass die Menschheit nach dieser Tat doch nicht verloren ist. Aber ich habe die andere Seite in Eurem Kopf gesehen. Ihr könntet der Bruder dieser Schlampe sein«, spottete der Magos.

»Ihr habt doch magische Kräfte, jagt die Hure hier raus …«

»Ach, was wisst Ihr schon? Einfaltspinsel! Sie erhält nicht das, wonach sie sich sehnt, wonach es ihr verlangt. Und ich werde es ihr nicht auf die Nase binden. Euer Blut ist genauso wertlos wie das jedes anderen Menschen.«

»Ich bin also nicht würdig?«

Der Magos fing schallend an zu lachen. »Ich habe in Eurem Herzen gelesen, dass Ihr es Euch wünscht, von einem der drei Gründerväter der menschlichen Königreiche abzustammen – weil Ihr glaubt, Ihr würdet damit etwas Besonderes sein. Aber nicht mal im Entferntesten seid Ihr mit ihnen verwandt. Ihr seid ein Sprössling der untersten Abart des menschlichen Seins. Eure Vorfahren waren Huren, Diebe und anderes abscheuliches Pack. Ihr habt mit Eurer Berufswahl nahtlos an Eure großartige Familiengeschichte angeknüpft«, sprach der Magos sarkastisch. »Nichts in Euch, nicht mal der kleine Funken der Ehre, der in Euch ist; berechtigt Euch, Ansprüche an jemanden zu stellen. Ihr tragt so viel Schuld in Euch … es würde für zwei Leben reichen, würdet Ihr wiedergeboren werden.«

Er blickte den Magos entsetzt an. Er hatte erwartet, dass er freundlich war, ihm helfen würde, ihm … Was eigentlich? Der Magos war der Beschützer der Welt, entsandt worden, um die Menschen … Musste er ihn dann nicht auch beschützen?

»Vergesst Euren Gedanken nicht, Kopfgeldjäger. Oder soll ich ›Konrad‹ sagen, wie es einst deine Mutter tat, bevor sie mit den Freiern ins Bett stieg?«

»Warum seid Ihr so grausam, wir wollen doch beide dasselbe?«

»Wollen wir das?«, fragte der Magos heuchlerisch.

»Wir wollen Thygater zurück in den Abgrund ihres Gefängnisses schicken.«

»Ach, Konrad, ihr Menschen, ihr seid schon einfältig und leicht durchschaubar. Du erhoffst dir nicht nur das Leben, welches du einst mit deiner kleinen Dirne hattet, zurück. Du wünscht dir, mehr zu sein als ein Kopfgeldjäger, der alles nur des Geldes wegen oder für einen Gefallen tut. Veränderungen kommen nicht durch Wünsche, sondern durch Taten. Diese abartige Situation hier wird dich nicht näher an dein Ziel bringen. Deine Stimmen sind der beste Beweis für deine kranke und kaputte Seele.«

»Woher wollt Ihr das wissen?«, erwiderte der Kopfgeldjäger verächtlich. Er hatte das Spiel des Magos satt. Wenn er ihm nicht helfen würde, dann würde er eben selbst einen anderen Weg finden.

»Finde dich mit deinem Schicksal ab, Konrad. Das sind die letzten Stunden deines und meines Lebens. Thygater wird gewinnen. Du hast nichts, was sie aufhalten könnte, und meine magische Macht ist hier nichts wert.«

Wie angewurzelt blickte Kuno enttäuscht zum Magos hoch und schrie: »Ihr seid einer der Beschützer dieser Welt. Ich bin nicht so weit gekommen, um mich jetzt von ihr wie ein Schwein aufschlitzen zu lassen, damit sie ihren festen Körper erhält.«

»Was auch immer dieses Gitrog in dir gesehen hat, es muss blind gewesen sein. Und du bist nur so weit gekommen, weil sie es wollte. Dein Blut ist so viel wert wie meine magischen Kräfte hier. Nämlich nichts. Und wenn die Schlampe es begreift, dann wirst du genauso sterben wie ich. Begreife das endlich und akzeptiere es. Hier ist dein Weg zu Ende. Du erhältst keinen weiteren Kredit vom Zeloo.«

»Woher wollt Ihr das wissen?«

»Er hat diese Welt längst aufgegeben. Er ließ uns zurück und hat sich anderen Dingen zugewandt. Diese Welt ist für ihn nur eine

Fehlkonstruktion, die er zwar zu verantworten hat, aber nicht mehr ändern kann. Akzeptiere es oder lass es, aber belästige mich nicht weiter. Dein Herz ist zu finster, als dass du etwas gegen sie ausrichten könntest.«

»Was bildet Ihr Euch ein, wer seid Ihr überhaupt, dass Ihr über mein Herz entscheiden könnt!«, schrie Kuno.

Da fing der Magos an zu lachen. Laut und höhnisch lachte er, bis sein Lachen in einen fiesen Husten überging. Er spuckte Blut. Eine Weile brauchte der Magos, um sich zu beruhigen. »Seht, ich spucke Blut. Ich bin nichts weiter als ein Mensch, hier an diesem Ort. Meine Macht zerfrisst mich von innen, weil sie kein Ventil hat. Ich verrecke an meiner eigenen Macht.« Wieder spuckte er aus und das Blut klatschte auf den steinernen Boden. Leise sprach er zu ihm: »Du fragst mich allen Ernstes, wer ich bin?« Er blickte vorwurfsvoll auf den Kopfgeldjäger. »Es gab Zeiten, da kannte man mich und meine Brüder – ob Mensch, Lutarr oder andere denkende Wesen auf dieser Welt. Alle wussten, wer wir waren. Man erwies uns Respekt. Man sprach ehrfürchtig von uns. Wir brachten Wohlstand und Frieden. Doch die Zeiten änderten sich. Sie wurden düster im Laufe der Mittleren Zeitenwende, und in der Vorzeitenwende, in der wir leben, wurde es nur noch schlimmer. Die Herzen der Menschen waren schon damals vergiftet. Etwas aus dem Phylake-Gebirge ist entkommen und besudelte die Herzen der Lebewesen. Hinzu kommt, dass ihr Menschen Schöpfungen des Zeloo seid. Ihr seid voller Schwächen und Fehler. Nichts in euch ist rein. Dazu ist die Saat des Urbösen, die der Zeloo hier einst begrub, in den Herzen der Menschen besser aufgegangen, als es sich die Unforhtal je hätten träumen lassen. Ihr seid das beste Beispiel dafür, Kopfgeldjäger. Wann habt Ihr je was Gutes aus freien Stücken getan? Selten habe ich in ein Menschenherz geblickt und fehlende Moral und Sitte gesehen, wie in Eurem Herzen.«

»Ich habe mich geändert!«

»Nein, ein Kampf gegen ein Monster des Urbösen führt nicht zu einer Veränderung im Menschen. Nein, Kopfgeldjäger, träum weiter.«

»So glaubt mir. Ihr müsst …«

»Sprich den Gedanken nicht laut aus. Sondern höre und verstehe, warum ich dir nicht helfen kann.« Der Magos wartete auf ein Zeichen, welches der Kopfgeldjäger ihm schließlich gab. Er wollte nicht unhöflich sein, so gewährte er ihm den Willen, frei zu sprechen. »Einst waren die Herzen der Menschen von Grund auf gut. Sie schenkten Liebe, Frieden und Freude auf dieser Welt. Sie respektierten sich und andere. Bis sie alles vergaßen. Bis sie sich selbst vergaßen und sich den Schwächen, die ihnen innewohnten, hingaben. Sie gewannen die Oberhand in ihrem Sein und verdarben alles, was es auf dieser Welt an Gutem gab. Angefangen bei den absolut reinen Schöpfungen der Oida bis hin zu ihren eigenen Stärken, die sie vom Zeloo verliehen bekamen. Diese Stärken waren es, an die der Zeloo im Menschen glaubte, aber er wurde enttäuscht. Ihre finstere Seite kam zum Vorschein. Sie gönnten einander nichts und damit begann das Leid. Eure Gier nach mehr, nach immer mehr und noch mehr, fraß unsere Geduld und die Welt auf.« Der Magos atmete schwer. »Wir hatten die Hoffnung, dass das Gute zurückkehren würde in eure Herzen, aber wir irrten. Wir kümmerten uns, wir sprachen mit euch. Wir gaben euch alles, was ihr wolltet. Schließlich wandten sich einige meiner Brüder ab, da sie glaubten, bessere Götter zu sein, als es der Zeloo je hätte sein können, da sich die Menschen nicht änderten. Dies erzürnte ihn, der sie erschaffen hatte. Sie erhielten die gerechte Strafe. Ich weiß, wofür ich meine Strafe hier erhalte – doch weißt du es auch, Konrad, wofür du deine erhältst? Warum du aus diesem Loch nicht mehr lebend herauskommen wirst?«

Der Kopfgeldjäger verstand nichts von dem, was er ihm sagte. Er begriff wieder einmal nichts. Das erkannte der Magos. »Du verstehst nichts. Dein Geist ist so einfach gestrickt – euch geht es nur um die Befriedigung eurer Triebe.«

»Ich will ja verstehen, aber …«

»Nichts ›aber‹. Du hast dein Leben bis heute nur mit dem Leid anderer verdient und dafür erhältst du deine gerechte Strafe. Der Zeloo ist nicht länger mit dir. Er hat dich, wie mich, zur Schlachtbank geführt, weil er weiß, dass er dieses Böse besiegen könnte, was da neu erstarkt ist, wenn es ihm nur gefiele. Und falls nicht, endet es wieder wie in ferner Vergangenheit, als er schon einmal versuchte, euch Menschen eine Heimat zu geben. Er lässt hier alles verenden und gestaltet einfach neue Welten, wenn er es nicht schon längst getan hat. Euer Zeloo ist nicht so gnädig, wie ihr glaubt. Er kennt keine Gnade.«

»Ich kann Euch nicht folgen. Ich bin hier, um Euch zu retten.«

Wieder lachte der Magos: »Ein Menschlein will mich retten. Mich, den Magos der Seelen. Ich kann tief in deine Seele blicken. Ich bin der rote Magos.« Plötzlich erstrahlte sein ganzer Körper in einem flammenden Rot, über die ganze Finsternis hinaus, die diesen Ort umgab. »Ich sehe tief in dich, doch finde nichts als Wut und Enttäuschung, Zorn und Hass. Das alles genährt von der Furcht der Ungerechtigkeit, die ihr so empfindet; dabei war es nur rechtens, dass dir genommen wurde, was du am meisten liebtest. Der Zeloo hat deine Schulden mit dem Tod von Gunda eingetrieben, hast du es noch nicht begriffen? Hier endet dein Weg, Menschlein.« Der Magos schien sich gegen die Fesseln zu wehren, aber sie hielten der Macht des Magos stand. Er schrie auf.

Nur perplex konnte der Kopfgeldjäger dem Schauspiel folgen. Er wollte ihm helfen, er wollte dem Magos unbedingt helfen, aber er wusste nicht wie. Er stellte seinen Rucksack ab und hielt die Armbrust vor sich. Die roten Strahlen des Magos schossen bis in den letzten Winkel des riesigen Berggewölbes, aber es war vergebens. Er sackte in sich zusammen und hing reglos in den Fesseln.

»Roter Magos?«, fragte Kuno leise.

»Konrad, Ihr versteht nicht. Ich bin hier, weil es der Zeloo so wünscht. Es ist die Strafe dafür, dass wir Magi die Hoffnung verloren haben und unserer Aufgabe nicht mehr nachkommen. Diese Welt ist verdammt und wenn sich nichts ändert, wird sich der Zeloo noch weiter abwenden. Das Urböse ist nicht hier, um zu herrschen, sondern es ist hier, um eine alte Rechnung zu begleichen. Die Vernichtung der Menschheit und dieser Welt, weil sie glaubten, ungerecht behandelt worden zu sein. Sie befreien diese Welt von den Menschen, um sie wieder so rein und edel zu machen, wie sie vor eurer Ankunft war. Sie glauben, dass ihre Schwester, die Schöpferin dieser Welt namens Oida, ihnen vergibt und sie so zurück in ihre Welten kehren können, da sie das Gleichgewicht wiederhergestellt haben. Doch es ist vergebens. Warum, glaubst du, ist diese Welt noch nicht vernichtet? Weil sie noch lebt. Oida ist die Seele dieser Welt und ihr treibt immer weitere Wunden in sie. Selbst wenn sich die Unforhtal erneut gegen den Zeloo stellten und ihn töten müssten, würden sie es tun, nur um die Reinheit und Gerechtigkeit zu erhalten.«

»Meint Ihr nicht, dass Ihr übertreibt?«

Der Magos der Seelen spuckte erneut Blut aus und sprach: »Schau mich an! Ich spucke wie ein sterbliches Wesen Blut. Ich hänge in einfachen Eisenketten gefesselt an einer Wand und warte auf meinen Tod. Ich kann nichts – wirklich NICHTS tun. Und du glaubst, ich übertreibe? Ihr seid so naiv, so dumm. Ihr Menschen seht nicht mal ein, dass ihr nicht auf diese Welt gehört. Ihr seid das Geschwür dieser Welt, welches der Zeloo selbst hergebracht hat. Der Zeloo ist zu schwach, um euch zu tilgen, denn längst hat er eingesehen, dass er einen Fehler begangen hat. Euch in eine Welt zu lassen, die er nicht erschaffen hat. Er hätte es wissen müssen, dass ihr diese Welt zerstört und die Schönheit und Reinheit der Oida besudelt. Doch er liebte seine Schöpfung, den Menschen, zu sehr. Er ist genauso naiv wie seine erste Schöpfung. Und nun folgt das Unausweichliche. Das Ende. Das Ende dieser Welt, denn der Zeloo wird diese Welt nicht bestehen lassen. Er wird sie vernichten, sollte das Urböse den Weg aus dem Phylake-Gebirge finden. Er wird euch wohl einfach eine neue Welt schenken und den Fehler, den er immer und immer wieder begeht, nicht akzeptieren. Ihr seid seine Kinder.«

Der Kopfgeldjäger starrte den Magos an. Er begriff nicht ganz, was dieses Wesen von ihm wollte. Aber er verstand, dass sein Weg hier zu Ende sein und er sich seinem Schicksal ergeben sollte. In seiner Verzweiflung fragte er: »Was kann ich tun?«

»Du wünschst, du könntest? Ich kann es jetzt in dir spüren. Du willst tatsächlich nicht aus Selbstnutz überleben. Ihr wollt diese Welt retten«, sprach er überrascht.

»Ihr klingt so erstaunt.«

»Ich bin es.«

»Glaubt Ihr mir nicht, dass ich mich geändert habe?«

»Ich muss es nicht glauben, ich spüre es. Du willst etwas ändern. Aber sieh es ein, es ist zu spät. Und du bist nicht in der Lage, das, was heute oder irgendwann auf diese Welt zukommt, zu verhindern. Das ist niemand.«

»Beschützt die, die ihr beschützen solltet«, schrie der Kopfgeldjäger, doch der Magos verlor das Bewusstsein. Er hing nur noch leblos in den Fesseln. Seine körperlichen Schmerzen kehrten zurück. Hatte der Magos ihm die Schmerzen genommen?

Blut tropfte in die Rinne, Blut von seinen Fesseln. Langsam sammelte es sich. Es bildete sich ein kleines Rinnsal. Schließlich floss es in das große, steinerne Becken.

Der Wenag stand wie angewurzelt da. Er konnte genauso wenig glauben, was er gerade gehört hatte, wie es der Kopfgeldjäger tat.

Als Erstes fand der Kopfgeldjäger seine Sprache wieder, dann fragte er: »Wie viele seid ihr?«

»Wir sind tausend.«

»Tausend Wenag dienen der weißen Schlampe?«

Der Wenag nickte. »Sie sollen sich sammeln, vielleicht finde ich einen Weg hinaus.«

Der Wenag verschwand.

KAPITEL 40: FLUCHT

»Wie ich sehe, mein liebes Kopfgeldjägerchen, habt ihr euch schon bekannt gemacht.« Erhaben schritt Thygater über den Boden und deutete mit ihrer Hand auf den Magos. *»Ein wahrhaft einzigartiges Wesen, wohl das Beste, was der Zeloo je erschaffen hat, neben den Adallih, von denen ich selbst abstamme, natürlich.«*

Der Kopfgeldjäger begriff, dass sie recht hatte. Aber sein Hass ihr gegenüber wuchs. Das Leid, was ihm angetan wurde, war der Nährboden des Hasses.

»Memme!«, tauchte seine gewissenlose Stimme wieder auf.

»Schweigt!«, zischte Kuno sie an. »Nicht jetzt.«

»Sie haben dich nie verlassen, mein liebes Kopfgeldjägerchen, nicht wahr? Selbst in der Zeit, als du mit Gunda glücklich warst. Habe ich recht?«

Kuno nickte.

»Du schuldest ihnen Dank. Ohne sie hättest du den letzten Raum niemals überlebt. Sie lieben dich, mein liebes Kopfgeldjägerchen. Nur deswegen ist der Versuch des Verrates an dir gescheitert. Sie können dich nicht verlassen, wie es eine der Stimmen wünschte.«

Der Kopfgeldjäger hörte, wie die beiden Stimmen in seinem Kopf wild durcheinandersprachen.

»Sie können dich nicht verlassen, denn ihr bedingt euch gegenseitig. Nehme ich dir eine Stimme, stirbt der Rest, und stirbt der Rest, vergeht auch die eine. Ihr gehört zusammen. Wahrscheinlich vermag es nur der Zeloo, dich von ihnen zu erlösen, aber der hat hier keine Macht.«

Der Kopfgeldjäger beobachtete jede Bewegung von Thygater genau.

»Wenn ich ehrlich bin, hätte ich es nie für möglich gehalten, dass du so weit kommst. Dein Einfallsreichtum ist wahrlich einzigartig. Es ist wohl auch dem Stolz des Gitrog zu verdanken, dass du noch lebst«,

sprach sie weiter. »*Wäre es nicht so versessen darauf gewesen, dass du der Auserwählte bist, dann hätte es dich wohl schon beim ersten Versuch getötet.*«

Er lächelte gezwungen und hielt immer noch die Armbrust im Anschlag. Sie zeigte genau auf Thygater. Die Dame in Weiß nahm es gelassen hin und schwebte zu ihrem Thron. »*Heute Nacht, mein liebes Kopfgeldjägerchen, werde ich feste Gestalt annehmen und meine Armeen aus diesem Gebirge führen. Noch heute werden die Städte Markon und Nithard dem Erdboden gleichgemacht.*«

Auf Kuno wirkte sie, als hätte sie etwas von ihrem Glanz verloren. Sie schien nicht mehr die Macht zu besitzen, die sie noch vor ein paar Stunden innehatte. »*Ich war gewillt, dir ein Geschenk zu machen, aber es ist mir nicht möglich. Dein treuer Gefährte ist tot und es tut mir aufrichtig leid.*«

Der Kopfgeldjäger konnte nicht glauben, was er da hörte. Ein Kloß bildete sich in seinem Hals und er unterdrückte die Tränen. Er saugte nervös seine Lippen ein und aus.

»*Es hat mich erschreckt, dass ich dieses Gefühl für ein Wesen hege, welches die Menschen gezüchtet haben.*«

Er erkannte die Chance. Sie hatte viel Kraft ihrer Macht genutzt, um ihm das Geschenk des Lebens zumachen. Azig sollte eine Bestechung sein, denn niemals hätte er irgendeinen Wunsch von ihr ablehnen können, wenn sie es geschafft hätte, ihn zurückzuholen. Aber jetzt war sie geschwächt. So hatte das Ableben von Azig noch mehr Heldenhaftes als vorher schon. Er dankte dem Hund dafür. Das war seine Möglichkeit, aber was sollte er tun?

»*Memme, improvisiere, das konntest du doch bisher am besten.*« Er nickte. Thygater ließ sich auf ihren Thron nieder und blickte zu ihm.

»*Es ist nun an dir, gib mir etwas von deinem Blut. Schau, am Becken, was sich mit dem Blut des Magos füllt, liegt ein Messer. Schneide dir den linken Arm auf und träufele das Blut hinein. Ich werde es trinken.*«

Er blickte am Thron entlang. Hinter ihm war die Tiefe des Berges zu sehen.

»Beeindruckend, oder?«

»Wie bitte?«, stotterte er.

»Beeindruckend, wie tief es dort hinab geht. Schau hinunter und erblicke die Tiefen des Phylake.«

Er tat es, sah über den Rand in den Abgrund hinab. Unfassbar weit ging es in die Tiefe der Dunkelheit. Und dort sah er ein rotes Licht.

»Was ist das für ein Licht?«, fragte Kuno neugierig.

»Das ist das Licht der Finsternis. Der Kern dieser Welt ist so heiß, dass er geschmolzen ist. Sie spendet uns Licht. Das ist auch der Lichtschein, welchen du in den Lampen hier siehst.«

Kuno war überrascht, er dachte, dass die Wesen der Finsternis kein Licht benötigten, aber er hatte sich getäuscht.

Am steinernen Brunnen angekommen, blickte er hinauf zum Magos. Er hing immer noch bewusstlos in den Seilen, doch es schien nur so. Kuno sah genauer hin und erkannte ein Lächeln in seinem Gesicht. Es war kein Jetzt-ist-es-zu-Ende-Lächeln, sondern ein hoffnungsvolles. In seinem Kopf blitzte auf einmal ein Gedanke auf. Er wusste nicht, woher er kam, aber er war da. Der Magos lächelte und flüsterte: »Eine letzte gute Tat zum Schutze dieser Welt. Ich danke dir, Konrad, dass du mir zeigtest, dass selbst ein einfaches Wesen mit so einer grausamen Vergangenheit noch Herz besitzt.«

Die Schmerzen aus Kunos Körper verschwanden. Der Magos hatte ihn die gesamte Zeit beschützt – wie auch immer er es angestellt haben mochte.

»Was redet er?«, schrie die Dame in Weiß und richtete sich in ihrem Thron auf. Kuno warf das Messer und es blieb nur Zentimeter neben der Dame in Weiß im Stein des Throns stecken.

»Du wagst es, gegen mich aufzubegehren, trotz allem, was ich für dich getan habe, nach all …«

Die Armbrust schwang nach vorne und er drückte den Spannknopf. Sofort begann die Spule zu arbeiten und spannte die Sehne, während Kuno zu seinem Rucksack lief. Er wusste nicht, was er tat, er handelte einfach. Die Dame in Weiß begann zu schreien und Wind kam auf. Doch er stemmte sich gegen die Böen.

»Ich werde dich zermalmen, du elendiger Wurm. Wenn ich dein Blut habe, werde ich deinen Körper in alle Himmelsrichtungen dieser Welt schicken und dein Herz werde ich verspeisen.«

Während sie sprach, tauchten aus dem Eingang, aus dem die

Dame in Weiß gekommen war, mehrere Nigidos auf. Auch sie hatten Ketten um ihren Hals, doch fehlten ihnen nicht die Augen.

»Tötet ihn und bringt mir sein Herz«, schrie sie, die nicht mehr so höflich wirkende Göttin aus dem Phylake-Gebirge. An seinem Rucksack vorbei schoss er einen Bolzen in Richtung der Nigidos. Wieder schlugen sie ihn aus der Luft, hinein in die Tiefe des Berges. Kuno atmete tief durch und befreite die eiserne Kugel, deren Legierung er nicht kannte. Die Armbrust lud den nächsten Bolzen. Er griff an seine Gürteltasche und legte reflexartig die Spule nach. Dann lachte er auf. Er hatte einen Geistesblitz – oder hatte es ihm der Magos verraten? »Jetzt weiß ich, wofür du bist …«

Er drehte sich um und schoss einen weiteren Bolzen auf die Nigidos, die angestürmt kamen. Diesmal traf der Bolzen, explodierte am Kopf des einen und zerriss ihm den Schädel, während das andere Nigido über ihn stürzte. Den letzten Bolzen verschoss der Kopfgeldjäger aus dem Magazin auf Thygater. Er wusste, dass er ihr nichts anhaben würde, aber das war auch Sinn und Zweck der Übung. Er explodierte direkt auf dem Stein des Thrones. Dieser zersplitterte und rutschte in die Tiefen der Schlucht.

Entsetzt blickte die Dame in Weiß ihm hinterher. *»Was tust du? Du kannst mich nicht besiegen, nur erzürnen.«* Sie breitete ihre Arme weit aus und flüsterte einige Worte. Sie schien den Wind zu beschwören, aber das spielte alles keine Rolle mehr.

Der Kopfgeldjäger griff die Kugel und warf sie, mit aller Kraft. Überrascht über das Ding, was auf sie zugeflogen kam, fing die Dame in Weiß die eiserne Kugel auf. Sie war selbst darüber überrascht, sie greifen zu können. Sie blickte auf die Kugel, während der Kopfgeldjäger Magazin und Spule nachlud. Es war das Magazin mit den Sprengladungen. Er drückte den Spannknopf, die Armbrust zog an.

Die Dame in Weiß begutachtete vollkommen überrascht die Kugel. *»Was ist das nur?«*, fragte sie.

Kuno hörte, wie sich ein Sprengbolzen in die Schienen legte. Ohne langes Zögern schoss er ihn in die Tür, lud nach, und pfefferte einen weiteren wieder auf Thygater. Sie blickte starr auf die Kugel drehte sie und da öffnete sie sich – von ganz alleine. Die Glasphiolen zerbrachen und ergossen sich über den Thron, der leicht zu zischen begann. Auf einmal erschien aus der Kugel ein helles, gleißendes Licht. Ein Licht, welches leuchtender strahlte, als das Sonnenlicht es vermochte. Es war ein reines Licht. Thygater schrie. Der Lichtschein breitete sich aus dem Schnappverschluss aus. Es wirkte, als würde sich das grelle, helle Licht um die Dame in Weiß spannen und sie einfangen. Sie kreischte: *»Ich kann die Hände nicht davon nehmen. Ich kann die Hände nicht davon nehmen! Was ist das? Was hast du mir in meine Hände gelegt?«*

Dann begann die Kugel das Netz aus Licht einzuholen, wie es ein Fischer mit seinem Fischernetz tat. Erbärmlich und unter Qualen schrie die Dame in Weiß und verschwand nach und nach vollständig in der Kugel.

Der Kopfgeldjäger blickte zum Magos, der anfing zu lachen. Er lachte laut und fröhlich, als sei er auf einem Fest. Immer lauter lachte er und dann rief er: »Verschwinde, du Idiot. Du kannst weder mich noch die Wenags retten, aber du hast es wenigstens versucht. Rette wenigstens dein erbärmliches, kleines, beschissenes Leben und mach was draus. Nicht jeder bekommt eine neue Chance, um sein Leben zu ordnen.«

»Was ist mit der Dame in Weiß?«

Sie ist gefangen, gefangen von der Macht des Zeloo. Er hat dir wieder einmal Kredit gewährt. Mach was daraus, Konrad Kopfgeldjäger, mach was aus deinem Leben«, rief der Magos ihm zu.

Kuno griff seinen Rucksack, der am Boden lag, und plötzlich implodierte die Kugel, mit einem hellen Lichtblitz, der ihm die Tränen in die Augen trieb. Die Kugel stürzte auf den steinernen Boden und rollte zu den Stufen des Throns heran. Durch den Lichtblitz begann das Gewölbe zu beben. Es lösten sich Steine und Felsbrocken von der Decke und stürzten zu Boden. Er wusste nicht, wohin.

»Vertraue mir«, schrie der Magos ein letztes Mal, bevor seine Mauer nach hinten wegbrach und auch er in der Tiefe des Berges verschwand. Die Kugel folgte ihm. Eine rote Farbe hatte sich über seinen Körper gelegt und die Steine, die auf ihn niederprasselten, prallten von ihm ab. Er sah den Wenag, dem er versprochen hatte, ihn zu retten. Er streckte seine Hand nach ihm aus, wollte sie greifen, als ein Großteil der Decke über ihnen zusammenstürzte und den Wenag und alle anderen unter sich begrub.

»Nein«, schrie Kuno, »Nein, das darf nicht sein.«

»Das ist der Preis, den du zahlen musst, Konrad Kopfgeldjäger!«, erklang eine Stimme in seinem Kopf. Es war eine andere Stimme, eine neue. Und Kuno wusste in diesem Moment, dass in ihr die beiden anderen Stimmen gebunden waren, die jetzt in ihr erklangen, mit der Stimme des Magos. Hatte er ein neues Gewissen erhalten? Er würde es erfahren.

Der Kopfgeldjäger erspähte den Himmel, während immer weitere Teile des Berges einstürzten. Der letzte Turm der Veste, den er nicht gesprengt hatte, beugte sich langsam in das Gewölbe hinab, über die steinerne Armee, und barst. Kuno sprang über Steine und Trümmer, und bahnte sich irgendwie einen Weg aus dem Berg.

KAPITEL 41: DER ALTE HAUPTMANN

Der Kopfgeldjäger drehte sich ein letztes Mal um. Rauchend lag der Berg des Windes hinter ihm in Trümmern. Er war vollkommen in sich zusammengestürzt. Nur ein Haufen Schutt war übriggeblieben von dem einst so mächtigen, gewaltigen Berg. Rauchschwaden zeugten von seinem Zusammenbruch.

Kuno wischte sich über die Stirn und drehte sich um. Er ging über die Grenze aus der ›Verbotenen Zone‹, zurück in die erlaubte Welt hinein. Nur einen Schritt weiter und sein Abenteuer wäre zu Ende. Die Grenzsteine ragten wie eh und je steil in den endlosen Himmel empor. Er schmunzelte, strich sich über den Kopf und ging diesen Schritt. Er wanderte weiter, immer gen Norden, bis er einen Mann auf einem Pferd erblickte, ein weiteres neben sich angeleint.

»Du scheinst deine Rache erhalten zu haben«, sprach der Mann auf dem Pferd ihm bewundernd zu. Es war der alte Hauptmann und Kuno nickte.

»Als ich sah, wie der Berg in sich zusammenstürzte, wusste ich, dass du erfolgreich warst.«

Er warf Kuno die Zügel seines Pferdes entgegen. Der fing sie geschickt mit der Hand in der Luft, schwang sich auf sein Pferd und trabte los.

»Willst du mir nicht erzählen, was geschehen ist?«

Doch er schwieg und gab seinem Rappen die Sporen. Er würde es aufschreiben lassen, so nahm er sich vor. Damit jedes Wesen wusste, dass das Böse zu besiegen war. Damit jedes Wesen erfuhr, wie Kuno Kopfgeldjäger die Tochter des Urbösen und ihr Haustier, das Gitrog, vernichtet hatte. Denn wenn er es konnte, dann konnte es jeder andere auch.

EPILOG:
FULKENLAND

Das unheimliche Wesen war im Nebel der Fulkenland-Ebene verschwunden, während Kuno Kopfgeldjäger und Dela Waidmann hinter ihm her waren. Sie wussten, dass es mit ihnen kein gutes Ende nehmen würde.

DANKSAGUNG:

›Kuno Kopfgeldjäger‹ ist mein erstes gedrucktes, im Handel erhältliches Buch – und würde ohne die Unterstützung diverser Menschen, die mir nahe und nicht ganz so nahestehen oder nahestehend geworden sind, nun nicht in Euren Händen liegen.

Mein Dank geht von ganzem Herzen an meine Frau Katrin. Du hast in den letzten Jahren so viel mit mir durchgestanden, mich immer bei allem unterstützt und daher widme ich Dir mein Buch. Dank Dir geht es mir so gut, wie schon lange nicht mehr, und ohne Dich wäre dieses Buch niemals Wirklichkeit geworden. Ich liebe Dich.

Selten hat ein Sohn so viel Glück, einen Vater an der Seite zu haben, der derartig an ihn glaubt und ihn in allen Lebenslagen des Kreativseins und Nicht-Kreativseins unterstützt. Danke dafür, Papa!

Es mag vielleicht scheinen, als hätte meine Mutter an der Erfüllung meines Traums – ein Buch in einem Verlag herauszubringen – keinen großen Anteil gehabt. Doch in Wirklichkeit hast Du, liebe Mama, mir beigebracht, dass Fleiß, Struktur, Gewissenhaftigkeit und Akribie Grundpfeiler des Erfolges sind. Ohne diese Eigenschaften, die ich sehr verinnerlicht habe, hätte ich das alles nie geschafft. Danke, Mama!

Und verrückt, aber wahr: Von ganzem Herzen danke ich meiner Psychologin Annette Keldermann! Dank Ihnen konnte ich die vielen schweren Stunden überwinden, habe meine Grenzen kennengelernt und letztendlich begriffen, wie ich sie nutzen kann. Ich danke Ihnen auch dafür, dass Sie mich immer wieder ermutigt haben, meine Wut und meinen Zorn niederzuschreiben – was mir das nötige kreative Ventil gab, um nicht vollkommen durchzudrehen. Nur so konnte ›Kuno Kopfgeldjäger‹ entstehen, in seiner ganz besonderen und einzigartigen Form.

Niemals hätte ich geglaubt, dass aus meiner Bewerbung bei dem

SadWolf Verlag eine solch enge Freundschaft entstehen könnte, wie mit Dir, lieber Etienne. Du bist mein Verleger, Lehrer und Freund. Du hast mich dazu angetrieben, meinen Kopfgeldjäger noch verrückter und noch besser zu machen. Danke für die Chance. Und danke, dass Du an mich und meine Fähigkeiten glaubst.

Ich danke meinen liebsten und besten Freunden, insgeheim nicht nur für ihre Freundschaft, sondern gerade dafür, dass sie mich so lieben, wie ich bin: verrückt, durchgeknallt und nicht ganz normal.

Liebe Carla, Dir danke ich für Deinen Glauben an mich – dass ich das Unmögliche wahrmachen und einen grammatikalisch einwandfreien Satz schreiben kann.

Liebe Ricci – mein Schwesterchen – Dir danke ich für Deine Zuneigung, Dein geschenktes Vertrauen, Dein Ohr in allen Lebenslagen und dafür, dass Du immer für meine Frau und mich da bist.

Liebes Feuerwehrehepaar – Steffi und Balsam-Man – Euch danke ich für die bedingungslose Freundschaft, die meine Frau und ich von Euch erfahren. Vor allem seid Ihr die letzte Bastion in Thüringen und es ist stets wie ein ›Nachhausekommen‹, wenn wir Euch besuchen. E s wird mal wieder Zeit.

Lieber Christian (wer von uns beiden ist eigentlich der schwierigere Charakter?), Dir danke ich für die zahllosen Stunden auf unserer eigenen kleinen ›Konvention‹, der MueVol, in denen wir über meine Welt diskutiert haben und Du mir immer wieder gesagt hast: »Du schaffst das schon.« Danke für Dein Vertrauen.

Meiner Lektorin Sabine Fuchs möchte ich danken, da sie im Schweiße ihres Angesichts kurzfristig ›Kuno Kopfgeldjäger‹ den letzten Feinschliff gab und so zu einer großen Stütze, aber auch sehr guten Freundin geworden ist. Ich hoffe auf viele weitere gemeinsame Projekte, dass Du auch noch das Letzte aus meinem Schreiben herausholst und mich zu dem Schriftsteller machst, der ich sein sollte. Ich schulde Dir etwas – für Deinen großartigen Einsatz.

Ich danke auch meinen beiden ›Bloggerdamen‹ Anja und Barbara von ›Unsere kleine Bücherwelt‹, die mich interviewten, noch bevor überhaupt daran zu denken war, dass ich Kuno Kopfgeldjäger an einen Verlag schicke. Ich bin gespannt zu hören, wie ihr ihn jetzt findet.

Hannes Gumz danke ich für die Idee, wie ich durch einen Chitinpanzer komme. Alles Gute, Herr Doktor!

An alle, die ›Kuno Kopfgeldjäger‹ gelesen und das Abenteuer gewagt haben, in seine Welt einzutauchen: Ich danke Euch für Eure Zeit und für Euren Mut, Euch meiner Kreativität zu stellen!

Euer Chrischi

Kuno Kopfgeldjäger

kehrt in

Kopfgeldjäger – Dela Waidmann

zurück.

SADWOLF